L'ABBÉ DEHAENE

ET

LA FLANDRE

PAR

M. L'ABBÉ J. LEMIRE

Professeur à l'Institution Saint-François d'Assise.

(Hazebrouck)

« Ecco l'uomo apostolico ! »
Voici l'homme apostolique !

(*Paroles de* MGR CENNI, *secrétaire de Pie IX,
adressées à* M. DEHAENE *en 1867.*)

LILLE
LIBRAIRIE F. DEMAN
69, rue Esquermoise, 69
1891.
TOUS DROITS RÉSERVÉS.

L'Abbé Dehaene

et

La Flandre

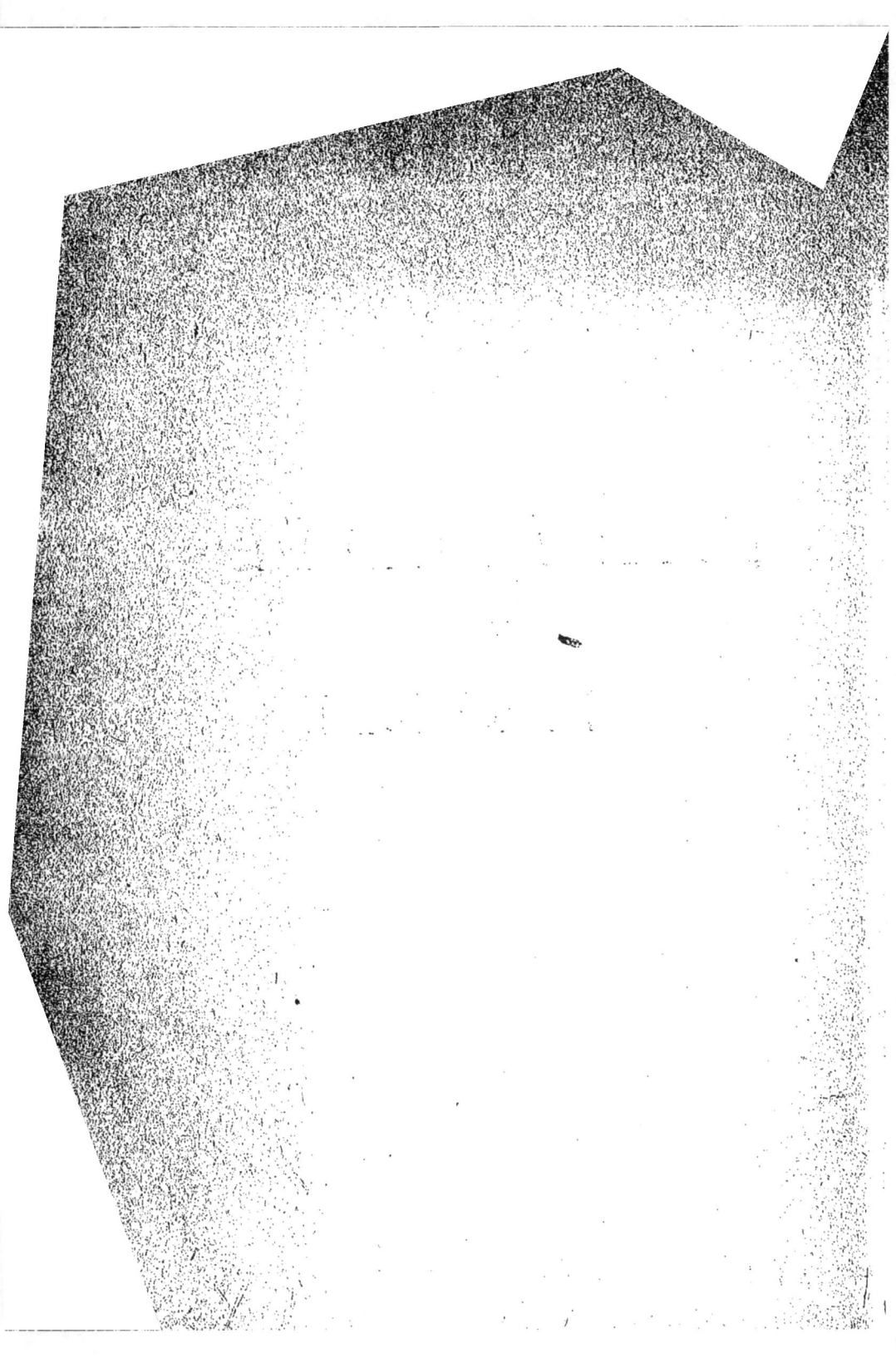

L'Abbé Dehaene

et

La Flandre

PAR

M. L'ABBÉ J. LEMIRE

> « Ecco l'uomo apostolico ! »
> Voici l'homme apostolique !
>
> (*Paroles de* MGR CENNI, *secrétaire de Pie IX,
> adressées à* M. DEHAENE *en 1867.*)

LILLE
LIBRAIRIE F. DEMAN
69, rue Esquermoise, 69
1891.
TOUS DROITS RÉSERVÉS.

Imprimé par Desclée, de Brouwer et Cie. — LILLE.

Lettre de M. le chanoine Cailliau, Vicaire-Général, à l'Auteur.

Cambrai, le 12 décembre 1890.

Mon cher Monsieur Lemire,

Monseigneur a bien voulu me confier le soin d'examiner le livre que vous venez de composer pour conserver la mémoire du vénérable chanoine Dehaene, qui a été pendant tant d'années l'homme de notre chère Flandre.

Je viens de terminer cette honorable mission, que j'ai remplie avec beaucoup d'intérêt et une vive satisfaction, et je suis heureux de pouvoir, sans souscrire à toutes les idées émises dans ce livre, vous féliciter du dévouement filial avec lequel vous avez accepté cette tâche délicate, et du succès remarquable avec lequel vous l'avez accomplie.

Je crois que tous vos lecteurs partageront ma satisfaction, qu'ils parcourront ces pages avec beaucoup d'intérêt et une grande édification, et qu'ils y reconnaîtront avec bonheur le prêtre modèle, l'ami dévoué, l'apôtre infatigable, le supérieur aimé et vénéré, et l'éducateur par excellence de la jeunesse chrétienne de notre cher pays.

Recevez, mon cher Monsieur Lemire, l'assurance de mes sentiments bien dévoués en N.-S.

B. CAILLIAU,
Vicaire-Général, chanoine, archid. de Dunkerque.

PRÉFACE.

*P*ENDANT près d'un demi-siècle (1838-1882) M. l'abbé Dehaene a évangélisé la Flandre.

Éducateur de la jeunesse, zélateur des bonnes œuvres, directeur de conscience, prédicateur, partout homme de dévouement et prêtre selon le Cœur de Dieu, il a constamment exercé autour de lui une grande et salutaire influence.

Ceux qui l'ont connu n'ont qu'à se remettre en face de sa belle et rayonnante figure pour se sentir portés au désintéressement, à la générosité, au sacrifice. Ils savent que toute parole tombée de ses lèvres ou de sa plume ranimait l'espérance et fortifiait le courage. Plus d'un parmi eux nous a dit : Penser à M. Dehaene me fait du bien !

Ceux qui ne l'ont pas connu personnellement et qui habitent le pays où il a vécu, admirent les œuvres qu'il y a laissées. Il a relevé de ses ruines le collège communal d'Hazebrouck, fondé les écoles secondaires libres de Dunkerque et de Gravelines, créé et gouverné pendant près de vingt ans l'Institution St-François d'Assise, qui fut de nom et qui est encore de fait le Petit-Séminaire des Flandres, dirigé plusieurs associations de piété et de charité, et poussé au bien de toutes les manières, soulevant les cœurs par sa parole ardente et les entraînant par son exemple. Debout au seuil de son *collège, il attirait à lui tout ce qui était bon et généreux, accueillant tout, encourageant tout, donnant ce qu'il avait et se donnant lui-même par-dessus, suivant le mot de l'Apôtre:* « Impendam et superimpendar ipse (1). » *Après cette vie de labeurs et de dévouement, durant laquelle son cœur choisit toujours pour premier objet de ses affections, de ses sollicitudes et de son zèle, les pauvres et les prêtres, il mourut, pauvre lui-même, dans une humble maison où le diocèse lui payait le vivre et le couvert, mais, jusqu'au bout, digne ministre de Jésus-Christ, couronné dès ici-bas de cette couronne qui est la plus belle quand elle s'ajoute aux cheveux blancs et à la souffrance, la couronne d'un honorable sacerdoce.*

Des hommes de cette valeur sortent de l'ordinaire. Ils méritent que leur mémoire soit pieusement conservée et reste en bénédiction.

C'est pourquoi ce livre a été écrit.

Il est dédié tout d'abord aux collaborateurs de M. Dehaene, anciens professeurs d'Hazebrouck, de Dunkerque et de Gravelines. Plusieurs d'entre eux, qui l'attendaient avec impatience, sont morts sans en avoir lu une page. Nous le regrettons vivement. Car pour ces contemporains de notre vénéré supérieur, il aurait rappelé des souvenirs chers et doux ; il aurait fait repasser sous leurs yeux les années dont on aime, au déclin de la vie, le souriant retour, et probablement qu'en récompense de ce plaisir procuré, ils auraient eu pour lui ces tendresses d'aïeul dont il a tant besoin.

Quant aux professeurs survivants, ils ont été nos maîtres et nos guides. Nous aimons à croire qu'ils recevront avec une affection indulgente ces pages où nous avons tâché de raconter ce qu'ils ont dit, ce qu'ils savent mieux qu'on ne peut le dire. Puissent-ils du moins

---

1. 2 Cor. XII, 15.

retrouver dans ce récit l'image fidèle de l'éducateur chrétien dont ils suivent l'exemple et dont ils gardent les traditions.

Ce livre est aussi dédié aux nombreux élèves de M. Dehaene et aux personnes, plus nombreuses encore, qu'il a dirigées, édifiées, consolées. Nous souhaitons qu'il leur rappelle utilement les enseignements qui ont formé leur jeunesse ou touché leur cœur ; qu'il redise — aux laïques, de se montrer disposés à tout bien — aux prêtres et aux religieux, de se sacrifier sans réserve pour l'amour de Jésus-Christ et des âmes. — C'est la double leçon qui ressort des actions et des paroles de leur bienfaiteur. Dieu sait quelles fréquentes applications cette double leçon peut avoir dans des temps qui semblent proches, que M. Dehaene prévoyait, et pour lesquels il se sentait armé. Nature énergique, âme fortement trempée, confiant comme les forts et les saints, il a toujours affirmé que le dévouement, guidé par l'autorité de l'Église et fécondé par la grâce de Dieu, suffirait pour rendre à la religion l'influence qu'elle doit avoir ici-bas ; et comme il croyait à ce dévouement, il ne désespérait point de l'avenir. Il savait du reste que « les seules causes qui meurent sont celles pour lesquelles on ne meurt pas (1). »

Ceci nous donne lieu de penser que d'autres lecteurs feront peut-être bon accueil à ces pages : ceux qui aiment sincèrement leur pays et ont le souci de sa grandeur morale. Elles ne sont point en effet une simple biographie. Si elles n'étaient que cela, elles auraient perdu notablement de leur raison d'être. Huit ans après la mort d'un homme qui n'a pas été de ces personnages haut placés dont la vie appartient à l'histoire, ou de ces rares génies dont la gloire est l'honneur d'une génération, il est trop tard pour se mettre à parler de lui. Au lendemain des funérailles, on aurait

---

1. Veuillot, Çà, et là, t. II.

prêté l'oreille par reconnaissance, par entraînement, par convenance ; mais aujourd'hui, l'on est distrait et l'on a d'autres préoccupations. Quant à la masse, elle ne s'attarde point dans son chemin pour regarder en arrière. Mais si l'abbé Dehaene a passé comme beaucoup d'autres en faisant un peu de bruit, après quoi, le silence, — les vérités qu'il a défendues sont de celles qui ne passent point. On continue de se soucier, autour de sa tombe, des idées et des intérêts qu'il a servis. Voilà pourquoi nous avions le devoir d'élargir le cadre du présent ouvrage et d'y faire entrer quelque chose de l'histoire de notre pays et de notre temps : c'est ce qui explique notre titre : L'abbé Dehaene et la Flandre.

Quelques intimes amis du défunt, quelques admirateurs enthousiastes de son genre d'action, seront étonnés peut-être de trouver çà et là des réserves sur telle ou telle question controversée, sur telle ou telle manière de faire, discutable. Il est naturel que les moindres restrictions fassent de la peine aux cœurs aimants. Mais il nous semble que notre vénéré supérieur avait, comme homme, assez de mérite, et, comme prêtre, assez de vertu, pour n'avoir pas besoin d'approbations personnelles ou de silences intéressés. D'ailleurs certains défauts font ressortir le caractère, mettent en évidence le fond de la nature, et donnent aux bons exemples une plus grande efficacité.

Quelques chapitres relatent des incidents où notre supérieur fut victime de manœuvres occultes, fâcheuses, et plus ou moins coupables. Il n'appartient qu'à Dieu de sonder les consciences et de faire à chacun sa part dans la responsabilité des choses humaines. Le devoir du biographe est de raconter les faits publics sans omission timide, et sans appréciation téméraire.

Pour composer ce volume, il a fallu rassembler des matériaux épars de tous côtés. En dehors des manuscrits de ses sermons et de ses poésies diverses, M. Dehaene n'a laissé ni journal, ni notes, ni papiers classés, ni correspondance officielle, ni registre quelconque, permettant de suivre, année par année, l'histoire de son œuvre ; il était de ceux qui agissent et qui laissent à d'autres le soin d'écrire.

Mais, par un de ces pressentiments qui sont l'honneur de l'amitié, quelques cœurs fidèles ont conservé ses lettres. Peu nombreuses, elles sont généralement plus édifiantes par la beauté des sentiments qu'intéressantes au point de vue des faits. Il faut excepter deux séries de lettres plus remarquables, adressées les unes au Père Sergeant de la Compagnie de Jésus, les autres à une humble fille du cloître dont le nom n'importe pas à ce livre. Nos lecteurs partageront notre reconnaissance envers ces deux correspondants pieusement dévoués à la mémoire de notre maître.

Pour compléter ces renseignements, nous avions les souvenirs des collègues de M. Dehaene et de ses anciens élèves, et pour fixer les dates et préciser les faits, les archives de la mairie et la collection de l'Indicateur d'Hazebrouck. Depuis plus de cinquante ans ce journal enregistre les nouvelles d'intérêt local avec un calme et un esprit de modération rares dans la presse, et qui sont des garanties d'exactitude. Cette collection précieuse et les archives de la mairie ont été fort gracieusement mises à notre disposition.

La coordination et la mise en œuvre de documents puisés à des sources si diverses ont exigé un travail long, mais qui n'a pas semblé pénible. Le mot de S. Augustin est toujours vrai : « Ubi amatur non laboratur, aut si laboratur, labor amatur (1). »

Malgré tout, ces pages sont restées très imparfaites. Et c'est en tremblant que nous les livrons à la publicité.

Elles n'ont pas la prétention d'attirer beaucoup les regards, car

---

1. Celui qui aime fait tout sans peine, ou bien sa peine, il l'aime.

elles prennent leur vol, non des hauteurs d'une capitale savante, comme beaucoup d'autres livres, mais d'une humble petite ville de province, sans nom dans les lettres.

S'il y avait place pour elles sous le chaume des fermes et dans la solitude des presbytères de notre vieux pays, elles auraient déjà plus qu'elles ne méritent.

Elles espèrent néanmoins davantage. Il y a dans les cinq parties du monde des enfants de M. Dehaene, ses fils de prédilection, nos amis, nos frères, notre chair et le sang de nos cœurs, qui vieillissent vite dans les rudes labeurs de l'apostolat.

Et ceux-là attendent ce livre. Qu'il aille donc en toute hâte leur parler de leur bien-aimé père. Quand il sera lu dans une hutte de bambou ou sous une tente de nègre, aux Antilles ou en Australie, dans les Indes ou l'Afrique équatoriale, qu'il fasse couler des larmes en rappelant à ces héroïques missionnaires son amour si grand et leur jeunesse si pure !

Des critiques bienveillants nous ont dit que ce volume, d'un intérêt forcément restreint, est étendu pour une biographie, ornementé pour une histoire ; ils ont ajouté que les considérations générales et les descriptions locales y tiennent une place très marquée ; enfin ils ont paru croire que ces fleurs jetées tardivement sur une tombe pourraient bien se faner dans l'isolement, et le travail entrepris demeurer sans grand résultat.

Leur clairvoyance a probablement raison contre nos illusions d'auteur. Et cependant pouvions-nous ne point faire entrer dans ces pages un peu de cette poésie que M. Dehaene eut toujours dans le cœur, que tout homme porte dans le sien quand il aime ce qui est beau, et sans laquelle rien de grand ne se fait ici-bas ? Pouvions-nous oublier les idées générales et les thèses de toute sorte auxquelles *si volontiers il rattachait les menus incidents de la vie commune, et qui ont fait de lui, dans une position restée fort modeste, un homme d'une rare valeur, — s'il est vrai qu'un homme vaut, non par la place qu'on lui fait accidentellement dans le monde, mais par celle qu'il fait lui-même dans sa tête aux belles idées, et dans son cœur aux nobles sentiments ? Enfin le portrait d'un prêtre qui n'a jamais quitté son pays, ne fallait-il point le poser au milieu de l'horizon qui lui convient, debout sur le sol de notre Flandre qu'il a tant aimée, et dans la belle lumière de notre antique foi qui resplendissait en tous ses discours, comme le peintre Memling a représenté ses personnages ayant à leurs pieds les pâquerettes de nos prairies, et autour de leur tête le vague rayonnement d'un soleil lointain ?*

Au reste, dans les presbytères flamands où nous demandons l'hospitalité, il y a de bons vieillards qui gardent des sourires pour les réminiscences de Virgile, et dans plus d'une cabane qui se dérobe derrière les roses trémières, elles seront aussi les bienvenues.

En tout cas, un devoir est accompli, une dette de reconnaissance est payée.

Nous remercions les amis qui ont insisté pour vaincre des résistances trop fondées, qui ont même inopportunément augmenté une besogne déjà lourde, qui surtout ont prié pour que Dieu mît au cœur de celui qui écrivait le goût et la force d'écrire.

Nous remercions spécialement ceux qui ont transmis des lettres, fourni des renseignements, et contrôlé le travail.

Et maintenant, que la grâce de Dieu accompagne ce livre partout où il ira, et puisse-t-il, sur son passage, faire un peu de bien !

C'est tout ce qu'eût souhaité l'abbé Dehaene.

Hazebrouck, le 25 juillet 1890,
en la fête de St-Jacques.

CHAPITRE PREMIER.

L'ENFANCE de M. DEHAENE.

Monsieur Dehaene naquit le 16 septembre 1809 à Wormhoudt, chef-lieu de canton de 3.000 habitants, situé dans l'arrondissement de Dunkerque. Il fut baptisé le même jour dans l'église de cette paroisse, et reçut les noms de Pierre-Jacques-Corneille (ou Cornil) (1). Quand il vint au monde, ses parents étaient de pauvres ouvriers, mais ils avaient connu des jours meilleurs.

Son père, Matthieu Dehaene, occupait dans sa jeunesse une ferme assez importante, qu'il dut quitter pendant la Terreur pour émigrer en Belgique. A son retour, son exploitation avait passé en d'autres mains et ne lui fut pas rendue.

Isabelle Ghoris, sa mère, appartenait également à une bonne famille de Flandre, qui de son côté souffrit beaucoup durant ces mauvais jours.

Toutefois, en réunissant les ressources qui leur restaient au temps de leur mariage, Matthieu et Isabelle avaient pu prendre à bail une petite ferme. Mais leur modeste avoir s'étant

---

1. Extrait du registre des baptêmes de la paroisse de Wormhoudt.

« L'an dix-huit cent neuf, le seize septembre, après nous être assuré que la déclaration de naissance voulue par la loi a été faite, a été baptisé par nous soussigné, Pierre-Jacques-Corneille, né aujourd'hui à une heure du matin, fils de Matthieu Dehaene, ouvrier natif de Quatyper (*sic*) et de Ysabelle-Thérèse Ghoris, sa femme, native de Wylder. Le parrain, Jean Lézier, cultivateur ; la marraine, Geneviève Dehaene, germaine du baptisé, qui a déclaré ne savoir écrire. Le père et le parrain ayant signé avec nous.

» M. Dehaene. » M. Jossaert. »
» J. Lézier.

émietté peu à peu, il leur fallut de nouveau s'éloigner des champs qu'ils cultivaient et travailler au compte d'autrui. Tout ce qu'ils conservèrent de leur aisance perdue, ce fut une distinction de manières et une noblesse de sentiments qui leur assurèrent toujours parmi les pauvres, leurs égaux, une particulière considération.

M. Dehaene a rappelé le souvenir de ses parents dans des vers restés manuscrits. S'ils n'ont pas une grande valeur poétique, ils révèlent du moins la filiale affection dont son cœur était plein. Il dit de son père :

> Sa lèvre épanouie exprimait la douceur.
> Son front était serein, sa voix avait des charmes ;
> Dans son œil attendri perlaient d'heureuses larmes
> Quand son bras paternel nous berçait sur son cœur.
> Il aimait ses enfants d'une vive tendresse,
> Et, pour leur assurer un nécessaire abri,
> Un habit, du pain noir, pour leur corps amaigri,
> Son amour fatiguait, veillait, souffrait sans cesse.

Parlant de sa mère, il rappelle les attentions délicates qu'elle lui prodiguait :

> Nourrisson souffreteux, Benjamin par les ans...,

Il était sujet à des frayeurs nocturnes provenant de sa trop vive imagination. Mais, à travers le cauchemar, sa mère lui apparaissait comme une douce vision, sans qu'il eût besoin de l'appeler pour qu'elle vînt à son secours, et ainsi le rêve de son cœur apaisait le rêve de son esprit.

Il raconte que cette bonne femme, industrieuse et courageuse comme la femme forte de l'Écriture, entretenait un bel ordre dans sa maison, que tout y était net et propre, que

> Les larges plats d'étain et l'antique faïence
> Étalaient au foyer leur rustique élégance.

Elle raccommodait avec art les pauvres habits des enfants, si bien qu'une pièce ajustée par elle les comblait de joie. Grâce à ses soins, le père, aux jours de dimanche, marchait comme un seigneur, drapé dans son inusable redingote à longues basques et coiffé de son vaste chapeau. Elle-même enfin, pour les fêtes natales, les fêtes carillonnées, tenait en réserve sa robe de mariage,

> Sa robe mouchetée... Au gré de ses enfants,
> Elle en fit don au pauvre, à quatre-vingt-deux ans.

Elle ni son mari ne murmuraient contre les épreuves qui leur furent envoyées, et le souvenir de l'aisance d'autrefois n'avait pour eux rien d'amer. La Bible des familles leur rappelait que le Seigneur est le Maître, qu'il donne et qu'il reprend, et qu'il faut le louer toujours ; ils disaient donc en leur cœur : La volonté de DIEU soit faite ! Tous deux marchaient avec humilité dans la voie des commandements, honoraient le prêtre, menaient une vie chrétienne, et souvent, sous leur humble toit, pauvres eux-mêmes, ils recevaient des passants plus pauvres qu'eux.

A plusieurs reprises, M. Dehaene insiste sur la grande réserve qui régnait dans leur vie privée. Il les montre s'observant en toutes choses, de peur que les enfants ne vissent trop tôt ce qu'ils ne doivent point voir, enveloppant les réalités humaines de ces chastes voiles que la religion jette sur elles, de peur qu'elles ne blessent l'œil candide, ne prononçant jamais un mot qui pût éveiller prématurément la curiosité indiscrète, évitant toute mollesse, tout laisser-aller, se refusant en public jusqu'aux plus légitimes témoignages d'affection mutuelle, habituant ainsi leur famille à la plus sévère retenue, traitant les petits enfants, dès l'âge le plus tendre, avec le respect qu'on doit aux personnes humaines, et les tenant toujours à distance de l'autorité, sans baisers fades ni vulgaires caresses. Ainsi

> La pudeur, parfumant le foyer domestique,
> Y faisait respirer un arôme angélique.
> Grâce à vos soins jaloux, ô père, notre cœur
> Jamais du vice impur ne connut la laideur.
> . . . .
> Vos respects délicats sauvaient notre innocence.
> . . . .

Que c'était bien là comprendre le devoir austère des parents et les saintes lois du mariage ! Et qu'ils méconnaissent les pures traditions flamandes, ces pères et mères irréfléchis qui introduisent dans leur foyer la sensiblerie, contrefaçon de l'amour, la familiarité inconvenante, fatale à l'obéissance, et le naturalisme, qui étouffe l'idée de sacrifice ! Ils ruinent par là les sentiments élevés et détruisent dans leur germe les vocations ecclésiastiques. Ce n'est pas à dire que la rudesse et la cruauté fussent alors plus qu'aujourd'hui des moyens d'éducation. Ces moyens-là ne servent qu'aux parents déraisonnables. Parlant de son père, M. Dehaene dit :

> Il savait gourmander, châtier, mais ses mains
> Se défendaient des coups, des soufflets inhumains.

Quand notre langue tapageuse était rebelle à sa voix,

> Tout son front se crispait en rides menaçantes ;
> . . . . Sur son regard si beau
> De son épais sourcil s'abaissait le rideau,
> Et nos corps frémissaient sur leurs bases tremblantes.

L'avertissement le plus terrible consistait pour lui à lancer d'un tour de bras son large bonnet vers la voûte.

Sans pouvoir s'adonner aux nombreux exercices de dévotion où l'on fait parfois consister la piété, les parents de M. Dehaene étaient fidèles à la religion austère qui caractérise les populations flamandes : ils mettaient en pratique ce qu'ils entendaient le dimanche de la bouche des prêtres, travaillaient à la sueur de leur front pendant la semaine, élevaient leurs enfants avec gravité, et, dans le village, nul ne parlait qu'en bien de Matthieu, journalier de son état, et de sa femme Isabelle.

Ils avaient sept enfants, cinq garçons et deux filles. Les deux filles, Marie et Angela, étaient les aînées ; elles naquirent pendant que les parents jouissaient encore de leur première aisance. Les cinq garçons furent les enfants de la pauvreté.

Pierre-Jacques-Cornil, dont nous écrivons la vie, était le plus jeune.

Quand il naquit, ses parents habitaient une humble maisonnette aux murs de torchis, au toit de chaume. On a dû la consolider à plusieurs reprises, mais elle est encore debout. En 1877, M. Dehaene vint la visiter pour la dernière fois. Sur la grosse poutre transversale — registre de famille pour les pauvres — il put lire son nom et celui de ses frères et sœurs découpés dans le bois, avec les dates de naissance de chacun. A côté de cette maison, il en visita une autre qui était habitée par sa tante, une vieille femme de 98 ans. Il l'aimait beaucoup, cette chère tante, parce qu'elle était sœur de sa mère et qu'elle lui ressemblait. Il l'embrassa et demanda sa bénédiction, comme il aurait fait en revoyant sa mère. La bonne vieille, pour lui être agréable, chanta un air du temps jadis, un de ces airs connus,

Quand sa mère chantait auprès de son berceau.

La maison où naquit M. Dehaene est située à l'extrémité du territoire de Wormhoudt, dans un des plus jolis coins de la Flandre maritime : on l'appelle « *le pont de Wylder* ». La verdure et les eaux, les oiseaux et les fleurs, y forment un berceau que rêverait un poète. L'Yser (1) égare son cours sinueux sous les saules argentés et les haies odorantes, et trempe le sol où pose la maison. Tout à l'entour s'étale une végétation riche, variée, exubérante, comme dans la vallée de la Lys. La route voisine sillonne une hauteur que domine aujourd'hui un gracieux clocher de village, que dominait alors une pauvre chapelle vicariale. Brûlée pendant la Révolution, l'église de Wylder n'avait point encore été reconstruite (2). Sur les murs restés debout on avait jeté à la hâte un toit de paille, et ce toit rustique rappelait l'étable de Bethléem au petit troupeau qu'il abritait. Et sur toute cette campagne tranquille, sur l'église, sur les chaumières et sur les fermes, les grands ormes de Flandre balançaient leurs couronnes feuillues et versaient l'ombre et le recueillement. N'était-ce point, pour le berceau de M. Dehaene, l'encadrement qu'eût désiré sa belle imagination ?

Le petit Pierre-Jacques était encore un enfant à la mamelle quand ses parents quittèrent cette chaumière du pont de Wylder pour se fixer non loin de là sur le territoire de Quaedypre. Il ne put donc conserver aucun souvenir de sa première habitation, et c'est Quaedypre qu'il considéra comme son village natal. Dans un poème en vers latins, dont nous parlerons

---

1. L'Yser, petite rivière que Sanderus appelle Isara, se jette dans la mer du Nord à Nieuport (Belgique). En amont du pont de Wylder *(de Wylder-brugge)*, elle reçoit les eaux de la Peene ; avant les travaux qui ont exhaussé la route, elle débordait fréquemment sur elle, et transformait la plaine environnante en un vaste lac.

2. Elle ne devait l'être qu'en 1828, date de son érection en succursale.

plus loin, il dit que c'est là qu' « il ouvrit ses yeux à la belle
» lumière et ses oreilles aux sons harmonieux ; là, sa langue
» bégaya ses premières paroles, et sa lèvre errante répondit par
» un sourire au sourire de sa mère. »

Sous le toit de ses parents, Pierre-Jacques apprit toute l'histoire de la religion, depuis la création du monde jusqu'à l'établissement de l'Église. Son imagination fut de bonne heure captivée par les beaux récits de l'Ancien et du Nouveau Testament, et sous le premier regard de son âme se déroulèrent ces admirables scènes de la Bible où se trouvent réunis le merveilleux qui enchante, la leçon morale qui élève, et l'exquise perfection artistique qui donne aux races chrétiennes tant d'ouverture vers l'idéal.

Cet enseignement, il le reçut de son père et de sa mère, car les Saintes Histoires débordaient de leur cœur comme une eau de salut jaillit d'une source vive.

Les leçons de l'école n'ajoutèrent que peu de chose à celles du foyer. Pierre-Jacques ne fréquenta les classes qu'à de rares intervalles, principalement pendant la saison d'hiver et durant les quelques mois qui précédèrent sa première Communion. La fréquentation des classes avant la première Communion était de règle dans la plupart des paroisses, et les curés tenaient à ce qu'on l'observât.

Quoique sa vie d'écolier ait été courte, M. Dehaene n'a jamais oublié les premiers livres qu'il eut entre les mains ; il aimait à les rappeler, à les citer. L'énumération du reste n'en est pas longue, mais elle offre de l'intérêt : car les mêmes ouvrages se retrouvaient en ce temps-là dans chaque école de village et dans chaque famille. Il va sans dire qu'à Quaedypre et aux environs tous ces livres étaient flamands. Il faut excepter cependant les modèles d'écriture qui étaient rédigés en français.

Parmi ces livres élémentaires, il y avait d'abord le « *Kruisjeboek* » (Croisette ou Croix de par DIEU), alphabet où l'on apprenait à lire, ainsi appelé parce que la première lettre était précédée d'une croix ; puis le « *Kabinet* », livre de lecture courante renfermant les prières du chrétien, les notions élémentaires de la religion et les principales règles de la civilité.

Venaient ensuite le « *Onzen Heer-boek* », ou la vie de Notre-

Seigneur JÉSUS-CHRIST ; le « *Gulden ABC* » ou l'ABC d'or (1), sorte de répertoire très curieux, imprimé en caractères de manuscrit et en lettres gothiques, bâtardes et françaises. Il est en prose rimée, pour que les préceptes de tout genre qu'il contient se gravent plus facilement dans la mémoire. A propos des principaux mots de la langue flamande rangés en ordre alphabétique, cette petite encyclopédie rappelle les règles de la morale, de l'hygiène et de la politesse. Vieux proverbes dits mémorables, maximes utiles, que sais-je ? axiômes culinaires, toute la menue sagesse du peuple est condensée dans ces pages. Quiconque étudie ce livre possédera bientôt les éléments des choses humaines ; et s'il le met en pratique, il aura le « *mens sana in corpore sano.* » Il saura écrire une lettre, réciter une complainte, méditer sur les fins dernières et gouverner son appétit.

Après le « *Gulden ABC* » on étudiait le « *Voorschrift-boek* », ou recueil de préceptes et de modèles. C'est le plus intéressant de ces vieux livres classiques (2). L'auteur savait le latin ; il cite la Bible et beaucoup d'auteurs profanes tels que César, Virgile, Ovide, Tite-Live. Après s'être excusé, dans son avant-propos, d'avoir écrit avec précipitation, vu le peu de temps qui lui restait entre les heures de classe, et de n'avoir point suivi le précepte de J. Vondel, de relire sept fois avec mûre réflexion ce que l'on va publier, Me Steven met en scène une muse flamande qu'il appelle Flandrina. Elle vient faire une lamentation poétique sur l'altération de la langue flamande et sur sa décadence. Elle frémit de voir à ses pieds, étendu sans force, ce lion de Flandre, dont jadis les rugissements faisaient trembler l'Europe. Suivent divers compliments adressés à Me Steven par ses collègues du pays, entr'autres un poème de félicitations de Me Marin Modewyck, instituteur de ville à Bergues-St-Winoc. Le livre proprement dit se compose de sentences tirées de l'Écriture sainte, des Saints Pères, et des auteurs

---

1. L'édition du pays est intitulée : « *Den nieuwen Spiegel der iongheid, of te gulden ABC voor de leerzuchtig iongheid.* » L'auteur est le P. Ferdinand Loys, prieur des Guillelmites à Nordpeene.

2. Le titre complet est celui-ci : *Nieuwen voorschrift-boek en de verhandeling op de verbastering der vlaemsche tael, door Meester Andries Steven, schoolmeester tot Cassel. Ypres, 1741.*

païens, d'anecdotes recueillies dans les historiens, le tout classé par ordre sous les diverses lettres de l'alphabet. A la lettre A on trouve par exemple : *Als gy aelmoezen doet, zoo en wilt geen trompet voor u blazen*, (Quand vous faites l'aumône, ne sonnez pas de la trompette pour avertir le monde, maxime de l'Évangile,) et l'histoire d'Alexandre-le-Grand.

Enfin il y avait divers livres de morale en action, histoires religieuses et édifiantes, par exemple les histoires de Joseph et de David, l'Ancien et le Nouveau Testament *(den Joseph, den David, d'historie van t' Oude en t' Nieuwe Testament,)* où l'on parlait beaucoup de respect, d'obéissance et de modestie, de choses obligatoires pour tous et qui constituent les principales règles de la conduite chrétienne. L'instituteur, s'appuyant sur ces maximes, donnait une haute idée du sacerdoce, disait qu'il fallait prier sans ostentation, saluer les vieillards et les magistrats, et traverser avec respect le cimetière par égard pour le souvenir des ancêtres. Toute la série des livres d'école était couronnée par un ouvrage d'histoire semi-profane et semi-religieux, le « *Julius Cæsar* » ou l'histoire de Jules César et des Romains, *de schoone historie van Julius Cæsar en de Romeynen* (1).

On y apprenait comment les Romains avaient conquis la Gaule Belgique, comment ils l'avaient perdue. On y trouvait aussi les origines des principales villes du pays flamand, par qui elles ont été converties au christianisme, et beaucoup d'autres choses bonnes à savoir (2).

Les élèves avaient successivement entre les mains chacun des livres que nous venons d'énumérer. Il fallait avoir lu complètement le premier pour passer au second, et ainsi de suite. Quand le dernier était fini, la formation de l'enfant était complète. Il savait tout ce qu'on pouvait lui apprendre sur les bancs de l'école.

Cette méthode si simple, consistant en lectures successives,

---

1. Il est probable que M. Dehaene puisa dans le souvenir de ces livres l'idée, qu'il émit tant de fois, de ne donner aux élèves que des textes instructifs et moraux.

2. Nous devons la plupart de ces détails à l'obligeance de M. Lagatie, curé de Lederzeele, ancien économe au petit séminaire d'Hazebrouck, qui nous a très gracieusement renseigné sur les usages flamands et sur beaucoup d'autres points intéressant la vie de M. Dehaene.

facilitait beaucoup la besogne des instituteurs. Celui de Quaedypre, M⁰ Degroote, était à la fois, comme la plupart de ses collègues, maître d'école, secrétaire de mairie et clerc d'église. Les choses se passaient en classe comme au bon vieux temps. En hiver, par exemple, pour avoir le droit de se chauffer, chaque élève devait apporter sa bûche, et la bûche ne pouvait être trop petite, sans quoi ni elle ni son porteur n'étaient admis au foyer. Était regardée comme trop petite toute bûche qu'un enfant parvenait à lancer par-dessus le toit de l'école. Ainsi le voulait la tradition. Après la classe, M⁰ Degroote se délassait dans une auberge de bon renom, en faisant, à la mode du pays, son petit estaminet. Personne n'y trouvait à redire, bien au contraire : car les gros fermiers de l'endroit profitaient de ces bonnes heures pour disserter avec lui des intérêts de la commune et faire leur profit de ses doctes aperçus.

Les instituteurs de ce temps, pour la plupart hommes de bon sens et braves chrétiens, étaient les meilleurs amis des curés et des maires, et formaient le trait d'union entre le civil et l'ecclésiastique. Ils se donnaient pour mission principale de dégrossir le petit paysan, de le rendre humain, poli, vertueux, utile à ses semblables ; ils développaient les qualités fondamentales de notre race, le bon sens, la réflexion, l'esprit religieux. En un mot, ils étaient de prudents moralistes et faisaient servir l'instruction à l'éducation.

Le jeune Dehaene ne parut pas longtemps sur les bancs de la petite école rurale de Quaedypre. La pauvreté de ses parents les forçait de garder leurs enfants près d'eux et de les faire travailler pour gagner le pain de chaque jour. Mais le petit Pierre-Jacques avait un esprit très ouvert, et les spectacles de la nature dont il jouit de bonne heure devinrent pour lui comme un second enseignement. Son imagination fut vivement frappée de tout ce qu'il y a de beau, de charmant et de pittoresque dans nos luxuriantes campagnes, et jamais les impressions qu'il reçut durant ses premières années ne s'effacèrent de sa mémoire. Plus tard même, elles se précisèrent en gracieuses comparaisons, en riches métaphores, en images variées, qui émaillèrent de leurs belles couleurs sa conversation et ses discours, et rendirent sa parole singulièrement agréable aux populations rurales. Elles jouissaient de l'entendre exprimer avec poésie et distinction ce dont elles n'avaient qu'une vague et inconsciente idée.

M. Dehaene a chanté son enfance dans des hexamètres latins auxquels il a consacré ses derniers jours de vie. Il avait entrepris un poème latin intitulé « *Agennes* », sorte de trilogie descriptive divisée en trois chants : « *Lusus, Labores, Dolores,* » Jeux, Travaux, Douleurs. Il ne put achever que les deux premiers chants, qui renferment ensemble 1400 vers. Ces poésies d'un vieillard ont de la grâce, de la naïveté, de la fraîcheur ; elles révèlent une imagination très vive et un rare esprit d'observation ; surtout elles sont un bel hommage rendu à notre vie locale. Nous ne pouvons nous résigner à négliger ces fleurs, parce que, si simples et si rustiques qu'elles puissent paraître, elles ont le franc parfum et le naïf éclat des fleurs du pays. Toutes les provinces de France n'ont point, comme la Bretagne, un Brizeux pour célébrer leurs ruisseaux murmurants, leurs genêts dorés, leurs vieux usages et leurs pieuses légendes. Dans les vers que nous traduisons ici, beaucoup de nos lecteurs retrouveront avec plaisir les souvenirs de leurs premières années, ces souvenirs purs et candides, doux comme l'aurore.

En décrivant les jeux de son enfance, le poète suit l'ordre des saisons : il débute par l'hiver.

Tout est triste, muet, inerte.

Point de végétation. Le ruisseau se tait. Les oiseaux se cachent. A peine si l'on voit apparaître à de rares intervalles le hardi pierrot qui vient mendier sur le seuil de la chaumière une miette de pain, le rouge-gorge qui sifflotte sur le toit solitaire, et le noir corbeau qui nage d'une aile pesante dans le ciel gris.

La neige couvre le sol.

Que devient l'enfant pendant l'hiver ? Que fait-il ?

L'enfant pauvre souffre du froid et de la faim. Mais, ingénieux et volage, il trouve néanmoins des plaisirs et se crée des jeux. Durant le jour, il construit des murailles de neige ou glisse sur les étangs durcis. Mais quand il voit les vitres de la cabane se dorer des reflets de la lampe, il rentre et se range avec ses frères et sœurs autour du foyer. Le bon feu qui pétille colore d'un vif incarnat les joues et les mains des enfants. Et tout en regardant avec une joie secrète cette belle teinte de vie, la mère prépare le dernier repas. Bientôt elle sert le lait fumant dans une terrine rouge, où chacun puise avec une cuiller de bois ; elle place sur la table blanche les pommes de terre cuites sous la cendre, régal du pauvre.

Le souper fini, toute la famille s'agenouille pour la prière du soir. Le plus jeune enfant, la bouche la plus innocente, la récite à haute voix. Et tandis qu'il prononce de son mieux les saintes formules, son bon ange lui sourit, la Sainte Vierge le regarde et le petit JÉSUS l'écoute.

Car l'enfant dit avec amour : « Notre Père qui êtes aux cieux..., donnez-nous aujourd'hui notre pain ! — Je vous salue, Marie ! — Je crois en DIEU le Père, en JÉSUS-CHRIST son Fils unique, au Saint-Esprit, etc. » Il rappelle les commandements de DIEU et de l'Église dans leur vieux style laconique (1) ; il énumère les sept Sacrements, les quatre fins dernières de l'homme, les sept péchés capitaux et les sept œuvres de miséricorde. Il récite les actes de foi, d'espérance, de charité et de contrition. Et puis, plein de candeur, il convoque autour de lui la sainte troupe des anges ; ils sont seize. Il leur assigne leurs fonctions et leur poste, leur demande de se placer autour de son lit, deux à sa droite et deux à sa gauche, deux à son chevet et deux à ses pieds : ceux-là le protégeront. Il prie les huit autres de l'endormir et de l'éveiller, et puis, s'élevant à des idées plus hautes, de le guider ici-bas dans le sentier du Seigneur et de l'introduire plus tard au Paradis céleste, car, dit-il en terminant, le Paradis céleste est ouvert et l'enfer est fermé par les mains de JÉSUS (2) !

---

1.   Boven al bemind eenen GOD,
         Ydelyk en zweird nog en spot.. enz.

2. S'avonds, als ik te slaepen gae,
Dan volgen my zestien engeltjes naer.
Twee aen myn hoofdeinde,
Twee aen myn voeteinde,

Twee aen myn rechte zyde,
Twee aen myn slinker zyde,
Twee die my dekken,
Twee die my wekken,

Twee die my leeren
Den weg des Heeren.
Twee die my wyzen
Het hemelsch Paradys.

Het hemelsch Paradys staet open,
De helle is gesloten,
Met twee yzeren banden,
In JESUS handen !

Telle était la prière du soir que récitait le petit Pierre-Jacques.

Mais quel est ce bruit strident ? On dirait qu'un essaim d'abeilles remplit tout à coup la chaumière. C'est le rouet sonore que frères et sœurs font tourner à l'envi : pieds et mains, tout marche, car avant de goûter le doux sommeil, il faut que chacun achève la tâche quotidienne.

Les chants abrègent les heures et chassent la fatigue.

M. Dehaene ne les oublia jamais, ces simples mélodies de son enfance dont le rythme, gracieux ou triste, dort depuis des siècles dans les oreilles du peuple (1). « Je chantais, dit-il, la belle chanson des nombres sacrés :

Un est un,	*Een is een,*
Dieu seul est un,	*God alleen is een,*
Un seul est Dieu,	*Een alleen is God,*
Et telle est notre foi.	*En dat geloven wy.*
Deux c'est deux,	*Twee is twee,*
Deux testaments,...	*Twee testamenten,...*
Un seul est Dieu,	*Een alleen is God,*
Et telle est notre foi.	*En dat geloven wy.*

La ritournelle continuait, avec un couplet nouveau pour chaque nombre, jusqu'à douze. Il y avait les trois patriarches, les quatre évangélistes, les cinq livres de Moïse, les six urnes de Cana en Galilée, les sept sacrements, les huit béatitudes, les neuf chœurs d'anges, les dix commandements de Dieu, les onze... mille vierges et les douze apôtres.

L'enfant chantait aussi l'interminable légende du duc de Brunswick, la douloureuse complainte de la belle Hélène, etc. ; tandis que ses frères formaient avec leurs doigts des figures variées, dont l'ombre, découpée sur la muraille, imitait des lièvres aux longues oreilles et des monstres à la gueule béante.

Souvent les frères feuilletaient ensemble quelques vieux livres. C'étaient des volumes flamands de la bibliothèque bleue, — romans de chevalerie, contes de fées, contes moraux, — achetés jadis à quelque colporteur du pays, quand les parents

---

1. La plupart sont insérées dans un excellent recueil publié par M. de Coussemacker.

étaient dans l'aisance. M. Dehaene se souvenait d'avoir lu *Fortunatus Beurs*, la bourse de Fortuné, ou la bourse inépuisable, conte populaire ; *Het wensch bonet-je*, le bonnet à souhaits ; *Malegys en Oriande*, Maugis et Oriande (1). C'étaient encore quelques-uns des bons livres d'école dont nous avons parlé plus haut, auxquels il faut ajouter *Den zielen troost*, le Consolateur de l'âme, *De dubbel reyse naer Jeruzalem*, le double voyage à Jérusalem, et le fameux Masque du monde, *Het masker der wereld*. Parfois on parcourait les œuvres du bonhomme Cats. Il y avait bien çà et là, dans les fabliaux de ce bourgeois poète, des choses répréhensibles, mais on ne les lisait point, ou on les lisait sans y voir mal.

Après ces lectures, on racontait des histoires merveilleuses, des aventures extraordinaires, étranges, effrayantes, qui faisaient dresser les cheveux sur la tête.

Mais le chef de famille avait de meilleures histoires :

>   Et souvent le foyer s'égayait sans contrainte,
>   Et les enfants en cercle autour de l'âtre assis,
>   D'une sainte légende écoutaient les récits,
>   Et tressaillaient de joie ou frémissaient de crainte.
>
>   Et, pour se recueillir, alors fermant les yeux,
>   Et secouant d'émoi sa chevelure antique,
>   Le père retraçait de l'histoire biblique
>   Les tableaux merveilleux.

Il racontait Isaac courbé sous le glaive de son père Abraham, Joseph vendu par ses frères, Moïse marchant au milieu des prodiges avec des cornes de lumière sur le front. Il disait aussi la force de Samson, les larmes de David, la patience du saint homme Job assis sur son fumier, la gloire d'Esther, les Macchabées mourant pour leur pays, sans oublier Tobie et l'ange qui l'accompagne et qui guérit son vieux père aveugle ; Daniel et les lions qui lèchent ses pieds dans la fosse, et Jérusalem, assise sous la vigne et l'olivier quand elle obéit à Jéhovah, gémissante parmi les saules de l'Euphrate quand elle oublie son Époux et son Père.

Surtout il aimait à rappeler, à l'occasion des grandes fêtes

---

1. Roman de chevalerie. C'est la version flamande du Maugis de Doon de Mayence. Maugis est le cousin des quatre fils Aymon. Il est élevé par la fée Oriande.

de l'Église, les pages les plus éloquentes du Nouveau Testament : JÉSUS couché sur la paille entre le bœuf et l'âne, l'étoile mystérieuse qui conduit les trois Rois vers l'étable, le travail de JÉSUS et son obéissance dans l'atelier de Nazareth, les grandes paroles de la consolation évangélique : Venez à moi, vous tous qui souffrez ; et encore : J'ai compassion des foules ; les divines paraboles : l'enfant prodigue, le bon pasteur avec sa brebis, et la semence qui rapporte au centuple ; et puis, aux jours de la Passion, la sueur de sang dans le jardin, les fouets et la couronne d'épines, la Croix du Calvaire, du haut de laquelle le Sauveur ouvre ses bras au monde !

Oh ! comme ces récits pénétrèrent au fond de l'âme de l'enfant ! et comme on peut avec vérité lui appliquer cette parole que je lis dans la vie d'un saint de notre diocèse : « Quand sa bouche fut sevrée du lait de sa mère, son cœur fut abreuvé aux sources de l'Écriture Sainte (1). »

D'autres fois, — et c'est alors surtout qu'on se penchait pour l'entendre, car les souvenirs personnels donnaient au récit quelque chose de plus dramatique et de plus émouvant, — Matthieu Dehaene racontait les tristes scènes de la Révolution française, qu'il avait vues de ses yeux, et les douleurs de l'exil, qu'il connaissait pour les avoir souffertes. Mais le plus souvent il négligeait ses propres épreuves pour rappeler celles des prêtres. En Flandre, il n'y avait guère de noblesse ; la persécution avait surtout atteint le clergé, et beaucoup de curés s'étaient montrés admirables de courage, de dévouement et de fidélité au devoir. Matthieu Dehaene disait les tribulations de ces humbles confesseurs de la foi. Ses récits touchants inspirèrent à ses fils une instinctive horreur pour les hommes et les choses de la Révolution (2).

Ainsi se passaient les soirées d'hiver.

Souvent le père de famille ne rentrait qu'à une heure tardive, parce que son travail se prolongeait et qu'il soupait dans la

---

1. St Dodon (Propre de Cambrai).

2. Sans chercher bien loin de beaux exemples, il pouvait parler de M. Joos, curé de Wylder, qui refusa le serment ; de M. Blanckaert, curé-doyen de Wormhoudt, qui fut déporté et souffrit comme un martyr ; de M. Dezitter, curé de Crochte, fusillé à Bergues ; du curé de Quaedypre, M. David, qui fut traqué comme une bête fauve mais ne quitta jamais sa paroisse.

ferme voisine. Alors on entendait de loin ses gros souliers retentir sur les pierres de pas, et l'on se préparait à saluer son arrivée d'un sourire aimable. D'ordinaire il rapportait quelque petit régal pour les enfants : une pomme savoureuse, cadeau de la fermière compatissante, ou bien un reste de viande qu'il avait soustrait à son repas d'ouvrier. Les enfants joyeux faisaient cuire le tout sur les braises de l'âtre, pour le partager ensuite avec une fraternelle entente.

Et puis, insensiblement, les têtes s'inclinaient et s'affaissaient une à une. Le doux sommeil était entré dans la chaumière, et de son sceptre invisible avait touché les fronts.

C'était le moment de faire retraite. Les enfants se retiraient dans leur petite chambre, les garçons d'un côté, les filles de l'autre, munis tous de la bénédiction de leur père et de leur mère. En passant devant le bénitier de famille suspendu près de la vieille armoire, chacun y trempait son doigt, et avec l'eau sainte faisait le signe auguste du salut, qui chasse les démons et sanctifie les actions du chrétien.

« Dormez en paix, chers petits, et que le sommeil colore vos joues ! Dormez. Au dehors la tempête brise les arbres, la pluie fouette les portes branlantes, et le vent disperse le chaume du toit : n'importe ! Dormez en paix, un Dieu veille sur vous (1).

» Dormez, l'hiver se passe et déjà le printemps sourit à travers les arbres bourgeonnants et les haies d'aubépine. »

Un soleil d'or rayonne au firmament et ranime la nature. L'herbe tendre couvre le sol. Elle offre de toutes parts aux brebis avides une nourriture abondante, aux laboureurs fatigués une couchette agréable, aux oiseaux le tissu de leurs nids, aux enfants le tapis de leurs jeux.

Le Créateur tout-puissant, cet artiste incomparable qui a décoré les cieux d'étoiles, sème de fleurs le manteau de la terre. Fleurs charmantes, nombreuses comme les gouttes de la rosée, brillantes comme les rayons du soleil, elles émaillent les prairies, se balancent sur les têtards, couronnent la crête des vieil-

---

1. C'était la coutume dans certaines familles nombreuses, qu'après le départ des enfants, le père et la mère restés seuls récitassent ensemble les litanies de la Providence.

les murailles, et, grimpant sur le chaume de la cabane, couvrent sa pauvreté d'une élégante parure.

Dans un coin du jardin, le petit Pierre-Jacques cultivait des fleurs qu'il protégeait avec des précautions jalouses contre les légumes du ménage. Confier la semence de ces fleurs à la terre bien préparée, arroser leurs tiges, les défendre contre le soleil, les insectes et les vers, était son grand souci, sa principale occupation. Il en était récompensé, car, dans son modeste parterre, on voyait rivaliser d'éclat et de parfum le lis, la giroflée aux couleurs cramoisies, la rose, la couronne impériale à la haute tige, le thym qui embaume le sol, l'hélianthe ou grand soleil qui dresse lourdement son disque de feu.

Il aima toujours les fleurs, et il était affaissé par l'âge quand il se penchait encore avec plaisir vers leurs belles corolles. L'une de ses dernières peines fut de n'en plus voir autour de lui dans la maison de son exil.

Mais la nature, les fleurs, les oiseaux, tout ce qui brille et tout ce qui chante, ne lui plaisaient que parce qu'il voyait partout la main et le cœur de DIEU. On avait conservé dans nos religieuses campagnes l'habitude de regarder d'un œil chrétien le spectacle du monde créé. On était encore de cet âge que Montalembert célèbre éloquemment dans son introduction à la vie de sainte Élisabeth :

« Ces chrétiens ne pouvaient se résoudre à faire du monde un corps sans vie supérieure ; ils y cherchaient toujours des relations mystérieuses avec les devoirs et les croyances de l'homme racheté par son DIEU ; ils voyaient dans les mœurs des animaux, dans les phénomènes des plantes, dans le chant des oiseaux, dans les vertus des pierres précieuses, autant de symboles des vérités consacrées par la foi...... Les fleurs surtout offraient un monde peuplé des plus charmantes images, un langage muet qui exprimait les sentiments les plus tendres et les plus vifs. »

Les poésies latines de M. Dehaene sont pleines de ces pieuses allusions. Il dit que le sourire du printemps lui rappelle le sourire de l'amour divin dans le Paradis terrestre au printemps de l'humanité, et qu'il figure le printemps du Ciel. En écoutant les oiseaux, il réfléchit que DIEU prête l'oreille à ces petits chantres ailés, et qu'il exauce le cri du corbeau qui a faim. Un incendie dont il est témoin le fait penser à la conflagration du monde. Et quand les moissons mûrissent, il voit les épis devenir le pain dont une parole du prêtre fera la nourriture des âmes.

Il aimait beaucoup la jolie chanson des Fleurs (1), « *De*

---

1. Nous ne pouvons résister au plaisir de donner une idée de cette charmante poésie, mais aucune traduction française ne peut rendre la grâce exquise de nos diminutifs flamands.

*_**

Douces fleurs de nos jardins, en vous voyant, je m'écrie : Qu'il doit être beau le Seigneur qui a créé tant de belles choses !

*_**

Les immortelles ne craignent ni vent, ni froid, ni neige. Telle doit être une âme forte au milieu des tentations.

*_**

La pâquerette prodigue ses fleurs dès que le printemps paraît. L'enfant doit montrer des vertus sitôt qu'il connaît son Créateur.

*_**

Le lis a plus d'éclat que Salomon sur son trône. Une âme ornée de la grâce est mille fois plus belle encore.

*_**

La rose est brillante et précieuse, mais elle fait craindre l'approche des épines. Le bonheur et les joies du monde blessent les âmes.

*_**

L'œillet d'Inde à la tige élancée exhale une odeur mauvaise. L'orgueil s'élève bien haut, mais il dégoûte le Cœur de DIEU.

*_**

O violette ! quand je contemple ta beauté cachée sous le gazon, j'apprends à aimer l'humilité qui donne la paix et le bonheur.

*_**

Le tournesol cherche le soleil qui le dore de ses rayons ; ainsi mon âme se tourne vers toi, Lumière éternelle, source de tout bien.

*_**

La grenadille aux pétales nues nous rappelle la Passion du CHRIST, pour qu'en tout temps nous méditions sur sa mort douloureuse.

(*La grenadille est une de ces plantes que les botanistes appellent passiflores, parce qu'on trouve dans les organes de sa fleur quelque analogie avec les instruments de la Passion : couronne d'épines, clous, lance, etc.*)

*_**

Les campanules, qui ne durent qu'un jour, m'apprennent que je puis bientôt mourir, quoique je sois encore dans la vigueur de l'âge.

*_**

O douces fleurs, vos beautés plaisent à tout le monde ! Mais bien préférables encore sont les belles leçons que vous donnez.

M. Dehaene.

bloemjes, » précisément parce que chaque couplet célèbre une fleur de nos jardins, et rappelle la leçon morale que, dans son langage muet, elle adresse à celui qui la contemple. Ce pieux symbolisme a tourné de bonne heure sa jeune âme vers les régions mystiques où la nature transfigurée parle de vertu et reflète le Ciel. Il faisait autrefois partie de l'éducation, particulièrement dans l'Allemagne catholique et dans la Flandre, et les races du Nord, rêveuses et méditatives, ont toujours eu des prédilections pour ce genre de pensées.

Il aimait aussi les insectes, ces humbles petites vies serrées dans un corps à peine visible : le moucheron, qui décrit au-dessus de la tête du campagnard des méandres capricieux, qui monte et descend, se roule et s'étourdit avec ivresse ; le bourdon, qui plonge en grondant dans le calice de la digitale, et que l'enfant fait prisonnier en rapprochant les lèvres de la fleur. Il poursuivait imprudemment le frelon et la guêpe, et parfois revenait tout endolori se jeter dans les bras de sa mère, qui essuyait ses larmes et lavait ses blessures. Il admirait surtout le papillon, fleur mobile qui voltige d'une aile légère sur les fleurs de la prairie. En le voyant, il lui semblait que l'hyacinthe et l'œillet, le narcisse et la rose, avaient quitté leur tige pour se promener dans l'azur.

« Libellule aux yeux brillants, aux ailes frémissantes, tu bruis toujours à mes oreilles ! Enfant, je t'aimais, vieillard, je t'aime encore : car le peintre éternel t'a revêtue de couleurs variées ; car ta forme est élancée comme la taille d'une vierge et le peuple t'appelle avec raison une élégante demoiselle ; car tu es la compagne du moissonneur et tu récrées son travail en dansant autour de lui sur les gerbes ; car je t'ai vu mourir ! Un jour, assis sur le bord d'un étang, je suivais de l'œil ta danse gracieuse. Effleurant la surface de l'eau, tu semblais te mirer dans le cristal. Tout à coup, une grenouille cachée dans les herbes s'élance, te saisit : tu n'étais plus ! Ainsi la mort se jette sur l'homme étourdi par le plaisir. »

Il n'oublie point la chrysalide, suspendue à une feuille, dans le vague de l'air, comme l'homme est suspendu sur le gouffre de l'éternité ; ni le hanneton chéri des enfants et trop souvent victime de leurs jeux ; ni la coccinelle, cette charmante petite *bête à bon Dieu* qu'il congédiait en lui recommandant de prendre son vol vers le beau paradis.

Mais les oiseaux surtout faisaient ses délices.

« Quel concert autour de moi ! L'harmonie est partout. Elle sort des haies odorantes, elle suit le cours des eaux, elle plane dans les cieux. Ici, c'est le rossignol qui chante sous le dôme de l'ormeau, seul comme un roi dans son palais de verdure. Là, c'est l'alouette qui fredonne vive et gaillarde au sein des nuages, tandis que le verdier lance ses notes vibrantes du milieu des herbes qui bordent le clair ruisseau, et que la caille bavarde jette des cris entrecoupés en rampant sur le sol. »

M. Dehaene connaissait les noms de toutes les espèces d'oiseaux qui peuplent nos campagnes. Il savait la structure de leur nid, leur chant, leur plumage. Ils étaient ses amis.

Petit enfant, il avait le cœur tendre. Ce n'est point lui qui eût tourmenté les petits sans plumes. Si par hasard quelqu'un de ses compagnons avait des instincts assez cruels pour persécuter ces innocentes créatures, il s'en éloignait. Loin d'imiter sa conduite, il plaçait sur les buissons des morceaux du pain qu'il avait mendié, et faisait ainsi l'aumône aux oiseaux, ces petits mendiants du bon Dieu : le pauvre n'a que les bêtes à qui il puisse donner. Parfois il enfilait en couronnes des coquilles d'œufs aux couleurs variées, et courait à la chapelle du hameau les attacher au front de la Vierge comme un diadème rustique, ou les passer au cou de l'Enfant Jésus comme un collier de perles.

Plus souvent il laissait à la mère le cher trésor de ses œufs, et quand les petits étaient éclos et qu'ils commençaient à se couvrir d'un chaud duvet, il les rapportait triomphalement chez lui et leur prodiguait les soins les plus tendres. La pie voleuse, le jeune corbeau à la démarche chancelante, la fauvette, le merle siffleur, le geai qui imite la voix humaine, le roitelet, la mésange, remplissaient la chaumière de mouvement et de bruit. Il les apprivoisait avec amour. L'un d'entre eux, rebelle à la domesticité, faisait-il entendre un chant plaintif, le chant précurseur de la mort, l'enfant versait des larmes. Quand il avait expiré, il l'enterrait dans son petit jardin, et avec une solennité naïve prononçait son oraison funèbre. « Oiseaux chéris, disait-il plus tard, oiseaux chéris, ma douce joie, oiseaux pris dans le trou d'un mur, pinson écrasé sous le pied fourchu de la génisse, pie-grièche qui babille en bâtissant son nid sur le cerisier en fleurs, hibou trompé par la voix d'un enfant qui redit sa plainte, geai tombé lourdement du nid sur le sol dur, et que je recueillais avec compassion, le rassasiant de mon doigt plongé dans son bec avide, butors qui, poussés par la tempête, quittent le rivage de la mer irritée et volent vers la terre ferme avec des mugissements lugubres, héron, ami des marais fangeux, cygne au vol sublime qui élève l'homme vers les régions célestes, oiseaux nomades qui tracent dans les airs des figures variées, que de fois ils ont traversé mes rêves de nuit et fait battre mon cœur ! »

Mais il faut quitter les amusements frivoles et se livrer au travail. Le travail commence de bonne heure pour l'enfant pauvre.

A peine descendu des bras de sa mère et posé sur ses pieds raffermis, il balaie la maison, range le bois sous la marmite du foyer, comprime la colère montante du lait bouillant. Plus tard il se hasarde dans le jardin paternel. Enfin, ses forces se développant davantage, les travaux des champs l'appellent au dehors.

Déjà les fèves dressent leurs longues tiges : il faut que la houe passe entre les rangées, pour couper le chiendent et la chicorée sauvage ; il faut qu'on arrache les mauvaises herbes. L'enfant accompagne son père. Comme il a une belle voix, on lui demande de chanter pour égayer le travail. Il chante les pieuses mélodies qu'on apprenait autrefois dans les écoles : l'histoire d'Adam et d'Ève, la mort d'Abel, le cantique des Sacrements, et les complaintes qu'on répétait dans les veillées d'hiver.

« Et voilà, dit-il en se permettant quelques souvenirs orphiques, voilà que les travailleurs charmés suspendent leur tâche : les oiseaux jaloux gardent le silence et les haies immobiles paraissent attentives. »

Cependant les lins étendent leur vert tapis sur le dos des plaines. Garçons et jeunes filles, femmes et vieillards arrivent de tous côtés et s'engagent en troupes nombreuses dans les champs. Agenouillés sur des bottelettes de paille, la tête et les épaules dans un sac — car l'air est vif et la rosée froide — ils arrachent brin à brin les herbes naissantes. Quolibets, joyeux propos, rires bruyants, retentissent au loin. On dirait, à les entendre, ces troupes d'hirondelles qui se réunissent sur le bord d'un toit lorsque l'été perd ses feux et que l'année mourante est saisie par les premiers froids de l'hiver ; elles tiennent conseil, délibèrent sur le jour du départ, et se font en gazouillant un dernier adieu. Mais, de peur que les conversations ne dégénèrent en disputes ou que le laisser-aller n'entraîne à la licence, un chef veille sur les langues de la bande. D'un mot il arrête les orages qui se préparent, et il fait des recommandations qui sont respectées de tous. Père et conseiller des travailleurs, c'est lui qui sanctifie la journée en prononçant, au début et à la fin, le nom adorable de JÉSUS et en faisant le signe auguste de la croix.

« Oh ! disait M. Dehaene, quand je songe à cette vie des champs, quand je me rappelle cette simplicité innocente, cette pureté de mœurs, cette paix sereine des âmes, ce respect de la religion, mes yeux se mouillent de larmes ! » Il pensait à l'humble ferme que ses parents durent quitter, à ce domaine étroit, comme il y en avait beaucoup jadis, et qui se perdent de plus en plus dans les vastes exploitations. La maison est assez grande pour abriter une famille, la propriété assez étendue pour lui fournir du travail. Le père est courageux et robuste, la mère, cachée dans l'intérieur du foyer, est comme la vigne féconde dont parlent les saints Livres. Ces braves gens suffisent à la tâche : ils ouvrent et ferment la saison sans avoir besoin d'appeler du dehors un concours qui trop souvent nuit à la paix intérieure. Ils servent DIEU et ne servent que lui ! Le soir, une riante couronne d'enfants entoure le foyer. Père et mère, frères enjoués et sœurs caressantes, mettent en commun les joies et les peines. Et leur tombe sera près de leur berceau. Oh ! si jamais la foi du CHRIST doit quitter notre pays, c'est sous ces toits rustiques qu'elle laissera la trace de ses derniers pas.

M. Dehaene regrettait d'autant plus cette tranquille vie champêtre qu'il la voyait remplacée par le travail des usines, où la noire poussière souille les corps, où trop souvent la contagion du vice salit les âmes (1).

Les occupations de la campagne changent suivant les saisons, car Dieu est un maître compatissant qui diversifie la tâche de l'homme pour qu'elle paraisse moins lourde.

Voici l'été. Les foins odorants jonchent le sol et sèchent au soleil !

Passant et repassant le long des herbes frémissantes, la faux les a coupées et rangées en lignes parallèles. Et la troupe des oiseaux a fui ses retraites gazonneuses. Et çà et là, perchés sur les ormes des prairies, les petits orphelins font entendre leur gémissement.

Bientôt l'épi se gonfle ; il est mûr ; la moisson commence : à l'œuvre ! A chacun son travail ; à chaque âge sa besogne ! Les moissonneurs aux bras nus, au front ruisselant, font entrer la faux dans les blés d'or. Derrière eux, on lie les gerbes, on dresse les moyettes. Tous portent avec courage le poids du jour et de la chaleur. Quant à l'enfant, il circule sur les pas des ouvriers ; un sac de toile grise pend à son épaule ; il y dépose l'épi détaché de la tige, il garde dans sa main l'épi fixé au chaume, et s'en va répétant la chanson du petit glaneur. Le soir, il revient chargé d'un doux fardeau. Ce qu'il rapporte, c'est du pain pour la saison d'hiver.

Pendant ce temps de la moisson, M. Dehaene avait été témoin d'une jolie scène patriarcale qu'il aimait à décrire.

---

1. « Sera-t-il permis de le dire en passant ? Nous n'avons pas aperçu sans un peu
» de mélancolie, indigne peut-être d'un économiste, le vieux rouet qui se cachait
» délaissé dans le coin obscur de la ferme flamande. Comment ne pas se dire tout
» bas qu'après tout le pauvre engin avait pendant des siècles représenté une des
» faces de l'existence rurale ! Il était comme l'image d'un bon génie domestique....
» Aujourd'hui les jeunes filles vont chercher le travail traditionnel de leur sexe dans
» les fabriques. Le salaire a augmenté, c'est vrai ; mais on se demande s'il n'a pas
» fallu payer cet avantage matériel d'un prix moral trop élevé, et si rien peut
» compenser suffisamment ce faisceau de la famille rompu à un âge où la faiblesse
» physique et morale a plus besoin de ménagement et d'appui. » (BAUDRILLART — *Les populations rurales de la France.*)

M. de Vogüé (*Remarques sur l'exposition du Centenaire*) espère que le dynamo-électrique pourra, dans un avenir prochain, transmettre à domicile la force motrice, et qu'ainsi chaque ouvrière aura son métier, dans sa maison, actionné par la machine centrale. Ce jour-là, l'électricité sauvera le foyer des populations industrielles et le progrès se corrigera lui-même.

« Patrice, disait-il, était un beau vieillard qui demeurait près de chez nous. Ses enfants et petits-enfants, fixés autour de lui, formaient une sorte de tribu, et tous vénéraient l'aïeul robuste. Patrice était bûcheron. Ses fils étaient bûcherons. Mais pendant l'août, ses fils et lui abandonnaient la cognée pour la faux. Le vieillard à la forte voix était donc dans la plaine, abattant les blés du même bras vigoureux qui abattait les arbres. Or, deux de ses petits-enfants voulaient rejoindre leur grand-père. Ils allaient, se tenant par la main, deux petits jumeaux, ayant entre eux même figure, et même petit cœur pour l'aïeul aux cheveux blancs. Mais le champ de blé les séparait de lui. Et les entêtés ne voulaient point revenir sur leurs pas pour faire le tour du champ. Ils se mirent à crier : « Parrain, bon petit parrain, coupez-nous un petit chemin ! » (1) Et le bon vieillard, souriant, enfonça sa faux dans les blés ; et quand la dernière gerbe tomba, il essuya son front, et les deux petits enfants se jetèrent à son cou. »

Ce tableau n'est-il pas exquis? Si Jules Breton était Flamand, n'en ferait-il point un chef-d'œuvre ?

Mais voilà qu'autour de l'aune fleuri, planté sur la dernière voiture de gerbes, on a chanté triomphalement le vieux refrain des moissonneurs. Les blés reposent dans les granges. L'été touche à sa fin. Déjà l'herbe se fait rare dans les pâturages. Il faut donc conduire le troupeau des vaches vers les champs de trèfle ou les prés reverdis. C'est l'office des jeunes garçons. Ce fut à plusieurs reprises celui de Pierre-Jacques Dehaene.

« Dociles et pacifiques, mes bêtes au poil roux s'avancent
« en longue file, par les chemins creux. Je marche à leur suite,
» tenant un long bâton en guise de sceptre, et faisant retentir
» mon fouet strident. Arrivé dans la plaine qui m'est assignée
» comme royaume, je trace une limite qui arrête les écarts de
» mes placides sujets, et je les empêche de porter le ravage dans
» les champs voisins. Pour charmer mes loisirs, je construis dans
» l'aunaie une hutte de branchage, je brûle des feuilles sèches,
» et, à l'heure du repas, je partage avec mes compagnons des

---

1. Nous sommes obligé d'employer souvent le mot *petit*. La langue française n'a point ces délicieux diminutifs qui donnent tant de charme à notre flamand.

» navets et du lard rôtis dans mon petit feu, et des prunelles
» mûres cueillies sur les haies. »

D'autres fois, pendant l'automne, il remplissait une fonction moins noble que celle de conduire un troupeau. En ce temps-là, le cimetière de Quaedypre n'avait point de clôture, et les habitants du bourg séchaient leur linge sur les longues herbes entre les tombes. Par un brumeux jour d'octobre, au pied d'un des grands ormes qui bordaient le cimetière, étaient assis sur une même chaise deux enfants. Leurs deux têtes étaient enfoncées dans le même sac plié en forme de capuchon; leurs quatre mains potelées, rouges de froid, couvraient une chaufferette posée sur leurs genoux. C'étaient le petit Pierre-Jacques et un autre garçonnet de son âge. Ils gardaient ensemble la lessive d'un bon rentier (1).

Quand les campagnards ont serré dans leurs coffres, parfumés d'herbes fines, le beau linge blanc, c'est signe que l'hiver approche, car ils ont profité des derniers rayons du soleil.

L'hiver, pour le pauvre, c'est la dure saison.

« Alors je rentrais sous le toit de mes parents, et, n'ayant
» plus rien à faire au dehors, je m'efforçais de soulager leur
» indigence par de petits travaux d'intérieur. D'une main alerte
» je tournais le rouet et je dévidais le fil de lin que le marchand
» pèse avec une romaine et achète à beaux deniers.

» Hélas ! bien souvent tout manquait dans la maison. Dans
» l'âtre il n'y avait pas une braise, et la pauvre cabane semblait
» hérissée de froid.

» Mais ne crains rien, ô ma mère !
» Ton fils va se mettre en quête. Il cherchera du bois mort.
» Les branches entassées monteront jusqu'au toit, et les voisins
» admireront le courage d'un enfant.

» Je sortais quand la tempête hurlait à travers les arbres, et
» je recueillais les rameaux qui jonchaient le chemin. D'autres
» fois, je descendais dans les fossés sans eau pour arracher des
» racines mises à nu et des souches abandonnées ; ou bien je
» ramassais sur les mottes les tiges des fèves. Si d'aventure, en
» errant à travers les sillons, je découvrais une pomme de terre
» oubliée, je revenais content : c'était une bonne aubaine.

---

1. C'est M. Masselis qui nous a retracé ce joli tableau.

Mais cela ne suffisait pas pour nourrir la famille. Et M. Dehaene dit expressément que ses frères et lui durent mendier leur pain. « La faim torture nos entrailles. Nous sommes bloqués par elle dans la chaumière, comme les soldats dans un camp. Il faut briser le cercle qui nous étreint, il faut sortir.

» Petits enfants à peine vêtus, à peine chaussés, nous partons, le panier au bras, avec quelques pauvres du voisinage. Nous nous joignons à la troupe de ceux qui vont, pâles et courbés, par les chemins déserts et les sentiers humides. Nous stationnons aux portes des fermes, demandant ce qu'on donne pour l'amour de DIEU. A l'heure de midi nous faisons halte. Assis au soleil, près d'un pignon blanc ou le long d'une haie, nous recueillons avec avidité le rayon qu'il accorde au pauvre pour réchauffer ses membres. Nous comptons les tranches de pain et les mettons en ordre dans nos paniers, puis nous goûtons avec une parcimonie craintive ce pain, fruit d'une tâche amère. Le soir venu, nous rentrons avec notre charge, petite ou grande, et notre mère reconnaissante fait le partage équitable de ce qui lui est rapporté. »

Le pauvre enfant ! Pour sa bonne mine et parce qu'il chantait bien, il lui arriva de recevoir une belle tartine beurrée. Et le contentement qu'il en éprouva, le cher petit ! lui resta sur le cœur, et il s'en souvenait encore à 75 ans.

Tous ces détails de mendicité, qui ont paru invraisemblables, et qu'on a même contestés après sa mort, M. Dehaene les raconte avec une touchante simplicité. En les lisant, on a de la peine à contenir ses larmes. Il aimait à rappeler la pauvreté de ses parents, non pour faire ressortir le contraste qu'il y avait entre leur position et la sienne, (un sentiment aussi déplacé n'entrait point en son âme,) mais par reconnaissance pour ces chers parents à qui ses premières années coûtèrent de si durs labeurs, — par reconnaissance pour DIEU, qui l'avait tiré d'une condition infime, — par amour de la pauvreté, qui fut le lot de son divin Maître.

« Ainsi se passèrent les années de mon enfance. Privé de tout, n'ayant souvent qu'un pain d'aumône, le corps trempé par la pluie en hiver et les pieds gelés par le froid, j'ai mené une vie dure qui m'a laissé plus d'un enseignement. Elle m'a fait connaître les mœurs des hommes, pauvres et riches ; elle m'a appris combien nous pouvons supporter de travaux et de privations ; elle me rappelle, aujourd'hui, combien j'ai été peu de chose, et que je dois rester très humble ; surtout elle me fait compatir à celui qui souffre et venir en aide au malheureux. Précieux enseignements ! école excellente de la vie ! utile apprentissage des choses humaines ! Plein du souvenir de ce pénible début, l'ayant conservé toujours dans ma mémoire reconnaissante, j'en rends encore au Tout-Puissant de sincères actions de grâces. »

La troisième partie du poème devait être consacrée au récit des douleurs. Elle ne renferme que quelques vers. La mort l'a interrompue.

Cette vie que nous venons d'esquisser, vie de travail dans les champs et de pauvreté sous le toit paternel, vie d'épanouissante liberté au grand air et de cordiale affection au sein de la famille, dura quinze ans.

Elle ne fut guère signalée que par l'amitié qui unit le jeune Dehaene à l'enfant qui devait être un jour le vénérable aumônier des Ursulines de Gravelines ; nous avons nommé M. Masselis. Il y avait entre eux une notable différence de condition. Le père de Masselis était un assez riche cultivateur chez qui Matthieu Dehaene travaillait parfois à la journée ; de sorte que, des deux camarades, l'un était le fils du maître, l'autre le fils du serviteur. Cela leur donnait quelque ressemblance avec David et Jonathas.

Ils assistèrent ensemble aux catéchismes de la paroisse. Le curé de Quaedypre, dans un but d'émulation, opposait les enfants l'un à l'autre ; il fit de Dehaene le rival de Masselis. Donc les amis se questionnaient et se répondaient tour à tour, et la victoire restait la plupart du temps indécise. Le jour de la première Communion, Masselis eut la première place, Dehaene la deuxième. « Mais, nous disait le bon chanoine, — modeste dans les petites choses comme dans les grandes, — Dehaene comprenait mieux que moi les explications de M. le curé. Je fus le premier parce que j'étais plus exact à fréquenter les classes (1). »

---

1. Le biographe de M. Masselis ne prendra point cette réponse au pied de la lettre. Son héros, il le sait très bien, avait de quoi l'emporter au catéchisme sur le jeune Dehaene.

La cérémonie de la première Communion est une date dans la vie, parce qu'elle fait sur l'âme des enfants la première impression religieuse vraiment profonde et durable. Ni les papiers de M. Dehaene, ni les souvenirs de ses amis, ne nous ont renseigné sur les sentiments intimes de son cœur en ce beau jour. Les vieillards que nous avons interrogés parlent seulement d'un usage singulier qui existait à Quaedypre. La première Communion avait lieu à la grand'messe, c'est-à-dire entre onze heures et midi. C'était fort tard pour des enfants, et le jeûne eucharistique devait leur sembler pénible. Les parents, il est vrai, prenaient la précaution de les éveiller avant minuit pour leur faire faire un dernier repas : mais malgré cela, l'émotion aidant, il y en avait chaque année qui tombaient de faiblesse. En fixant la communion à une heure si tardive, on avait peut-être l'intention de la rendre plus solennelle ; peut-être aussi, par une vieille tendance janséniste, en voulait-on relever le prix, d'après ce principe qu'on estime ce qui coûte. C'est probablement pour cela que les enfants rangés dans le chœur n'avaient point de chaise, et ne pouvaient ni s'accouder ni s'asseoir. Ils restaient debout pendant la messe, les mains jointes et les yeux fixés sur l'autel; ils s'agenouillaient à la consécration et ne se relevaient qu'après l'action de grâces. S'il est vrai que ces préoccupations physiques et cette gêne de corps pouvaient nuire à la liberté du cœur et à l'épanouissement de la piété, il n'en faut pas moins reconnaître qu'il y avait là quelque chose de grand, de respectueux et de saint. Nous devrions nous en souvenir, pour nous mettre en garde contre les mièvreries et le luxe mondain qui menacent de profaner nos premières Communions.

Une chose que nous rappelons volontiers, c'est qu'en ce jour les liens d'amitié chrétienne qui unissaient Dehaene à Masselis furent consolidés à jamais. Et c'était une grâce insigne qui devait entraîner pour eux de grands avantages moraux. Cette amitié fut en effet la sauvegarde de leur innocence. Étant l'un pour l'autre une société agréable, ils évitèrent toutes les compagnies mauvaises et les divertissements dangereux. « Le moment était venu de passer une dernière fois dans les blés à la haute tige et d'arracher la folle avoine et l'ivraie malfaisante.

En ce temps-là, je m'en souviens, nous entrâmes un jour dans les grasses campagnes : nous passions à travers les froments qui cachaient nos têtes comme une verte forêt. Nous étions deux, nous étions seuls : même âge et même nom (1), mêmes goûts et même cœur, deux amis ! Le père de mon compagnon nous avait chargés de parcourir les champs pour découvrir ses oies égarées.

» Quatre jours de suite nous fouillons les récoltes, heureux de ce que le troupeau fugitif se dérobe à nos recherches!... Enfin nous ramenons au laboureur ses volatiles retrouvés. Nous recevons le salaire de nos longues courses, mais la récompense la plus précieuse était pour nous d'avoir pu causer en amis. »

Parlèrent-ils, dans ces entretiens, de ce qu'ils feraient plus tard ? Avaient-ils déjà quelque vague aspiration vers les grandeurs du sacerdoce? Ce n'est pas probable. Mais M. Masselis répétait souvent que son ami s'éprenait d'un bel enthousiasme pour les spectacles de la nature ; que, par exemple, dans les nuages entassés à l'horizon, il saluait des cavaliers marchant à la bataille, et qu'en voyant les grands arbres de nos paysages flamands se draper dans l'ombre de la nuit, il s'écriait : « Regardez ! comme ces géants se recueillent et s'endorment! »

Les deux jeunes gens furent séparés quand M. Masselis s'en alla à Saint-Omer pour apprendre le français. Il passait la mauvaise saison, de la Toussaint à Pâques, dans le pensionnat Cockempot ; l'été venu, il rentrait à la ferme et se livrait aux travaux des champs.

Pendant que son camarade étudiait, Jacques Dehaene aidait de son mieux ses parents.

Mais les prêtres de Quaedypre, qui l'avaient remarqué au catéchisme de la première Communion, ne le perdaient point de vue.

---

1. M. Dehaene s'appelait Pierre-Jacques-Cornil, et M. Masselis, Jacques-Cornil.

CHAPITRE DEUXIÈME.

Les ÉTUDES de M. DEHAENE.
Quædypre. — Hazebrouck. — Cambrai.
1825-1834.

UN jour M. l'abbé Dejonghe, vicaire de Quaedypre, faisait sa petite tournée à la campagne. En passant non loin de la maison Dehaene, il entendit une belle voix qui chantait à ravir. Attiré par elle, il s'approche et, par la fenêtre ouverte, voit dans le fond de la chaumière une jolie tête d'adolescent encadrée par les fleurs qui ornaient le châssis. C'était le jeune Pierre-Jacques qui filait à côté de sa mère et chantait à pleine gorge la complainte de sainte Barbe, fort connue au pays flamand.

Frappé plus que jamais de la mine ouverte, de la physionomie intelligente et de la franche honnêteté de ce garçon :

— « Isabelle, dit le vicaire, il faut le faire étudier. »

La bonne femme joignit les mains en poussant une exclamation de surprise. Etudier ! cela veut dire, au village, apprendre le latin pour être un jour prêtre !

— » Mais vous n'y pensez pas, M. le vicaire ! Nous sommes de pauvres gens ! Nous n'avons pas le moyen de songer à cela. »

M. Dejonghe ne dit point immédiatement tout ce qu'il avait dans l'esprit. Il se contenta de lancer son idée et se réserva de la mettre plus tard à exécution.

Mais Pierre-Jacques avait dressé la tête au seul mot d'études, et le soir, quand son père revint, il n'eut rien de plus pressé que de lui raconter la visite de M. le vicaire.

CHAPITRE DEUXIÈME.

Il y avait en ce temps-là, au village de Quaedypre, un meunier nommé Van Bockstael qui avait appris le latin. Il fut invité par M. Dejonghe à donner au jeune Dehaene quelques leçons de grammaire, à lui faire réciter *rosa*, la rose, *Dominus*, le Seigneur. Ces choses ne dépassaient pas le niveau de son savoir et devaient permettre d'augurer des dispositions de l'étudiant. Van Bockstael accepta de rendre le service demandé et commença son cours. Le résultat fut aussi prompt que satisfaisant, et bientôt le maître put donner au sujet de son élève le meilleur témoignage.

Alors l'abbé Dejonghe résolut de se charger lui-même d'un jeune homme dont l'avenir s'annonçait si bien. Au préalable, il s'entendit avec le curé de Quaedypre, (M. l'abbé Serleys,) pour supporter ensemble les frais qui seraient occasionnés par cette bonne œuvre. Il prit l'élève sous son toit, lui fournissant tout : le vivre, le couvert et l'instruction.

Le meunier Van Bockstael avait terminé sa tâche.

M. Dehaene conserva toujours à ce brave homme un souvenir reconnaissant, et Van Bockstael de son côté n'oublia pas son élève. Étant tombé dans la misère, c'est à lui qu'il eut recours. Il lui écrivit : « Je suis très pauvre ; il ne me manque que les ulcères pour être tout à fait comme Job. » L'humble étudiant, devenu principal de collège, fit une large aumône à son vieux précepteur ; il le reçut même sous son toit, l'hébergea pendant plusieurs jours à diverses reprises, et remplit à son égard les offices de la plus sincère reconnaissance.

Donc, en octobre 1825, Jacques Dehaene était installé chez M. le vicaire de Quaedypre. Il avait près de seize ans.

Il étudiait le latin avec grand goût et beaucoup d'ardeur.

De temps en temps il revoyait ses anciens camarades, et particulièrement Jacques Masselis, son ami, et Fidèle Dekeister, son parent. Il ne manquait point de leur parler chaque fois du plaisir qu'il trouvait dans l'étude, si bien que ces jeunes gens lui portaient envie et que, de retour chez eux, ils suppliaient leurs parents de les faire étudier comme Dehaene. Ils ajoutaient que M. le vicaire les recevrait volontiers, que leur camarade avait promis de les recommander à sa bienveillance. L'abbé Dejonghe, qui aimait à favoriser les vocations ecclésiastiques, prêta facilement l'oreille à cette recommandation. Il fit lui-même des démarches auprès des parents, qui étaient indécis, parce qu'ils comptaient sur les bras de leurs enfants pour les travaux de la ferme, et les amena à renoncer à ce concours utile : de la sorte, il eut trois élèves. Un moment, il en eut quatre: un fils de fermier, nommé Coudeville, vint prendre des leçons de français. Mais celui-ci occupait une chambre à part, tandis que les trois latinistes étaient réunis. Seul, Jacques Dehaene logeait dans la maison vicariale. Ses camarades étaient demi-pensionnaires, et cette demi-pension, ils la payaient en nature, avec du pain, de la viande et des fruits, qu'ils rapportaient plusieurs fois par semaine de chez leurs parents.

Le programme des classes comprenait, comme leçons : la récitation des règles de la grammaire et celle des textes d'auteurs ; comme devoirs : des versions écrites et des thèmes oraux. MM. Masselis et Dekeister ont raconté tous deux que leur camarade avait une mémoire prodigieuse. Pour montrer comme il était bien doué sous ce rapport, ils citaient de vrais tours de force que leur maître lui faisait faire : par exemple, il lui donnait à apprendre par cœur des centaines de vers de Virgile, alors qu'il savait à peine ses déclinaisons. Et lui, sans sourciller, se mettait la tête entre les deux mains et, au bout de quelques minutes, venait réciter, avec une imperturbable assurance, toute une kyrielle de vers dont il ne comprenait pas le premier mot.

Après une année de leçons, M. Dejonghe résolut de placer Dehaene au collège communal d'Hazebrouck. Dekeister et Masselis étant moins avancés parce qu'ils avaient commencé leurs études plus tard, il se réservait de continuer ses leçons pour eux. Mais, au moment même où il songeait à ce projet, il fut transféré de Quaedypre à Ghyvelde. Par conséquent, il ne pouvait plus rien pour aucun de ses élèves, et dut engager les parents des deux jeunes gens plus aisés, à faire pour leurs enfants ce qu'il faisait lui-même pour Dehaene : les mettre en pension. Les trois amis ne furent donc point séparés. Conduits par un séminariste en vacances (1), ils vinrent à pied jusqu'à Hazebrouck. C'était leur premier voyage. Ils ont dit maintes

---
1. M. l'abbé Leurèle, de Steenvoorde, compatriote de M. Dejonghe.

fois que tout leur semblait merveilleux. A mi-chemin, ils s'arrêtèrent à Steenvoorde, pays natal de M. Dejonghe, et reçurent l'hospitalité dans la ferme de ses parents. Tout le long de la route, le séminariste leur faisait subir une sorte d'examen préparatoire à la classe où ils entreraient ; il les interrogeait sur le latin, la géographie, le système métrique ; il leur faisait traduire du flamand en français : « Je me souviens, disait M. Masselis, qu'il nous posait solennellement cette question : Comment dites-vous en français « *Oorlog* » ? Et nous répondions tous trois avec un accent tudesque : « *La ghuerre !* »

A Hazebrouck, leur premier souci fut de trouver un logement; car, à cette époque, le collège communal n'étant qu'un externat, les élèves du dehors devaient demeurer chez les bourgeois. Le séminariste qui accompagnait les jeunes gens de Quaedypre les conduisit tout droit à la maison où il avait lui-même été pensionnaire. Il fut heureux de pouvoir les y caser tous, car cette maison offrait plusieurs avantages : d'abord, elle était située à proximité du collège (1) ; en second lieu, on y faisait des prix très abordables : vingt francs par mois pour le logement et la nourriture ! Enfin, et ceci était le point le plus important, elle était tenue par de fort braves gens. Le patron, Corniltje Andries, fabriquant de navettes pour tisserands et repasseur de rasoirs, était un excellent homme, qui depuis longtemps recevait sous son toit des pensionnaires, et jouissait non seulement de la confiance des parents mais encore de celle des maîtres. Il en était bien digne sous tous les rapports : il regardait en effet ses étudiants comme des membres de sa famille, les faisait servir par Thérèse sa femme, les plaçait à table à côté de ses enfants, Constance et Henri, et exerçait sur eux une surveillance qui, pour rester paternelle, n'en était pas moins sérieuse. Il avait pour ses pensionnaires d'aimables attentions qui ne leur étaient point strictement dues. Par exemple, quand il faisait froid ou qu'il pleuvait, il leur permettait de jouer dans la pièce de devant, qui servait à la fois de magasin et d'atelier. S'il faisait beau, il leur ouvrait son petit jardin. La chambre voûtée, la plus belle de la maison, était leur

---

1. Dans la section de la rue Thérouanne, appelée depuis rue de l'Orphéon, par conséquent à deux pas des bâtiments des Augustins où se faisaient les classes.

dortoir ; une remise donnant sur la cour, leur salle d'étude. C'est là qu'on traduisait Homère et qu'on lisait Virgile. Au milieu de cette bonne vie, toute simple et patriarcale, on goûtait mieux, ce me semble, les auteurs anciens. Corniltje et Thérèse rappelaient Philémon et Baucis, et les détails de leur ménage devaient permettre souvent de classiques allusions. Grand amateur de tir à la perche, Corniltje était resté fidèle à l'antique corporation, à la noble *Ghilde* de Saint-Sébastien (1). Malgré son grand âge, il venait, tous les dimanches après vêpres, tendre son arc avec les camarades, et le plus grand plaisir que pussent lui faire ses étudiants, c'était de l'accompagner jusqu'au théâtre de ses exploits. Hélas ! le bon vieillard n'avait plus la vigueur du temps jadis, et bien souvent la flèche n'allait qu'à mi-chemin du but. Alors les latinistes rappelaient tristement le mot du poète sur l'antique Priam :

Telum imbelle, sine ictu...... conjecit (2).
Il a lancé un trait débile et sans portée !

Mais s'il avait perdu la force, en revanche il avait acquis la sagesse, la sagesse des vieillards ! Et si sa flèche ne portait plus, sa parole du moins frappait juste. Souvent donc, sur les gais propos de la rieuse jeunesse, il faisait descendre bien à point une grave sentence. N'avait-il pas, lui aussi, son livre, un vénérable manuscrit, héritage de son père, vrai trésor moral où était accumulée l'expérience de plusieurs générations ? On y trouvait « *les vertus des simples de nos prés* », des recettes de tout genre pour guérir les maladies et les blessures, et même, (chose que

---

1. La Ghilde ou confrérie de Saint-Sébastien, société des archers d'Hazebrouck, est très ancienne. En 1556, elle obtint du roi d'Espagne, Philippe II, une reconnaissance légale : « Désirant le bonheur des suppliants (les amateurs de l'arc à la main de la ville d'Hazebrouck), et voulant qu'ils puissent s'exercer à tous jeux honnêtes et vertueux, nous leur accordons qu'ils pourront ériger et instituer une confrérie et société de l'arc à la main en l'honneur de Dieu et de saint Sébastien, au nombre de 80 personnes, bons, honnêtes et estimables hommes, de bonne renommée et réputation, capables et aptes à manier l'arc et s'exercer au prédit jeu.

» Ils pourront dans leurs sorties porter par les rues et la campagne leur costume, flèches et autres armes défensives pour la sûreté de leurs personnes, à la condition de nous servir dans nos guerres, quand ils en seront requis, et de prêter main forte à l'exécution de la loi, sur la demande du bailli. » (Archives communales d'Hazebrouck.)

2. *Énéide*, l. II, v. 545.

l'on disait tout bas,) le secret souverain de plusieurs plantes très efficaces contre la sorcellerie. Tout cela donnait à Corniltje le prestige d'un Hippocrate. Mais, comme l'Hippocrate des vieux temps, il savait que le vice est plus à craindre que la maladie. C'est pourquoi son recueil se terminait par l'histoire versifiée d'un jeune homme qui meurt à vingt-trois ans et qui, sur son lit de mort, avertit ses compagnons de plaisir de mieux vivre que lui, — qu'il n'a guère connu, hélas ! que Bacchus, Vénus et Apollon, — et qu'à la dernière heure ces dieux deviennent lugubres et traînent en enfer.

Il n'était pas nécessaire de raconter cette histoire aux trois étudiants de Quaedypre. Amis de l'étude, ils s'entendaient pour se porter mutuellement au travail ; ils avaient même composé un petit règlement dont ils observaient tous les points. Ils se levaient et se couchaient à des heures déterminées, prenaient leur repas et leurs récréations ensemble, gardaient le silence pendant les études. Quarante ans plus tard, M. Dehaene citait en exemple aux externes de St-François d'Assise (1) ce qui se faisait dans le petit groupe de la maison Andries :

« Je le sais, disait-il, la dissipation n'est que trop naturelle
« aux externes. Le remède, c'est que la maison paternelle ait
» quelque chose du calme, de la sobriété et de la régularité du
» collège. — Quand nous étions élèves, nous faisions de tels
» sacrifices. N'avions-nous pas notre lever fixe et matinal ? notre
» *signum linguæ?* N'étions-nous pas convenus entre nous de
» stimuler mutuellement notre zèle, d'aiguillonner notre humeur
» parfois encline à la paresse ? Et ne savions-nous pas, au
» moyen de signaux bondissant et retentissant sur nos toits,
» chasser un sommeil trop prolongé et trop aimé, pour aller
» au milieu des prairies verdoyantes, au bord des champs couverts
» de riches moissons, mêler le murmure de nos voix, qui
» répétaient des leçons d'histoire ou des textes d'auteurs, au
» concert des oiseaux qui saluaient l'aurore ? »

C'est en octobre 1826 que le jeune Dehaene arrivait à Hazebrouck. Il fut admis en cinquième ; ses camarades entrèrent l'un en sixième, l'autre en septième.

Le collège communal n'était pas alors ce qu'il est aujourd'hui.

---

1. Discours de distribution de prix (1870).

Les belles constructions qu'on voit dans la rue de l'Église n'existaient même pas. Les classes se faisaient dans le bâtiment des Augustins, qui sert présentement d'hospice. Comme la ville ne mettait à la disposition des professeurs que les salles du rez-de-chaussée, il ne pouvait pas être question de recevoir des pensionnaires. Les élèves n'avaient même pas de salle d'étude, pas de cour de récréation ; ils étaient réduits à prendre leurs ébats sur la place de la Sous-Préfecture. Un établissement d'instruction secondaire aussi pauvrement conditionné ne pouvait avoir grande vogue. Et cependant il était le plus prospère de toute la région, parce que, s'il était défectueux au point de vue matériel, il offrait du moins un avantage moral considérable et fort apprécié par les familles chrétiennes : il était dirigé par un prêtre.

Ce prêtre était M. l'abbé Pierre-Côme Delessue. Natif d'Hazebrouck, élève des Augustins avant la Révolution, il fit ses études théologiques au séminaire d'Ypres. Il avait une fort belle voix ; c'est pourquoi il fut attaché à la maîtrise de la cathédrale en qualité de prêtre-chantre. Pendant la Terreur, il émigra en Westphalie. Après le Concordat, le siège épiscopal d'Ypres ayant été supprimé et la maîtrise abolie, il fut forcé de revenir au sein de sa famille. Il était précepteur à Bailleul, quand on l'invita à prendre la direction de l'école secondaire d'Hazebrouck ouverte en janvier 1803. Il la conserva jusqu'à sa mort (1827.)

Le personnel enseignant se composait de quatre professeurs. L'un d'entre eux tenait un cours élémentaire de français ; les trois autres se partageaient les six classes de latin, depuis la septième jusqu'à la seconde.

Tout ce qui concerne la surveillance et l'éducation restait à la charge du directeur. Il habitait, dans la rue Neuve, une maison assez vaste, flanquée d'une vieille brasserie, qu'il avait fait arranger en salle d'étude pour les externes qui désiraient venir chez lui. Dans la semaine, il célébrait la sainte Messe à l'église paroissiale, vers sept heures et demie. Beaucoup de ses élèves y assistaient. Le mardi et le jeudi, il les conduisait en promenade. De temps en temps, le dimanche, pendant la belle saison, il autorisait les plus grands à s'en aller, sous la conduite d'un professeur laïc, dans les villages voisins (Staples, Renescure,

Morbecque,) pour défier les campagnards à une partie de balle (1).

M. Delessue avait pour sa famille d'élèves une vraie sollicitude de père. On disait qu'il savait ménager les punitions et les faire craindre. Une des choses qu'on redoutait le plus, c'était d'être invité à dîner chez lui : on savait que le pain sec serait tout le menu du repas.

Tout en surveillant de son mieux son petit troupeau, ce bon prêtre ne négligeait rien de ce qui concernait les études. Le programme de l'enseignement secondaire était alors beaucoup moins chargé qu'aujourd'hui : il ne renfermait pas de sciences, pas d'histoire de la littérature, fort peu d'histoire proprement dite, et encore moins de géographie. Le grec lui-même était laissé à l'arrière-plan. Écrire correctement le français et comprendre convenablement le latin, tel était le double but à atteindre. Mais, pour y arriver, il y avait dans le pays d'Hazebrouck une difficulté spéciale à vaincre. La plupart des élèves, étant d'origine flamande, comprenaient à peine les mots les plus usuels de la langue française, de sorte qu'il fallait simplifier toutes choses pour se mettre à leur portée. Spécialement à leur intention, M. Delessue avait composé en flamand une grammaire française élémentaire, intitulée « *Spreek-Kunst* », et en français une petite méthode de la langue latine beaucoup plus rudimentaire que notre vieux Lhomond. Ses anciens élèves s'accordent à dire qu'il possédait très bien le latin et qu'il l'enseignait très clairement.

---

1. En temps ordinaire, pour les plus petits de ces externes venus des villages flamands, les récréations n'étaient pas difficiles à trouver. Quand Louis Rollin le légendaire sergent de ville, pour ne pas dire le garde-champêtre d'Hazebrouck, orné de son costume antique, bicorne, large baudrier avec plaque, frac dont les pans immenses battaient ses talons, marchait dans les rues, secouant consciencieusement sa clochette pour avertir les ménagères de balayer leur trottoir, le plaisir des jeunes externes était de lui faire une bruyante escorte. Souvent aussi ils accompagnaient, mais de loin, (car celui-ci était un homme sans parole, qui leur faisait peur,) l'allumeur de réverbères. Tout en restant à une distance respectueuse, ils le regardaient opérer, ils le voyaient ouvrir le guichet de la corde, gouverner la poulie, faire glisser le réverbère le long du câble de support, arranger la lampe, (chose curieuse pour eux, car il n'y avait pas encore de quinquets dans les ménages,) y mettre l'huile, la mèche et le feu, et remonter triomphalement le phare nocturne.

Tels étaient leurs passe-temps.

Au milieu des difficultés de sa charge, le dévoué principal avait conservé son goût pour la musique. C'était toujours avec un réel plaisir qu'il allait s'asseoir dans les stalles de l'église Saint-Éloi. Là, trônant à côté de Bachelet le grand chantre, il faisait la haute-contre dans les morceaux à plusieurs parties. Tous les ans, pendant la Semaine Sainte, il chantait les lamentations, et l'on venait en foule pour l'entendre, parce qu'il mettait beaucoup d'expression dans sa voix.

M. l'abbé Delessue mourut en 1827 (1).

Il eut pour successeur M. Coache, professeur laïc. M. Coache fonda une bibliothèque de livres de lecture, qui comprenait une centaine de volumes. L'ouvrage principal était l'histoire ancienne de Rollin. M. Dehaene nous a souvent répété qu'il l'avait lue d'un bout à l'autre avec un vif intérêt et un grand profit.

Nous avons vu plus haut qu'il entra en cinquième. Comme il avait beaucoup de moyens et qu'il était travailleur, il fut bientôt l'un des premiers élèves de sa classe. En quatrième, il vit arriver du collège de Saint-Omer un émule redoutable qui s'appelait Benoît Cailliau. La lutte devint très difficile, et Jacques Dehaene fut souvent le vaincu. Il le rappelait en 1878, dans une allocution de distribution de prix prononcée en présence de M. le chanoine Cailliau, vicaire-général de Mgr Régnier et archidiacre de Dunkerque. M. Cailliau, (c'était l'ancien condisciple,) accusait son ami de trop d'humilité, et répondait que les victoires étaient achetées chèrement. Ce qu'il y a de certain, c'est que Jacques Dehaene avait plus d'imagination et de sensibilité, et que Benoît Cailliau l'emportait par la fermeté du jugement et la sûreté de l'érudition. Un autre de ses émules d'Hazebrouck fut André Houvenaghel, qui fit son droit avant d'entrer au séminaire, et mourut curé de Pitgam.

Au témoignage de ses condisciples, Pierre-Jacques Dehaene excellait dans les vers latins, la narration latine et le discours latin.

Les succès scolaires sont le meilleur moyen de se poser parmi les étudiants. Si campagnard que l'on soit, et de mine et

---

1. Deux de ses neveux furent prêtres et moururent curés, l'un à Steenbecque, l'autre à Godewaersvelde.

d'habit, quand on l'emporte dans les compositions, on n'a rien à craindre. Le trio de Quaedypre avait dû faire ses preuves pour obtenir droit de cité parmi la gent écolière et mettre fin aux tracasseries dont les nouveaux venus sont ordinairement victimes. Il faut convenir que la tentation de jouer quelque petite farce à ces bons villageois était forte, trop forte même pour qu'un gamin d'externe pût y résister. Ils étaient si primitifs avec leurs culottes courtes, leur veston de velours et leurs yeux pacifiques ! Est-il étonnant qu'au début, le nez de l'un, les mollets de l'autre, les oreilles du troisième, aient eu tant soit peu à souffrir ? Mais la chose ne dura point. Non que la surveillance y mît bon ordre : pas plus alors qu'aujourd'hui elle ne s'étendait guère à ces détails; elle n'allait point jusqu'à comprendre dans sa sphère la rue, ce perpétuel champ de bataille des écoliers. Mais nos jeunes amis savaient se défendre, Dehaene surtout, qui était vif comme la poudre ! Un jour, poussé à bout par les méchantes plaisanteries d'un de ses camarades, il se lève. Les étudiants n'avaient ni table ni banc, et chacun apportait en classe son escabeau. D'une main fébrile, il saisit cet escabeau qui lui servait de siège et le lance à la tête de l'agaçant personnage. Heureusement celui-ci put esquiver le coup ! « J'avais tort, racontait M. Dehaene, je risquais de lui fendre le crâne. Et quand j'y songe, je remercie la Providence de m'avoir évité ce malheur ! » Quoi qu'il en soit, l'autre se le tint pour dit. Il ne recommença plus, et même, dans la suite il se lia d'amitié avec l'élève qui s'était si bravement défendu. Masselis et Dekeister bénéficièrent du prestige que ce redoutable exploit donna à leur compatriote. Dorénavant, la paix fut garantie. Nous citons cet incident comme un trait de caractère et nous constatons que c'est par de tels moyens qu'on se faisait respecter dans les externats. Les procédés étaient un peu violents, il faut en convenir, mais ils avaient du bon. C'était une des façons d'apprendre la lutte pour la vie, et, comme disent les gens du peuple, de devenir garçon. On ne le devient point sans livrer bataille.

Au demeurant, la conduite du jeune Dehaene était exemplaire Un escabeau jeté en passant, cela ne compromet rien. C'est une preuve qu'on a du sang dans les veines et qu'on n'est pas vertueux sans mérite. Mais, pour ce qui touche à l'ensemble de la vie, pour tout ce qui se rapporte à l'honnêteté, à la droiture, au courage, à la piété, on n'avait aucun reproche à lui faire.

La piété d'un jeune homme se montre particulièrement pendant les vacances. C'est alors qu'on peut constater si elle est sincère, si elle est vive et profonde. Pierre-Jacques Dehaene passait habituellement ses vacances avec ses amis Masselis et Dekeister. Il recevait tour à tour l'hospitalité chez les parents de l'un ou de l'autre, parce que M. Dejonghe, son bienfaiteur, n'était plus vicaire de Quaedypre. Les étudiants faisaient en commun leurs exercices de piété. Et, chose bien digne de remarque et tout à fait à leur éloge, quoique élèves d'un collège communal, ils connaissaient déjà et observaient exactement les diverses pratiques qu'on n'apprend généralement qu'au grand séminaire : méditation, lecture spirituelle, chapelet, petit office de la Ste Vierge. On remarquait aussi leur excellente tenue à l'église : au moment de la consécration, ils faisaient comme les chrétiens du vieux temps, ils quittaient leur chaise et se mettaient à genoux sur la pierre nue. Enfin, ils évitaient les réunions mondaines, fêtes bruyantes, ducasses tapageuses, et menaient une vie calme et digne, point éparpillée sur les places publiques ni sur les grands chemins. Pour ce dernier point, ils trouvaient autour d'eux la leçon et l'exemple. On a dit parfois que les paroisses de la Flandre flamingante ne valent point celles de la vallée de la Lys. Il est possible que la piété y soit moins expansive, la générosité de cœur moins grande, et que les sociétés et œuvres de tout genre s'y implantent plus difficilement. Cela tient à des différences de races qui influent sur le caractère de la dévotion, et la font, ici plus timorée, là plus confiante, d'un côté plus recueillie, de l'autre plus épanouie, avec plus de souci de la justice chez les uns, avec une plus grande tendance à la charité chez les autres. Mais en revanche, dans la plupart des villages, au temps de M. Dehaene, et maintenant encore dans les familles que la frivolité du siècle n'a point entamées, quelle sainte gravité de mœurs ! quel profond respect pour les choses de DIEU ! quel esprit de foi ! quelle fidélité irréprochable à tout ce qui est le devoir ! Installées dans leurs vastes fermes, isolées et silencieuses, les familles chrétiennes de Flandre ont quelque chose de claustral. Ce n'est qu'en Bretagne qu'on peut trouver cette imperturbable paix, ces paroles rares et cette dignité religieuse. Jamais le Flamand ne plaisante sur les choses qui touchent de près ou de loin à la foi. C'est un trait de caractère. Il comprend que, pour aller au Ciel, il faut marcher en présence de Dieu, comme le patriarche Abraham quand il traversait les déserts. S'il ne croit pas facilement aux vocations religieuses, il les met à haut prix quand elles sont dûment constatées, et s'incline humblement devant elles, disant : « Ce sont les œuvres de Dieu : il faut les respecter ! » Le sérieux est la première qualité qu'il exige du prêtre, et du lévite qui veut le devenir.

Élevés dans un tel milieu, Jacques Dehaene et son compagnon ne connurent point les divertissements profanes. Quand il était question de réjouissances, de plaisirs, de gais passe-temps, leurs pères et mères les avertissaient que ces choses n'étaient point faites pour eux. Après la pauvreté de ses premières années et en face de la détresse de ses parents, Jacques Dehaene savait qu'une seule chose lui convenait : le travail; il l'adoptait, assidu, infatigable, acharné.

En 1829, ayant terminé sa troisième, il quitta le collège communal. Ses bienfaiteurs le croyaient assez fort pour entrer en rhétorique sans passer par la seconde ; ils décidèrent de l'envoyer au petit séminaire de Cambrai (1).

---

1. Un des souvenirs les plus bienfaisants que le jeune Dehaene emporta d'Hazebrouck fut celui de M. Delancez, curé-doyen. En assistant aux offices dans l'église paroissiale, il avait eu occasion de voir et d'entendre ce vénéré prêtre. Il eut toujours sous les yeux les beaux exemples de piété, de charité et de zèle qu'il avait remarqués chez lui. En 1846, sous les auspices de Mgr Giraud, M. Capelle, missionnaire diocésain, ayant entrepris de publier la biographie des prêtres du diocèse de Cambrai morts depuis 1800, et distingués par leurs vertus et leurs talents, s'adressa à M. Dehaene pour qu'il écrivît celle de M. Delancez. M. Dehaene n'eut qu'à faire appel à ses propres souvenirs et rédigea une notice pleine de détails intéressants et édifiants. Il raconte que M. Jean-Baptiste Delancez, né à Hazebrouck, le 8 février 1752, de parents vertueux et riches, fit ses humanités au collège des Augustins, suivit les cours de philosophie de l'Université de Douai, étudia le droit et fut reçu avocat au Parlement de Paris ; qu'après de mûres réflexions il entra au séminaire d'Ypres, et fut ordonné prêtre à l'âge de 30 ans ; qu'il fut nommé vicaire à Hazebrouck ; qu'en 1790 il quitta la France pour ne point prêter le serment schismatique, reprit ses études de théologie à Louvain, fut reçu licencié, et nommé curé de Polinchove en Belgique (1793); qu'à la suite de l'invasion française il dut se retirer en Westphalie, d'où il revint dans sa paroisse de Polinchove

En y arrivant, il subit un examen et fut admis dans la classe pour laquelle il se présentait. Elle était fort nombreuse, parce que l'application des ordonnances de 1828 avait fait affluer à Cambrai les élèves ecclésiastiques dispersés dans les divers collèges de la région.

Il eut pour professeurs de rhétorique MM. Jovéniaux et Aernout. M. Aernout était en même temps supérieur. Prêtre distingué, originaire d'Hazebrouck, il avait été un des élèves les plus remarquables de M. Delessue. Ses rares aptitudes lui firent obtenir, au concours, une bourse au lycée de Douai. C'est là qu'il termina ses études. Après avoir été professeur d'Ecriture Sainte au grand séminaire, il venait d'être nommé supérieur du petit séminaire ayant à peine 26 ans.

Enumérer des succès classiques, rappeler, par exemple, que le rhétoricien Dehaene fut, dans la première composition en discours latin, le premier de sa classe, et que les Flamands, faisant

---

après la guerre ; qu'en 1803 M. Hannebicque, doyen d'Hazebrouck, étant mort, les habitants supplièrent M. Delancez, leur compatriote, de revenir parmi eux. Mgr Belmas joignit ses instances aux leurs, et M. Delancez accepta la cure d'Hazebrouck, qu'il occupa jusqu'à sa mort (1803-1827).

M. Dehaene rappelle : 1° *Sa charité incomparable*. Possesseur d'une grande fortune, il la distribua tout entière en aumônes ; il vendit cinq fermes pour les pauvres ; l'église d'Hazebrouck était délabrée : il l'enrichit de cinq beaux autels, d'une boiserie et de confessionnaux, et la fit ce qu'elle est encore. — 2° *Sa tendre dévotion envers l'Eucharistie*. En entrant à l'église le matin, il avait coutume de se mettre à deux genoux et de baiser le pavé du sanctuaire. — 3° *Son respect pour l'Ecriture Sainte*, qu'il regardait comme une portion du corps de JÉSUS-CHRIST et qu'il ne lisait que découvert et à genoux. — 4° *Son austérité*. Il ne faisait qu'un seul repas par jour, et, le soir, se contentait d'une simple collation, qui en Carême ne consistait qu'en un verre de bière et un morceau de pain. Toute sa vie il ne voulut coucher que sur un lit de paille, même pendant sa dernière maladie. Recevant Mgr Belmas à dîner, il n'avait à mettre sur la table qu'une pauvre nappe dont il ne put dissimuler les trous, ce qui faisait dire au prélat : « *A ces marques on reconnaît l'homme !...* » M. Delancez était mourant quand Charles X visita Hazebrouck. Le roi, qui l'avait vu à Paris, avocat au Parlement, manifesta l'intention de lui rendre visite, mais on fit observer que le vénéré doyen était à l'agonie et il renonça à son projet. Peu d'heures après, M. Delancez rendait sa belle âme à DIEU.

Sa dépouille mortelle repose au cimetière d'Hazebrouck. Sur son épitaphe, il est dit qu'il fut « pendant 25 ans grand-doyen et doyen d'Hazebrouck, et le protecteur et le père des malheureux. »

Telles sont les choses que rappelle M. Dehaene. Elle firent sur sa jeune âme d'étudiant ecclésiastique une profonde impression.

allusion à son nom (*de haene*, le coq), disaient : « Notre petit coq a chanté plus haut que tous les Français, » semblerait mesquin en face des grands événements qui remplirent ces années 1829 et 1830. Elles furent en effet, au point de vue de l'administration diocésaine, des années fort orageuses, signalées par des bouleversements fâcheux, contre-coup des révolutions politiques. Les biographies des prêtres qui étaient alors dans la force de l'âge (M. Aernout, M. Delautre, M. Bonce) constatent des agitations de toute sorte.

Pierre-Jacques Dehaene n'avait que vingt ans. Ce n'est point à cet âge qu'on prend fait et cause dans des débats irritants comme ceux qui divisaient alors le clergé ; mais à cet âge-là déjà on entend parler et l'on commence à comprendre ; on a des tendances personnelles, une éducation de famille ; à vingt ans enfin, on a du cœur, et la doctrine du fait accompli est trop commode pour qu'on ne la mette point au-dessous de la fidélité chevaleresque aux grandeurs déchues. La timidité du jeune Dehaene ne l'empêchait point d'avoir des impressions, qu'il gardait pour lui-même et qu'il fortifiait en les concentrant. En élève reconnaissant, il fut vivement peiné d'apprendre, pendant les vacances d'août, que son supérieur et professeur, M. Aernout, était révoqué de ses fonctions pour n'avoir pas voulu adhérer publiquement à un gouvernement qu'il croyait illégitime, et relégué à Hazebrouck, sans poste, sans pouvoir, en complète disgrâce. Par éducation et par tempérament, lui-même n'aimait point la dynastie nouvelle, inaugurée sur les barricades et issue de Philippe-Égalité.

Au mois d'octobre 1830 il entra au grand séminaire. Il y trouva comme supérieur M. l'abbé Delautre. Professeur de morale d'abord, il venait de succéder à M. Laloux. En 1832, il fut nommé vicaire-général et remplacé par M. Leleu.

Les gens du monde ne peuvent se figurer les joies douces et profondes que l'on goûte au grand séminaire. Un séminaire est à la fois *une école*, et la plus belle de toutes, par les magnifiques études que l'on y fait (philosophie, théologie, Écriture Sainte); *une famille*, par les nobles affections qu'on y contracte avec des condisciples aimants, pieux, pleins de saintes aspirations et exempts de tout intérêt personnel ; *un cloître*, par le parfum de piété qui s'y exhale ; *un sauctuaire*, par la présence de Dieu qui agit sur les cœurs, qui les remplit de ses grâces les plus précieuses et les inonde de son amour.

Tout cela réuni compose un bonheur beaucoup trop beau pour durer. Dieu l'accorde à ses enfants afin qu'ils n'aient point de regret de lui avoir donné leur cœur. Et comme il y a, dans les amours humains, quelques moments exquis de joie, où l'espérance et l'illusion ont leur part et qui sont l'entrée fleurie d'un chemin étroit et rude, de même le sacerdoce avec ses lourdes charges est précédé d'un vestibule de paradis. Dans cette heureuse enceinte, pour M. Dehaene, tout contribuait vraiment au charme de l'existence. Aux sources de joie que nous avons énumérées plus haut, et qui toutes étaient jaillissantes sur son âme, il faut ajouter le bonheur qu'il trouvait dans les relations avec ses maîtres. Ils étaient pour lui des professeurs éclairés, des directeurs affectueux et des modèles de vie digne et grave.

Les principaux souvenirs qu'il en conserva se rapportent à M. Possoz et à M. Leleu. Il avait pour le premier une vive sympathie, pour le second une profonde estime, et en tous deux une filiale confiance.

M. Possoz, professeur de philosophie, dictait son cours. L'élève Dehaene prenait des notes avec un soin minutieux et une docilité de jugement qui plaisaient à son maître. Mais, non content de l'aimer comme professeur, il admirait en lui l'homme généreux et dévoué, le futur religieux dont, sans le savoir, il partageait les goûts. (M. Possoz était à la veille de partir pour la Compagnie de Jésus.)

C'est M. Leleu, d'abord professeur de dogme, puis supérieur, qu'il avait choisi pour directeur de sa conscience. Après être sorti du séminaire, il continua de recourir à lui dans les circonstances critiques où l'on a besoin de conseil.

M. l'abbé Bernard n'eut point M. Dehaene pour élève. Mais il ne se contentait pas de faire la classe ; il s'occupait beaucoup de la bonne tenue des séminaristes. Il attirait leur attention sur un travers remarqué en public, sur une faute de prononciation, sur un manque de civilité. Tout cela, disait M. Dehaene, nous formait aux belles manières, à la correction irréprochable, à la dignité ecclésiastique, qualités si estimées des anciens prêtres.

Il rappelait avec non moins de reconnaissance et plus d'admiration les cours de liturgie de M. Delautre. Il n'eut pas longtemps la bonne fortune d'assister aux retentissantes leçons de morale de ce professeur modèle, disons mieux, de ce théologien (1). Mais M. Delautre, en devenant supérieur, avait gardé son goût pour l'enseignement ; il s'était réservé l'explication du rituel : il trouvait moyen de faire à ce propos les considérations les plus belles et les plus pratiques, et d'enfermer dans un cours de liturgie tout un cours de morale. Ces leçons inspirèrent à ses élèves des sentiments de profond respect pour les prières de l'Église, pour les formules sacramentelles et pour les rites sacrés.

M. Dehaene parlait aussi des saintes austérités de tous ses vénérés professeurs. « Votre oncle, disait-il à M. Lagatie en parlant de son homonyme, économe du grand séminaire, ne mangeait qu'une fois par jour durant tout le Carême. » C'était la tradition du diocèse d'Ypres que les vieillards de la région suivaient fidèlement et que l'on connaît encore en Flandre (2).

Après ces renseignements un peu généraux, on se demande tout naturellement ce que les condisciples de M. Dehaene au grand séminaire remarquèrent le plus en lui. Ceux de nos lecteurs qui n'ont connu que M. le Principal avec son allure décidée, son port de tête impératif, son geste saccadé et ferme, seront étonnés d'apprendre que ce fut la modestie. Les survivants de cette génération racontent en effet qu'un des leurs, un favori d'Apollon égaré en Israël, ayant composé une pièce de vers dans laquelle entraient les noms des élèves avec une épithète carac-

---

1. M. Delautre soutint le premier au séminaire de Cambrai la thèse du probabilisme, d'après laquelle, chaque fois qu'une obligation est douteuse, il est permis de suivre une opinion solidement probable ; l'opinion plus probable n'est pas la seule à laquelle l'on puisse s'arrêter. Il s'appuyait sur l'autorité de St Alphonse de Liguori. L'Église, en décernant le titre de docteur à St Alphonse, a donné à son opinion une autorité telle qu'on peut la suivre et l'enseigner en toute sécurité.

2. Voir pour plus de détails *Biographies des prêtres du diocèse de Cambrai* par le Dr SALEMBIER, Quarré, Lille, 1890, et notamment les notices sur l'abbé Leleu et sur l'abbé Bonce par M. le Vicaire-Général Destombes, la notice sur l'abbé Delautre par M. le chanoine Bertein, celle sur l'abbé Bernard par M. le chanoine Didiot.

téristique de chacun d'eux, avait distingué parmi les Flamands :

> Le docile Dehaene,
> Cailliau le philosophe
> Et Dannoot l'intrépide.

Le docile Dehaene ! Le mot parut très juste. C'était, disait-on, la note distinctive de ce jeune abbé.

D'autres affirment que la modestie était sa qualité dominante. Mais la docilité et la modestie se ressemblent tellement que l'une appelle l'autre. En tout cas, nous savons que, devenu principal, M. Dehaene déclarait souvent qu'il n'avait jamais vu de défauts dans ses maîtres et que l'obéissance ne lui avait jamais coûté. Cette obéissance s'étendait non seulement aux choses de règle, aux points de discipline, mais encore aux opinions, aux discussions de classe. Il n'était point de ces élèves qui aiment à faire des objections, qui se plaisent à soulever des difficultés. Cela tenait à son caractère naturellement large et droit. Ni dans les hommes, ni dans les choses, il ne voyait volontiers le petit côté, le point vulnérable.

La vie du séminaire impose des privations. On n'était point alors installé dans les bâtiments actuels (1) et l'on se trouvait fort à l'étroit dans les anciens. Mais personne ne se lamentait là-dessus, l'abbé Dehaene moins que n'importe qui. En fait de privations matérielles, il avait été à bonne école, et quoiqu'il eût une santé délicate, il ne se plaignait jamais.

Dans ses années de séminariste, nous n'avons à signaler qu'un incident relatif à son premier sermon. Prêchant sur le péché mortel, il comparait Satan qui attaque les âmes, au Pharaon d'Egypte qui poursuivait les Hébreux. Et, s'emparant du texte même de la Bible (2), il avait mis en scène l'ennemi du bien en lui faisant dire : « Oui, je poursuivrai les âmes, je les saisirai, je prendrai leur dépouille pour m'en repaître, et puis je tirerai mon glaive et ma main les tuera ! » Il prononça cette tirade avec une remarquable énergie. Comme d'habitude, un élève fut char-

---

1. Les bâtiments actuels sont un ancien collège de Jésuites. Ils furent achetés en 1834, aménagés et finalement occupés en 1838. Le grand séminaire était dans les bâtiments affectés depuis au petit séminaire. Le diocèse doit en grande partie l'acquisition et la restauration du séminaire actuel à M. le chanoine Lagatie.

2. Exode., chap. 15, v. 9.

gé de critiquer le jeune débutant. Il crut devoir observer que la physionomie de l'orateur lui avait paru tourmentée, et qu'à l'endroit que nous citons son visage était grimaçant. Le professeur substitua à cette appréciation injuste un éloge des plus flatteurs : « L'abbé Dehaene, dit-il, s'exprime avec une grande conviction; on voit sur ses traits qu'il sent ce qu'il dit ; il a du cœur, et c'est pourquoi sa physionomie est si mobile : il plaira, à la ville comme à la campagne. » Paroles de bon augure qui firent du bruit au moment même et dont on put constater plus tard la parfaite justesse.

L'abbé Dehaene suivit le cours régulier des études philosophiques et théologiques, reçut la tonsure et les divers Ordres, aux époques réglementaires, des mains de Mgr Belmas, évêque du diocèse. Ses lettres d'ordination nous font connaître les dates suivantes : Tonsure : 28 mai 1831. — Ordres mineurs : 7 août 1832.—Sous-diaconat : 1er juin 1833.— Diaconat : 21 décembre 1833.— Prêtrise : 17 août 1834.

Toute sa vie il resta très lié aux séminaristes de son cours ; avec plusieurs d'entre eux il organisa une réunion annuelle qui se tenait tantôt chez l'un, tantôt chez l'autre, sur les divers points du diocèse (1). On y retrouvait la fraternelle cordialité d'autrefois et l'on se rajeunissait,en se reportant à vingt, trente, cinquante ans en arrière, au temps où l'on n'était ni chanoine, ni doyen, ni principal, et où l'on avait moins de soucis, plus d'illusions peut-être,et certainement plus de bonheur. Dans une poésie (2) dédiée à la mémoire de M. Grau, mort doyen de Bouchain en 1871, il a chanté le bonheur du séminaire et les émotions qu'on éprouve en montant un à un les degrés de l'autel. Les vertus qu'il loue dans son ami sont précisément celles qu'il pratiquait lui-même ; les beaux sentiments qu'il lui reconnaît, il les sentait battre dans son propre cœur; les saintes larmes dont il parle et qui arrosent les yeux du lévite quand, prosterné sur les dalles,il offre à DIEU sa vie, il les avait versées ; et tout ce

---

1. Les plus fidèles à ces réunions furent MM. Cailliau, vicaire général, Delattre, curé de Steenbecque, Dannóot, curé de la Crèche, Grau, doyen de Bouchain, Darras, curé de Pérenchies, Chocqueel, curé d'Houplines, M. Moreau, doyen d'Armentière, M. Coulmont, doyen de Clary, M. Dehaene y manqua rarement.

2. Publiée chez David, Hazebrouck, rue du rivage.

qu'il dit des grandeurs sublimes du sacerdoce, que de fois il l'avait médité en gravissant ce redoutable Sinaï !

> Avis doux et pressants, ordres indiscutés,
> Soumission tranquille, heureuse dépendance ;
> Sagesse d'âge mûr, simplicité d'enfance,
> De l'amour de JÉSUS gages immérités ;
> Crucifix, Livres saints, que nos larmes arrosent ;
> Myrrhe douce à nos cœurs que nos soupirs composent,
> Inénarrable joie et pieuses douleurs,
> Du céleste banquet ineffables douceurs,
> . . . .
> Paix, retraite profonde,
> De loin je vous contemple et vous regrette encor.
> Je voudrais, étranger au monde,
> Prier, chanter toujours sur cet autre Thabor !

Oui, un autre Thabor, c'est bien ce que fut pour lui le grand séminaire, ce qu'il est pour tout bon prêtre.

Il salue chacune des étapes par lesquelles l'on arrive peu à peu au sacerdoce : la sainte tonsure, qui rappelle au lévite que le Seigneur est son ornement ; les Ordres mineurs, qui lui permettent de garder les clefs du sanctuaire, de lire au peuple les oracles des Saints Livres, de chasser les fantômes infernaux, et de porter la lumière symbolique qui éclaire les mystères sacrés ; le sous-diaconat, engagement redoutable qui consomme définitivement l'union du lévite avec le CHRIST ; le diaconat et la préparation au sacerdoce quand il faut

> Dresser au sacrifice une tremblante main
> Et guider à l'autel notre pas incertain ;

enfin le sacerdoce lui-même, onction sacrée, dignité souveraine qui couronne un front pour l'éternité ! Quel moment que celui où l'on peut dire :

> Celui qui m'obéit est le Maître du monde !
> Je consacre à l'autel le DIEU de mon amour,
> Et, frappé de stupeur, tout mon être s'écrie :
> Fils du Père Eternel et vrai Fils de Marie,
> Puis-je le dire ? ô cieux ! je t'engendre à mon tour !

Mais je retrouve une expression encore plus éloquente du bonheur du séminaire et des joies intimes de ce beau printemps dans les lettres nombreuses que M. Dehaene écrit aux séminaristes ses anciens élèves.

« Mes chers amis, la sérénité de votre âme réjouit la
» mienne, et, en vous lisant, je me trouve transporté dans ce
» pieux asile dont j'ai goûté autrefois toutes les consolations !
» Heureux enfants du sanctuaire, qui vous réjouissez encore
» de la présence de l'Époux, vous étudiez sous l'œil de Dieu,
» vous vous reposez dans la lumière de la face de Dieu ! Jouis-
» sez de votre bonheur !... Prenez tout ce que vous pourrez de
» grande théologie, d'Écriture Sainte, de grands enseigne-
» ments de l'histoire ecclésiastique, de moelle liturgique, de
» vraie et solide piété, d'abnégation de vous-mêmes, d'abandon
» entre les mains de Dieu (1). »

Une autre fois, recommandant avec une insistance particulière l'étude de la liturgie : « Nourrissez-vous, dit-il, de la
» sainte liturgie : là se trouvent l'âme et l'esprit de tout l'ensei-
» gnement catholique. Que d'efforts stériles en dehors de cette
» voie ! et que l'on s'aperçoit tard de ces écartements de la
» vraie route ! *Serò te amavi.* » Il recevait la confidence des élans de ferveur, des belles aspirations, des généreux projets qui éclosent dans la paix du séminaire, et que les plus longues vies sacerdotales ne suffisent point à réaliser. Volontiers il applaudissait à ces juvéniles ardeurs qu'il connaissait par son expérience personnelle : « Trouver, découvrir soi-même, com-
» me dit Fénelon, la vie éternelle, Jésus ! en faire part aux au-
» tres, c'est l'idéal de la vie du prêtre, c'est son ineffable joie. Donc
» buvez à longs traits à la source vive, abreuvez à loisir votre
» jeune cœur. Soyez comme St Jean sur la poitrine du divin
» Maître. Courage ! soyez des saints ! La science des saints !
» avec elle nous ferons des merveilles (2) ! »

Pendant la retraite préparatoire à l'ordination sacerdotale, M. Dehaene rédigea un règlement qu'il se proposait de suivre dans le ministère et qu'il soumit à l'approbation de son directeur. Nous en avons retrouvé le texte avec les observations de M. Leleu. C'est, à peu de chose près, le règlement de tout bon prêtre.

---

1. Lettre à M. L... nov. 1876.
2. Lettre à M. B... janv. 1862.

Je détermine les exercices de piété *de chaque jour :* méditation, lecture spirituelle, chapelet, lecture du Nouveau Testament ; *de chaque semaine :* confession ; *de chaque mois :* retraite d'un jour ; *de chaque année :* retraite d'une semaine au séminaire ou ailleurs (1).

Le temps minimum qui sera consacré quotidiennement à l'étude (en dehors des occupations du ministère), est fixé à deux heures, une heure le matin et une heure le soir. Il ajoute :

« Je me lèverai à 4 heures et demie. A 5 heures commencera ma méditation, qui, avec la prière vocale, durera une heure. (Ici M. Leleu met en marge : trois quarts d'heure me semblent suffisants pour commencer ; nous verrons plus tard.)

» Avant de dîner, je me recueillerai pendant un quart d'heure, et je terminerai par un chapitre du Nouveau Testament, que je lirai *à genoux*. Avant le souper, lecture d'un chapitre de l'Ancien Testament *à genoux*. A ce propos, M. Leleu dit : « Faites en sorte de consacrer tous les jours une demi-heure à l'Écriture Sainte, dussiez-vous étudier moins de théologie ; lisez l'Écriture Sainte en la méditant, sans travail néanmoins. » Vraiment, les anciens prêtres se retrempaient plus que nous aux sources divines de la Bible et se souvenaient davantage qu'il y a deux tables dans le trésor de l'église : la table de l'autel, qui nous offre le pain de vie, et la table de la loi, qui contient la sainte doctrine, la vraie foi, la parole de lumière (2). C'est ce qui les rendait plus profonds dans leurs jugements, plus célestes dans leurs discours.

Comme résolutions spéciales, je note les suivantes :

a) Réciter le bréviaire la tête découverte, debout ou assis, selon les règles du chœur ; avoir une intention particulière ;

b) Ne jamais faire le catéchisme sans y être préparé (surtout par l'oraison) ;

c) Regarder la volonté de mes supérieurs comme celle de Dieu en tout ce qui ne blesse pas la conscience ;

d) Travailler sans cesse à me rendre habituelle et continuelle la conversation avec Dieu.

Je relate les dernières observations de M. Leleu parce qu'elles

---
1. Les retraites ecclésiastiques n'étaient point encore régulières et obligatoires.
2. *Imit. J-C*, liv. IV, chap. XI.

révèlent la piété et le bon cœur de ce prêtre, d'extérieur rigide, mais fort attaché à l'abbé Dehaene :

« 1° Je vous conseille aussi de lire tous les jours, sinon un
» examen, du moins une partie d'un des examens de M. Tronson,

» 2° Pour votre chapelet, je vous engage à ne jamais l'omettre,
» dussiez-vous vous coucher un peu plus tard ;

» 3° Surtout n'omettez pas l'oraison dans les temps d'ouvrage,
» comme le temps pascal ;

» Je prie DIEU qu'il vous bénisse et qu'il vous accorde d'obser-
» ver avec fidélité et pour sa gloire votre petit règlement. Je
» demande cette grâce par l'intercession de Marie, à qui je vous
» recommande pour le présent et pour le futur.

Votre très affectionné Père en J.-C.
LELEU. »

Ce règlement était contrôlé et approuvé le 16 août 1834. Le lendemain, 17, M. Dehaene était ordonné prêtre. Aucun membre de sa famille n'assistait à la cérémonie. Cambrai était alors pour les Flamands le bout du monde ! On n'y arrivait qu'en diligence ; et quand on partait de Bergues ou de Wormhoudt, l'on mettait pour faire la route au moins deux jours. C'était un voyage long, pénible et coûteux. A cause de cela, les parents de l'abbé Dehaene n'y pouvaient songer, et leur fils dut renoncer à les avoir près de lui : sacrifice bien pénible ! car notre meilleur bonheur est celui dont nous voyons jouir ceux que nous aimons. Le jeune prêtre n'eut que son ange gardien pour témoin de sa joie, et s'il versa des larmes, ce fut dans le sein de son dévoué directeur.

Immédiatement après l'ordination, il fut nommé vicaire de la paroisse Saint-Jacques à Douai.

Avant d'aller occuper son poste, il chanta sa première messe à Quaedypre.

Généralement cette messe est entourée de quelque apparat. Les invitations sont nombreuses. Il y a un grand sermon de circonstance. Le dîner qui suit est plantureux comme un repas de noces.

Pour l'abbé Dehaene, les choses se firent avec plus de simplicité. Point de sermon. Un modeste repas offert par M. le curé de Quaedypre. Quelques invités seulement : le père et la mère du nouveau prêtre, ses deux amis, MM. Masselis et Dekeister, son parrain de baptême, Jean Lézier, cultivateur à Wormhoudt, pour lequel il avait beaucoup d'affection. Au dessert, il lut quelques paroles de remerciement à ses bienfaiteurs. Le lendemain, il quitta sa famille et son village.

Il ne devait plus y revenir qu'à de rares intervalles. Les bonnes gens qui avaient été les témoins de sa jeunesse irréprochable et studieuse, le virent s'en aller avec la résignation calme du paysan flamand. Il comprend, cet homme pratique, que chacun doit être à son poste en ce bas monde. Comme il est lui-même à sa charrue, il entend que l'on soit à sa besogne. Donc le père et la mère du jeune prêtre lui donnèrent leur bénédiction, après avoir reçu la sienne, et sur le seuil de leur chaumière, lui offrant de l'eau bénite, ils le congédièrent en disant : « *God bewaere u, en bescherme u van al ongeluk !* DIEU vous garde, et vous protège contre tout malheur. »

C'est l'adieu des grandes séparations.

Nos lecteurs auront remarqué qu'à la cérémonie des prémices quelqu'un manquait qui devait être là : M l'abbé Dejonghe, le principal bienfaiteur de M. Dehaene. Ce digne prêtre était alors souffrant. Le climat de Ghyvelde, froid pays, battu par le vent de mer, avait compromis sa santé. Deux mois plus tard, il quitta ce poste de vicaire, pour la cure de Saint-Pierre-Brouck (octobre 1834). Son zèle tout apostolique ne connaissait pas les ménagements. Il succomba à la tâche, après six mois de travaux et de souffrances, le 22 avril 1835. Ce peu de temps avait suffi pour faire apprécier sa bonté, et rendre sa mémoire chère à ses paroissiens.

Ses trois élèves devinrent prêtres. M. Dehaene avait été ordonné en 1834, M. Masselis le fut en 1835, et M. Dekeister en 1836. Tous trois se souvinrent jusqu'à leur dernier jour, de leur bienfaiteur, et prièrent souvent pour lui, en célébrant les saints mystères. M. Dehaene fut particulièrement attaché à sa famille qui habitait et habite encore Steenvoorde. Il y était reçu comme un fils adoptif.

En 1880, le modeste monument qui recouvrait les restes de

M. Dejonghe au cimetière de Saint-Pierre-Brouck, avait presque disparu. M. Dehaene prit l'initiative de le renouveler. Il se cotisa avec MM. Masselis et Dekeister et avec les parents du défunt. Le 6 octobre de la même année, il fit célébrer à Saint-Pierre-Brouck un service funèbre pour le repos de son âme. M. l'abbé Verhaghe, missionnaire apostolique, rappela ses vertus. Après la sainte Messe, les trois amis qui jadis remplissaient de leurs studieux bourdonnements la maison vicariale de Quaedypre, alors trois vieillards penchant vers la tombe, vinrent s'agenouiller devant le monument de marbre qui remplaçait la croix de fer(1), et tous trois, honorablement placés dans la hiérarchie ecclésiastique, témoignèrent ainsi qu'ils étaient redevables de leur position à l'humble prêtre dont ils vénéraient les restes.

Il est écrit : *Deus honoravit patrem in filiis*(2), DIEU a honoré le père dans ses enfants.

---

1. Voici l'inscription de cette pierre tombale :

D. O. M.

Hic jacet R. D. Carolus Dejonghe, parochus in Saint-Pierre-Brouck ; obiit anno 1835, mensis aprilis die XXII, ætatis suæ anno 43.

Cognati necnon alumni memores posuere.

Pie JESU Domine, dona ei requiem.

R. I. P.

2. Eccli. III, 3.

CHAPITRE TROISIÈME.

M. DEHAENE VICAIRE
de la paroisse Saint-Jacques, à Douai
1834-1837.
Sa nomination de Principal.

EN 1834, la paroisse Saint-Jacques avait pour curé-doyen M. Lévesque, archiprêtre de l'arrondissement, chevalier de la Légion d'Honneur (1). Ce vénérable ecclésiastique commençait d'être atteint par les infirmités de l'âge et devait laisser une bonne partie de sa besogne à ses vicaires. Il était à l'autel, célébrant la sainte Messe, quand M. Dehaene arriva. « En le voyant, raconte-t-il, je dis au fond de mon cœur : Je regarderai mon doyen comme mon père. Et, tournant ensuite mes yeux vers la statue de saint Jacques, mon patron et le patron de l'église, j'ajoutai : Grand Saint, vous dont j'ai reçu le nom au baptême et qui êtes le gardien de cette église, obtenez-moi d'y faire du bien. »

M. Dehaene fut reçu avec bonté par M. Lévesque et logea au presbytère, en attendant qu'il pût trouver une maison convenable. Quelques jours plus tard, il eut le bonheur de voir arriver comme son confrère un prêtre de la même ordination que lui, M. l'abbé Grau. Assignant aux jeunes prêtres leurs postes respectifs, Mgr Belmas avait dit à M. Dehaene :

---

1. Avant la Révolution, M. Lévesque était chanoine de la collégiale de Saint-Amé ; il fut supérieur du séminaire du même nom ; il refusa de prêter le serment schismatique et émigra en Angleterre, où il fut réduit pour vivre à faire des chapeaux de paille. (*Biographies des prêtres de Cambrai*, t. 2, p. 210.)

« Je vous fixe non loin d'ici, sur le chemin de la Flandre, à Douai ; » et à M. Grau : « Quant à vous, vous êtes libre pour le moment. Rentrez à Tourcoing et soyez prêt à marcher au premier signal. En attendant, faites comme vos pères, amusez-vous à conduire la brouette. » Mgr Belmas aimait le mot pour rire. L'amusement ne fut pas de longue durée, car M. Grau arriva à Douai presque en même temps que M. Dehaene. Les deux condisciples furent enchantés de se rencontrer dans la même paroisse et de s'unir pour la même besogne.

Ils se connaissaient depuis leur rhétorique, et depuis lors ils étaient liés d'amitié :

> A suivre l'orateur dans son vol intrépide,
> Essayant les efforts de notre aile timide,
> A l'horizon lointain nous montions doucement.
> Telles, parmi leurs sœurs, quelquefois deux étoiles
> Semblent se regarder dans une nuit sans voiles,
> Heureuses de baigner au même firmament (1).

« J'arrivais à Douai tremblant d'effroi, dit M. Dehaene, mais, quand vint M. Grau, je fus heureux comme si un ange du Ciel fût descendu à mes côtés. »

Les jeunes confrères s'entendirent aussitôt pour habiter ensemble, tant par motif d'économie que par raison de cœur. Cette cohabitation aurait duré longtemps, toujours peut-être, si des circonstances imprévues n'y eussent mis un terme.

Un des frères de M. Dehaene, M. Louis, avait commencé tardivement ses études et désirait recevoir de son frère abbé quelques leçons de latin. Afin de pouvoir accéder à son désir, M. Dehaene devait le prendre sous son toit, et par conséquent entrer en ménage; il loua donc une maison, et, pour la gouverner, il fit venir sa sœur aînée Marie. Cette bonne fille, qui n'avait jamais quitté le toit paternel, arrivait du fond de la Flandre ne sachant pas un mot de français, et il lui fallait acheter tout ce qui est nécessaire à l'ameublement d'une maison. Son embarras fut extrême. Dans cette circonstance, une famille de Douai rendit très délicatement service à Mr Dehaene et se montra bien généreuse à son égard.

M. Dubrulle, marguillier de la paroisse, connaissait intime-

---

1. Poésie à la mémoire de M. Grau.

ment MM. les vicaires. Il leur fournissait, à l'occasion, d'utiles renseignements sur les pauvres, sur les œuvres, sur les usages religieux de la paroisse. Il était de ces hommes qu'on pourrait appeler « *les anciens des églises* (1) », et qui représentent la tradition. Ayant su les perplexités de ménage de l'abbé Dehaene, il en dit un mot à sa femme. Mme Dubrulle vint trouver le jeune vicaire, et, sous prétexte d'aider sa sœur, qui ne savait ni le prix ni le nom des objets à acheter, offrit de composer elle-même le petit mobilier. L'offre fut acceptée avec reconnaissance. Aussitôt linge et vaisselle, chaises et tables, batterie de cuisine, rideaux, etc., tout arriva dans la modeste maison vicariale, située rue du Pied d'Argent. Et quand les meubles furent bien à place, et que Mme Dubrulle eut constaté par elle-même que rien, absolument rien, ne manquait au ménage, elle dit à M. Dehaene qu'il pouvait pendre la crémaillère.

Le lendemain, il se présenta chez cette excellente dame pour la remercier de sa grande complaisance, et demander la note des dépenses qu'elle avait faites pour lui. La note lui fut remise, mais acquittée : « N'allez pas croire, M. l'abbé, que nos parents aient dû faire pour cela de grands frais, nous écrivait la fille de M. Dubrulle. Le mobilier d'un vicaire de ce temps-là n'était pas luxueux, tant s'en faut. Je me rappelle avoir travaillé à de petits rideaux de mousseline blanche, très simples. J'ai dans ma maison quatre chaises de paille qui proviennent du mobilier de M. Dehaene ; elles n'ont rien de rare. »

On ne peut pas discuter pour empêcher quelqu'un d'être modeste, et les cœurs généreux craignent toujours les éloges. En tout cas, si ce n'était pas donner beaucoup, c'était au moins donner délicatement ; et l'on sait que le poète a dit :

La façon de donner vaut mieux que ce qu'on donne (2).

Quelle fut à Douai l'action de M. Dehaene ?

D'après ce que nous ont raconté les personnes d'âge qui l'ont connu (3), il était, à son arrivée à Douai, timide, craintif, d'une santé en apparence chétive, d'une mine austère ; mais,

---

1. Saint Paul. « *Majores natu Ecclesiæ*. »
2. Corneille.
3. Entre autres M. Dechristé, ancien sacristain de Saint-Jacques, M. Dubrulle, conseiller à la Cour, la Sœur Levadoux, des Filles de la Charité.

sous ces dehors humbles et réservés il cachait un zèle très ardent et très entreprenant.

La vénérable Sœur Levadoux (des Filles de la Charité), fondatrice et première supérieure de la maison de la Miséricorde, avait plus de quatre-vingts ans quand je l'interrogeai sur l'abbé Dehaene. « Elle ne parle plus guère, disait la Sœur qui l'accompagnait, et je crains que ses souvenirs ne soient point précis. » Mais dès qu'elle entendit le nom de M. Dehaene, elle sembla comme revenue au printemps de sa vie religieuse. « Oh! dit-elle, quel bon prêtre! Je l'ai si bien connu! Il était vicaire quand notre œuvre (l'œuvre de la visite des pauvres à domicile) fut fondée. Nous nous étions installées à Douai, un peu contre le gré de M. Lévesque. « Que venez-vous faire ici ?» nous avait-il dit lors de notre première visite. Le bon doyen craignait de notre part une espèce de concurrence, car il avait dans sa paroisse une vingtaine de bons laïcs qui distribuaient des aumônes et qu'on appelait les pères des pauvres. Mais l'abbé Dehaene n'était point de son avis ; il trouvait qu'il y avait place pour tout le monde, surtout pour les religieuses. Il nous a constamment encouragées et soutenues, et quand il pouvait faire passer des aumônes par nos mains, il ne manquait pas l'occasion. Vous allez écrire sa vie, M. l'abbé, que vous faites bien ! »

La bonne Sœur Levadoux ne lira point cette vie. Pour elle, comme pour d'autres, le livre paraît trop tard.

On nous a dit que M. Dehaene s'occupait volontiers des militaires en garnison à Douai, qu'il réunissait dans sa maison ceux qui étaient originaires de la Flandre, leur procurait d'agréables récréations, et acquérait ainsi le droit de leur adresser quelques monitions, d'autant plus efficaces qu'elles étaient faites en leur langue.

Au confessionnal, il se distinguait par une grande patience et une grande charité. La patience ! elle est très nécessaire pour guider vers le bien des consciences qui ne savent pas s'orienter elles-mêmes. Au début de son ministère, n'ayant point l'expérience du confessionnal, il était effrayé du temps que la direction absorbe quand elle s'adresse à des personnes qui n'ont point le jugement stable ni l'esprit droit. « Cela ne peut pas durer, » disait-il. Et il consulta M. Leleu pour savoir à quoi s'en tenir : « Faites pour le mieux, répondit le digne supérieur ; il faut bien que quelqu'un ait pitié de ces pauvres âmes. » Patience et charité, ce fut désormais sa devise. Il l'a bien montré durant toute sa vie.

Appelé à l'hôpital de Douai près du lit de mort d'une femme de mauvaise vie : « Croyez-vous, lui dit-il, qu'un seul de vos flatteurs pense à vous en ce moment ? » — « Non, répondit la malheureuse, pas un ! » — « Et cependant Dieu, que vous avez oublié, pense à vous. » Touchée de cette simple parole, elle se convertit et fit une mort très édifiante.

Cette conversion, une des premières qui récompensèrent son zèle, l'impressionna vivement. Elle contribua à le bien convaincre, dès le début de sa carrière, qu'un prêtre ne doit jamais désespérer du salut de qui que ce soit, et qu'il lui faut garder en son cœur, pour toutes les misères morales, si grandes, si profondes, si incurables qu'elles puissent être, une immense charité, une compassion inépuisable.

Une autre conversion le consola beaucoup. Ce fut celle d'un simple ouvrier, hollandais d'origine, qu'il rencontra sur le chemin et parvint à ramener du protestantisme à la foi catholique. Cet homme se trouvait sans ouvrage ; il le prit par charité dans sa maison, et plus tard l'emmena comme domestique à Hazebrouck.

Tous ceux qui ont connu M. Dehaene à Douai louent sa prédication. Ils s'accordent à dire qu'il prêchait avec beaucoup de cœur, simplement, vigoureusement, à l'apostolique ; que, lorsqu'il avait prêché, on retenait toujours quelque chose d'utile, de solide, quelque chose que l'on pouvait mettre en pratique.

M. Masselis l'entendit sur un de ses sujets favoris, la Passion. « Jamais, nous racontait-il, il ne m'a semblé plus éloquent que ce jour-là. Il n'était cependant qu'au début de sa carrière. Mais son émotion était si touchante, son style était si correct, il y avait tant d'ordre dans ses idées, qu'on ne pouvait s'empêcher de l'admirer. Son imagination, qui dans la suite devait l'emporter parfois vers les nuages, il la refrénait alors modestement. Sa sensibilité était moins audacieuse peut-être que dans la période la plus brillante de sa carrière, mais plus contenue et plus belle. C'est après ce sermon que le procureur du roi vint dans la sacristie de St-Jacques pour complimenter l'orateur. Comme celui-ci ne s'était point complètement corrigé des défauts d'une prononciation à la flamande, il lui dit par une méprise assez singulière : « M. l'abbé, vous êtes probablement du midi, car votre accent me paraît étranger. » — « Non, Monsieur, je suis au contraire de l'extrémité du Nord, de la Flandre. » — « Eh bien, vous faites honneur à votre pays ! » Et sur cette bonne parole il lui serra la main.

« Pour moi, disait M. Masselis quand il racontait ces détails, je ne pouvais en croire mes yeux. En voyant ce jeune prêtre, que j'avais connu petit enfant, pauvre, gardant le troupeau du fermier voisin, parler maintenant du haut de la chaire de St-Jacques à l'élite de la société douaisienne, à des magistrats instruits et graves, mon émotion était grande, et je me disais à moi-même : Le mot du Psalmiste est donc toujours vrai : *Erigens de stercore pauperem ut collocet eum cum principibus populi sui* (1). — DIEU tire le pauvre de la poussière pour le placer avec les princes de son peuple. »

« *Pour le placer avec les princes de son peuple.* »
En effet il avait pu constater que son ami plaisait beaucoup aux premières familles de Douai, à celles qui ont un nom et un passé. C'était d'ailleurs chose assez naturelle. On n'avait pas encore oublié l'ancienne France et les épreuves de la Révolution, et tous ceux qui avaient souffert durant ces tristes jours étaient unis aux prêtres par des sympathies profondes. La religion catholique, qu'ils avaient professée au péril de leur vie, semblait leur appartenir ; elle était à eux plus qu'aux autres, aux dénonciateurs, aux timides, aux acheteurs de biens nationaux. Cela explique l'accueil fait au clergé dans certaines familles. Cet accueil était surtout très cordial quand les prêtres eux-mêmes appartenaient d'une façon quelconque à la race des proscrits, et c'était précisément le cas pour l'abbé Dehaene.

On se rappelle que son père avait émigré. Du reste, rien ne rapproche davantage de la noblesse du sang que la noblesse de

---

1. Psaume CXII.

l'âme, et de la distinction de race que la simplicité de l'homme de cœur. C'est pourquoi le prêtre est rarement déplacé, même dans les sociétés les plus polies.

Si l'abbé Dehaene était cher à la société douaisienne, on ne peut pas dire qu'il achetait cette affection par une complaisance quelconque ou par un silence calculé : son zèle ardent et sa nature franche n'admettaient point de telles façons d'agir. Aussi l'on n'était son ami qu'à la double condition de savoir entendre toute la vérité et de pratiquer la morale chrétienne sans restriction ni respect humain. Dans les familles dont nous parlions plus haut il ne rencontrait point d'obstacles à son expansion généreuse. (Les personnes qu'il a le mieux connues et le plus aimées sont mortes ; par conséquent il n'y a nulle flatterie à rappeler ce qu'il nous a souvent dit à leur sujet.) Que de fois il nous a raconté que chez un de ses amis, conseiller à la Cour d'Appel, on disait le chapelet en commun tous les jours, qu'on se mettait à genoux en quittant la table, même s'il y avait des invités. — Allait-il, durant la belle saison, prendre un jour de repos dans une des nombreuses maisons de campagne qui entourent Douai, c'était chez des paroissiens modèles qui priaient dévotement et à deux genoux devant le Calvaire du village.

« Ne manquez pas de venir, écrit-il à l'un de ses amis, nous irons chez M. D..... Madame sera un peu plus indulgente pour vous. Elle ne vous mènera qu'une fois par jour au Calvaire de Bois-Bernard. Je le lui demanderai tous bas... (1) » Il faisait allusion à une plainte naïve de son correspondant. Reçus ensemble dans cette famille, ils étaient allés avec elle prier devant le Calvaire. Or, la maîtresse de la maison priait très lentement, et les cinq Pater et Ave qu'elle récitait, duraient, duraient si bien que le confrère fatigué, soulevant ses genoux, murmurait anxieux à l'oreille de l'abbé Dehaene : « Combien de temps encore ? » — « Ah! ces chrétiens de la vieille roche, nos bons et chers parents, ils seront placés bien plus haut que nous dans le Ciel ! » C'était la réflexion que faisaient, en racontant ces choses, les enfants de ceux qui priaient ainsi.

L'abbé Dehaene aimait à nous rappeler un autre exemple de

---

1. Lettre à M. Dekeister, vicaire à Ghyvelde.

vertu qu'il avait trouvé dans une condition infime. Il avait parmi ses pénitentes une personne très pieuse, très mortifiée, très avancée en perfection. Après l'avoir longtemps confessée sans la connaître, il se hasarda à lui demander ce qu'elle faisait pour vivre. Elle répondit en son patois qu'elle ramassait sur les monts. C'était une pauvre chiffonnière.

Prêcher, confesser, encourager au bien, cela n'absorbait point toutes les forces du vicaire de St-Jacques. Il constatait avec douleur que le nombre des hommes fréquentant l'église était très petit, et il lui arrivait souvent de faire de grands frais d'éloquence pour un maigre auditoire. Il se compare lui-même à Jean-Baptiste prêchant dans le désert, à Élisée couché sur un cadavre, mais sur un cadavre qui ne revit point, à Ézéchiel prophétisant devant des ossements arides (1). Les générations sceptiques nées sous la Révolution et le premier Empire, dominaient alors dans la société.

A peine pouvait-on citer dans la ville de Douai quelques familles riches qui fussent pratiquantes comme on doit l'être. Les hommes instruits restaient, en majorité, voltairiens. L'abbé Dehaene fait allusion à cette froideur dans une pièce de vers intitulée : « *Impropères à une cité oublieuse de son Dieu.* » Il y oppose les nombreuses œuvres et institutions chrétiennes qui remplissaient autrefois la ville de Douai, à l'indifférence dont il fut le spectateur affligé. « Sylvius et Estius, dit-il, ces ora-
» cles de la théologie, ces flambeaux de la doctrine, qui rayon-
» naient à l'horizon comme des phares, sont relégués dans un
» triste oubli. Hélas ! la frivolité a succédé à la sagesse. Les
» sacrements du CHRIST sont délaissés. On ne tremble pas de-
» vant l'éternité, pour tous si redoutable. L'agonisant se dé-
» tourne du prêtre. Les hommes sont endormis dans une tor-
» peur funeste. » Pour déplorer un tel abandon, son cœur n'a point assez de larmes. Il supplie l'antique cité, « siège du parlement de Flandre, foyer d'une université célèbre, docte Athènes du Nord, » de revenir aux croyances qui ont fait sa gloire.

Pour se consoler, il se tourne vers les enfants, les bien-aimés de son cœur ; car, même dans ces tristes années d'oubli, il y avait une œuvre qui subsistait, celle qui est toujours l'œuvre

---

1. Poésie à la mémoire de M. Grau.

capitale du prêtre parce qu'elle prépare l'avenir : l'œuvre des catéchismes. Là, du moins, on avait sous la main des âmes ouvertes: on pouvait y jeter les semences de la vérité chrétienne; des cœurs candides et purs : on pouvait y allumer le feu de l'amour divin. Il est vrai que le résultat était parfois éphémère. M. Dehaene contemple ces enfants, si pieux au jour de leur première Communion. « Mais, dit-il, parmi tous ceux-là, combien resteront fidèles ! Combien fréquenteront l'église, maison de prière, et combien les lieux de plaisir ! De toutes ces petites barques, une fois qu'elles seront jetées sur le grand fleuve du monde, combien iront à la dérive ! »

Ému du triste sort de la jeunesse, le zélé vicaire en conférait souvent avec ses collègues. « Il se rencontrait alors dans le
» clergé de Douai quatre jeunes prêtres, condisciples au grand
» séminaire de Cambrai, à peu près du même âge et unis entre
» eux par les liens d'une sainte amitié : MM. Grau et Dehaene,
» vicaires à Saint-Jacques ; MM. Lecomte et Didier, vicaires à
» Notre-Dame. Le déplorable état de l'instruction publique en
» France était le sujet ordinaire de leurs conversations. — Nous
» gémissions sur la froideur et l'indifférence religieuse de
» notre pays. Et notre conviction était que le mal venait des
» collèges de l'État (1). »

C'était l'époque où, d'un bout de la France à l'autre, allaient retentir les accusations dirigées contre le monopole universitaire. Plusieurs évêques songeaient à demander la liberté d'enseignement. Mais la grande voix de Montalembert n'avait pas encore porté devant les Chambres l'écho de leurs revendications, et le parti catholique n'en avait point fait le premier article de son programme ni le mot d'ordre de ses généreuses luttes. On gémissait en secret et pour ainsi dire à huis-clos. DIEU préparait ainsi le mouvement irrésistible qui devait entraîner la France.

En attendant, les plus hardis, comme MM. Lecomte et Dehaene, parlaient de consacrer leur vie à l'œuvre de l'enseignement et songeaient à se faire Jésuites. C'était à leurs yeux

---

1. Lettre de M. Grau à M. Leblanc. Nous trouvons ces détails dans l'intéressante histoire du collège de Tourcoing composée par M. le chanoine Leblanc, docteur ès lettres, supérieur de ce collège.

le meilleur moyen de combattre le monopole de l'État. Les Jésuites, il est vrai, étaient expulsés; mais ils comptaient bien, en pesant sur les frontières de l'Est, du Sud et du Nord, par leurs collèges de Fribourg, du Passage et de Brugelette, forcer les lignes un jour ou l'autre et rentrer en France. L'abbé Dehaene avait les yeux tournés vers ces proscrits, et son cœur ardent éprouvait pour eux la sympathie qu'ont toutes les nobles âmes pour les victimes de l'arbitraire. Son ancien professeur, M. Possoz, avait quitté le diocèse pour se faire Jésuite; il était à Fribourg. Le départ de M. Possoz avait produit sur M. Dehaene une impression fort vive. Cette impression ne fit que s'accroître à Douai, car il y trouva comme paroissiens de Saint-Jacques le père et la sœur de ce digne religieux. Il eut souvent occasion de les voir. Il allait les consoler du départ de leur fils, parlait avec eux de sa vocation, que, malgré leur douleur, il proclamait belle, admirable ; et, par de semblables entretiens, nourrissant dans son cœur l'estime pour la Compagnie de Jésus, il se donnait le goût d'en faire partie.

C'est alors qu'un appel lui vint d'Hazebrouck. On lui demandait d'accepter les fonctions de principal au collège de cette ville.

Voici dans quelles circonstances :

M. Coache, successeur de M. l'abbé Delessue, n'avait point les qualités requises dans un principal, et le nombre des élèves diminuait d'année en année. Il fallait porter remède à la chose, sans quoi l'établissement qu'il dirigeait menaçait d'être bientôt désert. Le Conseil municipal, saisi de la question, l'examina sérieusement, et le 10 août 1836 prit la délibération suivante :

« Considérant que le collège de cette ville, jadis si florissant,
» est en pleine décadence;—que, d'après la discussion élevée dans
» son sein sur les causes de cette décadence, il a été générale-
» ment reconnu qu'elles tiennent d'abord à l'organisation du
» personnel des professeurs, et ensuite à la situation peu con-
» venable des classes ; — que, tout en rendant justice aux
» capacités et au zèle avec lesquels le principal actuel a cons-
» tamment rempli ses pénibles fonctions, le Conseil pense que
» son caractère de laïc est, dans un pays essentiellement reli-
» gieux, un obstacle à ce que beaucoup de pères de famille lui

» accordent une confiance qui ne se commande pas, et que le
» plus sûr moyen à employer pour voir renaître la prospérité
» du collège, c'est de placer à sa tête un ecclésiastique, le Con-
» seil prie M. le maire de faire auprès de M. Aernout, curé de
» Watten, les démarches nécessaires pour qu'il accepte les fonc-
» tions de principal (1). »

Ajoutons que M. Coache offrait spontanément de donner sa démission et de rester à Hazebrouck comme simple professeur.

M. Aernout, curé de Watten, dont il est parlé ci-dessus, était l'ancien supérieur du petit séminaire. Originaire d'Hazebrouck, il était très sympathique à la population. Les démarches proposées par le Conseil municipal furent faites. Il accepta. Mais, quelque temps après, sa mère ayant été frappée d'aliénation mentale, il ne voulut point, en bon fils, se séparer d'elle, et comme cela le mettait dans l'impossibilité de recevoir des pensionnaires, il revint sur sa détermination.

Alors on s'adressa à M. Devin, supérieur du collège du Buissaert (près Bergues) (2). M. Devin proposa de gouverner simultanément sa maison et celle d'Hazebrouck. Moyennant que la ville lui fournît les locaux et une subvention de 4.000 fr., il s'engageait à fournir le personnel et un directeur-prêtre, à visiter l'établissement toutes les semaines, à y séjourner le mercredi et le jeudi, pour proclamer les notes et donner les places de composition. Ces conditions furent rejetées. On voulait que M. Devin quittât le Buissaert pour demeurer à Hazebrouck.

« C'est impossible, répondit-il. J'ai fait trop de dépenses pour
» créer le Buissaert. Il a trop d'avenir pour que je le sacrifie. Sa
» position en fait un établissement à part, et lui conciliera tou-
» jours la faveur spéciale des amis d'une éducation morale et
» religieuse, qui redoutent avec raison le contact des exter-
» nes (3). »

D'autres informations furent prises à Saint-Omer, et l'on s'adressa sans plus de succès à M. Hennion, chef d'un établissement scolaire sur le bord de la Belgique. Les choses en

---
1. Archives de la ville d'Hazebrouck. Registre aux délibérations du Conseil municipal (1836).

2. Voir chapitre V de ce volume.

3. Archives communales (1837).

étaient là, quand M. Dekeister, vicaire de Ghyvelde, ancien condisciple et parent de l'abbé Dehaene, fut transféré à Hazebrouck. « Pour me rapprocher de vous, écrivit-il au vicaire de Saint-Jacques, j'ai fait la moitié du chemin entre Douai et la mer. A vous de faire l'autre moitié. » M. Dekeister payait sa pension chez M. Coache ; il savait par conséquent les démarches infructueuses qu'on faisait pour trouver un principal prêtre. Il eut l'idée de mettre en avant le nom de M. Dehaene, parce qu'il savait son goût pour l'enseignement, et qu'il craignait de le voir quitter le diocèse pour entrer chez les Jésuites.

Cette proposition, soumise par M. Coache à l'examen de M. Cleenewerck, maire, et de M. Debreyne, curé-doyen, parut excellente. Immédiatement on écrivit à M. Dehaene ; il répondit en termes assez vagues. Il hésitait pour divers motifs. Ses meilleurs amis, qu'il consulta, lui donnaient des avis contradictoires. « N'acceptez point, disait l'un (1) ; votre position serait trop délicate. » — « Commander à des professeurs dont on a été l'élève, c'est chose bien difficile ajoutait un autre. » Mais l'abbé Lecomte, qui partageait sa manière de voir sur les questions d'enseignement, n'hésitait point à lui dire : « Allez, il y a du bien à faire ! »

De son côté, M. Cleenewerck, maire d'Hazebrouck, administrateur énergique et caractère décidé, n'était pas homme à s'arrêter en chemin. Il est vrai qu'autour de lui, dans le sein même du Conseil municipal, plusieurs membres, voyant toutes ces difficultés, proposaient, pour en finir, de supprimer le collège. « On donnera le couvent des Augustins à l'hospice, disaient-ils ; on sera dispensé de bâtir et d'endetter la ville ; avec la subvention consacrée au collège on pourra procurer aux jeunes gens qui veulent faire leurs études des bourses et des demi-bourses au lycée de Douai. » Quant à la nomination d'un principal ecclésiastique, ils voyaient d'assez mauvais œil qu'on y songeait, parce qu'ils étaient imbus des préjugés de 1830 et qu'ils avaient toujours peur de l'intrusion du clergé. M. Cleenewerck était un maire autoritaire, il ne voulut rien entendre ; et, sachant qu'il pouvait compter sur la majorité de son Conseil, il imposa sa manière de voir. A ses yeux, la question du

---

1. Particulièrement M. Delattre, vicaire de Saint-Jean-Baptiste, à Dunkerque.

collège n'était pas une simple question budgétaire, c'était une question d'avenir moral pour la jeunesse de la ville, une question d'influence bienfaisante sur tout le pays environnant. Personne aujourd'hui ne dira qu'il eut tort.

Dans le cas présent, il comprit qu'il fallait enlever la place d'assaut ; il mit fin à la correspondance par lettres, qui ne sert trop souvent qu'à traîner les choses en longueur, et il accourut à Douai pour voir M. Dehaene et le décider.

« Je ne reviendrai point sans son consentement, avait-il dit à ses amis d'Hazebrouck.

— J'ai le désir de me faire Jésuite, objecta M. Dehaene ; si je m'enchaîne à une œuvre comme la vôtre, il me sera difficile de partir.

— Remontez d'abord notre collège, répondit M. Cleenewerk ; cela fait, un autre pourra prendre votre place.

— Je ne suis point bachelier, je ne puis être titulaire.

— Qu'à cela ne tienne. J'ai vu le recteur. Il m'a dit qu'on ne vous persécutera point. On connaît vos moyens. Quand vous serez prêt, on vous examinera.

— Je n'ai point l'autorisation de mon évêque.

— Ne vous en inquiétez pas ; je me fais fort de l'obtenir. »

Obtenir cette autorisation, c'était au fond la grande difficulté, et cela pour deux motifs : d'abord parce que Mgr Belmas, désireux de réorganiser dans son vaste diocèse le service des paroisses, avait besoin de tous ses prêtres ; en second lieu, parce qu'il croyait que l'enseignement secondaire était une œuvre trop peu sacerdotale pour qu'un ecclésiastique y consacrât sa vie. « L'enseignement de toutes ces matières plus ou moins profanes regarde les laïcs, disait-il. Un prêtre qui demande à s'y livrer prouve qu'il n'a point le véritable esprit de son état. » Il faut convenir que Mgr Belmas avait raison, en ce sens que l'Université séparait trop l'instruction proprement dite de l'éducation religieuse, et que, dans un milieu pareil, il était vraiment difficile au zèle sacerdotal de se mouvoir à l'aise. Aussi les catholiques songeaient-ils à une réforme. Comme nous l'avons vu, les uns pensaient de loin, mais avec timidité, à la liberté de l'enseignement. Les autres disaient que l'Université était une machine puissante :

M. Dehaene.

qu'il fallait la conserver et l'utiliser pour le bien ; une redoutable citadelle : qu'on devait y entrer de gré ou de force, et planter sur ses tours le drapeau chrétien. Mue par le pressentiment du danger qui la menaçait, l'Université faisait elle-même des avances aux catholiques ; elle demandait des prêtres pour la direction de ses collèges, ou du moins elle appuyait volontiers les communes qui émettaient des vœux semblables. Pendant que le maire d'Hazebrouck négociait auprès de Mgr Belmas, l'abbé Dehaene était en communication avec le supérieur du Grand Séminaire, M. Leleu. Celui-ci encouragea beaucoup son ancien pénitent, et, par ses bonnes et fortes paroles, coupa court aux tergiversations et aux craintes.

Le 27 novembre 1837, Mgr Belmas écrivait au maire d'Hazebrouck :

« Monsieur le MAIRE,

» Quoique je manque en ce moment de sujets pour le ser-
» vice des paroisses, je consens néanmoins à vous céder M^r
» Dehaene pour prendre la direction de votre collège. En
» rendant ce service à la ville d'Hazebrouck, je suis bien
» aise de faire quelque chose qui vous soit agréable. Je suis,
» etc......

† LOUIS, évêque de Cambrai.

Dès ce moment, M. Dehaene n'eut plus d'autre préoccupation que de se préparer à l'examen du baccalauréat. Pour n'être distrait par rien dans son travail, pas même par le souci du ménage, il céda sa maison à son successeur, et demanda le vivre et le couvert à son bienfaiteur habituel, M. Dubrulle. Il n'eut qu'à parler pour obtenir l'un et l'autre. On lui donna une chambre recueillie et tranquille. Enfermé là comme un séminariste, il repassait, du matin au soir, les auteurs grecs et latins, et s'exerçait sans trêve ni répit aux compositions prescrites par le programme. Le recteur avait dit à M. Cleenewerck qu'il faudrait probablement à son candidat un an de préparation Mais l'abbé Dehaene s'était bien promis que cinq ou six mois lui suffiraient. Au bout de quelques semaines, il se sentit prêt à affronter l'épreuve. Son certificat d'aptitude au diplôme de bachelier ès lettres est daté du 23 décembre 1837.

Un mois plus tard (le 23 janvier 1838), un arrêté du ministre de l'instruction publique, M. de Salvandy, le nommait « principal et régent de rhétorique au collège d'Hazebrouck, en remplacement de M. Coache, nommé régent de seconde et de troisième au même collège (1). »

Ses pouvoirs de prêtre, (pouvoirs de confesser à Hazebrouck et dans les paroisses limitrophes,) datent du 19 février 1838.

C'est dans le courant de ce mois qu'il fut installé. « Comme un nid d'oiseaux laissés dans la détresse, les enfants m'ont crié : Viens ! — Et je suis accouru avec la promptitude d'une mère inquiète ! » (2)

Les années qu'il passa à Douai furent très utiles à l'abbé Dehaene. Elles complétèrent son éducation sacerdotale en lui donnant l'expérience de la vie pratique, telle qu'elle est faite aux curés et aux vicaires. Les relations qu'il dut nécessairement avoir avec les gens du monde eurent un autre résultat non moins précieux. Elles ajoutèrent à cette première formation, qui est tout ecclésiastique, ce qu'on pourrait appeler la formation humaine, celle qui rend le prêtre bon, discret, sociable, et par-dessus tout compatissant.

M. Dehaene ne revint à Douai qu'à de rares intervalles, et la plupart du temps pour régler des affaires administratives. Mais il s'intéressa toujours beaucoup à la situation religieuse de cette ville, et il en parlait volontiers.

En 1877, il accepta de prêcher, dans la résidence des Pères Jésuites, le panégyrique de St Ignace de Loyola. Quoiqu'affaibli par l'âge, il mit dans sa parole tant de chaleur et de conviction qu'on fut dans le ravissement. Il n'avait point écrit son sermon, et il s'était contenté de le bien méditer, et de prendre quelques notes au crayon en lisant la vie du saint. Ce fut assez pour qu'il remportât un de ses beaux triomphes oratoires. Il est vrai qu'il aimait beaucoup les Pères Jésuites et leur saint patron.

M. Deroubaix, qui est lui-même un distingué prédicateur, entendit ce panégyrique et le trouva très remarquable. A dix ans de distance, de pieuses personnes nous ont raconté que l'abbé Dehaene comparait St Ignace à un guerrier armé de pied en

---

1. Archives communales d'Hazebrouck.
2. Poésie à la mémoire de M. Grau.

cap, qu'il décrivait les différentes parties de son armure spirituelle d'après un texte S¹ Paul, qu'il parlait de la cause pour laquelle S¹ Ignace combattit et des victoires qu'il remporta. Il mêlait à ces considérations toute la ferveur d'une admiration personnelle, et les mélancoliques souvenirs de sa jeunesse sacerdotale dont la ville de Douai avait eu les prémices. Tout cela avait fait affluer dans son cœur les plus pathétiques émotions (1).

Quand M. Dehaene quitta Douai, ce qui lui coûta le plus, ce fut de se séparer de ses collègues, prêtres généreux et fervents, dont la société était agréable comme celle de frères (2). Son doyen, M. Lévesque, mourut en 1844. Notre supérieur nous racontait que ce vénéré prêtre rappelait l'ancien clergé français par la dignité de sa tenue. Il voulait qu'on fût irréprochable en tout. « Un jour que je faisais l'office de diacre, nous disait-il, il m'interrompit du haut de l'autel, pendant que je chantais l'Évangile, parce que je faisais une faute de prononciation (3).

Quant à M. Grau, après avoir été le bras droit de M. Lévesque, il devint curé-doyen de Bouchain. Il y mourut, subitement frappé au confessionnal, le 14 mai 1871. Quoique jetés aux deux extrémités du diocèse, M. Dehaene et lui avaient continué de se voir.

> Nous vivions à distance, unis par l'amitié,
> Nos deux mains s'enlaçaient au travers de l'espace,
> Et dans mon âme à lui je me sentais lié.

Parfois, dit-il encore, nous palpitions d'aise en nous retrouvant dans un cercle d'amis, et alors, échappés pour un moment à nos occupations,

> Nous goûtions du bonheur le court enchantement.

Il a raconté la charité, la douceur et la bonté de cette âme de prêtre :

> Compagne de JÉSUS dans la douleur profonde,
> Ame qui reste douce au sein des flots amers,

---

1. Les Pères Jésuites voulurent laisser à M. Dehaene un témoignage de reconnaissance. Ils lui firent cadeau de la Bibliothèque des écrivains de la Compagnie de Jésus, ouvrage très savant, où sont mentionnés tous les Jésuites du monde qui ont tenu la plume.
2. Prov. XVIII, 24.
3. Il lisait mendĭcans. Dites donc : mendīcans, observa le vieux doyen.

> Où fleurit comme un lis, aux arides déserts,
> Ou comme une colombe étrangère à ce monde,
> Gémit vers le Seigneur, loin du siècle pervers.

Il a célébré les œuvres nombreuses et les entreprises de son zèle.

Cette poésie, où nous cueillons quelques vers, fait honneur aux sentiments de M. Dehaene. Elle fut dans sa pensée un bouquet de fleurs déposé sur le cercueil de M. Grau.

Pendant que M. Dehaene était vicaire à St-Jacques, M. Debrabant avait fondé la congrégation des Dames de la Sainte-Union. L'abbé Dehaene favorisa de tout son pouvoir la congrégation naissante, et plus tard nous le verrons contribuer beaucoup à sa diffusion en Flandre (1).

M. Lecomte devait, comme M. Dehaene, consacrer ses forces à l'œuvre de l'éducation chrétienne. Quelques mois après lui il renonçait au ministère paroissial, et venait s'installer au collège de Tourcoing, d'abord comme directeur, puis comme principal. (décembre 1838). Les deux supérieurs furent plus d'une fois en relations dans l'intérêt de l'enseignement secondaire, comme ils l'avaient été comme vicaires dans l'intérêt du service paroissial. Tous deux connurent de grandes prospérités et de pénibles épreuves. Tous deux ont fini leur carrière en dehors des maisons qu'ils ont fondées. Et ils ont laissé tous deux à leurs fils un semblable héritage d'honneur, composé d'esprit de foi, de cordiale vie de famille, de sévère orthodoxie, et de zèle pour les vocations sacerdotales et religieuses.

---

1. M. Debrabant avait été vicaire de la paroisse St-Jacques. En ajoutant à son nom et à celui de M. Dehaene ceux de Mgr Wicart, qui fut vicaire, et de Mgr Bataille, qui fut curé dans cette même paroisse, nous pourrions appeler l'église St-Jacques le chandelier où brillent les lumières du diocèse de Cambrai.

CHAPITRE QUATRIÈME

Le collège communal d'Hazebrouck, 1838-1864.

Hazebrouck (1), chef-lieu d'arrondissement dans le département du Nord, est aujourd'hui une ville d'environ 12.000 habitants.

Lorsque M. Dehaene y arriva comme principal du collège, cette ville n'avait point perdu la rustique simplicité du vieux temps, et l'on pouvait encore dire d'elle ce qu'écrivait au XVIIe siècle le chroniqueur flamand *Blaue*, dans la notice qu'il lui a consacrée : « On ne peut rien voir de plus beau ni de plus doux
» que des frères demeurant ensemble, et témoignant ainsi qu'ils
» sont des hommes raisonnables créés par DIEU pour vivre en
» société ; semblablement, c'est un plaisir extraordinaire de
» demeurer dans une ville, si petite qu'elle soit, où réside un
» peuple nombreux et uni. Ce plaisir, les habitants d'Haze-
» brouck le connaissent. »

---

1. Hazebrouck. Ce mot semble venir de *haes*, lièvre, et de *brouck*, marais. Une partie du territoire est marécageuse, et fut probablement couverte jadis de bois où gîtaient des lièvres. M. Taverne de Tersud discute cette étymologie et l'adopte dans son histoire d'Hazebrouck. On pourrait en risquer une autre pour la première partie du mot. *Haze, hase, ase,* se retrouve dans beaucoup de noms propres en Angleterre et en Allemagne, par exemple Hasfeld, Ashford, etc. Chez les historiens scandinaves, le mot *ase* désigne les compagnons d'Odin. Si les armoiries de la ville d'Hazebrouck renferment un lièvre, cela ne prouve rien pour l'étymologie. Ces armoiries sont parlantes et bien postérieures à la formation du mot qu'elles interprètent.

Un dicton flamand exprimait une idée analogue sous une forme concise et populaire :

> Haezebrouck, zoeten dal,
> Die hier komt, blyft hier al (1).

Cette ville n'est un centre administratif que depuis 1790. Elle fut choisie de préférence à d'autres localités plus anciennes ou plus remarquables, parce qu'elle était bien située pour communiquer avec les diverses communes de l'arrondissement. Si l'on avait tenu compte du passé, l'honneur d'être chef-lieu revenait à Cassel, boulevard de nos libertés et piédestal de nos gloires. Mais les villes comme les hommes n'ont qu'un temps.

Durant tout le moyen âge, Hazebrouck n'avait été qu'une bourgade assez considérable, dépendante de la châtellenie de Cassel pour les questions de justice et d'administration générale, se gouvernant elle-même dans les affaires laissées à l'initiative des communes. Séparée de la vallée de la Lys par l'antique forêt de Nieppe, elle n'avait guère de relations avec le pays français. Par les autres points de son territoire, elle avoisinait des villes plus importantes et dont les noms plus fameux éclipsaient le sien : Aire, Bailleul, Cassel, Saint-Omer, Thérouanne. Simple lieu de passage entre ces vieilles cités, elle en était assez distante pour n'avoir point trop à souffrir des batailles qui se livrèrent sous leurs murs. Mais, n'ayant pas grande part à la peine, elle n'en eut que médiocrement à l'honneur, et longtemps on put lui appliquer la parole connue : « Heureux les peuples qui n'ont pas d'histoire ! »

C'est tout au plus si les érudits les mieux renseignés savent qu'Hazebrouck avait au XIVe siècle des statuts de marché qui sont curieux (2) ; — que sur son territoire les échevins des villes et villages environnants se réunissaient parfois, pour constituer une sorte de cour centrale appelée « le Hoop » (3) (ébauche ou pressentiment d'un futur tribunal de première instance) ; —

---

1.   Hazebrouck, doux vallon,
          Y venir, c'est y rester, dit-on.
2. *Annales du comité flamand.*
3. Ibid. Cf. l'excellent travail de M. Hosdey, membre de l'académie de Bruxelles sur le statut du Hoop d'Hazebrouck.

que dans les catalogues des croisés flamands on trouve les noms de quelques petits seigneurs hazebrouckois, dont les fiefs sont aujourd'hui de vieilles fermes, telles que le Biest, la Briarde, l'Hofland (1).

Vers la fin du XVIe siècle, sous la domination espagnole, les choses changent de face ; alors sont exécutés les grands travaux qui transforment une bourgade en ville. On creuse un canal pour relier Hazebrouck à la Lys et transporter les bois de la forêt de Nieppe (1564). On construit une tour de 85 mètres, d'une rare élégance ; Sanderus l'appelle *splendida ;* on la regarde aujourd'hui comme une des plus belles du Nord et comme un remarquable monument historique. L'ancien Hôtel-de-Ville avait été brûlé durant les guerres de 1582 : on le remplace par un édifice plus gracieux, coquettement assis au milieu de la grand'place. Enfin on bâtit le beau couvent des Augustins (hospice actuel), dont la façade renaissance excite l'admiration des connaisseurs (1618) (2).

Sous la domination française, la ville conserva sa prospérité.

En 1790, la Révolution lui apporta le titre inespéré de chef-lieu de district et, malgré les réclamations de Cassel et de Bailleul, y fixa le tribunal de première instance. En 1801, l'Hôtel-de-Ville fut une seconde fois la proie des flammes. Hazebrouck s'imposa de fortes contributions pour installer les autorités judiciaires dans des locaux vastes et commodes ; il fallait leur ôter l'envie d'émigrer à Cassel ou à Bailleul, car ces villes faisaient pour les attirer des offres très séduisantes. L'Hôtel-de-Ville actuel, « édifice noble et majestueux (3), » et les bâtiments de la sous-préfecture, qui malheureusement n'ont point de cachet architectural, modifièrent quelque peu la physionomie de la ville.

Mais la création des chemins de fer la changea complètement. Dans les années 1844 à 1846, MM. Warein, Plichon et de Lagrange, unissant leurs efforts à ceux du Conseil municipal, obtinrent qu'Hazebrouck serait le point d'intersection des

---

1. Kervyn de Lettenhove, *Histoire de Flandre.*
2. Voir pour tous ces faits les archives de la ville d'Hazebrouck.
3. Discours de M. de Queux de St-Hilaire, sous-préfet, à la pose de la première pierre de l'Hôtel-de-Ville (6 mai 1806).

grandes voies de Paris à Calais et de Lille à Dunkerque. Depuis lors, la ville est également rattachée à la Belgique par la ligne d'Ypres — Courtrai — Bruxelles ; elle le sera bientôt à Steenworde, Hondschoote et Merville. De notre gare partent, vers toutes les directions du département et des pays voisins, « ces courants de fer que Mgr Giraud appelait les fleuves du commerce et de l'industrie, destinés à vivifier nos fertiles plaines en assurant un large écoulement à leurs nombreux produits, et ces véhicules qui transportent les hommes et les idées avec la rapidité de la foudre (1). » Par suite de ce développement matériel, la ville s'est considérablement accrue, et de nouveaux quartiers se sont ajoutés aux anciens. Il est vrai que cette population nouvelle, en grande partie exotique, a entamé les traditions locales, mais, en revanche, elle a donné au chef-lieu d'arrondissement une influence plus considérable.

L'abbé Dehaene devait contribuer pour sa part à ce progrès, en créant dans notre ville un foyer d'enseignement secondaire.

Qu'avait été jusque-là cet enseignement ? Que fut-il après lui et par lui ?

Le premier établissement dont les archives communales fassent mention date de 1555. A cette époque on décida la création d'une école où l'on apprendrait le thiois (flamand), le latin et le français. Cette école se développa rapidement et, quatre-vingts ans plus tard (1630), fut confiée aux religieux Augustins (2). Les Augustins étaient le quatrième des grands Ordres mendiants ; ils venaient après les Franciscains, les Dominicains et les Carmes. Leur mission était de prêcher, de confesser et d'instruire la jeunesse (3). Ils eurent du succès à

---

1. Discours d'inauguration du chemin de fer du Nord. Dunkerque, 3 septembre 1848.

2. Extrait du registre aux délibérations de la ville et paroisse d'Hazebrouck : « Les pères Augustins arriveront en nombre suffisant de sept, c'est-à-dire cinq professeurs et deux frères laïcs, pour exercer la jeunesse en l'école, tant en latin qu'en flamand, jusqu'à la cinquième incluse, sans rétribution mensaire. » Ils seront tenus de célébrer tous les jours plusieurs messes, de faire le catéchisme, de tenir l'orgue, de visiter les malades, le tout sans pension ; ils auront une maison et les écoles pour habitation et résidence, et sept cents florins par an pour leurs services rendus à la ville et paroisse.

3. Ils avaient quatre maisons dans le Nord : un séminaire à Douai, des collèges à Lille, la Bassée et Hazebrouck.

Hazebrouck, et leur enseignement, élargissant peu à peu son cadre, comprit, au XVIIIe siècle, la grammaire, la rhétorique, l'astronomie, les mathématiques, la philosophie, en un mot, toutes les matières qui forment aujourd'hui le programme des écoles secondaires.

En 1762, profitant peut-être du changement de personnel que l'expulsion des Jésuites entraînait dans plusieurs collèges des environs (1), ils obtinrent l'autorisation d'adjoindre à leur établissement un pensionnat. Ils construisaient une belle chapelle quand éclata la Révolution française.

Diverses lois édictées par l'Assemblée Constituante et l'Assemblée Législative frappèrent à mort les collèges que dirigeaient les religieux. La loi sur la Constitution civile du clergé imposait le serment schismatique, non seulement aux prêtres qui desservaient les paroisses, mais encore à tous ceux qui enseignaient dans un établissement public. Les Augustins refusèrent de le prêter.— La loi sur les biens ecclésiastiques enveloppait dans une même confiscation les propriétés des églises, les fondations pour les écoles chrétiennes, et les dotations faites par les fabriques en faveur des maîtres. Elle tarit les ressources, comme la loi précédente avait frappé le personnel. — L'œuvre de destruction fut couronnée par la loi du 18 août 1792; elle supprimait les congrégations religieuses et leur interdisait formellement l'enseignement public.

On n'avait jamais traqué de la sorte la liberté humaine.

Le couvent des Augustins servit successivement d'asile pour des religieux de divers Ordres dont les maisons étaient confisquées (2), d'hôpital, de caserne pour le logement des troupes du général Vandamme, et d'école primaire.

Au mois de janvier 1803, conformément à la loi du 11 floréal an X, on y ouvrit une école secondaire dirigée par quatre professeurs recevant chacun 600 francs, soit en tout 2400 francs. Le chef de l'école était M. l'abbé Delessue (3).

1. Armentières, Cassel, Bailleul, Bergues.(Le Glay, *Cameracum Christianum*.)

2. On avait supprimé un certain nombre de couvents et indiqué pour les religieux des lieux de retraite où ils pouvaient vivre ensemble. On leur faisait une pension viagère.

3. En l'absence d'une législation uniforme, le sous-préfet, M. de Queux de Saint-Hilaire, avait communiqué au Conseil municipal un règlement à observer

Le Conseil municipal consentit à inscrire au budget la somme de 2400 francs, en considérant « qu'il fallait prendre des mesures efficaces pour relever l'esprit et le cœur d'une jeunesse qui, pendant le cours de la Révolution, avait croupi dans le sein de la paresse et de la plus crasse ignorance (1). »

En cette même année 1803, le pouvoir central régularisa ce qui concernait les écoles nouvellement ouvertes, par un arrêté (2) qui déterminait les méthodes, les heures de classes, la rétribution scolaire, et créait les bureaux d'administration. C'étaient les premiers linéaments du programme complété par Napoléon dans les années 1806, 1808, 1811, et suivi par l'Université.

A partir de 1808, les écoles secondaires communales s'appelèrent collèges communaux, les professeurs eurent le titre officiel de régents, et les règlements durent être approuvés par le Conseil de l'Instruction publique. Ces établissements scolaires firent dorénavant partie du vaste engrenage administratif.

Sous la Restauration, il y eut quelques innovations de médiocre importance et qui malheureusement aggravèrent les résultats du principe centralisateur. Louis XVIII supposait, comme Napoléon, que l'enseignement est une attribution essentielle de l'État ; il institua un ministère de l'instruction publique, et crut assurer les bons effets d'un système défectueux en chargeant un évêque de l'appliquer (3).

Quant au gouvernement de Juillet, malgré les promesses de

---

dans l'école secondaire (13 frimaire an XI, 14 décembre 1802). Le 26 frimaire, (17 décembre,) le maire annonce à ses concitoyens « que le cours d'études dans l'école secondaire aura lieu ainsi qu'il suit : la première classe s'occupera purement et simplement des principes de la langue latine et de la langue française ; la seconde classe entrera dans le développement des mêmes langues ; en outre, elle donnera les principes de la géographie, de l'histoire et des mathématiques. On ne négligera pas la religion et la morale, bases d'une société bien organisée. Les professeurs seront : pour les langues, les citoyens Delessue et Bellynck ; pour la géographie et l'histoire, le citoyen Gerlier ; pour les mathématiques, le citoyen Deschodt.

1. Archives de la ville d'Hazebrouck. Séance du Conseil municipal de la ville et territoire d'Hazebrouck, du 28 frimaire an XII.

2. 19 vendémiaire an XII.

3. Monseigneur Frayssinous, évêque *in partibus* d'Hermopolis, fut nommé en 1824 ministre des affaires ecclésiastiques et de l'instruction publique.

la charte, il n'osa ni ne voulut porter la main sur la machine universitaire, fût-ce pour en déranger un seul rouage.

Sous ces divers régimes, le collège communal d'Hazebrouck vécut paisiblement et sans bruit. Grâce à l'habile administration de M. l'abbé Delessue, il progressa peu à peu jusqu'à atteindre le chiffre de 80 élèves, chiffre considérable pour l'époque (1820-1827). Mais avec M. Coache, successeur de M. Delessue, il retomba à celui de 30, puis de 20 et enfin de 15 élèves.

L'abbé Dehaene était appelé pour arrêter cette humiliante décadence.

Immédiatement il se mit à l'œuvre.

Le Conseil municipal avait fait l'acquisition d'une maison belle et vaste (1) pour y transférer les classes du collège ; mais comme ce local avait besoin d'être adapté à sa destination nouvelle, le transfert ne put avoir lieu qu'au mois d'octobre suivant. Sans attendre cette date, le nouveau principal posa dès l'abord le principe d'un pensionnat, et, pour que ses intentions fussent bien connues, il reçut sous son toit deux élèves.

Comme début c'était modeste : mais il y avait, dans cet humble commencement, un acte de foi en la Providence et l'affirmation d'une volonté énergique. C'est ce qui décide les irrésolus.

Les externes pouvaient être admis de suite : ils affluèrent sans retard. Pour répondre à cette confiance des familles, l'abbé Dehaene établit plusieurs cours dont le besoin urgent se faisait sentir : 1° le cours de mathématiques élémentaires, regardé comme indispensable au plus grand nombre : « Les mathématiques, écrivait pompeusement le journal de la localité, étant devenues aujourd'hui la clef de toutes les carrières » ; 2° le cours d'écriture, « heureuse addition, disait le même journal, car on voit souvent les plus brillants disciples de l'Université former avec peine des caractères indéchiffrables et ne savoir pas même tailler une plume. » On confia ce cours à M. Jean-Baptiste Debusschère (2), connu dans tout le pays pour son talent

---

1. Située près de l'église St-Éloi. C'est le collège communal actuel.

2. Il pouvait étaler avec un légitime orgueil les médailles d'or et d'argent obtenues par lui aux concours de maîtres d'écriture. De sa main habile il décrivait les superbes majuscules et les gracieuses arabesques qui ornaient le papier à lettres de nouvel an étalé aux vitrines des libraires.

de calligraphe ; 3° un professeur de dessin, qui résidait en ville, fut invité à donner des leçons particulières au collège.

A la rentrée d'octobre, toutes les prévisions furent dépassées : 94 élèves, dont 31 pensionnaires, assistaient à la messe du St-Esprit célébrée dans l'église paroissiale. Le personnel des professeurs comprenait, (outre M. Dehaene, principal et régent de rhétorique,) trois régents de latin faisant chacun deux classes, un maître de mathématiques, et plusieurs maîtres-adjoints chargés des cours spéciaux et des leçons particulières.

Les classes et le pensionnat étaient installés dans le nouvel établissement. On y trouvait une belle salle d'étude, un dortoir, une cour de récréation, un jardin.

A partir de ce moment, le progrès est de plus en plus sensible, et les budgets de la commune permettent de constater chacune des améliorations matérielles qui sont réalisées.

On excusera le petit travail de statistique dont nous donnons ici le résultat.

Les pièces officielles mentionnent seulement les subventions pécuniaires sollicitées à diverses reprises par le principal ou par le bureau d'administration. Le dévouement et tous ses efforts et toutes ses industries n'ont pas d'autre retentissement dans les délibérations municipales. Mais quoique ces demandes soient généralement enregistrées avec un laconisme tout administratif, elles révèlent, en la côtoyant, la vie intense et progressive du collège.

Voici d'abord quelques dates et quelques chiffres qui ont rapport aux cours de français :

Dès 1823, on avait reconnu la nécessité d'adjoindre aux professeurs de latin un instituteur chargé d'une classe élémentaire de français. « Attendu que dans ce pays on parle généralement » le flamand, les commençants, ne sachant pas assez le français » pour suivre le cours de latin, ont besoin d'y être préparés (1). » Dix ans après, (1833), ce cours fut mis sur un pied nouveau et reçut le nom d'école primaire supérieure. Cette école prospéra en raison inverse des classes de latin.

En 1838, le Conseil municipal décida « qu'elle serait installée » dans les locaux occupés par l'abbé Dehaene et placée sous

---
1. Délibération du Conseil municipal (1823).

» sa surveillance immédiate ; que les élèves qui la fréquentaient
» auraient les mêmes heures de classe, d'étude et de récréation
» que les élèves de latin ; qu'ils paieraient une légère rétribution
» moyennant laquelle le principal serait tenu de pourvoir à leur
» surveillance ; en un mot que l'école supérieure ferait partie
» intégrante du collège. »

Telle est l'origine des cours de français. Leur annexion fut regardée comme un avantage. Les meilleurs élèves de ces cours passaient volontiers dans les classes de latin, et réciproquement les élèves moins bien doués pour le latin trouvaient un refuge dans les classes de français. En outre, la besogne d'ensemble était simplifiée : professeurs de français et professeurs de latin travaillaient côte à côte sous le même toit, et pouvaient se rendre facilement les uns aux autres des services très précieux.

Cette union des professeurs permit au Conseil municipal de prendre la résolution suivante :

« Considérant que l'école primaire supérieure de cette ville
» est fréquentée par 60 à 70 élèves, qu'il y a tout lieu d'espérer
» que ce nombre augmentera encore, que, pour donner à cet
» établissement tout le développement dont il est susceptible et
» procurer aux élèves les moyens de perfectionner leur édu-
» cation, il est nécessaire d'y joindre à l'instruction donnée
» quelques cours spéciaux, le Conseil décide qu'il sera professé
» à l'école supérieure :

» 1º Un cours de rhétorique française ;

» 2º Un cours d'histoire générale, et spécialement de l'histoire
» de France ;

» 3º Un cours de physique et d'histoire naturelle élémentaire.

» Il y aura pour chaque matière deux leçons par semaine, don-
» nées à tour de rôle par les professeurs respectifs du collège.
» Chaque leçon sera d'une heure et demie.

» Les élèves qui fréquenteront ces cours paieront 0,50 cen-
» times par mois, lesquels bénéficieront aux trois professeurs
» enseignants. Mais, attendu que le produit de ces 0,50 centimes
» ne les indemnisera que faiblement du temps et des soins qu'ils
» devront apporter à ce nouvel enseignement, le Conseil vote
» un crédit de 200 francs. » (3 octobre 1840.)

Parmi ces 70 élèves de français, un bon nombre étaient pensionnaires. Or, pour recevoir des élèves internes dans une annexe d'enseignement primaire supérieur, il fallait une autorisation spéciale. L'abbé Dehaene se mit en règle et, le 17 août 1844, obtint cette autorisation, qui donna une existence légale aux cours de français. Ils devinrent très florissants.

Remontons en arrière pour signaler d'autres innovations.

En février 1840 (1), il est constaté « que le collège communal acquiert de jour en jour une plus grande prospérité, qu'il compte 60 internes, qu'on est obligé d'en refuser, faute d'emplacement pour les loger, qu'il y a nécessité urgente de faire construire un nouveau bâtiment. » Le Conseil émet un avis favorable à cette construction.

L'année d'après, « considérant que le collège est situé dans une circonscription maritime, que les élèves qui en sortent et se présentent aux examens de baccalauréat ès lettres doivent, d'après les nouvelles lois, savoir une des langues vivantes, l'anglais ou l'allemand, il vote un traitement de 300 francs pour un maître d'anglais. — La pension et le logement sont offerts par Monsieur le principal. Il propose comme candidat un ancien élève des Bénédictins de Douai (2). Du reste, il ne demande le traitement que pour deux ans ; passé ce terme, il s'engage à enseigner l'anglais lui-même ou à le faire enseigner par quelqu'un de ses collaborateurs. »

En 1843 fut réalisée une amélioration autrement notable et pour laquelle M. Dehaene avait fait les plus grands sacrifices. Le 29 décembre, M. Debreyne, curé-doyen d'Hazebrouck, bénissait la chapelle du collège, entouré de quarante prêtres venus de tous les points de l'arrondissement. On remarquait dans le chœur le sous-préfet, le maire et toutes les notabilités de la ville. Le frère de Monsieur le principal, l'abbé Louis, nouvellement ordonné prêtre, chanta solennellement sa première messe, et son ancien professeur et fidèle ami, le R. P. Possoz, Jésuite, prononça le sermon de circonstance.

Ce jour fut pour Monsieur le principal un vrai jour de fête, un de ces jours, rares dans la vie, où le cœur et la foi concourent

---

1. Registre aux délibérations du Conseil municipal.
2. M. Rigby, entré depuis dans les Ordres, et curé d'une paroisse catholique en Angleterre.

à donner de profondes émotions. Le nouvel oratoire n'était ouvert qu'après beaucoup de démarches et d'efforts. Pour l'aménager et l'orner, M. Dehaene avait quêté auprès des personnes charitables (1), mais finalement il dut prendre sur lui la plus grande partie des dépenses. « Nous ne pouvons trop louer » un pareil zèle, et nous le faisons d'autant plus volontiers que » nous le savons entièrement désintéressé et uniquement ins- » piré par l'amour du bien (2). »

Une chapelle, M. Dehaene le savait mieux que personne, c'est l'âme d'une école secondaire ! Au reste, tout homme sensé reconnaît que, dans un pensionnat, le service religieux doit être concentré à l'intérieur comme tous les autres services ; alors l'éducation des élèves est plus facile, l'instruction religieuse mieux appropriée à leurs besoins, et la vie de famille complète. Mû par ces graves raisons, le Conseil municipal avait accordé un crédit de 250 francs.

Aux mois de mai et de juin 1843, le recteur d'Académie sollicita de la municipalité une subvention pour la formation d'une bibliothèque classique. Il promettait que le ministre accorderait des ouvrages aux bibliothèques qui auraient un commencement d'organisation, et priait le Conseil de voter une somme quelconque, ne fût-ce que pour obtenir ce cadeau du ministre, sorte de prime offerte à la bonne volonté. Il insistait sur l'intérêt des élèves et rappelait, pour qu'on le suivît, l'exemple de plusieurs autres villes. Ce fut en vain. Les braves bourgeois ne se laissèrent pas attendrir (3).

---

1. Parmi les dons qu'il reçut, il faut signaler une statue de bois représentant l'apôtre saint Jean, petite, sans grande valeur par elle-même, mais précieuse par les touchants souvenirs qu'elle rappelait. Pendant la Terreur, des mains pieuses l'avaient soustraite au monceau de statues destiné aux flammes. Elle fut ensuite placée dans une chambre où des prêtres proscrits célébraient la sainte Messe et baptisaient les enfants. Cela lui donnait aux yeux de l'abbé Dehaene un prix inestimable. Il l'emporta chez les Capucins. Elle couronne aujourd'hui l'abat-voix de la chaire au réfectoire des élèves.

2. *Indicateur* (octobre 1843).

3. Avaient-ils tort ? Dans le cas présent, oui. Mais en principe, non ! Ces subventions de l'État central ne sont-elles pas des invitations à la prodigalité ? Ne font-elles pas entreprendre souvent des œuvres médiocrement utiles ? On pourrait en fournir maintes preuves. De plus, elles développent la servilité électorale. « Je te donne mon argent, dit l'État à la commune, donne-moi ton vote. »

L'année suivante, ils consentirent à une dépense de 150 francs pour faire arranger en pupitres les tables plates du collège. C'était matériel et positif. Ils comprenaient mieux l'utilité des pupitres.

Les détails que nous relevons paraissent futiles. Ils dénotent cependant une préoccupation constante de progrès. Ils font voir aussi combien il est difficile d'arriver au progrès par la voie hiérarchique. Chacune de ces subventions, si minimes fussent-elles, ne s'enlevait qu'à la pointe de l'épée ! Votées la plupart du temps avec un luxe de considérants pédantesques, elles n'étaient approuvées que grâce à la bonne entente du principal et du maire, du préfet et du recteur.

Quant à M. Dehaene, il allait toujours de l'avant. Il luttait contre la tiédeur des uns, contre la lenteur des autres ; encore ne demandait-il que l'indispensable et contribuait-il de sa bourse pour toutes sortes de dépenses. Il avançait même à la ville une somme de 2.500 francs sans intérêt, pour arranger un grenier en mansarde, afin qu'il pût servir de dortoir. Il ne parvint à se faire rembourser qu'en 1854, c'est-à-dire sept ans plus tard, et après maintes réclamations.

En voyant de près ces choses, on serait tenté de répéter la rude parole d'Herbert Spencer : « La machine officielle est lente et bête, » et de souscrire aux belles considérations de M. Leroy-Beaulieu (1) : « Un homme d'initiative perd son temps à vouloir convaincre ces bureaux hiérarchisés, qui sont les lourds et nécessaires organes de la pensée et de l'action de l'État. »

Une fois cependant, l'administration sort de sa pesante somnolence et se remue solennellement. C'est en 1845. Le ministre de l'Instruction publique, M. de Salvandy, avait prescrit que

---

1. L'*État moderne et ses fonctions*, chapitre V, p. 50. C'est dans ce chapitre que l'éminent économiste prouve les assertions suivantes : l'État est absolument dépourvu de l'esprit d'invention ; toute collectivité hiérarchique est incapable d'esprit d'invention ; l'État est un copiste, un amplificateur, un organe de conservation ; tous les progrès humains se rapportent à des noms propres, à des hommes hors cadre, à des individualités sans mandat, sortes de prophètes ou d'inspirés qui représentent le ferment de la masse humaine naturellement inerte. Tout cela est vrai du haut en bas de l'échelle administrative et pour les trois pouvoirs qui composent l'État : le pouvoir central, le pouvoir provincial et le pouvoir municipal.

M. Dehaene.

dans les collèges communaux aucun régent ne serait chargé de plus d'une classe. Pour obtempérer à cette circulaire, M. Dehaene demandait que le personnel de sa maison fût augmenté de deux nouveaux régents, aux appointements de 500 francs pour l'un et de 800 francs pour l'autre. Oubliant sa réserve habituelle, le journal du pays pressait le Conseil d'accepter cette proposition : « Sans doute, disait-il, la ville a fait des sacrifices.
» Mais M. le principal a marché beaucoup plus vite que l'ad-
» ministration. La haute confiance que son zèle, ses talents et
» son désintéressement ont inspirée à toute la contrée, lui a
» procuré plus d'élèves que l'établissement ne peut en contenir.
» En présence d'un tel succès, dû à l'activité d'un seul homme,
» l'administration peut-elle rester dans l'inaction ? — Non ; ce
» serait vouloir jeter le découragement dans le cœur le plus
» généreux ».

Il faut dire en passant que la reconnaissance n'était pas l'unique inspiratrice de ce beau zèle ; la crainte de la concurrence y contribuait pour sa part. Après la campagne parlementaire de 1844, dirigée par Montalembert, on se croyait à la veille de la proclamation de la liberté d'enseignement, et notre journaliste épouvanté s'écriait : « La loi d'instruction
» secondaire (1) permettra donc d'ouvrir une foule d'établisse-
» ments rivaux de ceux de l'Université. Il faut se mettre en
» mesure de lutter avec avantage. Il faut que notre collège
» soit de plein exercice et qu'il possède un professeur de phi-
» losophie. L'on doit agrandir les bâtiments, augmenter le
» mobilier, paver la cour, faire en sorte que chaque professeur
» n'ait qu'une classe au lieu de deux. Les demandes de M. le
» principal ne sont certes pas exagérées. Il est même fort ac-
» commodant, il se contente du plus strict nécessaire, et, pour
» l'obtenir, il y met fort souvent de sa bourse, ce que la ville,
» pour sa dignité, ne devrait pas permettre (2) ». A vrai dire, l'*Indicateur* était ce jour-là dans une bonne veine.

Les subventions proposées pour le traitement de deux professeurs furent votées avec des considérants élogieux.

---

1. Il s'agit du projet de M. Villemain, que M. de Salvandy venait de reprendre et qui n'aboutit point.
2. L'*Indicateur de l'arrondissement d'Hazebrouck*, 7 mai 1845.

Le Conseil consentit également à une dépense de 1500 francs pour approprier à l'usage exclusif du collège une maison qui servait ci-devant d'école primaire communale. Là se bornèrent les libéralités officielles. D'ailleurs la crainte causée par la perspective de la concurrence se dissipa bientôt et la routine reprit son train.

Il est à remarquer que, dès sa première apparition à l'état de simple projet, de simple possibilité, la liberté d'enseignement fut profitable aux collèges communaux. Les améliorations, qu'on réclamait vainement à cor et à cri, furent accordées sans peine aussitôt qu'on pût croire qu'elles seraient faites ailleurs. Pourvu que les préjugés de caste ne les aveuglent point et qu'ils aient le verbe libre, les professeurs de l'Université sont les premiers à reconnaître cet heureux résultat de la concurrence. La liberté les a tirés de l'ornière (1).

Mais reprenons nos investigations à travers les dossiers du collège. En 1846, les professeurs, « appelés à délibérer sur ce
» qu'il conviendrait de demander au ministre de l'Instruction
» publique dans l'intérêt de l'établissement, sont d'avis qu'on
» sollicite : 1º pour commencer un cabinet de physique : une
» machine électrique, une machine pneumatique, un grapho-
» mètre, une sphère et une mappemonde ; 2º pour commen-
» cer une bibliothèque classique : la collection des auteurs
» latins de Nisard, le traité de littérature de M. Villemain, la
» géographie de Malte-Brun et un ouvrage étendu d'histoire
» générale. » Tout cela est bien modeste en comparaison de ce qu'on demande aujourd'hui, et surtout de ce qu'on obtient.

Durant la période agitée de 1848 à 1852, les préoccupations sont ailleurs.

Mais de 1852 à 1865, la ville d'Hazebrouck s'imposa à deux reprises des sacrifices plus sérieux que ceux dont nous venons de parler. En 1855, les dortoirs étaient très insuffisants pour les besoins du pensionnat. Plus de 30 élèves logeaient hors du collège, et, après diverses migrations, occupaient finalement le grenier d'un magasin. Le réfectoire était humide, mal

---

1. Le progrès n'est possible que là où il y a variété et liberté. Une grande administration est fermée au progrès par en haut comme par en bas. Voir M. BRÉAL: *Quelques notes sur l'Instruction publique en France.*

aéré, trop étroit ; les maîtres ne pouvaient prendre leurs repas avec les élèves, ce qui offrait un inconvénient sérieux et sur lequel les inspecteurs d'Académie avaient fréquemment appelé l'attention. Mais le Conseil municipal ne s'entendait point sur les travaux à entreprendre, et ses discussions répétées n'aboutissaient à aucun résultat. L'incendie de l'école de la Ste-Union, attenante au collège, vint fort à propos mettre un terme à toutes ces tergiversations.

Cet incendie éclata dans la nuit du 16 au 17 février 1855. « C'est
» vraiment une chose terrible que le feu ! Que les hommes sont
» petits à côté de cet élément ! On avait cru un moment que le
» collège brûlait, et MM. Dekeister et Lacroix, malgré leur
» intrépidité, avaient crié dans le dortoir : Sauve qui peut !
» Quelle confusion à l'instant ! En moins d'un quart d'heure
» tout avait passé par la fenêtre, et les rues étaient remplies
» d'élèves à moitié nus. Tout leur bagage était déjà dans la cour
» quand on s'est aperçu que le feu était seulement dans le
» voisinage. Alors, revenus de cette panique, nous nous sommes
» tous mis bravement à faire la chaîne, et quelques-uns de nos
» jeunes gens, par une nuit glaciale et par la neige, ont fait
» de vrais prodiges, au point que le jeune Luchart, de Merville,
» recevra probablement une médaille de M. le sous-préfet.
» Enfin le collège en a été quitte pour la peur et quelques légers
» rhumes. Mais les Dames de la Ste-Union ont essuyé une perte
» qui s'élève de 6 à 7.000 francs : leur mobilier, leurs vêtements,
» la garde-robe des élèves, tout a été brûlé, et tout le bâtiment
» du devant n'est aujourd'hui qu'une ruine. A quelque chose
» cependant malheur est bon, et l'on peut voir la main de la
» Providence en tout cela ; car quelques jours après l'incendie,
» le Conseil municipal, très divisé auparavant, a voté à l'una-
» nimité une somme de 113.000 francs, destinée à la construc-
» tion d'une nouvelle école de filles et à l'agrandissement du
» collège. On s'exécute enfin. Nous aurons une nouvelle
» façade prolongée jusqu'au coin de la rue de la Paix, et au
» milieu, une belle porte d'entrée (1).»

Les travaux dont M. Dehaene parle ici furent exécutés en 1856 et en 1857 ; ils coûtèrent à la ville plus de 40.000 francs.

---

1. Lettre de M. Dehaene au R. P. Sergeant, 10 avril 1855.

— « Notre collège sera un monument (1), » s'écriaient les Hazebrouckois. Et l'inspecteur d'Académie, avec moins d'enthousiasme et plus de justesse : « Quand les travaux seront achevés, » le collège sera convenable et complet... pourvu toutefois, » ajoutait-il, que l'on occupe ce qui reste de l'ancienne école » des filles (2). » Cette dernière amélioration, cet agrandissement définitif, fut obtenu en août 1860. On établit dans ces locaux les classes de mathématiques, de physique et de dessin, qui jusque-là étaient errantes d'une salle à l'autre.

« Tout collège bien organisé possède des cours distincts » pour les pensionnaires et les externes, pour les jeunes enfants » et pour les plus âgés, parce qu'entre ces catégories tout est » différent, jeux et impressions, idées et langage. L'œuvre si » délicate de l'éducation serait compromise s'il y avait un » passage trop brusque d'un âge à l'autre (3). » L'adjonction du terrain de l'ancienne école des filles permit de séparer les élèves en récréation.

Alors enfin, sous le rapport matériel, le collège d'Hazebrouck fut achevé, fut complet.

Mais au point de vue des études, un couronnement nécessaire manquait encore : la classe de philosophie. Sans elle, les élèves n'avaient point toutes les facilités désirables pour se préparer aux examens. En dehors du personnel rétribué par la ville, M. Dehaene payait déjà de ses deniers cinq professeurs suppléants. En 1854, il résolut de donner lui-même des leçons de logique.

En même temps, il sollicitait de l'État une subvention pour créer une chaire de cet enseignement, et le Conseil municipal appuyait sa demande de ses vœux multipliés. Le député du pays, M. Plichon, faisait dans le même but démarches sur démarches.

Au commencement de l'année scolaire 1860, il obtint du ministre de l'Instruction publique, M. Rouland, la promesse verbale que le professeur de logique serait salarié sur les fonds de l'État. Mais bientôt après, M. Rouland fit écrire par son fils

---

1. *Indicateur*, 1857.
2. Rapport du 16 juin 1857.
3. Discours de M. Dehaene.

une lettre (8 novembre) dans laquelle il était dit : « Le ministre
» ne peut disposer que d'un crédit peu considérable. Parmi les
» établissements réclamant de nouvelles créations, il a éliminé
» les riches pour aider les pauvres. Le collège d'Hazebrouck a
» plus de 120 internes : il est l'un des plus riches du Nord. Il
» doit rapporter à l'abbé Dehaene plus de 15.000 francs. Nous
» nous en félicitons, tout en croyant qu'une semblable situation
» justifierait parfaitement un minime sacrifice. M. le principal
» peut payer lui-même la chaire de logique. »

Cette lettre piqua au vif M. Plichon, qui répondit sans désemparer : « Le collège d'Hazebrouck est un collège prospère sous
» le rapport de l'enseignement et du nombre des élèves, mais
» il ne l'est pas sous le rapport du produit. Je nie de la manière
» la plus absolue que ce pensionnat rapporte 15.000 francs.
» C'est avant tout une œuvre de dévouement, et c'est ce qui lui
» a valu son développement. Le prix de la pension, jusque
» dans ces derniers temps, n'était que de 380 francs. On vient
» de l'élever à 430 francs. Le nombre des élèves payant la
» pension entière n'a jamais été considérable, c'est un fait public.
» Beaucoup d'élèves ne paient encore aujourd'hui que 200 ou
» 300 francs. Il en est qui sont reçus gratuitement. M. le prin-
» cipal paie cinq suppléants avec ses propres ressources : il ne
» peut aller au-delà. »

M. Plichon ajoutait : « La demande que je faisais était
» donc justifiée, et la promesse qui m'a été faite ne l'était
» pas moins. Mais le retrait d'une promesse ne l'est jamais, et
» au cas particulier dont je parle ce retrait serait une faute. »

Il faisait à ce propos des considérations propres à toucher un ministre de l'Instruction publique. L'argument était *ad hominem :*

« L'Université doit vouloir posséder un collège de plein
» exercice à Hazebrouck, car c'est le seul moyen d'enlever, au
» profit d'un établissement placé sous sa direction, le mono-
» pole de l'enseignement secondaire, qui appartient aujourd'hui
» aux collèges libres de Marcq près Lille et de St-Bertin à S^t-
» Omer. Les idées dominantes éloignent les enfants des lycées.
» Ce sont les maisons religieuses qui, aujourd'hui, les prennent
» tous.

» J'insiste donc, parce que la chose promise est juste et né-
» cessaire, et enfin parce que je ne puis comprendre qu'une
» promesse de Monsieur votre père ne soit pas tenue. Je ne
» vous cache pas que, plutôt que de voir sa parole en état
» de faillite, je préférerais payer le professeur de mes propres
» deniers.

» Je vous saurais gré de lui donner communication de cette
» lettre, et de l'assurer en même temps de ma meilleure
» amitié. »

D'un autre côté, M. Plichon écrivait à M. Dehaene pour lui donner connaissance du retrait de la promesse faite itérativement : « Quoi qu'il en soit du motif de ce retrait, Monsieur le
» principal, je me suis porté garant vis-à-vis de vous de la
» parole du ministre. Je ne donne jamais en vain ma garantie.
» S'il arrivait que le professeur salarié sur les fonds de l'État
» qui m'a été promis pour votre collège, vous fût définitivement
» refusé, je m'engage à en faire les frais sur l'indemnité qui
» m'est allouée, en ma qualité de député, aussi longtemps que
» je serai investi de ce mandat public et que le ministère n'aura
» pas pris cette dépense à sa charge (1). »

M. Dehaene refusa cette offre généreuse.

Peu de temps après, M. Duruy prit la place de M. Rouland. Une nouvelle demande fut adressée, et cette fois la subvention fut officiellement accordée, car à la date du 30 décembre 1863 M. Duruy écrivait à M. Plichon : « Je suis heureux d'avoir pu,
» en cette circonstance, tout en complétant l'enseignement
» dans un collège qui a tant de titres à l'intérêt de l'État, vous
» donner une preuve du prix que j'attache à votre honorable
» recommandation. »

Cette subvention, qui était de 1.600 francs, ne fut jamais payée. Mais le fait seul de l'accorder était une reconnaissance officielle de l'importance du collège d'Hazebrouck.

Les négociations que nous venons de rappeler furent entravées par des difficultés d'ordre politique dont nous parlerons plus loin.

Avant de clore ce chapitre, où nous avons suivi pas à pas

---

1. Lettre de M. Plichon à M. Dehaene, 12 décembre 1860.

l'agrandissement de l'œuvre de M. Dehaene, il n'est pas inutile de faire à chacun sa part dans le mérite qui en revient.

D'abord à l'*autorité académique*. Représentée par le recteur et l'inspecteur, elle encouragea généralement ses entreprises. Elle tenait beaucoup à ce que les élèves et les professeurs eussent une installation convenable, mais comme elle n'intervenait pas dans les dépenses, elle ne pouvait qu'exprimer des avis et donner des conseils. Elle eut l'occasion d'appuyer des demandes officielles adressées au ministre ; elle le fit de bonne grâce, une première fois pour obtenir sur les fonds d'État quelques instruments de physique et quelques livres, une seconde fois pour amener la création de la chaire de logique. De ces demandes, la première seule aboutit à un résultat. Il faut convenir qu'elle n'était point de grande conséquence : les instruments et livres qu'on obtint valaient peut-être 1.000 francs. A cela se bornèrent, de 1839 à 1865, les largesses faites par l'État en faveur du collège communal d'Hazebrouck. Et cependant c'est dans l'espoir plus ou moins chimérique d'obtenir des secours de ce genre que certaines villes aliènent leur liberté. Elles ne sont pas difficiles.

Donc l'on peut dire que, somme toute, la *municipalité* fut laissée à elle-même pour l'entretien de son école secondaire. Elle fit avec bonne volonté les dépenses requises.

Jusqu'en 1848, elle eut à sa tête M. Cleenewerck. C'était lui qui par ses instances avait décidé l'abbé Dehaene à venir occuper le poste de principal : il était donc engagé d'honneur à le soutenir. Sur sa recommandation, le Conseil votait le budget du collège par sentiment de reconnaissance autant que par devoir civique. Après la démission de M. Cleenewerck, il y eut quelque chose de moins personnel dans les relations des maires avec le principal, et par conséquent les améliorations furent acceptées pour des motifs où la sympathie avait moins de part.

Mais dans l'un et l'autre cas, on procédait d'ordinaire avec prudence, lenteur et crainte. Il faut dire qu'on n'avait point encore pris l'habitude d'une certaine hardiesse dépensière trop commune aujourd'hui. Les conseillers municipaux, en bons pères de famille, se croyaient obligés de songer au lendemain. Quoiqu'ils fussent bienveillants, il fallait les pousser, les entraîner, les convaincre. Parmi eux, il y en avait qui restaient imbus des idées de 1830, et qui craignaient l'influence du clergé. Les autres, — et c'était la très grande majorité, — aimaient et estimaient M. Dehaene ; ils le soutenaient, mais avec cette modération, avec cette réserve un peu défiante, dont le flamand, devenu conseiller municipal se fait facilement un devoir d'état.

Plusieurs de ces pacifiques propriétaires n'aimaient point la diffusion de l'enseignement ; ils craignaient qu'elle ne produisît deux résultats fâcheux : l'augmentation du nombre des déclassés et le bouleversement de la hiérarchie sociale. Sur le terrain de la science, les pauvres supplantent parfois les riches et, tentés par le succès, ils sortent de leur condition sans arriver au bonheur.

D'autres pensaient que la vogue du collège était toute momentanée et qu'elle cesserait à la mort de M. Dehaene; ils soutenaient que les bâtiments, trop étroits aujourd'hui, seraient peut-être trop vastes demain.

Enfin quelques-uns, soucieux de la popularité, opposaient l'enseignement primaire à l'enseignement secondaire, et préféraient qu'on s'occupât du premier parce qu'il profite au plus grand nombre.

Un ancien professeur d'Hazebrouck, M. Boone, esprit très ouvert et très original, considérant la multiplication des collèges, y signalait un autre inconvénient : « Je crains que la » grande concurrence ne porte les directeurs à avilir aux yeux » du public une des plus nobles fonctions de l'ordre social par des » courses et des démarches basses et dégradantes... » (1) Cette crainte était prématurée en 1839, mais cet homme voyait loin.

M. Dehaene n'eut pas la peine de réfuter la première objection. Elle n'osait guère se produire au grand jour. Cependant elle avait de la valeur. La diffusion de la science offre réellement des dangers (2). Et l'on conçoit que des hommes de l'ancien

---

1. Lettre à M. Augustin Debusschère.
2. P. Leroy-Beaulieu. *L'État et l'instruction*. « L'instruction peut développer la concupiscence des honneurs et de la fortune,» p. 260. Voir aussi le *Journal Officiel*, séance du Sénat (18 juin 1890) : Interpellation de M. Combes sur la réforme de l'enseignement secondaire. M. Combes et M. J. Simon disent tous deux que l'instruction augmente dans des proportions effrayantes le nombre des déclassés.

temps en aient conçu quelque crainte. Ils étaient habitués à la distinction des classes. D'après eux, la science devait rester dans les arcanes d'un sanctuaire. Mais les raisons les plus profondes ne sont point celles qu'on émet en public. Et d'ailleurs, M. Dehaene ne s'y serait point arrêté. Il ne croyait pas qu'il fût permis de laissser à d'autres l'œuvre capitale de l'enseignement, et trouvait que l'Église, en se rivant à un état social qui a fait son temps, se condamnerait à l'impuissance et au discrédit.

Aux timorés qui songeaient trop à l'avenir, il répondait : « Hazebrouck n'est plus une petite ville isolée : c'est
» le centre d'un bel et vaste arrondissement ; à cause de cela,
» le collège ne dépend pas uniquement de son chef. Si vous
» comprenez vos intérêts, son avenir est assuré (1). »

Aux prôneurs bruyants de l'enseignement primaire : « Qu'on
» assure à cet enseignement, disait-il, des maîtres nombreux,
» de vastes locaux, et tout le matériel désirable, rien de mieux !
» Mais il n'est pas moins indispensable de ne pas abandonner
» au hasard la culture littéraire, morale et religieuse des classes
» aisées, appelées à diriger le peuple. On l'a dit, les idées gou-
» vernent le monde. Or, n'est-ce pas plutôt dans l'école secon-
» daire que dans les classes primaires, que les idées se forment,
» se développent et s'élèvent ? Laissant de côté les ressources
» matérielles que trouve une ville dans le personnel d'un éta-
» blissement prospère, nous disons donc : Nous sommes heu-
» reux de voir que la ville d'Hazebrouck tient à conserver et à
» augmenter par son collège son influence morale, la plus belle,
» la plus noble et la plus désirable de toutes les influences (2). »

Ainsi parlait-il dans un discours de distribution de prix. Par de semblables discours, et mieux encore par l'exemple de la générosité et du désintéressement, il décida l'autorité municipale à favoriser le collège, à l'aimer, à en être fière. C'est pourquoi nous pouvons le considérer comme le véritable fondateur de cet établissement. En attirant les abeilles, il obligea la ville à construire la ruche.

---

1. Discours de distribution de prix, 1859.
2. Ibidem.

CHAPITRE CINQUIÈME

Le recrutement des élèves. La direction générale.

LE recrutement d'un pensionnat dépend de causes diverses, entre autres, de la notoriété de son chef, de la situation de la maison, de la direction morale et intellectuelle donnée aux élèves, enfin d'une chose qui n'est pas toujours bien explicable, la vogue.

Quels furent les moyens employés par l'abbé Dehaene pour assurer le recrutement de son collège ?

Avant de les indiquer, remarquons qu'il y a dans le monde des personnalités naturellement attractives : elles sont épanouies, elles épanouissent, et elles inspirent confiance ; on les dirait enveloppées de chauds rayons, et l'on va vers elles comme on va au soleil en un jour d'hiver. Ce don de sympathie est un don de DIEU : M. Dehaene l'avait reçu.

Disons encore qu'il y a pour le succès des moments favorables. Ce sont les temps opportuns dont parlent les Saints Livres (1), temps providentiels, en apparence capricieux comme le hasard, mais en réalité préparés de loin comme la grâce. Heureux ceux qui en profitent ! L'abbé Dehaene arrivait à Hazebrouck dans un de ces moments bénis.

En effet, vers 1838, les circonstances étaient exceptionnellement favorables à l'ouverture d'un pensionnat. Les nombreuses maisons ecclésiastiques où s'abrite actuellement la jeunesse du pays n'étaient point encore fondées ; il faut excepter toute-

---

1. *Ecce nunc tempus acceptabile, ecce nunc dies salutis.* (II Cor. VI, 2.)

fois Saint-Bertin, qui fut comme collège la métropole de l'enseignement secondaire chrétien dans nos régions, après y avoir été, comme monastère, le berceau de notre foi. Il y avait bien aussi, aux environs de Bergues, le collège du Buissaert ; mais, nonobstant ce qu'avait écrit M. l'abbé Devin sur l'excellente situation de cette maison et sur son brillant avenir (1), elle fut fermée vers 1840 (2). Elle n'avait existé d'ailleurs que par une

---

1. Lettre de M. Devin à M. le maire d'Hazebrouck. (Voir chapitre III.)

2. Nous ne pouvons mentionner le Buissaert sans lui consacrer un mot d'historique. Il fut fondé en octobre 1832. A la suite de quelques démêlés qu'il eut avec le Conseil municipal de Bergues, M. l'abbé Devin, supérieur du collège de cette ville, donna sa démission, et demanda l'autorisation d'établir un pensionnat dans une maison de campagne de M. de Staplande, située sur la grand'route de Dunkerque à Lille, à la hauteur de Quaëdypre, dans un endroit nommé le Buissaert. M. Devin fit faire de nouvelles constructions et lança un prospectus des plus brillants : outre les diverses branches de l'enseignement universitaire, il comprenait la musique, le dessin, la danse, l'équitation, la natation, etc. La pension était de 450 francs. La plupart des enfants de familles riches, et surtout de familles légitimistes habitant entre Dunkerque et Lille, furent placés au Buissaert : on y compta jusqu'à 150 pensionnaires. Malheureusement son supérieur se heurta contre des difficultés diverses, dont la principale fut l'opposition de Mgr Belmas. Il ne put obtenir de lui la permission d'ouvrir une chapelle, et les dimanches et fêtes il dut conduire ses élèves dans les églises du voisinage, Wormhoudt, Quaëdypre et Bergues, pour assister aux offices. Quand le temps était mauvais, il était réduit à demander les chariots des paysans pour transporter ses pensionnaires vers le village le plus proche.

D'un autre côté, s'il est avantageux de vivre loin des grands centres et de respirer le bon air dans une belle campagne, combien cela ne complique-t-il point le service intérieur d'un pensionnat ! Que de courses pour communiquer avec les parents, pour s'approvisionner de toutes sortes de choses ! Que de prévoyance pour ne manquer de rien !

M. Devin se fatigua de lutter contre ces difficultés de tout genre. Il songea à s'établir à Cassel, dans l'ancien hôtel du général Vandamme ; mais il recula devant le prix de cet immeuble. On lui fit d'autres offres à Lille, à Marcq, à Douai. Aucune ne fut acceptée ni acceptable. Il tomba dans le découragement. Plusieurs de ses collègues, originaires comme lui du Pas-de-Calais, s'ennuyaient de vivre dans un coin perdu de la Flandre, isolés comme une colonie étrangère, au milieu de gens dont ils ne comprenaient point la langue.

M. Devin quitta le Buissaert principalement à cause de la fondation de Marcq (1840). Après avoir été quelque temps supérieur à Aire, il s'adonna exclusivement à la prédication, qu'il aimait beaucoup.

Les bâtiments du Buissaert furent rasés et les matériaux mis en vente. Il n'en reste pas une pierre. Les vieillards que l'on rencontre sur la grand'route de Wormhoudt à Bergues, montrent à main droite le champ cultivé où s'élevait jadis ce collège, qui, si son directeur avait tenu ferme, serait peut-être aujourd'hui au cœur

tolérance de l'administration : la liberté de l'enseignement, souvent promise, n'étant pas encore accordée en ce temps-là.

Dans [ces conjonctures, un collège communal, ayant à sa tête un principal ecclésiastique, offrait le double avantage d'une direction religieuse rassurante pour les familles et d'une organisation officielle chère à l'État. Beaucoup d'élèves qui seraient allés au Buissaert vinrent donc à Hazebrouck.

Ils étaient attirés par la réputation dont M. Dehaene ne tarda point à jouir, et dont il fut redevable à ses prédications. Il avait tout ce qu'il faut pour réussir dans le ministère de la parole : le zèle, le talent et le goût. La Providence lui ménagea de nombreuses occasions pour exercer ce ministère.

Les curés des paroisses flamandes ne savaient à qui s'adresser, dans les circonstances solennelles et extraordinaires, afin d'avoir des prédicateurs de marque. Les diverses résidences de religieux n'étaient point établies ; la maison des missionnaires diocésains n'existait pas ; quant aux prêtres séculiers, la plupart d'entre eux se voyaient arrêtés sur les frontières de l'arrondissement par l'ignorance de la langue flamande.

L'abbé Dehaene paraissait donc souvent dans les chaires du pays, aux jours de grandes fêtes comme aux temps de mission et d'adoration, aux bénédictions de statues, de chemins de croix ou de calvaires. L'orateur faisait connaître le principal, et ceux qui admiraient l'éloquence de l'un étaient naturellement disposés à avoir confiance dans les aptitudes éducatrices de l'autre. Il en résultait que d'ordinaire les curés n'avaient qu'un mot à dire pour que les parents envoyassent leurs enfants à Hazebrouck ; et ce mot, ils le disaient d'autant plus volontiers qu'ils acquittaient par là leur

---

de la Flandre ce que Marcq est aux portes de Lille. Nous avions le devoir de sauver de l'oubli et de saluer d'un souvenir reconnaissant le premier en date des collèges ecclésiastiques du Nord.

Du reste, des liens nombreux le rattachent à la maison d'Hazebrouck. M. l'abbé Louis, frère de M. Dehaene, M. Lacroix, surveillant, M. Ledein, professeur de rhétorique, firent leurs études au Buissaert. Notons encore, comme une chose intéressante, que M. Lévêque, auteur d'un recueil de pièces fort jouées dans les collèges, était surveillant au Buissaert. On raconte qu'il observait le caractère et les manières des élèves, et composait les rôles d'après les aptitudes qu'il voyait en eux.

(Nous devons la plupart de ces renseignements à M. le chanoine Hooft, qui fut successivement élève et professeur au Buissaert.)

propre dette de reconnaissance à l'égard du prédicateur. Bien des fois aussi, le jeune étudiant auquel ils s'intéressaient était d'une famille pauvre ; il avait besoin d'une réduction de pension ; or, dès qu'on pouvait raisonnablement espérer que cet enfant serait prêtre, on était sûr d'obtenir pour lui cette réduction de l'abbé Dehaene. Dès le début de son principalat, il prit pour règle de conduite de favoriser de tout son pouvoir les vocations ecclésiastiques, et de ne reculer dans ce but devant aucun sacrifice. Ces choses-là se savent bientôt, et elles assurent à celui qui les fait la clientèle des pauvres curés de campagne qui donnent des leçons de latin.

Enfin, près des familles de Flandre, qui toutes, aisées ou indigentes, sont chrétiennes, M. le principal se recommandait par sa qualité de prêtre. Ainsi que l'avaient remarqué fort judicieusement les conseillers municipaux d'Hazebrouck (1), le rôle d'éducateur de la jeunesse exige aux yeux de ces familles le caractère sacerdotal. Si honnête et si pieux que leur paraisse un laïc, si variée que soit sa science, si honorable que puisse être sa vie, elles croient que pour former les âmes il faut davantage. La parole bénie de l'Évangile, la tendresse compatissante du bon Pasteur, les grâces des sacrements et l'expérience du ministère des âmes, ne semblent point de trop à nos populations croyantes pour bien remplir une mission aussi délicate.

Telles furent les principales raisons pour lesquelles les élèves affluèrent immédiatement autour de M. Dehaene.

Quand il eut fait ses preuves comme éducateur et donné à son collège un certain développement, d'autres causes contribuèrent à sa réputation. Parmi elles, nous ne pouvons omettre, quoiqu'elles paraissent secondaires, les excursions annuelles de la Saint-Jacques et les distributions de prix.

L'abbé Dehaene aimait à faire voir qu'il vivait : il aimait le bruit, le grand jour, la grande vie publique, et jusqu'à un certain point l'ostentation. Fort modeste en tout ce qui concernait sa personne, il recherchait ce qui donnait du relief et de l'éclat à son œuvre. Son imagination, comme celle du peuple, était vivement frappée par la pompe et la magnificence. Voilà

---

1. Délibération citée plus haut, chap. III.

pourquoi il voulait des distributions de prix fort solennelles, avec discours d'apparat, invitations nombreuses, présence de toutes les autorités, représentations dramatiques, chœurs de chant, fanfare, etc...

Un de ses premiers soins avait été d'établir une société de musique instrumentale (1). Il jouissait de l'entendre jeter dans les airs ses notes harmonieuses. Elle prenait la tête du cortège dans les processions et les promenades, et remuait tout sur son passage. C'était la vie, c'était le rhythme et la cadence, c'était la voix chantante qui ébranlait la masse.

Il songeait bien parfois, avec quelque inquiétude, à tout ce que ces belles ouvertures et ces marches joyeuses représentaient de temps soustrait au travail, et consacré peut-être à la frivolité, à la dissipation. Hélas ! les ennemis de la musique n'ont jamais manqué d'arguments contre elle, mais c'est en vain qu'ils les font valoir. La musique triomphe malgré tout, parce qu'elle a deux alliés devant lesquels le raisonnement est très faible : l'imagination et le cœur.

Donc la jeune fanfare du collège ouvrait avec entrain toutes les fêtes de la maison, et particulièrement les distributions de prix.

Celles-ci mettaient en mouvement toute la ville. Pour contenir la foule, il n'y avait point de local assez vaste ; il fallait dresser une tente au milieu de la cour. Après les drames à costumes brillants et à grandes émotions, qui émerveillaient les yeux et faisaient couler les larmes, M. Dehaene prononçait tous les ans une chaleureuse allocution. Le discours traditionnel du professeur ne s'adressait qu'aux auditeurs les plus intelligents, à l'élite. Les autres, c'est-à-dire presque tous les pères et mères de famille et cette masse compacte de paysans et de bourgeois venus des quatre coins de la Flandre, gardaient dans leurs cœurs des fibres que n'atteignait point la parole académique. Celle-ci, du reste, avait été soigneusement revue et corrigée d'avance par le recteur, qui ne permettait point à ses fonctionnaires de sortir

---

1. Elle fut d'abord dirigée par M. Verroust père, puis par M. Snyders. Nous parlerons plus loin de M. Verroust. Quant à M. Snyders, M. Dehaene l'aimait particulièrement parce qu'il trouvait en lui deux qualités fort appréciables dans un maître de musique de pension : une scrupuleuse fidélité aux règles de l'art et une attention très grande pour éliminer tout morceau, air ou chant, d'une moralité douteuse.

de la réserve officielle et d'engager mal à propos le corps enseignant. Au contraire la parole du principal, vivante, chaude, improvisée, jaillissant de son âme d'apôtre et ne relevant que de sa conscience de prêtre, était à lui ! Et cette parole-là retentissait par-dessus les tirades sonores et les vagues lieux-communs imposés aux titulaires de l'Université.

« Je l'entendis un jour, nous racontait un de nos amis (1). J'étais jeune, je ne connaissais M. Dehaene que de réputation, et j'arrivais dans son collège comme un curieux qui suit la foule. Eh bien ! je n'oublierai jamais l'accent du cœur qui frémissait dans sa voix. C'était comme le cri d'une mère. »

Qui dira combien de parents, remués par cette éloquence jusqu'au fond de l'âme, donnèrent spontanément leur confiance au prêtre qui comprenait si bien leurs devoirs et les siens !

Tout n'était donc point vain étalage dans ces solennités classiques.

Tout n'était pas non plus ostentation bruyante dans les promenades annuelles de la St-Jacques. Sans doute les surveillants se plaignaient que leur tâche fût pénible ; ils signalaient dans ces grandes sorties des inconvénients de détail, qui en amenèrent plus tard la suppression. Mais longtemps elles furent de belles manifestations de vie scolaire. Longtemps clairons et tambours, roulements de chariots et acclamations d'élèves, couvrirent la voix de la critique.

C'était le 25 juillet, d'ordinaire par un temps splendide ; on partait dès quatre heures du matin. Ce jour-là, les bourgeois d'Hazebrouck consentaient à être troublés dans leur sommeil ; quelques-uns mêmes passaient, par les fenêtres entrebâillées, leur tête couverte du légendaire bonnet de coton pour voir le défilé. Les jeunes gens s'en allaient visiter quelque localité du voisinage, Aire, Bailleul, Estaires, Merville, le camp d'Helfaut. Ou bien, franchissant la frontière, ils ébranlaient Poperinghe du bruit des chars, dînaient dans la ville d'Ypres, toujours hospitalière pour les Flamands de France,—en souvenir du temps jadis, quand elle était leur ville épiscopale. Sans avoir le fil d'Ariane, ils se risquaient dans le labyrinthe du mont de Kemmel, guidés par les savantes combinaisons d'un professeur de mathémati-

---

1. Le P. L.... S. J.

ques, qui était le premier à s'égarer dans le dédale. Ils traversaient Bailleul avec correction et prestance, comme un régiment qui défile sous les yeux d'un régiment rival. Au retour, les parents des externes et les curieux, qui dans les petites villes n'ont que de pareils incidents pour agrémenter leur vie, accouraient sur la grand'place. Les chariots couverts de toile blanche arrivaient (1) l'un après l'autre avec grand bruit, lancés à fond de train, au lourd galop des chevaux flamands, par les conducteurs légèrement émus de la journée. Il y avait des hourras et des acclamations prolongées.

Sitôt que les chemins de fer furent établis, on en profita pour aller plus loin. Mais ces excursions plus coûteuses ne firent pas oublier le charme rustique des premières. Au début, elles offraient l'attrait puissant d'un premier voyage en wagon, le plaisir de visiter une ville inconnue, et surtout, quand on allait à Dunkerque ou à Calais, le spectacle toujours si beau de la mer!

Quand la promenade avait été particulièrement intéressante, la plume juvénile d'un élève ou celle plus exercée d'un maître la narrait en un gracieux récit. L'*Indicateur* lui ouvrait volontiers ses colonnes, et tout le pays savait de la sorte que le collège d'Hazebrouck avait fait un magnifique voyage. Les parents, sensibles à ces petites mentions, se réjouissaient en leur cœur, disant : Mon fils était là !

Quelques-unes de ces excursions sont restées fameuses dans nos annales et sont devenues légendaires pour les anciens élèves. Telle, par exemple, celle de Calais (2), que plus d'un, par-

---

1. *Bastière*, *Basterne*, lourd véhicule, protégé par une tenture contre la pluie ou le soleil, qui servait de voiture aux rois et aux reines du temps des Mérovingiens, et qui, descendant peu à peu de ces hauteurs, est devenu le char de fête des paysans.

2. Elle eut lieu le 25 juillet 1849. Rarement on vit un tel enthousiasme. Tout e personnel du collège, externes et pensionnaires, principal et professeurs en tête, précédés de la musique et du drapeau tricolore, arrivèrent à Calais par le train de 11 heures. « Comme ils marchent bien, ces jeunes gens ! On dirait un bataillon de gardes mobiles ! L'air des Girondins, jeté à tous les échos par la fanfare, les enlève et sur leur passage entraîne la moitié de la ville. Ceux qui ne suivent point sont aux balcons et aux portes, et saluent d'un geste, d'un sourire, d'un mot aimable. Au palais de justice un banquet est préparé : fleurs et chansons, café des grandes fêtes, oubli du latin et du grec, toast à M. le principal, vivats chaleureux, rien ne manque. Puis viennent la promenade à la mer, la course sur les remparts, la visite au musée, la sérénade à M. le doyen, et surtout le classique hommage à la mémoire d'Eus-

M. Dehaene.

mi ceux de nos lecteurs qui commencent à grisonner, raconte encore avec une naïve joie d'enfant.

Si nous parlons à notre tour de ces excursions, c'est principalement pour constater qu'elles étendaient la notoriété du collège. Non pas que M. Dehaene eût l'intention arrêtée de faire une réclame ; rien n'était plus loin de sa pensée, et du reste les choses faites dans ce but échouent d'ordinaire piteusement ; mais, nature essentiellement expansive, il imprimait à son œuvre le cachet de sa physionomie, et cette mise en marche de tout un collège correspondait à ses goûts.

Les causes que nous venons d'énumérer influèrent sur le recrutement des élèves. Mais n'oublions pas d'y joindre la grâce de DIEU; car ici comme ailleurs s'applique le mot de l'Apôtre : le succès ne vient « point de celui qui veut ni de celui qui court, mais de DIEU qui fait miséricorde (1). » C'est DIEU qui bénit les entreprises des hommes, comme il féconde les semailles de leurs champs.

Mais les moyens extérieurs ont leur importance; il me semble qu'on peut y voir ces liens humains dont parle l'Écriture, quand elle dit que DIEU menait Israël avec les lisières qui

---

tache de St-Pierre. Les élèves se rangent devant le buste du grand homme dont la sublime légende enchantera longtemps encore les imaginations, malgré le scepticisme des érudits. Le peuple se groupe autour des élèves. M. Dessein, premier adjoint, paraît au balcon de la mairie, au milieu du corps professoral. La musique joue l'ouverture de Charles VI. La foule applaudit. Ensuite M. Dessein permet aux élèves de visiter son magnifique jardin anglais, et Madame Dessein, avec la délicatesse et l'à-propos si naturels aux femmes d'esprit, présente au chef de musique un superbe bouquet. Le chef (c'était le père Verroust, un vieux maëstro, grave comme une statue) s'épanouit devant ces fleurs. Il fait un geste de virtuose et sa jeune troupe entonne le chant du départ. Quand elle quitte l'hôtel hospitalier, le peuple qui stationnait au dehors s'écrie : *Les Girondins ! les Girondins !* De nouveau les infatigables jeunes gens font retentir le chant du départ. Et le long des rues mille bouches disent avec les instruments : *Mourir pour la patrie !* Aux accents d'une marche guerrière on se dirige vers la Gare. Les cris de : Vive Calais ! ne cessent que lorsque le train emporte au loin les visiteurs. » *(Journal de Calais.)*

L'exaltation républicaine était pour quelque chose dans cette joie enivrante, et notre sang-froid ne s'accommoderait que difficilement d'une pareille démonstration. Mais alors on était en 1849, et le diapason était monté très haut. Du reste les manifestants étaient des collégiens en fête, des pensionnaires en congé. Cela explique bien des choses.

1. « Igitur non volentis, neque currentis, sed miserentis est DEI. » (S. Paul, *Rom.* IX, 16.)

servent à mener les enfants d'Adam. Toutefois, le prophète ajoute que, pour s'attacher définitivement son peuple, Jéhovah employait les chaînes de l'amour : « *In funiculis Adam, in vinculis charitatis* (1). »

Attirer les jeunes gens, c'est quelque chose; les rendre heureux, c'est davantage. Les anciens mettaient dans chaque maison un foyer dont la flamme brûlait sans cesse, symbole permanent de l'amour qui attache les hommes à la famille. Il faut quelque chose de semblable dans un pensionnat. Un foyer vivant doit y remplacer l'amour paternel, et faire sentir partout sa bienfaisante influence et son chaud rayonnement. Ce foyer c'est le cœur du maître.

« Il faut, disait M. Dehaene, qu'un bon maître donne à ses élèves son temps, ses forces, son intelligence, son cœur,.... son cœur surtout, pour envelopper d'amour et de compassion toutes les faiblesses du jeune âge, à l'imitation du seul Maître parfait, de Celui qui bénissait les enfants, qui les enlaçait de ses bras divins, et leur donnait par sa grâce l'innocence et la vertu. Le disciple de JÉSUS dit, comme l'Apôtre : *Filioli mei*, mes chers petits enfants! *quos iterum parturio*, pour vous je souffre les douleurs de l'enfantement spirituel. Il a le Cœur du CHRIST dans son cœur (2). »

L'amour de notre cher principal pour la jeunesse n'était pas une de ces tendresses naturelles, propres aux hommes doués d'aptitudes pédagogiques, mais une application du zèle sacerdotal, un effet de la vertu de charité. Cela ressort de sa correspondance. Vingt fois il écrit : « Ayons un ardent amour pour le salut des âmes ; que mourir pour nos frères devienne un acte que nous soyons prêts à accomplir chaque jour et à chaque heure : *Et nos debemus pro fratribus nostris animas ponere*. Et nous aussi nous devons donner notre vie pour nos frères, dit saint Jean avec un calme divin, écrasant pour la nature (3). »

A cause de cet amour surnaturel pour les âmes, il rêva toute sa vie d'être missionnaire, et fut en réalité dans son collège le missionnaire de la jeunesse.

---

1. Osée, XI, 24.
2. Discours de distribution de prix, 1866.
3. Lettre à un de ses anciens collègues.

En effet, sa manière de gouverner avait quelque chose d'apostolique. D'abord la parole était son principal moyen d'action et son plus efficace instrument de règne.

La direction, ce travail patient et minutieux qui correspond dans un collège au rôle de la mère dans une famille, travail tant recommandé par la pédagogie et si utile pour l'éducation, nous ne croyons pas pouvoir l'attribuer en propre et comme qualité distinctive à l'abbé Dehaene. Il ne voyait guère les jeunes gens de près. J'excepte évidemment le confessionnal, car ce serait rabaisser le sacrement de pénitence que de le mettre au rang des simples moyens d'éducation. Mais, en dehors de ces entretiens sacrés, en dehors de ce tête-à-tête du prêtre et de l'âme chrétienne, il s'adressait d'ordinaire à l'ensemble de la communauté ; sa voix, retentissant aux oreilles de tous, leur parlait sans cesse de devoir et de vertu; il donnait avec abondance à ses élèves le verbe de vie, qui est la nourriture des âmes, comme le pain est la nourriture du corps (1).

De temps en temps il se promenait dans les cours aux heures de récréation. Sa présence ranimait la gaieté et les jeux. Dès qu'il apparaissait, comme un père au milieu de ses enfants, les plus jeunes accouraient vers lui. Il en choisissait deux, ordinairement les plus petits, mettait l'un à sa droite, l'autre à sa gauche, et, appuyant ses bras sur leur cou, faisait sa ronde avec eux. Mais pendant que sa bouche les questionnait sur l'histoire sainte et le catéchisme, ses yeux étaient ailleurs, examinant toutes choses, voyant si les jeux étaient bien engagés, si des groupes suspects n'échappaient point à la perspicacité du surveillant. C'est ainsi qu'il passait en revue son troupeau. Le bon pasteur connaît ses brebis, et ses brebis le connaissent, mais il a des attentions plus tendres pour les agneaux et pour les nouveaux venus dans le bercail. Un de ces derniers, très timide, très jeune et surtout très flamand, se jetait dans ses bras quand il le voyait venir, et, lui prenant doucement la main, le tirait à l'écart et disait avec candeur : « M. le principal, s'il vous plaît, parlons un peu flamand ensemble. » Avec ses camarades, le pauvre petit observait de son mieux la consigne qui proscrivait son

---

1. «Non in solo pane vivit homo, sed in omni verbo quod procedit de ore DEI.» (Matt. 4, 4.)

idiome natal, mais avec M. le principal il se mettait à l'aise, pensant bien que lui était au-dessus de la règle.

« J'avais neuf ans quand j'arrivais comme pensionnaire au collège d'Hazebrouck, nous écrit un ancien élève (1). Le jour de la rentrée, après le départ de mes parents, j'étais tellement triste que je pris la fuite. Je courais au hasard à travers la ville, ne connaissant personne. Heureusement le bon domestique Pierre, un de ces vieux serviteurs que plusieurs générations ont connu vendant jouets et sucreries, avait eu l'œil sur moi. Il me ramena au collège. M. Dehaene me pressa contre son cœur. « Mon petit ami, me dit-il, vous venez à peine d'arriver et vous voulez déjà nous quitter ? Vous êtes mon plus jeune élève. Ne craignez rien : je serai pour vous comme un bon père et je vous apprendrai à aimer le bon DIEU. » L'enfant pleura, se résigna et finit par s'habituer. Longtemps il fut un de ces Benjamins qui témoignèrent à M. le principal la plus candide confiance.

Pour faire ressembler la vie de collège à la vie de famille, comme aussi pour rompre la monotonie du règlement et donner à l'expansion du jeune âge sa légitime satisfaction, il avait établi des fêtes de tout genre : fêtes religieuses, fêtes littéraires, fêtes purement récréatives.

Au premier rang des fêtes religieuses il faut placer la première Communion, la plus touchante des fêtes dans les pensionnats chrétiens. M. Dehaene se faisait tous les ans un vrai bonheur de présenter au divin Maître son petit groupe d'enfants pieux, vrai bouquet d'âmes qu'il contemplait avec amour comme saint Augustin (2), y trouvant chaque année ces fleurs nouvelles qui réjouissent l'Église, cette moisson odorante qui est le fruit du labeur sacerdotal. Il ne négligeait rien pour que cette belle cérémonie laissât dans le cœur des enfants et des parents le meilleur souvenir. Il prêchait lui-même le sermon de circonstance, à l'exemple des curés des paroisses, et comme eux il était éloquent, parce que l'émotion de son cœur s'unissait à la poésie de la fête.

L'administration du sacrement de Confirmation se fit plusieurs fois avec une solennité exceptionnelle, parce qu'il pro-

---

1. M. le curé de B..., qui nous a fourni plusieurs renseignements très utiles.
2. *Sermo S^{ti} Augustini*, in Oct. Paschæ.

fessait à l'égard de l'autorité épiscopale un grand respect, un véritable culte. On se rappela bien longtemps la réception faite en mai 1851 à Mgr Régnier, lors de sa première visite à Hazebrouck. Notre ville s'est toujours distinguée dans de semblables circonstances, et la Flandre entière a suivi son exemple. Aussi tous les archevêques qui ont successivement occupé le siège de Cambrai ont-ils pu dire ce qu'écrivait en 1842 Mgr Giraud : « Ma course dans la Flandre m'a brisé.
» Il me semble que tout ce peuple s'était donné le mot pour me
» faire mourir de joie et de consolation. J'ai senti là ce que
» pèsent les honneurs ; c'est de tous les esclavages le plus
» tyrannique. »

Mais en 1851, je le répète, la ville d'Hazebrouck s'était surpassée. Les rues avaient des décors superbes. Sur la grand' place on éleva une estrade du haut de laquelle l'archevêque bénit une foule immense. Au collège on s'était dit avec raison que Mgr Régnier devait aimer particulièrement la jeunesse, puisqu'il avait été proviseur de lycée pendant vingt ans : aussi l'ovation fut-elle extraordinaire (1).

Les fêtes littéraires ou séances académiques n'eurent d'éclat qu'à l'institution St-François d'Assise. Elles étaient une imitation trop directe de ce qui se fait chez les Jésuites pour prospérer et se trouver à l'aise dans un collège communal. Elles supposent en outre tout un système de préparations spéciales et plus ou moins factices, auxquelles les professeurs universitaires ne se prêteraient que d'assez mauvaise grâce.

Quant aux soirées récréatives, si semblables qu'elles aient été aux soirées du même genre qu'on donne dans tous les collèges, nos lecteurs nous pardonneraient difficilement de passer sous silence celles des frères Verroust. Fils du professeur de musique dont nous avons parlé, tous deux artistes de premier ordre, Charles, premier basson au Conservatoire de Paris, Stanislas, premier hautbois, ils organisaient chaque année à Hazebrouck, avec le concours de plusieurs amateurs de la ville (2), de très beaux concerts. Ils étaient anciens élèves et

1. Les journaux reproduisirent la remarquable pièce de vers que lut en l'honneur du nouvel archevêque l'élève de rhétorique Bernardin Durand, futur supérieur du collège des Dunes.
2. Entre autres MM. Edouard et Auguste Vandewalle.

amis de M. Dehaene, aussi faisaient-ils à son collège une large part dans ces solennités musicales. Elles eurent lieu principalement de 1840 à 1845.

Très intéressantes aussi et dignes de mémoire, les soirées du prestidigitateur Robin, artiste d'un autre genre, également originaire d'Hazebrouck (1).

Nous mettrions volontiers au nombre des récréations agréables les visites des personnages de distinction : évêques, vicaires apostoliques, missionnaires, religieux. Pour initier de bonne heure ses élèves aux sublimes réalités de l'héroïsme et du dévouement, M. le principal ne manquait aucune occasion de faire paraître devant eux ces honorables visiteurs, dont la conversation était aussi édifiante qu'intéressante. Après leur départ, ce qu'ils avaient dit, détails géographiques, anecdotes originales, descriptions pittoresques, défrayait longtemps les conversations. Tout cela faisait entrer le grand air dans l'étroite enceinte de la pension, et ouvrait aux élèves un coin de ce vaste monde dont nous sommes tous citoyens par notre titre de catholiques, et qu'il faut connaître aujourd'hui plus que jamais, pour être un homme et avoir une éducation complète.

Signalons enfin le doux air de famille que donnait à l'ancien collège la présence de la mère de M. le principal.

Il avait eu la douleur de perdre son père en 1837, étant vicaire de St-Jacques.

Dès qu'il fut installé à Hazebrouck, il prit avec lui sa mère.

> Quatre lustres entiers, j'eus l'insigne bonheur
> De partager ma table et mon toit et mon cœur
> Avec ma douce mère. Et sa vive tendresse
> Me payait en retour d'une chaste caresse (2).

La mère de M. Dehaene, *Vrouwe-Moeder*, comme on l'appelait universellement (à la mode flamande, qui donne ce titre vénéré de dame aux mères des prêtres), était bien la

---

1. Il s'appelait de son vrai nom Henri Donckèle. En décembre 1848, il émerveilla maîtres et élèves. On disait de lui : « Ni Robert Houdin, ni Cagliostro, ni M. Comte son maître, n'égalent Robin ; il est le premier physicien du monde. Sorcier, magicien, il doit avoir une double vue, et, pour escamoter les choses, des griffes sataniques qu'il cache sous ses gants blancs. » (*Journal de Calais.*)

2. Poésies manuscrites. *A ma mère*.

meilleure figure de bonne vieille que l'on puisse imaginer. On conserve au salon de St-François un portrait de cette humble femme (1). On assure qu'il est d'une vérité frappante. Le visage rond et d'une carnation blanche, sourit aimablement de ce sourire naturel à la bonté, et qui est si humble, si résigné et si pur que rien ne l'arrêterait sur les lèvres, ni le malheur qui trouble, ni le bonheur qui gêne. Le regard est imprégné de finesse et de paix, double reflet de l'esprit et du cœur. Un bonnet blanc tuyauté encadre la tête. Un fichu de fine batiste, seul indice d'une tardive aisance, paraît à peine autour du cou, que serre une robe montante de mérinos brun. Les mains sont posées l'une dans l'autre avec convenance et tenue. L'ensemble offre la physionomie d'une religieuse dont les ans ont attendri la piété jadis austère. Elle sourit à son couchant, comme d'autres à leur aurore, parce que sa vie a été virginale par la pureté, maternelle par la tendresse. Quand on songe que cette humble femme vécut pendant vingt ans à côté de son fils, qu'avec les seules lumières de son cœur et de sa foi elle comprit mieux son œuvre que beaucoup d'autres ne la comprirent avec toutes les lumières du savoir et de l'expérience, et que toujours elle conserva sur lui l'influence que donnent jusqu'au tombeau le nom et les droits de mère, on conçoit que sa présence ait maintenu autour de M. Dehaene le doux rayonnement du foyer, la simplicité et le laisser-aller de la vie patriarcale. Les anciens du collège parlent tous avec la même vénération de Vrouwe-Moeder ; ils ont tous à raconter quelqu'une de ses attentions aimables. A cette époque, il n'y avait point de limites bien marquées entre la cuisine et l'infirmerie, entre le cellier et le réfectoire. Et les frontières plus ou moins idéales que traçait M. l'économe, la mère de M. le principal les effaçait parfois pour les plus jeunes élèves. Ces petits enfants, n'avaient-ils pas le droit de retrouver dans la mère de M. le principal quelque chose des tendresses, voire même des condescendances de leur mère absente ? Aux heures de récréation, les grands eux-mêmes avaient part à ses marques de bonté ; ils s'approchaient des fenêtres de l'infirmerie, où elle se tenait habituellement, la saluaient avec un respect filial, et se gardaient bien de refuser

---

1. Il est de Bafcop, peintre originaire de Cassel.

les fruits, pruneaux ou figues, qu'elle tenait en réserve pour les plus sages. Parfois elle intervenait en faveur de quelque petit mutin mis en punition ; et, vers la fin de sa vie, quand elle ne quittait plus sa chambre, on la priait encore de s'entremettre auprès de son fils pour détourner un orage menaçant.

Même simplicité dans ses rapports avec les professeurs. Elle leur rendait visite en faisant sa promenade quotidienne. Cette promenade consistait à aller et venir dans le corridor voisin de sa chambre. Elle y mettait du temps, car ses jambes la portaient avec peine. Dès qu'on l'entendait se mettre en route, les portes s'ouvraient. Elle s'arrêtait à chacune d'elles, souhaitait bon courage et se retirait, heureuse comme les vieilles mamans qui ont reçu une parole d'affection. Elle mourut le 16 février 1854.

> Non ! cinq lustres n'ont pu dissiper la douleur
> Qui déchira mon âme au chevet de ma mère
> Quand je la vis mourir ! Elle m'était si chère !
> Son sein m'avait porté : je la porte en mon cœur.
>
> ***
>
> Je la vois, je l'entends ; de sa voix maternelle
> Elle me parle encore et m'appelle son fils ;
> A tout instant du jour je me sens auprès d'elle ;
> Elle bannit ma crainte et calme mes soucis.
>
> ***
>
> De peur de l'amoindrir je tairai sa tendresse (1).
>
> . . . .

Sous une influence aussi bénigne, à laquelle s'ajoutait encore celle non moins débonnaire de son frère Louis et de sa sœur Marie, M. Dehaene éprouvait quelque difficulté pour serrer le frein de la discipline. Et cependant il est nécessaire. La discipline est le rempart de l'ordre ; sans elle le dévouement se dépense en pure perte, les études baissent insensiblement, la piété disparaît et le désordre matériel pénètre peu à peu dans la conduite morale des élèves. Le mot de l'Écriture : « *Initium sapientiæ timor,* » la crainte est le commencement de la sagesse, sera toujours vrai pour les enfants, parce qu'ils sont plus sensibles que raisonnables. La première chose à établir dans un collège naissant, c'est donc la discipline.

---

1. Poésies manuscrites. *A ma mère* (janvier 1882).

Pour y arriver, M. Dehaene employa des mesures rigoureuses. Au début de son administration, il mettait dans les châtiments une ostentation dont il se départit plus tard, mais qui lui semblait alors d'un bon effet. Les premières expulsions d'élèves sont restées mémorables. Un jeune homme devenait-il pour ses condisciples une occasion de scandale, en lisant de mauvais livres ou en contractant des liaisons dangereuses, M. le principal réfléchissait mûrement sur ce qu'il avait à faire. Sa décision une fois prise, il invitait tout le corps professoral à constituer une sorte de cour de justice devant laquelle l'élève devait comparaître. Ces Messieurs prenaient place sur des sièges rangés autour de la chaire dans la grande salle d'étude. Leur entrée solennelle produisait une profonde impression. M. le principal s'avançait à leur tête. Son visage pâle et contracté trahissait l'émotion qui bouleversait son âme, ses lèvres étaient frémissantes et ses yeux pleins d'une sombre tristesse. D'abord, il allait et venait au milieu des élèves terrifiés et silencieux. C'était le silence précurseur de l'orage. Quand il avait pour ainsi dire stimulé suffisamment sa colère, il montait dans la chaire du surveillant et commençait son réquisitoire. Il tonnait d'abord avec véhémence contre le désordre auquel il voulait porter remède, puis, interpellant le coupable, il lui ordonnait de sortir de sa place, de s'avancer au milieu de la salle, et de se mettre à genoux devant ses condisciples. Sous la parole véhémente qui flagellait sa conduite, le malheureux chancelait, atterré, et s'il n'était point vicieux jusqu'à l'endurcissement, il fondait en larmes : « Et maintenant, s'écriait M. le principal, sortez d'ici ! et que ceux qui seraient tentés de faire comme vous, sachent où mène la désobéissance, où conduit le vice ! Sortez ! » Brisé par l'émotion, l'élève se retirait. Aucun de ses condisciples ne pouvait plus le voir. Jusqu'à l'arrivée de ses parents il restait séquestré ; suivant le mot de M. Dehaene, la brebis galeuse était séparée du troupeau.

J'ai retrouvé parmi les papiers administratifs le procès-verbal d'un acte d'autorité qui fit grand bruit. Il date du 5 novembre 1840, par conséquent, il est des premières années de M. le principal. Les élèves avaient refusé d'obéir au surveillant qui leur prescrivait le silence au commencement d'une étude. Ayant appris la chose, il réunit aussitôt tous les régents et fit décider que douze élèves, choisis parmi ceux dont on était peu satisfait sous le double rapport de la conduite et du travail, seraient renvoyés pour quinze jours. Le procès-verbal ajoute : « Si de pareils actes d'insubordination se renouvellent, les élèves reconnus coupables seront définitivement exclus, et rapport en sera fait au ministre de l'Instruction publique, pour qu'ils ne soient plus admis dans aucun collège de France. »

Parmi les victimes de cette décimation, il y avait le fils d'un des plus hauts fonctionnaires de la ville. Son père vint réclamer contre la mesure prise ; M. Dehaene ne voulut rien entendre et la justice suivit son cours.

Une autre fois, le bureau d'administration du collège prit l'initiative des remontrances et demanda des explications sur le renvoi d'un élève, alléguant qu'il devait en être prévenu. « Je suis le maître dans ma maison, répondit M. le principal. Si mes façons d'agir vous déplaisent, Messieurs, eh bien ! je ne suis pas indispensable ici. Je prends mon bréviaire sous mon bras et je m'en vais. » Dorénavant on le laissa faire à sa guise et gouverner comme il l'entendait.

Toutefois, il ne persévéra point dans ce système d'exclusions solennelles. Elles offraient trop d'inconvénients. D'abord elles supposaient des fautes publiques. Or, l'on sait très bien que ces fautes ne sont pas toujours les plus graves. En outre, elles blessaient profondément les susceptibilités des familles. Combien parmi elles, et je parle des meilleures, combien estiment assez la justice pour lui permettre de revendiquer sur leurs enfants la plénitude de ses droits ? Un renvoi public, n'est-ce pas une tache infamante pour toute la vie ? Quels sont les parents disposés à accepter une mesure qui a de pareilles conséquences, à l'excuser, à la pardonner, lors même qu'elle paraît nécessaire ? Enfin l'élève n'était pas toujours capable de supporter cette mise en scène. « A quoi pensiez-vous quand vous étiez à genoux au milieu de l'étude ? disait un jour M. Dehaene à un élève qu'il avait réprimandé publiquement, sans toutefois le renvoyer. — Je pensais : Si j'avais un poignard, je me tue ! » Il fut effrayé de cette réponse d'un enfant. Le désespoir peut suggérer des choses terribles.

Il n'en reste pas moins vrai que la vue d'un châtiment public faisait une salutaire impression et raffermissait dans les âmes la notion du devoir. A l'âge où l'on ne réfléchit point sur la gravité intrinsèque d'un désordre, il convient d'en être instruit et convaincu par l'édifiant spectacle de ses effets extérieurs. C'est là-dessus que repose l'usage d'un certain appareil dans les tribunaux. Il est naturel à l'homme, plus vaniteux encore que sensuel, d'être plus touché de l'humiliation que de la peine.

Mais pourquoi nous attarder à ces considérations ? Nous ramèneront-elles à ces temps de forte et rude justice dont M. Dehaene connut les dernières années ? Verrons-nous jamais un père de famille, fût-il lieutenant de gendarmerie, arrêter son cheval à la porte d'une classe, entrer la cravache à la main et demander comment va Monsieur son fils ? Et si le professeur branle la tête ou trahit le moindre mécontentement, le père dire au coupable : « Arrivez ici ! » et sous les yeux de ses camarades le fustiger d'importance ? Il est probable que non. Autres temps, autres mœurs. Nous reconnaissons du reste que ce n'était point là la perfection.

Il nous faut ajouter que pour certains enfants la verge n'a pas encore été remplacée. Que faire des espiègles qui poussent à bout leur professeur, des paresseux que rien ne secoue, des habitués de la retenue criblés de pensums qu'ils ne peuvent terminer et devenus insolvables à l'égard de la justice ? Pour eux et leurs pareils M. Dehaene tenait en réserve un bon petit martinet. N'était-ce pas le moyen le plus expéditif et le meilleur ? Il ne compromettait point leur santé, comme les retenues incessantes dans un air méphitique.

Le code pénal de l'ancien collège n'offre rien à remarquer, si ce n'est peut-être le *signum*. Les autres punitions sont connues de tous, parce qu'elles restent en vigueur aujourd'hui. Quant au signum, dont on a généralement conservé un désagréable souvenir, à qui faut-il en rapporter l'invention ? Est-ce un des procédés traditionnels de l'*Alma mater*, ou bien son origine est-elle toute récente ? Nous ne le savons, mais une chose qui ne fait pas l'ombre d'un doute, c'est que ce maudit engin a été cause d'une infinité de coups de pieds et de coups de poings, c'est qu'une innombrable quantité de mensonges, de disputes, de faux rapports pèse sur sa mémoire devant la postérité. Il était en vogue dans tous les collèges de la région, et nous croyons que s'il a dû battre en retraite devant la réprobation universelle, il se cache encore dans plus d'une école primaire. Le signum consistait en une rondelle de zinc ou de bois, grande comme une pièce de dix centimes. Il y avait le *signum linguæ* et le *signum manus*. Le premier était donné par le professeur à tout élève qui parlait le flamand, le second à celui qui mettait les mains en poches. Le détenteur du signum avait intérêt à s'en débarrasser au plus vite : il guettait donc un autre coupable et le lui passait aussitôt. Bien souvent celui-ci refusait de l'accepter sous un prétexte ou sous un autre. De là contestations, appels au professeur, recours aux témoins, faux témoignages, en un mot, une foule d'inconvénients moraux bien autrement graves que les infractions disciplinaires. Le dernier élève à qui le signum passait, le remettait au professeur. Alors commençait une nouvelle série d'interrogatoires; il fallait dresser la liste de tous ceux qui avaient eu successivement le signum, afin de les punir. Naturellement surgissaient d'autres difficultés plus inextricables encore: les élèves s'entendaient avec une unanimité touchante pour oublier les noms. Force fut donc de supprimer cette enquête qui n'aboutissait à rien, et de perfectionner le système. Prisonniers et collégiens ont l'esprit inventif et obligent ceux qui les gardent à devenir ingénieux. A la rondelle de zinc on substitua un étui renfermant un crayon et une feuille de papier. Chaque élève à qui l'on remettait l'étui devait inscrire son nom sur la feuille. Mais que de fois les signatures furent contrefaites, illisibles ou fausses! que de fois l'étui lui-même fut égaré, jeté dans une mare, dans un poêle ! On conçoit difficilement que des hommes sérieux se soient obstinés à l'emploi d'un moyen qui favorisait à ce point l'espionnage et la fourberie. Mais il était entré dans les mœurs et sanctionné par la routine. Et malheureusement la machine scolaire, telle qu'elle fonctionne en France, n'offre que trop de routines semblables et de mesquineries tout aussi funestes ; la postérité nous les reprochera, car, sous prétexte de réglementer et de discipliner, ces moyens déforment les âmes et retardent considérablement le développement de la raison et le règne de la conscience.

Si nous ne savons pas être libres en France comme on l'est ailleurs, le régime des collèges et la vie de pension y sont pour beaucoup.

Des moyens plus efficaces contribuaient au maintien de l'ordre : c'étaient les sermons, les exhortations et les réprimandes de tout genre. Nous avons dit que, pour les plus jeunes, M. Dehaene employait parfois le martinet ; pour les plus âgés, il avait le fouet de sa parole dont il les cinglait jusqu'au sang. Au début de l'année scolaire, il expliquait les divers points de la règle et répandait, par ses admonestations, une salutaire terreur. Plus tard, c'était le plus souvent à l'issue d'un conseil qu'il venait parler d'un abus en voie de s'introduire. En public, il traitait avec une extrême sévérité les élèves dont les mœurs étaient prématurément atteintes par le vice, ceux qu'il nommait scandaleux ; mais quand il les appelait chez lui, il se montrait tout autre à leur égard. Il s'adressait à leur foi, les faisait mettre à genoux, et priait avec eux pour leur conversion.

Ceci nous ramène aux moyens d'éducation dont le clergé dispose : à la prière, à la réception des sacrements, aux œuvres pieuses, aux confréries, à tout ce qui fait descendre la grâce de Dieu sur les âmes pour les préserver du mal et les fortifier dans le bien. Là fut toujours pour M. Dehaene le correctif de ce qu'avaient de défectueux les moyens humains. Il ne nous coûte point de reconnaître qu'il y eut parfois dans la surveillance de fâcheuses lacunes, et nous comprenons jusqu'à un certain point les appréciations sévères de telle ou telle personne respectable à propos de la discipline du collège communal. Lorsqu'on voit les choses de loin, ou par les yeux d'autrui, et surtout lorsque, pour formuler une appréciation générale, on part de tel ou tel fait particulier, on tombe facilement dans l'exagération ou l'injustice. D'ailleurs, qui ne sait que les collégiens ressemblent aux soldats ? qu'ils ont tous à raconter des exploits plus ou moins apocryphes ? qu'ils ont tous fait campagne dans quelque brillante expédition contre un professeur quelconque ? A mesure qu'ils avancent en âge, ils se croient plus autorisés à joindre la légende à l'histoire, et c'est ainsi que les choses finissent par prendre des proportions homériques. On dirait qu'en narrant les mauvais tours joués par eux aux professeurs, ils se vengent de leur avoir obéi. Il faut donc en rabattre de ces rares prouesses, où la vanité trouve facilement son compte. Et, le triage fait, gardons-nous de critiquer avec amertume ce qu'il reste d'authentique dans les incidents regrettables de la vie scolaire. Les conditions difficiles où fut placé l'abbé Dehaene lui donnent certainement droit à l'indulgence. Il arrivait dans un collège sans passé, sans traditions, et qui manquait par conséquent de l'incalculable force d'une machine en marche. De plus, les élèves ne présentaient point entre eux l'homogénéité d'un petit séminaire, ni même celle d'un collège libre. Ils avaient des buts fort divers et sortaient de familles divisées sur les questions les plus graves.

Ajoutons que les règlements de l'Université n'imposent aux professeurs que la seule obligation de faire la classe. La surveillance des dortoirs, des récréations et des promenades, ne leur incombe nullement. Ce système, seul praticable pour des laïcs qui résident hors du pensionnat, a l'avantage de ne point surcharger les maîtres et de sauvegarder leur dignité, mais il laisse au principal un fardeau bien lourd. M. Dehaene s'en déchargeait en partie sur des maîtres qu'il rétribuait de ses deniers. Et c'est précisément pour remplir cette délicate besogne de la surveillance qu'il désira toujours s'entourer d'ecclésiastiques. Il le désirait d'autant plus qu'il devait s'absenter fréquemment lui-même, tantôt pour rendre service à des prêtres amis du collège, tantôt pour donner son appui aux œuvres catholiques, parfois enfin pour consoler des familles en deuil. Au retour de ces petits voyages, s'il trouvait du relâchement dans l'observation de la règle, l'excellence du motif pour lequel il était sorti ne suffisait point à le tranquilliser. Il intervenait, punissait, réprimandait, redoublait de zèle... jusqu'au jour où l'irrésistible séduction d'un bien à faire l'entraînait de nouveau au dehors. Pour suffire aux exigences de sa situation, il aurait dû être secondé, dès le début, par un directeur prudent et ferme ainsi que par un surveillant exact, attentif et dévoué. Ce double concours, la divine Providence le lui ménagea plus tard dans la personne de M. Lacroix et de M. Baron.

En attendant, c'est à cette Providence maternelle qu'il confiait sa chère famille d'élèves. N'est-il pas écrit que si le Seigneur ne garde la maison, inutilement veillent ceux qui la gardent? « Priez donc, disait-il, afin que l'œil de Dieu soit miséricordieusement ouvert sur mon troupeau, et sur les choses que les pasteurs visibles n'aperçoivent point ; priez pour qu'à certaines heures il daigne envoyer ses anges à la place des surveillants ! » Plus le nombre des élèves angmentait, plus il quêtait de prières : « Que de péchés et de tentations dans ces pauvres petites âmes ! écrivait-il. Que le démon est méchant ! qu'il est adroit ! Que d'infidélités journalières, de peines inconnues, de plaies non apparentes ! C'est tout cela qui me fait gémir au milieu même du succès. C'est pour cela que j'implore le secours de vos supplications. Ayez pitié de nous (1) !... »

Entouré de cette atmosphère de prières et revêtu de ce manteau d'intercessions, il prenait confiance, et revenait invariablement aux moyens religieux, ceux qu'il préférait. Il faisait appel à la conscience des élèves, leur rappelait avec une grande vigueur la présence de Dieu, qui voit tout et par qui l'on sera jugé, recommandait la fréquentation des sacrements, l'assistance pieuse à la sainte Messe, la prière ! La prière surtout ! Que de fois l'avons-nous entendu développer cette pensée inscrite par lui dans le règlement de Saint-François: « Espérons tout d'un enfant qui prie bien. Un enfant qui prie mal deviendra méchant s'il ne l'est déjà. »

Son but constant, son but suprême, était de former de bons chrétiens. Aussi fut-il sans cesse dirigé par des pensées surnaturelles, telles que les suivantes recueillies dans un de ses discours:

« Notre tâche est d'installer Jésus dans l'école.

» La religion est nécessaire pour armer l'enfant contre les
» dangers de la vie, développer en lui le germe de la grâce,
» combler de joie son cœur, abîme que le Créateur fit et que
» Lui seul peut remplir.

» Je pose en principe cette lumineuse vérité : Il faut que
» notre élève soit plus enfant du Ciel que de la terre.

---

1. *Correspondance*: Lettre à S' X.

» Élever la jeunesse dans l'oubli de la fin suprême, ce serait
» la précipiter dans les basses régions de la matière. Après le
» baptême, ce serait la profaner. Dès lors notre passage parmi
» les enfants serait semblable à celui de la tempête à travers une
» riche moisson. Il ne serait marqué que par des ruines. »

Cette religion si grande et si nécessaire, il la faisait entrer dans le cœur des élèves par la fréquentation des sacrements, par l'observation du dimanche et par l'influence générale de la sainte liturgie. Ce sont là les moyens réguliers et universels, que rien ne remplace et dont rien ne dispense.

Mais en dehors d'eux, comme des forts avancés et des travaux de circonvallation, il y a les pratiques de piété et les associations de tout genre multipliées de nos jours. On ne pourrait les négliger de parti-pris sans s'éloigner du courant de ferveur qui entraîne notre siècle et sans se priver volontairement d'une part notable dans le trésor de la communion des saints. L'abbé Dehaene favorisa ces institutions dans l'intérieur de son collège. Nous verrons plus loin ce qu'il fit pour les propager au dehors.

Il établit sans retard les œuvres de la Propagation de la Foi et de la Ste-Enfance (1). La Conférence de St-Vincent de Paul fut agrégée au Conseil central au mois de janvier 1859. Durant l'année précédente, on avait permis aux élèves les plus âgés d'assister en ville aux réunions de la conférence des hommes, afin de s'initier au fonctionnement de la société.

Jusqu'à cette époque, ils n'avaient point visité de familles pauvres. Ils se bornaient à faire la charité par occasion à des malheureux qu'ils rencontraient sur la grand'route. Pendant quelque temps deux vieillards furent autorisés à venir quêter à tour de rôle dans les classes. Ils passaient entre les bancs, leur chapeau à la main, et recueillaient les sous des élèves ; l'un

---

1. L'œuvre de la Ste-Enfance fut inaugurée avec beaucoup de solennité en mai 1853. Tous les enfants des écoles avaient été convoqués dans l'église paroissiale et s'y rendirent processionnellement. Les élèves du collège, musique et bannière en tête, ouvraient la marche. Pendant la messe, M. le chanoine Cailliau prononça une allocution qu'il tâcha de mettre à la portée de son auditoire. On tira au sort, parmi les associés inscrits, les noms qui seraient envoyés en Chine afin d'être donnés aux nouveaux baptisés. Des enfants costumés en Chinois quêtèrent parmi leurs camarades et firent une bonne collecte, car cette fête des enfants était aussi la fête des mères.

M. Dehaene.

venait pendant la saison d'été, l'autre pendant la saison d'hiver. On avait surnommé le premier *Zommertje (Bonhomme été)*, et le second *Wintertje (Bonhomme hiver)* : c'était primitif mais touchant.

Quand la conférence fut fondée, les élèves des hautes classes en firent seuls partie. Ils alimentaient leur caisse par une contribution hebdomadaire de 15 centimes et par des quêtes que le trésorier faisait chaque lundi. Ils visitaient les familles pendant les longues récréations de midi, sous la conduite des professeurs. Primitivement, M. Dehaene lui-même les accompagnait chez les pauvres. C'était alors une vraie fête pour tous, visiteurs et visités. Un ancien nous écrit à ce sujet : « Lorsque le temps était
» beau et que M. le principal se sentait bien en train pour la
» conversation, il prolongeait la promenade. Il se complaisait à
» nous faire admirer la nature, le ciel, les riantes campagnes.
» Il s'animait peu à peu devant ces belles choses ; alors, vers
» de Virgile et strophes de Lamartine débordaient de ses
» lèvres et semblaient sortir de son cœur comme d'une source.
» Nous revenions au collège l'âme tout imprégnée de douces
» émotions, et nous pouvions dire en rentrant dans la petite
» alcôve du dortoir : C'est le soir d'un beau jour (1) ! »

La Conférence de St-Vincent de Paul est une œuvre particulièrement utile à la jeunesse scolaire. Elle sert de complément à son éducation. D'abord l'aumône l'habitue au devoir social de la charité ; puis la visite des familles pauvres lui met sous les yeux le spectacle de la vie réelle, spectacle toujours instructif, et dans bien des circonstances capable à lui seul de couper court aux illusions du premier âge et de refréner les écarts d'une imagination déréglée ; en outre, la sortie par petits groupes et la conversation familière avec le maître qui les accompagne tirent les élèves des rouages de la pension, et c'est là pour eux une diversion toujours fort appréciée. Ajouterai-je que les réunions de chaque semaine développent l'esprit de fraternité et que les conseils du directeur font faire l'apprentissage de l'apostolat laïc, apostolat qu'ils auront à favoriser, s'ils vont au séminaire, à pratiquer, s'ils restent dans le monde ?

Inutile de faire le relevé des aumônes distribuées en argent

---

1. Lettre de M. L..., curé de B.

ou en nature. Ce consolant total est inscrit en lettres d'or au livre de vie, car chaque somme, petite ou grande, représente un acte de charité chrétienne (1).

L'œuvre des Conférences correspondait à la vertu principale de M. Dehaene : la charité. C'est pourquoi il la traitait avec prédilection.

Son admiration pour tout ce qui se fait dans la Compagnie de JÉSUS l'inclina vers la Congrégation de la Ste-Vierge. On sait que les congrégations ont toujours joué un grand rôle dans les collèges des Pères. On a récemment publié leur histoire, et cette histoire est brillante, bien que le dernier chapitre soit toujours à écrire. Les congrégations supposent une élite qui fait plus et mieux que la foule : c'est leur honneur. Elles répondent à l'amour instinctif des hommes pour l'exceptionnel : c'est leur péril. Elles peuvent être le ferment généreux qui soulève la pâte : c'est leur utilité. Donc, à la condition de ne point exciter la jalousie par des faveurs sans charges correspondantes, par des privilèges sans devoirs qui les rachètent, à la condition de ne point former un état dans l'État par un groupement systématique, et de ne jamais substituer les œuvres surérogatoires aux exercices de règle, les congrégations sont excellentes. Elles peuvent devenir pour un collège ce que sont les classes dirigeantes dans un pays bien organisé. On leur pardonne facilement leurs petits privilèges, bannière d'or, chapelle aux beaux vitraux, décorations, tableaux d'honneur, parce que tout cela est la récompense d'une régularité de conduite mise à la portée de tous : « Vous qui désirez le vin » de la ferveur et le lait de la dévotion, a dit le Prophète, venez, » il ne faudra point trafiquer pour l'obtenir, il ne faudra point » donner d'argent pour le payer ; faites avec le Seigneur le » pacte de la bonne volonté, et votre âme s'engraissera dans » l'abondance (2). »

---

1. Nous étonnerions peut-être nos lecteurs si nous disions que notre petite Conférence a versé dans le sein des pauvres d'Hazebrouck près de 30.000 francs; et nous ne serions pas téméraires en l'affirmant, car, à St-François la moyenne de mille francs de dépenses par an a été maintes fois dépassée, et nous avons, à l'heure qu'il est, trente-quatre ans d'existence.

2. Isaïe, 55, 1.

M. Dehaene avait étudié dans les manuels le fonctionnement des congrégations. Il l'imita de son mieux.

Mais pour qu'une société de ce genre prospère et réussisse, il ne suffit point de copier les formes d'un modèle : c'est l'esprit qu'il faut acquérir, car c'est là le feu du Ciel qui anime la statue et en fait un corps vivant.

Telle qu'elle fonctionna au collège communal, la congrégation avait-elle ces conditions de vie ? Nous n'osons l'affirmer. Si quelques prêtres ont conservé le souvenir de ses réunions, c'est principalement parce qu'ils ont eu la bonne fortune d'y entendre une vibrante allocution de M. Dehaene, faveur que n'avaient pas leurs condisciples. Mais on conviendra qu'une congrégation se réduisant à si peu de chose était loin d'être parfaite. Depuis lors, grâce à des circonstances plus favorables, cette association pieuse a vu des jours meilleurs. Elle a brillé, comme l'Évangile demande que la vertu brille, sans le savoir et sans le vouloir. Car tel est, dit le P. Faber, le sens de cette parole du divin Maître : « *Sic luceat lux vestra coram hominibus,* etc. » : Laissez briller votre lumière devant les hommes, afin qu'ils voient vos bonnes œuvres et qu'ils glorifient votre Père qui est dans les cieux (1).

Je ne puis mieux terminer ce chapitre qu'en résumant une allocution de notre cher supérieur sur le concours des parents à la grande œuvre de l'éducation. Ce concours était à ses yeux une dernière et suprême condition de succès.

« Je ne parle pas, disait-il, de la formation qui se fait sur les
» genoux de la mère : celle-là, rien ne peut la suppléer. Les
» salles d'asile et les crèches ne sont, quoi qu'on fasse, que
» d'admirables pis-aller ! Je parle de l'éducation scolaire. Et
» pour celle-ci, je demande aux parents une confiance sincère,
» l'abandon tranquille et paisible des enfants entre les mains de
» leurs maîtres. L'âme de ces enfants est comme un instrument
» délicat confié à deux sortes d'artistes : les parents et les pro-
» fesseurs. Pour dégager l'harmonie qui dort dans les mysté-
» rieuses profondeurs de cet instrument, les artistes doivent
» s'entendre ; sans quoi les ressorts contrariés se froissent, les
» touches se brisent et l'instrument se fausse.

---

1. *Progrès de l'âme.*

» Mères de famille, le premier regard d'amour que recueille
» la souriante paupière de vos enfants se grave au fond de leur
» âme, et ce regard est le vôtre : vous avez donc sur eux la
» meilleure et la plus grande influence.

» Pères de famille, que le poids de votre autorité pèse
» toujours du côté de la vertu...

» Le maître *demande à son élève les vertus morales* chrétiennes.
» Ce n'est pas trop de l'exemple des parents et du sien pour
» raffermir les pas du jeune homme, qui marche sur le bord de
» tant d'abîmes !

» Le maître *exige de son élève le travail* constant, opiniâtre,
» infatigable. Que les parents prennent garde au sans-gêne.
» Ils laisseraient croire que, pour recueillir le fruit de la science,
» il suffit de tendre une main nonchalante. Qu'ils ne leur per-
» mettent point de s'endormir dans le complaisant repos du
» demi-savoir. Enfin, qu'ils se rappellent qu'avec le travail on
» féconde les terrains les plus ingrats, que sans le travail on
» livre aux épines le sol le plus riche.

» Le maître *surveille l'élève*. Il éloigne du collège, ce sanc-
» tuaire de la jeunesse, tout ce qui le pourrait souiller. Il craint
» tout, un livre, un almanach, un journal. Il est l'ange du Pa-
» radis armé de la flamboyante épée pour la défense de la
» vertu. Que les parents veillent à leur tour et de leur côté, et
» qu'ils ne comptent sur la sagesse de leur fils que lorsqu'ils
» savent ce qu'il fait.

» Le maître lutte contre la volonté des élèves *pour la disci-
» pliner*, pour l'appliquer énergiquement au bien. Aux parents
» de savoir commander à leurs enfants. Ainsi dompteront-ils
» cette force redoutable qu'on appelle une volonté et sous
» laquelle l'univers plie. Chers parents, il faut le dire, la fer-
» meté, aujourd'hui surtout, devient rare. N'ai-je pas vu, chose
» déplorable, des vieillards de soixante ans trembler devant des
» élèves de dix ans, leurs fils? et ces enfants imposer leurs ca-
» prices à la volonté paternelle et s'en faire servir? Ne con-
» sulte-t-on pas le désir, le goût, le bon plaisir d'un enfant
» comme s'il s'agissait d'un homme ? Oh ! c'est une abdication
» fatale et coupable.... Le père et la mère n'abdiquent pas plus
» que Dieu lui-même, dont ils tiennent leur autorité. »

Mais ce travail de discipliner une âme et de la dresser au devoir demande beaucoup de patience. Et c'est pourquoi il supplie les parents d'avoir dans leur cœur un inépuisable trésor de longanimité et de faire comme Dieu, qui nous conduit d'une main à la fois si douce et si ferme !

« Et maintenant, dit-il, maintenant que j'ai presque épuisé
» mon sujet, qu'ajouterai-je encore ?... Chers parents, qu'il y
» ait un peu d'indulgence réciproque entre vous et nous. Nous
» pouvons bien nous le dire dans cet entretien cœur à cœur :
» rien n'est parfait sur la terre. Et dans l'œuvre de l'éducation
» en particulier, jamais tout n'est prévu, tout n'est remarqué,
» tout n'est achevé. Sachons nous pardonner les uns aux autres
» ce que la faiblesse humaine ne peut éviter. La fatigue se
» glissera malgré nous dans notre âme. Notre œil ne sera pas
» toujours assez clairvoyant. Donnons l'essentiel, le nécessaire :
» c'est le devoir strict. Donnons le convenable et l'excellent :
» c'est le zèle. Donnons le complet, le parfait : c'est l'héroïsme,
» c'est le triomphe du dévouement. Nos cœurs, nos volontés
» et nos lèvres étant unis de la sorte pour la même œuvre, nous
» les placerons sous le regard de Dieu, sous la flamme de la
» charité et sous la tutelle de la prière. Alors nous verrons les
» enfants grandir à nos yeux et nous pourrons dire avec plus
» de vérité que le poète romain :

» *Exegi monumentum !...*

» Le monument dont je parle, monument plus fort que
» l'airain, plus élevé que les pyramides et sur lequel le temps
» n'a point de prise, ce n'est point pour nous, comme pour lui,
» un livre, c'est une âme ! c'est l'âme chrétienne qui résiste à
» tous les assauts et porte ses espérances au-delà des cieux.

» La bonne éducation élève ce monument ! »

L'imagination encore pleine des merveilles qui avaient passé sous ses yeux dans une récente exposition universelle, il y trouvait des comparaisons grandioses, semblables à celles qu'affecte St Jean Chrysostome. Il disait donc avec un luxe tout asiatique : « On accourt des quatre vents du ciel vers la capitale
» de la France et du monde civilisé, pour contempler les

RECRUTEMENT DES ÉLÈVES ET DIRECTION. 119

» produits les plus merveilleux de l'industrie ; eh bien ! voici
» un chef-d'œuvre vivant, fait de larmes et d'amour, destiné à
» briller dans les parvis célestes, au jour de la vaste exposition
» des créatures intellectuelles qui seront debout dans l'immor-
» talité et la gloire, sous les regards de Dieu et des anges : ce
» chef-d'œuvre, l'éternité le dira, c'est aux maîtres dévoués,
» c'est aux parents chrétiens qu'il est dû (1) !

1. Discours de distribution de prix, 1867

CHAPITRE SIXIÈME.

M. DEHAENE, PROFESSEUR.
L'enseignement au collège communal d'Hazebrouck. — Incidents divers.

L'Enseignement fut au collège d'Hazebrouck ce qu'il était généralement dans l'Université avant que celle-ci se laissât envahir par l'indifférence religieuse, ce qu'il est encore çà et là dans quelques collèges communaux où s'abritent des professeurs chrétiens. On y suivait, cela va sans dire, les programmes officiels. Ils étaient obligatoires, et, d'ailleurs, on n'en connaissait point d'autres. Aujourd'hui que l'enseignement libre existe depuis quarante ans, la docilité n'a guère diminué à cet égard. On se plaint, on proteste, mais on subit, parce qu'il faut arriver au baccalauréat, clef de beaucoup de carrières ; et s'il y a des innovations qui paraissent discutables, on les subit encore, car les opinions sont diverses sur la valeur de tel ou tel système, et les concessions pédagogiques que l'Université fait au courant du siècle ont toujours quelques approbateurs.

M. Dehaene ne connut que l'ancien programme, celui qui assignait comme but essentiel de l'enseignement secondaire l'étude comparée des trois langues classiques, le grec, le latin et le français, programme que l'Université de 1806 avait hérité des Jésuites, et que les Jésuites eux-mêmes avaient pris aux humanistes de la Renaissance. A l'heure où nous écrivons, ce programme subit de rudes attaques (1). L'avenir dira quelles en seront les suites. Mais il est curieux de constater qu'au moment même où notre supérieur relevait de ses ruines le collège d'Hazebrouck, un des anciens professeurs de ce collège, un homme distingué que M. Dehaene connaissait et dont il avait été l'élève, ne ménageait point les méthodes en vogue.

M. Boone, apprenant de Bergues, où il enseignait le français et le latin, qu'il y avait dans plusieurs villes de Flandre un mouvement prononcé vers la fondation de nouveaux collèges, écrivait (février 1839) à M. Debusschère Augustin, son collègue d'Hazebrouck : « Votre arrondissement prend donc feu
» pour l'enseignement secondaire. Ce pays reste longtemps à
» réfléchir, mais une fois lancé, il va vite. Seulement, je crains
» pour votre collège avec son Université vermoulue et ses sta-
» tuts qui portent la poussière du XVe siècle. L'esprit humain a
» fait en tout des progrès à pas de géant, je ne dis pas depuis
» un siècle, mais depuis dix ans. S'il est en retard pour l'ins-
» truction, c'est que la vieille masse d'Université l'arrête ; mais
» les esprits n'en sont pas moins portés à marcher de l'avant ;
» ils s'échauffent si fort qu'il sera impossible de les retenir, et
» un beau matin ils réduiront tout ce fatras en poudre. En
» effet, mettre sept ou huit ans pour apprendre une ou deux
» langues, sans même arriver à les connaître, et pour retenir
» quinze à vingt pages d'histoire, et passer tout le reste du
» temps en thèmes, versions, analyses grammaticales et logi-
» ques, n'est-ce pas absurde ? Bientôt viendra à Hazebrouck ou
» aux environs un établissement qui s'étaiera sur la nullité des
» études officielles et sur la nécessité d'une réforme. Une poi-
» gnée de lumière répandue dans le public changera la dispo-
» sition actuelle des habitants et couvrira votre collège d'obs-
» curité, s'il n'a pas la précaution de prévenir lui-même ces

---

1. Pour faire une place plus grande aux langues vivantes, aux sciences, à l'histoire, et par la raison que les chefs-d'œuvre du XVIIe siècle paraissent suffire à la formation intellectuelle, on demande de restreindre la part des langues anciennes dans les études. M. de Vogüé, académicien, trouve que nous sommes arrivés à une époque de transition, qu'il faut en finir avec l'éducation factice, semi-archéologique et semi-platonique, que nous a léguée la Renaissance. Il ne serait point éloigné d'attribuer à cette éducation la décadence des races latines, qu'il oppose à l'activité, à la vitalité, à l'esprit pratique des races du Nord.

» tristes effets en secouant peu à peu la poussière de la vieille
» routine. »

Il n'y allait point de main morte, ce brave professeur.

Mais la routine pédagogique a la vie dure ; la maison de ses rêves est encore à fonder, et celle d'Hazebrouck, qu'elle devait couvrir d'obscurité, a vu sur ces entrefaites d'assez beaux jours.

Tout ce qui concerne l'éducation, l'Université l'abandonne facilement à l'initiative du principal. L'éducation ne peut pas se faire sans religion, c'est une vérité communément admise, et c'est pourquoi l'immense majorité des familles veut que la religion ait sa place dans les collèges. Les autorités académiques font droit à ces légitimes exigences par le ministère de l'aumônier, et longtemps encore elles seront obligées de le faire à cause des pensionnats. C'est pourquoi la laïcisation, introduite dans les écoles primaires, ne le sera pas de sitôt dans les lycées et collèges communaux.

Mais pour ce qui regarde l'instruction proprement dite, rien n'est laissé au libre choix des directeurs ; les programmes ont tout prévu, tout déterminé, tout prescrit. Généralement fidèle aux saines traditions classiques, l'Université a su se garantir de ce qui est contraire au bon goût et à l'esprit français. Toutefois, sous le prétexte fallacieux de tolérance, elle a laissé pénétrer peu à peu dans ses livres et dans ses méthodes, et particulièrement dans les livres d'histoire et de philosophie, une indifférence religieuse qui fausse le jugement et un genre d'appréciations qui ne s'accorde pas avec les faits.

Comme principal et comme professeur, M. Dehaene eut à subir le contrôle de l'Académie. Ce contrôle s'exerce par les circulaires et par les inspections.

Il remplissait, un peu machinalement peut-être, comme la plupart des fonctionnaires, les nombreux papiers qui lui parvenaient, rédigeait laconiquement les comptes rendus adressés au recteur, et puis se renfermait dans le plus strict silence. C'était le moyen de garder un reste d'initiative. Cela ne déplaisait pas non plus en haut lieu, car d'ordinaire les supérieurs hiérarchiques se défient des complaisants, et prennent volontiers la réserve pour une preuve d'indépendance.

Les inspections étaient faites tous les ans par l'inspecteur d'Académie. Elles étaient d'ordinaires fort courtoises. De temps en temps un inspecteur général descendait de Paris jusqu'à l'humble collège de province, mais alors la visite se faisait avec plus de solennité et prenait les proportions d'un événement.

Les anciens élèves d'Hazebrouck se souviennent en particulier du passage de MM. Bouillet et Blanchet. M. Bouillet avait acquis dans le monde savant une notoriété considérable par la publication de ses dictionnaires. C'était presque un illustre. « Quand on nous annonça l'arrivée de ce personnage, on nous recommanda d'être bien en règle, de soigner notre tenue, notre maintien, notre prononciation. Au jour annoncé, M. Bouillet, fait son entrée dans notre classe accompagné de M. le principal. Il assiste à l'enseignement du professeur, prend un intérêt marqué aux réponses des élèves, félicite celui-ci sur le grec, celui-là sur le latin ; puis, passant à l'histoire : « Quel auteur suivez-vous ? » dit-il. — « Nous consultons Bouillet ! » répond le professeur, et il étale avec empressement le gros dictionnaire d'histoire et de géographie que nous venions de lui offrir comme cadeau de fête. Il évite même de dire *Monsieur* Bouillet pour flatter l'amour-propre de l'auteur. L'inspecteur général accepte de bonne grâce la petite comédie. Sa figure se colore agréablement et ses lèvres laissent tomber un *très bien*. Il traite ensuite une question historique et s'attache particulièrement aux empereurs Néron et Domitien. Il émet à ce propos certaines idées qui paraissent lui être chères et dont il tient à faire le placement ; pour nous, nous n'en comprenons point la portée. Mais le lendemain, M. Dehaene revient dans la classe. Il félicite d'abord le professeur et les élèves du succès de la veille, puis, prenant un air grave : « Mes amis, dit-il, j'ai le devoir de rectifier quelques-unes des assertions du savant inspecteur que vous avez entendu. En parlant de Néron et de Domitien, il a semblé vouloir réhabiliter ces tristes personnages sous prétexte qu'ils n'avaient point les lumières de la foi. Cette excuse ne suffit point, car, en dehors de la foi, ils avaient pour se guider le flambeau de la raison ; la loi naturelle était écrite au fond de leur cœur ; ils étaient obligés de la suivre. Avec le paradoxe de M. Bouillet, on arriverait à absoudre bien des crimes. » Ainsi M. Dehaene empêchait ce qui n'a cessé d'être une tendance de l'Université : l'apologie des païens. Entre sa parole et celle de M. l'inspecteur, malgré la différence des positions, nous n'hésitions pas, car nous étions comme l'enfant dont parle saint Jean Chrysostome, qui préfère sa mère en haillons à une superbe reine. »

Cet incident prouve deux choses :

D'abord, que M. Dehaene redressait avec un soin jaloux ce qu'il y avait de défectueux dans les théories chères au monde académique. Il eut bien souvent à réagir de la sorte contre des doctrines qui froissaient sa conscience de chrétien ou sa ferveur de prêtre, parce qu'il était ardent et généreux, tandis que la mitoyenne Université n'a point le tempérament chevaleresque. Quand il s'agit de dévouement et d'héroïsme, elle dit facilement « peut-être ! » comme le sceptique Montaigne, et spécialement en fait de martyrs, elle n'aime ni ceux qui les font ni ceux qui le sont ; elle tient plus de Boileau que de Corneille.

En second lieu, que les inspecteurs ne peuvent pas juger une maison d'après la vie plus ou moins intense, plus ou moins apparente qu'ils provoquent sur leur passage. Cependant notre cher principal aimait l'inspection ; il la regardait comme un stimulant très utile. Devenu supérieur d'institution libre, il a souvent exprimé le regret qu'elle n'existât point dans les collèges ecclésiastiques. Elle pourrait servir à contrôler les méthodes, à propager celles qui sont bonnes et à discréditer les mauvaises ; elle ferait connaître les meilleurs livres, elle mettrait au courant du progrès. Là se borne à peu près son action. Quant au travail proprement dit, quant à l'humble et fécond labeur de chaque jour, c'est un résultat obtenu par deux choses que toutes les inspections du monde ne remplaceront jamais : la conscience du devoir et le dévouement.

En sa qualité de principal, M. Dehaene exerçait une certaine surveillance sur l'enseignement des professeurs. Elle n'était ni aussi étendue ni aussi facile qu'on se l'imagine quelquefois, car le régime corporatif a laissé des traces dans l'Université. D'après les anciens statuts, le principal était vis-à-vis des maîtres ce qu'est le doyen dans un Chapitre, ce qu'est le syndic dans une association ouvrière. Il ne conférait pas le roit d'enseigner ; la corporation donnait ce droit. De ces vieilles coutumes qui protégeaient la liberté de l'individu et sauvegardaient la dignité de la profession, il est resté quelque chose. Pas plus aujourd'hui qu'autrefois, le principal ne nomme les professeurs : il les accepte, parfois il les subit. Ils sont donc en quelque sorte propriétaires de leur titre. Pourvu qu'ils se conforment aux règlements en vigueur, et que dans leurs leçons rien ne soit contraire aux lois et à la morale publique, ils ne peuvent être privés de leur emploi. S'ils se rendent coupables d'une contravention qui est dûment constatée, le principal n'as pas le droit de sévir par lui-même. Il faut qu'il en réfère à l'autorité académique. Cet état de choses prouve qu'en France la liberté est ancienne, et le despotisme centralisateur récent. Il était l'application d'un principe qui s'étendait jadis à toute la hiérarchie sociale : une charge exercée est un bénéfice possédé. Cependant il offrait aussi des inconvénients. Que de fois le principal restait désarmé devant l'opposition sourde d'un collègue maussade ! De nos jours, n'a-t-on pas vu de semblables professeurs, maintenus malgré toutes les réclamations, désorganiser peu à peu l'établissement dont ils faisaient partie ? Pareille chose ne s'est point présentée sous l'administration de M. Dehaene. Nature très expansive, il forçait son entourage à se déclarer pour ou contre lui, et, suivant l'un ou l'autre cas, on s'attachait vivement à sa personne ou bien on le quittait spontanément. Si le maître qui occupait un poste pour lequel il n'était point fait s'y cramponnait avec un acharnement excessif, M. le principal avait recours au recteur et obtenait facilement gain de cause. Il était homme à casser les vitres, et certainement il aurait donné sa démission plutôt que de subir un collègue qui ne fût point d'une irréprochable dignité de mœurs ou d'une parfaite sûreté de doctrine. On savait cela, et comme il avait le redoutable prestige de l'homme nécessaire, qu'il faisait marcher sa maison, et qu'il était soutenu par la population et la municipalité, on ne discutait point longtemps avant de lui donner raison. Personne n'ignore du reste qu'auprès de l'administration *la raison du plus fort est souvent la meilleure*, et cela se comprend : administrer, ce n'est pas créer des forces, c'est utiliser celles qui existent.

Vis-à-vis de ses collègues, l'abbé Dehaene était généreux et confiant. Il n'avait rien du contrôleur chagrin et minutieux. Entrait-il dans les classes, c'était moins par désir d'assister aux leçons du maître que par besoin d'expansion ou par zèle religieux : il cherchait l'occasion de dire quelques bonnes paroles. Lors même qu'il venait pour se rendre compte des leçons et des devoirs, il ne tardait pas à se départir du calme qui est nécessaire pour rester auditeur impassible et spectateur attentif. Il saisissait au passage le premier mot qui permît de développer une théorie et s'embarquait vers des régions inconnues ; puis il s'animait, sa parole devenait vive, colorée, vibrante. Les élèves laissaient tomber leurs plumes, oubliaient leurs livres et suivaient des yeux la thèse de M. le principal. Le professeur effrayé regardait discrètement sa montre et se demandait, non sans raison parfois, où finiraient ces belles considérations et quel rapport elles pouvaient bien avoir avec le texte qu'on venait d'expliquer. En homme habitué à la tâche régulière, il regardait peut-être comme une perte sèche tout ce qui sortait de son cadre technique. Les élèves n'étaient point de son avis ; ils se faisaient une fête d'entendre une parole qui avait l'imprévu de la causerie et la chaleur de l'improvisation.

Ces qualités oratoires, qui le suivaient partout, assurèrent le succès de M. Dehaene comme professeur de rhétorique, et par cela même lui donnèrent du prestige comme principal. Durant ses premières années, il n'était guère que le premier des régents, et son autorité sur l'ensemble du collège dépendait beaucoup de la réputation que lui faisaient les élèves de sa classe. Cette réputation fut immédiatement très grande, parce qu'il était admirablement doué pour l'enseignement dont il avait la charge.

Ce n'est pas à dire qu'il fût l'homme à formules tranchantes et à recettes invariables, qu'on regarde, parfois comme le type du professeur et qui l'est bien un peu. Ce premier spécimen du maître, nous le connaissons. Ce correcteur impitoyable, ce fidèle tenant des vieux principes, non moins susceptible sur une question de grammaire qu'un chevalier sur le point d'honneur, nous l'avons tous rencontré. Pendant vingt ou trente ans il reste confiné dans le petit cercle de notions qu'il possède. Pour rien au monde il n'en sortirait ! N'a-t-il pas raison d'ailleurs ? Les choses au milieu desquelles il vit ne sont-elles pas belles comme l'ordre, inflexibles comme la règle, immuables comme le vrai ? Laissez-le donc faire entrer dans chaque génération d'élèves qui passe sous ses yeux une mesure plus ou moins grande de la qualité qui est la sienne : la justesse d'esprit. Son enseignement est un moule sur lequel viennent se façonner les jeunes cerveaux. Ce résultat certes ne doit pas être dédaigné, mais il ne suffit point. Si la tête d'un homme instruit est, suivant le mot de Montaigne, une tête bien faite, elle est aussi, suivant le mot de Rabelais, une tête bien pleine. Donc que les professeurs à formules didactiques labourent le sol ; d'autres, qui sont les semeurs d'idées, y jetteront la parole vivante. M. Dehaene fut constamment de ceux-ci.

Il faisait la classe avec beaucoup d'animation et d'ardeur.

Sur la fin de sa carrière, il le rappelait volontiers. Félicitant un jeune prêtre (1) nommé professeur de rhétorique au collège de Tourcoing, il lui écrivait : « J'ai professé autrefois la rhétorique avec beaucoup d'enthousiasme, mais avec trop peu de science et d'acquit littéraire. » Par ces derniers mots, il s'accusait rondement de n'avoir point ce qu'il faut aujourd'hui de connaissances techniques pour préparer à des examens. Cet aveu nous paraît trop modeste. On doit reconnaître cependant qu'il n'aimait pas beaucoup l'érudition proprement dite, et qu'il ne se donnait guère la peine de l'acquérir. Achetait-il un nouvel ouvrage, il se contentait d'en prendre une connaissance sommaire, parcourant la table, découpant quelques chapitres, pour voir si les idées de l'auteur concordaient avec les siennes. A la « suffisance livresque » dont parle Montaigne, il préféra toujours les théories personnelles et les systèmes *à priori*. Du reste l'érudition littéraire exigée de son temps se bornait à peu de chose. Le dictionnaire de Bouillet, que nous avons signalé plus haut, suffisait amplement à résoudre toutes les questions.

L'effort principal du professeur de rhétorique devait tendre à préparer les élèves au discours français et au discours latin La version latine et les vers latins rentraient aussi dans son

---

1. M. l'abbé L...

domaine, mais ces deux compositions n'avaient point la docte apparence des premières ; celles-ci formaient le patrimoine propre et le traditionnel honneur de la rhétorique.

Nous avons sous les yeux des cahiers de devoirs donnés par par M. Dehaene. La plupart sont extraits des livres plus ou moins officiels que publiait l'Université : ce sont généralement des sujets donnés aux concours généraux, ou des compositions faites dans les lycées de Paris et à l'Ecole Normale.

Les versions latines, tirées des meilleurs auteurs, forment un ensemble remarquable et composeraient une sorte d'anthologie qui aurait de la valeur. Le désir de trouver du neuf fait qu'on s'éloigne peut-être trop de ces anciens textes, pour descendre à des écrivains d'une latinité douteuse.

M. Dehaene ne s'en tenait pas aux classiques païens : il aimait à dicter quelques morceaux choisis dans les ouvrages des Pères de l'Église, et particulièrement dans ceux de Tertullien ou de saint Augustin. Ils exerçaient la sagacité des élèves plus qu'ils ne développaient leur sens littéraire ; car on n'y trouvait pas toujours cette convenance parfaite, cet accord intime de la pensée et de l'expression qui est le propre des auteurs classiques. Mais, en revanche, tout en signalant ces défauts, le professeur avait occasion de faire admirer la profondeur des pensées, la beauté des sentiments et le pittoresque de l'image qui distinguent nos chefs-d'œuvre chrétiens.

Il joignait à ces textes de remarquables extraits de la Bible. En cela, il suivait l'attrait de son cœur de prêtre et s'appuyait sur l'autorité du bon Rollin, cet homme que les vieux professeurs vénéraient comme un saint et consultaient comme un oracle (son *Traité des études* était le guide de l'ancienne Université). Il expliquait donc les plus belles pages de l'Écriture Sainte, l'éblouissant « *Fiat lux* », qu'admirait Longin, la touchante histoire de Joseph, qui arrachait à Voltaire les seules larmes qu'il ait versées, l'élégie de David sur la mort de Jonathas : « Comment les forts sont-ils tombés ? etc. », le psaume *Super flumina Babylonis*, les lamentations de Jérémie ; il comparait l'églogue où Virgile chante un nouvel âge d'or sous le consulat de Pollion, à la prophétie d'Isaïe qui annonçait le renouvellement du monde par le Messie, et s'arrêtait à la vision des ossements pour montrer le réalisme grandiose de cette page célèbre d'Ézéchiel.

A propos de versions, puis-je oublier de dire un mot des auteurs latins qu'il expliquait ?

Entre tous, Virgile eut toujours ses préférences. Horace lui plaisait moins. On connaissait peu de son temps le sombre et puissant Lucrèce. Mais, quant à Virgile, on peut dire que l'œuvre entière de ce poète était dans sa mémoire. Il en donnait la preuve dans des joutes très brillantes qu'il soutenait parfois avec des Virgiliens enthousiastes ; on l'a vu s'engager par exemple, à citer, après un vers quelconque qu'on lui donnait, un autre vers commençant par la dernière lettre du premier, et continuer cette espèce d'escrime pendant une heure. Les Bucoliques, les Géorgiques et l'Énéide y auraient passé successivement si, d'un commun accord, l'on n'eût mis un terme à la lutte

Notre supérieur s'était si bien assimilé les vers de Virgile que, sans le remarquer, il les traduisait et les paraphrasait dans ses discours ; ils venaient à son insu colorer sa parole d'une teinte poétique, et plus d'une fois ils corrigèrent ce que ses propres métaphores avaient de trop hardi.

Virgile, c'était pour lui toute la poésie latine. Il l'aimait parce qu'il avait balbutié ses vers le long des sentiers de Quaëdypre, lorsqu'il ouvrait sa bouche aux mots latins sous la paternelle direction de M. Dejonghe. Mais, à mesure qu'il le connut mieux, son admiration se développa davantage et son amour grandit.

Le bon curé breton immortalisé par Brizeux reste fidèle à deux auteurs : Bourdaloue et Virgile ; il trouve dans l'un toute l'éloquence de ses prônes, et dans l'autre toute la poésie de ses champs (1). C'est que les prêtres, comme les pieux érudits du moyen âge, voient à la cime des vers de Virgile l'aube blanchissante de Bethléem, et qu'ils appellent volontiers le chantre de Pollion et de la Sibylle

> Un poète inspiré, digne que Jésus l'aime,
> Bien qu'il soit né païen et soit mort sans baptême (2).

1.
> Le soir, comme autrefois, le plus jeune vicaire
> Sur un auteur latin au curé fait la guerre ;
> D'un vers de l'Énéide on discute le sens...
>
> <div style="text-align:right">Brizeux, <i>Le curé d'Arzannô</i>.</div>

2. Brizeux. Inutile d'observer que cette légende n'est pas théologique.
M. Dehaene.

Enfin, les cœurs délicats et sensibles, qui connaissent la pitié des choses (1) et les lis jetés sur les tombes, qui rêvent ce qu'ils n'auront jamais, un toit de chaume sous un coin de ciel bleu à l'ombre d'un pommier en fleurs, s'attachent à Virgile par sympathie.

Il y avait quelque chose de tout cela dans la prédilection qu'avait pour lui M. Dehaene. De plus, il le lisait par besoin de versificateur.

N'est-ce pas avec les beaux vers de Virgile, mis en pièces comme les marbres blancs d'un temple grec destinés à construire une masure, que les humanistes font leurs vers latins ? Pour ces continuateurs de Vida et de Vanière, les œuvres des poètes anciens, sont-elles autre chose que d'admirables collections de périphrases, d'épithètes et de synonymes, dont ils comptent bien faire usage à la première occasion pour en habiller des pensées modernes ?

M. Dehaene étudiait et faisait étudier Virgile un peu dans ce même but, car il aimait beaucoup les vers latins et il les faisait aimer de ses élèves. Quelques-uns d'entre eux ne réussissaient pas mal dans ce pastiche, dont l'utilité est fort discutée de nos jours. Nous aurions mauvaise grâce à répéter un seul des arguments que certains critiques font valoir, car notre maître défunt ne nous pardonnerait point la moindre défiance à l'égard de sa chère poésie latine. Au moyen âge, on avouait tout simplement qu'on ne saisissait pas la beauté du vers scandé, et l'on substituait aux hexamètres et aux iambiques des vers où l'on comptait les syllabes et où l'on introduisait la rime. On chantait donc « *Stabat Mater dolorosa* » ou « *Lauda, Sion, Salvatorem* » comme on chante un cantique en vers français, et le peuple comprenait la simple et pieuse mélodie de ces vers latins d'un nouveau genre : elle lui rappelait les rythmes assonancés de ses trouvères (2). Depuis il paraît que l'oreille gothique s'est affinée et qu'on est devenu sensible aux longues et aux brèves. Il faut croire que la Renaissance nous a donné une nouvelle acoustique. Disons cependant que les vers latins

---

1. Sunt lacrymæ rerum... (*Enéide*, liv. I.)
2. A. Lecoy de la Marche, *Le Treizième Siècle littéraire et scientifique*, ch. VI. La poésie latine.

avaient le charme inoffensif des choses anciennes, et remplaçaient avec quelque avantage les vers français, trop séduisants et trop envahissants pour qu'on leur accorde l'entrée des collèges. Il vaut mieux que l'imagination des jeunes gens s'exerce dans une langue morte. Ajoutons que les vers latins étaient une gymnastique utile : ils donnaient une idée du nombre et de la cadence, ils formaient à la bonne prononciation et disposaient à écrire en prose avec plus d'abondance et d'harmonie. Pour ce dernier motif, ils étaient le contrefort du discours.

Au temps jadis, le discours latin occupait la première place parmi les exercices littéraires de la rhétorique ; on était alors plus fier de conquérir ce prix que celui de discours français. Le latin, langue des savants, langue des clercs, seule langue sérieuse, comme on disait au moyen âge, mettait l'étudiant hors pair, et ne permettait point qu'on le comparât à un simple élève de français. Dans les cérémonies officielles, réception du recteur, fête du principal, etc.., la rhétorique haranguait l'autorité en un vaste discours latin. A d'autres, disait-on, la langue vulgaire avec ses petites phrases écourtées et ses mots précis. Pour elle, déployant avec art le beau tissu des périodes cicéroniennes, elle s'avançait solennellement, comme une déesse antique, au milieu du respect et de la vague distraction de l'auditoire. C'était son privilège.

L'Université n'avait point encore mis à l'essai les innovations qui ont détrôné le discours latin. Si la suppression de ce beau devoir eût été proposée de son vivant, l'abbé Dehaene eût certainement, par fidélité à la tradition et par amour de la langue de l'Église, opiné contre elle. Il se serait retranché derrière l'autorité de Mgr Dupanloup (1) et la pratique des Jésuites, qu'il regardait comme les meilleurs des maîtres.

Quoi qu'il en soit, le discours latin n'existe plus aujourd'hui que dans les petits séminaires et les collèges ecclésiastiques.

Le discours français a, lui aussi, perdu de sa dignité et de son prestige. On l'appelle composition française, et son but est maintenant de prouver que l'élève sait passablement sa langue, qu'il possède quelques connaissances historiques et littéraires,

---

1. *De la haute éducation intellectuelle.*

en un mot, qu'il a de la mémoire et du bon sens, deux qualités qui appartiennent l'une à l'enfance, l'autre à l'âge mûr.

Quant aux facultés distinctives du jeune homme, l'imagination et la sensibilité, on les dédaigne peut-être trop. Au contraire, les devoirs d'autrefois leur ouvraient une carrière magnifique. Les sujets indiqués étaient généralement grandioses et émouvants. Le rhétoricien se faisait le défenseur de l'innocence et de la vertu, de la liberté et du droit. Il s'enthousiasmait en faveur de ces nobles causes ; il devenait champion lui-même et prenait rang dans la lutte du bien et du mal. Ce perpétuel combat, qui sert de spectacle aux anges et à Dieu, il le contemplait sur tous les théâtres où paraît l'héroïsme. Quand il avait suivi de la sorte, à travers ses principales étapes, le cycle humain, faisant parler les héros de la Grèce et de Rome, les preux du moyen âge et les capitaines des temps modernes comme des preux doivent parler et comme ils parlent dans l'histoire, quand il avait crayonné quelque grande âme ou raconté quelque noble action, le jeune homme se sentait lui-même plus noble et plus grand.

Encore aujourd'hui ne préfère-t-il pas à tout autre le discours solennel et d'apparat ? Il ne faut point s'en étonner : l'exagération est sur ses lèvres comme le lyrisme est dans son cœur. Pour des motifs semblables, M. Dehaene aimait beaucoup les discours latins et les discours français.

Un mot sur la correction des uns et des autres. Il ne donnait peut-être point assez de temps à ce travail minutieux de la critique, qui consiste à élaguer, tailler, regratter des syllabes et peser des mots. La besogne est médiocrement intéressante, il faut en convenir, mais combien elle est nécessaire pour former le jeune homme à la pureté du style ! Sans négliger tout à fait cette première tâche du maître, il préférait la seconde, celle qui enrichit l'esprit et dilate le cœur ; jeter à pleines mains la bonne semence, ne pas trop s'inquiéter de l'ivraie, fertiliser la terre au risque de lui voir produire quelques mauvaises herbes, telle était sa méthode. C'est pourquoi il signalait et encourageait dans les copies des élèves tout ce qui dénotait une âme sensible et belle, puis il commentait les phrases heureuses et les mots bien frappés ; de cette façon il s'échauffait lui-même, entrait dans le rôle du personnage qui était en scène, se pénétrait de ses sentiments, de ses idées, de ses intérêts, et, donnant enfin un libre cours à son imagination, emportait son jeune auditoire sur les ailes de son éloquence. Quand il cessait de parler, les élèves avaient un modèle de discours, et cette brillante improvisation de leur maître était le corrigé de leur travail.

Il arrivait que, pendant un de ces développements oratoires, le portier glissât son profil dans la classe. Il approchait timidement et, d'un air craintif, disait à M. Dehaene qu'on le demandait au parloir. « Non, c'est impossible, » répondait-il. Le brave portier se permettait quelquefois d'insister : « C'est un grand monsieur ! — Et quand ce serait l'empereur, je ne sors point d'ici ! Je ne quitte la classe pour personne. »

Il faut remarquer que M. Dehaene ne séparait pas la conviction personnelle de l'enthousiasme littéraire. C'est pourquoi les sujets de discours qu'il donnait étaient généralement religieux et patriotiques. Religieux d'abord : entrer dans les splendides régions de la foi, ce n'était point pour lui une excursion rare, un voyage exceptionnel, c'était la promenade quotidienne et obligée dans l'air salubre et à la lumière du soleil.

Patriotiques aussi : l'on peut dire qu'il faisait admirer à ses élèves toutes les grandes et sympathiques figures de notre histoire : les chefs de peuples, depuis Clovis jusqu'à Napoléon Ier, en passant par Charlemagne et saint Louis, Henri IV et Louis XIV ; à côté d'eux, les femmes illustres qui n'approchèrent du trône que pour en connaître les saints devoirs ou les purifiantes épreuves : Clotilde et Blanche de Castille, Jeanne d'Arc, Marie Stuart et Marie-Antoinette, toutes si françaises et si touchantes ; les chefs d'armée : Godefroy de Bouillon, le saint des croisades ; Gaston de Foix, la terreur de l'Italie ; Du Guesclin, dont le cercueil prenait des villes ; Bayard, Condé, Turenne, effroi de l'Allemagne ; Villars ;

> Les hommes du dernier carré de Waterloo ;

et derrière ces braves, le groupe altier des batailles : Tolbiac, Bouvines, Agnadel, Denain, Marengo,

> Toutes ces immortelles,
> Mêlant l'éclair du front au flamboiement des ailes (1).

---

1. Victor HUGO, *L'Année terrible.*

Raconter et chanter ces exploits, c'était raconter et chanter les gestes de Dieu, car ils étaient l'œuvre d'un peuple qui aimait le Christ et que le Christ aimait. Méprisant le vulgaire souci de l'or, les Francs ne travaillaient-ils pas pour le seul intérêt de la civilisation et du vieil honneur chrétien ?

En écoutant ces patriotiques leçons, quel jeune homme n'eût senti son cœur battre d'amour pour son pays ?

Heureux temps que celui où la rhétorique n'avait pas encore plissé son front sous les rides prématurées de l'érudition allemande, et se présentait à nos jeunes gens, lumineuse et rayonnante comme l'esprit et le cœur français ! (1)

Parmi les sujets de devoirs dictés par M. Dehaene, il en est fort peu qui se rapportent à l'histoire contemporaine. On a blâmé cette exclusion. « Loin de faire revivre ce qui n'est plus, ce » qui ne peut plus être, on s'est demandé s'il est bien irrépro- » chable dans ses effets, l'effort que s'impose l'élève pour se » hausser au niveau de situations dont il n'a pas le secret et de » personnages dont il n'a pas la mesure (2). » Sans nul doute on aurait raison, si l'élève était tenu à la vérité exacte, et si le travail qu'il fait ne relevait que de la mémoire. Mais qui ne sait que l'objet de l'art et de la littérature c'est le vraisemblable et non le vrai? que les exercices scolaires ont pour but de développer toutes les facultés de l'âme, y compris l'imagination et la sensibilité ? Or, loin de mettre ces dernières facultés à l'aise, les sujets contemporains, qu'on dit à la portée de l'élève parce qu'ils sont choisis dans son milieu et dans l'entourage de sa vie étroite, sont précisément ceux qui le stérilisent par leur précision et leur impitoyable réalité. Le passé est un cadre bien plus commode, où l'esprit place aisément ses inventions. M. Dehaene était aussi très réservé en ce qui concerne les auteurs contemporains. Il ne les citait qu'avec une sobriété craintive. Il avait raison, car ils n'ont pas la sanction du temps. S'ils frappent le lecteur, c'est trop souvent

---

1. « La préoccupation immédiate de l'examen a fait disparaître de la plupart des » rhétoriques cette liberté et cette tranquillité d'esprit qui rendaient l'enseignement » de cette classe particulièrement fécond pour les bons élèves. » M. Croiset, *Rapport fait au nom de la Faculté des Lettres de Paris*, 1885.

2. Circulaire de M. le Ministre de l'Instruction publique, 1889.

par leur actualité, qui est chose éphémère et fugitive. Or, l'on ne forme point les générations avec des choses fugitives, mais avec des choses stables, fermes, acquises : ces dernières seules ont assez de force pour s'imposer aux esprits et les courber sous le joug.

Enfin, le dirai-je ? il ne faut peut-être pas regretter outre mesure que, dans les livres classiques employés de son temps, il n'y eût ni illustrations ni figures peintes. Si elles servent à faire connaître des objets qu'on rencontre rarement, elles peuvent aussi diminuer la vigueur de l'imagination en lui épargnant un effort ; elles dispensent les élèves d'une représentation mentale parfois difficile, il est vrai, mais toujours utile ; car ce qu'on voit dans l'esprit, quoique moins exact et moins instructif, reste au fond plus beau et plus éducateur que ce qu'on voit sur le papier. Il faut toujours revenir à ce principe que faire l'éducation de la jeunesse, c'est développer son âme et non pas seulement augmenter son savoir.

En classe, l'abbé Dehaene était donc animé, brillant, enthousiaste, libre dans son allure, manquant peut-être de précision, plus orateur que professeur. Sa manière d'enseigner, toute personnelle et toute originale, convenait très bien pour former des hommes, mais beaucoup moins pour préparer des candidats. Les candidats doivent posséder des connaissances spéciales et réglementaires, qui sont entre leurs mains comme la monnaie des diplômes. Mais c'est précisément parce qu'il s'élevait plus haut, que M. Dehaene a laissé de si vivants souvenirs. Tous ses anciens élèves s'accordent à louer l'intérêt qu'offraient ses classes. « Elles passaient comme un éclair, disent-ils unanimement. Parfois il se faisait suppléer pour certaines matières, mais nous redoutions l'heure où la suppléance devait commencer. A partir de ce moment, au lieu de voler dans les airs, libres et chantants comme l'oiseau, nous devions nous traîner péniblement sur un texte. »

M. Dehaene ne renonça jamais complètement aux fonctions de professeur. A partir de 1850, ses occupations l'obligèrent à confier la rhétorique à M. Boute, mais il se réserva le cours d'instruction religieuse, qu'il faisait aux trois premières classes de latin. Il commentait et développait Mgr Gousset, et passait en revue les points principaux de la doctrine chrétienne. « Les classes de catéchisme étaient notre joie : nous écoutions Mʳ Dehaene avec une insatiable avidité. C'était même à regret que nous prenions une plume pour fixer quelques notes, tant sa parole était captivante. Arrivés à l'étude, nous avions la tête pleine d'idées, et nous restions comme éblouis par les tableaux magnifiques qui avaient passé sous nos yeux. Je me souviens que, parlant un jour de la chute prochaine de l'empire ottoman, il célébrait avec une sorte de lyrisme la croix replacée sur les coupoles de Sainte-Sophie et la vieille basilique émue par les accents d'un nouveau Chrysostome. » Même élévation, même entrain dans les conférences de philosophie qu'il fit aux élèves de rhétorique latine et de rhétorique française pendant ses dernières années de principalat (1854-1864). Il prenait comme thème de ses explications le manuel de M. Ch. Jourdain. Mais aussitôt que les regards brillants de ses élèves lui montraient qu'il était compris d'eux, il laissait là le livre et se livrait aux plus belles considérations sur l'âme et sur DIEU, sur les vérités nécessaires et sur les préceptes de la loi naturelle, bases du vrai et du bien dans l'intelligence et la volonté humaines.

D'après ce que nous venons de dire et d'après ce que racontent les anciens, il est facile de voir que l'enseignement de notre supérieur fut partout et toujours celui d'un prêtre. En lui, le lettré était au second rang, l'homme de cœur et de zèle au premier ; ou plutôt, les lettres n'étaient à ses yeux qu'un moyen spécial d'étendre la vérité et d'augmenter la vertu. Nous allons le voir pousser un peu loin l'application de ce principe.

Écoutons maintenant avec quelle énergie il l'affirme :

« L'étude de la religion doit avoir dans un collège une place
» digne d'elle, et cette place est la place d'honneur....

» Suffit-il pour cela qu'un maître de religion (ce mot nous
» paraît un peu dédaigneux), qu'un aumônier, vienne une fois
» par semaine servir sa leçon de catéchisme ? Non certes ; il faut
» que l'instruction religieuse pénètre toutes les branches de
» l'enseignement.

» Elle est cette sagesse qui vient à nous, mais lorsque nous
» avons pour elle l'amour et le respect dus à une mère, à une

» reine : *Quasi mater honorificata* (1). Or, serait-ce l'honorer
» convenablement que d'inscrire son nom comme une vulgaire
» enseigne au frontispice d'une maison ? que de s'en servir
» comme d'un trompe-l'œil pour donner le change à l'insou-
» ciante crédulité de la foule ? Non ! ce serait insulter à sa
» majesté, ce serait renouveler les scènes du prétoire, où l'on
» souffletait après s'être mis à genoux !

» Sans la religion, toute science est essentiellement orgueil-
» leuse, étroite et rétrograde, puisqu'elle ne veut rien appren-
» dre d'une lumière qui la domine ; elle est digne de pitié,
» puisque, se cantonnant sur un grain de sable, elle ose dire :
» Voici le monde ! »

Et, faisant allusion au triste sort des Polonais déportés en
Sibérie : « On arrache au sol de la patrie une nation en-
» tière : quelle cruauté ! — Sont-ils moins durs et moins cruels
» ceux qui enlèvent les enfants à la religion pour les reléguer
» loin du soleil de la vérité et de l'amour, sous un ciel froid et
» inclément ? pour les déporter dans les glaciales régions de
» l'athéisme, cette Sibérie des âmes (2) ? »

En relisant ces fortes paroles, on se demande involontairement si l'instruction religieuse a toujours eu cette place d'honneur, si elle a toujours été traitée comme une *royale mère*, je ne
dis point dans les lycées et collèges communaux dont les prêtres ne sont plus chargés, mais dans les institutions qu'ils
dirigent. Chez nous comme ailleurs, on a besoin de réagir
contre la tendance du siècle, et M. Dehaene nous en aver-
tissait souvent.

Sans vouloir faire ici l'examen de conscience des maisons
ibres, — cette conscience étant la conscience de tous, un seul
n'a pas le droit de la juger, — il est bien permis de rappeler
quelques-unes des fortes paroles de notre maître.

« L'étude des dogmes, disait-il, est indispensable. Ils sont
» les assises de l'édifice catholique. Sans eux la liturgie ne serait
» qu'un manteau de théâtre.

» Montrez donc les vérités révélées : par leurs sommets, elles
» sont illuminées des clartés de DIEU ; par leurs racines, elles

---

1. Eccli. XV, 2.
2. Discours de distribution de prix, 1868, *Jésus dans l'école*.

» plongent dans les dernières profondeurs de la nature hu-
» maine. »

Mais, comme la religion est avant tout un fait historique, il faut, ajoutait-il, qu'on présente aux élèves, dans une étude parallèle, la suite de la religion et la suite des temps : « Jésus-
» Christ est le centre de toutes choses. Placé au sommet des
» siècles, il projette l'éclat de sa figure sur l'histoire du passé,
» et il inondera de sa lumière les âges qui se succéderont jus-
» qu'à la fin du monde. »

Il établissait solidement les rapports de la religion avec la poésie et l'histoire, avec la philosophie et les sciences. Il s'arrêtait aux sciences pour mettre en garde contre la manie de les exalter par dessus tout, et d'en faire une machine de guerre contre le catholicisme. Comme il aimait ardemment la sainte Église, il avait les pressentiments qui sont le propre des grands amours. Il prévoyait donc la guerre engagée contre elle au nom des sciences, et il entendait de loin les paroles blasphématoires que devait prononcer un des chefs de cette guerre impie (1) : « Les sciences sont destructives de l'idée de miracle. — Le
» miracle et le coup d'état disparaîtront devant un enseigne-
» ment scientifique. » Aussi, quand il parlait des sciences, mêlait-il l'avertissement à l'éloge. S'il reconnaissait leurs droits, il indiquait aussi leur rôle véritable. Il disait donc :

« L'arithmétique et l'algèbre ne sont pas seulement des
» connaissances usuelles ; elles ont été appliquées dans l'œuvre
» du monde par le sublime architecte de l'univers, qui a tout
» combiné suivant les lois du nombre : *Omnia... in numero dis-*
» *posuisti* (2).

» La géométrie a été illustrée par les plus grands génies,
» depuis Archimède jusqu'à Descartes.

» La physique s'impose avec son royal cortège d'inventions modernes.

» La chimie prête un concours indispensable à la médecine
» et à l'agriculture, en pénétrant dans les atomes de notre
» corps et dans les éléments du sol.

---

1. Paul Bert, *L'instruction civique à l'école*, Avant-propos.
2. Sap. XI, 21.

» Les sciences naturelles sont nécessaires à quiconque veut
» se servir de la nature suivant les desseins du Créateur.

» Mais *les sciences* ne sont pas *la science*. Il n'est pas exact de
» dire que l'étude exclusive des mathématiques développe
» toutes les forces intellectuelles. Autant vaudrait prétendre
» que l'action de tourner continuellement une meule développe
» toutes les forces physiques... Les sciences ne sont point le
» remède qui guérira tous les maux de l'humanité. Leur
» règne représenterait le triomphe de l'utile sur le beau.

» Donc, qu'elles se soumettent à la littérature et à la philo-
» sophie.

» Jeunes élèves, livrez-vous avec ardeur aux études scienti-
» fiques. Abaissez vos regards vers la terre, comptez tous les
» êtres qui couvrent sa surface ou remplissent son sein ; pé-
» nétrez jusqu'au centre du globe, traversez-le, si c'est pos-
» sible, sortez dans un autre hémisphère et respirez sous
» d'autres cieux. Ou bien, élevant votre front vers le firma-
» ment, contemplez tout ce qu'il y a de splendeur, d'ordre et
» d'harmonie dans ces régions étoilées ! Mais, après avoir fait
» tout cela, remarquez-le bien, vous n'avez fait que traverser
» un grain de sable, le divisant, le mesurant et le pesant.
» Cédez donc la place, sciences des quantités, des forces et de
» l'étendue, à la science de l'esprit ! Et vous, sciences humaines,
» cédez toutes la place à la science de DIEU ! Vous restez sur
» le parvis. Elle entre seule dans le sanctuaire. »

Ce discours résume les idées de l'abbé Dehaene en matière d'enseignement. Il y conforma ses paroles et ses actes durant les vingt-sept années qu'il fut à la tête du collège communal. De semblables principes assurèrent son succès et furent sa meilleure recommandation auprès des populations chrétiennes.

Il ne faut donc pas s'étonner de la réputation dont il jouit en Flandre et des efforts que firent les habitants d'Hazebrouck pour le retenir parmi eux.

A trois reprises il fut sur le point de les quitter. Nous devons dire quelques mots sur ces divers incidents.

La première fois, ce fut pour entrer dans la Compagnie de JÉSUS : il nourrissait ce désir depuis sa jeunesse cléricale. On a vu qu'il était très attaché au R. P. Possoz, son ancien professeur de philosophie, et qu'il aspirait à le suivre. Durant un voyage qu'il fit à Rome en 1842, il vénéra particulièrement les corps des saints Jésuites (saint Ignace, saint Louis de Gonzague, saint Stanislas Kotska), et conféra de son dessein avec le P. de Villefort, qui était à la Propagande. Mais sa correspondance permet de mieux suivre toutes les négociations qu'il entreprit pour mener son projet à bonne fin.

Une lettre du P. Franckeville (écrite de Tronchiennes en janvier 1839) nous apprend qu'il a fait sa demande d'admission, que cette demande a été bien accueillie, qu'il ne s'agit plus que de rompre les liens qui l'attachent à sa mère et à son frère.

La situation reste la même en 1840. (Lettre du P. Van Maele, 14 mars.)

En 1841, on le presse d'agir et de se décider. (Lettres du P. Franckeville, 27 janvier et 5 mars).

En 1842, le voyage d'Italie retarde les derniers arrangements. (Lettre du même, 29 juin.)

Enfin en 1843, toutes les mesures semblent prises : la permission de l'archevêque est obtenue ; l'abbé Dehaene confiera son collège à MM. Lefever et Weens, et sa mère à l'abbé Louis. Il écrit ces détails au maire d'Hazebrouck, M. Cleenewerck, dans une lettre confidentielle (mars 1843). Des bruits alarmants se répandent. L'*Indicateur*, mal renseigné, s'en fait l'écho : « On dit que M. le principal quittera le collège aux grandes vacances pour entrer aux Missions étrangères. » Il se trompait : c'était à St-Acheul et non à la rue du Bac que l'abbé Dehaene venait d'être admis (1). M. Masselis l'avait félicité :

« Quelle grande grâce le bon DIEU vous fait, bien cher
» ami ! J'envie votre bonheur ! Votre âme s'attachera vivement
» à DIEU..., elle sera rassasiée. Vous rappelez-vous ces occa-
» sions où vous exprimiez vos goûts pour les missions étran-
» gères et moi les miens pour les Jésuites ? C'était au com-
» mencement de notre séminaire. Vous voilà Jésuite et peut-être
» serez-vous missionnaire. Je ne suis ni l'un ni l'autre, et ne
» le serai probablement jamais. Cependant je vous avoue que
» je ne tiens à rien ici-bas. Il me semble que je serais prêt à
» aller au bout du monde au moindre signe de la volonté de

---

1. Lettre du P. Rubillon (Saint-Acheul, 15 mai 1843).

» Dieu. » Il terminait par un souhait d'ami : « J'aurais une
» grande satisfaction à m'entretenir de bouche avec vous, peut-
» être pour la dernière fois. J'espère que vous viendrez à Grave-
» lines et que vous me donnerez le plus de temps que vous
» pourrez (1). »

Le bon M. Masselis comptait sans les sollicitations dont son ami serait obsédé. Tandis qu'il lui adressait des félicitations encourageantes pour son dessein, d'autres le suppliaient de ne point marcher dans cette voie et de continuer au collège des services que lui seul pouvait rendre.

Il faut bien le dire aussi : au moment critique du départ, l'abbé Dehaene éprouvait des agitations intérieures, difficiles à surmonter, et les raisons de rester à Hazebrouck prenaient des proportions effrayantes pour son imagination et sa conscience. L'assaut que lui livraient simultanément l'administration municipale, ses confrères, ses élèves et sa famille, était si grand qu'il résolut de remettre son départ à des temps plus opportuns. Il en écrivit au R. P. Rubillon, qui lui répondit (juin 1843 et novembre 1844) : « A cause de votre âge déjà
» avancé, de votre santé peu solide et soumise aux caprices du
» système nerveux, du bien que la Providence vous a mis à
» même d'opérer, je pense que vous ferez mieux de rester à la
» tête de votre collège, et de préférer le bien certain que vous
» faites au bien incertain, et cela, *ad majorem Dei gloriam*. Dans
» tout ceci, je raisonne d'après les données de vocation qui me
» sont accessibles. Que si, cherchant Dieu avec un cœur droit,
» vous sentiez sa voix qui vous répétait encore : *Egredere de*
» *terra tua, veni, sequere me*, ce serait différent, et la raison tirée
» du bien que vous faites tomberait devant la vocation reconnue
» aux signes non équivoques de l'esprit de Dieu. Il est clair
» que plus l'homme est soumis à Dieu, plus il fait un bien réel
» dans les âmes, quoique moins apparent peut-être. — Pour
» vous dire : Venez, quittez tout, il me faudrait une certitude
» morale de votre vocation ; or, cette certitude morale, je ne
» l'ai pas, par les raisons que je viens de vous déduire. »

La réponse était sage.

---

1. Lettre de M. Masselis (22 février 1843).

Tout le monde respira autour de lui, car on se disait que probablement les circonstances apporteraient de nouveaux obstacles à son dessein. Il en fut ainsi. Mais l'irréalisable projet resta dans le fond de son âme et lui causa des déchirements bien douloureux : « Infortuné ! que deviendrai-je ? écrivait-
» il (1) ; je ne puis me résoudre à mourir comme Moïse en
» ne voyant que de loin la terre promise de la vie religieuse !
» Ayez pitié de moi, mon brave M. Sergeant, vous qui êtes
» maintenant où je voulais vous précéder. N'est-ce pas pénible
» pour moi de sentir à chaque instant mon âme comme quitter
» ma poitrine pour s'envoler vers vous, et de voir tous ces
» élans, qui me paraissent purs, rester sans résultat ? Hier soir
» encore j'étais sur le point de me coucher sur le plancher de
» ma chambre, et là, de promettre solennellement à Marie de
» me faire Jésuite. Je voudrais être lié. Alors je ne reculerais
» plus ! »

Peut-être ! En tout cas, l'âge et les occupations mirent fin à ces inutiles élans. Peu à peu les aspirations devinrent plus vagues et plus rares, et puis elles firent place à de mélancoliques regrets et finalement à de prudentes réflexions : — Aurait-il supporté le joug de la règle ? Se serait-il prêté docilement à la formation religieuse ? — Il croyait que non, à certaines heures, car il écrivit au même correspondant : « Malgré mon admission
» plusieurs fois réitérée dans la société, j'ai toujours senti une
» sorte d'appréhension à l'approche de ces bons Pères Jésuites
» trop parfaits pour moi, qui ai besoin d'un certain laisser-
» aller (2). »

La Providence avait d'autres vues sur lui. Quelques hommes sages ont regretté qu'il se fût arrêté si longtemps à cette idée de vocation religieuse, et qu'il eût dissipé dans des rêves une partie de l'activité de son âme, au lieu de l'appliquer tout entière à des choses pratiques. La remarque est bonne et juste. Mais la raison froide confinera-t-elle jamais les hommes d'imagination dans l'étroite enceinte de la réalité ? D'un autre côté, Dieu ne permet-il point ces désirs stériles pour qu'on ait toujours devant soi un idéal qui élève le niveau de la vie ? C'était

---

1. Lettre au P. Sergeant (29 mai 1854).
2. Lettre au P. Sergeant (12 janvier 1857).

l'observation qu'avait faite le P. Rubillon dans la lettre citée plus haut : « L'attrait que vous éprouvez pour notre Compagnie peut bien venir de Dieu, qui par là veut vous sanctifier dans votre position présente. »

A peine les alarmes excitées dans Hazebrouck par ce projet de départ étaient-elles dissipées, qu'une autre rumeur se répandit.

Celle-ci avait plus de fondement. En 1845, sur la proposition de M. Leleu, l'abbé Dehaene fut nommé directeur au grand séminaire de Cambrai. Dès qu'on apprit cette nouvelle, il y eut une agitation très grande. « Le départ de M. Dehaene, » disait-on, serait une perte irréparable. Que l'administra» tion municipale fasse tous ses efforts pour nous conserver » un homme aussi précieux. Qu'une députation aille jusqu'à » Cambrai, s'il le faut. La prospérité du collège est son œuvre. » Il péricliterait en d'autres mains (1). »

Le bureau d'administration écrivit à Mgr l'archevêque. Il fit valoir toutes sortes de raisons pour obtenir gain de cause.

« Le Conseil municipal n'a reculé devant aucun sacrifice » parce qu'il était confiant dans l'avenir : il comptait que » l'abbé Dehaene ne quitterait point Hazebrouck. Il a donné » satisfaction à toutes ses demandes et favorablement accueilli » toutes ses réclamations....

» Que deviendront la mère, la sœur, le frère de M. le prin» cipal ? S'il part, ils devront quitter l'établissement. Qu'on lui » accorde au moins un délai suffisant pour les placer. »

Il est rare que des administrateurs parlent sur un ton si pathétique ; mais que ne font pas dire la crainte et l'intérêt ?

Mgr Giraud daigna prendre en considération cette requête, et répondit par la lettre suivante :

« Cambrai, le 24 novembre 1845.
» Monsieur le Maire,

» Assurément les talents et les vertus de M. l'abbé Dehaene, » principal du collège de votre bonne et religieuse ville, avaient » dû fixer mon choix lorsque je songeais à donner au supé» rieur de mon grand séminaire un prêtre qui l'aidât dans la

---

2. *Indicateur d'Hazebrouck* (nov. 1845).

» direction de cet important établissement. L'essor qu'il avait
» su donner à la maison qu'il dirige, les vocations à l'état ecclé-
» siastique qu'il savait si bien développer et diriger, le goût
» prononcé qu'il avait pour former le cœur de la jeunesse,
» m'avaient fait penser que personne n'était plus propre que
» lui à être préposé à la direction d'un grand séminaire. Il
» jouissait d'ailleurs de toute la confiance de M. le Supérieur,
» qui était entré tout entier dans mes vues dès que je les lui
» eus communiquées. Mais quelqu'excellent que me paraisse
» ce choix, je veux céder en cette circonstance au vœu général
» d'une ville que j'estime et affectionne si justement, au désir
» si légitime de le conserver, manifesté par vous, Monsieur le
» Maire, et par tous vos administrés. Cette unanimité d'estime
» pour un de mes prêtres ne fait que me le rendre plus cher à
» moi-même et ajouter aux sentiments de paternelle affec-
» tion dont je sentis mon cœur pénétré pour les habitants
» d'Hazebrouck lorsque je visitai cette ville.

» Agréez, Monsieur le Maire, l'assurance de mes sentiments
» les plus distingués et les plus dévoués.

« † PIERRE, archevêque de Cambrai. »

Cette lettre révèle à la fois la délicatesse de Mgr Giraud et son estime pour M. Dehaene.

Quand il l'eut reçue, M. Cleenewerck ne put contenir sa joie. La lettre de Mgr à la main, il courut aussitôt chez les principaux de la ville annoncer la bonne nouvelle. A ceux qui le questionnaient sur la route : « Nous le gardons ! nous le gardons ! » répondait-il, et il montrait la signature épiscopale. Quelques minutes après, les professeurs venaient en corps le remercier des démarches qu'il avait faites. Puis la musique de la garde nationale fut convoquée pour donner une sérénade à M. Dehaene, et beaucoup de pères de famille lui rendirent visite en témoignage de leur joie et de leur reconnaissance.

« Dans toute cette affaire, écrivait l'*Observateur du Nord* (1),
» l'abbé Dehaene a fait preuve d'une abnégation et d'un dé-
» vouement admirables. Dans l'intérêt du collège et dans celui

---

1. Journal légitimiste des arrondissements d'Hazebrouck et de Dunkerque. Il était imprimé à Cassel.

» de la ville, il a renoncé sans hésitation au brillant avenir qui
» s'ouvrait devant lui. »

C'était sans nul doute un bien pour Hazebrouck. Était-ce un bien pour le diocèse ? N'est-il pas désirable que le clergé soit formé par des hommes comme l'abbé Dehaene ? Mais il faut croire que la Providence intervint en cela. Elle savait que la direction du séminaire serait bientôt confiée à d'autres mains, et elle ne permit point que notre bien-aimé principal fût enlevé inutilement à la Flandre.

En 1850, troisième et dernière alerte.

Le 21 avril de cette année, M. Debreyne, grand-doyen d'Hazebrouck, succombait à une pleurésie, peu de jours après la mort de Mgr Giraud (17 avril). Pour éviter des difficultés locales, les vicaires capitulaires désignèrent l'abbé Dehaene comme administrateur temporaire de la cure d'Hazebrouck. Dans l'esprit de l'un d'entre eux (M. Leleu), c'était un acheminement vers la nomination au poste de doyen. M. Dehaene, averti, prenait ses dispositions en vue de cette éventualité, et les habitants se préparaient à l'acclamer comme le pasteur de leurs âmes. Tout-à-coup, ils apprirent avec stupéfaction qu'à la suite de certaines démarches occultes cette nomination n'aurait pas lieu, et que, pour comble de malheur, l'abbé Dehaene, désireux de se livrer au ministère paroissial, quitterait la ville.

Dans l'*Indicateur* du 17 juillet 1850, une plume éloquente stigmatisa les agissements qui avaient empêché cette nomination, et rendit au principal du collège le plus chaleureux des hommages publics qu'il ait reçus. Nous reproduisons cet article *in-extenso*. Que n'a-t-on retrouvé en d'autres temps cette vertueuse indignation !

« Nous avions parmi nous un homme éminent par le savoir,
» d'une piété douce et tolérante, joignant les qualités du cœur
» à celles de l'esprit, universellement aimé et admiré, que toute
» la ville portait au décanat et qui, s'il avait dû être choisi par
» le suffrage universel, aurait eu l'unanimité des voix. Et cet
» homme si digne de succéder à l'honorable M. Debreyne, on
» l'a repoussé ! Et pourquoi ?....

» Ils sont bien coupables ceux qui, sous le voile de l'ano-
» nyme, se sont opposés à la réalisation du vœu général.

» Qu'avaient-ils donc à reprocher à l'abbé Dehaene ?

» Était-ce d'avoir consacré les plus belles années de sa vie à
» tout ce que l'instruction a de plus pénible ?

» Était-ce d'avoir rendu notre collège l'établissement le plus
» florissant du département ?

» Était-ce d'avoir fait circuler annuellement dans notre
» ville des sommes énormes que l'on peut évaluer de 80 à
» 100.000 francs ?

» Était-ce d'avoir donné pendant un grand nombre d'années
» l'instruction et la nourriture gratuites à une cinquantaine
» d'élèves ?

» Était-ce de n'avoir jamais fermé l'oreille aux prières des
» pauvres, d'avoir de tous ses moyens secouru les malades et
» les infirmes ?

» Était-ce d'avoir refusé la direction du Grand-Séminaire de
» Cambrai où l'appelait Mgr Giraud, qui avait su l'apprécier et
» qui le destinait, dit-on, au décanat de notre ville ?

» Était-ce enfin de n'avoir pas grossi sa fortune des économies
» qu'il aurait pu faire et de se retirer du collège aussi pauvre
» qu'il y était entré ?

» On a empêché sa nomination parce qu'on a craint son in-
» fluence, comme si cette influence pouvait servir à autre chose
» qu'au bien !

» M. Dehaene veut nous quitter.

» Inutile de dire qu'il emportera les regrets universels.

» Puisse-t-il cependant revenir sur sa détermination et rester
» encore quelques années à la tête d'un établissement dont il
» a fait la prospérité et dont son départ causera la décadence ! »

Puisse-t-il revenir sur sa détermination !

Tout fut tenté dans ce but, et pendant cinq jours les manifestations et pétitions se succédèrent. Un groupe notable d'habitants vint le supplier de vive voix.

La Société de secours mutuels, dite Société de St-Vincent de Paul, qui se composait de plus de 400 membres, lui envoya, au nom de la classe ouvrière, une adresse simple et touchante :

« Monsieur le Principal,

» Confiante en votre bon cœur, la Société de St-Vincent de
» Paul ose vous prier de rester au milieu d'elle comme un père
» au milieu de ses enfants. Elle unit ses vœux à ceux de la ville
» entière et vous prie avec instance de vouloir les exaucer.

» La Société de St-Vincent de Paul vous regarde comme son
» père ; c'est pourquoi elle compte trouver grâce devant vous.

» Pleine de confiance dans sa demande, elle vous prie, M. le
» Principal, de vouloir agréer, par anticipation, toute sa grati-
» tude.

» Fait à Hazebrouck, en réunion générale, le 21 juillet 1850.

» *Le Président,*
» *H. Cleenewerck.*
　　　　　» *Le Vice-Président faisant fonction de secrétaire,*
　　　　　　　　　　» DE BAECKER. »

Les professeurs, pour la plupart pères de famille chargés
d'enfants, le suppliaient de ne point compromettre leur position.

On avait aussi recours à l'intervention de sa mère.

Mais les instances les plus grandes venaient des élèves.
Chaque fois que M. le principal paraissait devant eux, les témoignages d'amour éclataient. Les plus petits se suspendaient à ses
bras et le suivaient en pleurant. Une semblable lutte ne pouvait
durer. Il entreprit un voyage pour se soustraire aux obsessions
de tous ceux qui l'entouraient et se décider avec calme. Il
consulta M. Leleu, vicaire capitulaire. Celui-ci l'ayant engagé à
ne point quitter son collège : « C'en est assez, dit-il, je sacrifie
mes goûts à tout jamais, je cède, je mourrai à Hazebrouck. »

Le même jour, l'*Indicateur* écrivait : « L'existence du collège
» est assurée. M. Dehaene reste parmi nous. Nous le remercions
» du fond de notre âme. Puisse le Ciel lui inspirer de ne
» nous quitter jamais !... »

Le 24 juillet, veille de la St-Jacques, le bien-aimé principal
rentrait pour sa fête. Il était 9 heures du soir quand on apprit
son retour. Quelques habitants eurent l'idée de faire une illumination en son honneur. Aussitôt ce fut comme une traînée
de poudre. Toutes les fenêtres de la Grand'Place, de la rue

CHAPITRE SIXIÈME.

Neuve, des rues d'Aire et de l'Église se garnirent de lumières comme par enchantement. Au collège, où l'on s'était préparé à faire une ovation, on mit sur la façade un transparent qui fut fort remarqué : il représentait M. le principal retenu par deux jeunes enfants qui s'accrochaient à sa soutane. Les promeneurs circulèrent jusqu'au-delà de minuit ; ce fut une véritable fête ; on criait partout : « Vive M. Dehaene ! vive M. le Principal ! »

Cette fois, il pouvait dire comme saint Jean Chrysostome, son auteur favori : « Je suis votre serviteur, mes chers enfants,
» je suis votre esclave ; vous m'avez acheté, non à prix d'argent
» comme ceux qu'on achète sur les places, mais en me donnant
» votre tendresse, qui est la monnaie des âmes. Et je me plais
» à ma servitude, je souhaite de n'en être affranchi jamais. Je la
» trouve plus belle que la liberté. Qui donc ne serait heureux
» de vous servir, de servir des amis tels que vous ? Mon cœur
» eût-il été de pierre, vous l'auriez attendri par vos larmes et
» tout imprégné de dévouement et d'amour (1). »

---

1. Mgr GUÉRIN, *Vie de saint Jean Chrysostome*, p. 20.

CHAPITRE SEPTIÈME.

Les VOYAGES de M. DEHAENE.

DE tout ce qui précède, nos lecteurs ont pu conclure que l'abbé Dehaene se posa, dès le début de son ministère, en homme de principes et de volonté. Il fut toujours considéré comme tel. Si quelques-uns lui reprochèrent le manque de souplesse, la fierté d'attitude, la résistance obstinée aux idées nouvelles, nul ne lui contesta les qualités qui font ce qu'on appelle un homme. « Un homme, c'est-à-dire une personnalité » qui se laisse apercevoir, fût-elle défectueuse en quelque point, » est au moins une vérité. C'est quelque chose de grand, de pur » et de vigoureux, avec une singulière disposition à devenir fort » gracieux et fort humble comme toute vérité (1). » Mais autant la volonté propre est commune dans le monde, autant la véritable indépendance de caractère est rare : « La plupart » tournent comme des girouettes, étudiant les quartiers d'où » vient le vent et les indiquant aux autres (2). »

Trois choses développent ordinairement la personnalité humaine : l'exercice de l'autorité, les voyages et l'expérience de la vie.

L'exercice de l'autorité. M. Dehaene fut placé de bonne heure à la tête d'une maison : il n'avait point trente ans lors de son arrivée à Hazebrouck. Ses confrères et ses amis l'ont parfois regretté. Quand il leur fallait marcher sur un mot d'ordre, bref comme une consigne, et que cet inflexible gouvernement leur semblait trop absolu, ils se disaient entre eux : « Notre cher

---

1. *Conférences spirituelles* du P. FABER.
2. Ibid.

principal n'a jamais été beaucoup contredit, on le sent bien. Il ne compte guère avec l'opinion d'autrui. Il est vrai qu'il a obéi dans sa jeunesse, mais cela ne suffit point pour assouplir un homme. Il n'a pas dû se courber sous le joug à l'âge mûr, à cet âge où l'on a des idées toutes faites, des idées que l'on caresse, que l'on aime.., et c'est pour cela qu'il est si raide ! » Et c'est pour cela, ajouterons-nous, qu'il avait la franche et belle allure du commandement. Étant obligé, par devoir d'état, d'inspirer de la confiance aux autres, il arriva peu à peu à s'en donner à lui-même. Ainsi les positions contribuent-elles à faire les hommes, et voit-on d'ordinaire ceux qui débutent jeunes dans l'administration devenir facilement impérieux. Mais ce défaut est largement compensé par l'énergie, par l'esprit de suite, par le développement de toutes les facultés actives, qui résultent de l'exercice de l'autorité. A DIEU ne plaise que l'on étende au clergé le principe de l'avancement exclusif par rang d'âge et par ancienneté de service ! Si c'est un moyen commode de remplir les cadres, d'éviter les froissements et d'assurer à l'administration une certaine somme de sagesse, en revanche cela favorise le règne de la médiocrité. Les hommes de valeur débutent jeunes ; et particulièrement pour accomplir un ministère de salut comme celui des prêtres, il faut la plénitude des forces. A soixante ans, on conserve ; à trente ans, on conquiert. L'abbé Dehaene eut l'heureuse chance d'être lancé dans une œuvre à l'âge où l'on profite de tout, même des fautes.

L'expérience acquise par la direction des âmes et par les relations sociales augmenta sa force de caractère. Nous le verrons en étudiant son action extérieure.

Pour le moment, nous préférons signaler le complément d'éducation que lui donnèrent les voyages. Il a raconté lui-même ses impressions dans des lettres et des notes diverses. Ce sera une sorte de repos que de l'entendre parler, car les chapitres purement scolaires qui précèdent ont pu fatiguer bon nombre de lecteurs, peu familiarisés avec ces questions techniques.

« La visite des pays étrangers, a dit Montaigne, est utile à tous. Elle développe à merveille l'entendement quand on la fait, non pour rapporter combien de pas a le Panthéon, ou combien le visage de Néron sur une pierre est plus large que celui de Néron sur une médaille, mais pour frotter et limer notre cervelle contre celle d'autrui. »

Aux professeurs elle procure une diversion utile ; elle les tire de l'horizon étroit où se meut leur vie, leur fournit des connaissances variées qui profitent aux élèves, et, pour peu qu'ils soient observateurs et qu'ils sachent comprendre les beautés de la nature et le spectacle vivant de l'humanité, elle élargit leurs esprits et leurs cœurs. Mais ces précieux résultats ne sont assurés qu'à ceux qui voyagent les yeux ouverts et l'âme ouverte, à ceux qui s'arrêtent moins à ce qui est curieux qu'à ce qui est beau. C'était précisément la manière de voyager de l'abbé Dehaene. Les monuments le captivaient peu ; il en était même rarement satisfait. Ne les avait-il pas contemplés d'avance par un effort de son imagination ? Et n'étaient-ils pas plus grands et plus beaux dans sa tête que sous ses yeux ? En revanche, il serait allé jusqu'au bout du monde pour faire visite à un homme célèbre et jouir d'une minute d'entretien avec lui (1).

Il fit son premier voyage en 1842 ; c'était quatre ans après son installation comme principal. Jusque-là, il avait travaillé sans trêve ni merci pour fonder son œuvre. Maintenant qu'avec la grâce de DIEU tout marchait bien, que les élèves étaient nombreux, les professeurs unis, les études sérieuses, qu'en ville et aux environs la réputation du collège était faite, il pouvait sortir pour voir un coin du grand monde, « ce miroir où il nous faut nous regarder pour nous connaître de bons biais (2). » Il résolut donc de faire son tour de France et d'Italie : c'était son double rêve de patriote et de chrétien. Mais alors un voyage semblable était un événement.

D'abord la papauté ne jouissait point du prestige que le retour aux saines idées théologiques et la persécution lui ont rendu. Les préjugés gallicans conservaient du crédit, même auprès de certains esprits bien faits. L'abbé Dehaene n'en fut

1. Mme de Staël avait exprimé un sentiment pareil : « Si le respect humain ne me retenait, je n'ouvrirais pas même mes volets pour voir la baie de Naples, tandis que je ferais cinq cents lieues pour aller converser avec un homme de génie que je ne connaîtrais pas. »

2. MONTAIGNE, *Essais*, livre I, chap. XXI.

cependant jamais atteint. Il regarda toujours la papauté comme la grandeur principale de ce monde et la majesté qu'il faut saluer avant toute autre.

En outre, sortir de chez soi, ne fût-ce que pour aller à Paris, était chose si rare et si extraordinaire, qu'un bourgeois d'Hazebrouck qui fit ce voyage conserva sa vie durant le surnom de *Paris !*

Muni de la double autorisation du recteur et de l'archevêque (Mgr Giraud venait de succéder à Mgr Belmas (1),) l'abbé Dehaene quitta le collège le 23 février 1842, et n'y rentra que quatre mois après, dans les premiers jours de juin. Plusieurs des lettres qu'il écrivit à ses collègues ont été conservées. Elles étaient lues aux élèves par M. l'abbé Weens, et faisaient une impression si vive que les principales choses qu'elles contiennent nous ont été rappelées de mémoire plus de quarante ans après.

Notre cher principal voyageait en diligence, comme au bon vieux temps, ce temps si regretté par les artistes. Le trajet était long et pénible ; mais il laissait le loisir de causer avec les gens, d'avoir quelques aventures, de jouir du ciel et de la terre, de savourer le pays. Il nous en coûte d'abréger son récit, car il relate un des derniers voyages faits de cette façon (il eut lieu deux ans à peine avant la création des chemins de fer). On y trouve la simplicité, le naturel et le calme que n'auront jamais nos excursions en grande vitesse avec billet circulaire et à prix réduit. On y remarque aussi une candeur d'admiration devenue bien rare, aujourd'hui que le plus vulgaire des bacheliers visite Paris en récompense de son diplôme, et que le gamin de douze ans est conduit à la plage pour la gloire du certificat d'études !

M. Dehaene avait pour compagnon de route l'abbé Lefever, alors son suppléant de rhétorique, aujourd'hui prêtre habitué à Bailleul. En nous parlant, ce bon vieillard retrouvait les doux souvenirs de sa jeunesse, et quelques détails fournis par lui compléteront heureusement les notes que nous avons sous les yeux.

---

1. A cette occasion, le siège de Cambrai redevint archevêché. La bulle *Mysticum Petri*, donnée à Rome, le 1ᵉʳ octobre 1847, par le pape Grégoire XVI, lui rendit ce titre.

Les voyageurs s'arrêtèrent pendant cinq jours à Paris. Il leur fallut courir d'ambassade en ambassade pour faire viser leurs passe-ports par les représentants des pays qu'ils devaient traverser (Sardaigne, Autriche, Suisse, Naples, Toscane, États-pontificaux), sans parler du ministère des affaires étrangères et de la préfecture de police. Nous n'en sommes plus là. C'est un progrès.

A Paris, l'abbé Dehaene admire les magnifiques monuments que tout nouveau venu regarde avec attention dans un premier voyage, et qu'un Français qui a visité d'autres capitales revoit toujours avec une fierté plus grande : Notre-Dame, le Panthéon, les Invalides, l'Arc de l'Étoile, la colonne Vendôme, et notre incomparable place de la Concorde avec son horizon de palais.

Le 26 février, il assiste à une séance de la Chambre. On lui signale Berryer et Thiers. Il entend des orateurs médiocres, alors connus, aujourd'hui oubliés. Il les juge sommairement. Mais les paroles abondent quand il s'agit d'un orateur d'un autre genre, d'une autre portée, et qu'il a entendu dans une autre enceinte, le P. de Ravignan : « *Je l'appelais le P. Ravissant, dit-il, je n'avais point tort, car il mérite ce nom. Son auditoire était si nombreux qu'on l'évaluait à plus de dix mille personnes. Il a prêché sur la foi. Il parle très lentement et sans apprêt ; il prononce très distinctement, syllabe par syllabe. Dans les mouvements, il fait beaucoup de gestes, les enchaîne très bien et sans aucune affectation. Il s'anime jusqu'à faire briller ses yeux noirs comme deux flambeaux. Il a été écouté, une heure durant, dans le plus religieux silence. Il a frappé tout le monde. Sa phrase est aussi nue qu'elle le paraît dans l'*Ami de la Religion. *Elle est comme filée. Elle ne laisse pas de plaire beaucoup. En somme, il a rempli mon attente, et je crois que le jour où je l'ai entendu est un des plus beaux de mon voyage.* »

De Paris il passe à Orléans, et d'Orléans, à Bourges. Dans cette ville, don Carlos, sa femme et son fils étaient internés depuis 1839 (1). Les légitimistes français prenaient fait et cause

---

1. Après la mort du roi d'Espagne Ferdinand VII (1833), son frère don Carlos avait réclamé le trône, au nom de la loi salique appliquée dans la famille des Bourbons, contre la fille de Ferdinand, héritière d'après le testament de son père, lequel était

pour don Carlos. C'est pourquoi l'abbé Dehaene crut de son devoir de venir lui présenter ses hommages. Il avait des lettres de recommandation de plusieurs carlistes réfugiés à Hazebrouck : « Nous avons vu le roi, la reine et le prince des Asturies et nous avons causé pendant une demi-heure en tête-à-tête avec eux. Ils nous ont fait l'accueil le plus gracieux et nous ont vivement remerciés de nos bontés envers leurs sujets. Nous avons parlé de leur exil, des affaires d'Espagne, des officiers carlistes qui sont chez nous. Ils ont eu la confiance de nous remettre leur correspondance pour leurs enfants à Rome et à Naples, parce qu'il parait qu'à la poste on ouvre leurs lettres. Tout pénétrés de respect et de contentement, nous les avons quittés après avoir baisé leur main. Le roi est très petit ; il s'exprime difficilement en français. La reine parle mieux et plus vite. Le prince des Asturies a une figure douce, des cheveux noirs, une taille mince ; il est très aimable. »

Le R. P. Possoz, Jésuite, prêchait le Carême à Nevers. Ce fut pour M. Dehaene un motif de s'arrêter dans cette ville. « Nous trouvons le P. Possoz au Séminaire épiscopal. Quelle joie ! quels embrassements ! Il s'empresse de nous faire voir la cathédrale, qui n'a de remarquable que sa pauvreté. Quelle différence avec nos églises du Nord ! — Ah ! s'écrie le P. Possoz, c'est que le diocèse de Cambrai est unique en France ! — Jusqu'ici j'ai trouvé cette parole vraie sous bien des rapports. » Après avoir passé quatre heures dans la compagnie de son ancien maître, l'abbé Dehaene se dirigea sur Lyon.

---

conforme à l'ancienne constitution espagnole. Don Carlos prit les armes pour faire triompher ses prétentions. Il fut soutenu par la majeure partie du clergé et de la noblesse, et par les provinces du nord de l'Espagne. La guerre civile dura six ans. En 1839, don Carlos, vaincu et abandonné par un certain nombre de ses soldats, dut se réfugier en France ; le 14 septembre de la même année, il passa la frontière : vingt mille hommes émigrèrent avec lui. Il fut retenu prisonnier jusqu'en 1845, époque à laquelle il abdiqua en faveur de son fils. Ses partisans furent relégués dans différentes villes de France. — Les carlistes ou blancs d'Espagne avaient pour alliés chez nous les légitimistes, et les isabellistes étaient soutenus par le Gouvernement de Juillet. De part et d'autre c'était la branche cadette qui luttait contre la branche aînée. Il y avait dans ces guerres et ces haines une animosité fratricide. Les carlistes internés dans le Nord ne furent ni malheureux ni persécutés. On se souvenait que les Espagnols avaient dominé autrefois en Flandre et l'on savait que la conservation de la foi était due en partie à l'énergie de leur administration, lors des révoltes des gueux.

Il s'y arrêta plusieurs jours, retenu par les antiquités chrétiennes, nombreuses dans cette vieille métropole. Il vit le *Gourgillon*, petite rigole qui allait de l'amphithéâtre à la Saône, et par où le sang des chrétiens coulait en bouillonnant vers la la rivière ; l'*Anticaille*, ancien palais des Césars ; le caveau dans lequel St Pothin mourut ; la colonne où fut attachée Ste Blandine ; les *Catacombes* de St Irénée, où gisent les restes de plusieurs milliers de martyrs, que la Révolution profana en les mêlant à d'autres ossements, pour empêcher le culte qu'on leur rendait.

Il descendit le Rhône en bateau. A Avignon, il remarqua le palais des papes, la cathédrale et le CHRIST des Pénitents noirs ; à Nîmes, les arènes et la maison carrée. « Il ne faut point que j'oublie de vous dire que j'ai causé avec Jean Reboul, le boulanger poète. Comme il se trouvait dans sa boutique, j'ai demandé à lui acheter un petit pain ; mais aussitôt il a découvert ma ruse. »

« A Marseille, on ne trouve point d'églises (1). C'est une pitié ! » C'est pourquoi l'abbé Dehaene consacre à la Sainte-Baume les deux jours qui lui restent avant le départ du navire. Il vénère le chef de sainte Madeleine dans la belle église gothique de Saint-Maximin, puis se rend à la montagne, visite la grotte où vécut, suivant la tradition, l'humble pécheresse, et grimpe jusqu'au Saint-Pilon, crête aride, incomparable piédestal des extases de Madeleine. Comme pour rappeler ses parfums, des touffes de thym fleurissent entre les rochers. Au loin, vers le Midi, l'on peut apercevoir les flots bleus de la Méditerranée, qui bercèrent la sainte de la côte de Palestine jusqu'au rivage de Marseille. Au Nord, il n'y a que des forêts sombres dans une vallée profonde et noire : c'est le désert à côté de la montagne, tout ce qu'il faut pour isoler le cœur, élever l'âme, faciliter la pénitence et la prière. Cette excursion intéressa vivement notre cher Supérieur. Elle est du reste une des plus belles qu'on puisse faire en France.

A Marseille, il s'embarqua sur « *le Charlemagne* », longea la côte de l'Italie, fit escale à Gênes, dont il admira les églises et les palais ; à Livourne, d'où il se rendit à Pise, pour voir la tour

---

1. La nouvelle cathédrale n'a été commencée qu'en 1852.

penchée, la cathédrale, le baptistère et le Campo-Santo ; débarqua à Civita-Vecchia, et arriva à Rome le 19 mars.

« Me voilà donc à Rome ! Que vous en dirai-je, mon cher ami ! (1) Quelles impressions et quels souvenirs ! Nous avons vu bien des choses. Nous avons assisté aux cérémonies de la Semaine-Sainte, qui n'offrent rien que de céleste. Avec quelle joie, mêlée d'un respect indéfinissable, nous avons contemplé le Souverain-Pontife (2) pendant ces saints jours ! Que l'église de Saint-Pierre était éclatante en présence du grand pontife ! Deux fois nous avons reçu la bénédiction solennelle, qui du haut de la galerie de la basilique descendait majestueusement sur nos têtes. Spectacle vraiment unique que celui de ce vieillard si pieux, si doux, élevant, en se dressant sur son siège, ses deux mains vers le ciel ! Le soir du jour de Pâques, la façade et la coupole de Saint-Pierre étaient illuminées : il n'y a rien de comparable à cette illumination magnifique. Mais combien de choses j'omets !

» J'ai célébré tous les jours la sainte Messe sur le corps de quelque grand serviteur de DIEU : saint Ignace, saint Louis de Gonzague, le vénérable Benoît-Joseph Labre, sainte Hélène, etc., etc. J'ai visité plus de cent églises : pas une qui ne soit riche de quelque insigne relique ou décorée de quelque chef-d'œuvre de l'art. Celle qui m'a touché le plus, c'est l'église de Sainte-Praxède. On y voit le puits où la douce vierge recueillait le sang des martyrs. »

M. Dehaene a raison. Il s'exhale dans cette église un parfum tout céleste, l'indéfinissable parfum de Rome, dont Veuillot a si bien parlé. L'église de Sainte-Pudentienne, sœur de sainte Praxède, est à deux pas : mêmes souvenirs, même baume de pureté et d'amour, même parfum de lis et de roses qui plane sur l'âcre odeur du sang. Ces deux sanctuaires sont tranquilles, recueillis, oubliés par la foule et perdus dans des quartiers pauvres. On y vient s'asseoir comme près d'un berceau. Et c'est à vrai dire le berceau de l'Église Romaine. N'est-ce point là que le sénateur Pudens et sa mère Priscille, pieuse matrone, et ses fils, Novat et Timothée, et ses filles, Praxède

---

1. Lettre à son frère Louis (5 avril 1842).
2. C'était Grégoire XVI.

et Pudentienne, et leurs serviteurs, hommes d'une condition trop modeste pour avoir un nom sur cette terre, unissaient l'antique vertu romaine aux splendeurs de la foi nouvelle ? Tous furent martyrisés après avoir vécu, prié, souffert où sont ces églises ! Et la chaise curule du patricien est devenue la chaire de Pierre, Docteur infaillible et Vicaire de JÉSUS-CHRIST ! Ce n'est qu'à Rome qu'on rencontre de tels souvenirs.

Après les avoir ardemment cherchés et fidèlement recueillis dans vingt autres sanctuaires, et particulièrement dans ceux qu'illustrent les vierges Agnès et Cécile, — noms tendres et vénérés qui sonnent à nos oreilles avec une harmonie suave, parce que l'habitude de les prononcer au canon de la Messe nous les rend familiers et doux comme les noms de nos sœurs, — il les retrouve, à l'*Ara Cœli*, devant le gril de Saint-Laurent, sous les arceaux des grandes basiliques (Sainte-Marie-Majeure, Latran, Saint-Paul-hors-les-Murs), au Colysée et dans la prison Mamertine. « Comment peindre la prison Mamertine, ce gouffre creusé dans les flancs du Capitole, où les apôtres Pierre et Paul languirent enchaînés, où le prêtre peut à peine se tenir debout devant un autel ! Une source coule à deux pas. Ah ! qu'un peu de cette eau froide, que saint Pierre fit jaillir pour baptiser son geôlier, parut douce à mes lèvres ! »

Il visite les catacombes, baise les reliques des martyrs, et contemple d'un œil ému les peintures murales qui mettent près des tombeaux les emblèmes de l'espérance et de la paix, du pardon et de l'amour, tout ce qu'il y a de plus doux dans notre sainte religion : le bon Pasteur avec la brebis qui dort sur son épaule, les pains multipliés, le poisson symbolique, et la palme et le phare, et l'oiseau qui s'envole au sein de DIEU.

Dans les premiers jours d'avril, il fait une excursion à Naples. En allant, il suit la route de Terracine et passe par Albano, Velletri, les marais Pontins, Gaëte. « Quand notre bon
» principal se rendit à Naples, il fut abasourdi par les cris affreux
» que poussaient des myriades de grenouilles, seule population
» de ces déserts humides. Toute la plaine en retentissait au
» loin. Le bruit du monde peut être comparé à ce vain croas-
» sement. Il est aussi ennuyeux, aussi creux que les plaintes

» éternelles des citoyennes des étangs (1). » Durant ce voyage, les souvenirs classiques s'offrirent en foule à sa mémoire. Il put saluer les tombeaux d'Ascagne, des Horaces et des Curiaces, de Cicéron : les tombeaux, ou du moins leur emplacement présumé, ce qu'il faut savoir faire souvent en Italie. A Gaëte, il s'arrêta dans l'auberge qui passe pour avoir été la villa de Cicéron. Mais, comme le dit Casimir Delavigne (2),

> Du Vésuve à la voie Appienne,
> Il n'est débris, villa, qui n'appartienne
> A Cicéron.

Naples, considérée comme ville, n'offre rien d'extraordinaire. Ce sont les environs qu'il faut voir. Parmi les excursions classiques, l'abbé Dehaene fait la plus curieuse, aux ruines de Pompéï, et la plus grandiose, au Vésuve. Il oublie malheureusement la plus ravissante : Capri, avec la grotte d'azur, et, sur le chemin, Castellamare,

> Et la plage sonore où la mer de Sorrente
> Déroule ses flots bleus au pied des orangers (3).

Ce qu'il dit de Pompéï et d'Herculanum se retrouve dans les Guides. Nous préférons le récit de l'ascension du Vésuve, beaucoup plus personnel et plus intéressant. On le relit volontiers, parce qu'il relate un mode d'ascension devenu rare depuis qu'on monte au Vésuve, comme au Rigi, en chemin de fer funiculaire.

« Le Vésuve est une belle horreur, que je n'oublierai jamais. Il faut sept heures pour faire le voyage. Nous partons d'assez bon matin. A Résina, la montée commence, nous prenons un petit cheval. A mesure que nous nous élevons, l'horizon se développe, et voilà que Naples surgit dans toute sa beauté. Puis nous dominons la mer, qui paraît tout en feu sous les rayons obliques du soleil. Notre œil suit les contours du cap Misène et du Pausilippe, et se repose sur les îles Capri, Ischia et Procida. Rien d'aussi beau au monde. Et puis, quel ciel !... Nous cheminons lentement, presque muets d'admiration, au milieu des jardins,

1. Lettre d'un élève.
2. Œuvres posthumes, *Memmo*, chant IVe, *La mort du bandit*.
3. LAMARTINE, *Le premier regret*.

des vignes et des fleurs qui couvrent les flancs de la montagne. Enfin, nous arrivons à l'Ermitage, petite chapelle et petite auberge, qu'on rencontre à une demi-lieue du cône du volcan. Là des hommes se mettent à notre suite avec des provisions et des cordes. Nous voici à la base du cône. La montagne s'élève à pic. Il nous faut quitter nos montures et faire l'ascension à pied. Je ne saurais vous décrire le spectacle de destruction qui s'étale autour de nous. Sur une étendue d'une demi-lieue, on ne voit absolument qu'une lave noirâtre, semblable à des masses énormes de charbons brûlés et durcis. Pas un arbre, pas une plante, pas un brin d'herbe, pas un débris quelconque : tout a été détruit par le volcan. Cependant nous montons pas à pas. Nos guides nous précèdent et, tirant sur des cordes qui nous prennent à la taille, nous hissent derrière eux. Après une heure de ces pénibles efforts, nous arrivons au sommet.

» Figurez-vous un immense four qui fume de tous les côtés. Au milieu est un gouffre immense en forme d'entonnoir. Au fond de ce gouffre, des rochers rougis au feu élèvent leur tête hors de l'abîme. Des bouffées de fumée, mêlées d'une odeur de soufre presque insupportable, tantôt sortent majestueusement du sein du cratère, s'élèvent lentement au-dessus de la montagne et couronnent son front sourcilleux, tantôt redescendent vers l'abîme, sous le souffle du vent qui les rabat, et le remplissent tout entier d'une sombre vapeur. J'ai frissonné à cette vue.

» Après avoir considéré longtemps ce spectacle effrayant et grandiose, nous allons prendre notre réfection à la *cuisine du diable*. C'est ainsi qu'on appelle un endroit du Vésuve où la cendre est si chaude qu'on peut y cuire des œufs. Mettez du bois sur cette cendre, il prend feu au bout de quelques minutes.

» Du haut de ce sommet aride, où notre œil domine un horizon immense et voit les nuages ramper à plus de cent pieds au-dessous de nous, notre pensée se reporte vers la Flandre, et, tout pleins du souvenir des absents, nous entonnons de bon cœur la romance connue :

> Combien j'ai douce souvenance
> Du beau pays de mon enfance !

» Nous avions promis à nos amis d'Hazebrouck de la chanter

sur le Vésuve. Puis, nous mangeons des œufs cuits dans la cendre du volcan et nous buvons une bouteille de *Lacryma Christi.*

» Après cela nous descendons la côte, et, en quelques heures, nous sommes à Naples. »

Étant à Naples, M. le principal n'oublie pas la visite au tombeau de Virgile. Admirateur passionné du grand poète, pouvait-il négliger ce pèlerinage classique, beaucoup plus remarquable par les souvenirs qu'il éveille que par les choses qu'on y voit ? Le gardien du *Columbarium* (1) lui permit de cueillir quelques feuilles du laurier que planta Pétrarque. A son retour, il les distribua à ses doctes amis du collège, qui les attachèrent pieusement à la première page de leur Virgile. « Illusion que tout cela ! » disent les gens positifs. Ce laurier n'est plus le laurier de Pétrarque, et ce tombeau ne fut jamais le tombeau de Virgile. Et voilà qu'ils se chargent de prouver, pièces en main, que le poète ne fut point inhumé à cette place. Mais qu'importent les remontrances des érudits ? L'endroit est consacré par la croyance des siècles et par une sorte de culte immémorial : « *Fecere sacram* (2). » Les poètes et les peuples n'en demandent point davantage, pourvu toutefois que leur imagination soit satisfaite. Et certes elle l'est au tombeau de Virgile, non point par le monument lui-même, qui est peu de chose, mais par le site enchanteur qui l'encadre. Si l'ombre du grand homme vient parfois errer en ce monde, c'est bien sur le promontoire du Pausilippe qu'elle doit se reposer. De là, le regard embrasse la ville chère au poète, la terre fleurie dont il chanta les oliviers et les vignes, et la mer que le soleil couchant dore aujourd'hui comme aux temps d'Énée et d'Auguste.

Le retour de Naples à Rome se fit par la route de San-Germano. Elle passe au pied du Mont-Cassin. L'abbé Dehaene ne put donner qu'un coup d'œil au fameux monastère. Il devait se hâter pour l'audience du Pape, fixée au 23 avril.

---

1. *Columbarium.* On appelle ainsi un sépulcre de famille ; c'était une chambre avec des rangées de niches arrondies, dans lesquelles on mettait des urnes cinéraires. Ces niches arrondies faisaient ressembler le sépulcre à un colombier, d'où le nom de *Columbarium.*

2. STACE, *Thébaïde* (l'autel de la Clémence).

« Ce jour-là, à neuf heures du matin, nous montons l'escalier du Vatican, en compagnie d'un prêtre français (1) qui doit nous servir d'interprète. Au bout d'une heure d'attente, nous sommes introduits dans l'appartement du Saint-Père. Nous faisons trois génuflexions, une à la porte en entrant, une autre au milieu de la salle, et la troisième devant le Vicaire de Jésus-Christ. Sa Sainteté nous fait signe de nous relever, nous demande à chacun notre nom, notre patrie, notre diocèse, avec une affabilité que je ne saurais rendre. Je dis au Saint-Père que nous avons reçu des nouvelles de notre archevêque (Mgr Giraud), qu'il a déjà parcouru une grande partie de son diocèse. — C'est un évêque plein de zèle et d'ardeur, répond le Pape ; il occupe le siège d'un homme illustre (Fénelon). Nous avons eu bien de la peine à rétablir l'archevêché de Cambrai. En France, on veut diminuer le nombre des évêques. La Chambre des députés ne nous favorise pas toujours. Il m'a fallu profiter des vacances pour me concerter avec le roi Louis-Philippe en l'absence des Chambres, et réunir un consistoire spécial afin de pourvoir aux sièges français.

» Sa Sainteté fit ensuite différentes questions au prêtre qui nous accompagnait. Pendant tout le temps que dura notre audience (20 minutes), nos regards restèrent fixés sur le Souverain-Pontife. Nous ne pouvions nous lasser de le contempler. En nous recevant, il était debout, appuyé contre une table. Parmi les papiers et les livres qui couvraient cette table, je distinguai *l'Univers catholique*.

» Quand le moment de nous retirer est venu, nous nous jetons à terre, baisons de nouveau les pieds du Pape, et là, à genoux, demandons une bénédiction pour nous, nos parents et nos amis, pour notre archevêque, pour le roi et la reine d'Espagne, qui nous avaient priés de penser à eux auprès du St Père. Nous présentons des objets à indulgencier, et nous partons, heureux plus qu'on ne peut le dire et pleins d'admiration pour tant de bonté. A la sortie de l'audience, le cérémonial est le même qu'à l'entrée. »

Avant de quitter Rome, les voyageurs eurent l'honneur de

---

1. M. Junault, aumônier du Bon-Pasteur.

voir de près deux autres personnages fort célèbres : le P. de Géramb et le cardinal Mezzofante. Le P. de Géramb, ancien émigré, colonel d'un corps français dans les armées étrangères, lieutenant-général honoraire du roi d'Espagne, était sorti des prisons du premier Empire pour entrer à la Trappe de Laval. En 1842 il avait 70 ans, mais, malgré son grand âge, son âme restait ardente, et l'on disait de lui : « C'est un baril de poudre sous un capuchon. » Il était alors procureur général des Trappistes. « Il nous reçut on ne peut mieux, causa longuement avec nous, se montra gai, affable et fort spirituel. Il nous remit quelques souvenirs pour les religieux du Mont des Cats (1).

» Le cardinal Mezzofante est l'homme du monde qui sait le plus de langues. Il parle, avec leur accent propre et dans toute leur pureté, dix-huit langues différentes, et de plus un nombre considérable de dialectes, dont il possède toutes les particularités distinctives. C'est un prélat tout bon et tout simple. Il nous fait asseoir à son côté et nous questionne d'abord en français. — De quel diocèse êtes-vous, MM. ? — De Cambrai. — N'y a-t-il point chez vous quelque idiome particulier ? — Si fait, Éminence, le flamand ! — Aussitôt le cardinal continue la conversation en cette langue, et s'exprime aussi bien qu'un vrai Belge de Courtrai, avec le bon accent flamand et sans hésiter une seule fois. — Dans le courant de l'entretien, il me donne même une leçon de correction de langage. J'avais dit (je ne sais plus à quel propos) : *een litje*. Il m'arrêta immédiatement, me fixant dans le blanc des yeux : — Je ne comprends pas ! dit-il — Il est vrai, Éminence, répondis-je après un instant de réflexion, *litje* est patois. Il faut dire : *een weinig !* — Ah ! c'est cela : un peu !

» — Mais, Éminence, ajoutai-je, c'est merveilleux ! c'est à croire que le miracle de la Pentecôte a été renouvelé pour vous. — Il répondit modestement : — J'ai appris toutes ces langues à Bologne, étant professeur de langues orientales et bibliothécaire de l'Université. »

---

1. Couvent de Trappistes dans l'arrondissement d'Hazebrouck. Le prieur de ce couvent avait remis à M. Dehaene une lettre de recommandation auprès du P. de Géramb.

L'abbé Dehaene et l'abbé Lefever quittèrent Rome le lundi 23 avril, à six heures du matin. « La veille de notre départ nous avons passé beaucoup d'heures à St-Pierre. Rome tout entière est là. Impossible de rendre par la plume tous les sentiments qui envahirent mon cœur pendant cette dernière visite. Je fis le tour de la basilique, en disant une petite prière à chacun des autels. A la vue de tant de beautés de tout genre, au souvenir de tant de grands saints qui reposent sous ces marbres (St Grégoire-le-Grand, St Léon, St Grégoire de Nazianze, etc.), mon cœur fut touché, et je me sentis tellement ému que je vins tomber à genoux devant le maître-autel ; mes larmes coulèrent avec abondance et mouillèrent le pavé. Je pleurai beaucoup, mais, tout en pleurant, je trouvai je ne sais quoi de délicieux dans la tristesse qui pénétrait mon âme. Je fis une prière fervente, bien fervente, ce me semble, et je n'oubliai aucun des miens. Enfin il fallut partir. J'imprimai mes lèvres brûlantes sur le pavé du sanctuaire et je sortis lentement. Arrivé à la porte, je la baisai et m'éloignai sans regarder en arrière, car la vue de la basilique me faisait trop de peine. »

Dans ces dernières lignes, il se rencontre avec le poète Ovide :

Crebra relinquendis infigimus oscula portis.
Quis dicat, sicco lumine : Roma, vale !

De Rome, il se rendit à Lorette et passa par Terni, patrie de Tacite, Foligno, célèbre par une vierge de Raphaël, Tolentino, où naquit le St Nicolas du même nom, particulièrement vénéré dans l'église d'Hazebrouck (1).

« A Lorette, nous n'avons pu nous arrêter que quelques heures pour visiter la basilique, acheter et faire bénir des médailles, réciter notre chapelet entre les murs nus de la *Santa-Casa* et baiser la poussière de cet asile divin. »

De Lorette il vint à Venise, le long du littoral de l'Adriatique, par Ancône, Imola, Bologne, Ferrare et Padoue. A Imola, il visita la cathédrale. « C'était le matin : le cardinal-évêque

---

1. Saint Nicolas de Tolentino, confesseur, de l'Ordre des Ermites de St-Augustin, mort vers 1310. Sa fête se célèbre le 10 septembre. La dévotion à saint Nicolas fut implantée à Hazebrouck par les religieux Augustins. Tous les ans, le jour de sa fête, ils bénissaient des gâteaux dont les malades usaient en invoquant l'assistance du Saint. Cette même bénédiction se fait aujourd'hui dans l'église paroissiale.

officiait et son peuple se pressait autour de lui avec une douce familiarité. Cet évêque était jeune, aimable, souriant. Je dis à mon compagnon de voyage : « En voilà un qui n'a pas peur ! »

Il l'a bien prouvé depuis. Cet évêque, c'était le cardinal Mastaï, le futur pape Pie IX.

A Ferrare, la ville aux larges rues où l'herbe croît, nos voyageurs visitent avec intérêt la prison du Tasse et la maison de l'Arioste ; à Padoue, l'église de St-Antoine et l'Université.

« Enfin, voici Venise. Elle sort de l'eau comme une fée. Les canaux sont les chemins, et les barques sont les voitures. La place St-Marc, la cathédrale, le palais des Doges, c'est en dehors et au-dessus de tout ce qu'on imagine. »

De Venise à Milan, ils saluent Vérone, le lac de Garde, Brescia, et vingt autres localités moins grandes, mais que les gloires de nos armes ont rendues fameuses. Que de sang versé dans ces grasses plaines, depuis Agnadel jusqu'à Magenta ! C'est bien ici le cimetière des armées françaises.

A Milan, ils admirent la superbe cathédrale. « Toute couverte de marbre blanc, qui est taillé en niches, statues, bas-reliefs, pyramides innombrables, elle semble une monumentale broderie. On se promène sur le toit comme dans un jardin, au milieu d'une végétation de marbre. L'intérieur est imposant. On vénère dans une chapelle souterraine le corps de saint Charles Borromée. »

De Rome à Milan, M. Dehaene et M. Lefever voyageaient en voiturin. « Les *vetturini* ne vont pas vite. Ils font tout au plus 10 à 12 lieues par jour. Mais cette manière de voyager est assez commode. On voit bien toutes les villes où l'on passe, on paie moins cher qu'en diligence, on est escorté par le chant des cigales, et le soir on dort sur un lit. »

A partir de Milan, ils reprirent la diligence. Ils avaient leur passeport pour la Suisse, et ils auraient franchi le Grand-St-Bernard si le passage n'eût été trop dangereux à cause des pluies continuelles. Ils durent renoncer à leur projet et revenir directement en France par le mont Cenis.

« Partis de Turin à 5 heures du soir, nous arrivons à 11 heures au pied du mont ; à six heures du matin, nous atteignons le sommet. Il est encore couvert de neige. La diligence passe entre deux murs de neige qui s'élèvent par endroits jusqu'à cinq ou six pieds au-dessus d'elle. Pour monter, il nous a fallu huit heures : pour descendre, nous mettons trente-six minutes. La voiture roule avec une rapidité vertigineuse sur le bord des abîmes. C'est effrayant ! »

Du mont Cenis à Chambéry, Lyon, Paris, et de Paris à Hazebrouck par Cambrai, Douai, Lille : tel fut l'itinéraire du retour.

Le 5 juin, l'*Indicateur* insérait ces lignes : « Samedi, vers le
» soir, grand émoi dans notre ville. Les élèves du collège, qui
» étaient allés au-delà de Caestre, à la rencontre de M. Dehaene
» revenant de son voyage d'Italie, rentraient musique en tête.
» Des arcs-de-triomphe étaient élevés à l'entrée des rues et à la
» porte du collège. »

Vingt-cinq ans plus tard, l'abbé Dehaene fit de nouveau le voyage de Rome. Mais les temps étaient bien changés. Les chemins de fer avaient pour ainsi dire supprimé les distances. Pie IX, par son caractère noble, expansif et tout français, par son éloquence entraînante, et plus encore par ses grandes épreuves, avait rapproché du centre de l'unité tous les vrais catholiques ; il tenait les cœurs suspendus à ses lèvres, de sorte que le voyage de Rome, rare et exceptionnel en 1842, était devenu très ordinaire en 1867. Une facilité plus grande, une attraction plus vive, une sympathie presque personnelle, faisaient affluer les foules.

Le Pape ne manquait d'ailleurs aucune occasion de provoquer le concours des évêques et des fidèles. En 1854, la proclamation du dogme de l'Immaculée Conception, en 1862, la canonisation des martyrs Japonais, en 1867, le dix-huitième centenaire du martyre des saints Pierre et Paul, étaient autant de circonstances favorables aux démonstrations. Les fêtes du centenaire furent célébrées les 28 et 29 juin. Les catholiques du monde entier semblaient s'être concertés pour leur donner un grand retentissement. Ils voulaient protester contre l'occupation sacrilège d'une partie des États-Pontificaux et intimider l'Italie, qui menaçait d'envahir le reste.

Un des plus ardents à promouvoir cette manifestation fut Mgr Régnier, successeur de Mgr Giraud sur le siège de Cambrai. Il partit pour la Ville Éternelle suivi d'un beau cortège de prêtres, parmi lesquels M. Dehaene était heureux de se trouver. Notre Supérieur formait un petit groupe avec M. l'aumônier des Ursulines, M. Duvillier, doyen de St-Jean-Baptiste à Dunkerque, et MM. Charles Vandewalle et Decool, deux excellents laïcs d'Hazebrouck. Son séjour à Rome dura du 14 juin au 9 juillet (1).

Ses notes manuscrites nous permettent de le suivre jour par jour. Il eut le loisir de revoir à son apaisement ce qu'il n'avait vu qu'à la hâte en 1842, et partout il découvrit de nouvelles splendeurs. Il n'y a que les choses vraiment belles qui soutiennent ainsi l'examen et grandissent sous le regard. « Rome disait-il, c'est une mer sans fond. »

Il eut le bonheur d'assister à des fêtes très brillantes et de jouir des spectacles incomparables qu'offrait jadis la ville des âmes.

Il y avait au moins, en ce temps-là, une cité terrestre où toutes les choses de ce monde, chefs-d'œuvre de l'art et richesses de l'industrie, inventions humaines et forces sociales, recevaient une destination religieuse. C'était Rome, capitale de la chrétienté. Mais depuis vingt ans qu'on travaille à la profaner, elle porte le deuil de cette gloire qui est unique, et qu'aucune autre ne remplacera, quoi qu'on fasse.

Parmi les fêtes dont il fut l'heureux témoin, M. Dehaene cite la grande procession du St-Sacrement, qui se fait le jour du *Corpus Christi*. — « Debout près de la colonnade de St-Pierre, nous voyons défiler devant nous un magnifique cortège : voici d'abord la très nombreuse famille de St-François d'Assise, puis les évêques ; ils sont plus de trois cents, et parmi eux beaucoup de prélats français ; je remarque Mgr Desprez, Mgr Dupanloup, Mgr de Bonnechose. Puis viennent les cardinaux et enfin ... le Pape. C'est divin. Les Zouaves font la haie. Charette est avec eux. Sur le parcours de la procession les décorations sont riches et simples. Tout l'ensemble est incomparable. »

---

1. Il avait retenu son logement pour un mois dans une maison particulière, MM. Masselis et Duvillier. La nièce de la propriétaire, *la nepote de la signora Bondi*, appelait M. Masselis, qui était très grand, *il altissimo*, l'abbé Dehaene *mediocre*, et le gros doyen de Dunkerque, *il piccolo*.

Le lendemain il assiste à la revue des troupes dans la villa Borghèse. « Mgr de Mérode, pro-ministre des armes, préside au défilé. Quand apparaissent les volontaires pontificaux, on entend un tonnerre d'acclamations : Vive Charette ! vivent les Zouaves ! vive Pie IX !

» Mais rien ne peut donner l'idée des fêtes du centenaire et de la canonisation.

» Le 28, à midi, cent un coups de canon tirés par les batteries du château Saint-Ange, et les sonneries des cloches de la ville qui leur répondent, annoncent la cérémonie du lendemain. A six heures, premières vêpres, présidées par le Pape, que la foule acclame avec enivrement. Le soir, illumination de la coupole : spectacle très beau, surtout au changement des feux. En revenant de la fête vers notre logement, nous nous retournons à plusieurs reprises pour regarder ce que peuvent voir du fond de leurs barques les nautoniers d'Ostie, et du haut de leurs montagnes les pâtres de la Sabine : le radieux triomphe de Pierre, toujours vivant dans son successeur !

» Le 29, c'est le grand jour. A cinq heures du matin nous sommes à la basilique, et nous parvenons à nous placer de manière à bien voir. Deux heures après, la procession commence. On porte de superbes bannières, qui représentent soit un miracle, soit la mort, soit l'apothéose des saints à canoniser. Ils sont vingt-cinq, dont les principaux sont, outre les dix-neuf martyrs de Gorcum tués en Hollande par les hérétiques, St Léonard de Port-Maurice, St Paul de la Croix et une humble fille, l'honneur de notre France, la bienheureuse Germaine Cousin, bergère à Pibrac (diocèse de Toulouse). On nous dit qu'il y a 450 prélats, parmi lesquels beaucoup d'archevêques et de patriarches ; Mgr Régnier est du nombre. Quel concours de l'Orient et de l'Occident ! Quelle union de la ville et du monde ! Quelle douceur ineffable du Pape bénissant les agneaux et les brebis, et priant les mains jointes ! Nous quittons la basilique pour aller dire la sainte Messe à l'hôpital du Saint-Esprit. Pendant que nous sommes à l'autel, le canon tonne, et les cloches, sonnant à toutes volées, ébranlent tous les échos. C'est le moment du *Te Deum*. Le décret de canonisation est proclamé. Puis le St-Père célèbre la Ste Messe. Vers une heure tout est fini. Le soir, feu d'artifice et le lendemain illumination au Pincio. Je note la principale inscription :

Romanæ spatium en Urbis et Orbis idem.

Ce qui revient à dire que l'Église Romaine est vraiment catholique.

» Sur le tableau d'ensemble rayonnent la tiare et les clefs entourées de ces mots, écrits en lettres de feu :

Europa, Africa, Asia, America, Oceania.

» Vraiment, qu'il est beau pour une ville d'être la capitale du monde chrétien !

» Mais ces cérémonies sont extrêmement fatigantes. Impossible de voir quelque chose à cause de la foule. La prière même est fort difficile. Nous ne pouvons guère offrir à DIEU que notre patience et notre sueur ! »

Aussi cherchait-il loin de ces multitudes bruyantes des émotions plus intimes et plus pieuses. Les principales nations catholiques ont à Rome leur sanctuaire de famille où les fidèles d'un même pays se réunissent. La papauté est hospitalière pour les peuples, et volontiers, dans son unité large et bonne, elle fait place aux variétés qui leur sont chères. En ce temps-là, Rome était à demi-française, à l'extérieur du moins, à cause de la présence des Zouaves. M. Dehaene allait souvent à St-Louis-des-Français. Il y retrouvait sa patrie, il y entendait nos grands orateurs : Mgr Berteaud, évêque de Tulle, « figure originale, langage pittoresque, doctrine élevée, » connu à Rome et des savants et du peuple, qui sortait tout poudreux des bibliothèques, mais qui rayonnait comme un soleil dès qu'il ouvrait la bouche ; Mgr Mermillod : « Son sermon a été magnifique. Il a montré que l'Église est la Jérusalem nouvelle, qu'elle est maîtresse du temps, de l'espace et des âmes, trois choses sur lesquelles les hommes ne peuvent rien. » Il rencontre Mgr de Dreux-Brézé, qui lui serre très affectueusement la main.

Il est présenté à d'autres personnages illustres : à Mgr Theiner (1), conservateur des archives secrètes du Vatican, qui le retient à dîner ; (à cette occasion il écrit : « Comme tous ces

---

1. Auteur d'une histoire du pontificat de Clément XIV fort discutée.

hommes haut placés sont simples, bons et pieux ! ») ; à Mgr Nardi, vaillant défenseur de la cause du pape, « mais qui n'aime pas les Congrès, » (probablement des Congrès comme celui de Malines) (1).

Il fait visite à plusieurs professeurs du collège Romain, entre autres au P. Perrone, qui a enseigné pendant 37 ans : « Il nous montre la bibliothèque, qui contient 400.000 volumes ; » au P. Ballerini, qui annote Gury ; au P. Franzelin, un Allemand. « M. Dehon, qui m'accompagne, le regarde comme le plus savant de tous. »

« Trois fois j'ai été reçu par Mgr Cenni, secrétaire intime du Pape, et reçu, je dois le dire, avec une cordialité de frère. Je veux lui baiser les mains en le quittant. — Non, non, dit-il, non, non, *uomo apostolico !* — Ce mot, je ne l'oublierai jamais. Je voudrais de tout mon cœur le réaliser. Être un *homme apostolique*, quelle grâce ! » Mgr Cenni, à qui M. Dehaene avait été recommandé, ne lui donnait pas d'autre titre. — *Ecco l'uomo apostolico*, disait-il en lui ouvrant ses bras. Il savait qu'il méritait ce titre par son zèle et par ses œuvres.

Mais le plus grand bonheur de l'abbé Dehaene fut de voir de près Pie IX. Il professait pour lui une admiration sans bornes, un véritable culte.

Le 27 juin, il fut admis à l'une des audiences spéciales qu'il donnait aux prêtres : « Nous entrons dans la salle où le Saint-Père reçoit. Nous sommes une soixantaine ; à l'arrivée de Pie IX, nous nous mettons tous à genoux. Le Saint-Père fait le tour du cercle, donne à chacun une médaille et un exemplaire de son discours au clergé. Sa Sainteté parle avec une douceur extrême et dit en français : — Mes enfants, mes enfants, le Pape, il est fatigué ; le Pape, il est vieux ! — Quand le Souverain-Pontife est vis-à-vis de moi, je me lève : — Saint-Père, voici pour les Zouaves ! — En disant ces mots, je remets deux offrandes, celle des Ursulines de Gravelines et celle d'une autre personne. Je couvre la main du Pape d'un filial baiser, et comme plusieurs prêtres lui présentaient en même temps que moi leurs dons : — Oh ! dit-il, on fera un peuple de Zouaves ! — Avançant toujours le long du cercle, il dit encore : — Le Pape a déjà beau-

---

1. Voir chapitre XI.

coup travaillé aujourd'hui. — Revenu au point de départ, il termine l'audience : — Maintenant, je vais vous donner ma bénédiction. Je bénis vos personnes et tous les objets de piété que vous avez sur vous ; je bénis vos paroissiens et toutes les âmes dont vous êtes chargés ; je bénis vos parents et vos amis et tous ceux à qui vous portez intérêt. — Le Saint-Père étend la main. C'est alors, à vrai dire, l'*unguentum Aaron*, le parfum qui descend de la tête jusqu'à la frange de la robe. C'est la rosée dont parle Moïse : *Fluat sicut ros eloquium tuum*. Jamais, de notre vie, nous n'avons éprouvé quelque chose de plus fort et de plus doux. C'est la moitié de notre voyage (1). »

Il revint en France par l'Italie centrale, ce qui lui permit de visiter Assise et Florence et de compléter son voyage de 1842. Ne convenait-il point que le Supérieur d'un collège placé sous le vocable de saint François (2) s'arrêtât au tombeau de l'illustre patriarche ?

« Or, que ceux-là qui veulent parler de ce lieu ne l'appellent pas Assise, car ce nom dirait trop peu de chose ; mais qu'ils l'appellent Orient, s'ils veulent employer le mot propre, car c'est là que naquit au monde un soleil (3). »

Malgré sa fatigue, il resta à jeun jusqu'à midi, et put célébrer la sainte Messe sur le corps de saint François. Puis il visita avec l'attendrissement de la piété filiale les trois églises superposées, admirant surtout les fameuses fresques de Giotto et de Cimabuë.

A Santa-Chiara, il fit une aumône pour les religieuses, « car, dit-il, elles sont dans une extrême pauvreté. Elles nous témoignent leur reconnaissance par le cadeau de quelques reliques. »

Enfin il descendit à N.-D. des Anges ; il s'agenouilla dans le sanctuaire de la Portioncule, visita l'endroit célèbre où saint François se roula dans les épines, et put emporter quelques feuilles du rosier rougi par son sang.

---

1. Lettre à M. Baron, 30 juin 1867.
2. En 1867, M. Dehaene était à la tête de l'Institution Saint-François d'Assise. Il avait quitté le collège communal dans des circonstances qui seront racontées plus loin. (Chap. XI, *La révocation de M. Dehaene*.)
3. DANTE, *Paradis*.

De retour à la gare d'Assise, il remarqua, sur la cheminée de la salle d'attente, un buste de Garibaldi. Il en fut peiné, et cela ne lui parut ni de bon goût ni de bon genre pour le pays de saint François. Cette juxtaposition des souvenirs religieux et des aspirations révolutionnaires se rencontre à chaque pas dans l'Italie contemporaine ; elle blesse le Français, qui a le sens du juste et des convenances. Il est plus logique, lui, il est tout un ou tout autre, et ne veut point de mélange incohérent.

A Florence, M. Dehaene ne passa qu'une journée ; mais elle fut bien remplie et jeta son âme dans une sorte de ravissement. Quelques heures lui suffirent pour entrevoir l'éblouissant trésor de chefs-d'œuvre que possède la patrie de Dante : Sainte-Marie-des-Fleurs et sa merveilleuse coupole, le campanile de Giotto, le baptistère aux fameuses portes de bronze, « dignes d'être les portes du Paradis (1), » Sainte-Croix, ce Panthéon italien où les ombres de Machiavel, de Galilée, d'Alfieri et de Michel-Ange errent autour des marbres qui célèbrent leur gloire ; les tombeaux des Médicis, avec les admirables statues du Pensieroso, du Crépuscule et de l'Aurore. Mais il s'arrêta moins longtemps dans ce sanctuaire de l'art italien que dans l'église de Sainte-Madeleine de Pazzi où le portait sa dévotion.

Quel fut pour l'abbé Dehaene le fruit de ce long voyage ? En quittant Rome il écrivait : « Tous nos désirs sont comblés. Notre cœur a fait provision pour le reste de la vie. »

Je ne parle point des émotions artistiques. Elles ont, il est vrai, sous le rapport religieux, et pour un prêtre, des résultats et une importance qu'il ne faut pas dédaigner : elles ouvrent l'âme aux manifestations du beau, élargissent le cœur et forment le goût. Mais ce résultat n'est point celui qu'il voulait atteindre. Il avait voyagé, non en ami de l'art, mais en pèlerin « qui considère l'Italie comme une seconde Palestine, la Terre-Sainte de l'Occident (2) ; » et même comme pèlerin il avait son but spécial : il se proposait moins de vénérer les corps saints, — débris sacrés, sans nul doute, mais qui sous la pourpre et la soie portent l'empreinte de la mort, — que de contempler le perpé-

---

1. Paroles de Michel-Ange.
2. *Vie et lettres du P. Faber*, lettre XLV.

tuel vivant, l'immortel successeur de Pierre, celui qui représente ici-bas « la Voie, la Vérité et la Vie. »

De ces deux voyages de Rome, il rapporta ce que le P. Faber appelle d'un mot hardi « *la dévotion au Pape* ». Nous en reparlerons plus loin.

Pour compléter ce chapitre, remettons-nous à la suite de notre cher Supérieur et faisons avec lui, bien à la hâte, d'autres excursions, bonnes à connaître parce qu'elles eurent de l'influence sur ses idées. Nous avons vu plus haut qu'en 1842 il visita don Carlos à Bourges, et que le prince le remercia de l'accueil qu'avaient reçu ses partisans dans la ville d'Hazebrouck. Ces remerciements étaient parfaitement mérités. M. Dehaene avait eu la bonté de confier les fonctions de surveillant à l'un de ces réfugiés carlistes, M. Pooch, un petit noiraud d'Espagnol qui avait été capitaine dans l'armée de Catalogne. En un français rocailleux, il racontait ses exploits sanguinaires ! « Je tenais un jour sous mon genou un des christinos (1) maudits, et, le sabre à la main, j'allais le frapper. — Grâce ! grâce ! cria-t-il, je suis un pauvre père de famille. J'ai six enfants ! — Il fallait y songer plus tôt, lui répondis-je, et je lui tranchai la tête ! — Comment, barbare ! disait M. le principal, cela ne vous touchait point ? — Non ! les christinos en ont fait bien d'autres. »

Mais si les histoires du capitaine Pooch glaçaient d'effroi les professeurs, ses menaces ne paralysaient point la langue des élèves. Il ne réussit que fort médiocrement dans la besogne qui lui incombait. Il s'empressa donc de repartir pour son Espagne dès que l'amnistie fut accordée. Mais il fut toujours reconnaissant envers M. Dehaene, et lui écrivit lettres sur lettres, l'invitant à venir le voir. En 1852, M. le principal résolut de lui procurer ce plaisir. Il partit au mois d'août avec son frère Louis et M. Dekeister. En allant, il visita la Grande-Chartreuse et la Salette. Ce n'était pas précisément son chemin, mais, une fois en route, il aimait à faire grand. Voir un pays en détail, le fouiller, l'étudier de près, cela ne lui plaisait guère. Il fallait à son imagination des itinéraires vastes et de longs circuits. A la Grande-Chartreuse, devant les montagnes du Dauphiné, ces

---

1. Nom donné en Espagne aux partisans de Marie-Christine, adversaires des Carlistes.

robustes contreforts des Alpes qui semblent repousser de leurs flancs les audacieux voyageurs, il s'écria, non sans quelque emphase d'admiration : « Voilà les remparts du monde ! »

Nos voyageurs entrèrent en Espagne par la route de Perpignan. Au premier village frontière, ils trouvèrent les frères de M. Pooch qui les attendaient avec une caravane de mulets. Ils s'installèrent sur ces montures, et, après quinze heures de route, ils atteignirent l'habitation du carliste, située non loin de Barcelone. Celui-ci les reçut cordialement et les hébergea de son mieux. Ils célébrèrent la sainte Messe dans la petite église du village, qui leur parut décente et belle. Comme les églises belges elle était décorée d'un vaste retable. M. Dehaene eut l'occasion d'y faire un baptême.

La maison de M. Pooch était d'une rusticité primitive. Le rez-de-chaussée servait aux bêtes : vaches, poules, mulets, porcs. Les gens vivaient au grenier. Au centre du plancher, il y avait un trou par où l'on faisait passer les balayures, c'est-à-dire tout ce qui gênait par trop la circulation.

« Au bout de huit jours, nous en avions assez de ce beau mais sale pays. Nous revînmes en France. Au retour, le trajet eut quelque chose de fantastique. Nous avions pris la diligence. Elle était traînée par une dizaine de mulets. Les conducteurs couraient à côté de leurs bêtes, les frappant sans relâche à grands coups de bâton. Deux gendarmes servant d'escorte contre les brigands étaient assis dans le coupé de la voiture. Le long du rivage, entre le fort de Bellegarde et la Méditerranée, nous avions d'un côté les murs de la forteresse et de l'autre la mer. Au moment où nous passions, il faisait nuit, il y eut un orage formidable. Quand l'éclair déchirait les ténèbres, nous apercevions le sombre abîme et les barques qui bondissaient sur les flots en furie. Notre chariot, roulant avec un bruit lugubre, semblait un char d'enfer *(helle-wagen)*. En France, M. Dehaene passa par Carcassonne, où il admira la ville vieille, ce merveilleux débris du moyen âge, Toulouse, Bordeaux, etc.

Si courte qu'elle fût, cette excursion au-delà des Pyrénées lui permit de mieux comprendre la Flandre française. Les Espagnols l'ont tenue sous leur domination pendant deux siècles, et cette domination a laissé derrière elle une empreinte profonde, particulièrement pour tout ce qui touche à la religion. Les vastes retables de nos églises, les calvaires de nos grand' routes, les vierges aux sept glaives, notre prédilection traditionnelle pour les tableaux à grands décors et à vives sensations, notre horreur instinctive des protestants et certaines pratiques de dévotion très populaires, par exemple la messe d'or ou messe de *missus*, tout cela vient des Espagnols, et se comprend d'emblée quand on les a visités chez eux.

S'il avait vu l'Angleterre d'un œil moins superficiel, l'abbé Dehaene eût également mieux compris notre vie communale, nos aptitudes industrielles, le côté positif et pratique de notre tempérament.

En effet, la Flandre a conservé quelque chose des vieilles relations entre les drapiers d'Ypres et la Hanse de la Tamise. Lille et Roubaix ressemblent à Londres autrement que par leurs brouillards et la fumée de leurs usines.

A deux reprises M. le principal traversa la Manche : une première fois avec son frère et quelques amis. Ils formaient une de ces petites caravanes de braves gens costumés d'occasion, à mine inquiète et à tournure légèrement embarrassée, comme les Anglais doivent en voir arriver de temps en temps, et qu'ils accueilleraient avec maintes plaisanteries s'ils voulaient nous rendre ce que nous leur donnons. Ils cheminaient paisiblement, ayant mis en commun leur bourse et leur science de l'anglais. Ce dernier fonds n'était pas riche. Le plus expert d'entre ces linguistes de circonstance, M. le Directeur Dekeister, s'abouchait bravement avec les fils d'Albion, mais il n'aboutissait qu'à des quiproquos plus ou moins bizarres. Il lui semblait que les mots s'évanouissaient sur ses lèvres timides, et qu'en passant le détroit sa science s'était évaporée. Ce voyage, fait à la hâte et dans l'intention de voir un de ces étalages de vie plus ou moins factice qu'on appelle une Exposition universelle, n'apprit pas grand' chose à l'abbé Dehaene. Cependant, il avait remarqué quelques traits de caractère du peuple anglais, et particulièrement son grand respect pour l'autorité.

« C'était au musée de Madame Tussaud, situé dans le voisinage de *Ford's-hôtel*. Nous allions là passer une heure ou deux le soir. On y faisait de la musique. Chaque fois qu'on jouait l'air national, « *God save the Queen,* » je voyais tous les Anglais se découvrir et rester debout dans une espèce de recueillement religieux. Mon compagnon de route, M. Dekeister, en exprimait un jour son étonnement à un gentleman : « En définitive, lui disait-il, non sans quelque ironie provocante, Victoria n'est qu'une femme ! — Comment, Monsieur ! répondit l'autre en se redressant avec vivacité, mais c'est la reine, c'est l'autorité ! » Et secouant dans les airs sa casquette de voyage : — « Messieurs, dit-il avec une solennité lyrique, si ma casquette était la reine, je me découvrirais ! »

Dans son second voyage, l'abbé Dehaene (1) rendit visite à M. Rigby, premier professeur d'anglais à Hazebrouck, alors curé catholique de la paroisse de Lyncke. Cette paroisse étant située non loin de Cambridge, il poussa jusqu'à la vieille cité universitaire. Il ne pouvait se lasser d'admirer les collèges anglais, revêtus par les âges d'une poussière vénérable, et, près de ces vieilles constructions des parcs magnifiques, ornés de tilleuls superbes, qui ont recueilli dans leur vaste ramure des siècles de silence et la paix profonde d'une atmosphère scientifique. Il s'étonnait que les murs crayeux pussent résister à la turbulente jeunesse et que pas une fleur ne fût arrachée aux parterres des jardins ; et, de retour à Hazebrouck, il se plaignait amèrement que le moindre arbuste croissant dans le voisinage de la cour eût tant à souffrir ! Mais le régime de liberté auquel le jeune Anglais est habitué de bonne heure, développe en son âme le sentiment du respect de soi-même et des autres. Pour lui, le collège tient du château ; chez nous, il rappelle la caserne.

Après avoir vu Cambridge, M. Dehaene visita Édimbourg, la capitale de l'Écosse, coquettement étalée sur la crête de deux collines parallèles, élégante et gracieuse, digne d'être la patrie de Marie Stuart et de Walter Scott. Puis il se mit en route vers la région des lacs. Sur ces eaux limpides, qui reflètent dans leur cristal des gazons et des bois d'une verdure unique au monde, il comprit la mélancolie chanteuse des *Lakistes*, et,

---

1. Il avait pour compagnon de route un professeur-prêtre, M. Évrard, aujourd'hui curé-doyen de Notre-Dame de Roubaix.

devant cette grande, majestueuse et paisible nature, il sentit déborder de son cœur la source profonde de la poésie. Au sortir des lacs, il traversa la grosse ville de Glasgow, aussi sombre, épaisse et massive qu'Édimbourg est riant et éclairé.

Il garda de ce voyage un excellent souvenir.

Pour compléter sa connaissance des mœurs flamandes, il restait à notre cher Supérieur de visiter la rêveuse et chaste Allemagne. Les pays qui versent leurs eaux dans la mer du Nord ne sont compris que sur les bords du Rhin. Aix-la-Chapelle et Cologne sont des capitales historiques qu'il faut étudier de près, si l'on veut se faire une idée complète de l'art et de la poésie en Flandre. Depuis le grand empereur Charlemagne et les triomphes que dans sa personne l'Austrasie remporta sur la Neustrie, (la race germanique sur la race gauloise) ; depuis l'école mystique de peinture que l'Allemagne vit naître et dont Memling et les artistes primitifs de l'école flamande ont adopté les procédés et suivi l'inspiration ; depuis la légende du docteur Faust et sa diffusion parmi les dialectes du bas-allemand, notre littérature et toute une catégorie de nos œuvres artistiques ne peuvent s'expliquer que si l'on tient compte de cette influence. L'école positiviste de M. Taine a parfaitement mis ces choses en lumière. Un voyage à travers les régions rhénanes ouvre donc pour nous de beaux horizons. Il suggère même des observations qui sont fort utiles pour la direction religieuse à imprimer dans notre pays (1). Mais ces considérations n'avaient point encore, du temps de M. Dehaene, la notoriété qu'elles ont acquise de nos jours. Il ne mourut point cependant sans avoir vu le Rhin aux larges eaux, aux manoirs peuplés de fées, d'empereurs-géants et de nonnes plaintives, sans avoir admiré leurs créneaux pittoresques, qui se détachent comme de blancs fantômes dans la verdure sombre des grands bois.

Il fit ce voyage en 1878. Son compagnon, M. Verhaeghe, ne voulait qu'aller à Paris pour voir l'Exposition universelle, et faire le petit tour de France qu'il rêvait depuis sa jeunesse.

---

1. En résumé, si la Flandre se ressent beaucoup de la domination française, on peut dire qu'elle garde la religion des Espagnols, le commerce des Anglais et la poésie des Allemands.

M. Dehaene lui proposa d'aller à Paris, après avoir passé par l'Allemagne et l'Autriche. Le bon M. Verhaeghe trouvait le circuit un peu long, mais, résigné par tempérament, il accepta ce que voulait son ami, et, tout clopin-clopant, résolut de le suivre.

Ils visitèrent Aix-la-Chapelle, Cologne, Dresde, Vienne, Munich et Paris. A Paris, il leur restait trop peu de forces pour s'arrêter à l'Exposition, de sorte qu'ils ne tardèrent pas à rentrer à Hazebrouck.

M. Dehaene avait été très content de ce voyage, si content qu'il le chanta dans une pièce de vers français. Si ces vers n'ont pas grand mérite, ils attestent du moins la bonne impression que firent sur lui les pays qu'il traversa. Comment d'ailleurs rester froid devant les trésors d'Aix-la-Chapelle, où Charlemagne, après une victoire remportée sur les Sarrasins, venait se reposer en chantant avec les chanoines les louanges du Seigneur ? Qui peut voir d'un œil sec l'incomparable cathédrale que l'Allemagne catholique rêva, dans ses jours d'audace religieuse, comme le palais de DIEU ? Ses flèches triomphales dominent les châteaux des Burgraves et portent leur hymne dans les nues. « La cathédrale est aussi belle que Saint-Pierre, et Cologne est pour moi la Rome du Nord ! » s'écriait notre Supérieur enthousiasmé. Mais ce n'était là que l'itinéraire. Et ce voyage différait des autres en ce que les deux amis trouvaient, au point extrême de leur course, un compatriote. (M. Cauwel, ancien instituteur libre à Hazebrouck, régisseur d'une vaste propriété en Moravie.) Ils restèrent chez lui pendant plusieurs jours. Dans un dîner qui eut lieu à l'occasion de leur visite, on fit des toasts en six langues : M. Dehaene en latin, M. Verhaeghe en flamand, M. Cauwel en français, un prêtre hongrois en tchèque, et deux autres invités en polonais et en allemand. Tous ces convives de nationalités différentes étaient unis par la double fraternité humaine et chrétienne, qu'on oublie peut-être un peu quand on reste chez soi, mais qui reparaît quand on sort.

Dans ce coin reculé de l'Autriche, on pouvait faire d'intéressantes études de mœurs. Notre Supérieur racontait que les curés et les vicaires de ce pays ne portent point la soutane hors de l'église, que pour vivre ils ont, comme au moyen âge, un bénéfice ecclésiastique, une ferme plus ou moins grande dont ils surveillent et dirigent la culture, que volontiers ils causent avec les notables d'affaires, de politique, de choses dont on parle dans le monde. En France, les séparations entre laïcs et prêtres sont creusées plus profondément. Il y a moins de compénétration entre la vie séculière et la vie cléricale. Quand on songe que le perfectionnement social résulte du mélange des bons avec les médiocres, du sel avec la terre, on trouve des avantages dans le système autrichien ; mais quand on pense que le sel ne doit point s'affadir, que les pierres du sanctuaire ne doivent pas traîner sur les places publiques, on ne s'étonne pas non plus de la réserve française. Elle assure à notre clergé une dignité de tenue que tous les étrangers admirent.

« On nous signalait encore là-bas le réveil des nationalités. Slaves et Allemands tendent à se séparer les uns des autres. Les uns regardent vers la Prusse, les autres vers la Russie. L'Autriche reste entre deux, bien menacée. C'est là pour elle une grosse question et la grande difficulté de l'avenir. »

A propos des grèves d'Anzin, dont parlaient les journaux, il y eut une discussion assez vive. M. Dehaene n'admettait point l'existence de ce qu'on appelle la *question sociale*. « Il n'y a, disait-il, qu'une question religieuse ; tout ira bien quand les riches mèneront une vie chrétienne et qu'ils pratiqueront la vertu de charité, en un mot, quand ils observeront leurs devoirs d'état. » Les convives autrichiens demandaient en outre l'organisation du travail d'après les lois de l'économie politique, afin de répartir plus équitablement la richesse entre capitalistes et travailleurs ; ils voulaient une sorte de retour aux jurandes et maîtrises, et cherchaient le salut social dans le régime de la protection. Cette théorie a fait son chemin en Autriche. Elle le fera peut-être chez nous. A l'heure qu'il est, l'abbé Dehaene serait probablement moins absolu dans ses idées, mais il continuerait à se défier de tout ce que l'on tente en dehors de l'Évangile pour résoudre les formidables difficultés du socialisme.

Sans nous arrêter davantage à ces conversations tenues en Moravie, disons que tout cela n'était que l'accessoire du grand voyage. Le but principal était de faire visite au comte de Chambord. Mais ceci se rattache à la politique, et nous en reparlerons dans un chapitre spécial.

Pour le moment, il suffit de constater que l'abbé Dehaene fut, jusqu'au bout, fidèle à sa manière de voyager : il désirait voir et entendre les grands hommes. Il lui semblait toujours qu'ils auraient la solution de quelque problème, et qu'ils expliqueraient une des énigmes de la politique ou de l'histoire. Il n'avait point tort. Rien n'est utile, rien n'est révélateur, comme la conversation des personnages de marque. Et même, on peut dire d'une façon plus générale que rien n'est utile comme la conversation des hommes, quels qu'ils soient, à la double condition qu'ils aient des idées et qu'ils les communiquent librement.

Je note un second point : en voyage, il montrait un rare esprit d'observation. « Voir, a dit M. Alfred Maury, est un don des plus rares, qui n'a été départi qu'au petit nombre. » Mr Dehaene remarquait les choses que seules les âmes délicates aperçoivent. Pour n'en donner qu'une preuve, qu'on me permette de citer un petit détail qui se rattache à ce voyage d'Allemagne fait par lui à 71 ans. Il visitait le cimetière d'une petite ville. En errant parmi les tombes, il vit une inscription en vers allemands, d'une mélancolie et d'une piété touchante. Il la recueillit comme on cueille une fleur :

> Mère, quand père te demandera : — Où donc est notre enfant ?
> Tu peux lui répondre — qu'elle brille au Paradis.
> Père, quand mère pleurera, — essuie ses larmes,
> Et au premier soleil — place une rose sur ma tombe (1).

Pour découvrir ces choses, il faut les yeux du cœur.

Les observations de l'abbé Dehaene durant ses diverses pérégrinations nous ont révélé le fond de son âme ; nous savons combien ses idées étaient nobles, son imagination puissante, et la foi maîtresse de toute sa vie. C'est dans les voyages d'ailleurs que l'on connaît le mieux le caractère et la

---

1. Mutter, wenn der vater fragt — Wo ist unser liebling kind?
So kannst du es moglich sagen — Das ich schön in hemel bin.
Vater, wenn die mutter weint — Trockne ihr die thranen ab,
Pflanze, wenn die sonne scheint, — Eine rose mir auf grab.
Carlovicii, 5 septembre 1878, in Moraviâ.

valeur des hommes, car, isolés des conditions mesquines et des exigences de la vie réelle, affranchis de la pression de l'entourage, ils émettent leurs pensées avec toute leur beauté native et toute leur spontanéité.

Nous ne serons pas surpris de voir le principal du collège d'Hazebrouck gouverner paisiblement un personnel recruté aux quatre coins de la France, se faire aimer d'élèves appartenant à des races diverses, (1) (Français, Flamands, Anglais et Belges,) donner l'hospitalité la plus large aux hommes et aux idées, exercer toutes sortes de ministères. Son grand cœur suffit à tout. Sa vie durant, il sera confiné dans une petite ville de province. Il semble que toutes ses facultés doivent se rétrécir dans un semblable milieu. Mais non. Il restera le prêtre qui favorisera constamment les œuvres du plus grand zèle et de l'apostolat le plus élevé, qui visera sans cesse à ce qui est beau, patriotique et chrétien. Il restera l'homme des initiatives hardies et des entreprises difficiles. Nous allons le voir à l'œuvre : jamais mesquin, parfois chimérique, mais toujours et obstinément généreux.

---

1. En résumé, si la Flandre se ressent beaucoup de la domination française, on peut dire qu'elle garde la religion des Espagnols, le commerce des Anglais et la poésie des Allemands.

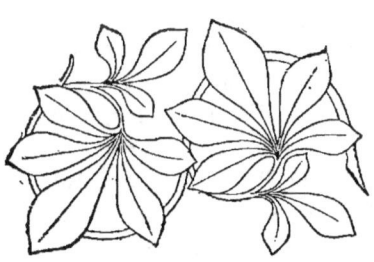

CHAPITRE HUITIÈME.

ROLE POLITIQUE DE M. DEHAENE.
1848.

Sous le gouvernement de Louis-Philippe, la ville d'Hazebrouck s'était transformée peu à peu par la création des chemins de fer. Mais, à tout prendre, la vie locale conservait sa physionomie antique. Les familles étaient unies, la concorde régnait entre les diverses classes de la société, et, à s'en tenir au témoignage de l'*Indicateur*, il y avait partout un joyeux entrain. Même, chose que nous n'avons pas retrouvée depuis, la poésie et les arts jetaient quelques fleurs brillantes sur le fond terne de la vie bourgeoise, et un reste de la naïveté des temps anciens s'unissait à l'activité des temps nouveaux. Grâce à la direction de son jeune et sympathique principal, le collège était, dans une certaine mesure, le foyer de cette animation. Ce furent pour M. Dehaene ce que nous appellerions volontiers les années douces ;— nous ne disons pas les belles années : il aurait réservé ce nom pour les années d'épreuves.

En ce temps-là, les séances de littérature et de déclamation flamande étaient encore connues dans l'arrondissement. Le poète hazebrouckois Van Rechem les animait de ses œuvres, qu'il débitait sur un ton mélodramatique, de mise aux concours. Il célébrait aujourd'hui l'inauguration de la fontaine de Bailleul (juin 1844), demain, celle de la statue de Jean Bart à Dunkerque (1845), et il obtenait, tantôt un prix, tantôt une mention honorable.

Alors aussi des poètes français faisaient apprécier leurs rimes. Un excellent homme, attaché au service des contributions indirectes, Pétrarque de province, communiquait au public des soupirs en l'honneur d'une Laure idéalement discutable ; un autre jeune amateur esquissait une idylle sur son village, ou faisait un tour de force pour chanter une hirondelle, une mouche, un de ces riens gracieux avec lesquels les poètes font quelque chose ; un professeur du collège ou même un élève de bel avenir, montés sur leur Pégase, affrontaient ensemble les hasards de la critique. Ces pièces de vers, insérées dans le journal de l'endroit, étaient loin d'avoir une valeur transcendante, et leurs auteurs ne sont arrivés ni à l'Académie ni à la gloire ; mais elles prouvent du moins que la poésie était honorée, ce qui n'arrive point tous les jours.

La poésie est pour l'élite. La musique est pour le peuple. Elle a été constamment cultivée à Hazebrouck. Ce n'est pas à nous de célébrer les gloires trop récentes et trop éphémères de l'Orphéon. Mais quelles solennités musicales auront jamais l'éclat des concerts organisés (1844) par les frères Verroust (1) !

Les fêtes des corps de métiers n'étaient pas non plus tombées en désuétude. On lit avec intérêt, dans les journaux de 1840 à 1845, le compte rendu de la fête des tisserands et de celle des écoles. Les tisserands avaient pour patron St Séverin. Le jour de sa fête (27 novembre), ils ornaient leur métier de la fleur du patron, « *Wever's bloeme*, » et se rendaient en corps à l'église pour assister à la messe (2).

---

1. Nous avons dit que leur père dirigeait la fanfare du collège ; il la rendait assez forte, assez sûre d'elle-même pour remplacer la musique de la garde nationale aux jours critiques où celle-ci était divisée, désorganisée et muette. C'était cette petite fanfare du collège qui, en juillet 1843, se mettait à la tête de la population, lors des ovations faites à M. de Queux de St-Hilaire, sous-préfet d'Hazebrouck depuis vingt-cinq ans.

L'amour de la musique qui régnait dans la ville entraîna même l'austère Mr Debreyne, curé-doyen de la paroisse. Il fit placer dans l'église de nouvelles orgues, instrument magnifique que les églises des environs nous envient et qui fut inauguré en 1845.

2. Leur corporation était la plus nombreuse de la ville. Elle portait sur son blason un St Séverin debout, en chape et en mitre, tenant de la main gauche une crosse et de la droite une navette. — En ce temps-là, filer et tisser, tout se faisait dans la famille. La toile était vendue à la halle (ancienne chapelle des Augustins).

St Grégoire était le patron des écoliers (1). Le 12 mars, (jour de sa fête,) les enfants envahissaient le local de la classe avant l'arrivée de l'instituteur, et ne consentaient à lui ouvrir la porte qu'après avoir obtenu un congé. L'accord n'était pas toujours facile, parce que les gamins se montraient parfois d'une exigence déraisonnable ; mais on parlementait, et le magister finissait par donner son consentement : alors on acclamait sa munificence.

Cette fête fut remplacée par la procession de St-Nicolas. L'enfant le plus sage, ou celui qui avait été le premier le jour de la première Communion, si sa famille avait assez d'aisance pour faire les frais d'un régal, était proclamé *St Nicolas (Klaei)*. Comme insigne de sa dignité, on lui suspendait sur la poitrine un beau cadre portant l'image du saint, et avec ce cadre il était promené triomphalement dans les rues, aux applaudissements de ses camarades. Le circuit traditionnel parcouru, les enfants déjeunaient chez les parents du St Nicolas, et ceux-ci conservaient pour leur fils le tableau précieux qui datait sa première gloire.

Le jour de Ste Luce, leur patronne, les maîtres boulangers d'Hazebrouck, (ils étaient renommés dans tout le pays,) entraient dans l'église, portant comme un drapeau une pelle à enfourner, enguirlandée de fleurs.

Les brasseurs n'oubliaient point St Arnould, ni les charpentiers St Joseph, ni les cordonniers St Crépin. Ste Anne et Ste Catherine, St Nicolas et St Éloi mettaient tour à tour en branle la population des deux sexes. Chaque classe de la société avait ainsi son jour de fête, et trouvait des réjouissances en rapport avec les occupations et la manière de vivre de ses membres. Et tout cela offrait un charme exquis de bonhomie et de simplicité. Ces fêtes ont malheureusement disparu sans qu'on y ait rien gagné, car le peuple s'amuse encore, mais la religion ne sanctifie plus ses joies, et voilà qu'elles tournent inévitablement à la déraison et à la trivialité.

---

1. St Grégoire-le-Grand, l'auteur du chant d'église ou chant grégorien, était primitivement le patron des chantres et des clercs d'église. Comme la plupart des clercs d'église *(kosters)* étaient en même temps instituteurs *(schools-mesters)*, leur fête devint celle de leur école, et par suite des enfants qui la fréquentaient.

Enfin, pour compléter ce riant tableau et arriver à la politique, qui doit nous occuper dans ce chapitre, disons qu'à cette époque il y avait une grande union entre la population de la ville et les administrations campées au milieu d'elle. Bourgeois et fonctionnaires vivaient en bonne harmonie, chose très louable parce qu'elle est rare et difficile : ces deux classes de la société se tenant d'ordinaire dans une mutuelle défiance. A Hazebrouck, l'entente cordiale datait de loin, comme le démontre un discours prononcé par M. le Chevalier de Ghesquière, sous-préfet, à l'installation de M. Jean-François Révèl, maire (23 mai 1813) : « *Attachons-nous*, (disait M. le sous-préfet en parlant d'Hazebrouck,) *aux lieux où chacun s'est fait une douce habitude de ses devoirs, où dans toutes les carrières l'on ne peut citer que des hommes qui honorent leur emploi, où chacun rougirait même de paraître injuste, où l'intrigue et la corruption en affaires sont inconnues, où l'égoïsme enfin paraît un crime. Flatté autant qu'honoré d'une pareille association, heureux d'avoir de tels collaborateurs, j'ai trouvé, chez mes prédécesseurs et chez vous, des modèles, je désire y conserver des amis* (1).

La longue administration de M. de Queux de St-Hilaire fut tout à fait paternelle. Il donnait des concerts et des soirées aux familles riches, et l'hôtel de la sous-préfecture était le rendez-vous du meilleur monde. Magistrats et professeurs, prêtres et laïcs, propriétaires et employés s'y coudoyaient. Qu'on était loin de la mise en quarantaine que les représentants de l'autorité centrale ont récemment provoquée autour d'eux!(2)

M. de Queux de St-Hilaire aimait Hazebrouck comme sa patrie adoptive, et il y était considéré comme un type d'intégrité, de courtoisie et d'honneur. L'abbé Dehaene entre

---

1. Archives communales d'Hazebrouck, 1813.

2. Il faut reconnaître qu'ils ont heurté bien maladroitement leurs administrés : sans respect pour le domaine de la vie privée et pour les choses d'opinion libre, ils ont traité en parias les hommes indépendants et en ennemis les élus du peuple. Est-il étonnant qu'on se tienne sur la réserve et qu'on entende parfois ce cri de guerre, qui ne devrait jamais retentir dans un pays sagement gouverné : « L'État, voilà l'ennemi ? » Dès lors on se trouve dans la déplorable nécessité de combattre ceux dont les attributions normales devraient être d'assurer à chacun la sécurité et la justice !

tenait avec lui des rapports très affectueux — (encore ce mot affectueux est-il trop banal) — je devrais dire des rapports d'aimable familiarité, car M. le principal et ses plus anciens collaborateurs, M. Augustin Debusschère, M. Verroust, M. Dekeister, recevaient de temps en temps de ces petites invitations sans façons, sans cérémonies, qu'on n'adresse qu'aux intimes. Mme de St-Hilaire improvisait volontiers des réunions de ce genre pour procurer à son mari un plaisir toujours cher aux hommes en place, celui de sortir pour un moment de l'officiel et du convenu (1).

Cependant il y avait un point noir à l'horizon. La plupart des bourgeois d'Hazebrouck avaient accepté sans arrière-pensée la Révolution de 1830, et prouvé la sincérité de leur adhésion par leurs votes. Contre M. de Villeneuve, candidat légitimiste, ils avaient élu député un des leurs, M. Warein, et dans les douze années qui suivirent (1830-1842), à quatre reprises différentes, ils avaient renouvelé son mandat. Or, M. Warein était partisan déclaré de Louis-Philippe, et par sa fortune, ses alliances de famille et les services qu'il tâchait de rendre, il exerçait une influence considérable ; l'*Indicateur* le soutenait énergiquement, parce qu'il voyait en lui l'homme des intérêts locaux.

Mais l'opposition légitimiste n'était point découragée : elle se cantonnait à Cassel et à Bailleul. En 1842, elle releva fièrement la tête.

Pour essayer une bonne fois ses forces contre M. Warein,

---

1. M. de St-Hilaire avait été maire de Dunkerque ; il fut pendant vingt-sept ans sous-préfet d'Hazebrouck et mourut en avril 1847, à l'âge de 81 ans. Son caveau de famille est dans le cimetière de notre ville. Il voulut dormir son dernier sommeil au milieu de ses administrés.

« Malgré les amertumes dont on avait cru devoir abreuver sa vieillesse, il avait conservé jusqu'au dernier jour, vis-à-vis de tout le monde, cette délicatesse de procédés, cette loyauté de sentiments, cette aménité de caractère qui l'avaient fait aimer constamment de tous les partis. » (*Observateur* de Cassel.)

Le fils de M. de St-Hilaire, helléniste distingué, prématurément enlevé aux lettres et à l'amitié en 1889, a été inhumé près de son père. Il était très érudit, et laissera un souvenir par sa grande bienfaisance. Les journaux de Paris lui ont consacré des articles nécrologiques fort élogieux. Dans son testament, il a fait aux principales villes de l'arrondissement d'Hazebrouck des legs en souvenir du bon accueil que son père y avait reçu comme sous-préfet. (Voir *Annales du comité flamand*, t. XVIII, p. 464.)

elle mit en avant la candidature de Berryer. Le grand orateur était au comble de la gloire et dans tout le prestige du talent. Il n'eut pas même besoin de venir en Flandre : son nom suffit pour culbuter son adversaire. Mais, ayant été élu concurremment dans les Bouches-du-Rhône et dans le Nord, il lui fallut opter et il opta pour Marseille. Du moins il avait fait la place nette, et M. Warein renonça à engager de nouveau la lutte. Les légitimistes avaient jeté le gant : M. de Lagrange le releva. Mais il ne fut pas plus heureux que M. Warein. Il échoua contre M. Béhaghel, maire de Bailleul, qui hérita des voix de Berryer, et représenta notre arrondissement de 1842 à 1846. Cependant le gouvernement, irrité d'avoir été battu, prépara de loin un candidat pour les élections prochaines. Il favorisa de tout son pouvoir un jeune homme de grand avenir, M. Ignace Plichon (né à Bailleul en 1814). M. Guizot ne manquait aucune occasion de le mêler aux affaires du pays pour le rendre populaire. De leur côté, les Orléanistes d'Hazebrouck, comprenant cette tactique (1), affectaient de compter sur lui. Dans la question du tracé des voies ferrées, le Conseil municipal de cette ville chargeait officieusement M. Plichon ainsi que MM. Warein et de Lagrange de prendre en main ses intérêts (2). Cette importante mission fut acceptée avec empressement et remplie avec dévouement, habileté et succès.

Fort de cette popularité récente et de l'appui de l'administration, M. Plichon affronta la lutte contre M. Béhaghel aux élections de 1846. Il obtint 400 voix, son concurrent en eut 358. L'arrondissement d'Hazebrouck ne comptait que 800 électeurs, car on était sous le régime du suffrage restreint. Pour avoir le droit de voter, il fallait 200 francs de revenu : « *K'hebbe ze, de gulden !* — Les écus, je les ai ! » disait en se caressant le jabot tel gros richard, pilier d'estaminet. Le peuple a des passions aveugles, le bourgeois a des intérêts impitoyables. Le suffrage restreint se prêtait à une corruption scandaleuse, car

---

1. Qui doit être celle de tous les partis, car on n'improvise ni des hommes, ni des réputations.

2. Ils furent investis de ce mandat de confiance par une délibération du 5 février 1844, remerciés solennellement, pour s'en être bien acquitté, par un vote du 8 juillet suivant, et invités à un banquet donné en leur honneur le 5 août de la même année, comme témoignage public de reconnaissance.

il était facile au gouvernement d'acheter les voix des 200.000 privilégiés qui détenaient les élections : il avait assez de places à leur offrir et de promesses à leur faire. Il en résultait que la Chambre représentait, non l'opinion publique, mais l'opinion ministérielle, et que le gouvernement pouvait très bien avoir les députés pour lui et le pays contre lui. C'est ce qui arriva en 1848. L'opposition demandait deux choses : que le cens électoral fût abaissé de 200 à 100 francs, et qu'il y eût incompatibilité entre le mandat de député et une fonction salariée par l'État. Le ministère ne voulut rien accorder. L'opposition organisa des banquets où l'on réclamait bruyamment la réforme électorale, et qu'on appelait à cause de cela banquets réformistes. Le ministère s'adressa à sa fidèle majorité, l'opposition en appela au pays. Bientôt, à Paris, l'agitation devint révolte. Les forces régulières ayant été chargées de la réprimer, la garde nationale paralysa leur action, le sang coula, les barricades furent dressées, Louis-Philippe abdiqua et prit la fuite. Son trône, élevé sur les barricades de 1830, croula sous celles de 1848. L'émeute proclama un gouvernement provisoire, et ce gouvernement convoqua une Assemblée Constituante nommée par tous les Français ayant six mois de domicile et 21 ans d'âge, c'est-à-dire au suffrage universel.

Le gouvernement de Juillet n'avait su ni prévenir ni arrêter cette révolution. Flottant entre la république et la monarchie légitime, sans avoir pu réunir, dans sa constitution amphibie, la solidité de l'une et la popularité de l'autre, malheureux au dehors pour avoir tout sacrifié à l'alliance anglaise, tiraillé au dedans par la noblesse fidèle aux traditions, et par la classe ouvrière ivre de progrès, stagnant entre le passé, avec lequel il voulait rompre, et l'avenir, dont il avait peur, il ne voyait pour lui que les fonctionnaires intéressés, les *satisfaits* (ordre du jour de 1847). Ceux-là sont de faibles appuis au jour de l'épreuve ; ils ont trop de choses à sauver pour vouloir se compromettre (1).

---

1. Les tentatives du prince Napoléon maladroitement comprimées et la translation solennelle des cendres de l'Empereur, — les réclamations infructueuses des catholiques pour obtenir la liberté d'enseignement toujours promise et toujours refusée, — la manifestation de Belgrave-Square en faveur du duc de Bordeaux, —

Quelles avaient été, au milieu de ces mouvements divers, les tendances de l'abbé Dehaene ?

Disons-le tout d'abord : il eut toujours, en politique, des idées très connues, et même un peu trop étalées. Il ne lui venait point à l'esprit que, sur cette grave question, on pût être indifférent ou qu'on acceptât de le paraître. Les membres du clergé sont avant tout au service de l'Église ; mais, comme citoyens, ils ont une patrie, et vis-à-vis d'elle des droits et des devoirs. Ces choses sont aussi claires que le jour ; et il a fallu des déceptions amères, des luttes stériles, de nombreux mensonges des chefs, de tristes défaillances des soldats, pour que le scepticisme politique semblât une sorte de sagesse et que l'abstention devînt une pratique habile. M. Dehaene savait très bien qu'en prenant place sur le théâtre de la vie publique, où les décors changent souvent, comme les pièces que l'on y joue, on s'expose aux opinions successives ; mais son ardent amour du bien l'emportait sur toute autre considération. Pour ne jamais se tromper il faut ne rien faire (1), et pour éviter toute blessure il n'y a qu'un moyen : déserter le champ de bataille. C'est très simple, mais fort peu honorable. On conçoit que ce ne fut point l'avis de l'abbé Dehaene.

Dans une lettre concernant son voyage à Paris (1842), il disait qu'en traversant la place de la Concorde il aurait voulu verser des larmes, parce qu'il lui semblait voir les pierres encore teintes du sang de Louis XVI. En cette même année, et durant ce même voyage, il rendait visite à Don Carlos : il était donc légitimiste.

Nous avons rappelé qu'aux élections de 1842, la Flandre avait acclamé la candidature de Berryer. Ceux qui la suscitèrent ne sont plus connus aujourd'hui, mais ils méritent de l'être.

---

les excitations socialistes, — entretenaient des espérances de tout genre. D'un autre côté, les deux récoltes de 1845 et de 1846 ayant été insuffisantes, les subsistances étaient à un prix excessivement élevé ; les blés se vendaient de 40 à 50 francs l'hectolitre, ce qui irritait le peuple. Ajoutons que de nombreux scandales éclataient dans le monde officiel. D'anciens ministres, des fonctionnaires haut placés, étaient accusés et convaincus de corruption, d'irrégularités dans les comptes, de dilapidation. Tout cela surprenait, et, en ce temps-là, discréditait un gouvernement ; de sorte que Lamartine pouvait dire tout haut qu'il tomberait « sous la révolution du mépris. »

1. D'après le vieux proverbe flamand : *Die niet en handelt, niet en brekt.*

Ils s'appelaient Lernout (de Flêtre), Bernast (de Morbecque), Dchandschœwercker (de Cassel) et Degroote (de Wallon-Cappel). J'inscris les noms de ces braves gens avec sympathie. Une conviction ardente, sincère et désintéressée est chose trop rare en ce monde pour qu'on ne l'honore point, même dans d'humbles citoyens (1).

Or, ces intrépides lutteurs n'avaient, parmi les hommes marquants de la ville d'Hazebrouck, d'autre allié que l'abbé Dehaene. Il ne faisait point mystère de ses relations avec eux ; il lisait les journaux de leur parti : l'*Observateur* de Cassel (journal légitimiste de l'arrondissement d'Hazebrouck), et la *Gazette de Flandre et d'Artois* (organe de l'opinion royaliste et des libertés nationales dans le Nord), faisant écho tous deux à la *Quotidienne* (grand journal de Paris qui fut remplacé par l'*Union*).

1. C'est le chef de ce groupe, M. Louis Lernout, commerçant à Flêtre, qui fit exprès le voyage de Paris pour décider Berryer à accepter la candidature. De retour dans son village, il mit le bât sur son âne, et s'en alla voir un à un tous les électeurs. Il prenait avec lui son fils aîné, afin de lui faire faire son apprentissage de dévouement à la cause du roi. Le père et le fils montaient tour à tour sur la bête, comme le dit la fable. Ils s'arrêtaient aux barrières des grandes fermes et là, devant les électeurs censitaires, Lernout expliquait le programme de son parti. Le soir venu, il rentrait harassé. Il avait parcouru la moitié de son arrondissement. A une heure tardive son lieutenant Bernast le rejoignait, et venait lui rendre compte de ses propres démarches. Tous deux oubliaient leurs fatigues dans l'ardeur de leur zèle, et, la nuit durant, parlaient de ce qui restait à faire. Ils remportèrent la victoire : Berryer fut élu. Lernout reçut de lui une belle lettre. Heureux comme un prince, il la lisait de porte en porte, triomphalement assis sur sa paisible monture. Il l'a léguée à ses enfants comme un héritage d'honneur.

Nous la transcrivons, parce qu'elle est inédite et qu'elle intéresse l'histoire de la Flandre.

« Monsieur,

» Je ne m'attendais pas à recevoir de vos amis politiques l'honneur qu'ils veulent bien m'accorder. Les électeurs d'Hazebrouck, en m'appelant, par leurs suffrages, à continuer les travaux législatifs auxquels j'ai déjà consacré douze ans de ma vie, me donnent une haute récompense de mon zèle et de mon dévouement sincère à tous les intérêts de notre pays. Animé de convictions profondes, que l'expérience de chaque jour éclaire et fortifie, je n'ai que l'amour de la chose publique, et, grâce à Dieu, je n'ai encore senti en moi aucune préoccupation personnelle.

» Je gémis de l'abaissement et de la diminution d'influence de notre patrie au milieu de l'Europe ; je vois avec douleur s'accroître chaque jour la puissance et la richesse

On connaît les opinions d'un homme par celles de ses amis, et il n'est pas prudent pour un fonctionnaire d'avoir des amis à opinions transparentes : ils peuvent le compromettre. Une première fois l'abbé Dehaene fit cette expérience en 1843. On sait que, durant les mois de novembre et de décembre de cette année, le comte de Chambord fit la revue de ses partisans à Londres, dans son hôtel de *Belgrave-Square*. M. Lernout représenta ses amis d'Hazebrouck à ce « *pèlerinage de la fidélité et de l'espérance* (1). » Il fut admis auprès du prince dans la soirée du 9 décembre, et revint heureux et fier. Mais bientôt il fut atteint par *l'ordre du jour des flétris*, et le gouvernement lui enleva ce qu'il pouvait lui enlever : son bureau de tabac. Il ne s'en plaignit point, et cette mesure sévère ne changea rien à ses convictions. L'abbé Dehaene put consoler ce brave serviteur de la royauté en lui montrant dans les « Souvenirs de Belgrave-Square, dédiés à tous les flétris et à tous ceux qui regrettent de ne pas l'être (2), » son nom inscrit à côté de ceux des plus

de nos voisins, et, tandis que la France fait des efforts prodigieux d'intelligence et d'industrie, la politique qui préside à ses destinées resserrer le cercle de ses exportations et laisser tomber l'ascendant qu'elle avait dans le monde. Les déplorables effets d'une telle conduite au regard des autres États, se font cruellement sentir dans toutes les parties du territoire français ; toutes les industries souffrent, et cependant la charge des impôts s'accroît d'année en année. Je ne cesserai pas de lutter contre de tels maux, d'en signaler les causes, et d'appeler sur mon pays un meilleur avenir. La France ne peut descendre de son rang ; tous les hommes de cœur doivent s'entendre, tous les hommes vrais et désintéressés doivent se concilier ; ne perdons pas courage, et attendons tout d'une heureuse et puissante alliance du droit, de la gloire et de la liberté !

» Ce sont là les principes que j'ai suivis jusqu'à ce jour. Le grand témoignage d'approbation et de confiance que les électeurs d'Hazebrouck me donnent, honore ma vie, encourage mes efforts, et m'inspire une profonde reconnaissance.

»Recevez en particulier, Monsieur, tous mes remerciements, et veuillez me croire

» Votre tout dévoué serviteur :

» 2 juillet. » BERRYER.

» A Monsieur L. Lernout, électeur, Flêtre, par Bailleul,

» (Nord). »

1. Sur le cachet de l'autographe remis aux visiteurs du prince, on remarque une croix posée entre ces deux mots : « *fides* » et « *spes.* »
2. Publiés par M. Auguste JOHANNET. Dentu, Paris, 1844.

honorables familles du Nord (1), mais il dut prendre lui-même sa part dans la leçon discrètement faite, à ce propos, aux légitimistes par l'*Indicateur* d'Hazebrouck (janvier 1844).

En 1847, le même groupe d'hommes qui rayonnait ainsi autour de l'abbé Dehaene assistait aux banquets réformistes de Lille, présidés par M. Béhaghel. Mais lui-même, et comme principal et comme prêtre, se tenait à distance de toutes ces manifestations bruyantes. Il gardait une attitude correcte, quoique l'Université d'alors fût plus tolérante à l'égard des opinions de ses membres que celle d'aujourd'hui. Et de plus, il observait les règles de la prudence vis-à-vis des bourgeois d'Hazebrouck, restés fidèles au gouvernement de Juillet (2).

Confiants malgré toutes les menaces, ceux-ci inauguraient solennellement à l'Hôtel-de-Ville un portrait en pied de Louis-Philippe, dû au pinceau de M. Bafcop, de Cassel, et offert à la ville par le ministre de l'Intérieur. C'était en décembre 1847. Mr Prévost, premier adjoint, prononça un discours qui se terminait par ces mots : « O Roi, qu'une révolution glorieuse a placé sur le trône par la volonté et pour le bonheur des Français, nous déposons devant votre portrait l'hommage de notre

---

1. Dans ce même volume, que notre Supérieur a soigneusement conservé, je relève quelques-uns de ces noms : ils ont été portés avec honneur et rappellent des serviteurs du bien : M. le Chevalier de la Basse-Mouturie, fondateur de la *Gazette de Flandre et d'Artois* ; M. Henri Carion, directeur de l'*Émancipateur de Cambrai*, littérateur distingué et écrivain courageux, « dont le talent a grandi sous les nombreuses poursuites du parquet de Douai ; »Mme la comtesse de la Granville,« qu'un département tout entier nomme sa seconde Providence ; »M. Émile Lefranc, agrégé de l'Université, professeur du duc de Bordeaux, et son frère, négociant à St-Omer ; M. du Tertre, M. de Beugny d'Hagerue, M. d'Hespel, M. de Vilmarest, M. de l'Épine, M. Défontaine, juge suppléant à Lille ; un ouvrier filateur de Wervicq, Mr Vandermeersch; M. de Vogelsang, ex-officier; M. le baron de Lagrange, M. Van der Cruyssen de Waziers, M. Ch. Bayart, d'Armentières, M. de Franqueville, Mr Droulers, de Wasquehal, M. de Germiny, M. Lemaire-Requillart et M. Delobel, de Tourcoing, et beaucoup d'autres habitants de ce pays de Tourcoing qu'on appelait en ce temps-là « *la Vendée du Nord* », etc., etc.

2. Au mois de décembre 1847, les catholiques de notre pays souscrivent en faveur du Sonderbund, ou ligue séparatiste des cantons catholiques suisses contre les cantons protestants. Leurs souscriptions sont envoyées à l'*Observateur de Cassel* et à la *Gazette de Flandre et d'Artois*. Dans la liste d'Hazebrouck je relève les mentions suivantes : *Quatre prêtres du collège : 30 francs. — Plusieurs élèves du collège indignés des atrocités commises contre les catholiques dans la Suisse : 28 francs.*

amour et de notre dévouement ! Vive le Roi ! » — Ce cri trouva de l'écho, et la foule répondit : « Vive le Roi ! »

Deux mois plus tard, le 29 février 1848, à trois heures après-midi, la même autorité municipale fit proclamer *la république* sur les marches de l'Hôtel-de-Ville, et, le lendemain, le Conseil déclara *à l'unanimité* donner son *entière* adhésion à la nouvelle forme de gouvernement (1). Évidemment, quand ses membres criaient : « *Vive le Roi !* », ils ne s'attendaient point à ce qui devait suivre. Pauvre humanité !

La Révolution de 1848 donna à l'abbé Dehaene la liberté de ses mouvements. Dès lors il est mêlé à tout ce qui se fait dans le pays, et son histoire se confond avec celle de notre ville.

D'abord, des souscriptions furent ouvertes en faveur des blessés des journées de Février. Les hommes du peuple qui avaient péri au boulevard des Capucines, sous les balles du 14ᵉ de ligne, étaient regardés universellement comme des martyrs de la liberté. Mgr Giraud fit célébrer un service funèbre pour le repos de leurs âmes (2). Le service funèbre eut lieu partout avec le double concours des municipalités et du clergé, et la souscription fut faite au collège d'Hazebrouck comme ailleurs.

La double dette de l'aumône et de la prière étant ainsi payée aux victimes de la veille, il fallait songer aux choses du lendemain.

La grande préoccupation était l'élection de l'Assemblée Constituante, fixée au 23 avril. En attendant ce jour, on discutait les listes des candidats.

Les journaux que lisait le clergé acceptaient les faits accomplis, mais avec des nuances diverses dans leur approbation.

---

1. Un seul membre du Conseil, M. Huyghe, protesta par son absence contre cette adhésion à la République.

2. Il disait dans sa lettre aux curés :

« L'Église a proclamé, la première dans le monde, les idées de liberté, de justice,
» d'humanité, de fraternité universelle. Elle ne peut donc qu'accueillir avec confiance des institutions qui ont pour but d'assurer le triomphe de ses saintes lois.
» Cependant de nombreuses victimes ont succombé dans des luttes généreuses.
» Nous demanderons à DIEU de recevoir leurs âmes dans son éternel repos.

» Les formes des gouvernements humains changent et se renouvellent, mais le
» peuple reste. Nous prierons donc aussi pour le peuple, pour ce peuple magnanime qui, par la modération dans la force, s'est montré plus grand que la victoire
» elle-même. »

L'*Univers* disait que la Révolution de 1848 était un moyen d'obtenir pour l'Église les libertés nécessaires. L'*Ère nouvelle*, fondée par M.M. de Coux, Ozanam et Lacordaire, allait plus loin. Organe du parti de la confiance, elle regardait la démocratie chrétienne comme le terme naturel du progrès politique. Elle y voyait, non pas, comme l'*Univers*, un *état passager*, une crise dont on pouvait profiter pour le bien de la religion, mais un *état définitif et idéal*, en dehors duquel il était inutile de rien chercher. Le nom d'Ère nouvelle était significatif. Le talent de ses rédacteurs assurait à ce journal une place à part dans la presse quotidienne. L'abbé Dehaene s'y abonna dès le premier jour. Ainsi donc les catholiques entraient résolument dans la lutte.

La Révolution était déchaînée ; ils marchaient à sa rencontre comme on se jette à la tête d'un taureau furieux pour le dompter. Ni les menaces des socialistes, ni les tracasseries du gouvernement provisoire, ne les décourageaient. Ils manœuvraient à travers l'orage pour sauver trois choses qui leur étaient chères : la religion, la liberté et la patrie.

Le gouvernement provisoire comptait avec eux : « Ne laissez
» pas oublier aux prêtres de votre diocèse, — écrivait aux évê-
» ques M. Carnot, ministre de l'Instruction publique, — que, ci-
» toyens par la participation à tous les droits politiques, ils sont
» enfants de la grande famille française, et que, dans les assem-
» blées électorales et sur les bancs de l'Assemblée Nationale où
» la confiance de leurs concitoyens pourrait les appeler, ils
» n'ont plus qu'un seul intérêt à défendre : celui de la patrie,
» intimement uni à celui de la religion. » D'autres personnages, commissaires ou plutôt émissaires de Ledru-Rollin, parlaient différemment. Mais la générosité était à l'ordre du jour : on ne les écoutait pas.

Cependant on procédait à la bénédiction des arbres de la liberté, « symboles vivants des temps nouveaux, destinés à rappeler à chacun ses droits et ses devoirs (1). »

« Ne jugeons pas des fruits de cet arbre symbolique par
» ceux qu'il a portés à une époque qui ne doit plus revivre. La
» bénédiction que nous allons appeler sur lui, sera comme une

---

1. Circulaire de Delescluze, adressée aux citoyens du département du Nord. M. Dehaene.

» greffe divine qui corrigera sa nature sauvage, qui adoucira
» l'amertume de sa racine. Sa sève, désormais sanctifiée, s'épa-
» nouira en rameaux toujours verts, et les générations présen-
» tes et à venir, en reposant sous son ombrage, y respireront
» cet air vivifiant, cet air de généreuse et large liberté qui
» dilate les poitrines humaines, en y faisant couler les senti-
» ments d'une sécurité et d'un bien-être universels (1) ! »

Tous les curés ne partageaient pas ces espérances de leur éloquent archevêque. Voyant quels étaient les citoyens qui triomphaient le plus bruyamment, et chantaient des airs sinistres en dansant sur des tables, ils se croyaient à la veille d'un nouveau 93. Obsédés par ces tristes appréhensions, ils tremblaient de tous leurs membres quand ils aspergeaient l'arbre de la liberté. La plupart gardaient le silence pendant la cérémonie, et laissaient parler les maires et les adjoints. C'est à ce parti que s'arrêta M. Debreyne, curé-doyen d'Hazebrouck. Il fit la bénédiction au milieu d'un silence profond, presque lugubre, en versant d'abondantes larmes.

Au collège on était moins inquiet. Maîtres et élèves prirent place dans le cortège, qui partit de l'Hôtel-de-Ville pour se rendre à la place de la Sous-Préfecture. Ils venaient à la suite du Conseil municipal et des fonctionnaires des diverses administrations. Quelques vieillards, qui avaient vu la Terreur et qui s'en souvenaient, s'étonnaient que les ecclésiastiques fussent de la fête, et je me rappelle, (nous disait un professeur présent au défilé), qu'une bonne vieille, soulevant les rideaux de sa fenêtre, montrait le poing à l'un de nos collègues, un peu trop démonstratif comme d'habitude, et que sa qualité de cousin d'un candidat exaltait peut-être démesurément. En résumé, la fête d'Hazebrouck eut quelque chose de froid et de compassé, malgré la distribution de pain faite aux pauvres et les drapeaux tricolores mis aux fenêtres.

A Morbecque, la cérémonie fut tout à fait populaire. M. le doyen Markant expliqua dans un sens chrétien la devise « *Liberté, Égalité, Fraternité,* » et prouva que la République sage et bien entendue a pour base la religion. Il était de ceux

---

1. Lettre de Mgr Giraud.

qui disaient : La République est une citadelle. Pour empêcher les Jacobins de la prendre, entrons-y nous-mêmes, oublions le passé, et si nous voulons que l'avenir soit bon, rendons-le tel.

Et malgré tout, l'arbre de la liberté produisait des fruits amers. Des troubles éclataient sur divers points de notre arrondissement. A Godewaersvelde, la mairie était pillée, la vie de plusieurs personnes honorables mise en danger, la gendarmerie repoussée par le peuple, et pendant plusieurs jours 200 hommes du 74e de ligne campèrent au milieu du village.

Dans la ville d'Hazebrouck, on se bornait à des discours. Un club avait été ouvert dans la grande salle du *Coq* (ancien théâtre de la société de Rhétorique).Sa devise était celle de la plupart des réunions de ce genre en Flandre : « *Ordre, liberté, fraternité.* » On y discutait les théories socialistes dont *l'Ami du peuple* (1) était l'organe. Les bourgeois, tremblant, fraternisaient avec la plèbe, et l'on voyait des propriétaires, généralement plus paisibles, se mettre à la tête des braillards qui chantaient la *Marseillaise.* Les distinctions de classes disparaissaient dans l'égalité de la peur.

C'est que les nouvelles de Paris devenaient alarmantes. Les ateliers nationaux avaient révélé aux socialistes leur nombre et leur force. Le lion populaire était déchaîné. Après avoir bondi pendant quelques jours, ivre de liberté, il sentait la faim et montrait les dents.

Aux électeurs, disait-on, de sauver la patrie d'un cataclysme épouvantable ! Pour cela, il fallait dresser des listes d'hommes intelligents et fermes, mais pas compromis avec le régime déchu. Cette dernière condition rendait le choix particulièrement difficile à Hazebrouck. Cette ville ne pouvait mettre en avant aucun de ses hommes, ni M. Plichon, ni M. de Lagrange, ni M. Warein, ni M. Cleenewerck, tous accusés d'orléanisme. Les discussions du club « *de l'égalité et de l'ordre* » n'aboutissaient qu'à des questions de personnes, et l'on incriminait sournoisement la conduite des citoyens les plus honorables. Toutes sortes d'ambitions se faisaient jour. Il y avait même de ces candida-

---

1. Journal publié à Hazebrouck et qui parut de 1848 à 1851. Il était républicain avancé.

tures plus ou moins gaies dont notre ville caresse la tradition. Un certain Benoît l'Épine (1) sollicitait les suffrages : « Je » ne ferai aucune proclamation, disait-il, ceci sent trop l'ancien » régime. Ne voulant être le coryphée d'aucun parti, je me pré- » sente sous le simple titre de *citoyen-rentier*... Toute mon am- » bition, c'est d'aller défendre les droits de l'opprimé, quel qu'il » soit, contre l'oppresseur, quel qu'il puisse être. »

Pour arriver à un arrangement sérieux, on fit des réunions de comités et de sous-comités. Le sous-comité de Cassel présenta M. Louis Behaghel, contrôleur, celui de Bailleul Mr Serlooten, propriétaire, celui de Merville M. Duquenne, maire et meunier à La Gorgue. Les cantons d'Hazebrouck n'avaient point de candidat. Beaucoup de citoyens songeaient à M. Dehaene. Mais certains gros Messieurs, habitués à se partager l'arrondissement comme un gâteau qu'on mange en famille, ne voulaient point de cette personnalité nouvelle.

Les électeurs, tenus à l'écart par eux, protestèrent énergiquement, et convoquèrent les deux cantons d'Hazebrouck en réunion plénière à Morbecque pour le dimanche 2 avril. Quatre mille hommes répondirent à l'invitation ; ce fut une sorte de *meeting* où tout le pays était représenté. La réunion se tint en plein air, sur la grand'place du bourg ; l'on choisit pour président M. Claudorez, maire de la commune (2), pour vice-présidents M. Bernast, chef de la garde nationale, et M. Markant, curé-doyen de la paroisse. Ces noms furent couverts d'applaudissements (3). Après un discours patriotique du président, le

---

1. Prêtre habitué résidant à Hazebrouck.

2. M. Claudorez était très populaire. Le lendemain de la Révolution de 1848 on l'avait révoqué. Malgré cela, il resta à son poste, et ses administrés résolurent de ne point accepter d'autre maire que lui. Le commissaire du gouvernement, Mr Pilette, vint haranguer la foule du haut du balcon de l'Hôtel-de-Ville pour lui imposer son fonctionnaire. La foule ne voulut rien entendre ; elle devint même si menaçante que Pilette dut déguerpir au plus vite, sans quoi il eût été mis en pièces. Le gouvernement ferma les yeux et considéra M. Claudorez comme maire de Morbecque.

3. M. Markant était un des prêtres qui croyaient à la démocratie chrétienne et voulaient à tout prix baptiser la République. Il disait que le clergé ne doit pas se contenter de gémir et de prier, qu'il doit agir.

M. Bernast, de son côté, n'était pas un légitimiste à illusions, demandant au ciel un miracle et l'attendant les bras croisés. L'axiome « Aide-toi, le ciel t'aidera » est vrai pour les partis politiques.

secrétaire (1) donna lecture des professions de foi des divers candidats proposés pour les cantons d'Hazebrouck, savoir : des citoyens Duquenne, Gaddeblé, Dehaene, etc.

Nous citons le procès-verbal : « Plusieurs demandent la priorité pour la candidature de M. Dehaene. La grande majorité de l'assemblée ratifie cette dernière. On avertit les électeurs d'émettre librement leurs votes, et l'on met aux voix la priorité. Alors les mains se lèvent, unanimement et avec acclamation, en faveur de la candidature de l'abbé Dehaene, principal du collège d'Hazebrouck. On réclame la contre-épreuve. On demande que ceux qui veulent une autre candidature, n'importe laquelle, lèvent la main !... *Pas une main ne se lève.* »

Cette assemblée eut un grand retentissement dans la Flandre.

La qualité de prêtre était regardée par les citoyens honnêtes et religieux comme une garantie incontestable de dévouement à la cause de l'ordre.

En fait de sauveurs de société, on trouvait que les membres du clergé étaient les premiers à prendre, car sauver est leur mission. C'est pourquoi les paysans et les ouvriers voulaient à tout prix l'abbé Dehaene. Ils le connaissaient, ils l'avaient entendu ; ils croyaient que sa parole retentirait dans un parlement comme elle avait retenti dans leurs églises. Ils étaient fiers de voter pour un enfant du pays, pour un homme qui leur ferait honneur par son éloquence. Au surplus, on sentait dans tout cela le passage d'un souffle généreux qui traversait la France. Le peuple, à certaines heures, suit de nobles élans.

Il faut dire aussi que la Révolution de 1848 n'avait pas eu le caractère d'impiété de celle de 1830 (2). L'ouvrier n'avait rien à reprocher aux prêtres, et la soutane ne déplaisait pas plus à

---

1. M. Deram, de Steenbecque.
2. Au plus fort de l'insurrection, un jeune homme, membre de la société de St-Vincent de Paul, était allé prendre au palais des Tuileries, que la foule dévastait, le Christ de la chapelle, et, escorté de quelques gardes nationaux et de deux élèves de l'école polytechnique, il l'avait transporté à l'église St-Roch. Quelques spectateurs avaient essayé d'insulter. Le curé de St-Roch était intervenu et la foule l'avait appuyé en criant : « Vive la liberté ! vive la religion ! vive Pie IX ! » C'est que l'immense popularité du nouveau pape portait ses fruits, et qu'on rêvait partout de réconcilier à son exemple l'Église et la société moderne.

Hazebrouck que le froc à Paris. A Paris, en effet, on inscrivait Lacordaire sur les listes de candidats, après l'avoir acclamé à l'amphithéâtre de l'école de médecine et dans la grande salle de la Sorbonne. Mgr Parisis, évêque de Langres, Mgr Fayet, évêque d'Orléans, l'abbé Fréchon, du diocèse d'Arras, et vingt autres ecclésiastiques, curés ou professeurs de séminaire, étaient candidats. Il semblait que chacun d'eux pouvait dire comme Lacordaire : « Je suis une liberté ! » L'abbé Dehaene était donc en plein dans le courant qui entraînait la France quand il lançait la profession de foi suivante :

« Aux électeurs du département du Nord.

» Hazebrouck, le 28 mars 1848.

» Citoyens,

» En acceptant la canditature aux élections prochaines pour
» l'Assemblée Nationale, j'ai cédé aux vœux, aux instances
» réitérées d'un grand nombre de mes concitoyens, sincèrement
» dévoués à la religion, à l'ordre et à la sage liberté.

» Je n'ai d'autre titre à vos suffrages que dix années con-
» sacrées à l'instruction et à l'éducation de la jeunesse, et le
» désir ardent, mais désintéressé, d'être utile à ma patrie.

» J'adhère franchement, sans arrière-pensée, à la République ;
» mais je la veux avec toutes les libertés civiles, politiques et
» religieuses, prises dans leur sens le plus large et le plus
» vrai.

» Prêtre et enfant du peuple, j'ai appris à connaître les
» besoins et les souffrances de la classe pauvre et ouvrière, et
» je m'efforcerai de contribuer, par tous les moyens possibles
» et légitimes, à l'amélioration du sort des travailleurs.

» Je reconnais que le commerce et l'agriculture n'ont pas été
» suffisamment protégés jusqu'ici, et qu'ils ont droit à l'attention
» spéciale de tous ceux qui s'intéressent à la prospérité du
» pays.

» Je professe un respect inviolable pour la propriété, et c'est

» de toute l'énergie de mon âme que je repousse toute doctrine
» subversive de l'ordre et de la société.

» Telles sont mes convictions intimes, inébranlables, et jamais
» mes actes ne les démentiront.

» L'abbé DEHAENE,

» Principal du collège d'Hazebrouck. »

Nous n'avons point trouvé de traces d'une correspondance quelconque échangée avec l'archevêché à l'occasion de cette candidature. Les circulaires et les lettres pastorales de Mgr Giraud donnaient suffisamment à entendre que toute latitude était laissée aux prêtres pour l'exercice de leurs droits de citoyens.

La profession de foi de l'abbé Dehaene fut insérée dans l'*Indicateur* d'Hazebrouck et dans la plupart des journaux du département. « Courte, exprimée en termes énergiques, elle a
» le mérite d'être claire et précise. M. Dehaene a su communi-
» quer à son style les sentiments d'un sincère ami du peuple...
» L'amour et l'estime dont il jouit sont les plus beaux titres
» aux suffrages. Le prêtre à qui les pères de famille de l'arron-
» dissement ont confié, depuis dix années consécutives, l'avenir
» de tout ce qu'ils ont de plus cher au monde, de leurs enfants,
» mérite d'être chargé d'un mandat de député. A ce titre
» joignez son talent oratoire. L'écho que son éloquence a
» trouvé en prêchant la parole évangélique, elle le trouvera en
» prêchant la loi du peuple : car la loi du peuple est la loi de
» Dieu (1). »

L'abbé Dehaene pouvait donc dire, à meilleur droit qu'un de ses concurrents (M. Antony-Thouret) : « Ma profession de foi, c'est ma vie ! »

Relue après 40 ans, cette pièce semblera peut-être compromettante, et on se demande s'il la signerait encore aujourd'hui.

Il adhère franchement et sans arrière-pensée à la république. — En 1848, la république était le gouvernement de fait, et, de plus, elle paraissait le seul gouvernement possible. Tous les

---

1. Lettre d'un électeur. (*Indicateur d'Hazebrouck.*)

hommes d'ordre, tous ceux qu'on appellerait maintenant conservateurs, libéraux, monarchistes, etc., unissaient leurs efforts contre les socialistes, et, sous le drapeau qui les divisait le moins, marchaient au salut de la patrie. « Le vaisseau de la monarchie constitutionnelle, sur lequel je voguais avec Mr Thiers, a sombré ; tous deux nous nous sommes réfugiés sur un radeau qui a préservé la société de l'abîme (1). »

En outre, il demande toutes les libertés civiles et religieuses, mais prises dans un sens large et vrai ; l'amélioration du sort des travailleurs, mais par des moyens possibles et légitimes ; enfin la protection du travail. — Tout cela, il le demanderait encore. Seule, la question de forme du gouvernement l'embarrasserait, car en 1848 la république était pour les catholiques un gouvernement de promesses, réclamant d'eux l'honneur de faire ses preuves. Aujourd'hui, beaucoup soutiennent qu'elle les a faites contre nous d'une façon définitive et irrécusable, et qu'il devient de plus en plus difficile de lui donner une adhésion quelconque (2). La gêne de l'abbé Dehaene serait donc grande. Mais en 1848 son attitude était correcte et tout à fait explicable. Admis sur la liste de la *Gazette de Flandre et d'Artois* (3), il acceptait son programme et signait le manifeste de l'association pour les libertés publiques.

Il y était dit :

« CITOYENS,

» La France aujourd'hui est République !

» Ne vous laissez ni séduire ni épouvanter par ce mot ! La
» République c'est toujours la France, c'est toujours la patrie !

---

1. Paroles de Montalembert.

2. Quelques-uns cependant gardent encore des espérances, disant que l'épreuve n'est pas concluante, parce qu'elle n'a pas été faite comme il faut ; ils prêchent la réconciliation de la démocratie et de l'Église. Sans critiquer leur optimisme, on peut dire que l'exclusion systématique des conservateurs des sphères gouvernementales entraîne deux inconvénients : l'annihilation politique des hommes modérés et sages, et l'abandon des forces sociales aux mains les plus imprudentes ou les plus incapables ; situation qui ne peut se prolonger indéfiniment sans grand dommage pour la patrie, laquelle a besoin de tous ses enfants.

3. On ne doit pas être surpris de voir des légitimistes sous le drapeau de la république en 1848. Il y a plus de distance entre un légitimiste et un orléaniste

» Sous la République comme sous la monarchie, se dévouer
» au service de la patrie est toujours un devoir.

» Le bien n'est pas monarchique : le mal n'est pas républi-
» cain.

» Le bien est dans la justice et la liberté : le mal est dans la
» violence et l'oppression.

» L'exemple des gouvernements déchus, quels qu'aient été
» leurs tendances et leurs noms, prouve que tout système exclu-
» sif est fragile.

» Citoyens électeurs, si la République naissante, qui semble
» vouloir grandir avec le développement de toutes les libertés,
» tombe aux mains d'un parti, ce parti, fût-il son père, l'étouf-
» fera sanglante dans son berceau.

» Consultez votre conscience et prenez pour guides les
» hommes qui professent loyalement ce patriotique symbole :
» *consécration de toutes les libertés individuelles, civiles et reli-*
» *gieuses, respect pour tous les intérêts, place pour tous les*
» *droits.* »

L'*Indicateur* d'Hazebrouck patronnait la liste de l'*Écho du Nord*. Seulement, comme la candidature de l'abbé Dehaene était très populaire parmi ses abonnés, il mit son nom sur des listes spéciales. M. Dehaene protesta contre cette usurpation et fit insérer sa protestation dans les journaux. C'était risquer de perdre des voix, mais c'était franc et loyal.

A la dernière heure, trois listes furent en présence :

1° Celle des *républicains avancés*, soutenue par le *Messager du Nord* (journal auquel correspond aujourd'hui le *Progrès du Nord*). Elle portait les noms de Ledru-Rollin, Flocon, Delescluze, etc., et, parmi beaucoup d'autres inconnus, Testelin, docteur en médecine, devenu depuis un personnage. C'était l'opposition radicale et socialiste.

2° Celle des *républicains modérés*, liste de l'*Écho du Nord*,

---

qu'entre un légitimiste et un républicain. Les sentiments divisent plus que les principes. Or, tout le monde sait que, depuis Philippe-Égalité, la haine de l'orléanisme est, pour un légitimiste de sang et de race, le commencement de la sagesse et le premier devoir.

où l'on remarquait MM. Corne,Desmoutiers, le général Négrier, Delespaul. C'était l'opposition libérale et parlementaire.

3° Celle des *républicains conservateurs* et *religieux*, liste de la *Gazette de Flandre et d'Artois*, où se trouvaient MM. de Melun, Wallon, de la Roière, de Staplande, maire de Bergues, Mimerel, maire de Lille, Behaghel, de Cassel, l'abbé Dehaene, etc. C'était l'opposition catholique et légitimiste.

Lamartine était à la tête des deux dernières listes. On ne pouvait se passer de lui, parce que dans le gouvernement provisoire il représentait l'ordre et la modération. Toute la France savait la fameuse parole prononcée au milieu du sifflement des balles sur les marches de l'Hôtel-de-Ville de Paris : « Le dra- » peau tricolore a fait le tour du monde avec toutes nos libertés » et toutes nos gloires. Le drapeau rouge n'a fait que le tour du » Champ de Mars, traîné dans le sang du peuple. » En Flandre, Lamartine avait des relations de famille et des attaches politiques ; il gardait de la reconnaissance pour les électeurs de Bergues, qui, pendant son fastueux voyage d'Orient (1833), l'avaient élu député (1).

Les élections étaient fixées aux 23 et 24 avril, dimanche et lundi de Pâques. Ces dates devaient naturellement déplaire aux catholiques. Comme il fallait voter au chef-lieu de canton, les populations religieuses des campagnes étaient placées dans l'alternative de ne pas célébrer la plus grande fête de l'Église ou de ne pas faire le voyage électoral. Les évêques parèrent à cet inconvénient en recommandant aux curés de célébrer la Sainte messe de très bon matin, et de donner eux-mêmes à leurs paroissiens l'exemple du devoir civique.

---

1. En 1843 il écrivait : « J'ai été maître des collèges électoraux d'Hazebrouck, Dunkerque et Bergues. Les habitants sont très faciles. Ils ont un grand respect de l'autorité. Lorsque, jeune député, j'allais à Bergues, la garde nationale venait à une demi-lieue de la ville et m'introduisait au son de la musique. Je trouvais un dîner magnifique et le soir des illuminations. — On le faisait à vous, mais pas à d'autres, disait Dargaud.— Pardon ! à tous, à Staplande ! on le trouve sublime. »

C'était chose assez curieuse de voir la Flandre, pays positif par excellence, choisir pour son représentant un poète, et même le plus rêveur de tous les poètes, l'homme qui répondait, quand on lui demandait où il irait s'asseoir à la Chambre : « Au plafond ! puisque je ne vois de place pour moi dans aucun groupe. » (Lamartine d'après sa correspondance.)

Les électeurs du canton d'Hazebrouck-Nord votaient dans la grande salle des Augustins, place de la Sous-Préfecture ; ceux du canton d'Hazebrouck-Sud dans un des salons de l'Hôtel-de-Ville. Les communes étaient appelées au scrutin dans un ordre indiqué d'avance. Des écriteaux, des affiches, des bannières, des avertissements par roulements de tambour, facilitaient le groupement des électeurs. Plusieurs citoyens avaient fait annoncer par la voie des journaux et par des crieurs publics qu'ils se mettaient à la disposition des électeurs ne sachant pas écrire, pour faire à leur liste telle modification qu'ils jugeraient convenable.

Le 23 avril, à sept heures du matin, les salles sont ouvertes et les scrutateurs à leur poste : « Un beau soleil printanier, radieux symbole d'espérance, brille dans les cieux (1). » Jusque dans les communes les plus écartées, l'ébranlement se fait et la marche des électeurs commence. Les tambours battent le rappel le long des grand'routes et sur les pierres des sentiers. Des hommes qui n'ont jamais quitté leur chaumière que pour se rendre à l'église, des paysans aux longs cheveux, à la redingote antique, qui semblent en retard d'un siècle, se groupent sur la pelouse du village. Après avoir assisté à la messe, ils partent fièrement pour sauver la patrie. Les malades, les infirmes, les vieillards, sont hissés sur de grands chariots couverts de toile blanche. Le curé est assis au milieu d'eux. Il a, ce matin, écourté son prône, et s'est contenté d'engager son peuple à bien faire son devoir. Nul ne manque au rendez-vous, car la circonstance est solennelle : la patrie est en danger et l'on vote pour la première fois !

A Hazebrouck, les opérations électorales se font avec ordre et animation. Les manifestations favorables à l'abbé Dehaene se succèdent. Elles entraînent les plus indécis.

A six heures du soir, les urnes sont fermées et déposées sous clef à la mairie. Un poste de gardes nationaux est installé dans cet édifice et des factionnaires en surveillent les issues.

Le lendemain, les opérations recommencent. C'est le jour où doit arriver la commune de Morbecque, qui la première a acclamé la candidature de l'abbé Dehaene. Ce sera le grand jour.

---

1. *Indicateur d'Hazebrouck*.

A Morbecque, l'enthousiasme est à son comble. Les électeurs se mettent en mouvement dès six heures du matin. La grand'route d'Hazebrouck est pour eux comme une voie triomphale. A l'entrée de la ville, ils s'arrêtent pour mieux former les rangs. Sur le front de la première ligne on déploie le drapeau tricolore ; le curé et le maire prennent place, l'un à droite, l'autre à gauche du drapeau. Derrière eux les paysans, se tenant par le bras, occupent toute la largeur de la rue. Le tambour bat aux champs, et le bataillon s'avance calme et fier. La ville entière s'émeut, et de toutes parts on accourt à leur rencontre, on les applaudit. En face du collège communal, ils demandent leur candidat : M. Dehaene paraît. Ils poussent une acclamation immense et défilent devant lui, montrant son nom sur leur bulletin de vote. Pâle d'émotion et les yeux voilés de larmes, M. le principal préside au défilé de ces braves gens. Ce jour-là, sa lèvre frémissante forgeait les paroles d'airain qui doivent tomber d'une tribune. Chaque acclamation le remuait jusqu'aux entrailles, et le souffle populaire, ce vent de l'éloquence politique, gonflait son âme.

Quand les votes de l'arrondissement furent connus, il y eut une grande joie parmi les amis de M. Dehaene. Il tenait la tête de sa liste dans les cantons d'Hazebrouck, de Merville et de Steenvoorde ; et, dans les autres cantons, il était à peine distancé de quelques voix par les plus populaires des candidats. Malheureusement ceux qui étaient inscrits sur deux listes l'emportaient dans l'ensemble du département. S'il avait consenti, comme d'autres hommes du pays, comme MM. Duquenne et Serlooten, à profiter de l'appui de « l'Écho du Nord », il passait des premiers.

Dans ce premier scrutin de liste comme dans beaucoup d'autres, la Flandre fut sacrifiée aux grandes villes. Tous ses hommes les plus en vue, MM. Blanquart de Wormhoudt, de la Roière d'Hondschoote, de Staplande de Bergues, Béhaghel de Cassel, l'abbé Dehaene d'Hazebrouck, restèrent parmi les vaincus.

Sur 73 candidats ayant réuni un nombre remarquable de voix, 28 étaient élus : Lamartine, le premier, avec 227.000 voix, M. Aubry, le dernier, avec 93 000. L'abbé Dehaene arrivait le quatrième des 45 restants. Il avait dans l'arrondissement d'Hazebrouck près de 16.000 voix, dans le département un peu plus de 63.000. Nous ignorons les réflexions qui se pressèrent dans son âme lorsqu'il sut que les efforts de ses partisans avaient échoué. Il rentra humblement et simplement dans la solitude de son collège. Je dis dans la solitude, car, au moment des élections, c'étaient les vacances de Pâques. Il se reposa donc de ses émotions entre sa mère et son bon frère Louis, tous deux probablement satisfaits, au fond du cœur, de son échec. Lui-même n'en eut pas de réel chagrin. Il avait agi, non par ambition, mais par amour de son pays. Quand les élèves furent de retour, il reprit ses fonctions de professeur et de principal sans le moindre embarras.

Il conserva de cet épisode de sa vie un penchant marqué vers les luttes politiques. A chaque élection il était agité et fiévreux, comme un homme qui sent en lui des aptitudes et des forces restées sans objet. De leur côté, ses adversaires montrèrent toujours, à son égard, une défiance peut-être exagérée. Il leur semblait que ce prêtre demi-tribun, qui avait soulevé une fois les foules, pourrait les soulever encore. Ils ne se trompaient pas complètement, car, si l'abbé Dehaene manquait de la finesse et de l'obstination propres aux politiques, il avait au cœur la flamme et les passions d'un patriote.

Quant au peuple des Flandres, en acclamant son cher principal il avait montré qu'il savait discerner les hommes dignes de sa confiance. Dès le premier exercice de son droit de suffrage, il avait fait noblement son devoir. Il n'y a guère manqué depuis. Avec une persévérance et un courage qui ne s'expliquent que par la stabilité des croyances religieuses et l'amour inné des franchises municipales, ce peuple a choisi habituellement pour ses mandataires des hommes indépendants et chrétiens. Les manifestations de 1848 furent donc un excellent début. Il ne faut point les juger par leur résultat immédiat, mais par leur influence future. Et à ce dernier point de vue on peut dire qu'elles donnèrent au suffrage universel dans notre pays une bonne orientation. En définitive, un mot d'ordre, semblable à celui qui devint le cri de guerre d'O'Connell et le signal du réveil de l'Irlande,

Remember your soul and liberty !
Souvenez-vous de votre âme et de la liberté !

avait parcouru ces foules enthousiastes.

Votre âme et votre liberté, c'est bien ce dont vous vous êtes souvenues toujours, chères populations des Flandres, et c'est bien ce que vous avez constamment réclamé, sous tous les régimes, depuis le jour où vous inscriviez sur votre premier bulletin de vote le nom d'un prêtre.

Votre liberté ! c'est à quoi vous songiez en nommant Plichon, malgré la pesante main de l'empire. Votre âme et l'âme de vos fils, c'est ce que vous défendiez hier, avec honneur et courage, au scrutin d'arrondissement.

Fasse le Ciel qu'il en soit toujours ainsi !

Les droits de l'âme et de la liberté, cette perpétuelle revendication, ce vieux cri de tous les peuples qui se respectent et qu'on respecte, cet indomptable *« pro aris et focis »* qu'on ne peut oublier sans lâcheté ni violer sans honte, résume la profession de foi de l'abbé Dehaene et mérite de rester votre simple et fière devise. Et vous vivrez en paix avec le gouvernement qui la respectera !

Signalons, pour n'avoir plus à y revenir, les principaux événements qui se succédèrent après les élections de 1848. Quoique le rôle public de l'abbé Dehaene soit fini, sa manière de voir nous intéresse encore. Ces événements eurent une influence notable sur ses opinions, et leur brève énumération sert à expliquer son attitude pendant les vingt années qui suivirent.

L'Assemblée nationale se réunit le 4 mai et proclama immédiatement la République comme forme définitive de gouvernement ; il le fallait pour éviter la guerre civile.

Le 5 juin, eurent lieu des élections complémentaires, pour remplacer les députés nommés simultanément dans plusieurs circonscriptions : elles firent entrer dans l'Assemblée, Thiers, Changarnier, Victor Hugo et le prince Louis-Napoléon Bonaparte.

Surviennent les journées de juin. Les socialistes se révoltent. Pendant quatre jours, du 23 au 27, Paris est le théâtre d'une affreuse guerre civile. Le sang coule à flots. Les généraux Négrier, Bréa, Duvivier, tombent sur ce champ de bataille, plus meurtrier que ceux d'Afrique. Au pied des barricades où il vient parler de paix, Mgr Affre est mortellement atteint d'une balle. La France entière pousse un cri d'horreur et d'épouvante.

Quand l'ordre a triomphé de l'anarchie, l'Assemblée s'occupe de la Constitution. Le pouvoir exécutif sera confié à un président nommé pour quatre ans au suffrage universel. Cette élection a lieu le 10 décembre. Quatre candidats briguent les suffrages : Ledru-Rollin, socialiste, Lamartine, utopiste, Cavaignac, républicain éprouvé et convaincu, Louis-Napoléon, aventurier, fort de son nom, de ses belles promesses et des fautes de ses adversaires.

En ce moment, la question romaine passionnait les esprits. Les révolutionnaires triomphaient à Rome. Le 15 novembre, ils avaient poignardé Rossi, le ministre du pape, et Pie IX avait dû prendre la fuite. Il était à Gaëte. La France catholique, anxieuse, haletante, priait pour lui et réclamait sa délivrance. Cavaignac, chef du pouvoir exécutif, envoya une escadre pour le protéger et lui offrit un asile. Mais Napoléon eut l'adresse de faire davantage : il écrivit à Montalembert, chef du parti catholique, une lettre très retentissante, où il se prononçait nettement en faveur de la souveraineté temporelle du pape. Cette tactique, jointe à une propagande effrénée par médailles, portraits, brochures et chansons (1), fit triompher Napoléon. Il obtint cinq millions de suffrages, Cavaignac un million et demi.

Le 27 mai 1849, l'Assemblée Législative remplaça l'Assemblée Constituante. Elle était en majorité monarchique, car sur 750 membres 200 étaient républicains et 550 orléanistes ou légitimistes. Ces derniers espéraient se servir de Napoléon comme d'un Monck pour préparer le triomphe du prince de leur choix, le comte de Paris ou le comte de Chambord. Ils furent trompés. Pendant qu'ils se battaient, le Président se mit entre eux

1. Napoléon dut beaucoup à l'appui de la *Presse*, journal de M. Émile de Girardin. Par des articles à sensation, elle changea du jour au lendemain la manière de voir d'un grand nombre d'électeurs.

comme un troisième larron. Il agita devant les masses le spectre rouge, discrédita la monarchie et la république l'une par l'autre, et, le 2 décembre 1851, fit son coup d'État. L'Assemblée Législative était dissoute, et le peuple convoqué dans ses comices pour voter, par oui ou par non, sur la constitution nouvelle. Il l'approuva, les 20 et 21 décembre, par plus de sept millions de suffrages. Il n'y eut que 500.000 votes négatifs. La présidence décennale amena le rétablissement de l'empire, qui fut sanctionné par le plébiscite de novembre 1852.

Trois moyens assurèrent, pour un temps, la force et la durée du gouvernement impérial : la candidature officielle, la nomination des maires par l'autorité centrale et la suppression de la liberté de la presse.

Dans les trois circonstances solennelles que nous venons d'indiquer, le 18 décembre 1848, le 20 décembre 1851 et le 21 novembre 1852,—c'est-à-dire, quand Louis-Napoléon demanda la présidence de la République contre Cavaignac, puis la présidence décennale après le coup d'État, et enfin le titre d'empereur, — l'abbé Dehaene, comme l'immense majorité des Français, vota pour lui. La confiance au prince avait été grandissante. Seuls, quelques légitimistes-ultra et quelques républicains démocrates, avaient résisté à la fascination napoléonienne. Les autres, voyant que le gouvernement de leurs rêves devenait impossible, et que le flot démagogique montait sans cesse en face du parlementarisme impuissant à le contenir, s'étaient réfugiés dans l'empire comme sur une planche de salut.

Les catholiques étaient rassurés par l'expédition de Rome et par de nombreux gages de bienveillance donnés au clergé. Montalembert lui-même, malgré la sincérité de son libéralisme, avait approuvé le coup d'État. Mais la confiscation des biens de la famille d'Orléans lui ouvrit les yeux. Au lieu d'un sauveur, il vit désormais dans Napoléon un dictateur, et il attaqua vivement cette pseudo-alliance du trône et de l'autel qui, sous prétexte d'avantages extérieurs, imposait à l'Église le sacrifice de ses libertés. Louis Veuillot eut la foi plus robuste. Appuyé sur la thèse de l'union de l'Église et de l'État, il défendait le gouvernement de l'empereur, parce que celui-ci protégeait la religion. En droit, Veuillot avait raison. Nous croyons qu'en fait, à cause des tendances de centralisation et de monopole du second empire, Montalembert n'avait pas tort. Malheureusement, ces divisions intestines affaiblirent l'action catholique.

L'abbé Dehaene se rallia franchement à l'empire. Il était légitimiste par fidélité chevaleresque à la cause des vieux rois, et surtout par esprit religieux ; mais comme son opinion politique reposait sur un sentiment et non sur un principe, elle devait subir des fluctuations diverses et céder à deux sentiments plus forts : l'amour de la patrie et le dévouement à l'Église. C'est ce qui arriva pendant la première période de l'Empire. Sa conduite fut celle qu'on a très amèrement (1) reprochée au clergé français. Quand nos désastres de 1870 eurent révélé l'abîme de corruption morale caché sous la satisfaction des besoins matériels, il revint, avec toute l'énergie de l'expérience et du regret, à son idée de restauration monarchique. Comme la jeune fraction du parti légitimiste, celle qui regardait en avant, il voulait unir le progrès à l'autorité traditionnelle, et il attendait le salut national de la réconciliation du roi et du peuple. Était-ce une chimère ?

Nous voyons donc que l'abbé Dehaene ne put jamais rester neutre entre les partis. Aux hommes pratiques cette neutralité est difficile, aux hommes de cœur elle est impossible. Pour les premiers elle serait une faute, pour les seconds un crime.

On nous pardonnera les détails qui précèdent, parce que la politique joue un grand rôle dans les vies contemporaines. Depuis que nous sommes le peuple-roi, le journal est, hélas ! notre pain quotidien, et le vote notre trop fréquent devoir. C'est pourquoi nous sommes curieux de connaître les opinions de nos semblables. Dire celles de l'abbé Dehaene était d'autant plus nécessaire qu'il aima toujours ces grandes questions, non par intérêt, certes, — car la politique, qui trop souvent diminue ceux qu'elle favorise, ne lui profita sous aucun régime, — mais par zèle religieux, par dévouement patriotique.

---

1. Victor Hugo, *Les Châtiments*.

CHAPITRE NEUVIÈME

Les ŒUVRES de ZÈLE de M. DEHAENE.

Nous arrivons à des choses moins irritantes que les discussions politiques, à savoir les fondations pieuses et charitables auxquelles M. Dehaene travailla. Écoles, associations, œuvres diverses, on peut dire que rien ne se fit, ni dans la ville d'Hazebrouck, ni aux environs, sans qu'il y contribuât par la parole, la prière ou l'aumône. Conseiller, encourager, inaugurer le bien, ce fut toute sa vie.

« Que je voudrais, disait-il, soulager tout ce qui est pauvre
» tout ce qui est petit, tout ce qui souffre, tout ce qui est mal-
» heureux ! Que de misères oubliées, que de souffrances cachées,
» au-dessus desquelles glissent toutes nos charitables insti-
» tutions ! Je voudrais descendre jusqu'à la dernière fibre de la
» dernière âme, pour la soulager et pour la rendre heureuse, en
» lui donnant l'amour de Jésus et de Marie (1) ! »

Il prenait comme modèle saint Vincent de Paul dont il a prononcé plusieurs fois le panégyrique ; il aimait à voir et à célébrer en lui le ministre de la Providence, le saint qui « a fait des merveilles et qui n'y pensait pas, » l'ange du Seigneur qui est « l'ami des hommes parce qu'il est l'ami de Dieu. » Il tirait du tableau de son admirable vie les conclusions pratiques qu'elle renferme, et répétait aux autres ces vérités qu'il se disait à lui-même pour soutenir son ardeur entreprenante :

---

1. Lettre de M. Dehaene à la sœur X... (16 août 1860).

« Zélateurs du bien, faisons tout notre possible pendant la
» vie ; à notre mort, nous trouverons que nous n'avons pas fait
» assez. » Et encore : « Commençons le bien, commençons-le
» sans crainte, Dieu le finira. Partout où il y a place pour une
» bonne œuvre, mettons hardiment la main. Ce que nous dési-
» rons, d'autres le désirent ; ce que nous méditons, d'autres le
» méditent ; tous ceux-là sont des alliés que Dieu nous
» ménage. Il faut seulement commencer, le reste se fera
» comme de soi ; il faut seulement donner le branle au char,
» d'autres viendront s'y atteler. En effet, si l'humanité a un
» côté faible, un côté mauvais, par lequel elle touche aux abî-
» mes, et que l'égoïsme et les passions exploitent, elle a aussi
» un bon côté, un côté généreux et noble, que le péché origi-
» nel a laissé intact, que la grâce a fortifié, et sur lequel se fon-
» dent les œuvres grandes, généreuses, sublimes : ainsi sont-
» elles toujours comprises, admirées et continuées dans le
» monde ! Donc faisons courageusement le bien auquel Dieu
» nous appelle, soit grand, soit petit, malgré notre faiblesse.
» Et comme la charité ramène tout, puissions-nous faire quel-
» que chose, faire beaucoup, tout faire, pour sauver les âmes !
» puissions-nous sacrifier un jour notre attrait le plus cher pour
» exercer cette sublime vertu de charité ! (1) »

Tels furent les sentiments qui animèrent M. Dehaene.

Parmi les œuvres auxquelles il s'intéressa le plus, il faut placer au premier rang les écoles primaires.

La question du personnel de l'enseignement est une question
complexe et délicate.

Elle fut soulevée à Hazebrouck pour l'école communale des
filles en l'année 1842.

Jusqu'alors cette école avait été dirigée par une personne
respectable et pieuse, Melle Amélie Baelde, qui avait comme
adjointes de bonnes filles, humbles, dévouées, faisant la classe
pour l'amour de Dieu et des petits enfants. Il ne leur manquait
que l'habit pour être appelées « ma Sœur », car elles étaient
voilées de modestie et de réserve, et ne ressemblaient en rien

---

1. Panégyrique de St Vincent de Paul prononcé dans la chapelle de l'hospice
d'Hazebrouck (juillet 1854). — Voir aussi les papiers intimes de M. Dehaene
(Résolutions de retraite).

à ces péronnelles, farcies de science et gonflées de pédantisme, dont on fait parfois des institutrices. Enlever brusquement à ces bonnes demoiselles des fonctions dont elles s'acquittaient à la satisfaction générale, afin de les remplacer par des religieuses, c'était chose impossible.

D'ailleurs les communautés de femmes, si éprouvées pendant la Révolution (1), renaissaient à peine de leurs cendres.

Parmi les membres du clergé, beaucoup étaient liés par la reconnaissance envers les maîtresses laïques, qui les secondaient dans l'enseignement du catéchisme. Et certes, quand elles faisaient de la paroisse leur patrie, qu'elles vivaient et mouraient à côté de leurs élèves, et qu'elles recevaient la direction religieuse du curé, celui-ci ne pouvait point prendre à leur égard l'initiative d'une mesure qui eût été une marque de défiance imméritée et qui aurait péniblement affecté la population (2).

Mais la difficulté était d'assurer l'avenir, et c'est à quoi songeait la municipalité d'Hazebrouck.

---

1. Avant la Révolution, il y avait à Hazebrouck un couvent de Sœurs franciscaines, dites Sœurs grises, qui donnaient l'instruction aux jeunes filles. Leur couvent était situé où se trouve maintenant la prison. Elles apprenaient à lire, écrire et faire de la dentelle. (*Histoire de l'enseignement primaire avant 1789, dans le département du Nord*, par le comte DE FONTAINE DE RESBECQ.)

2. Une des conséquences les plus fâcheuses des dernières lois scolaires, c'est qu'elles isolent l'instituteur et l'institutrice des populations au milieu desquelles ils vivent. Traitement et avancement, ils reçoivent tout de l'État, et sont assimilés aux fonctionnaires. Aussi les mutations deviennent-elles de plus en plus fréquentes parmi eux, et c'est une chose déplorable, parce que, pour former la jeunesse, il faut connaître le pays où elle vit.

Les instituteurs et institutrices d'autrefois étaient liés en quelque sorte à la commune. C'est le secret de leur influence, car il n'y a pour l'homme, toujours faible quand il est seul, que deux moyens d'être fort et d'avoir de l'influence : tenir au sol comme un arbre, ou se rattacher à une association. Les congréganistes eux-mêmes ont la sagesse de ne point dédaigner la force que donne le long séjour dans un pays. Les Supérieurs laissent dans chaque communauté tel ou tel religieux, telle ou telle religieuse dont le nom, la figure et l'habit entrent dans l'imagination du peuple, et représentent pour lui tout l'Ordre. Aux jours d'épreuve, c'est sur ceux-là qu'on s'appuie. Ne l'a-t-on pas vu lors des laïcisations ? Dans la ville d'Hazebrouck, on a fait aux Frères et aux Sœurs de belles ovations. Et sans nul doute, on les faisait par estime générale pour les religieux. Mais il faut dire que ces ovations n'eussent point été si populaires, si on n'avait connu de longue date tel Frère, telle Sœur, que chacun nommait : la Sœur Vincent, la Dame Emmanuel, le vieux Frère Directeur. Le peuple particularise toujours, parce qu'il est guidé par le sentiment.

Dans ces circonstances, M. Dehaene ne manqua point de faire observer à ses amis du Conseil que, pour l'œuvre de l'instruction et de l'éducation, les congréganistes possèdent deux forces inappréciables : la force naturelle de l'union et la force surnaturelle des vœux. Il affirmait cela avec une imperturbable assurance. Il n'avait même pas besoin de voir les religieux ou les religieuses à l'œuvre avant de leur donner ce bon témoignage. Son grand esprit de foi lui suffisait pour dire d'instinct ce que Guizot affirmait après de longues observations : « Les congrégations sont le dernier degré de concentration du christianisme. » Il avançait donc, sans la moindre hésitation, que, toutes choses égales d'ailleurs, les congréganistes doivent être préférés pour les œuvres, parce que les vrais amis de DIEU sont *a priori* les meilleurs amis de l'homme.

Il convainquit facilement ses amis chrétiens. Eux-mêmes du reste, comme administrateurs, avaient leurs raisons pour aimer à traiter avec des religieux. Je ne parle point des raisons pécuniaires. Il y en avait de meilleures. Et la principale, c'était leur désir d'avoir dans les écoles un personnel stable et homogène. Ils remarquaient que lorsque les maîtres et les maîtresses laïques se retiraient, il surgissait des compétitions embarrassantes, que les titulaires nouveaux changeaient de méthodes, de livres, etc., et que l'intérêt des enfants était parfois sacrifié à des considérations de famille, à des préoccupations d'ordre privé, fort respectables en elles-mêmes, mais nuisibles à l'œuvre générale de l'éducation.

Toutefois, pour ne point faillir aux droits acquis par les services rendus, et pour faire le bien comme il faut le faire, délicatement et opportunément, on attendit une occasion favorable. Elle se présenta en 1842, au décès de la titulaire laïque. Mr Cleenewerck, maire d'Hazebrouck, agissant au nom du Conseil municipal, résolut de remplacer l'institutrice défunte par des religieuses. Il s'en ouvrit à M. Dehaene, qui l'encouragea vivement dans son idée, et lui recommanda les dames de la Ste-Union, congrégation récemment fondée par M. de Brabant, ancien vicaire de Douai.

Des négociations furent entamées sans retard et menées à bonne fin.

Le 27 juillet 1842, le Conseil municipal, « considérant qu'il est
» avantageux de confier l'éducation des filles à des institutrices
» appartenant à un Ordre religieux, puisque l'expérience dé-
» montre que partout où des congrégations ont été chargées de
» ce soin, de grands succès ont justifié la confiance des familles,
» confie aux Dames de la Ste-Union la direction de l'école com-
» munale des filles, et admet ces Dames à avoir un externat
» payant, un externat gratuit et un pensionnat. »

Ces différentes écoles, primitivement situées dans le même local, ont été séparées depuis.

Quand les Dames de la Ste-Union eurent une chapelle (1), M. Dehaene reçut le titre d'aumônier, à charge de pourvoir, par lui-même ou par un de ses prêtres, à la célébration des offices, à la prédication, à la confession. Cette chapelle devint un centre de réunion pour les associations pieuses et un foyer nouveau de vie chrétienne.

— C'est sous l'administration de M. Houcke, successeur de Mr Cleenewerck, que les Frères des écoles furent établis à Hazebrouck.

A trois reprises (1843, 1845 et 1849) le Conseil municipal, se conformant au désir de presque tous les pères de famille, avait exprimé le vœu que les Frères fussent appelés à donner l'instruction publique et gratuite aux enfants de la ville (2).

Leur installation eut lieu le 20 novembre 1851 (3). Dès que

---

1. Elle fut bénite en juin 1846.

2. L'opinion publique avait accepté plus facilement les religieuses que les Frères, parce qu'il tombe sous le sens que le célibat est autrement nécessaire aux femmes qu'aux hommes pour tenir une école, et que cet état de vie est mieux protégé et moins difficile dans une communauté que dans le monde.

3. Le maire prononça un discours dans lequel nous relevons ce qui suit : « Maî-
» tres chrétiens, nous vous remettons avec une confiance entière l'éducation et l'ins-
» truction des enfants, sachant que vous connaissez la portée de votre mission.
» Vous leur retracerez les vérités de l'Évangile et les préceptes de la religion qui
» doit assurer leur bonheur... Vous les façonnerez pour la patrie... Vous les élève-
» rez dans l'horreur du vice et les accoutumerez à l'honnêteté et à la civilité...
» La reconnaissance des pères de famille vous est assurée, et le concours de
» l'administration vous est acquis. »

Deux personnes charitables avaient mis à la disposition du Conseil municipal une somme d'argent destinée à faciliter l'établissement des Frères. Une souscription publique s'y ajouta. M. Dehaene fut des premiers à fournir sa cotisation. Elle était de 150 francs, aussi élevée que celle du plus riche propriétaire de la ville. En ce temps-là, on ne donnait pas aussi largement qu'aujourd'hui.

les Frères eurent un oratoire, M. Dehaene désigna un de ses professeurs pour être leur aumônier.

Il montra toujours pour ces dévoués instituteurs des enfants du peuple une profonde estime. Il les invitait à toutes les fêtes du collège : soirées musicales, séances académiques, etc. Il trouvait que leur place était toute marquée dans ces récréations scolaires, les seules auxquelles il leur soit permis de prendre part.

Cependant nous ne pouvons dire qu'il y eut une très grande familiarité de rapports entre eux et lui. Les Frères vivent en communauté fermée ; ils ont leurs règles et leurs traditions ; quand ils rencontrent des difficultés, ils s'adressent, pour les résoudre, à leurs supérieurs hiérarchiques. Ils n'ont donc avec le dehors que des relations de stricte convenance; et il est même nécessaire qu'il en soit ainsi, car tout le monde sait qu'il n'y a point de meilleur moyen pour maintenir dans les communautés le bon esprit et la concorde.

Il est un autre point, — celui-ci fort discutable et toujours discuté, — sur lequel M. Dehaene avait une opinion très arrêtée et qui se concilie difficilement avec la pratique des Frères et de la plupart des instituteurs. L'enseignement dans les écoles doit-il être professionnel ou libéral ? Le maître doit-il songer à faire des commerçants, des industriels, des employés, ou bien à faire des hommes, des chrétiens ? L'école est-elle l'apprentissage général des divers métiers que l'on peut apprendre dans la vie, ou n'est-elle qu'un noviciat social dans lequel on développe les facultés de l'âme ; et le système utilitaire des Américains doit-il l'emporter sur le système psychologique des Français ?

Les sages répondront qu'il faut les unir dans une juste mesure. A ce compte, ils auraient trouvé peut-être M. Dehaene un peu exclusif, s'ils l'avaient entendu juger certain programme comme nous l'avons entendu souvent : « Il y a là trop de dessin linéaire, trop de comptabilité, trop d'arpentage, trop de ces choses qui rétrécissent l'esprit et sentent le métier. Les nobles idées ne germent pas là-dedans.» Il souscrivait à cette parole de Joubert : « Les mathématiques apprennent à faire des ponts, tandis que la morale apprend à vivre (1). » Il était amené à cette

---

1. *Œuvres de Joubert*, t. II, *Pensées*. — Titre XIX: de l'éducation.

conclusion par sa préoccupation des vocations ecclésiastiques et par sa théorie générale sur l'œuvre de l'enseignement, qu'il considérait comme une œuvre avant tout morale.

Quoi qu'il en soit de ces questions difficiles, nous savons, pour ce qui concerne les Frères, que les écoles libres leur ont rendu le grand air où respirent les âmes, et que là ils tiennent complètement tout ce que promettent leur habit si respectable, leur règle si austère et leur dévouement si humble, si courageux et si chrétien.

— Presqu'en même temps que les Frères, les Filles de la Charité arrivaient dans notre ville.

Après l'éducation de la jeunesse, c'était la pratique de la charité envers les vieillards et les malades qui recevait une organisation régulière et passait entre les mains d'une congrégation. Nous disons à dessein *une organisation*, car il ne faut pas s'imaginer que les œuvres commencèrent d'exister le jour où elles obtinrent une sanction publique et furent confiées à des communautés. On doit se souvenir du bien qui a été fait antérieurement par les bonnes familles. Les congrégations ne vivent-elles pas des aumônes de leur opulence? et, pour se recruter, ne cueillent-elles pas la fleur de leurs enfants? Spécialement en ce qui concerne les œuvres de charité, il y eut pour les accomplir à Hazebrouck, avant l'arrivée des Sœurs, des personnes admirables. Par leur générosité et leur dévouement, elles étaient, dans le monde, de dignes filles de saint Vincent de Paul; elles avaient à la fois de l'initiative, du courage et de la simplicité, qualités nécessaires pour la mission toute spontanée qu'elles exerçaient. L'abbé Dehaene les connut toutes, il en dirigea plusieurs. Il ne nous pardonnerait pas d'oublier leurs services. Les unes fournissaient les aumônes; les autres les distribuaient.

Après la Révolution, tout était à refaire. Les établissements charitables, dépouillés de leurs ressources, n'existaient plus que de nom. Des libéralités particulières, inspirées par l'esprit de foi, pourvurent aux plus pressantes nécessités. Le vénéré doyen, M. Delancez, avait donné l'exemple en sacrifiant toute sa fortune pour les pauvres. Une chrétienne opulente, Mme Wambergue, l'imita: après avoir donné sans compter de son vivant, elle léguait, à sa mort, près de cent mille francs pour la maison des malades et pour l'hospice civil (1).

Plusieurs autres dames avaient toujours les mains ouvertes quand il s'agissait de secourir l'indigent. Si nous voulions citer des noms propres, nous devrions faire la liste des principales familles d'Hazebrouck. Elles ont compris que la pratique de la charité est leur plus belle gloire en ce monde et leur meilleure espérance pour l'autre. — Dans ce livre d'or de la générosité brilleraient les noms de M. Donckèle, de M. l'abbé Depoorter et de MM. Warein (Louis et Edmond).

Mais nous ne pouvons omettre, précisément à cause de l'obscurité de leur condition et de la beauté de leur exemple, quelques bonnes filles du peuple qui se firent volontairement les servantes des pauvres et les distributrices des aumônes : visiter les indigents à domicile, soigner les malades et les vieillards chez eux ou dans l'hospice, porter aux prisonniers (qui n'avaient alors pour lit qu'une botte de paille éparpillée sur le sol nu, et pour nourriture que du pain sec et de l'eau) des paillasses et des couvertures quand ils étaient souffrants, leur donner de petites douceurs et de bonnes paroles qui les amenaient à changer de vie, faire le catéchisme aux enfants abandonnés et particulièrement aux jeunes fraudeurs, souvent nombreux dans la prison d'Hazebrouck, présider à la dernière toilette des con-

---

1. Elle mourut le 10 octobre 1828. Cette noble femme peut être regardée comme la fondatrice des établissements charitables d'Hazebrouck. Elle s'appelait, de son nom de famille, Marie-Jeanne-Pétronille Debrock. Une partie de son testament est gravée sur une plaque de marbre dans une salle de l'hospice. Nous y lisons ce qui suit :

« Je donne et lègue le quart restant de ma succession à la maison des malades
» établie à Hazebrouck et à l'hospice civil de cette ville. Mon exécuteur testamen-
» taire le partagera par moitié entre eux. Chaque année et à perpétuité les admi-
» nistrations de la dite maison et de l'hospice feront dire chacune à ses dépens
» quatre obits pour moi, mes auteurs et mon mari ; et par leurs pauvres le jour de
» la Toussaint une prière. Ce jour-là, les pauvres mangeront des gâteaux et de la
» tarte ; ils diront pareille prière aux fêtes natales et auront à dîner du rôti et de
» la bière... »

Citons d'autres libéralités trop peu connues. Un frère et une sœur de M. l'abbé Delessue, principal du collège, donnèrent leur maison pour y recueillir de pauvres malades. — Melle Declerck laissa, après sa mort, à l'hospice et au bureau de bienfaisance, un legs de plus de 50.000 francs.

damnés à mort (1), les préparer à recevoir le prêtre, leur tendre le dernier verre de vin avant qu'ils montassent sur la charrette fatale, escorter jusqu'au cimetière le convoi des détenus décédés en prison, veiller les malades atteints de maladies contagieuses, ensevelir les morts, en un mot être ici-bas de toutes les manières de vrais anges de charité, telle fut la mission qu'elles se donnèrent par pur dévouement (2).

Ah! nous ne sommes pas surpris du fond de vie chrétienne que l'on remarque dans la ville d'Hazebrouck. Il est impossible que de si beaux exemples n'aient point porté leurs fruits. Quant à l'abbé Dehaene, nous avons dit qu'il soutint de ses

---

1. Les exécutions de condamnés à mort n'étaient pas rares à Hazebrouck, parce qu'on envoyait dans cette prison le trop plein de celle de Douai.

2. A leur tête, sans autre autorité que celle de l'exemple, marcha pendant quarante ans une excellente fille d'humble condition mais de haute vertu. *Rose Merchier*, connue du peuple sous le nom de *Rose van den Ancre*, parce que ses parents tenaient une auberge à l'enseigne de l'ancre. Cette femme, vraiment héroïque, avait appris le sacrifice et le courage dans les mauvais jours de la Terreur, quand, ne trouvant plus son Dieu en France, comme elle disait, elle allait le chercher en Belgique, faisant de nuit, au fort même de l'hiver, la route d'Hazebrouck à Poperinghe (soit cinq lieues à pied), et elle n'avait pas vingt ans! L'exemple de Rose était imité par Césarine Devos, à qui le Conseil municipal votait à l'unanimité (novembre 1861) une concession gratuite au cimetière, parce qu'elle avait soigné pendant toute sa vie les malades appartenant à toutes les classes de la société ; Catherine Vandenkerchove, Cécile Spillemacker, etc...

Ces bonnes filles se partageaient la ville et la campagne, visitaient chacune leur quartier et se réunissaient trois fois par semaine chez M. le doyen, pour le renseigner sur les besoins de son peuple. « Vous serez responsables de ce qui manquera à mes pauvres, leur disait-il. Surtout ne craignez pas d'intercéder pour eux ; plus vous me demanderez, mieux vous serez reçues. » Avec le tact que donnent la pratique de la vie et la bonté qui naît de l'esprit de foi, elles servaient d'intermédiaires entre les pauvres et les riches, allant des uns aux autres, et, pour être les bien venues partout, se présentant au nom de Dieu. Elles savaient se dire à elles-mêmes quand elles faisaient le pénible métier de quêteuses : « Le refus est pour moi, le don est pour Dieu. » Elles étaient mêlées à la vie réelle, à la vie du monde, et on pouvait leur confier les missions les plus délicates ; elles enveloppaient d'attentions et de prières les pécheurs qui publiquement ne pratiquaient point leurs devoirs de chrétiens ; et, comme ceux-là sont souvent à plaindre, qu'ils ont le cœur inquiet et l'âme endolorie, elles finissaient par adoucir cette amertume, détruire ces préjugés et préparer les voies au prêtre.

Est-il nécessaire de dire qu'elles furent aussi dévouées aux œuvres qui procurent la gloire de Dieu qu'à celles qui soulagent le prochain ?

Rose Merchier orna pour la première fois l'autel de la Sainte Vierge en 1830, pour l'inauguration du mois de Marie. En 1837, avant que Mgr Belmas eût auto-

conseils plusieurs des excellentes filles que nous venons de nommer, et qu'il encouragea les dames généreuses qui versaient dans leurs mains d'intarissables aumônes destinées aux pauvres. « Vous me rappelez Madame Rével (1). C'est moi qui l'ai
» assistée pendant toute sa maladie; et je puis vous assurer que
» c'est une grâce particulière que Dieu m'a faite, car sa piété,
» sa résignation, son amour pour Jésus et Marie, ont édifié tout
» le monde. Je n'oublierai jamais son humble et ardent désir
» de recevoir le Sacrement d'amour aussi souvent que possible,
» les douces plaintes qu'elle m'adressait lorsqu'il lui semblait
» que mes visites étaient trop rares, la sérénité de son esprit
» jusqu'au sein de la mort, et ses mains amaigries se joignant si
» pieusement pour recevoir la bénédiction du prêtre. Ah ! oui,
» j'ai la confiance que Dieu l'a reçue dans sa miséricorde. Sa
» mort est une grande perte pour la foi et la piété dans Haze-
» brouck (2). »

Témoin de ces belles morts et confident de ces nobles vies, l'abbé Dehaene apprit à croire invinciblement à la vertu et à compter toujours et malgré tout sur le dévouement. Il put à certaines heures être méconnu par des hommes haut placés : il n'en fut jamais attristé jusqu'à perdre la confiance. Il savait que la générosité et l'amour du sacrifice germaient quelque part,

---

risé l'œuvre de la Propagation de la Foi dans le diocèse, Rose fit des démarches pour l'établir, et parvint à verser 700 fr. entre les mains de M. Fiévet, qu'on surnommait le saint de Lille. Elle et ses amies propageaient la pratique du Rosaire vivant et celle de l'Heure Sainte, travaillaient à l'ornementation des reposoirs, préparaient des cantiques pour la mission (1844), accompagnaient le prêtre quand il portait la sainte Communion aux infirmes, et se saluaient en disant : « Loué soit N.-S. J.-C. au T.-S. Sacrement de l'autel ! »

1. Madame Rével, née Eugénie de Saint-Mart, veuve de M. Jean-François Rével, ancien maire de la ville d'Hazebrouck. Elle avait perdu son mari en 1837.

Celui-ci avait été l'un des plus insignes bienfaiteurs de la ville, qu'il administra sous le premier Empire et la Restauration. On lui doit l'Hôtel-de-Ville actuel et la conservation dans Hazebrouck du tribunal de première instance. Légitimiste ardent et convaincu, il obtint des Bourbons que tout ce qui avait été fait en faveur d'Hazebrouck par la Révolution et l'Empire resterait ratifié à jamais.

Sa veuve lui survécut jusqu'en 1861. Les royalistes, lui appliquant le mot de Mirabeau sur Marie-Antoinette, « Le roi n'a qu'un homme, c'est sa femme, » disaient : « Hazebrouck n'a qu'un homme, c'est Madame Rével. » Elle mourut respectée de tous, à l'âge de 84 ans.

2. Correspondance de M. Dehaene. Lettre du 26 janvier 1862.

obscurément peut-être, mais divinement, dans des cœurs d'élite.

Par les temps de laïcisation universelle dont nous sommes menacés, il n'est pas inutile de rappeler ces choses. La charité n'a point de livrée officielle. Elle est une vertu chrétienne dont la source éternellement jaillissante est au Calvaire.

Ceci soit dit en souvenir des pieuses laïques qui précédèrent les Sœurs de Saint-Vincent dans le soin des malades et des vieillards, et pour la consolation des âmes ferventes, qui, sans avoir au front leur cornette blanche, ont au cœur leur dévouement. Tout le long de sa carrière sacerdotale, l'abbé Dehaene en connut, en dirigea beaucoup.

Les Filles de la Charité furent installées à Hazebrouck, par l'administration des hospices, le 23 mars 1850. A leur demande, l'ancienne église des Augustins, qui servait de halle aux tisserands et de salle de théâtre, fut rendue au culte (1).

La cérémonie de la bénédiction fut présidée par M. Étienne, supérieur des prêtres de la Mission. Au salut du soir, M. Dehaene prit la parole, d'abord en français, puis en flamand. Le sermon français a été conservé.

« Pieux habitants d'Hazebrouck, dit-il dans la péroraison,
» vos vœux sont accomplis. En passant le long de cet édifice,
» votre œil ne sera plus attristé de le voir livré à des usages
» profanes, ni votre oreille blessée d'y entendre retentir des
» voix de théâtre. Ici désormais tout est saint et sacré.

» L'ange des divins cantiques, secouant la poussière de ses
» ailes, reprend sa harpe et redit son hymne.

» On n'y répandra plus de larmes au récit d'une histoire
» imaginaire, mais on pleurera en écoutant les vérités éternelles.

» Le Ciel et la terre prennent part à cette fête :

» Au Ciel, je vois les religieux fondateurs de cette chapelle
» remercier l'Agneau sans tache qui rentre dans l'enceinte qu'ils
» lui avaient consacrée.

» Sur terre, je vois des vieillards vénérables qui ont connu

---

1. La supérieure des religieuses la restaura à ses frais. Elle fit placer au-dessus du maître-autel une statue de saint Augustin et conserva les pierres tombales des religieux, qui, par ses soins, furent encastrées dans le pavement du chœur.

» ces religieux, et qui se souviennent d'avoir offert ici le tribut
» de leurs prières, avant les jours mauvais, je les vois se réjouir
» de la réparation faite à l'honneur de DIEU.

» Mais c'est vous surtout, membres souffrants de JÉSUS-
» CHRIST, malades abandonnés, infirmes sans ressources, vieil-
» lards sans appui, vous à qui cet asile est ouvert, c'est vous
» qui devez rayonner de bonheur (1).

» Vieillards, vous trouverez désormais le Consolateur de vos
» âmes sans avoir besoin de le chercher d'un pas chancelant à
» travers les rues, sans avoir besoin de sortir de cette maison.

» Étant près de JÉSUS, qui s'est fait pauvre et qui a souffert
» pour vous, vous goûterez plus de consolation dans vos peines.

» Et la mort, dans le voisinage et pour ainsi dire sous le toit
» d'un DIEU mourant tous les jours pour vous sur l'autel, aura
» moins d'amertume. »

Il est à remarquer que les bonnes œuvres et associations charitables dont nous parlons prirent naissance après la Révolution de 1848. Cette révolution, éclatant comme un coup de tonnerre, avait troublé plus d'un sommeil égoïste. La question sociale était posée. « Ce que nous, chrétiens, étions seuls à
» dire, écrivait M. Baudon (2), il n'est personne aujourd'hui qui
» ne le comprenne, à savoir que si les sociétés modernes doivent
» grandir, c'est par la réconciliation de tous avec tous, par

---

1. Un de ces vieillards était le poète flamand Benoît Vanrechem, pauvre à son déclin comme le vieil Homère, réfugié dans un hôpital comme Camoëns (c'était seulement par là qu'il leur ressemblait). Au temps chaud il chantait comme la cigale; l'hiver venu, il n'avait rien pour subsister. Il ne lui restait que quelques grains d'encens dans l'encensoir de sa poésie. Il les brûla à l'occasion de la bénédiction de la chapelle : *Wierook gezwaeit in de Kerk-Wyding van het oude mannen-huis geseid het hospitael.*

Il se rappelait le temps où, dans cette même chapelle, il venait écouter la psalmodie des Pères Augustins, et il se réjouissait d'y voir la religion de nouveau florissante. Dans ses 110 alexandrins rimés, il chantait la profanation du sanctuaire, l'empressement des Sœurs pour le rendre au culte, la belle cérémonie de la bénédiction, l'affluence des dignitaires ecclésiastiques autour du prêtre vénérable venu de Paris par charité, la parole de DIEU annoncée par des bouches séraphiques.

« Et désormais, disait-il en songeant à lui-même, le vieillard usé par l'âge, mais » doué encore d'une intelligence saine, peut, quand il lui plaît, expier devant l'autel » le mal du péché ! » Ce chant fut pour Vanrechem le chant du cygne. L'année d'après, le 16 décembre 1851, il mourait dans cet hospice qu'il avait célébré.

2. Président général des conférences, lettre du 14 avril 1848.

» cette sainte et fraternelle égalité qui n'abaisse personne et
» n'efface les différences que pour élever chacun, par l'accord
» du riche et du pauvre et leur affection mutuelle ! » Il y eut
donc un élan de générosité universel et irrésistible.

Au milieu de l'effervescence populaire, une société de secours mutuels fut fondée à Hazebrouck (1). Les membres payaient une cotisation hebdomadaire de dix centimes et recevaient en cas de maladie un secours d'un franc par jour et les soins gratuits du médecin. On lit dans les statuts : « La religion surtout doit présider à la constitution de notre société, si on veut qu'elle ait de l'avenir. Aussi l'avons-nous placée sous le patronage de St Vincent de Paul, l'ami des pauvres. »

Le 19 juillet, jour de la fête du saint patron, une messe solennelle fut célébrée pour la société nouvelle, et l'abbé Dehaene prêcha sur son but et sur son esprit. Depuis la bénédiction des arbres de la liberté, la devise républicaine *liberté, égalité, fraternité*, était fort à la mode. On la commentait partout, même dans les églises. L'orateur ne craignit point de la choisir comme thème de son discours, et l'expliqua dans un sens évangélique.

Cette société de secours mutuels devint très nombreuse. Elle engloba la majeure partie des ouvriers de la ville, tisserands pour la plupart et presque tous pères de famille, gens laborieux et honnêtes. Ils considérèrent toujours M. Dehaene comme un de leurs bienfaiteurs, et lui, de son côté, ne cessa de leur témoigner le plus affectueux intérêt.

En 1855, il fut invité à faire une allocution dans leur réunion générale qui se tenait à l'Hôtel-de-Ville (11 février). Il parla en flamand à ces braves ouvriers, les appelant ses chers amis : « J'ai appris de la bouche de votre honorable président, dit-il,
» qu'il vous serait agréable d'entendre quelques paroles d'édi-
» fication propres à vous encourager dans la vie chrétienne...

» Le prêtre est heureux parmi les ouvriers, il se trouve à
» l'aise dans leur compagnie, parce que leur bon sens et leur
» rude franchise s'accommodent très bien de la vérité. »

Il leur montra combien sont raisonnables en elles-mêmes

---

1. Juin 1848.

et combien sont utiles aux travailleurs les choses que prescrit la religion : « Vous êtes pères de famille ; vous voulez l'obéis-
» sance. Eh bien ! la religion la prescrit.—Vous êtes des jeunes
» gens, vous voulez que vos parents vous donnent l'exemple : la
» religion le commande. — Vous êtes pauvres, vous désirez
» une aumône ; vous avez un petit pécule, vous voulez qu'on
» le respecte ; vous êtes ouvriers, vous demandez qu'on ait
» pour vous quelques égards : la religion veut tout cela, ordonne
» tout cela. Elle instruit vos enfants, visite vos malades, et
» vous exhorte à la vertu, sans laquelle il n'y a point de pros-
» périté. Ceux-là mêmes qui disent du mal de la religion, se
» réfugient dans ses bras à l'heure de l'épreuve et de la maladie ;
» car être incrédule et indifférent peut sembler bon pour vivre,
» disait un athée, mais ne vaut rien pour mourir. »

Il est profondément regrettable que ces sociétés de bienfaisance, quelque nom qu'elles portent, n'aient plus aujourd'hui ni fête patronale, ni relations avec les prêtres, en un mot qu'elles soient devenues laïques au sens moderne du mot. Par notre faute à nous, prêtres, ou par la leur, peu importe, elles se tiennent à distance de l'Église, sous prétexte qu'elles ont un but profane et terrestre. Nos pères n'en jugeaient point ainsi. Ils mêlaient la religion à tous leurs actes, et l'invitaient à bénir toutes leurs œuvres, réunions et corporations. En s'écartant de cet exemple, ne creuse-t-on pas un abîme entre la vie pieuse et la vie réelle ? Et n'est-ce point pour cela que l'une meurt d'inanition ou se subtilise en pratiques raffinées, et que l'autre tombe dans un prosaïsme abject, dans un terre à terre étouffant ? Contre cette tendance funeste, l'abbé Dehaene réagissait de son mieux, et c'est pourquoi il venait au sein de la société de secours mutuels.

Cela ne l'empêchait pas de contribuer à d'autres œuvres plus complètement religieuses.

En 1849, quelques dames de la ville se réunirent dans le but de procurer aux pauvres des vêtements. Les temps étaient difficiles et la misère grande. Une première souscription avait été faite. Bientôt une seconde fut nécessaire. On eut recours à un sermon de charité que l'on demanda à l'abbé Dehaene, et qui fut prononcé le 21 octobre. L'orateur exposa éloquemment

tous les motifs divins et humains qui peuvent porter à la bienfaisance. Sa péroraison fut très chaleureuse. Il y développait ce texte de nos saints livres : « Bienheureux celui qui a l'intel-
» ligence du pauvre et de l'indigent ; au jour mauvais, Dieu le
» délivrera, il lui donnera le salut, le bonheur et la victoire sur
» ses ennemis (1). »

L'association en faveur de laquelle était prononcé ce sermon continua de fonctionner sans autre but qu'une distribution annuelle de secours. Mais, en 1853, elle subit une transformation radicale, et devint société de St-Vincent de Paul. Huit dames seulement acceptèrent dans toute son étendue l'organisation nouvelle. Les autres promirent leur concours comme membres honoraires.

La première réunion se tint chez Mme Bieswal-Cleenewerck, désignée comme présidente.

« Nous étions jeunes et sans prévision de l'avenir, disait
» trente ans plus tard la digne fondatrice ; nous n'avions pas
» d'argent, nous n'y pensions même pas. Ce fut M. Dehaene
» qui spontanément se fit notre premier bienfaiteur. Le don du
» saint prêtre, qui ne comptait jamais quand il s'agissait du
» bien, nous porta bonheur, car nous avons toujours, grâce à
» quelque générosité, trouvé à nous suffire (2). »

Des œuvres comme celle dont nous parlons ici ne peuvent durer qu'à la condition de se rattacher directement à la paroisse. La paroisse est le tronc, elles sont les branches. C'est pourquoi les réunions suivantes se firent chez M. le doyen.

En peu de temps cette petite société prit une grande extension ; à la fin de sa première année de fonctionnement, elle comptait quinze membres actifs, visitait vingt familles et avait recueilli 800 francs.

Depuis lors, elle eut régulièrement une assemblée générale annuelle dans laquelle un prêtre fut toujours invité à prendre la parole. Les procès-verbaux ont conservé l'analyse d'une allocution faite en 1858 par M. le principal. « Les membres de
» la conférence, disait-il, doivent aimer leur œuvre, parce
» qu'elle est une œuvre d'union entre les âmes généreuses, une

---

1. Psaume XL.
2. Compte rendu de l'œuvre.

» œuvre chrétienne bénie de DIEU, une œuvre de salut social,
» plus utile en notre temps qu'en aucun autre. Le monde est
» un cadavre d'où le feu divin se retire, a dit Pie IX. Il faut y
» faire rentrer la vie par la charité. Les haines entre pauvres et
» riches s'accroissent. La visite familière des pauvres les arrê-
» tera. Un bienfait attache toujours, et sous les haillons battent
» d'excellents cœurs. Ah ! je le sais, on pourrait me citer,
» comme exemple d'ingratitude, telle maison pillée par des
» pauvres vêtus des habits qu'ils avaient reçus la veille sur le
» seuil de la porte. Mais les plus coupables sont les meneurs. Il ne
» suffit pas de faire quelques sacrifices au moment du danger
» comme on a fait en 1848. Le mal est plus profond : on ne le
» guérira que par l'esprit chrétien.

» Donc aimez votre œuvre ! Voulez-vous savoir à quels
» signes vous reconnaîtrez que vous l'aimez ? Écoutez, Mes-
» dames !...

Et il énumérait avec une rare perspicacité l'assistance exacte aux réunions, la visite régulière des familles, l'abnégation des goûts personnels, qui fait préférer les œuvres de la société à toutes les autres, quoique celles-ci paraissent plus agréables ; l'empressement à sacrifier les exigences de la vanité ou de la sensualité pour faire plus d'aumônes, la pieuse habitude de se souvenir de l'œuvre dans les prières et les communions, le zèle pour recruter des membres et trouver des ressources, enfin la pureté d'intention, qui fait tout cela pour la plus grande gloire de DIEU et pour l'utilité du prochain.

La conférence des dames, mettant en pratique ces bons conseils, a été constamment la société de bienfaisance la plus prospère de notre ville (1). Mais l'exercice de la charité n'est point son unique but. Dans le compte rendu cité plus haut, la vénérée fondatrice ajoutait : « M. Dehaene ne s'était pas borné à nous offrir son obole. Il songeait à faire du bien à nos âmes, et par là il nous rendait un second et meilleur service. » Il exhorta les dames à établir la double pratique d'une retraite

---

1. Elle est présidée aujourd'hui par Mme Beck-Pouvillon, qui a remplacé Mme Bieswal, décédée. La conférence des dames distribue tous les ans, aux soixante-dix familles qu'elle visite, pour trois à quatre mille francs de secours de tout genre.

d'une semaine tous les ans, et d'une retraite d'un jour tous les mois. Sur son avis, elles demandèrent à Mgr la faveur de l'adoration mensuelle, qui leur fut accordée. Non content d'encourager ces pieuses pratiques, M. Dehaene promit de se charger à perpétuité du sermon à faire le jour de l'adoration du mois. Il tint parole.

Il ne faut donc pas s'étonner si, le lendemain de sa mort, la société des dames décida d'assister en corps à ses funérailles et de faire célébrer un obit pour le repos de son âme.

Dans un rapport que la présidente lut, peu de temps après, devant Mgr l'Archevêque, nous trouvons les paroles suivantes, qui sont vraiment remarquables par leur accent chrétien, et dans lesquelles nous reconnaissons la forte doctrine de notre maître :

« L'œuvre de la visite des pauvres, qui est toujours la nôtre,
» devrait persuader au riche de moins songer à ses jouissances
» pour aider davantage ses frères déshérités, et au pauvre de
» moins tourner ses regards vers une terre dont tous les plai-
» sirs sont passagers, et qui est si complètement au-dessous
» des pensées et des désirs réels de l'homme. »

Des sentiments semblables inspirèrent la fondation de la conférence des hommes. Ici, l'abbé Dehaene trouva un excellent auxiliaire dans M. Droüart de Lezëy, procureur impérial. Il l'avait connu substitut dans notre ville, de 1840 à 1842, et il avait été son confesseur. Quand il le vit revenir en 1852 comme procureur impérial, il écrivit : « M. Droüart nous arrive:
» grande perte pour Dunkerque, mais gain immense pour
» Hazebrouck ! Vous sentez déjà comme un air meilleur. »
Mr Droüart possédait l'ensemble des qualités humaines et des vertus chrétiennes qui font le vrai disciple de saint Vincent de Paul : parfaite aménité de caractère, inflexible attachement aux vérités chrétiennes, humble pratique des devoirs religieux, tendresse de cœur pour tous ceux qui souffrent.

M. Droüart venait de fonder à Dunkerque la conférence de Saint-Vincent de Paul et l'œuvre des militaires. Il n'eut rien de plus pressé que de promouvoir à Hazebrouck la fondation d'une conférence. Il s'entendit à cet effet avec l'abbé Dehaene et mit à sa disposition son zèle et sa connaissance pratique du fonctionnement de l'œuvre. La société tint ses premières réunions vers la fin de l'année 1853. L'initiative partit de chez M. le doyen. « Tout marche bien, écrivait l'abbé Dehaene en janvier 1854 ; M. Kien (1) est président, M. Droüart secrétaire. » Mʳ Droüart était véritablement l'âme de la petite société et le modèle que tous les membres pouvaient imiter. Les anciens racontent avec quelle édification ils voyaient ce digne chrétien se mettre à genoux à terre, au commencement et à la fin des réunions, et réciter pieusement les prières de règle. Malheureusement il ne fit que passer à Hazebrouck et il acheva sa belle vie à Douai, après y avoir été, comme procureur général et conseiller à la cour, le modèle des magistrats (1879) (2).

La circulaire de M. de Persigny (3), qui ébranla tant de conférences, porta un rude coup à celle d'Hazebrouck. M. de Persigny traitait la société de Sᵗ-Vincent de Paul comme une société suspecte ; il faisait planer sur elle le soupçon officiel, ce terrible et noir soupçon qui effraie les fonctionnaires. Aussi beaucoup d'entre eux quittèrent l'œuvre. Et cependant elle leur convenait plus qu'à n'importe qui, du moins dans notre ville d'Hazebrouck. Quand les fonctionnaires ont un cœur noble et généreux, qui s'ouvre aux misères du prochain, s'ils veulent connaître une

---

1. M. Kien, avoué, et plus tard maire d'Hazebrouck. Il ne faut pas le confondre avec M. Kien, avocat, qui fut également maire d'Hazebrouck.

2. M. Dehaene conserva des relations avec M. Droüart. Parmi les nombreux laïcs avec lesquels notre cher supérieur fut en rapport durant sa carrière, et dont nous rencontrerons successivement les nobles figures, tout le long de ce livre, il en est peu qui inspirent autant de respect et d'estime que M. Droüart. M. Morillot, substitut du procureur général de Douai, l'a salué avec émotion dans un discours prononcé le 4 novembre 1879. M. le Chanoine Deroubaix a parlé de lui à la messe de rentrée de la Cour qui a suivi sa mort. Dieu avait fait à M. Droüart l'honneur de prendre ses enfants pour son glorieux service dans les missions, le Carmel et la Chartreuse. « Et le grand esprit de foi de M. Droüart n'avait pas reculé devant les sacrifices que la Providence demandait à son amour paternel. La foi illuminait sa vie intime et le soutenait dans ses devoirs de chef de famille ; elle lui inspirait dans ses relations sociales l'aménité et l'indulgence pour les personnes, qui se concilient si bien avec la force des convictions et l'inflexibilité des principes ; elle éclairait la conscience du magistrat, et lui gardait dans ses arrêts l'indépendance que tant de causes humaines pourraient mettre en péril. » (Discours de M. Deroubaix, curé de Notre-Dame à Douai.)

3. Autoritaire comme tous les parvenus, M. de Persigny défendait aux conférences de Saint-Vincent de Paul d'avoir un président général et un conseil général (1861).

autre humanité que celle qui danse dans un salon ou rit dans un cercle, celle qui travaille et pleure, ils ne la trouvent pas aussi facilement que les anciens habitants de la ville qui l'ont à leurs portes. Il leur est donc très utile d'entrer dans une société qui les mette en contact avec les pauvres. La circulaire de M. de Persigny détourna de la société de St-Vincent de Paul ces hommes qui joignent à la fortune la délicatesse de cœur et l'esprit chrétien, fonctionnaires modèles comme notre ville en a possédés de tout temps.

Aussi la conférence d'Hazebrouck n'eut-elle bientôt qu'une vie languissante. Dans plusieurs de ses lettres, M. Dehaene se plaint qu'elle manque d'activité. Et depuis lors, sans jamais mourir tout à fait, elle s'est trouvée à maintes reprises affaiblie, exténuée, ayant à peine des lambeaux de réunion, une ombre de bureau et quelques membres.

A l'heure où nous écrivons, on tâche d'y réveiller la vie. Nous souhaitons que ce réveil soit durable et que l'expérience antérieure reçoive enfin un démenti.

Hâtons-nous de dire qu'on aurait tort de juger de la charité des Hazebrouckois, et des populations flamandes en général, d'après la prospérité plus ou moins grande des conférences d'hommes. On ne peut point assimiler une petite ville de province à de grandes cités comme Paris ou Lille. Les pauvres, chez nous, ne sont point des inconnus, des abandonnés. Chaque famille aisée a les siens sur lesquels elle étend une sorte de patronage : ces protégés sont des voisins, d'anciennes servantes, de braves domestiques chargés d'enfants ; ils sont comme le contrefort de la famille qui les soulage ; ils prient pour elle aux jours d'épreuve et lui font cortège aux jours de deuil. Quant à la visite des pauvres à domicile, les dames ne la négligent point, et l'on sait qu'elles peuvent la faire toujours avec utilité et convenance : avec utilité, parce qu'elles sont à même de donner d'excellents conseils sur la tenue du ménage et sur le soin des enfants ; avec convenance aussi, dans les familles où le père est ordinairement absent, travaille dans une fabrique ou au chemin de fer, et tient à ce qu'on ait pour son foyer des délicatesses respectueuses.

Mieux que personne M. Dehaene comprenait ces choses.

Aussi, de peur que la conférence des hommes ne fût une simple succursale du bureau de bienfaisance, voulait-il ajouter aux œuvres charitables de solides pratiques de piété.

C'est ainsi qu'il multiplia ses efforts pour obtenir la communion du mois. Il désirait que la bannière de St Vincent groupât autour d'elle tous les laïques animés de sentiments de ferveur, et disposés à soutenir les prêtres de toutes les manières et par toutes sortes d'œuvres, variées suivant les localités et les circonstances. Cette idée est reprise de nos jours. L'avenir dira si la société de St-Vincent de Paul pourra fournir aux catholiques le terrain sur lequel ils s'uniront pour la régénération du pays, et si son règlement est assez large et son organisation assez souple pour répondre à ce but.

La conférence du collège dont nous avons parlé, et celle des jeunes gens que nous signalerons plus loin, eurent toujours plus de vogue et d'entrain que celle des Messieurs. Elles observaient d'ailleurs plus complètement les traditions de la société. Il ne faut pas oublier en effet que les conférences de St-Vincent de Paul furent à leur début des groupes de jeunes gens honnêtes et chrétiens, mettant leur chasteté sous la protection de la charité, et visitant les pauvres, moins pour leur faire du bien que pour s'en faire à eux-mêmes.

— Parmi les autres sociétés qui durent leur existence à l'abbé Dehaene, mentionnons l'œuvre apostolique et la réunion des enfants de Marie.

L'œuvre apostolique a pour but de procurer aux missionnaires les ornements sacerdotaux et les objets servant au culte. Les membres contribuent à l'œuvre de deux manières : 1º par une cotisation et des dons en nature ; 2º par des travaux faits à domicile ou exécutés en commun une fois par semaine chez la présidente. Ce dernier travail est sanctifié par la prière et de pieuses lectures.

Les dames d'Hazebrouck hésitèrent un moment pour savoir si elles destineraient leurs aumônes aux prêtres du diocèse ou à ceux des missions. « Donnez aux plus abandonnés, » s'écria l'abbé Dehaene ; et la question fut tranchée. A plusieurs reprises on revint à la charge contre cette décision absolue, dans le but très légitime de faire plaisir aux curés des environs. « Notre pays a des ressources : il doit se suffire ! répondait le directeur. Et du reste d'autres œuvres répondent aux besoins locaux. Pour vous, Mesdames, visez plus haut, aidez à la Propagation de la Foi, soyez les auxiliatrices des missionnaires. Le ministère des prêtres est beau partout et toujours, mais il ne l'est nulle part autant que dans les missions. »

Mlle Adélaïde Huyghe, fondatrice et première présidente de l'œuvre, comprenait ce langage. C'était une personne très calme et très simple, faisant le bien sans bruit, et cachant sous des dehors réservés et discrets, des sentiments très généreux et un ardent amour pour le salut des infidèles. Elle imprima à son œuvre l'impulsion de son cœur tout apostolique. Les nombreux missionnaires sortis des collèges de M. Dehaene ont été de sa part l'objet de libéralités particulières. Cette tradition se continue, nous le savons, et l'exemple de la fondatrice est imité (1).

Il y a quelque chose de noble et de grand à faire ainsi l'aumône aux ministres de JÉSUS-CHRIST pour le seul intérêt de la foi et sans y être sollicité par des raisons humaines de voisinage, de parenté ou même de patriotisme ; et c'est le cas d'appliquer le mot de l'Évangile : « *Qui recipit prophetam in nomine prophetæ, mercedem prophetæ accipiet ;* celui qui donne au missionnaire comme missionnaire aura la récompense du missionnaire (2). »

Cette œuvre, fondée en 1854, comptait au bout de quelque temps un bon nombre de membres. Pour la consacrer définitivement et l'implanter tout à fait, M. Dehaene prononça une instruction pieuse et solide dans laquelle il développait les motifs qu'on peut avoir pour l'aimer. « Travailler à orner les
» églises, disait-il, c'est sanctifier la richesse en faisant à
» DIEU sa part, et, par suite, écarter les fléaux dont il frappe
» ceux qui reçoivent toujours et qui ne rendent jamais ; —
» c'est se conformer à la recommandation des saints livres, (on
» y loue ceux qui aiment la beauté de la maison de DIEU,) et
» à la tradition chrétienne, (elle est attestée par les basiliques,
» qui font l'admiration des siècles et qui portent jusqu'au Ciel

---

1. L'exposition annuelle, qui se fait chez la présidente (Mlle Debuyser), montre à quels résultats on peut arriver à force de zèle, de générosité et d'union.
2. Matt. X, 41.

» le magnifique témoignage du dévouement au culte exté-
» rieur ;) — c'est montrer que nous aimons vraiment Dieu.
» Là où est notre amour, là vont nos trésors. Si notre cœur
» penche vers les plaisirs, nos richesses coulent vers les plaisirs.
» Si nous aimons Dieu, nous serons bien aises de donner à
» Dieu. Or, nous donnons à Dieu en travaillant pour les égli-
» ses ; — c'est faciliter l'influence de la religion sur les masses :
» les décors impressionnent vivement les foules et peuvent
» convertir ; — c'est reconnaître la présence réelle de Notre-
» Seigneur dans le Sacrement de l'Eucharistie. Durant sa vie
» mortelle, il vécut au milieu des privations pour fournir aux
» âmes compatissantes l'occasion de lui témoigner la délicatesse
» de leur amour. Dans l'Eucharistie, il garde la pauvreté de la
» crèche et le dénûment du Calvaire. C'est là qu'il vous attend,
» Mesdames, ayant besoin de quelques langes pour se couvrir,
» et vous demandant les services qu'il demandait à sa Mère
» durant sa vie mortelle. Placée à cette hauteur, l'œuvre des
» tabernacles doit se concilier toutes les sympathies. Cou-
» rage donc ! Marie bénit votre travail. Que vos mains, habituées
» à couronner votre tête, apprennent à orner celle de Jésus.
» Peut-être, en contemplant ses épines, mépriserez-vous un jour
» les fleurs de la vanité. — Mais, en habillant les tabernacles
» matériels, n'oubliez pas que vos âmes sont les tabernacles
» vivants de Jésus-Christ, et que leur nudité et leur pau-
» vreté sont mille fois plus blessantes aux yeux de Jésus que
» celles des tabernacles de nos églises. En travaillant aux orne-
» ments des prêtres, pensez au vêtement dont parle l'apôtre
» et dont il désirait d'être couvert, pour n'être point trouvé nu
» au jugement de Dieu : *Si tamen vestiti, non nudi inveniamur*,
» (II Cor. 5, 3). Ce vêtement, c'est la grâce de Jésus-Christ,
» qui se transforme en un manteau de gloire pour l'éternité.
» Que ce soit là votre récompense ! »

M. Dehaene revint plus d'une fois encourager les dames de l'œuvre apostolique. Il n'eut qu'à reprendre les idées qu'il émettait dans ce beau discours.

Il y a dans la ville d'Hazebrouck trois congrégations d'enfants de Marie : deux se réunissent dans la chapelle de la Ste-Union et se recrutent parmi les anciennes élèves de l'établissement, la troisième a son centre dans la chapelle de l'hospice (1). Celle-ci est la plus populaire ; elle est ouverte à des personnes de toute condition, mais elle se compose en majeure partie d'ouvrières, de servantes, d'humbles filles du peuple. Elle doit son existence à l'abbé Dehaene et fut constamment présidée par lui. J'en fais mention pour acquitter une dette de reconnaissance, car il nous a raconté maintes fois que ces bonnes filles priaient pour le succès de ses entreprises avec une ferveur touchante. « Si j'ai passé à travers tant de difficultés, c'est, » disait-il, que telle et telle pauvre servante faisait des actes » de vertu héroïque, portait le cilice, obéissait sans murmures » à des maîtres difficiles, se martyrisait dans un travail obscur, » pour faire violence au Ciel et attirer les bénédictions de Dieu » sur mes œuvres. » Les prières des enfants de Marie étaient à ses yeux une surabondante compensation du temps qu'il consacrait à les encourager.

Mais les congrégations rendent des services plus généraux et plus importants. Outre qu'elles fournissent à leurs membres un aliment de la ferveur, un soutien de la vertu, et la force de l'union pour les œuvres, elles sont le champ béni, le jardin fermé, où germent, croissent et s'épanouissent les vocations religieuses. Elles remplissent une mission d'édification et de prière, qui profite singulièrement aux paroisses, et mettent au sein des populations un levain sacré, un ferment de vie chrétienne, qui les soulève et les travaille invisiblement. Ne forment-elles pas le noyau des âmes ferventes qui communient fréquemment, qui assistent à la sainte messe et aux saluts dans la semaine, qui s'occupent de bonnes œuvres et de pratiques pieuses :

---

1. Aujourd'hui dans la chapelle de l'orphelinat Warein. Rappelons, parmi les présidentes de cette congrégation, Mlles Léonie Snyders et Zélie Demeyer, deux fleurs cueillies pour le Ciel. Les *Annales des enfants de Marie* leur ont consacré des notices nécrologiques fort élogieuses. Mlle Demeyer était une de ces âmes qui unissent la délicatesse exquise du sentiment à la piété la plus fervente. Elle savait tenir une plume. Elle avait ce style coulant et limpide, mais d'une teinte un peu maladive, qui est propre à beaucoup de femmes de notre temps. Un jour M. Dehaene lui dit : « Faites donc des vers. » Il lui prêta un dictionnaire de rimes. La bonne fille se mit à l'œuvre. Et comme elle ne rêvait que du Ciel et des anges, et que son oreille recueillait les divins échos d'une harpe inconnue, son chant fut naturellement harmonieux et pur.

Propagation de la Foi, Sainte-Enfance, Rosaire, Tiers - Ordre de Saint-François, etc ? (1)

C'est ainsi que M. Dehaene voyait les choses. Il ne permit jamais qu'on critiquât en sa présence celles que le monde désigne sous l'appellation de *dévotes*, (confondant ainsi la vraie et la fausse dévotion).

Il était même, sur ce point, d'une susceptibilité très vive, et nous l'avons entendu plus d'une fois réprimer sévèrement de pareils écarts de langage, quand on se les permettait devant lui.

Après 1870, M. Dehaene fonda le comité catholique, dont nous parlerons ailleurs, et la conférence St-Louis. Cette conférence est une société de jeunes gens qui tient ses réunions chaque semaine, le lundi soir. Elle a pour but officiel et premier de secourir les pauvres, pour but secondaire de fournir à ses membres un moyen de se voir et de passer une bonne heure ensemble comme des amis vertueux (2).

Sans autres ressources que leurs propres cotisations, celles de quelques membres honoraires, et les recettes des soirées récréatives qu'ils organisent tous les ans pour mettre leur caisse à flot, ils ont secouru en moyenne une quinzaine de familles pauvres, fondé l'œuvre du sou pour habituer les indigents à l'épargne, créé le secrétariat charitable pour tenir la correspondance des illettrés, fondé les messes du départ pour les jeunes conscrits. L'abbé Dehaene comptait sur eux pour un cercle catholique.

Toujours dans l'espoir de faire quelque bien, notre cher supérieur se rendait dans la société de St-Joseph, où de braves bourgeois se récréent le dimanche et le lundi soir. Il leur adressait de bonnes paroles, et leur envoyait ses professeurs pour leur faire de petites conférences intéressantes, en flamand ou en français, sur l'histoire locale, sur les sciences, sur la religion.

---

1. D'une de ces congrégations est sorti le groupe des catéchistes volontaires, appelées à rendre les plus grands services en instruisant les enfants des écoles. Les récentes lois scolaires ont attiré l'attention sur l'instruction religieuse, qu'on laissait trop exclusivement à la charge des maîtres.

2. Ils sont présidés avec tact et sagesse par M. Édouard Snyders, ancien professeur de la plupart d'entre eux, et se réunissent sous son toit.

Hazebrouck possède un cercle littéraire. Il se préoccupait de lui infuser une sève chrétienne. Sur son conseil, plusieurs catholiques militants s'y firent recevoir pour former une majorité nouvelle, et faire adopter des journaux et des revues conformes à leurs convictions. Ils se sentirent dépaysés. Il était admis en principe qu'un cercle littéraire doit être neutre. C'est, paraît-il, la tradition académique : on ne voulut point y déroger.

Terminons cette énumération d'œuvres de zèle par les instructions spéciales faites aux hommes. M. Dehaene fut toujours très désireux de leur inculquer, par tous les moyens possibles, un peu de ferveur. Cette préoccupation se montre à chaque instant dans sa correspondance : « Priez donc, disait-il, pour que
» je puisse attendrir les hommes ! Demandez cette grâce au
» Cœur de Jésus, qui est un Cœur viril ! Hélas ! même dans
» notre pieuse Flandre, en dehors du temps pascal, à peine sur
» cinquante personnes que l'on confesse y a-t-il un homme ! Ils
» ont encore la foi, mais les cinq sixièmes d'entre eux n'ont
» point de piété.... Je voudrais qu'on entreprît une croisade
» pour leur sanctification. Priez pour que cette pensée vienne
» aux évêques, priez pour qu'on organise partout des sociétés
» de St-Joseph et de St-Louis de Gonzague et des conférences
» spéciales pour les hommes (1). ».

Les conférences spéciales qu'il souhaitait si ardemment, il obtint de Mgr l'archevêque la permission de les faire dans l'église d'Hazebrouck. C'était en 1855. Les grands succès de Lacordaire et de Ravignan à Paris inspiraient le désir de les imiter en province. Le désir était louable en soi, mais ne provenait-il pas un peu de cette manie de généralisation que le journalisme a étrangement développée ? On veut faire partout ce qui a réussi quelque part. M. Dehaene sut au moins se défendre contre la reproduction maladroite du genre de Lacordaire, et, sous le nom de conférences, il se contenta de faire un cours suivi de doctrine chrétienne. Il partait des vérités fondamentales du dogme pour aboutir aux dernières conclusions de la morale.

Il l'ouvrit le 27 du mois d'avril. Son premier discours explique la raison d'être de cette série d'instructions. « L'homme, dit-il, a

---

1. Lettres diverses, 16 août 1862, etc.

» l'initiative des plus nobles travaux. Sciences, arts, industrie,
» commerce, administration, tout ce qui est public, social et
» vraiment fort, compose son domaine. Il est partout, suivant
» le mot de l'Apôtre, *caput mulieris !* Et voilà que pour les
» rapports avec Dieu il n'en est plus ainsi. Les rênes du char
» sont abandonnées à la femme. »

Sans doute elle est plus sensible, plus délicate et naturellement plus pieuse ; mais possède-t-elle la fermeté, la logique, le sens du juste, qualités nécessaires pour les choses durables ? Et si on lui abandonne le domaine de la piété, ne risque-t-on pas d'y voir bientôt une augmentation de pratiques surérogatoires, à laquelle ne correspondra pas toujours une augmentation de religion ? M. Dehaene remarquait la tendance : il s'en plaignait à bon droit.

Il est inutile de résumer les trente-deux conférences prononcées de 1855 à 1858 dans l'église d'Hazebrouck, et répétées, plusieurs du moins, à Dunkerque (église St-Jean-Baptiste). Dans ces discours, que nul peut-être après nous ne relira, ni la science ni l'éloquence ne font défaut. Les arguments sont puisés dans les controversistes et les orateurs contemporains alors les plus en vogue : Martinet, Riambourg, Frayssinous, Lacordaire. Parfois un souvenir classique, quelques vers d'Athalie, une belle strophe de Lamartine, passent à travers l'austère théologie avec la grâce aimable d'un sourire. Le plus souvent l'auteur commente les *Élévations* de Bossuet sur les mystères. Il revient avec prédilection « à ce livre unique, où l'on trouve plus de théologie, de philosophie et d'Écriture Sainte que nulle part ailleurs (1). » — « Bossuet me suffit, dit-il ; à lui seul il peut remplir un panthéon ! » — Bossuet donc, mais avant lui la Bible ! C'est à la Bible qu'il s'arrête de préférence. Il oublie même de temps en temps son devoir de conférencier, qui est de démontrer la vérité et de réfuter l'erreur, pour s'épanouir dans des commentaires de textes, fort beaux, nous l'avouons, mais qui ne sont pas d'une solidité à toute épreuve.

L'abbé Dehaene était plutôt fait pour le sermon traditionnel que pour la conférence. La discussion le passionnait trop vite. Et puis, il nous semble qu'il se faisait illusion sur la portée de

---

1. Paroles de l'abbé Dehaene.

son auditoire. Il avait dit en commençant : « Je ne crains qu'une
» chose, Messieurs, c'est de ne point donner une idée assez
» belle des magnifiques vérités chrétiennes ; c'est de les rape-
» tisser dans mes faibles discours. » Il fallait peut-être s'inquiéter davantage d'être compris. Les objections qui ont cours
dans une petite ville et qui circulent parmi les lecteurs de journaux, tiennent beaucoup moins de la subtilité d'esprit que de
l'ignorance. Pour y répondre, il ne faut mettre en branle ni
Bossuet, ni St Augustin. Le catéchisme suffit. Ces conférences
devaient offrir l'attrait de la familiarité, de la simplicité, du
cœur à cœur, de la vie enfin ! On se fatigue de ce qui est beau
mais platonique. Elles n'eurent donc qu'un médiocre résultat.
La majeure partie de l'auditoire se composait des amis de
M. le Principal, venus pour lui faire plaisir plutôt que pour se
faire du bien.

Du reste, dans notre pays, ce que l'on doit sauvegarder avant
tout, c'est l'observation du dimanche. Tant que ce jour sera le
jour du repos, protégé contre la fièvre des affaires, le jour du
Seigneur, protégé contre l'entraînement des plaisirs et des
voyages, la religion vivra.

Parmi les œuvres de l'abbé Dehaene, il y en eut qui réussirent,
d'autres qui échouèrent. En fut-il découragé ? Nullement. Le
laboureur jette plus de semence qu'il n'en lèvera. Que de choses
l'on doit entreprendre avant qu'une seule arrive à bonne fin !

Si, pour profiter de son expérience, l'on cherchait les raisons
de tel ou tel essai infructueux, on trouverait vraisemblablement
les suivantes : 1º avant de commencer une œuvre, on n'examine
pas toujours suffisamment les besoins du pays. On cultive à
tout hasard des plantes exotiques, sans s'inquiéter du sol qui
les porte ni du soleil qui les chauffe. Faut-il être surpris qu'elles
meurent ou végètent ?

2º D'autres fois les sociétés périssent par la faute de leurs
membres. N'y a-t-il pas de fort braves gens, prêts à entrer dans
toutes les confréries imaginables, et qui approuvent sans la
moindre hésitation toutes les œuvres qu'on leur propose ? Le
motif en est bien simple : à l'heure d'agir, ils ne remueront
point. De tels hommes servent uniquement à faire nombre, à
couvrir des listes. C'est quelque chose en ce temps où la sta-

tistique fleurit sous toutes les formes, mais ce n'est point une force réelle. Que dire de ceux qui ne pratiquent pas ce qu'ils conseillent ? Propager les bons journaux, les bons livres, quoi de meilleur ? dit-on. — En réalité, c'est songer à la vertu des autres ; mais charité bien ordonnée commence par soi-même. Le P. Faber va plus loin : « L'édification, dit-il, ne doit jamais être notre première pensée (1). » Ce serait faire dépendre la loi morale d'une nécessité extérieure, renverser l'ordre et tomber dans une sorte de socialisme théologique, d'autant plus dangereux qu'il est plus subtil.

M. Dehaene rencontra de ces approbations de complaisance et de ces vertus de comité.

3° Enfin, pour entrer dans le vif, avouons sans ambages que plusieurs des choses qu'il entreprit avaient besoin de la paroisse comme centre. Là seulement était pour elles l'air vital.

En parcourant ce chapitre, quelques lecteurs impatients ont dit peut-être : « Il n'y avait donc pas d'autres ecclésiastiques » que l'abbé Dehaene dans la ville d'Hazebrouck ? » Il y avait des doyens et des vicaires ; et ils étaient excellents, DIEU merci. Pour faire leur éloge, il suffit de dire qu'ils ont accompli en saints prêtres la besogne quotidienne du ministère paroissial, — la leur propre ; — qu'ils ont conservé par leur piété et leurs aumônes, par leurs prédications et leurs exemples, cet indestructible fond religieux, honneur de nos vieilles populations !

Mais il y eut inévitablement à Hazebrouck ce qui se remarque partout où le ministère sacerdotal ordinaire et le ministère spécial sont en présence : ce qu'on a appelé parfois la question des réguliers et des séculiers, ce qui s'appellerait plus justement le conflit des hommes d'idéal et des hommes de pratique, conflit qui a vingt noms et vingt formes, et, suivant les circonstances, fait triompher la sagesse ou l'éloquence, la raison ou le cœur. Chacun y prend parti d'après son caractère.

« Il ne nous coûte point de reconnaître que les églises parois-
» siales doivent être le foyer de la vie surnaturelle. C'est à les
» fonder et à les rendre florissantes que doivent (2) conspirer

---

1. *Progrès de l'âme*, p. 80.
2. D. GRÉA, *De l'Église et de sa divine constitution*. (Paris, Palmé). Sur la question que nous touchons en passant, on ne saurait assez consulter ce beau livre. Il

» toutes les forces chrétiennes. » Donc religieux ou prêtres libres, missionnaires ou professeurs, ne peuvent créer aucune association dont le but soit de se substituer à l'ordre divin et immortel des Églises. Si apostolique que serait leur action, si généreuse que paraîtrait leur initiative, elle préjudicierait aux intérêts publics du corps entier, car les auxiliaires prendraient la place des pasteurs (1).

Encore une fois, ce sont là des principes fondamentaux que l'abbé Dehaene n'a jamais méconnus.

Mais, en pratique, les questions ne se tranchent pas aussi facilement.

Grâce à DIEU, nous n'avons point à parler de rivalité entre le presbytère et le collège, car les doyens d'Hazebrouck ont toujours laissé à l'abbé Dehaene une grande liberté d'allure, et lui-même n'a jamais manqué à leur égard de la déférence qu'il leur devait. Mais, comme il arrive fatalement, tous n'observent pas la même circonspection. Personne n'empêchera les esprits étroits d'opposer un homme à un autre. Ils ne savent point faire la part des caractères, des positions, des circonstances.

Doué d'une nature exubérante, se répandant au dehors par tempérament comme par zèle, jouissant avec cela du double prestige du talent et de la situation acquise, voyant les choses en beau, prêt, dès lors, à tout entreprendre, mais plus apte à commencer qu'à continuer, voulant que tout le monde s'échauffât comme lui et prît feu instantanément, M. Dehaene était par excellence un homme d'impulsion et d'entrain, et, du fond de son collège, il mettait le branle autour de lui. *Marchez, on vous suivra.* Il marchait, on le suivait.

Au presbytère, on avait d'autres préoccupations. Il fallait vivre au jour le jour, les deux pieds dans la réalité, avec l'expérience amère du peu de consistance des hommes, quelquefois de leur peu de vertu. Il fallait suffire aux labeurs quotidiens déjà accablants. De là une certaine réserve en face des inno-

---

a reçu les approbations les plus flatteuses du cardinal Caverot, du cardinal Langénieux, de Mgr Mermillod, de Mgr Besson, de Mgr Gay. Il satisfait les réguliers et les séculiers car il met chacun à sa place. Il produit l'union seule solide, l'union dans la vérité.

1. Ibid., p. 420, 426, etc...

vations, et l'attachement au vieux principe : « *Nihil innovetur præter id quod traditum est,* » que l'on étendait des choses de foi aux choses de discipline, et qui est fort bien appliqué quand la religion peut se conserver par les moyens ordinaires.

Donc, que l'abbé Dehaene, vivant en dehors de ce milieu purement traditionnel, ait pu lancer des œuvres sans grande vitalité ni durée, et que les prêtres des paroisses, soucieux de la pratique et ne regardant point au-delà de leur horizon, aient pu négliger telle ou telle entreprise utile, cela ne doit surprendre nullement.

Mais comme, après tout, eux et lui étaient des hommes de foi et de devoir, nous n'avons à critiquer personne, et nous croyons que Dieu tiendra compte de la bonne volonté qu'il y avait certainement de part et d'autre.

Quoi qu'il en soit de ces divergences, nous devions en dire un mot pour être complet et ne pas esquiver les difficultés de notre travail. Ceux-là seuls s'en étonneront qui ne connaissent ni l'histoire de l'Église, ni la nature humaine, et qui oublient que le bien, pour se faire durablement en ce bas monde, a plus besoin peut-être de contradictions que d'approbations.

Pour ce qui concerne l'abbé Dehaene, nous sommes convaincu qu'il a toujours agi avec les intentions les plus pures et les plus élevées. — Ce qui le prouve, c'est qu'il n'entreprenait rien sans consulter son évêque. Cette conduite était très louable parce qu'elle prouvait son humilité. Elle n'était cependant pas obligatoire pour tous les cas ; et M. Dehaene pouvait remarquer qu'il n'obtenait pas toujours des réponses aussi promptes, aussi précises qu'il les eût voulues. Il comprenait par là que, dans les choses de zèle, l'autorité ne s'engage pas témérairement, parce qu'elles sont relatives, parce que leur succès dépend des circonstances, et qu'elles demeurent sous l'action directe de l'Esprit-Saint. Il savait que, parallèlement à la vie permanente et universelle de l'Église, il y a une vie passagère et locale, spontanée et mystérieuse, que l'autorité contrôle mais ne crée point. C'est une floraison libre qui met la variété des œuvres à côté de l'immutabilité des doctrines. A l'égard de cette vie, on ne peut pas conclure du silence des évêques à leur désapprobation, ni s'abstenir de marcher sous prétexte qu'il faut être poussé par eux. Ils ont le droit de laisser le zèle aller de l'avant à ses risques et périls, et d'attendre qu'il ait fait ses preuves. M. Dehaene était de ceux qui s'expliquent cette réserve et qui n'en tirent point une conclusion favorable au découragement.

Il a rendu par ses œuvres de nombreux services à la ville d'Hazebrouck. Mais le plus grand de tous, à nos yeux, c'est d'avoir familiarisé les diverses classes de la population avec la pratique de la générosité chrétienne. Il a parlé tant de fois de dévouement, qu'il a fini par faire entrer ce mot divin dans les têtes et dans les cœurs ; il a tant de fois fait appel au sacrifice, à la générosité chrétienne, qu'on s'est habitué à ces grandes choses. Nous en avons eu la preuve dans l'éclosion soudaine des écoles libres. Peut-être l'avenir imposera-t-il aux simples fidèles des générosités encore plus grandes, et mettra-t-il les prêtres dans la nécessité de remplacer le ministère de conservation, devenu insuffisant, par un ministère de conquête !

Car, au train dont vont les choses, il est à croire que la France ressemblera bientôt, dit D. Gréa, aux pays de missions. En tout cas, si elle doit être régénérée, elle le sera de la sorte ; car là réside l'immortelle vertu du sacrifice.

Heureuses alors les populations qui posséderont cette vertu, et trois fois bénis les prêtres qui l'auront semée dans leur cœur !

CHAPITRE DIXIÈME.

Les fondations de collèges.
Le couvent des capucins.

La loi de la liberté d'enseignement fut pour les catholiques le plus beau résultat et le seul avantage durable de la Révolution de 1848. « Cette loi bienfaisante, la meilleure de notre siècle, fut précédée par vingt années de combats livrés presque sans trêve ; et, pour la rédiger, la discuter et la voter, il n'y eut qu'une heure, une heure de paix entre deux révolutions (1). » La loi du 25 mars 1850 portait en substance que l'enseignement secondaire serait libre : donc, plus de certificat d'études pour l'examen du baccalauréat, plus d'autorisation préalable pour l'ouverture des établissements d'instruction. Les collèges communaux étaient directement placés sous le contrôle des municipalités, qui avaient le droit de les transformer en établissements libres si elles y voyaient un avantage pour la commune. Quant aux écoles primaires publiques, elles pouvaient être confiées soit à des instituteurs laïques, soit à des congréganistes.

Quoique enfermé par ses fonctions dans la forteresse universitaire, M. Dehaene était prêt à en sortir pour profiter de la loi nouvelle et des latitudes qu'elle offrait à son zèle sacerdotal. Il se disait avec raison que, s'il était attaché à l'Univer-

---

1. Avant 1849, c'eût été trop tôt, en 1851, c'était déjà trop tard. « Cette heure de grâce et de raison fut devinée, comprise, employée par tous les hommes d'État avec une rapidité qui tenait de l'inspiration et une entente merveilleuse de ce qu'on pouvait faire et de ce qu'on pouvait redouter. » Mgr BESSON, *Panégyrique de Mgr Dupanloup.*

sité par son titre de principal, il n'avait point cessé d'être, devant Dieu et devant la société, prêtre, c'est-à-dire chargé d'étendre, dans toute la mesure de ses forces et par tous les moyens possibles, le règne de la vérité.

Il se mit donc à la tête du mouvement pour la fondation des collèges libres en Flandre. Comme son ancien confrère de Douai, M. Lecomte, principal à Tourcoing, il était de ces hommes qui comptent sur la Providence et sur le triomphe du bien. Un instinct secret les avertit qu'ils n'ont pas tort, car ils entendent déjà au fond du cœur la réponse que les événements ne feront que plus tard au vulgaire.

M. Dehaene allait d'autant plus facilement aux entreprises de tout genre, que l'œuvre d'Hazebrouck ne l'absorbait pas tout entier. Il n'avait jamais dit : « Ceci est le lieu de mon repos. Je m'installe dans ma maison ; je fais pour le mieux ce dont je suis chargé ; que les autres s'arrangent. » Nature essentiellement généreuse, ses regards erraient de tous côtés, cherchant l'occasion de faire une bonne œuvre.

A cette époque il y avait dans le diocèse de Cambrai un élan admirable pour fonder des collèges ecclésiastiques. Cet élan avait commencé bien avant la loi de 1850. Dès 1845, grâce à la féconde initiative de M. l'abbé Crèvecœur (1), le pensionnat catholique de Marcq-en-Barœul s'était fait reconnaître par le gouvernement comme maison de plein exercice. Il devenait ainsi la capitale de l'enseignement chrétien dans le Nord, et le foyer d'une société de prêtres enseignants qui a fait et fait encore un bien considérable : la société de Saint-Bertin.

Tourcoing était un autre centre. M. Lecomte rayonnait de là vers toutes les directions ; il fondait N.-D. des Victoires à Roubaix (1845), ranimait le collège communal de Bailleul (1849), fondait Solesmes (1849), Valenciennes (1850), St-Amand (1851), Bavai (1853), et concourait à la création de St-Jean à Douai (1853).

Au mois de novembre 1852, il écrivait à Mgr l'archevêque:

---

1. M. l'abbé Crèvecœur, originaire du diocèse d'Arras, fut pendant vingt-neuf ans supérieur du collège de Marcq-en-Barœul, près Lille. Chanoine de Fréjus et d'Arras, il mourut en 1869. Sept cents de ses anciens élèves se réunirent autour de son cercueil et lui firent le triomphal cortège de la reconnaissance.

« J'aurai l'honneur de vous voir vers la mi-décembre, accom-
» pagné de M. le Principal d'Hazebrouck. » Il était question de
former avec les prêtres employés dans les collèges une association semblable à celle de St-Sulpice. « J'ai sondé, disait-il à
» Mgr, les dispositions de plusieurs membres de notre per-
» sonnel et de celui d'Hazebrouck. Je crois qu'on pourra réunir
» trente-cinq à trente-huit associés (1). »

Ce projet de M. Lecomte ne fut réalisé qu'en 1867 sous le
nom de société de St-Charles ; et encore ne le fut-il que par-
tiellement, car cette société n'est point une corporation religieuse, mais une sorte de syndicat possédant et maniant des
capitaux. Le personnel d'Hazebrouck et celui d'Auchy (2) n'y
entrèrent point. Dans ces diverses négociations, M. Lecomte
avait écrit à l'abbé Dehaene, moins parce qu'il était son appro-
bateur et son ami que parce qu'il représentait la Flandre et
venait de fonder le collège libre des Dunes.

Il nous faut parler de cette fondation et des autres auxquelles
contribua notre cher Supérieur.

Institution Notre-Dame des Dunes à Dunkerque.

Nous avons rappelé plus haut avec une sympathique admiration le souvenir de M. Droüart de Lezeÿ. Le nom de cet
homme de bien se retrouve dans les origines du collège des
Dunes. Révoqué de ses fonctions de substitut au parquet de
Dunkerque (1848), M. Droüart s'était fait inscrire au barreau
de la même ville comme avocat. Il profitait de ses loisirs pour
s'occuper de bonnes œuvres, ce qui le mettait en relations
suivies avec les prêtres des paroisses, particulièrement avec
M. Carnel, vicaire à St-Éloi, M. Debavelaere, aumônier des
dames de Louvencourt, et M. Delattre, vicaire de St-Jean-
Baptiste (3). Souvent il se promenait avec ces Messieurs le long

---

1. *Histoire du collège de Tourcoing* par M. LEBLANC, p. 361.

2. Auchy, commune de 1500 habitants, située dans le canton d'Orchies, possédait un pensionnat dirigé par des laïques et des ecclésiastiques. En 1850, on y
comptait 230 internes. M. Leleu y envoyait ses meilleurs séminaristes comme
professeurs.

3. M. Debavelaere est mort curé de Quaedypre. M. Carnel est aujourd'hui aumônier de l'hôpital militaire à Lille, et M. Delattre curé de Steenbecque.

de la plage, et quand fut promulguée la loi de 1850, ils parlaient ensemble de ce qu'on pourrait faire à Dunkerque pour en tirer parti. M. Droüart était un ancien élève du collège de St-Omer. Il gardait un souvenir reconnaissant de l'éducation chrétienne qu'il y avait reçue sous la direction d'un saint prêtre (M. l'abbé Joyez), et trouvait qu'on ne peut rien faire de plus utile que d'assurer ce même bienfait à la jeunesse d'un pays.

Quand il fallut passer de la parole à l'action, M. Droüart et l'abbé Delattre, qui avaient connu tous deux M. Dehaene, mirent son nom en avant, affirmant qu'avec son concours il serait facile de doter Dunkerque d'un collège libre. Le projet fut discuté et communiqué à M. Dehaene. Celui-ci se prêta à tout ce que l'on demandait, sans s'inquiéter le moins du monde des embarras qui pourraient lui être suscités dans l'avenir. Il avait quelques économies provenant de son pensionnat d'Hazebrouck. Le placement en était trouvé. Il acheta une maison à Dunkerque et prit l'engagement de fournir le personnel. Après les déclarations exigées par la loi, le nouveau collège, placé sous le vocable de N.-D. des Dunes, fut ouvert le 8 décembre 1850.

M. l'abbé Delelis, prêtre du diocèse d'Arras, professeur à Hazebrouck, ayant son diplôme de bachelier et le stage légal, fut le premier Supérieur.

Dix jours après l'ouverture de la maison, M. Dehaene écrivait à un ami : « Notre établissement compte 9 élèves appar- » tenant aux meilleures familles. Tout présage un heureux » succès ; mais il y faudrait encore un homme. » En effet, l'abbé Delelis n'avait qu'une santé délabrée, qui ne lui permettait aucun travail sérieux, ni pour l'enseignement, ni pour la surveillance.

L'homme nécessaire arriva au mois de janvier 1851. C'était l'abbé Ledein, professeur de rhétorique à Hazebrouck (1).

---

1. Né à Wormhoudt, il fit de très brillantes études au collège du Buissaert et se distingua au grand séminaire de Cambrai. Sous les auspices de Mgr Giraud, il soutint une thèse de théologie qui eut les honneurs de l'impression, et qui resta longtemps encadrée sur les murs de la classe. Suppléant de M. Dehaene dans la chaire de rhétorique, il marqua son trop court passage par un enseignement qui sortait de la routine et dénotait un littérateur d'élite.— M. Ledein quitta le diocèse de Cambrai en 1858, se rendit à Paris, devint directeur de l'école des Carmes, et puis curé de St-Jean-St-François. Il est aujourd'hui curé de St-Pierre de Chaillot.

Quoique M. Ledein fût un brillant collaborateur, M. Dehaene n'hésita point à renoncer à son concours et reprit lui-même le fardeau du professorat. « Vous connaissez ma besogne : con-
» fessions au collège, confessions à l'église, confessions des reli-
» gieuses à l'hôpital et à la Ste-Union, prédications à l'intérieur
» et à l'extérieur, et avec tout cela, la classe tous les jours ; je
» ne puis y tenir, je m'use comme un vieux soulier (1) ! » Mais s'il faisait un sacrifice, il ne tarda point à en être récompensé, car un an plus tard il pouvait dire : « Le collège des Dunes
» compte plus de 65 élèves et promet de grands succès : M.
» Ledein émerveille tout le monde par ses conférences dogma-
» tiques ; et puis Monseigneur m'encourage beaucoup. Il m'a
» dit qu'il me soutiendra de tout son pouvoir. Effectivement il
» tient parole : M. Bertein, qu'on devait prendre pour mission-
» naire diocésain, vient d'être mis à notre disposition. » M. Bertein (2) fut une des colonnes de la maison nouvelle. Les élèves de philosophie qu'il a formés pendant vingt ans n'oublieront jamais son enseignement lumineux et élevé, sa profonde science et son dévouement.

En 1853, le collège des Dunes avait cent élèves, et son avenir était assuré : on crut le moment venu de décerner à M. Dehaene une de ces ovations scolaires qui lui allaient au cœur, un de ces triomphes publics qui démontrent la solidité d'une œuvre. Le 25 juillet 1853, fête de St-Jacques, les deux cents élèves d'Hazebrouck se rendent à Dunkerque, et arrivent vers neuf heures et demie par train spécial. Ils sont reçus à la gare par les cent élèves des Dunes. On devine l'enthousiasme et les cris de « Vive Dunkerque ! vive Hazebrouck ! vive M. le Principal ! » Les élèves des deux maisons se réunissent en une seule colonne et vont droit à la statue de Jean Bart. En face du héros Dunkerquois, qui revit dans le bronze de David d'Angers avec son fier regard et son bras vaillant, la jeune fanfare exécute ses plus brillants morceaux. Puis la journée est remplie par la promenade sur la plage, le dîner au collège, l'excursion à Rosendael, la visite des églises et des monuments, mais surtout par les témoignages d'amour à l'abbé Dehaene. Hazebrouck et

---

1. Lettre au P. Sergeant (7 janvier 1852).
2. M. Bertein, chanoine honoraire, est aujourd'hui curé de Pérenchies.

Dunkerque confondent leur reconnaissance, unissent leurs acclamations, et d'une même voix saluent en lui leur bienfaiteur et leur père.

A M. Ledein, second supérieur de N.-D. des Dunes, succéda M. Durant.

Grâce au zèle de M. Durant, grâce aussi, cela va sans dire, au dévouement d'un personnel d'élite plus riche en prêtres que celui d'Hazebrouck (1), le collège des Dunes s'est ancré profondément dans la ville, et, à l'heure présente, il peut se glorifier d'être l'un des plus importants du diocèse. Il compte quatre cents élèves, et l'on vient d'annexer aux classes ordinaires des cours préparatoires à l'école de St-Cyr et à l'école navale.

Les anciens élèves tiennent bien leur place dans les divers rangs de la société. Beaucoup occupent des situations honorables, et, dans la ville de Dunkerque en particulier, ils font circuler une sève de vie chrétienne de plus en plus abondante et généreuse. M. Durant était un des fils de prédilection de M. Dehaene. Doué d'une imagination riche et belle dont les reflets brillants plaisaient à notre maître, il avait comme lui la bonté du cœur qui rend les affections profondes. Les sympathies réciproques des deux supérieurs contribuèrent à rendre très cordiales les relations entre les collèges d'Hazebrouck et de Dunkerque. Sans en venir à de trop fréquentes visites, les professeurs des deux établissements se voyaient de temps à autre, et toujours comme des membres de la même famille.

Que de fois M. Dehaene eut l'occasion de se réjouir de la fondation de Dunkerque ! Cette joie éclate dans les lettres qu'il écrit à ses anciens collaborateurs. Les Dunes avaient quelque chose de plus brillant, de plus animé, de plus citadin que l'antique Hazebrouck, et quand il recevait à St-François, comme dans un vieux manoir, le personnel sympathique de Dunkerque, on pouvait comparer M. Dehaene à ces bons pères de famille, fiers de serrer dans leurs bras sous un toit de chaume un fils parvenu à de grands honneurs. Chaque année, la veille de la St-Jacques, M. Durant venait présenter ses souhaits à notre

---

1. On y remarquait MM. Lootgieter et Dehenne, ouvriers de la première heure, qui avaient connu les déboires et les difficultés du début ; MM. Sagary, Coubronne, Duquesnoy, Dezitter, Flahault, etc.

cher supérieur, et nous étions heureux de le voir à sa droite, sur l'estrade de la salle des fêtes, applaudissant du cœur et de la main à tout ce que nous disions en prose et en vers, et nous donnant par son exemple une vivante leçon de reconnaissance (1).

Institution St-Joseph à Gravelines.

Gravelines est une petite ville acculée au fond du département du Nord, près de l'embouchure de l'Aa, le long de la côte de Dunkerque à Calais. Elle est petite, mais hospitalière. On y trouve le calme favorable aux études et les exceptionnelles conditions de salubrité que le voisinage de la mer offre pour un pensionnat. Dans ce coin du diocèse, il s'est fait un renouvellement de vie chrétienne très encourageant. Le sol des âmes a été remué en tous sens par des prêtres zélés ; les vieux préjugés qu'on nourrissait contre les institutions ecclésiastiques sont tombés petit à petit, et le bien se fait sur une large échelle. C'est à M. Masselis, l'ami intime de M. Dehaene, qu'appartient le principal mérite de ce réveil religieux. On le plaignait quelquefois d'être confiné dans un pays très différent de la Flandre. Il se consolait, comme les saints, en faisant son devoir. Le montagnard qui n'a qu'un lopin de terre sur un rocher le cultive avec obstination, et le force à produire quelque chose : ainsi font les prêtres quand le champ de leur zèle est étroit ou stérile. Le collège de Gravelines doit beau-

---

1. Aux jours d'épreuve, M. Durant fut aussi le premier au rendez-vous de la fidélité. En 1881, M. Dehaene dut quitter son petit séminaire, qu'il avait fondé, et l'on se demandait où il chercherait un refuge. M. Durant vint lui dire : « Nous sommes aujourd'hui moins pauvres que vous, M. le Principal. Notre bourse est à votre disposition. Puisez-y ; prenez tout ce qu'il vous faut. » — « Je vous remercie, répondit le vieillard, le diocèse pourvoit à ma subsistance. » M. Durant avait agi en homme de cœur.

Enfin, le jour des funérailles, il y avait une voix que nous désirions tous entendre, et qui désirait parler, non certes pour obtenir une vaine satisfaction oratoire, mais pour dire ce que les cœurs aimants seuls peuvent dire : elle resta silencieuse. Elle aurait éclaté peut-être en accents trop émus, et la chaire de vérité n'admet point les sentiments trop personnels. Mais ce qu'il dut refouler au fond de son âme ce jour-là, M. Durant avait essayé d'en dire quelque chose dans une autre circonstance, lors du 25e anniversaire de la fondation du collège des Dunes (1875). Son allocution n'avait été qu'une effusion de reconnaissance envers l'abbé Dehaene.

coup à M. Masselis, mais c'est à M. Dehaene qu'appartient l'honneur de l'avoir fondé.

C'était peu de temps après la loi de 1850 ; il prêchait une mission à Gravelines, elle marchait bien, il y avait des conversions, et le doyen, M. Bollengier, exprimait au prédicateur toute la joie de son cœur de prêtre.

« C'est vrai, répondit M. Dehaene, il y a des égarés qui reviennent au bercail, et, s'ils persévèrent, ils se sauveront ; mais ce n'est là que le bien d'un jour. M. le doyen, il vous faut l'avenir, et cet avenir, vous ne l'aurez jamais si votre jeunesse n'est élevée par des maîtres chrétiens. »

Gravelines n'avait alors pour école supérieure de garçons qu'un pensionnat laïc, où l'éducation passait pour être négligée. La plupart de ces institutions privées n'offrent pas le minimum d'ordre, de rectitude et d'honnêteté que l'État obtient par ses inspections. L'intérêt pécuniaire pousse à des concessions regrettables, quand on n'a ni les fiertés de l'indépendance chrétienne, ni les sujétions du contrôle académique. « Tout est matériel dans ces établissements, disait M. Dehaene ; les âmes n'y respirent pas du côté du ciel. »

— Mais que faire dans une petite localité comme celle-ci ? répondait M. le doyen.

— Trouvez-moi une maison et une subvention de mille » francs, et je fonde un collège ecclésiastique. »

Plusieurs années s'écoulèrent avant que l'on trouvât l'une ou l'autre de ces deux choses.

Et chaque fois que l'abbé Dehaene écrivait à son ami, M. Masselis, la question du collège revenait sous sa plume. Après plusieurs tentatives qui n'aboutirent point, il advint qu'une maison, située entre le couvent des Ursulines et les remparts, fut mise en vente. Elle était vaste et bien conditionnée ; M. Masselis décida les religieuses à en faire l'acquisition, tant pour éviter un voisinage désagréable (ce qui serait arrivé si on avait établi une usine dans cette maison) que pour contribuer au bien moral de la ville. L'immeuble fut mis à la disposition de l'abbé Dehaene. La première des deux conditions qu'il posait à M. le doyen était réalisée : on avait la maison ; il n'attendit pas la subvention de mille francs.

Le 8 novembre 1857, M. l'abbé Delelis, le seul prêtre d'Hazebrouck qui fût en règle pour être titulaire d'un collège, arrivait à Gravelines, comme il était venu à Dunkerque, humblement et sans bruit. Il s'installait dans des locaux presque déserts avec un seul collègue (1) et trois élèves ! Et, plein de confiance, il plaçait sa maison sous le vocable de St-Joseph, et la déclarait ouverte.

M. Dehaene, son maître, lui avait dit : « Allez ! » et comme le serviteur de l'Évangile, cet homme simple et droit allait. « Jetez les filets pour la pêche ! » et voilà qu'il poussait au large et jetait les filets. Mais il fallut bien du temps et bien des efforts avant la pêche miraculeuse.

Les premières difficultés matérielles s'aplanirent grâce à la générosité des Sœurs Ursulines et au désintéressement de leur aumônier. Il quitta la maison qu'il habitait et vint occuper, au collège, une chambre fort modeste, pour réaliser quelques économies en faveur de l'œuvre. Malheureusement, comme aucun chemin de fer ne reliait la côte à l'intérieur, les pensionnaires n'arrivaient pas en assez grand nombre, et, malgré le dévouement de M. l'abbé Hébant, prêtre originaire de Gravelines, qui avait succédé à M. l'abbé Delelis, la situation était toujours fort précaire.

Le 19 septembre 1861, M. Dehaene écrivait à M. Plichon :

« Monsieur le député,

» Vous savez combien souvent on est seul quand il s'agit de
» faire quelque chose. C'est ce que j'éprouve aujourd'hui pour
» une de mes œuvres. Nous avons fondé, à notre corps défen-
» dant, un petit établissement à Gravelines ; cette maison, ne
» comptant à peine qu'une quarantaine d'élèves, ne se suffit pas,
» et cette année nous avons un déficit de deux à trois mille
» francs.

» Tout le monde est découragé ; moi, je ne le suis pas, mais
» je n'ai pas de ressources. Vous qui faites tant de bien, auriez-

---

1. M. l'abbé Dehenne, auparavant professeur à N.-D. des Dunes, aujourd'hui curé de Nieppe (décanat d'Hazebrouck).

» vous quelque chose de reste pour cette œuvre de régénération
» par excellence ? »

M. Plichon envoya 1000 francs ! C'était sa façon de faire du bien.

Le collège continua de végéter, et, trois ans après (1864), M. Dehaene écrivait encore : « St-Joseph marche à force de
» confiance et de sacrifices. J'espère cependant qu'il deviendra
» le *filius accrescens* de la Bible, et qu'un jour on courra sur
» les remparts de Gravelines pour voir passer ses enfants !
» *Discurrerunt super muros* (1). »

En 1865, il y eut cette affluence d'élèves tant souhaitée, mais ce ne fut que pour quelques mois. Le collège d'Hazebrouck, devenu vide par le départ de l'abbé Dehaene, avait dirigé sur Gravelines un groupe nombreux d'exilés. Ils y vécurent heureux, mais l'attraction du pays fut la plus forte : ils rentrèrent à St-François sitôt que cette maison libre fut ouverte (2).

Peu de temps avant de perdre son titre de principal, M. Dehaene avait été mis en demeure de ne plus s'occuper de Gravelines. Il laissa le gouvernement complet du collège à M. l'abbé Zéphyrin Debusschère, et vendit le mobilier de la maison à la société St-Charles. M. Debusschère avait sur les épaules une lourde charge ; il la porta courageusement, et il obtint par ses efforts de remarquables succès.

En 1876, les Pères du St-Esprit formèrent le projet d'établir au Petit Fort-Philippe un orphelinat d'enfants de marins. Mgr Régnier leur proposa de reprendre en même temps la direction de l'Institution St-Joseph. Ils acceptèrent ; mais, par suite de circonstances diverses, la rentrée des classes ne put avoir lieu avant le 1er novembre. Les pensionnaires firent défaut, et les Pères du St-Esprit, qui avaient dû pour d'autres causes renoncer à leur projet d'orphelinat, quittèrent Gravelines.

« Indiquez-moi quelqu'un qui puisse ranimer ce moribond,» disait le cardinal Régnier à l'abbé Dehaene.» M. Dehaene désigna un de ses professeurs, M. l'abbé Denys, qui avait déjà travaillé au collège de Gravelines et qui connaissait la situation. A son tour, M. Denys se mit à l'œuvre avec une ardeur capable

---
1. Gen. 49, 22.
2. Voir plus loin, chapitre XIII, l'institution St-François d'Assise.

de galvaniser un cadavre. Au bout de trois années de sacrifices de tout genre, il pouvait dire triomphalement: « Nous sommes » quatre-vingts à table! » En ajoutant à ce chiffre celui d'une cinquantaine d'externes, il arrivait à un total qui lui donnait de vastes espérances. Il comptait transformer sa maison en un collège de plein exercice, mais il ne put faire admettre ses vues par l'archevêché. En 1883 il demanda un successeur, et c'est l'abbé Delylle, un des fils privilégiés de M. Dehaene et notre ancien confrère à St-François, qui depuis sept ans continue à Gravelines la tradition du dévouement. Aujourd'hui le collège St-Joseph possède une prospérité normale, solide et durable. Donc, malgré les sables et les vents de mer, il est enfin enraciné dans le sol, cet arbre que M M. Dehaene et Masselis avaient planté de leurs mains, arrosé de leur sueur et protégé avec des soins si persévérants. Trop de sacrifices et trop de prières avaient été faits en faveur de cette maison pour que Dieu refusât de la bénir. Nous sommes heureux d'ajouter que, malgré la suppression de toute dépendance administrative, les liens du cœur subsistent toujours entre elle et Hazebrouck. Dans l'humble chapelle de St-Joseph, nous avons entendu les cantiques, qui réjouissaient notre jeunesse, et ces cantiques, doux comme le souvenir, nous les écoutions avec d'autant plus de charme qu'ils ne retentissaient point sur des rives étrangères. St-Joseph est resté fidèle à St-François d'Assise comme une colonie est filialement attachée à la métropole. On y retrouve le même règlement, le même esprit, et le même culte pour l'abbé Dehaene.

Le collège de Bailleul.

Le 11 décembre 1860, M. Guilmin, recteur de l'Académie de Douai, écrivait à M. le principal du collège d'Hazebrouck :

« Monsieur le Principal,

» Des renseignements transmis à l'autorité supérieure en » dehors de l'administration académique, ont appris à M. le » ministre qu'il existait entre vous et le nouveau principal du » collège de Bailleul des conventions particulières, d'après

» lesquelles M. Pruvost ne serait à la tête du collège de Bailleul
» qu'une sorte de gérant, tandis que la direction financière de
» cet établissement vous serait exclusivement réservée. Il paraî-
» trait que l'administration municipale de Bailleul aurait donné
» les mains à cet arrangement, qui ferait du collège de cette
» ville une espèce d'annexe du collège d'Hazebrouck...

» Je vous prie de vouloir bien me faire connaître le but d'une
» telle association, qui me semble contraire à toutes les tradi-
» tions et à tous les règlements universitaires. »

M. Dehaene répondit qu'au départ de M. l'abbé Vitse (1), le collège de Bailleul étant en souffrance, l'administration diocésaine d'accord avec la municipalité, s'était adressée à lui pour le remonter ; que, pour faciliter au nouveau principal (2) l'exercice de son zèle, il l'avait placé en dehors des questions d'argent (les plus embarrassantes dans un début); qu'il garantissait le mobilier et les dépenses courantes, que la ville de Bailleul de son côté fournissait les bâtiments et le traitement de quelques professeurs. Ces conditions avaient été acceptées de part et d'autre. En somme, elles créaient une charge pour M. Dehaene.— Le recteur se tint satisfait des explications données, le ministre de l'Instruction publique les admit de même (3), et le *statu quo* fut maintenu.

En 1861, au mois de juillet, les élèves d'Hazebrouck, retournant d'une promenade à Ypres, s'arrêtèrent à Bailleul pour

---

1. Devenu curé-doyen de St-Eloi à Dunkerque, archiprêtre de l'arrondissement et chanoine honoraire, il est mort en juillet 1890.

2. M. l'abbé Pruvost, ancien professeur de rhétorique au petit séminaire de Cambrai, ancien élève de Juilly, fut nommé, en octobre 1860, principal du collège de Bailleul, et depuis chanoine titulaire, supérieur de la maison St-Charles et vicaire-général de Mgr l'archevêque, spécialement chargé des maisons d'éducation.

3. « Récemment l'administration municipale de Bailleul, désolée de voir le pensionnat de son collège, qui était au compte de l'évêché, sans élèves, et frappée des merveilleux effets du désintéressement de M. le principal d'Hazebrouck, a cherché à l'intéresser dans le pensionnat du collège de Bailleul, tout en conservant néanmoins, dans son intégrité, l'autorité qui appartient à M. le principal pour la direction des études et de la discipline. Déjà on voit des résultats, mais nous savons que c'est au prix de réductions de pension qui font arriver l'enseignement à une classe intéressante de campagnards ayant quelque fortune, mais une fortune insuffisante pour payer une pension entière. On se contente de faire ses frais. » (15 décembre 1860.) Lettre de M. Plichon à M. Rouland, fils du ministre de l'Instruction publique.

fraterniser avec leurs amis du collège ; et l'année suivante M. Dehaene écrivait : « Bailleul semble vouloir revivre par son » union avec Hazebrouck et sous la direction habile et dévouée » de l'abbé Pruvost. Il compte plus de cent élèves, y compris » une trentaine de pensionnaires. »

Au bout de deux ans la convention devint inutile. Le collège de Bailleul pouvait voler de ses propres ailes.

Dorénavant, grâce au tact, au dévouement et aux sacrifices pécuniaires de son principal, il jouit d'une grande et constante prospérité : à part Hazebrouck, pas un collège du Nord n'a fourni un nombre plus considérable de vocations ecclésiastiques.

Vinrent pour M. l'abbé Pruvost les jours d'épreuve. Il demanda le déplacement d'un professeur dont la conduite morale laissait gravement à désirer. L'Université ne voulut point faire droit à ses réclamations, parce qu'il s'agissait d'un divorce et que le divorce est depuis peu autorisé par la loi française. La ville prit fait et cause pour M. le principal, et le collège communal cessa d'exister. Les élèves furent dispersés. Plusieurs d'entre eux trouvèrent un refuge provisoire à Hazebrouck. L'Institution St-François d'Assise, la Maison de M. Dehaene, se souvenant des liens d'autrefois, recueillit avec bonheur ces exilés, et les rendit à l'Institution libre de l'Immaculée-Conception dès que celle-ci eut remplacé à Bailleul le collège communal.

Autres projets de collèges.

— Le grand succès de M. Dehaene à St-François avait mis le comble à sa popularité. On lui offrait de toutes parts la direction de maisons déjà existantes ou la fondation de maisons nouvelles.

Son ami M. Legrand, archiprêtre de l'arrondissement d'Hazebrouck, le suppliait d'établir un collège à Merville. Une première fois, vers 1862, la chose avait échoué à cause de l'opposition de M. Dekeister et de M. Louis. — « Notre situation » financière est suffisamment compromise par Gravelines, disaient » ils ; si vous entreprenez une autre maison, nous nous séparons » de vous ! » M. Dehaene dut reculer.

Le projet fut repris, étudié de nouveau, mais n'aboutit point du vivant de M. l'archiprêtre.

Son successeur, M. Becquart, s'adressa aux Pères du St-Esprit, et le beau collège Notre-Dame d'Espérance fut ouvert (1). Lors des funérailles de M. Dehaene, une députation de ce collège, conduite par le R.P. Vanhaecke, ancien élève de St-François, s'adjoignit aux députations de Dunkerque et de Gravelines. Elle déposa une couronne sur le cercueil du vénéré défunt en reconnaissance de ce qu'il avait fait pour préparer l'établissement de Merville.

Estaires offrit à notre principal la direction de son collège (1861). Bergues lui fit plusieurs fois appel, particulièrement en 1872 et 1873, après le départ de M. Brandt. « Il me semble, » écrivait-il à M. Masselis, que saint Winnoc me fait signe » de venir ! Une bonne prière à ce grand protecteur du pays » flamand ! »

M. Grau, doyen de Bouchain, songeait à établir un petit collège semblable, et s'entendait avec son vieil ami M. Dehaene dans ce but ; il recueillait l'argent nécessaire quand la mort le frappa (2).

Enfin rappelons pour mémoire les négociations entamées avec M. Girard, directeur du grand séminaire de Meaux, à l'effet de reprendre le collège de Provins. Le principal était sur le point d'avoir sa retraite, et il s'agissait de le remplacer par un prêtre (1861).

Dans ces diverses circonstances, M. Dehaene ne put mener les choses à bonne fin, parce qu'il n'avait d'autre titulaire à offrir que M. l'abbé Baron. Tantôt l'administration diocésaine, tantôt les difficultés de sa propre situation empêchèrent M. Dehaene de se séparer de cet auxiliaire précieux. La Provi-

---

1. Les Pères ont établi sur un bon pied ce collège, le seul qu'ils aient dans le Nord. L'installation est vaste et commode. Ils y reçoivent des pensionnaires qui viennent pour la plupart des arrondissements de Lille, d'Hazebrouck et de Béthune.

2.   Son trésor était prêt pour mon plus cher dessein,
    Et, ne fût du trépas la cruelle surprise,
      La ruche de François d'Assise
    Fécondée à l'épreuve essaimait sur Bouchain.
            (*Poésie à la mémoire de M. Grau.*)

dence voulait que M. Baron restât comme appui et conseil de son principal durant sa longue et pénible carrière.

Tous ces projets révèlent une idée de M. Dehaene : il voulait appuyer son collège d'Hazebrouck sur plusieurs autres d'une importance moindre, en établissant une sorte de hiérarchie entre les maisons d'instruction secondaire. Il n'aurait conservé dans la Flandre que deux collèges de plein exercice : Hazebrouck et Dunkerque. Dans ces maisons de premier ordre, complètement organisées, pourvues de bibliothèques et de cabinets de physique, ayant toutes sortes de cours facultatifs et dirigées par un personnel d'élite, les collèges de second ordre auraient envoyé leurs élèves de Rhétorique et de Philosophie.

Malheureusement les maisons qu'il espérait grouper ainsi n'étaient point homogènes. Comment réunir ensemble, sous un même drapeau et pour la même cause, des établissements universitaires et des collèges libres ? En 1864, le projet était donc une chimère; l'est-il encore aujourd'hui ?

Le couvent des Capucins à Hazebrouck.

Quand on relit l'histoire des années 1848 et 1851, on n'est pas surpris que les catholiques aient eu confiance alors dans le prince-président, Louis-Napoléon. « En votant pour lui, disait
» Montalembert, je me souviens des grands faits religieux qui
» ont signalé son gouvernement : la liberté de l'enseignement
» garantie, le pape rétabli par les armes françaises, l'Église
» remise en possession de ses conciles, de ses synodes, de la
» plénitude de sa dignité, et voyant graduellement s'accroître
» le nombre de ses collèges, de ses communautés, de ses œuvres
» de zèle et de charité (1). »

Cette protection continua pendant les premières années de l'empire. Heureux de la liberté et des encouragements que le gouvernement accordait à la religion, le clergé multipliait les fondations pieuses. Mgr Régnier donnait l'exemple à ses prêtres. « Depuis son arrivée à Cambrai, il avait essayé d'établir

---

1. Lettre mémorable du 12 décembre 1851.

» dans les principales villes du diocèse des communautés de
» religieux, chargés surtout du ministère de la prédication.
» A son appel et par ses soins, les Maristes se fixèrent à Valen-
» ciennes, les Rédemptoristes à Douai et à Dunkerque, et enfin
» les Capucins à Hazebrouck (1). »

M. Dehaene eut une part directe à cette dernière fondation. Depuis plusieurs années les Capucins belges étaient connus en Flandre. En 1851, ils prêchèrent les exercices du jubilé dans un grand nombre de paroisses et obtinrent çà et là, et particulièrement à Morbecque, un succès extraordinaire. Un mois après leur départ de cette dernière paroisse, M. Dehaene écrivait : « Deux Pères Capucins de Bruges ont remué tout Mor-
» becque et remporté une victoire complète : les plus durs
» pécheurs se sont convertis et tout le Parcq (2) est revenu
» au giron de l'Église. — Une famille de protestants, qui
» était depuis de longues années un objet d'étonnement, je
» dirais presque de mépris, dans ces paisibles campagnes
» entièrement vouées au catholicisme, a fait son abjuration au
» milieu des larmes d'une foule immense débordante dans le
» chœur, sous le portail et au dehors. La rétractation solennelle
» a été lue du haut de la chaire. Le père et la mère ont fait
» bénir par l'Église leur union, que la loi seule avait scellée.
» Leurs cinq enfants vêtus de robes blanches, portés dans les
» bras de tous les notables de la paroisse, qui leur servaient de
» parrains et de marraines, ont reçu le baptême publiquement
» et ont fait pleurer tout le monde. Grâces en soient rendues
» au DIEU de toute vérité et de toute miséricorde ! Aussi tout
» prêchait dans ces éloquents Capucins : robe de bure, barbe
» d'anachorète, pieds et jambes nus. M. le doyen de Morbecque
» est encore dans la jubilation, et ses paroissiens pleurent
» quand ils parlent de ces saints religieux (3). »

Le bruit de cet éclatant succès se répandit au loin. Les journaux du pays le signalèrent, et Mgr Régnier, à qui le rapport

---

1. *Vie du cardinal Régnier*, par M. Destombes, t. I, p. 325.
2. Hameau situé près de la forêt de Nieppe, et connu dans ce temps-là, pour ses pratiques superstitieuses. Beaucoup de pauvres gens s'étaient laissé endoctriner par un fanatique qui prêchait une religion nouvelle, une espèce de culte des arbres, de druidisme.
3. Lettre au P. Sergeant, **7 janvier 1852**.

officiel en fut adressé, songea à appeler les Capucins en Flandre. Il fut irrévocablement fixé dans sa résolution pendant sa tournée pastorale de 1853. Il présida à la bénédiction du Calvaire qu'on voit encore aujourd'hui près de l'église de Morbecque, et qui fut érigé en souvenir de la mission des PP. Capucins. Un d'entre eux, le P. Isidore, prêchait en flamand devant l'archevêque.

Mgr ne comprenait pas un seul mot, mais, voyant la foule immense qui était amassée sur la grand'place, éclater en sanglots, il se dit : « Vraiment, ce sont là des apôtres. Il faut que j'aie de tels religieux dans mon diocèse ! » Il chargea l'archiprêtre de l'arrondissement d'Hazebrouck d'étudier le projet.

M. l'archiprêtre se mit en rapport avec l'abbé Dehaene, principal du collège, et avec d'autres ecclésiastiques, parmi lesquels le plus ardent en faveur des Capucins était M. Markant, doyen de Morbecque. Au fond, c'était le petit groupe des amis de 48 qui rentrait en scène, mais cette fois pour une entreprise toute de charité. « Ce sont toujours les mêmes qui se font tuer, » disait Napoléon. Ce sont toujours les mêmes qui se dévouent.

Ces Messieurs convinrent de supporter ensemble les frais d'installation des Pères Capucins, et de faire appel aux prêtres et aux personnes généreuses pour trouver quelques ressources supplémentaires. Ils achetèrent un beau terrain à l'entrée de la ville d'Hazebrouk (rue Warein), dans un quartier salubre et bien aéré. Mgr approuva ce qu'ils avaient fait, et, par une ordonnance du 18 novembre 1853, les chargea officiellement du temporel des Capucins (1).

---

1. René-François Régnier, par la miséricorde divine et la grâce du St-Siège apostolique archevêque de Cambrai,

Considérant qu'il est nécessaire d'organiser d'une manière définitive et stable la commission chargée provisoirement des soins temporels que réclame le couvent des Révérends Pères Capucins à Hazebrouck,

Nous nommons membres de la dite commission :

> MM. Legrand, archiprêtre de Merville, Président,
> Devulder, curé-doyen d'Hazebrouck,
> Markant, curé-doyen de Morbecque,

M. Dehaene.

Au mois d'avril 1854, Sa Grandeur vint bénir la première pierre de la chapelle, et, six mois après, bénir la chapelle elle-même, le couvent, et la cloche qui sonne encore aujourd'hui, et dont le timbre argentin rappelle toujours un écho de monastère. Les deux cérémonies attirèrent un immense concours de peuple. Dans les constructions qui furent faites (1), seule la chapelle, longue de 43 mètres et large de 10, avait quelque apparence. Les bâtiments conventuels, très simples et très primitifs, étaient conformes au plan généralement adopté par les Franciscains. L'architecte s'était souvenu qu'un monastère est une demeure de calme, de prière et de recueillement. Autour d'un petit jardin, servant de cimetière, il y avait le cloître, et dans le cloître s'ouvraient les pièces du rez-de-chaussée : parloir, chambres de réception, lavoir, réfectoire, cuisine, chapitre. A l'étage il y avait l'infirmerie, l'appartement du P. Provincial, la bibliothèque, et trente-et-une cellules de religieux. Tout cela était pauvre et tout à fait digne des enfants de St-François. Au bout de quatre ans d'améliorations de tout genre, réalisées au moyen de quêtes, on ne trouvait dans le couvent des Capucins qu'un seul objet digne de remarque : c'était le retable de la chapelle, assez beau spécimen de l'art flamand populaire, qui tient le milieu entre la sculpture et la menuiserie (2).

L'abbé Dehaene, principal du collège d'Hazebrouck,
Bernast, propriétaire à Morbecque,

et recommandons à tout leur zèle les intérêts de la maison religieuse au premier établissement de laquelle ils ont déjà contribué avec le plus louable dévouement.
Donné à Cambrai, le 18 novembre 1853.

✝ R.-F., archevêque de Cambrai.

Par mandement,

Duprez, ch. secrétaire général.

1. On n'avait que peu d'argent, et l'abbé Louis, frère de M. le principal, s'était imposé, par économie, la tâche de surveiller les travaux.

2. Qu'on nous permette de dire un mot de ce retable, qui reste aujourd'hui le principal ornement de notre chapelle. M. Barbier, architecte à Hazebrouck, en traça le plan d'après les retables du même genre qu'on voit en Belgique. L'ensemble a du cachet et fait une impression de grandeur, malgré la profusion des décors. Qu'on se figure un échafaudage de colonnes et de corniches, d'entablements et de panneaux, ornés de statues, d'emblèmes et de bas-reliefs symboliques, qui

Sitôt installés, les Pères Capucins se mirent à évangéliser les paroisses des environs. A Hazebrouck ils prêchèrent la mémorable neuvaine qui précéda la proclamation du dogme de l'Immaculée-Conception (décembre 1854). Il y eut alors une explosion de joie chrétienne dans le monde entier ; car cette définition n'était point de celles « que les cruelles vexations de l'hérésie arrachent à l'Église poussée à bout, mais elle était un épanouissement irrésistible, un élan spontané de dévotion et

monte jusqu'à la voûte de la chapelle et couvre toute la muraille du fond. Au centre de cette immense boiserie est un tableau qui représente un miracle de St Antoine de Padoue : « la mule du Juif quittant son auge pour adorer la Ste Hostie. » C'est une assez bonne copie du Van Dyck que l'on admire au musée de Lille. Le retable est dans le style renaissance de 1600, époque où les Capucins firent la plupart de leurs constructions. Il ne semble pas que le tabernacle soit en harmonie parfaite avec lui. Travaillé et fouillé de toutes les manières, mais seulement à la surface, il tranche assez lourdement sur la belle page qui l'encadre.

Les Pères Capucins ont emporté les statues de bois qui garnissaient les niches : elles représentaient quatre saints de leur Ordre : St Bonaventure, St Fidèle de Sigmaringen, St Félix de Cantalice et St Joseph de Léonissa. On les a remplacées par des statues en carton-pierre, trop grandes, trop blanches, et qui, sauf celle de St François d'Assise, ne sont guère à leur place au milieu d'emblèmes et d'armoiries franciscaines. Il faudrait toujours concilier la dévotion avec les exigences de l'art.

Le retable est formé de différentes sortes de bois. Leurs teintes variées, primitivement incohérentes, e faisaient ressembler à une vaste marqueterie ; aujourd'hui elles sont peut-être trop fondues sous une couche de vernis luisant.

Tout ce bois a été donné par les habitants du pays. Un brave charpentier d'Hazebrouck, qui connaissait les fermes des environs et qui savait où l'on trouverait de beau bois, se mit en route avec un Père Capucin. Il reçut ici une planche de chêne, là une poutre d'orme, ailleurs du noyer, du sapin blanc, du tilleul. Les religieux n'eurent à payer que la main-d'œuvre, qui fut confiée à des ouvriers de Bailleul et d'Hazebrouck. Les sculptures les plus délicates furent faites par M. Durie, de Bailleul. Pour compléter l'ornementation du chœur, les religieux érigèrent à droite et à gauche deux petits autels, qui sont jolis, bien travaillés, et s'accordent parfaitement avec le retable.

Le genre de travail que nous signalons est resté une des spécialités de la Flandre, témoin la prospérité des ateliers d'Hazebrouck, de Bailleul et de Wormhoudt. Nous ne voulons cependant point en exagérer la valeur : on y trouve des feuilles bien découpées, des corbeilles arrondies avec souplesse, des flammes et des rayons lancés avec art, en un mot tout le mérite de la difficulté vaincue ; mais on y chercherait vainement le sentiment exquis des choses simplement belles. Il est visible que les chaires monumentales et les confessionnaux ouvragés des églises belges, pour lesquels il faut beaucoup de travail et d'argent, mais peu de goût et pas de génie, égarent nos artistes.

de doctrine que son cœur ne pouvait plus contenir (1). » Le bonheur des Capucins était particulièrement grand, car ils appartenaient à la famille de S. François, qui avait toujours soutenu cette doctrine.

Maintes fois les religieux prêchèrent au collège communal des retraites ou des adorations. Les instructions faites par le P. René, en 1860, remuèrent profondément les élèves et laissèrent un long souvenir. Le P. René avait un aspect imposant, une éloquence persuasive, une diction riche et facile. Il était très attaché à M. Dehaene, et quand il prononça ses vœux, il lui demanda de prêcher le sermon de circonstance. Ce jour-là, M. le Principal remporta un vrai triomphe oratoire. Nous avons relu son discours, et, malgré la différence qu'il y a entre la parole vivante débitée avec entrain, et la froide prose débrouillée péniblement dans un manuscrit, nous y avons senti battre son cœur et revivre sa piété.

Il prit pour texte ces mots de l'Évangile : « JÉSUS, ayant » regardé le jeune homme, l'aima et lui dit : Il ne vous manque » qu'une chose : Allez, vendez tout ce que vous avez, et suivez- » moi. » (St Marc, X, 21.) Après avoir félicité les habitants d'Hazebrouck de jouir souvent du spectacle d'une profession religieuse, il développa le sens et la beauté des trois vœux de chasteté, de pauvreté et d'obéissance, tirant de chacun une application pour son auditoire. Puis il montra l'excellence de la vie religieuse, son utilité pour l'Église et l'humanité, et termina par cette péroraison pathétique : « Mais mon cœur et » mon sujet me ramènent invinciblement à vous, bien-aimé » frère, qui êtes la victime de ce grand sacrifice. L'immolation, » accomplie depuis longtemps dans votre cœur, va recevoir sa » consécration publique devant l'autel. Gravissez la sainte » montagne... Vous m'avez choisi pour être le témoin de vos » serments redoutables. Permettez-moi de croire que j'ai com- » pris l'attrait puissant qui vous captive. Vous avez senti qu'ici- » bas il faut, pour être grand devant DIEU, se faire petit de- » vant le monde ; que le bien ne se fait que par le sacrifice ; que » c'est par la mort qu'on arrive à la plénitude de la vie.

---

1. P. FABER, *Du Saint-Sacrement*, t. I, p. 181.

« Vous donnerai-je des encouragements ? Ah ! nous en de-
» manderions plutôt à l'ardeur qui vous consume et qui serait
» capable de nous entraîner nous-mêmes, si Dieu le voulait,
» dans ses ardents transports. Vous parlerai-je de la douceur
» de la vie religieuse, à vous qui jouissez de cette terre de pro-
» mission, tandis qu'à peine la contemplons-nous de loin ? Non.
» Mais je vous dirai : Allez combattre les combats du Sei-
» gneur. Allez montrer la bure de S. François aux orgueil-
» leux du monde. Bravez, avec votre tête dépouillée et vos
» pieds nus, la délicatesse du siècle. Flagellez sans pitié, avec
» la corde noueuse qui vous ceint les reins, la sensualité qui,
» comme un chancre, dévore les hommes. Faites-les rougir
» d'eux-mêmes pour les ramener à Dieu : *Imple facies eorum
» ignominia* (1). Dans leurs jours heureux, peut-être vous
» jetteront-ils le sarcasme et le dédaigneux sourire ; mais, aux
» jours mauvais, c'est à vous qu'ils songeront pour demander
» l'aumône de la consolation et le gage du pardon. Donc, frère
» bien-aimé, consommez en paix votre sacrifice ; mais n'ou-
» bliez pas ceux que vous laissez derrière vous. Nous combat-
» tons sur le même champ de bataille, quoique dans des rangs
» séparés. Au fort de la mêlée, nous nous guiderons sur vous.
» S'il ne nous est point permis de nous élever à la même hau-
» teur, du moins, nous réglant sur votre exemple, nous tâche-
» rons d'atteindre à la mesure qui nous est accordée dans la
» plénitude du Christ, pour jouir tous ensemble, selon notre
» mérite, du bonheur sans fin. »

Les Capucins vivaient d'aumônes. M. Dehaene leur envoyait tantôt des livres pour les rayons presque vides de leur bibliothèque, tantôt des provisions pour leur table en détresse. Il recommandait les bons Pères à la charité des fidèles et des curés, et ne le faisait pas en vain ; car plusieurs prêtres léguèrent leurs ouvrages de théologie et d'Écriture sainte au couvent d'Hazebrouck. Ils évitaient ainsi le déplorable et dangereux gaspillage de livres, qui se fait à la porte des presbytères, aux enchères publiques, après le décès des curés.

Bientôt ce fut un usage reçu chez les meilleures familles

---

1. Ps. 82, 17.

de la bourgeoisie de faire, dans les dîners de noces et de ducasse, la part de Dieu en faisant celle des Pères Capucins ses amis.

Aux quatre fêtes natales, nous racontait une bonne personne, j'allais au couvent avec mon petit frère. Nous n'avions pas dix ans ; nous nous tenions par la main, et la servante marchait derrière nous portant un superbe gigot. Quand nous étions au parloir, le Père Camille arrivait. Nous nous mettions à genoux devant lui, la servante posait dévotement le succulent cadeau sur nos petites mains, et nous le présentions au Père en lui souhaitant une bonne fête au nom de toute la famille. Le Père recevait ce présent avec un doux sourire et nous donnait sa bénédiction.

Dans cette petite scène, nos lecteurs ne verront-ils pas un gracieux tableau de l'école flamande, fait de réalisme et d'intimité, un Gérard Dow ou un Van Ostade?

Qu'on nous pardonne encore un souvenir de ce temps déjà vieux. Il nous en coûterait de l'omettre, parce que notre vie se passe entre les murs bâtis par ces bons Pères, nos chambres sont leurs cellules, et l'autel où nous montons chaque jour était leur autel.

Les Capucins avaient une grande réputation dans nos villages. Tous ceux qui les entendaient prêcher désiraient voir leur couvent, visiter leur chapelle, assister à leurs beaux offices, ceux de la Portioncule, par exemple. Le peuple aime la paix des cloîtres, et trouve les églises des moines embaumées d'un parfum de paradis.

Donc je sais une bonne grand'mère qui voulut voir avant de mourir cette chapelle dont on parlait tant.

La pauvre chère femme venait de perdre son mari : elle avait le pressentiment qu'elle ne tarderait pas à le suivre dans l'autre monde. Elle fit atteler le lourd chariot de la ferme, et se mit en route pour son dernier voyage. Elle avait pris avec elle son petit-fils, un enfant de sept à huit ans qu'elle avait élevé. Elle repassa, avec une sorte de solennité triste et de touchantes réminiscences, par tous les villages qu'elle traversait jadis à pied, chargée des trésors de la basse-cour et du cellier.

Elle descendit à la traditionnelle auberge de la *Fleur de lys*, que sa mère tenait avant la grande Révolution, demanda ce qu'étaient devenus les rares parents qu'elle avait encore, parla de l'excellent abbé Delessue qui jadis lui donnait pour sa fille aînée un beau livre de première Communion, et puis la caravane rustique se dirigea vers la rue Warein. Le Frère portier ouvrit la chapelle. La douce bonne femme se mit à genoux et pria dévotement, ayant l'enfant sous son regard.

Quand elle eut fait ses dévotions, elle se remit en route, mais elle passa par un autre chemin pour éveiller plus de souvenirs. Elle revit le château de la Motte-au-Bois dont elle savait maintes légendes, la maison d'école où elle avait été en pension après la Terreur, et la forêt dont elle côtoyait jadis la lisière sombre. Elle était heureuse ; son dernier désir était accompli : elle avait prié dans l'église des Capucins. Elle ne pria plus dans aucune autre, car la mort vint bientôt la visiter. Quant à l'enfant qui l'accompagnait sans la comprendre, il se souvient de la robe de bure qui passait et repassait devant l'autel, de la figure austère et des pieds nus. Et pour lui, comme pour tous ceux de son âge, ce souvenir, s'unissant aux charmes de l'enfance, enveloppe de paix, de lumière et d'aurore les fils de St François. Ils avaient, quoi qu'on en dise, la beauté de ce qui est simple et pauvre, antique et populaire. M. Dehaene les considérait comme les considère Chateaubriand dans son *Génie du Christianisme* ; et, en lisant les lettres que Mgr Régnier a consacrées à leur défense, il est facile de voir que lui aussi, malgré sa froideur apparente, avait subi le charme.

C'est que les Capucins étaient dans notre Flandre comme une apparition du moyen âge. Quand on les voyait venir deux à deux, par les chemins fleuris de nos campagnes, on leur réservait l'hospitalité chrétienne : « Comme aux siècles antiques,
» afin de se rendre les maîtres favorables, et parce que, comme
» JÉSUS, ils aimaient les petits enfants, ils commençaient par
» caresser ceux de la maison ; ils leur présentaient des reliques
» et des images. Les enfants, qui s'étaient d'abord enfuis tout
» effrayés, bientôt attirés par ces merveilles, se familiarisaient
» jusqu'à jouer entre les genoux des bons religieux. Le père et
» la mère, avec un sourire d'attendrissement, regardaient ces

» scènes naïves (1). » C'est de la poésie, nous dit-on. Hélas ! pourquoi faut-il qu'elle soit exilée de ce monde ? Et si elle l'est pour toujours, qu'on nous permette du moins d'en baiser les derniers vestiges.

Les choses allèrent bien pour les religieux jusqu'à la guerre d'Italie. Le gouvernement n'avait aucun grief contre eux. Ils donnaient l'exemple de la soumission parfaite à toutes les lois, et, si l'on pouvait leur faire un reproche, c'était de mettre dans leurs sentiments patriotiques quelque chose de trop bruyant et de trop démonstratif, ce qui arrive souvent aux étrangers. Ils n'ont pas la juste mesure comme les enfants de la famille. Ainsi le P. René prêchait, un dimanche, au collège communal. Tout à coup on entend retentir le petit canon de l'Hôtel-de-Ville. Les élèves dressent la tête. Le Père s'interrompt : « Ne » craignez rien, mes enfants ; ce n'est pas le canon d'alarme » qui retentit, ni le canon des révolutions. C'est le canon qui » annonce que l'empereur a un fils, que l'ennemi de la révo- » lution a un héritier. »

Le 12 juillet 1859, ils firent avec une sécurité complète une de leurs plus belles démonstrations de piété. C'était pendant la neuvaine de Notre-Dame des Miracles à St-Omer. Ils avaient convoqué la population d'Hazebrouck et des environs à les rejoindre pour le pèlerinage. De tout le pays situé entre Merville et Cassel, arrivèrent plus de cinq mille pèlerins, tous à pied. Beaucoup cheminèrent pendant la moitié de la nuit. Ils firent leur entrée à St-Omer, ayant à leur tête les dix Capucins du couvent d'Hazebrouck. Ils assistèrent à la sainte Messe, un bon nombre communièrent. Au retour, ils s'avançaient processionnellement, et, le chapelet à la main, comme une armée de la prière, ils suivaient la rue d'Arras. Tout à coup on apprit par dépêche que les préliminaires de la paix entre la France, l'Autriche et l'Italie avaient été signés la veille à Villafranca.

---

1. CHATEAUBRIAND, Le Génie du Christianisme, partie IVe, liv. III, chap. VI : « Il y a des gens pour qui le seul nom de Capucin est un objet de risée. Quoi qu'il en soit, un religieux de l'Ordre de St-François était souvent un personnage noble et simple. Qui de nous n'a vu un couple de ces hommes vénérables voyageant dans les campagnes ?... » etc.

Sur un geste du P. Camille, tous les pèlerins tombèrent à genoux en pleine rue et chantèrent le *Magnificat*. Les cris de « Vive N.-D. des Miracles ! » et de « Vive l'Empereur ! » furent répétés par cinq mille voix.

Pauvres gens ! ils chantaient de bon cœur et leur enthousiasme était inspiré par le patriotisme et la piété ! Mais qu'eussent-ils dit s'ils avaient entrevu l'expulsion des Capucins faite à bref délai au nom du gouvernement de l'Empereur qu'ils acclamaient ainsi !

Peu de temps après cette manifestation, les bruits calomnieux destinés à les perdre dans l'estime publique commencèrent à se répandre. On les accusait, aujourd'hui de capter un héritage et de détourner à leur profit les aumônes destinées aux pauvres, demain d'avoir ouvert illégalement leur chapelle, et d'entretenir chez eux une surexcitation religieuse qui éloignait les fidèles de l'église paroissiale. Les rumeurs venaient on ne sait d'où, mais elles étaient d'une persistance inquiétante. Les Pères avaient beau les réfuter, protester du haut de la chaire et par l'organe des journaux, rien ne coupait court aux insinuations perfides. Indice plus grave : la presse officielle les défendait mollement et la police rôdait autour d'eux.

En même temps, la liberté de leur langage évangélique et la rudesse avec laquelle ils flagellaient les désordres, leur faisaient des ennemis parmi les hommes dont la foi n'était point sincère ni les mœurs irréprochables. L'on commençait à se demander s'ils étaient bien de leur temps. Une telle manière de vivre, disait-on, « heurte trop notre siècle et les communs usages. » Les mieux disposés regrettaient que la plupart d'entre eux fussent Belges, et qu'on trouvât dans leur entourage de ces auxiliaires laïques par trop quémandeurs, de ces intermédiaires par trop complaisants, qui errent sur les confins du cloître et du monde, entre la mer et la terre ferme, endroits dangereux où se brisent les navires et se font les naufrages. Les amis des religieux les avertissaient de prendre des précautions ; mais que faire ? Quand on a contre soi vents et marées, impossible d'éviter l'écueil.

Le P. Isidore, premier supérieur de la maison d'Hazebrouck, meurt le 30 août 1860. Il est inhumé le 1er septembre. Les journaux, si prompts à exprimer leurs condoléances pour le décès du premier venu, ne disent pas un mot de ce dévoué religieux. Pas de compte rendu de ses funérailles ! Pas une fleur jetée sur sa tombe ! Silence de mauvais augure et froideur tristement significative sous un régime où la presse recevait le mot d'ordre !

L'année 1860 s'acheva mal.

Dans les derniers jours de décembre, le marchand laïc qui gérait les affaires temporelles du couvent, et un homme de peine qui portait l'habit de l'Ordre, (mais n'était pas même Frère, car on ne l'avait admis qu'à la probation,) subirent une condamnation infamante. Nous n'avons pas à la discuter. Qu'elle fût ou non appuyée sur des preuves sérieuses, elle produisit un effet déplorable. On enveloppa dans une même réprobation les condamnés et les religieux qui les avaient à leur service.

On avait excité contre les Capucins la convoitise et la jalousie, en les présentant comme des accapareurs ; maintenant on les discréditait par des rumeurs autrement graves. Le procédé est toujours le même : perdre dans l'estime publique ceux qu'on veut frapper impunément.

Voyant que l'opinion ne soutenait plus que timidement les Capucins, le gouvernement crut le moment venu de sévir contre eux.

Le 3 avril 1861, sans le moindre avertissement préalable, le préfet du Nord lança l'arrêté suivant : « Les établissements non » autorisés des Capucins d'Hazebrouck et des Rédemptoristes » de Douai sont dissous. Les religieux étrangers quitteront le » territoire. »

En comprenant les Capucins et les Rédemptoristes dans la même proscription, le gouvernement voulait atteindre Monseigneur Régnier.

Le samedi 6 avril, les Capucins (1) quittèrent Hazebrouck et retournèrent en Belgique. Ils durent partir à la dérobée, par petits groupes, et à des heures différentes.

Leurs meilleurs amis leur avaient recommandé de prendre

---

1. Ils étaient en tout quatre Pères : les PP. Camille, Anselme, Pascal et Ignace, et six Frères.

ces précautions, et de ne paraître en public que le moins possible, parce qu'on craignait des manifestations hostiles, et qu'on ne pouvait pas compter sur la police. La population gardait le silence de la surprise et de la stupéfaction : la foudre avait retenti dans un ciel serein.

On n'était pas habitué aux injustices du gouvernement, et on n'osait pas lui donner ouvertement tort parce qu'on s'imaginait qu'il devait avoir des raisons très graves pour agir ainsi. Seuls, quelques individus tarés triomphaient. Les amis en larmes s'inclinaient devant la force, et le pauvre peuple, qui aimait les religieux, branlait la tête avec défiance. Il continuait à se signer devant leur chapelle, à s'agenouiller, les bras en croix, au pied de leur grand Calvaire, et, sûr de la justice de Dieu, il disait : « Les coupables finiront mal. »

Relativement à cette mesure si regrettable, je n'ai trouvé dans les journaux de notre arrondissement que quelques lignes banales, insérées sous la rubrique : Nouvelles d'intérêt local.

Ni blâme pour les proscripteurs, ni sympathie pour les proscrits.

Une voix du moins se fit entendre. Dès qu'il connut l'arrêté, Mgr Regnier écrivit au préfet du Nord pour demander des explications, au ministre des cultes pour en fournir. Il fit même un voyage à Paris afin de négocier de vive voix le maintien des religieux. Tout fut inutile.

Le gouvernement embarrassé livra l'affaire à la polémique des journaux. Dans une série d'articles venimeux, encombrés de rapports de police, le *Constitutionnel* essaya de justifier l'arrêté du préfet.

Mgr Regnier vit que ce journal avait reçu des communications du ministère des cultes. Le droit et l'honneur des religieux étaient attaqués sournoisement avec des documents officiels. Il se crut obligé de les défendre. Il tailla donc sa bonne plume, et quelques lettres vigoureuses et précises réduisirent à néant toute l'argumentation de M. Granguillot (1).

---

1. Rédacteur en chef du *Constitutionnel*. Voir la *Vie du cardinal Régnier* par M. Destombes, livre III, ch. x. Toute cette affaire y est racontée en détail, avec les pièces à l'appui. Rarement Mgr Régnier fut aussi bien inspiré que dans cette polémique. Ses lettres, d'une netteté, d'une logique et d'une force admirables,

Entre autres choses, le journaliste avait dit que le clergé du diocèse n'était pas d'accord avec son évêque dans cette affaire. A cela, les curés-doyens se chargèrent de répondre. Ils signèrent tous des protestations indignées. On remarqua celle du canton de Merville, où l'on reconnaissait l'irréfutable dialectique de M. l'archiprêtre Legrand.

Mgr Matthieu, cardinal-archevêque de Besançon, porta à la tribune du Sénat (10 juin 1861) les doléances de son vénéré collègue de Cambrai et plaida la cause des congrégations non autorisées. Le gouvernement s'émut de cette agitation. Il est vrai qu'il ne revint pas sur les mesures qu'il avait prises, mais il renonça à en prendre désormais de semblables. Tout ce qu'on put obtenir pour la maison d'Hazebrouck, ce fut qu'un Capucin français y résiderait pour la garder. Encore cette faveur ne fut-elle que momentanée.

L'expulsion des religieux avait blessé au cœur le prêtre dont nous écrivons l'histoire. Elle le frappait à la fois dans ses affections et dans ses intérêts matériels, car il était l'un des trois propriétaires de cet immeuble désormais sans usage et sans destination utile (1).

---

sont peut-être ce qu'il a écrit de mieux. Nous regrettons que M. Taverne de Tersud n'en tienne pas compte dans son chapitre sur les Capucins. Pour faire l'histoire de ces religieux, il se borne à rappeler les considérants de l'arrêté préfectoral qui les expulse, et ces considérants, il les accepte avec une confiance qui étonne. Comme magistrat, M. Taverne sait fort bien que la justice administrative n'est pas celle des tribunaux, et, comme érudit, il n'ignore pas que la justice des tribunaux n'est pas celle de l'histoire. — D'ailleurs il en fournit lui-même la preuve, car il revise le procès d'un sorcier condamné en 1659 par la cour féodale de Bailleul, et il appelle les juges qui le condamnèrent des *ignorants* et des *fanatiques*. Ces épithètes paraissent un peu fortes quand on voit M. Taverne relever, au compte de cet individu, plusieurs faits d'escroquerie et d'immoralité scandaleuse. Il nous semble donc qu'il eût été meilleur de réserver cette largeur de vues pour la cause des Capucins. Cela nous aurait épargné la peine de rappeler ces fermes paroles de Mgr Regnier: « Vous voulez absolument que les religieux qu'on expulse méritent le sort qui leur est fait, par la double raison que leur conduite morale a été indigne de leur saint état, et que, par des moyens peu honnêtes, ils se sont enrichis aux dépens du clergé national! *Ces deux assertions sont également erronées, et, quelque persistance qu'on mette à les répéter, on ne réussira pas à les rendre vraies.* » (Lettre de Mgr Regnier au *Constitutionnel*, mai 1861.)

1. M. Bernast était mort ; M. Devulder s'était retiré de la société civile, craignant une banqueroute. Il ne restait que l'abbé Dehaene, l'archiprêtre M. Legrand, et le doyen de Morbecque.

Le Conseil municipal d'Hazebrouck émit le vœu que la chapelle fût ouverte au culte pour les habitants du quartier. Il déclarait qu'on rendrait par là un service public et que la chapelle des Capucins tiendrait lieu de seconde église (1). Parlait-on de ce dessein à l'abbé Dehaene et venait-on lui dire d'un air insinuant : « Que ferez-vous de cet immeuble ? Donnez-le à » la ville : elle y établira une seconde paroisse : » il répondait : « Une seconde paroisse quand vous voudrez, Messieurs, mais » ailleurs que chez les Capucins. » Et si l'on insistait : « Mais » encore une fois que ferez-vous de cette église ? — Je l'ignore, » l'avenir nous l'apprendra. »

M. le principal avait une grande confiance dans les bonnes

---

1. Voici le texte de cette délibération, qui a son importance, parce qu'on y trouve tous les arguments que M. Dehaene fera valoir en 1875 pour obtenir la construction d'une seconde église à Hazebrouck.

Séance du 7 novembre 1862.

Un membre propose d'émettre le vœu que l'église ci-devant desservie par les Capucins soit rendue au culte.

Le Conseil, après en avoir délibéré,

Considérant que l'ouverture de cette église serait un bienfait, non seulement pour la population qui l'avoisine, mais encore pour celle de la banlieue et des villages limitrophes qui viennent assister aux offices de l'église paroissiale d'Hazebrouck,

Que ces populations sont nombreuses, éloignées de cette église, qui d'ailleurs est souvent trop petite pour contenir le grand nombre des fidèles qui la fréquentent,

Que l'église dont on demande l'ouverture, située à peu de distance de ces populations, est parfaitement placée pour satisfaire à leurs besoins religieux, et même à ceux d'une partie de la ville,

Que de plus, touchant à la ligne du chemin de fer et non loin de la gare, elle sera, comme anciennement, fréquentée par les nombreux employés de la Compagnie du chemin de fer du Nord, les facteurs ruraux et les ouvriers pressés par le temps, lesquels pourront assister, tous les dimanches et jours de fêtes, à la première messe qui s'y dira à cinq heures du matin, tandis qu'aujourd'hui il leur est, sinon impossible, du moins très difficile d'entendre la messe, (la première messe dite à l'église paroissiale ayant lieu à six heures,)

Considérant au surplus que l'ouverture de l'église en question paraît être le désir des habitants,

Forme unanimement le vœu que l'église desservie autrefois par la communauté des Capucins soit rendue au culte, et que les cérémonies religieuses y soient célébrées par des prêtres séculiers, que l'autorité administrative s'entendant avec l'autorité religieuse, voudra bien désigner.

C'est ainsi que, sous l'administration de M. Alfred Kien, la municipalité préparait les voies à une œuvre difficile, et que M. Dehaene devait un jour prendre à cœur. — Même dans ces petites choses, la main de la Providence est visible.

intentions de l'empereur, et, malgré toutes les apparences contraires, il espérait que le gouvernement permettrait aux religieux de rentrer dans leur couvent. Mais la Providence avait des desseins tout autres, et que personne alors ne pouvait prévoir. Certes les ennemis des Capucins étaient loin de soupçonner qu'en les chassant ils ouvraient un refuge à l'abbé Dehaene, et l'abbé Dehaene lui-même, quand il coopérait à la fondation d'un monastère, ne s'imaginait pas préparer le local d'un collège libre.

CHAPITRE ONZIÈME.

La révocation de M. DEHAENE.
1865.

Nous avons à raconter dans ce chapitre l'épisode le plus mémorable de la vie de M. Dehaene. Comment cet homme si populaire, ce prêtre si dévoué, je dirai plus, ce citoyen si utile au pays, fut-il éloigné du collège qu'il dirigeait? Par quel concours de circonstances une telle mesure devint-elle possible ?

Disons aussitôt qu'elle fut avant tout un expédient politique : c'est ce qui nous oblige de rappeler les incidents qui la précédèrent.

Dans le début de son règne, Napoléon III protégeait l'Église et favorisait le bien-être matériel, de sorte que le clergé et le peuple étaient également satisfaits. Comme il arrive, l'admiration et la reconnaissance allaient peut-être loin. Au mois de septembre 1853, l'empereur et l'impératrice firent dans le Nord un de ces fastueux voyages qui n'étaient qu'une série d'ovations. Leurs Majestés s'arrêtèrent une demi-heure dans la gare d'Hazebrouck. C'était un dimanche. Les curés des 52 communes de l'arrondissement avaient réglé les heures des messes pourqu'il fût possible aux maires et aux conseillers municipaux d'être à Hazebrouck vers onze heures du matin. A cette occasion il y eut une pluie de compliments, et dans l'un d'eux on trouve des phrases comme la suivante : « Nous vous aimons, Sire, *comme le Dieu tutélaire* qui doit nous protéger et veiller sur nos jeunes destinées, en même temps qu'il assure le bonheur de nos familles (1). »

---

1. Il faut dire que ce compliment était dans la bouche de Mlle Leclercq, fille du sous-préfet d'Hazebrouck.

Le Dieu tutélaire! cela froisse nos oreilles démocratiques, mais alors c'était dans le ton général. Au lendemain des plébiscites ou le 15 août, fête de l'empereur, n'écrivait-on pas en lettres de feu sur les arcs de triomphe : *Vox populi, vox Dei?* (1)

Le 10 octobre 1852, Napoléon avait dit à Bordeaux : « L'Empire, c'est la paix ! » Deux ans après, la Russie ayant voulu régler trop tôt la succession de l'empire turc, ce moribond que l'Europe ne veut point laisser mourir, la guerre d'Orient éclata. Pendant un an (septembre 1854 à septembre 1855) tous les regards et tous les cœurs furent tournés vers l'imprenable ville de Sébastopol. M. Dehaene, ses collègues et ses élèves, imitant la conduite de tous les bons Français, envoyaient des étrennes (2) à nos héroïques soldats qui passaient l'hiver dans la neige, sous le feu de l'ennemi. Ils applaudissaient aux exploits des Pélissier, des Canrobert, des Mac-Mahon. Ils prenaient part aux manifestations religieuses qui avaient lieu pour attirer les bénédictions du Ciel sur nos armes (3). Et quand Sébastopol tombait (4), et qu'avec les canons pris sur ses remparts le gouvernement faisait couler la

---

1. Dans une illumination, à Merville ; on glorifiait ainsi le suffrage universel.

2. C'est le nom qu'on donna aux souscriptions qui furent faites dans les mois de décembre 1854 et de janvier 1855, pour procurer des secours à nos armées en campagne.

3. Ces manifestations coïncidèrent avec les fêtes qui suivirent la proclamation du dogme de l'Immaculée-Conception. Mgr Régnier avait ordonné une procession solennelle pour le 2 mai 1855. A Hazebrouck, elle se déploya dans des rues ornées avec une magnificence que rien n'a égalé depuis. La ville était pour ainsi dire transformée en un vaste temple. On ne pouvait y faire un pas, y jeter un regard, sans rencontrer une chapelle, sans voir une statue élégamment encadrée. La rue de l'Église était une belle avenue bordée de sapins. Au centre de la grand' place s'élevait une estrade, et sur cette estrade un autel monumental couronné par la statue de la Sainte Vierge étendant sa main sur la ville pour la bénir. Dans les rues adjacentes, les arcs de triomphe étaient multipliés. Un cortège riche et imposant se développa à travers la ville. Et le soir, la fête fut terminée par une illumination splendide. Pour la première fois on vit la lumière électrique à Hazebrouck : elle entourait d'un nimbe argenté la statue de Marie. « Puissent ces témoignages d'amour en l'honneur de la Sainte Vierge assurer à notre ville, disait le journal de la localité,

Sa protection pour récompense ! —

et obtenir aux armées françaises, disaient les évêques, le triomphe en Orient ! »

4. L'assaut général à la tour Malakoff fut livré le 8 septembre, fête de la Nativité de la Sainte Vierge. Les catholiques apprirent cette coïncidence avec une satisfaction marquée.

statue colossale de Notre-Dame de France (au Puy, en Velay), leur voix s'unissait à toutes les voix chrétiennes pour approuver cet acte officiel de reconnaissance.

Au milieu de tant de gloire, la loi municipale de 1855, qui donnait à l'empereur la nomination des maires et des adjoints dans toutes les communes de plus de 3000 âmes, et aux préfets le même droit dans les autres, passa presque inaperçue. On oublia de porter le deuil des libertés communales.

Vinrent ensuite les fêtes bruyantes de l'Exposition Universelle (1855), le congrès de Paris (1856), la naissance du prince impérial (16 mars 1856) et son baptême par un cardinal-légat envoyé de Pie IX, parrain de l'enfant ; puis des hymnes quotidiens dans toute la presse, des soirées dansantes dans toutes les sous-préfectures, des embellissements dans toutes les villes, des travaux publics sur tous les points du territoire, et partout le bien-être, le luxe, la fièvre des affaires. Faut-il s'étonner qu'avec cela la classe moyenne, qui détenait le suffrage universel, envoyât au Corps législatif des députés tous favorables à l'empire ? (1) Jamais gouvernement n'avait paru aussi fort, aussi solide (2).

Les bombes d'Orsini rappelèrent à l'empereur ses engagements de carbonaro (14 janvier 1858). Il déclara la guerre à l'Autriche (3 mai 1859), pour appuyer le Piémont et préparer

---

1. A l'exception du fameux groupe des *Cinq*. Ce groupe était formé de MM. Jules Favre, E. Picard, E. Olivier, Hénon, Darimon. Ils furent élus en 1857 et 1858. Napoléon III avait donné satisfaction à la classe moyenne, celle des paysans et des bourgeois, en faisant marcher le commerce. « Que veut la classe moyenne ? Pour peu que vous la pressiez de répondre, elle vous dira qu'elle veut des *affaires* ; elle fait bon marché du reste. Des opinions et des partis, elle s'en raille !... Ce qu'elle veut, c'est gagner de l'argent. » (PROUDHON, *Confessions d'un Révolutionnaire.)*

2. « La France veut un gouvernement assez stable pour enlever toutes chances à
» de nouveaux bouleversements ; assez éclairé pour favoriser le véritable progrès ;
» assez juste pour appeler à lui tous les honnêtes gens, quels que soient leurs anté-
» cédents politiques; assez consciencieux pour déclarer qu'il protège hautement la
» religion catholique, tout en acceptant la liberté des cultes ; enfin un gouverne-
» ment assez fort pour être respecté dans les Conseils de l'Europe : c'est parce que
» je représente ces idées que j'ai vu le peuple accourir sur mes pas. » Au moment où l'empereur traçait ce programme dans son discours de Rennes (août 1858), il se préparait à le déchirer.

Nul, même parmi ceux que nous avons vus poser depuis en républicains austè-

l'unité italienne. Et les *Te Deum* se succédaient dans les églises après Magenta et Solférino. Et les rares curés qui osaient montrer de la froideur, parce qu'ils avaient la sagesse de regarder vers Rome, étaient menacés de pillage et de mort (1). — M. Dehaene partageait l'enthousiasme général. « Allons ! — disait-il à l'un de ses collègues, que la guerre d'Italie rendait sombre et qui branlait la tête avec mélancolie, — vous tremblez pour rien. Cette guerre, mais c'est une tempête dans un verre d'eau ! »

Il s'imaginait qu'après Villafranca (11 juillet 1859) tout serait fini, et qu'en face de ce dilemme fatal : aller jusqu'au bout, c'est-à-dire jusqu'à Rome, et s'aliéner les catholiques, ou s'arrêter à mi-chemin et mécontenter l'Italie, l'empereur pourrait ne point faire un pas en avant. L'empereur, avec son caractère indécis, le croyait peut-être lui-même ; et comme pour amener l'apaisement complet des esprits, le 15 août 1859, il proclama une amnistie générale de tous les condamnés politiques. Ceux des proscrits du 2 décembre qui avaient un nom refusèrent l'amnistie. « Ils n'avaient pas besoin de pardon ; ils avaient le temps d'attendre l'heure de la justice, » disaient-ils (2). Quant à la question romaine, elle suivit son cours.

En mars 1860, le Piémont s'annexa les Romagnes. L'empereur ne protesta point. Son silence était payé, car il avait obtenu la Savoie et le comté de Nice. Pie IX, abandonné par lui, fit appel à des volontaires, et La Moricière accourut se mettre à leur tête : ils furent écrasés à Castelfidardo. « Faites, mais faites vite ! » avait dit Napoléon III à Cavour. On savait vaguement cette complicité sournoise.

---

res et convaincus, ne doutait de l'avenir impérial. La plupart étaient alors dans les antichambres des sous-préfectures ou dans les abords des justices de paix. Je dois excepter quelques légitimistes, quelques proscrits du 2 décembre, qu'on traitait de grincheux et de fanatiques, et dont les protestations expiraient impuissantes sur tous les rivages; quelques libéraux, entre autres Montalembert, désillusionné et triste, triste comme un orateur quand la tribune est muette.

1. Tel M. Acquart, curé de Vieux-Berquin. Parce qu'il ne s'était point pressé de faire sonner les cloches après la victoire de Magenta, il fut poursuivi jusque dans son presbytère et dut chercher un refuge sous le toit de M. Wicart, maire de la commune.

2. « Je rentrerai, écrivait l'un d'entre eux, le jour où la liberté, le droit, la justice, ces augustes proscrits, rentreront en France pour vous infliger le plus mérité des châtiments. Ce jour est lent à venir, mais il viendra. » *(Charras)*.

« Je ne vous dis rien de la politique,—écrivait à cette époque
» Lamartine, clairvoyant comme un poète *(vates)*, — il n'y en
» a plus. Nous descendons doucement vers la cataracte de Nia-
» gara. Dans deux ans : Sauve qui peut ! — Vous savez ma
» pensée sur l'unité italienne, prélude de l'unité allemande,
» deux stupidités et deux trahisons en une par des Français.
» Jamais le *dementat quos vult perdere* n'a été aussi évident. Le
» Dieu veut perdre le libéralisme par le sacrilège contre le
» patriotisme. *E sempre bene !* » (1)

Pour comble d'imprudence, à l'heure même où ses actes devenaient le plus répréhensibles, le gouvernement impérial commettait la faute de rendre publiques les séances du corps législatif et de livrer aux journaux les comptes rendus des débats (2). A partir de cette même époque, il vit les membres du clergé désapprouver sa politique, et il entra contre eux dans la voie des hostilités.

Il débuta par la suppression de l'*Univers*, coupable d'avoir publié sans peur ni faiblesse l'encyclique du 19 janvier 1860 (3). M. Dehaene lisait l'*Univers*, et il le lisait, on peut le dire, avec l'admiration passionnée qu'inspiraient l'incomparable talent de Louis Veuillot et sa belle attitude dans la question romaine. Il fut donc blessé au vif par la mesure qui frappait son journal. Cela se comprend d'ailleurs. Il est inévitable qu'on s'attache à ce visiteur familier et quotidien qui vient dire son opinion sur toutes sortes de sujets, et qui dispense de la réflexion personnelle, toujours plus pénible, parfois moins sûre.

En même temps que les articles de l'*Univers*, les brochures de Mgr Dupanloup se succédaient et vibraient comme des trompettes d'alarme à travers le pays. Mgr Régnier écrivait à l'évêque d'Orléans : « Vous avez su mériter sans réserve l'approbation de tout l'épiscopat, et vous attirer sans mesure les imprécations de tous les ennemis de l'Église. » Et puis, il rédi-

---

1. Lettre à M. Dargaud, 9 janvier 1861.
2. Décret du 24 novembre 1860.
3. Elle revendiquait les droits du Saint-Siège et condamnait la politique de Napoléon III en Italie, laquelle politique venait d'être exposée dans une brochure fameuse : *Le Pape et le Congrès*. La suppression de l'*Univers* fut faite avec un luxe de basses cruautés et de tracasseries indignes, qui devaient irriter tout homme de cœur. On interdit aux principaux rédacteurs l'accès de tout autre journal.

geait lui-même des pages magistrales de théologie et de droit public sur les pouvoirs spirituels et sur le pouvoir temporel du souverain pontife, et les envoyait à ses diocésains (1). Ainsi guidés par leur chef, les prêtres pouvaient marcher, et ils prenaient cette allure martiale qu'ils ont toujours gardée, dans le diocèse de Cambrai, sur la question romaine.

Le gouvernement, de son côté, multipliait les mesures odieuses et tracassières. Comme les coupables qui ont encore des remords, il était en proie à des craintes chimériques et ridicules. Le spectre de l'agitation ultramontaine se dressait partout devant lui. Certes, s'il y eut jamais, au point de vue politique, une société inoffensive, c'est bien celle de St-Vincent de Paul. Pour quiconque sait comment elle se recrute et fonctionne, il est de toute évidence qu'un cerveau hanté par la peur, comme celui de M. de Persigny, pouvait seul y voir une menace et un danger. Tout ce qui se réclame légitimement du patronage de St Vincent de Paul (Lazaristes, Filles de la Charité, Conférences) est ou devient, bon gré, mal gré, étranger à la politique, et laisse en paix un gouvernement raisonnable. La circulaire de M. de Persigny atteignait une œuvre chère à M. Dehaene.

Le principal du collège d'Hazebrouck devenait donc insensiblement un fonctionnaire irrégulier, incorrect. Lecteur de l'*Univers*, admirateur de Mgr Régnier, ami des laïcs engagés dans la conférence de St-Vincent de Paul, c'étaient là autant d'indices compromettants, mais qui ne pouvaient guère donner lieu qu'à un procès de tendances. Pour frapper quelqu'un, il faut des motifs plus précis et plus personnels.

Trois griefs locaux furent invoqués contre M. Dehaene et préparèrent sa disgrâce : 1° sa participation dans l'établissement des Capucins d'Hazebrouck ; 2° l'élection de M. Plichon, candidat de l'opposition ; 3° la fondation des collèges libres de Dunkerque et de Gravelines. On l'attaquait donc comme prêtre,

---

1. Il faut attribuer à cette conduite de Mgr Régnier l'hostilité plus ou moins ostensible dont il fut l'objet de la part de l'administration civile, après 1860. De cette hostilité provient la dissolution des Rédemptoristes de Douai et des Capucins d'Hazebrouck. De là aussi, la mauvaise tournure que prirent certaines affaires, l'affaire Mallet, l'affaire de la Congrégation de la Ste-Union, l'affaire du catéchisme flamand. (Voir pour les détails la *Vie du Cardinal Régnier* par M. DESTOMBES, livre III, ch. X, et livre IV, ch. I et III.)

à cause de son attachement à des religieux persécutés ; comme citoyen, à cause de ses votes et de ses relations politiques ; comme principal, à cause de ses tendances anti-universitaires.

Nous avons parlé de l'expulsion des Capucins et de la fondation des collèges. Il nous reste à raconter la grande bataille électorale de 1863. Elle fut pour la Flandre l'occasion d'une victoire admirable, gage de beaucoup d'autres.

Après la Révolution de 1848, M. Plichon resta pendant près de dix ans en dehors des assemblées législatives. Notre arrondissement était alors représenté par M. de Lagrange, qui, aux élections du 29 février 1852, avait obtenu 19.800 voix sur 20.000 votants. En 1859, M. de Lagrange se retira de la vie publique, et M. Plichon prit sa place. Le gouvernement lui avait offert sa protection. Mais le candidat avait déclaré qu'il entendait ne relever que du pays, et qu'il irait à la Chambre, la tête haute, sans autre appui que le vote libre et spontané de ses électeurs. Il tint parole, et, se souvenant qu'il représentait une population catholique et un département protectionniste dans deux questions capitales (celles de la guerre d'Italie et du traité de commerce avec l'Angleterre), il combattit avec énergie le gouvernement impérial.

M. Dehaene lui en sut gré. Il oublia les vieilles accusations de Saint-Simonisme (1) et celles plus récentes d'Orléanisme, et se rapprocha de M. Plichon : ces deux grands cœurs se comprirent immédiatement, et des rapports d'amitié s'établirent entre eux.

Ils commencèrent alors une correspondance qui ne fut pas toujours également suivie, mais que rien n'interrompit tout à fait. M. Dehaene donnait à M. Plichon ces encouragements du cœur qui font tant de bien aux hommes publics et qui trop

---

1. Les idées des Saint-Simoniens, qui voulaient unir les hommes par l'amour, donner à chacun suivant ses œuvres, et organiser l'industrie pour le bien-être de tous, en un mot, établir sur la terre le bonheur du Ciel, avaient séduit beaucoup de jeunes gens généreux. La secte était ridicule, mais l'aspiration était noble, et quand on n'a pas le bonheur d'être chrétien, on se laisse prendre à de pareilles utopies. C'est ce qui explique que des hommes comme La Moricière ou Le Play aient été entraînés par elles avant leur conversion. (Cf. *La foi et ses victoires*, par Mgr BAUNARD, p. 335.)

souvent leur manquent. Dans les premières lettres, il mêlait à ces éloges des allusions délicates aux devoirs religieux. Nous les signalons volontiers, parce qu'elles contribuèrent à ramener dans le bon chemin l'homme politique le plus considérable de notre pays.

« Votre discours a produit un très bon effet sur tous les
» hommes d'ordre.

» Nous tous, prêtres, nous prions beaucoup pour vous, afin
» que Dieu daigne récompenser tant de généreux et courageux
» efforts, *par la pratique complète et convaincue d'une religion*
» *qui vous inspire si bien !* Le P. Félix n'est-il pas là pour
» dissiper vos doutes ? Oh ! que je bénirais Dieu de cette
» faveur ! » (1)

— « La renommée m'a apporté une excellente nouvelle : vous
» avez voulu chercher un appui pour votre cœur et une colla-
» boration pour vos générosités. Tout le monde apprend cela
» avec plaisir, et c'est pour vous une magnifique occasion *d'être*
» *dans le vrai en conduite comme en discours.* Je vous suis trop
» sincèrement dévoué pour vous cacher ce sentiment que
» j'éprouve pour vous. Pardon pour mon extrême liberté (2). »

Deux jours après, M. Plichon répondit par une belle lettre. Nous l'avons retrouvée avec plaisir dans les papiers de M. Dehaene. Nos lecteurs y reconnaîtront comme nous quelque chose de la candide joie d'un fiancé.

« La nouvelle est vraie : je me marie. J'épouse une de mes
» parentes que j'affectionne depuis longtemps (3), et dans
» laquelle vous rencontrerez, j'en suis convaincu, toutes les
» qualités du cœur et de l'esprit que vous pouvez désirer dans
» l'épouse du député de l'arrondissement. Je lui ai communiqué
» votre lettre ; elle a désiré que ce fût la bourse commune qui
» concourût à l'œuvre dont vous m'entretenez (4), et il a été
» arrêté entre nous que nous mettrions à cet effet mille francs
» à votre disposition. Elle demande avec moi que vous nous

---

1. Lettre du 12 avril 1861. Le P. Félix prêchait alors les conférences de Notre-Dame.
2. Lettre du 16 septembre 1861.
3. Mlle Adéline Boitel, nièce de M. Boitel, préfet de police sous l'empire.
4. Le collège de Gravelines. (Voir chapitre x).

» réserviez, ainsi que vos chers collaborateurs, votre intention
» de messe du 25 de ce mois, car c'est le 25 que nous nous
» marions. *Cet événement doit naturellement amener dans ma vie
» le changement que vous désirez.* Veuillez, etc... » (18 septembre
1861).

Le dernier paragraphe de la lettre fait allusion à l'accomplissement des devoirs religieux. M. Plichon annonce qu'il pratiquera désormais (1).

Arrivent les élections de 1863. Elles ont laissé d'impérissables souvenirs.

Pour annuler l'influence locale du candidat, le ministre avait rayé de la carte politique de la France l'arrondissement d'Hazebrouck. « Il fallait détruire ce bourg pourri de l'opposition ! » Pour cela, on l'avait divisé en tronçons rattachés à trois circonscriptions différentes : les cantons d'Hazebrouck et de Cassel à la circonscription de Dunkerque ; ceux de Steenvoorde et de Bailleul à la circonscription de Lille-Nord ; et enfin celui de Merville à la circonscription de Lille-Sud. De la sorte, Bailleul, patrie de M. Plichon, était relié à Lille, et, le candidat de Lille étant M. Kolb-Bernard, son ami, il s'ensuivait que M. Plichon ne pouvait se présenter dans son pays natal. D'un autre côté, à Dunkerque, il se heurtait contre M. de Clebsattel, député depuis dix ans. « M. Plichon, transplanté à Dunkerque, n'est plus un
» adversaire sérieux ! » disait le *Mémorial*.

Cependant, sur un terrain aussi défavorable, il accepta la lutte. Toutes les forces officielles se rangèrent en bataille contre lui : le préfet du Nord, les sous-préfets de Dunkerque et d'Hazebrouck, beaucoup de maires, tous les agents du gouvernement. Ils multiplièrent les circulaires et les proclamations de tout genre. La presse faisait écho à leurs objurgations. A

---

1. Jusqu'à la fin de ses jours cependant, il fut calomnié sur ce point par des hommes qui veulent qu'on fasse étalage de tout. — Il croyait que la vie privée n'appartient pas aux discussions publiques, et ne doit pas être livrée, bonne ou mauvaise, aux appréciations des journaux. Jusqu'à quel point cette idée de M. Plichon tenait-elle d'un libéralisme condamnable qui sépare le chrétien du citoyen, ou d'une sage réserve qui ne compromet pas la religion dans les débats irritants de la politique, nous n'avons point à le discuter. En tout cas la vie chrétienne, dont on s'est fait parfois un titre aux suffrages des électeurs, ne dispense ni de la capacité ni des services rendus.

Paris, le *Constitutionnel*, dans le département, le *Mémorial* de Lille, l'*Autorité* de Dunkerque, l'*Indicateur* d'Hazebrouck, attaquaient avec une entente rare et une déplorable rivalité de servilisme le candidat indépendant. Un seul journal lui donnait quelque appui, encore était-ce un appui plus ou moins compromettant : l'*Écho du Nord*.

Mais rien n'effrayait M. Plichon. Il parcourait le pays, allant de village en village, de maison en maison, pour ranimer le zèle des électeurs ; il répondait aux diatribes du préfet et du *Mémorial de Lille*, était poursuivi judiciairement pour ses réponses, ne trouvait d'accueil dans aucun journal pour la réplique, se voyait abandonné par des amis défaillants, qui lui disaient comme M. Kien, maire d'Hazebrouck : « J'aime en vous l'homme privé, mais je dois combattre l'homme public ! » Mais, malgré tout, il tenait ferme, trouvant au moins un courageux imprimeur (1) pour publier ses professions de foi, et de braves porteurs pour distribuer ses bulletins (ce qui lui suffisait), couvrant de ses affiches les arbres des grand'routes et les granges de ses partisans, tandis que les affiches blanches du candidat officiel tapissaient les édifices publics ; donnant du courage à tous, toujours sur pied (2), infatigable, il remportait enfin, le 1er juin 1863, la plus éclatante des victoires.

Rien n'avait entamé les cantons d'Hazebrouck et de Cassel :

---

1. M. Édouard Reboux. Il avait fondé le *Mémorial de Lille;* mais quand son associé, M. d'Estigny, approuvé par la majorité des actionnaires, vendit le journal à l'empire, il eut la noble fierté de se séparer de lui. M. Plichon vit qu'il pouvait compter sur l'indépendance de cet homme, et il recourut à lui pour ses imprimés. On menaça les ouvriers typographes de leur faire un mauvais parti. Ils restèrent fidèles à leur patron. — Vraiment, quand une administration emploie des moyens aussi mesquins et aussi vils, elle ne mérite pas de triompher. M. Édouard Reboux était l'oncle de M. Alfred Reboux, rédacteur en chef du *Journal de Roubaix*.

2. Il arrivait parfois dans les fermes à une heure avancée, quand le père et le fils étaient assis au coin de l'âtre. « Qui vient avec moi ? disait-il; il est tard, mais je ne puis revenir demain, et j'ai encore des électeurs à visiter. » — Le fils aîné se levait. Et l'on admirait dans nos campagnes l'intrépidité de Plichon, et l'on se promettait bien de soutenir un aussi vaillant homme.

Dans les villes, les ouvriers lui faisaient escorte et chantaient sur son passage :

Si vous voulez un tel quel,
Votez pour Clebsattel !
Si vous voulez un bon,
Votez pour Plichon !

ils lui donnèrent une majorité de 5.000 voix. Dans l'arrondissement de Dunkerque, la victoire fut plus difficile. M. Plichon ne distança son concurrent que de 1.000 voix. Mais il enlevait Dunkerque-ville aux griffes officielles. C'était là son plus cher triomphe. Aussi, pour faire plaisir aux Dunkerquois, donna-t-il le nom de leur Jean Bart au fils qui lui naquit quelque temps après.

Ce duel d'un homme et d'une administration avait excité au plus haut point l'intérêt : « Il n'y a donc pas moyen d'en finir avec ce Plichon ? avait dit l'empereur. — Je m'en charge, avait répondu M. de Persigny, je vais couper la queue de ce renard du Nord. » Le ministre fut trompé dans ses prévisions. S'il y eut une queue coupée, ce fut la sienne, car immédiatement après l'élection il perdit son portefeuille (juin 1863). Le candidat de la liberté l'emportait sur celui de l'arbitraire. Ce résultat inattendu fut tout à l'honneur de nos populations flamandes. Elles s'étaient montrées d'une solidité à toute épreuve et avaient confirmé leur vieille réputation d'amour entêté pour leurs franchises.

Plichon sortait vainqueur de la lutte : il fallait punir ses partisans.

Ses partisans, c'étaient d'abord les curés. Ils l'avaient soutenu avec ensemble, parce que sur la question romaine il leur donnait autre chose que ce qu'offrait M. de Clebsattel : de belles paroles et des promesses illusoires ; il avait, lui, des actes et des votes ; il pouvait rappeler cette mémorable séance du Corps législatif où il était traité d'Autrichien parce qu'il combattait la guerre d'Italie. Le devoir du clergé était donc de voter pour lui, et ce devoir, le clergé le faisait d'autant plus volontiers que son archevêque donnait l'exemple (1).

---

1. Quatre jours avant les élections, le 27 mai, le *Propagateur* publia un document d'une très grande importance, qui avait paru le 26 dans les journaux catholiques de Paris. Il était intitulé : *Réponse de plusieurs évêques aux consultations qui leur ont été adressées relativement aux élections prochaines*. Mgr Dupanloup l'avait composé ; sept archevêques et évêques le signèrent, Mgr Régnier à leur tête. On recommandait chaleureusement dans cet écrit de voter pour des candidats amis de la liberté religieuse et de l'indépendance temporelle du Saint-Siège. On y condamnait indirectement la politique de l'empire. La lettre des sept évêques eut un retentissement immense, et M. Plichon en bénéficia l'un des premiers, parce qu'il réunissait dans

Ses partisans, c'étaient tous les hommes de cœur que vexaient les tracasseries administratives. Ceux-là ne pardonnaient point l'avilissement systématique dont les maires étaient victimes. Ils se refusaient à voir, dans les chefs des communes, de simples agents aux ordres des sous-préfets, et s'obstinaient à entourer de la plus grande considération ceux d'entre eux que le pouvoir frappait de ses foudres ou tenait en suspicion (1). Pour avoir méconnu cette tradition, disons mieux, cet instinct de la race flamande, le gouvernement échouait.

Enfin M. Plichon devait son succès surtout à lui-même. C'est qu'il était admirablement doué pour la vie publique. D'une taille haute, d'une figure martiale, d'un tempérament de fer, tout dans sa personne, jusqu'à son bras mutilé, lui donnait l'allure d'un général qui sait commander la victoire. Il savait aussi l'organiser. Rendre service partout et toujours, être d'une bonté à toute épreuve pour ses adversaires comme pour ses amis (2), se tenir au courant de tout ce qui pouvait fortifier ses positions, préparer une élection de loin et d'avance, garder dans sa main les électeurs du plus petit hameau, paraître et disparaître au moment opportun, ce fut sa vie entière.

Nous avions le devoir de lui rendre cet hommage, car nous retrouverons son loyal concours dans tout ce qui s'est fait de bien dans la Flandre, et spécialement dans tout ce que M.

---

sa personne les qualités que les évêques exigeaient d'un candidat catholique. Les signataires furent déférés au Conseil d'État pour s'entendre condamner comme d'abus. « *Eh bien ! Monseigneur*, disait à Mgr Régnier un de ses amis, *vous voilà déféré !— Déféré, oui*, répondit spirituellement l'archevêque, *mais non pas déféré.* » La condamnation comme d'abus fut prononcée le 8 août 1863. On a appelé cet incident *l'affaire des sept*. (*Vie du cardinal Régnier*, t. II, p. 84.)

1. Citons parmi eux M. Verhaeghe, maire de Merville, M. Auguste Wicart, frère de l'évêque de Fréjus, maire de Vieux-Berquin, M. Leurs, maire de Méteren.

2. M. Plichon a conservé un dossier de 78 lettres à lui adressées par M. Dehaene de 1860 à 1870. La plupart sont des lettres de recommandation pour des fonctionnaires du gouvernement ou des employés de chemin de fer. On est étonné de voir toutes les ficelles qu'il faut mettre en mouvement pour obtenir les choses les plus simples, un avancement mérité, une pension de retraite, etc. Nous avons trouvé parmi les noms des solliciteurs qui se font recommander ainsi, des personnages dont la morgue s'accorde mal avec de tels procédés, et qui sont loin d'être restés les amis de M. Plichon et de l'abbé Dehaene. On comprend que les hommes en place n'aient qu'une médiocre idée de la dignité humaine, et fassent peu de fond sur la reconnaissance et sur les opinions de certaines gens.

Dehaene entreprendra durant la seconde partie de sa carrière. D'ailleurs, M. Plichon n'eût-il fait qu'une seule chose : — délivrer pendant vingt-cinq années consécutives notre circonscription électorale de toute compétition ambitieuse, — il aurait rendu le plus important des services, car rien ne démoralise un pays comme les brigues électorales.

La Flandre a fait Plichon et Plichon a fait la Frandre. Grâce à lui, elle est restée le seul coin du département qui ait lutté sans défaillance *pour l'Église et la liberté*. Ces deux causes, il les faisait triompher en 1863, et leur triomphe scellait définitivement son amitié avec l'abbé Dehaene.

Tandis qu'il remportait cette victoire, son ami était retenu près du lit de souffrance d'un frère mourant. Coïncidence douloureuse, qui aurait dû le protéger contre les soupçons officiels ; mais avec une attitude militante et un caractère expansif on est compromis malgré tout ; les précautions elles-mêmes sont inutiles, car on est condamné moins pour les choses qu'on fait que pour les idées qu'on représente. Il ne faut point d'ailleurs en être surpris. Les idées et les tendances sont choses plus profondes, plus indestructibles et plus redoutables que les actes.

« On a monté le ministre contre l'esprit de votre collège, qu'on a converti en pépinière légitimiste. Je lui ai dit que votre collège n'avait qu'un caractère, celui d'un établissement universitaire religieux (1). » M. Plichon avait ajouté que M. Dehaene était impérialiste ; mais cette déclaration ne produisit point grand effet. Si M. Dehaene était impérialiste, c'était comme l'*Univers*, comme Mgr Régnier, comme les prêtres qui avaient pris au sérieux les déclarations officielles favorables à l'Église. Or, l'heure était venue où de tels hommes devaient paraître importuns, comme les amis qui nous parlent de notre devoir quand nous cessons de le pratiquer. M. Dehaene aimait un gouvernement protecteur de la religion, ce que l'empire n'était plus qu'en apparence ; il détestait un gouvernement hypocrite et sournois, ce que l'empire devenait en réalité.

Quand un homme quitte la bonne voie, sa première haine est pour ceux qui ont cru à sa vertu.

---

1. Lettre de M. Plichon à M. Dehaene. Ems, le 30 juillet 1864.

Après la grande lutte politique de 1863, « l'apaisement qui se fit dans les hautes régions du pouvoir ne s'étendit point aux agents inférieurs (1). » Il fallait une victime à la rancune administrative. M. Dehaene fut désigné.

Pendant les vacances scolaires de cette année 1863, il eut une belle occasion de développer en son cœur l'amour des libertés chrétiennes. Il se rendit au congrès de Malines (2) et il entendit Montalembert.

Entendre Montalembert, c'était un des rêves de sa vie. Ce rêve fut réalisé le 30 août 1863. Montalembert lut son discours.

« Je suis confus de ne vous apporter qu'un discours écrit.
» Mais douze ans de silence m'ont fait perdre l'habitude de la
» parole publique ; je n'ose me fier ni aux hasards de l'impro-
» visation, ni aux trahisons de la mémoire ; je ne sais plus que
» lire, et lire assis, comme à l'Académie française. Vous me
» permettrez, je l'espère, de vous traiter comme à l'Académie. »

M. Dehaene fut dans le ravissement. Qu'eût-ce été si l'orateur catholique s'était livré au feu de l'improvisation et à la chaleur du débit ? Cent fois il nous a dit au conseil des professeurs : « J'ai entendu Montalembert lire comme à l'Académie : quelle distinction, quelle incomparable beauté ! » Son enthousiasme allait même plus loin, car des paroles qui charment, aux idées qui plaisent il n'y a qu'un pas. M. Bertein, professeur de philosophie à Dunkerque, le lui faisait observer : « J'étais avec M. Dehaene à Malines, nous racontait-il, je dus contenir son admiration

---

1. Note de M. Plichon destinée à l'Impératrice. La lutte continua, mais se localisa à Hazebrouck. En 1868, M. Cleenewerck, conseiller général, étant mort, son gendre M. Charles Bieswal se présenta pour le remplacer ; il rencontra l'opposition de M. Lespagnol, qui était appuyé par le gouvernement. Peu d'élections ont été menées avec autant d'acharnement que celle-là. C'était au fond le duel de Clebsattel-Plichon qui recommençait. M. Bieswal fut élu.

2. Il eut lieu du 18 au 22 août 1863 sous la présidence du cardinal-archevêque de Malines. Il était la première de ces assemblées de catholiques qui devaient organiser la lutte, relever les courages et diriger l'action. Dans ses notes de voyage à Rome (1867), M. Dehaene écrit : « J'ai vu Mgr Nardi, qui est un vaillant défenseur de la cause du pape, mais qui n'aime pas les congrès. » On reprocha au congrès de Malines ses tendances libérales, et l'on a reproché à d'autres congrès du même genre, d'être plus féconds en beaux discours qu'en résultats pratiques, et de mettre plus en évidence l'action des laïques que celle des évêques. Pour laquelle de ces raisons Mgr Nardi n'aimait-il point les congrès ? — M. Dehaene ne le dit point.

dans de justes bornes. Prenez garde, lui disais-je, cette formule : *L'Église libre dans l'État libre,* est une formule dangereuse. Mais au premier moment il ne voulait point se rendre à mes protestations : il était captivé, séduit. » Eh oui ! il se laissait aller de bonne foi aux choses qui le prenaient par les entrailles, et ne cherchait point de raisonnements pour s'empêcher d'avoir des émotions. Un grand cœur plaidant généreusement la cause de l'Église avait touché son cœur, et il était entraîné par la parole si franche et si naturelle de ce gentilhomme catholique dont Veuillot disait : « Ce n'est ni un avocat ni un professeur ; c'est un honnête homme convaincu qui soutient son avis, un soldat dévoué qui combat pour la bonne cause (1). »

M. Dehaene venait d'assister en Flandre à une bataille électorale gagnée contre le gouvernement ; il était encore dans la fièvre de la mêlée. Montalembert venait d'en perdre une dans la catholique Bretagne. L'illustre champion de l'Église avait été battu par un candidat officiel quelconque, parce qu'on s'était façonné à porter le joug. La blessure était profonde, et le sang du cœur teignait la parole de ce fils des croisés.

Il ne faut non plus oublier qu'au moment où il prononçait son discours de Malines, une autre blessure avait meurtri son cœur. Une de ses filles avait imposé à son amour paternel un de ces grands sacrifices chrétiens qui déchirent les entrailles et donnent à la parole publique un indéfinissable et irrésistible accent, cet accent qui ferait souhaiter aux orateurs d'être mal-

---

1. *Rome pendant le concile.* On accusa Montalembert de confondre, dans les rapports de l'Église et de l'État, la thèse avec l'hypothèse, le fait avec le droit. On distingue mieux aujourd'hui. « Certains catholiques considèrent cette maxime : *L'Église libre dans l'Etat libre,* non comme le principe définitivement régulateur des relations des deux puissances, mais comme la formule d'un expédient actuellement désirable, vu l'état des choses et des esprits... Rien de plus correct que cette manière d'envisager les choses. Mais pourquoi s'approprier une formule suspecte qui sert de pavillon à une doctrine erronée ? Pourquoi ne pas dire simplement : Vous voulez vous soustraire à la suprême direction de l'Église, c'est un tort ; mais accordez-lui au moins la liberté que vous avez promise à tous, jusqu'à ce que l'expérience vous ait appris que la meilleure condition des gouvernements et des sociétés est l'harmonie voulue de Dieu. » (P. Monsabré, *Carême de 1882, appendice.*) Mais les distinctions et les réserves théologiques embarrassent les orateurs. Ils ne voient qu'une chose à la fois, et se laissent captiver par elle. C'est le moyen d'être ému.

heureux afin d'être beaux et tragiques (1). « La joie, la lumière de ma vie, est au noviciat du Sacré-Cœur. Pour toute justification, elle m'a apporté cette page de l'*Introduction des moines d'Occident* où il est dit que la vie monastique n'est pas l'asile des âmes malades ou souffrantes (2). »

Ces diverses circonstances expliquent très bien l'émotion de Montalembert et l'enthousiaste admiration de notre cher Principal.

Dans son discours, l'orateur catholique avait signalé ce qui devait rendre intenable la position de M. Dehaene. « L'éduca-
» tion de nos enfants, disait-il, est convoitée et disputée par
» la main insatiable de monopoleurs incrédules qui, sous le
» nom et les couleurs de l'État, nous les arracheraient pour les
» enfermer dans des prisons intellectuelles, et les y retenir jus-
» qu'à ce que la trace des croyances domestiques soit oblitérée
» dans leurs âmes (3). »

Montalembert faisait allusion aux projets de M. Duruy sur l'instruction des filles (4), et au retour offensif du monopole universitaire qui se faisait alors. M. Duruy avait été nommé ministre de l'Instruction publique après les élections de 1863. Inspecteur général de l'Université avant d'être ministre, il connaissait parfaitement le corps qu'il était appelé à gouverner, et il en partageait les préjugés. La loi de 1850 avait consacré des libertés qui pesaient à son intolérance et qu'il songeait à restreindre. Au commencement de son ministère, généreux comme on l'est toujours dans un début, il avait accordé, comme don de joyeux avènement, une subvention de 1.600 francs pour l'entretien d'une chaire de logique au collège d'Hazebrouck. Mais il ne tarda point à savoir que le Principal de ce collège

---

1. « Le bonheur est vulgaire et familier, et on fait avec du bonheur des chansons,
» des madrigaux et des épithalames. Il n'y a de noble que le malheur, le malheur
» et non le châtiment, et il faut des malheurs, et des plus grands, pour faire tout ce
» qu'il y a de plus beau dans le plus beau des arts : des tragédies et des épopées. »
(De Bonald.)

2. Correspondance de Montalembert.

3. Première partie du discours de Montalembert, Assemblée générale des catholiques en Belgique, Compte rendu. — Gœmaere, Bruxelles, t. I, p. 179.

4. Cours publics d'enseignement supérieur pour les filles, vivement attaqués par Mgr Dupanloup. Cf. *La femme chrétienne et française.*

avait des intérêts dans deux maisons libres. Il se ravisa immédiatement et fit écrire « qu'il ne donnerait suite à sa bienveillante intention que lorsque M. le Principal aurait renoncé à la direction des établissements de Dunkerque et de Gravelines. »

Précédemment déjà (mars 1861) M. Dehaene avait eu à s'expliquer à ce sujet. Il était allé voir M. Rouland et lui avait fourni verbalement des explications qui furent trouvées suffisantes. Il crut bien faire d'aller trouver de même M. Duruy et de solliciter une audience, qui lui fut accordée au mois de septembre 1864. L'abbé Dehaene y renouvela ses précédentes déclarations.

Dans une lettre du 8 novembre 1864, adressée à M. l'Inspecteur d'Académie à Lille, il raconte les deux conversations.

D'abord celle de M. Rouland :

« *M. le ministre.* — Vous avez une maison libre à Gravelines
» et une autre à Dunkerque : comment conciliez-vous cela
» avec votre titre de chef d'établissement universitaire ?

» — Gravelines est un trou perdu, où il n'y a aucune fonda-
» tion universitaire ; le collège est si peu important ! Ce n'est
» pas la peine d'y faire attention.

» — Mais les Dunes à Dunkerque, voilà le grief !

» — Excellence, je tire la plupart de mes élèves de ces
» parages, où je suis né et connu ; j'ai voulu placer un fort dé-
» taché à Dunkerque pour protéger Hazebrouck.

» — Quelle est la population de Dunkerque ?

» — 30.000 âmes.

» — Il n'y a pas d'autre maison considérable, que la vôtre ?

» — Non, Excellence !

» — Eh bien ! si vous n'y étiez pas, un autre y serait ; seule-
» ment, ne faites pas la chasse aux élèves !

» — Votre Excellence a-t-elle à se plaindre à ce sujet ?

» — Non.

» Le langage que j'ai tenu devant M. Rouland vers 1861, je
» l'ai tenu devant M. Duruy au mois de septembre 1864. »

M. Duruy parla des fréquents voyages que M. Dehaene aurait faits pour visiter ses maisons libres. M. Dehaene répondit :

« Il est notoire dans le pays que jamais je n'ai résidé dans
» aucune de ces deux maisons. Mais ce qui a pu donner lieu à
» un malentendu sur ce point, c'est le séjour que j'ai fait à
» Dunkerque, pendant le mois de novembre et une partie de
» décembre 1863, à cause d'une grave indisposition qui récla-
» mait l'air de la mer. Mais ce séjour était un séjour forcé,
» commandé par le médecin et autorisé par M. le Recteur. J'ai
» sous la main le certificat du médecin et la lettre rectorale.
» De plus je ne résidais pas aux Dunes, et j'ai constamment
» gardé, en dehors de mes promenades forcées, la chambre
» ou le lit.

» M. le Ministre me met en demeure de me renfermer dans
» les fonctions que je tiens de son département. Je suis prêt à
» le faire immédiatement, et au fond je l'ai toujours fait. Gra-
» velines et Dunkerque ne m'ont pas vu paraître plus de deux
» fois par an, et cela pour quelques heures le plus souvent. Ma
» présence était presque aussi fréquente en ces localités avant
» la fondation des maisons. Là se trouvent parmi le clergé
» paroissial les plus anciens et les meilleurs de mes amis ;
» chacun le sait ici. Je n'ai jamais eu dans ces deux maisons
» qu'une direction nominale, à l'exception de la nomination des
» professeurs ecclésiastiques fournis par le diocèse. Cette nomi-
» nation, je l'ai résignée hier (7 novembre) entre les mains de
» l'autorité diocésaine. Ainsi désormais la direction et l'admi-
» nistration réelles de ces deux maisons sont laissées à leurs
» supérieurs respectifs. »

Après avoir écrit ces choses à l'Inspecteur d'Académie, il
concluait : « J'ose espérer que ces explications feront revenir
» Son Excellence sur une décision qui décapite une œuvre à
» laquelle j'ai consacré généreusement les vingt-sept plus belles
» années de ma vie. »

L'année 1864 s'acheva sans que le traitement pour la chaire
de philosophie fût accordé. Il crut que ce serait tout simplement
un retard.

Cependant le monde officiel gardait à son égard une attitude réservée. Les lettres des supérieurs hiérarchiques étaient
sèches et brèves. Un vieux Douaisien, qui, après vingt-sept ans
de séparation, n'avait point oublié le vicaire de Saint-Jacques,

M. de Christé, imprimeur, eut vent de ce qui se préparait. Il l'avertit.

Lui-même était d'ailleurs préoccupé et ne pouvait s'affranchir des mauvais pressentiments qui l'obsédaient : « Je suis
» presque gêné pour vous dire que je souffre toujours, mais
» d'un mal vague, d'un malaise indéfinissable, qui a sa source
» dans d'immenses désirs de je ne sais quoi ! Demandez pour
» moi le calme de l'esprit et de l'imagination, afin que je ne
» craigne plus rien. La peur ne me va pas. Et cependant JÉSUS
» a eu peur au jardin de l'agonie (1). »

Deux mois après, il écrit encore : « Vous me dites de ne pas
» craindre. Je vous remercie. Puissé-je donc, pour l'amour de
» DIEU et par l'amour de DIEU, ne pas craindre même la
» crainte ! Le bon plaisir de DIEU, que ce soit ma nourriture ;
» voilà ce que je vous supplie de demander pour moi, en vous
» souvenant toutefois que, comme un enfant, j'ai encore besoin
» du lait de la consolation (2). »

Cependant la divine Providence l'avait préparé de loin aux épreuves. Durant l'année 1863, la mort de sa sœur, puis celle de son frère, enfin une indisposition sérieuse, qui fut la conséquence de ces deuils successifs, trempèrent fortement son âme. « Avant cette pénible secousse, il me semble que j'étais enfant,
» et comme plongé dans une espèce de léthargie où tout me
» faisait illusion. Mais DIEU m'a fait alors une grande grâce :
» il m'a donné la force morale de prononcer un *fiat* sur la vie et
» sur toutes choses. Que peuvent maintenant les tracasseries ?
» Presque rien (3). »

Les dernières lettres échangées entre le recteur et lui sont des 10 et 11 décembre 1864. « Vous voudrez bien me faire
» savoir, disait M. Guilmin, si vous avez pu régler vos inté-
» rêts avec vos co-associés de Dunkerque et de Gravelines.
» Il est présumable que les renseignements demandés par
» M. le ministre se rattachent toujours à la question de sub-
» vention. »

S'appuyant sur cette phrase : *il est présumable, etc.*, M. le

---

1. Lettre du 23 novembre 1864.
2. Lettre du 31 janvier 1865.
3. Lettre de M. Dehaene à Mʳ X...

Principal crut qu'on lui offrait le choix entre la subvention pécuniaire et sa participation aux maisons libres. Il tenait à celle-ci ; pour la conserver, il n'hésita point à risquer l'autre, et répondit : « Si les circonstances le permettent, je vendrai
» probablement la maison de Dunkerque. C'est là du reste *une*
» *question personnelle dont je ne dois compte qu'à Dieu et à ma*
» *conscience.* »

Ces dernières paroles sortaient du ton administratif. On leur donna un sens qu'elles n'avaient point, et l'on prétendit que l'abbé Dehaene, mis en demeure d'opter entre ses fonctions officielles et sa participation à des établissements privés, n'avait point obtempéré aux ordres de ses supérieurs. On prépara le châtiment.

Au commencement de l'année 1865, l'inspecteur d'Académie vint faire sa visite habituelle.

M. le Principal demanda des explications sur la correspondance que nous venons d'analyser. L'inspecteur lui dit qu'il obtiendrait difficilement la subvention pour la chaire de logique, et que sans doute tout se bornerait là.

Malgré ces déclarations rassurantes, il planait toujours sur le collège d'Hazebrouck comme une lourde atmosphère d'orage. L'orage éclata le 6 mars.

Ce jour-là, le ministre de l'Instruction publique notifia à M. Kien, maire d'Hazebrouck, que M. Dehaene, principal du collège, « n'ayant pas cru devoir se conformer aux instructions
» qu'il avait reçues, était regardé comme démissionnaire, et
» remplacé dans ses fonctions par M. l'abbé Pourtaultz, pro-
» fesseur de philosophie à l'école normale de Lescar (Basses-
» Pyrénées), licencié ès-lettres de la Faculté de Paris. »

Cette nouvelle se répandit immédiatement en ville. C'était un lundi, jour de marché. Dès la veille on avait eu des craintes, parce qu'une femme venue du Midi, coiffée comme les Béarnaises, était descendue au principal hôtel de l'endroit. Elle était suivie d'une cargaison de lard destiné à nourrir des pensionnaires ; elle disait qu'elle prenait les devants pour préparer les appartements de son maître. C'était la servante du nouveau principal. M. Pourtaultz avait été prévenu avant M. Dehaene, afin de pouvoir se trouver à Hazebrouck pour recevoir les élèves et les empêcher, soit d'organiser une manifestation, soit d'aller ailleurs.

Le lundi matin, à dix heures, au sortir de la classe, les professeurs apprirent la fatale nouvelle. Ils ne pouvaient en croire leurs oreilles. M. Dehaene, vers qui ils accoururent tout effarés, leur communiqua la lettre du ministre. Le coup était certain. La stupeur fut générale !

M. Dehaene recommanda le calme, et, avant de délibérer sur n'importe quel parti à prendre, il déclara qu'il devait consulter son évêque, de qui il dépendait comme prêtre, et dont la direction devait le guider en ces graves circonstances. Sans entrer dans d'autres explications sur ses desseins futurs, il dit à l'abbé Baron, qui le suppléait alors en philosophie : « Préparez-vous à m'accompagner, nous partons à Cambrai. » Le soir même, il arrivait dans la ville épiscopale, descendait chez M. le chanoine Cailliau, et le lendemain était admis dans le cabinet de Monseigneur.

Il raconta la mesure qui le frappait. Mgr n'en savait rien. — Contrairement aux usages administratifs, il n'avait pas été prévenu. — En l'apprenant, il dit avec vivacité : « Ils ne font plus » que des sottises ! » M. Dehaene exposa qu'il avait l'intention de se retirer dans l'établissement des Capucins. Mgr approuva ce projet et lui dit d'attendre là les événements, qu'il lui maintenait ses pouvoirs de prêtre ainsi qu'à tous ses collègues.

Puis il l'invita à dîner, et lui frappant familièrement sur l'épaule : « Allons, dit-il, mon cher abbé, du courage ! La persé-» cution, cela empêche de moisir ! »

M. Dehaene et M. Baron étaient tout surpris du sans-gêne et de la jovialité de l'archevêque dans un pareil moment. C'est que Mgr Régnier en était venu à ne plus s'émouvoir de rien. Tous les administrateurs en sont là, et c'est ce qu'il faut pour gouverner les hommes. Trop d'émotion nuit à la sagesse. A table, il ne fut point fait mention de l'événement d'Hazebrouck : Mgr ne parlait jamais d'affaires administratives pendant les repas. La conversation fut vive, animée, semée de joyeux propos, comme elle l'était toujours.

Vers deux heures, M. Dehaene reprit le train pour Hazebrouck. En passant à Lille, il s'arrêta chez M. Aernout, doyen de Sainte-Catherine. Celui-ci voulut voir immédiatement le préfet, avec qui il était dans les meilleurs termes, mais il revint bientôt : « Il n'y a rien à faire, dit-il, tout est décidé en haut lieu. »

A Hazebrouck, les professeurs attendaient haletants d'impatience. Au retour de M. le Principal, il fut décidé qu'on préviendrait les familles par la lettre suivante :

« Monsieur,

» J'ai le regret de vous informer que M. l'abbé Dehaene,
» principal au collège d'Hazebrouck, vient d'être remplacé
» dans ses fonctions. En conséquence, il vous prie de vous
» rendre immédiatement à Hazebrouck pour prendre une
» détermination au sujet de votre enfant.

» 7 mars 1865. »

A onze heures de la nuit, 140 lettres étaient mises à la poste, et le lendemain mercredi, elles étaient distribuées dans tous les villages de Flandre, et confirmaient une nouvelle déjà répandue, mais à laquelle on ne voulait point croire.

Ce même jour, 8 mars, arrivèrent simultanément au collège le nouveau principal, le recteur qui devait l'installer, et les parents qui réclamaient leurs enfants.

M. l'abbé Pourtaultz ne s'attendait pas à l'accueil qu'on lui réservait. Il ignorait la situation de M. Dehaene, et ne savait pas qu'en lui succédant il bénéficiait d'une mesure odieuse.

Vers dix heures du matin, le recteur de l'Académie de Douai, M. Guilmin, réunit le personnel du collège dans le salon : prêtres et laïcs, tous étaient présents. Il commença par faire l'éloge de M. Dehaene ; il rendit hommage à ses qualités, à son dévouement, à son zèle ; il déclara qu'il comprenait très bien les regrets causés par la décision prise à son égard, mais comme cette décision émanait de l'autorité supérieure, il ajouta qu'elle était hors de discussion, qu'il fallait s'y soumettre, et que le gouvernement leur saurait gré d'une attitude correcte et conciliante.

Quand il eut fini ce petit discours, d'ailleurs fort convenable, MM. les abbés Debusschère et Baron, professeurs-prêtres, pourvus l'un et l'autre d'un titre officiel, se levèrent et déclarèrent qu'ils donnaient leur démission. — « Je n'ai point qualité pour » la recevoir, répondit le recteur, il faut l'envoyer au ministre. » Ces Messieurs prirent une plume, rédigèrent en deux mots leur démission, et la remirent entre les mains du recteur pour être transmise à qui de droit.

M. Guilmin, calme d'abord, commençait à devenir nerveux. Au même moment, tous les professeurs ecclésiastiques, simplement agréés et sans titre, lui dirent qu'ils cessaient leurs fonctions et suivaient M. Dehaene. Il essaya de les faire revenir sur cette déclaration et leur fit des offres très avantageuses. Aucun d'eux ne se donna la peine d'y regarder.

Comme professeurs ecclésiastiques, il y avait alors MM. Dekeister, Boute, Lacroix, prêtres, MM. Denys, Leynaert et Sockeel, séminaristes.

Tous, debout autour du recteur, portaient sur leur visage l'empreinte d'une profonde tristesse. Le plus jeune d'entre eux, l'abbé Denys, sanglotait. Le recteur lui-même fut ému devant cette douleur sincère et touchante, et n'eut point le courage de rien objecter à cet ecclésiastique qui lui disait : « M. le recteur, » je suis un orphelin ; M. Dehaene m'a tenu lieu de père : je » dois le suivre. »

Quant aux cinq professeurs laïcs titulaires, MM. Vallée, Lefebvre, Henneron, Thooris et Cousin, la plupart pères de famille, pour ne pas briser leur avenir, et d'après le conseil même de M. Dehaene, ils restèrent attachés à la nouvelle direction du collège.

M. Gantiez, professeur laïc simplement agréé, imita les prêtres et se retira.

Le recteur somma les ecclésiastiques titulaires de continuer leurs cours jusqu'à ce qu'il eût été régulièrement pourvu à leur succession. Il usait de son droit. MM. Baron et Debusschère durent donc se résigner à rentrer dans leur classe respective.

Mais la grande difficulté n'était point de pourvoir à l'enseignement : c'était d'assurer la surveillance.

Elle avait toujours été faite, presque exclusivement, par les ecclésiastiques et surtout par M. Lacroix, qui était le pivot de la discipline. Le recteur le savait. A la descente de l'escalier, il rencontra le surveillant général qui s'en allait portant sous son bras son bréviaire et un petit sac noir (c'était tout son bagage). Le recteur l'arrête et le prie de continuer ses bons services. « Je suis mon principal ! » dit en grommelant le père Lacroix (1), et il sort le premier, ouvrant le défilé de ceux qui partent, simple et fier comme un homme qui fait son devoir, mais triste cependant comme un vieux sergent qui tourne le dos à sa caserne.

M. Guilmin confia la surveillance aux professeurs laïcs et télégraphia à Douai pour qu'on envoyât à leur secours des maîtres-adjoints de l'école normale. En attendant, MM. Vallée, Lefebvre, etc., se trouvaient seuls pour contenir les élèves dans l'ordre. Ils n'étaient pas habitués à cette besogne. Ce fut un désarroi complet. Avant de se retirer, M. Dehaene avait expressément recommandé aux élèves de ne faire aucune manifestation. Par égard pour lui, ils restèrent tranquilles tant qu'il fut au collège communal ; mais à peine eut-il mis le pied dehors que le tumulte éclata.

L'on vit alors une de ces révolutions scolaires dont il est difficile de se faire l'idée. M. Vallée, professeur de quatrième, le plus redouté des professeurs laïcs, allait et venait, fulminant de toutes parts, mais ses foudres tombaient impuissantes. Il n'avait plus de prestige. M. l'abbé Pourtaultz invoquait son double titre de principal et de prêtre : il recueillait les huées et les bravades.

M. le recteur descendait en personne dans cette arène tumultueuse, champ de bataille où ses lieutenants échouaient tour à tour : sa gravité obtenait à peine un silence momentané.

Naturellement, dans une telle bagarre, l'indignation légitime donnait lieu à des scènes regrettables, et, sous prétexte de protester contre le ministre, les élèves les plus indisciplinés satisfaisaient leurs mauvais instincts : dépaver la cour, démolir des murs, desceller des grilles, transporter au loin les portes des classes, briser des bancs et des tables, envahir la cave, c'était

---

1. Après coup, on a fait faire de l'esprit à ce brave M. Lacroix. Il n'y songeait guère en ce moment. Cette simple parole : « Je suis mon principal, » on l'a transformée en cette autre que beaucoup d'anciens élèves lui attribuent, et qu'il n'a point prononcée : « *L'accessoire suit le principal, M. le Recteur !* »

le plaisir d'une engeance qui n'est que trop portée à la destruction.

La position de M. Pourtaultz était d'autant plus difficile qu'il ne conservait que les élèves les plus remuants et les plus ingouvernables. Les autres avaient quitté le collège dès la première heure.

Nous avons dit que les parents arrivaient en même temps que le nouveau principal ; chariots et voitures stationnaient à la porte pendant que le recteur parlementait dans le salon. Le déménagement commença aussitôt : « M. le principal s'en va. Nos enfants ne resteront pas ici ! » Les Flamands ne parlaient pas bien haut, n'injuriaient personne, et, sans entrer dans aucune explication, sans accepter de pourparler quelconque avec le nouveau directeur, ils usaient laconiquement de leurs droits. « Où devons-nous les conduire ? dirent-ils à M. Dehaene en lui montrant leurs enfants. — Dunkerque et Gravelines leur tendent les bras, et les recevront aux conditions que je leur faisais moi-même. » Ces deux collèges avaient été indirectement cause de sa révocation ; ils servirent de refuge à ses élèves. C'est là qu'ils se portèrent en masse et qu'ils furent accueillis comme des enfants au foyer. Plusieurs professeurs les suivirent et renforcèrent le personnel des deux établissements.

Pour prévenir ces départs, M. l'abbé Pourtaultz avait adressé aux parents une circulaire imprimée dans laquelle il disait : « Prêtre, voué à l'enseignement depuis quinze ans passés, je continuerai, je l'espère, dans votre fils, le bien commencé par mon estimable prédécesseur. Dévouement sans bornes au progrès religieux et moral des enfants et à la culture de leur intelligence, préoccupation constante de leur bien-être : voilà les sentiments qui dirigeront mon administration. »

Malgré ces louables promesses, malgré le concours de l'autorité locale dans Hazebrouck et l'appui du monde officiel dans les deux arrondissements des Flandres, sur 150 pensionnaires qu'avait l'abbé Dehaene, M. Pourtaultz n'en conservait que 11 le lendemain du 8 mars, journée restée fameuse dans les souvenirs des maîtres et des élèves, et que spontanément ils ont tous appelée *journée de la débâcle.*

Les fils d'employés, d'instituteurs, de fonctionnaires de tout genre, restèrent seuls attachés au nouveau principal, parce que leurs parents craignaient d'être disgraciés ; mais ils ne remplissaient point sa maison, et ce digne ecclésiastique, fourvoyé, pouvait reconnaître combien c'est peu de chose en Flandre que le seul appui de l'administration. Annoncé bruyamment comme licencié ès lettres et titulaire de philosophie (1), l'infortuné M. Pourtaultz avait à peine de quoi faire un cours préparatoire. Il en confiait sa tristesse à M. l'abbé Debusschère dans les entretiens qu'ils avaient ensemble pour faire l'évaluation du mobilier laissé par M. Dehaene à son successeur.

Comme prêtre, il avait d'autres sujets de peine. Paralysé dans son ministère, frappé en quelque sorte d'interdit, il ne pouvait même pas diriger les consciences des enfants laissés à ses soins. Quand il vint trouver Mgr Regnier pour demander des pouvoirs : « M. le ministre n'a pas de confiance en mon prêtre, lui » répondit le rude évêque, je ne suis pas obligé d'en avoir au » sien ; » et il lui refusa le pouvoir de confesser n'importe où, et celui de prêcher ailleurs que dans la chapelle du collège.

M. Pourtaultz aurait peut-être lutté contre les difficultés de sa position avec un courage digne d'une meilleure cause, mais faire le sacrifice de son sacerdoce, il ne le voulait point, il ne le devait point. Après deux mois de longanimité et de patience, il adressa sa démission au ministre, et s'en retourna dans son pays natal.

Son départ fut le signal d'une décadence nouvelle. Sous l'administration de M. Pourtaultz, les élèves étaient peu nombreux, c'est vrai ; mais du moins les cadres restaient ouverts pour en recevoir, et depuis la philosophie jusqu'à la huitième il y avait des professeurs disposés à continuer leur tâche.

Le maire d'Hazebrouck était personnellement convaincu qu'il fallait un principal ecclésiastique. En transmettant au ministre la démission de M. Pourtaultz, il pria Son Excellence de nommer un prêtre ; mais le ministre n'était pas tenté de recommencer l'expérience et de se heurter de nouveau à Mgr Regnier. On connaissait le tempérament de l'archevêque ; quand, la main sur la conscience, il avait dit : « Non ! » il n'y avait rien

---

1. On accordait enfin la subvention pour la chaire de philosophie.

à faire. La chapelle du collège communal fut donc fermée au culte.

La nomination d'un laïc était seule possible. Le ministre ne fut pas très heureux dans son choix. Quand il aurait fallu un homme du dehors, étranger à toutes les divisions et à toutes les susceptibilités locales, un professeur d'un certain âge, capable d'en imposer aux professeurs en exercice, il nomma un ancien élève de M. Dehaene et son collègue de la veille, lequel avait le tort impardonnable de succéder trop tôt à son bienfaiteur et maître.

Professeur de mathématiques avant sa nomination, le nouveau principal voulut changer l'organisation du collège. Les lettres furent reléguées au second plan, la chaire de philosophie remplacée par une chaire de physique, et l'enseignement secondaire spécial préparant à l'industrie, au commerce et à l'agriculture, fut ajouté, disons mieux, substitué aux études classiques.

Le départ de M. Dehaene avait frappé à mort le pensionnat, mais l'externat semblait encore prospérer, car les enfants de la ville avaient continué de suivre les cours pour ne pas interrompre leurs études. On comptait sur leur fidélité. On aurait même volontiers consenti à un partage, et laissé à M. Dehaene les latinistes, à la condition de garder au collège communal les élèves de français.

A la rentrée d'octobre cette espérance fut déçue. La plupart des externes manquaient au rappel.

On eut recours à un dernier moyen ; on fit jouer le ressort suprême : l'argent ! Sur les fonds de l'état et sur ceux de la commune, il fut créé des bourses et des demi-bourses pour les externes des cours spéciaux. Mais ce qui devait être le salut fut le coup de grâce. Les enfants des familles riches se retirèrent à mesure qu'entrèrent les boursiers, car ceux qui paient ne veulent pas avoir l'air de profiter des avantages de ceux qui ne paient point.

Depuis lors, malgré toutes les tentatives et tous les encouragements officiels (1), le collège communal ne s'est point relevé.

---

1. Au mois de mai 1867, M. Duruy visita le collège communal d'Hazebrouck. Dans le compliment qu'il lut en cette circonstance, un élève rappela que M. Kien, maire d'Hazebrouck, avait dit : « Le nom du ministre de l'Instruction publique

Il a vivoté comme une de ces superfétations que la routine administrative maintient, parasites qui se gorgent de sève et appauvrissent l'arbre sans porter de fruits. Il a traversé des phases pénibles, et son existence a été plusieurs fois mise en question. Quand il s'est agi de renouveler le contrat avec l'Université, des discussions assez vives ont eu lieu, et les conseillers municipaux, ménagers des deniers de la ville et soucieux de ses véritables intérêts, ont élevé la voix contre ce qu'ils appelaient avec raison une dilapidation de ses finances. Inutile de revenir sur ces questions délicates.

Une observation suffit. Pour fournir les traitements de quelques professeurs que le manque de besogne condamne à l'ennui, que le petit nombre de leurs élèves prive de la ressource des leçons particulières, et qui sont réduits, afin d'occuper leurs loisirs et d'utiliser leurs connaissances, aux vulgaires soucis du négoce, quand ils ne collaborent point à un journalisme interlope...; pour conserver dans son sein des hommes qui se regardent comme exilés dans un coin de la Basse-Bretagne, où le destin « adresse les gens quand il veut qu'on enrage » (1), sans théâtre, sans vie de salon, car les habitants sont si arriérés qu'ils restent en famille et cherchent là leurs amusements et leurs plaisirs...; pour élever péniblement jusqu'aux fonctions d'agent-voyer, d'instituteur-adjoint ou de surveillant, une poignée de jeunes gens qui auraient pu trouver ailleurs la même instruction, en un mot pour posséder « un de ces collèges communaux
» d'une misère pédagogique à laquelle il faut avoir assisté pour
» comprendre l'étendue du mal qui en résulte (2), petits collèges
» dont les produits sont, par rapport à ceux des grands, ce que
» l'argenterie ruolz est par rapport à l'argenterie véritable,
» ayant de métal précieux une couche superficielle qui disparait
» au premier usage et met à nu la matière brute dans sa gros-
» sièreté primitive..., dont émigrent les jeunes gens des familles

---

devrait être écrit en lettres d'or sur les murs de cet établissement. » Il est certain qu'il en consomma la ruine. Généralement, chez un maire, l'abnégation ne va point jusqu'à glorifier ainsi le destructeur d'une œuvre communale. Il faut pour cela une rare désinvolture.

1. La Fontaine. *Le charretier embourbé*.
2. *Revue des Deux-Mondes. L'Etat et l'Instruction publique*, par M. Leroy-Beaulieu, membre de l'Institut, professeur au Collège de France.

» aisées et où il ne reste plus que les enfants de la petite bour-
» geoisie et des familles ouvrières » (1)... la ville d'Hazebrouck
a dépensé, de 1865 à 1888, près de 200.000 francs. Les plus
exaltés conviendront que le résultat a été maigre et la dépense
un peu forte. Ils reconnaîtront peut-être aussi qu'on ne trouve
pas toujours son compte dans l'ingratitude. Il est heureux qu'il
en soit ainsi : cela met en garde contre elle.

L'ingratitude ! à qui s'applique cette accusation toujours
grave ?... Est-ce à la population d'Hazebrouck prise dans son
ensemble ? — Non ! Riches et pauvres, grands et petits, blâ-
mèrent unanimement la révocation de M. Dehaene. Il y eut des
regrets sentis et des indignations vertueuses.

---

1. *Ibid.* — Ces observations de M. Leroy-Beaulieu n'atteignent-elles pas aussi les petits collèges ecclésiastiques ? Au point de vue de l'instruction, nous n'oserions répondre négativement. Il est notoire que, dans ces collèges comme dans ceux de l'Université, un même maître fait quelquefois deux ou trois classes, et que les études par suite manquent de l'ampleur désirable ; mais il ne faut pas oublier que nos collèges n'ont pas la même destination que ceux de l'État. « Le professorat dans nos maisons diocésaines, dit Mgr Regnier, est une section du ministère ecclésiastique : c'est la prédication de l'Évangile, la propagation de la foi, la conduite des âmes, ayant pour moyen particulier d'action et pour auxiliaires les lettres et les sciences. Le prêtre dans le collège fait autrement, mais ne fait pas autre chose que le prêtre dans les paroisses. » Notre but premier est donc *l'éducation ;* celui de l'Université, *l'instruction.* « Qu'elle améliore ses classes, qu'elle fonde solidement l'instruction supérieure, qu'elle s'attache surtout à la science, voilà son vrai rôle ! » dit M. Bréal. De cette différence radicale dans le but, résultent les différences dans l'organisation des collèges. L'Université abandonne la tâche de l'éducation aux maîtres d'étude, qui sont ou des jeunes gens sans expérience, préoccupés de leurs examens plus que de leurs élèves, ou bien des hommes mûrs qu'on ne respecte guère, sous prétexte qu'ils sont condamnés à la surveillance parce qu'ils ne peuvent faire autre chose. Aux uns et aux autres l'autorité manque pour être de vrais éducateurs. Voilà pourquoi les membres les plus distingués de l'Université demandent « qu'elle supprime les internats et laisse aux familles toute ce qui regarde l'éducation, au risque de voir les établissements ecclésiastiques se remplir de tout le contingent des pensionnaires refusés par les lycées. » (M. Bréal.) — Malheureusement les familles ne veulent pas ou ne peuvent pas faire l'éducation de leurs enfants. Les unes sont trop frivoles, les autres trop occupées. Les internats sont donc un pis-aller nécessaire, et c'est ce qui fait la fortune des collèges ecclésiastiques. Comme le disait Rollin, on y apprend mieux que dans la plupart des familles les vérités de la religion ; on en sort avec une certaine culture morale, un certain vernis littéraire, on y est bien élevé : c'est tout ce que désire la majorité des parents. — Avec des internats de 15 à 80 élèves, les supérieurs peuvent suivre de près les enfants qui leur sont confiés. — Si les professeurs ont des loisirs, ils les consacrent à la prédication et à la confession : ils rendent service aux églises paroissiales et remplacent

Mais le souci de la vérité nous oblige de dire qu'il ne fut pas fait de protestation officielle. En 1888, quand les Frères et les Sœurs durent quitter les écoles publiques de la ville, le Conseil municipal fit noblement son devoir. Il leur donna le salut de l'adieu avec un merci pour leurs services, un regret pour leur départ (1). En 1880, les religieux ayant été expulsés de leurs couvents, les catholiques signèrent des protestations éloquentes.

Après vingt-huit ans de services irréprochables, après avoir fait d'un collège qui n'existait plus que de nom, l'établissement communal le plus florissant du département du Nord, après avoir sacrifié, pour se consacrer aux intérêts de ce collège, les positions les plus hautes et ses goûts les plus chers, après avoir reçu vingt fois, durant sa longue carrière, les félicitations des recteurs et des inspecteurs d'Académie, ainsi que les remerciments des Conseils municipaux, M. Dehaene est révoqué. Car le ministre avait beau se servir d'une formule adoucie ; il avait beau dire qu'il nommait M. Pourtaultz en remplacement de M. Dehaene démissionnaire : M. Dehaene n'avait point démissionné, son éloignement équivalait donc à une révocation. Et c'est bien ce que reconnaissait M. Destigny, rédacteur en chef du *Mémorial :* « Si vous ne voulez pas accepter l'*exeat* cour-
» tois dont s'est servi le ministre, mettons que l'abbé Dehaene
» a été révoqué. En définitive les mots importent peu. C'est une
» révocation poliment présentée comme une démission. »

---

ainsi les résidences de religieux. Les profits réalisés sur la pension des internes permettent aux ecclésiastiques de se charger des collèges des petites villes à des conditions moins onéreuses que celles de l'Université. Et comme pratiquement tout aboutit à une question d'argent en ce bas monde, cette dernière considération n'est pas de minime importance. — Ces raisons diverses expliquent ou justifient la multiplication des petits collèges ecclésiastiques. Ils ne font du reste que succéder à des collèges de même genre qui existaient avant la Révolution. (Voir M. Bréal : *Quelques mots sur l'instruction publique en France. De l'internat.*)

1. « Le Conseil à l'unanimité proteste contre la laïcisation de toutes les écoles
» congréganistes communales d'Hazebrouck,
   » Adresse ses dernières félicitations et ses derniers remerciements aux instituteurs
» et aux institutrices dévoués, dont les représentants de la commune ne se séparent
» que contraints et forcés par l'autorité administrative,
   » Émet le vœu que les pouvoirs publics dotent le pays d'une législation qui respectera la liberté si légitime des communes et des pères de famille en matière
» d'enseignement primaire. » *(Registre aux délibérations du Conseil municipal d'Hazebrouck. Délibération du 25 juin 1888.)*

Eh bien ! quoi qu'on ait pu dire, une telle mesure n'est point de celles qu'on subit en courbant la tête.

Les municipalités sont obligées de renseigner le pouvoir central sur les intérêts locaux. Quand elles ne le font pas, elles lui rendent le pire des services, elles l'entretiennent dans son erreur et l'encouragent dans ses fautes. En outre, leur silence est une complicité. Un journal courageux, le *Propagateur* (1), stigmatisa l'arrêté du ministre. Mais il ne trouva pas d'écho à Hazebrouck, nous le rappelons à regret.

Le 9 mai 1865, le Conseil municipal était réuni en session ordinaire. L'ordre du jour étant épuisé, l'un des membres (2) demanda la parole et déposa sur le bureau la proposition suivante : « Le Conseil municipal croirait manquer à ses devoirs
» envers lui-même et envers ses commettants, si, en présence
» du désastre qu'a entraîné pour le collège communal le brus-
» que remplacement de M. l'abbé Dehaene dans ses fonctions
» de principal, il ne se rendait l'organe des sentiments una-
» nimes de la ville d'Hazebrouck.

» A ces causes,
» Il offre à M. l'abbé Dehaene ses sentiments de gratitude
» pour les services éminents et désintéressés qu'il a rendus à
» l'enseignement pendant les vingt-huit années de principalat,
» durant lesquelles il a su se concilier l'attachement sans bornes
» de ses élèves par la solidité de son instruction et ses soins
» paternels, et la sympathie des habitants par l'aménité de son
» caractère et son esprit conciliant.

» Et il exprime le regret qu'une mesure qui devait porter
» une atteinte grave, et peut-être irréparable, à un établisse-
» ment d'instruction appartenant à la ville, et pour lequel elle
» a déjà fait des sacrifices considérables, ait été prise sans que
» le Conseil municipal ait été consulté ou simplement averti. Il
» prie M. le maire d'adresser à M. l'abbé Dehaene copie de la
» présente délibération (3).

---

1. *Journal du Nord et du Pas-de-Calais*, fondé pour être l'organe des hommes d'ordre, de conservation sociale et de religion, qui, sous l'Empire, voulaient rester indépendants.

2. M. Émile Prévost, docteur en médecine, appuyé par MM. Debaecker et Édouard Vandewalle.

3. Registre aux délibérations du Conseil municipal d'Hazebrouck (mai 1865).

La proposition était gênante pour les amis du gouvernement ; elle les mettait en demeure de se prononcer pour ou contre lui, de choisir entre l'intérêt et l'affection, nous dirions plus volontiers, entre la complaisance et le devoir.

En ce temps-là on croyait qu'il était impossible d'administrer une ville sans prendre le mot d'ordre de la sous-préfecture. — Le maire, nommé par le gouvernement, craignait par-dessus tout de se brouiller avec lui, et les conseillers, quoique plus libres, tremblaient à la seule pensée d'une rupture qui leur semblait funeste aux communes. La résistance n'était donc point dans les mœurs, et on hésitait avant de l'entreprendre, fût-ce sous la forme adoucie d'un regret.

La proposition fut rejetée à la majorité d'une voix.

Il faut convenir que depuis lors, en fait d'indépendance, nous avons gagné du terrain, et qu'aujourd'hui on ne laisserait point passer aussi facilement la prétendue justice du roi !

Du vivant de M. Dehaene on ne prononça plus son nom au sein du Conseil municipal.

Pour lui, qui avait l'esprit élevé et le cœur généreux, il continua de se dévouer à tous indistinctement. Il remercia ses amis qui avaient pris l'initiative de la proposition relatée plus haut, et contre aucun de ceux qui la rejetèrent il n'eut un sentiment d'aigreur. Mieux que personne il savait sur quelle mer de petites vagues, de petits intérêts, de petites peurs, est ballottée la vie bourgeoise ; et, mettant les faiblesses des hommes sur le compte de leur pauvre nature et sur les exigences des relations sociales mal comprises, il excusa ceux qui l'avaient abandonné. Au nouvel an, il fit ses visites comme d'habitude, sans omettre les maisons où son passage était plutôt craint que souhaité, parce qu'on avait peur de la pénétrante lumière de son beau regard.

Du dehors, beaucoup de marques de sympathie lui arrivèrent par lettres. Elles le touchèrent profondément, car, de sa vaste correspondance, ces lettres-là sont les seules qu'il n'ait point livrées aux flammes.

Est-ce par humilité qu'il n'a pas brûlé non plus un factum ignoble, envoyé par un ancien élève qui eut le triste courage d'injurier par écrit son vieux maître ?

Que Dieu pardonne à cet insulteur anonyme et à tous ceux qui ont méconnu ou persécuté celui que le peuple, dans sa touchante fidélité, nomma toujours *M. le principal !*

Nous le souhaitons d'autant plus volontiers que, dans la mesure qui le frappa, nous voyons autre chose qu'un résultat de fausses combinaisons humaines. Il nous semble qu'on doit y reconnaître l'intervention de la Providence. Nous avons dit plus haut que M. Dehaene fut disgracié à cause de l'affaire des Capucins, de l'élection de M. Plichon, et des collèges libres. Tout cela est exact, mais, à notre sens, insuffisant. La malice humaine n'a pas le gouvernement de ce monde et ne fournit le dernier mot sur rien. Pour expliquer les événements, on a donc fait peu de chose quand on a découvert des machinations terrestres : car *l'homme s'agite, mais Dieu le mène.* Et Dieu veut toujours le bien, et *quand il efface, c'est pour écrire*, a dit de Maistre.

Pour quel bien Dieu permit-il l'expulsion de M. Dehaene ?

Ce ne serait point aller au fond des choses, ou ce serait reculer devant l'expression d'une vérité bonne à dire, que de prétendre que tout fut parfait au collège communal. En 1865, comme il arrive souvent après une longue période de prospérité, il y avait des abus regrettables. Ce n'est un mystère pour personne, pas plus pour les anciens élèves que pour les anciens maîtres : la vertu n'avait plus l'influence et la considération qu'elle doit avoir. Il fallait une réforme.

Or, les hommes sont disposés aux replâtrages, aux bandages, à tout ce qui ne va pas au creux de la plaie. Mais quand Dieu veut guérir radicalement, il a d'autres moyens. Il prend son van, il le secoue, et le souffle de l'adversité emporte la paille légère. C'est sa manière à lui d'empêcher nos tâtonnements et nos compromis. Sans cela, que de mal nous laisserions faire, sous le fallacieux prétexte qu'il y a encore un bien à ménager, une opportunité à attendre ! Particulièrement quand l'honneur de son Église, de ses prêtres, de ses religieux, est engagé quelque part, il permet les tribulations, les souffrances, les persécutions ; il permet tout, plutôt que de laisser les choses saintes cacher des misères morales, et le drapeau du bien servir de pavillon à une marchandise de contrebande. On peut interpréter ainsi la parole des Saints Livres : « *Quem diligit, Dominus castigat* (1). Dieu châtie celui qu'il aime,» vérité que Mgr Régnier rappelait d'une façon joviale à M. Dehaene, quand il lui disait : « La persécution, mon cher, cela empêche de moisir ! » Il ne faut donc pas s'émouvoir outre mesure des épreuves. Elles font la réaction vive, profonde et forte. Elles coupent court aux palliatifs.

Il en fut ainsi au collège communal. Les professeurs faisaient leur devoir, M. Dehaene faisait le sien : mais les choses n'allaient plus comme elles doivent aller. Dieu mit la main à l'œuvre. Les bons furent séparés des mauvais. D'une part, le zèle fut débarrassé de ses entraves. De l'autre, ceux qui pensaient pouvoir se passer de religion furent éclairés par l'indiscutable lumière de l'expérience. Et l'on put dire une fois de plus : « *Diligentibus Deum omnia cooperantur in bonum* (2) : Pour ceux qui aiment Dieu, toutes choses concourent au bien. »

---

1. Hebr. xii, 6. — On oubliait en France l'instruction religieuse. Les parents ne s'en inquiétaient plus, sous prétexte qu'elle était faite à l'école. Dieu a permis la loi sur l'instruction laïque qui a ouvert les yeux. En Allemagne, le Kulturkampf n'a-t-il pas provoqué les efforts du centre et le réveil des catholiques ? Somme toute, à elle seule la persécution ne fait pas mourir les Églises.

2. Rom. viii, 28.

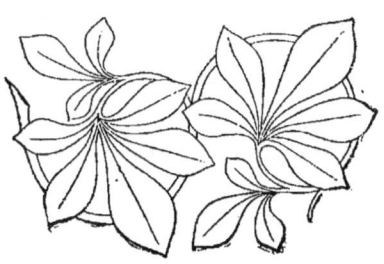

CHAPITRE DOUZIÈME.

Les COLLÈGUES de M. DEHAENE.

Nous manquerions à un devoir et nous oublierions l'exemple de notre maître, si nous ne parlions des professeurs qui l'aidèrent à faire le bien. Le nombre de ceux qui se succédèrent à ses côtés, pendant les vingt-huit années qu'il passa au collège communal d'Hazebrouck, fut relativement moins considérable qu'il ne l'est dans nos maisons libres durant le même laps de temps. Soit parce qu'ils aimaient leur classe et n'avaient nulle envie de la quitter, trouvant plus commode pour eux et plus profitable pour les élèves, de répéter toujours le même enseignement, soit parce qu'ils étaient retenus à Hazebrouck par les liens divers du mariage, des intérêts pécuniaires et des relations amicales, MM. Lefebvre, Vallée, Robert, Coache et Debusschère restèrent constamment à leur poste.

Mais notons bien qu'il faut attribuer leur permanence aux raisons tout à fait personnelles que nous venons d'indiquer; car, dans l'Université, le professeur est par lui-même « un fonctionnaire ne tenant que par un lien éphémère et fragile au collège où il enseigne. On est membre de l'Université, mais on n'est pas plus professeur de tel lycée (ou collège) que de tel autre (1). »

---

1. M. Bréal. Ouvrage cité. (Ch. *De la part faite au progrès dans l'enseignement universitaire*). Il ajoute un peu plus loin, dans le même chapitre : « Nos lycées n'ont pas d'histoire : ce sont des lieux de passage, où des hommes étrangers les uns aux autres, et souvent inconnus de la ville qu'ils habitent, remplissent momentanément des fonctions réglées par des instructions venues de la capitale. »

Grâce à la présence de ces hommes, l'enseignement avait une précision et une sûreté qu'aucune autre qualité ne remplace. Quand les professeurs étaient pour ainsi dire inamovibles, ils arrivaient à posséder parfaitement la matière de leurs cours ; ils s'identifiaient en quelque sorte avec elle, et sans qu'il leur fallût une grande préparation, ils donnaient des explications très nettes, et qui offraient l'avantage inappréciable d'être bien adaptées à l'intelligence des élèves. Ces Messieurs finissaient par savoir au juste ce qu'on peut faire entrer dans le cerveau d'un enfant. Il s'ensuivait que le surmenage était alors moins à craindre que de nos jours.

Le recrutement du personnel dans nos maisons libres s'est fait jusqu'à maintenant dans des conditions qui ne permettent point cette inamovibilité des professeurs. Il est vrai que les titulaires des hautes classes, qui sont en général des prêtres, ne quittent point leur poste à bref délai ; mais les séminaristes se succèdent tous les trois ans. Pour la plupart d'entre eux, ce passage dans les collèges produit d'excellents résultats. C'est d'abord un apprentissage de l'exercice de l'autorité, qui favorise l'éclosion des facultés de raison, d'attention, de calme, de gouvernement de soi-même et d'autrui, dont la vie de pension retarde le développement ; et sous ce rapport le professorat complète fort bien l'éducation du séminaire. Pour beaucoup, il offre l'occasion de manifester des aptitudes pédagogiques qui seraient restées inconnues et inappliquées. Enfin presque tous suppléent, à force de dévouement et d'ardeur juvénile, à ce qui leur manque du côté de l'expérience. Néanmoins, les supérieurs sous les yeux desquels ces généreux débutants se forment, et les élèves qui les voient partir au moment où ils sont le plus utiles, souffrent de leurs mutations fréquentes ; et il est anormal que dans notre édifice scolaire le couronnement soit fixe et que la base reste mobile. De plus, ces maîtres, sortis fraîchement de Rhétorique et de Philosophie, transportent quelquefois devant des élèves de sixième ou de septième les souvenirs ambitieux de la haute littérature. La grammaire leur sourit médiocrement. — Il n'en était pas ainsi pour nos vieux universitaires : ils aimaient la grammaire ; ils la regardaient comme leur muse; et, malgré son austère visage, ils parvenaient à la faire aimer des jeunes gens (1).

Au collège communal, les professeurs de mathématiques changèrent beaucoup plus fréquemment que les professeurs de classes. — Quant aux professeurs prêtres, ils furent principalement chargés de la surveillance, et, lorsque l'Université l'agréait, de l'enseignement. M. Dehaene tenait beaucoup à leur collaboration pour deux raisons bien simples : la première, c'est que les laïques, demeurant en ville, n'acceptaient que la classe, tandis qu'aux ecclésiastiques on pouvait confier la surveillance des promenades, des études et des dortoirs, ce qui les rendait doublement utiles ; la seconde, c'est qu'on avait moins à se préoccuper des opinions personnelles qu'ils mêle-

1. Cette question du personnel, fixe ou mobile, attaché ou non à une même classe, est très complexe. En Angleterre, l'enseignement est divisé en matières distinctes et non en classes : il y a des professeurs de latin et de grec comme chez nous des professeurs d'allemand ou d'histoire. Là, on se plaint que le professeur n'ait pas avec les élèves ces liens affectueux qu'il contracte naturellement quand les enfants composent pendant toute une année sa petite famille. On dit qu'il enseigne mieux sa matière, mais qu'il forme moins bien ses élèves. — Autre difficulté. Nous trouvons que le personnel enseignant change fréquemment. Par contre, des universitaires très haut placés se lamentent de ce que chaque professeur soit attribué à sa classe d'une façon tellement exclusive qu'il ne connaisse point les élèves des autres classes. « Un professeur est condamné à répéter la même chose pendant dix ou vingt ans : croit-on ce régime favorable à l'intelligence ? A toujours faire les mêmes leçons, l'esprit se rétrécit et se dessèche. Ce n'est pas l'expérience, c'est la routine que vous produisez. Au bout de vingt ans, le maître ne vaudra pas ce qu'il était le premier jour. Son caractère sera aigri, son humeur maussade. » (M. Bréal.) Il faudrait que les mêmes professeurs restassent dans le même collège afin d'avoir des vues communes ; c'est ce qui existait avant la Révolution. — Il faudrait que chaque professeur, outre sa classe, enseignât une matière quelconque, celle qu'il possède le mieux, aux autres élèves, pour s'intéresser à toute la maison, pour se refaire lui-même et se rafraîchir l'esprit. — Il faudrait assurer aux anciens une espèce d'avancement sur place, en leur donnant une part plus large de repos, de considération et de traitement. Cela fait partie de la justice distributive, qui est un des fondements de la société. — Pour entretenir l'activité scientifique et le goût des fortes études, chaque collège devrait acheter les publications importantes, et faire imprimer gratuitement les travaux de ses professeurs. On se rattacherait ainsi aux grandes écoles, et l'on ne végéterait pas dans cet isolement fatal où volontiers l'ignorance s'enferme pour n'être point remarquée et humiliée. — Toutes ces réformes et tous ces progrès, que l'Université demande sans les obtenir parce qu'elle se heurte au fonctionnarisme et à la routine, (deux obstacles insurmontables,) nous en avons besoin comme elle, et, mieux qu'elle, nous pourrions les réaliser, si nous savions une bonne fois ne plus nous traîner à sa remorque.

raient à leur enseignement : leur formation cléricale et leurs études théologiques étaient de sûrs garants d'orthodoxie.

Est-ce à dire que l'abbé Dehaene fut exclusif dans ses préférences ? Nullement. Ceux qui ne le connaissent point ont pu lui faire cette réputation, mais il ne la mérite pas. Les anciens du collège communal, laïques comme prêtres, nous ont dit qu'il avait à l'égard de son personnel des vues très larges, et, sur le point spécial que nous touchons ici,(le mélange des professeurs laïques et des professeurs ecclésiastiques,) nous l'avons entendu émettre plus d'une fois des idées qui étonneraient certains de nos lecteurs. Il regardait ce mélange comme pouvant être très utile aux élèves. Sur quelle raison fondait-il ce jugement ? — qui ne semble pas confirmé par l'expérience, car un personnel mixte offre de nombreux inconvénients de détails et comporte rarement l'application du vieil adage : L'union fait la force. — Sur une de ces raisons poétiques et idéales qu'il alléguait pour soutenir certaines de ses opinions malgré tous les démentis de la pratique. Dans le cas présent, il trouvait que, grâce à la diversité des professeurs, le collège est une image en raccourci de la société, une sorte de petit monde ; que de la sorte l'horizon est moins étroit autour des élèves, et qu'il y a dans le personnel plus de variété et partant plus de vie. Joignant la pratique à la théorie, il s'associa tant qu'il le put quelques professeurs laïques. Il va de soi que les collègues qu'il conservait étaient des hommes de foi et de devoir : à ces deux conditions l'entente était facile.

M. Dehaene laissait aux professeurs beaucoup de latitude : nous l'avons remarqué plus haut à propos de leur enseignement ; nous pouvons le dire ici pour tous les détails de leurs fonctions ; et l'on ne citerait guère d'établissement où l'on pût se mouvoir avec autant de spontanéité et de liberté que dans celui qu'il dirigeait.

On n'y sentait point le convenu, l'artificiel, le guindé. Cela rendait la vie douce et facile. En fait de recommandations, M. Dehaene se bornait à dire aux maîtres : « *Soyez vous*, Messieurs, vous, sauf vos défauts. Quant au reste, aimez la besogne, aimez vos enfants, je n'ai pas à m'inquiéter de ce que vous ferez : tout sera bien. » Cette largeur de vues laisse à l'activité humaine tout son jeu, au zèle son entraînante ardeur, aux facultés leur épanouissement complet. Pourvu qu'on ait affaire à des gens de cœur, c'est ainsi qu'on obtient le dévouement. Oh! sans doute, s'il se glisse dans le personnel des hommes à conscience oblitérée et à générosité restreinte, le manque de contrôle peut donner lieu à des abus. C'est un inconvénient. Mais quel est, au monde, le système qui n'en n'a pas ? Celui de M. Dehaene convenait à sa nature confiante et à son amour du bien, et c'est pourquoi nous croyons qu'il était, par rapport à lui, le meilleur. Du reste, il n'en suivit jamais d'autre. Et quand un ancien professeur revenait au collège communal et qu'il disait : « Est-ce que cette maison marche toujours toute seule, comme sur des roulettes ? » on pouvait répondre : « Oui, pourquoi pas ? » N'est-il pas écrit : *Qui ambulat simpliciter, ambulat confidenter ? Celui qui va simplement, va en assurance ?* (1) parole dont le P. Faber signale en deux mots la portée : « La simplicité est une grâce propre aux régions voisines de DIEU ; elle est le plus haut degré d'imitation de la nature divine où l'homme puisse arriver (2). »

On a dit que notre cher Principal fut quelquefois trop accueillant, qu'il avait le sein d'Abraham pour des hommes qui se donnaient comme propres à tout et d'ordinaire n'étaient bons à rien, et que son œuvre souffrit le contre-coup d'une confiance mal placée. Ces observations ne manquent pas de justesse. M. Dehaene le reconnaissait tout le premier. Il savait que les supérieurs sont souvent placés dans l'alternative de sacrifier un homme ou une œuvre, et qu'on les accuse d'imprévoyance ou de dureté suivant qu'ils écoutent ou non le sentiment. Mais, quant à lui, il ne put s'empêcher de garder, avec une sorte d'obstination invincible, la foi candide en la bonne volonté humaine qui est le propre des grands cœurs, et dont l'expérience, si répétée qu'elle soit, ne guérit jamais complètement (3).

---

1. Prov. x, 9.
2. FABER, *Bethl.* IV.
3. La crédulité est l'indice d'un bon naturel. (JOUBERT, t.II, p. 114.) — Les gens de bien de toute espèce sont faciles à tromper, parce qu'aimant le bien passionnément, ils croient facilement tout ce qui leur en donne l'espérance. (Ibid., p. 120.)

Ajoutons que certains défauts extérieurs des maîtres ne lui semblaient pas sans utilité dans l'œuvre de l'éducation. Quand les représentants de l'autorité sont pour ainsi dire parfaits et que leurs ordres apparaissent toujours d'une indiscutable sagesse, l'obéissance devient peut-être trop raisonnable, trop facile, et la volonté propre n'est pas suffisamment froissée et foulée. Il est certain qu'un pensionnat, recueilli comme un couvent, moelleux comme un nid, ne serait point le noviciat de la vie réelle ; on ne s'y habituerait guère à porter le joug des hommes, qui n'est pas, comme celui du CHRIST, doux et léger (1). Quelques rugosités de caractère ne sont donc pas un empêchement à l'œuvre de l'éducation. L'expérience démontre que les parents difficiles ont les meilleurs enfants. C'est qu'en définitive, pour tremper virilement les âmes, il faut toujours quelques larmes.

Serait-ce aller trop loin que de dire qu'en éducation comme en politique « il faut toujours laisser un os à ronger aux frondeurs (2), » et que les défauts de l'autorité nous font mieux accepter ses ordres, parce qu'ils nous permettent la revanche de la critique ? Cela ne devrait pas être, mais cela est.

Ces réserves faites, nous devons à la vérité de répéter bien haut que les professeurs du collège communal d'Hazebrouck furent presque tous des hommes de réel dévouement. Ce dévouement était pour eux une vertu d'état, une nécessité de situation. Le budget de l'instruction publique était alors beaucoup moins élevé qu'aujourd'hui. L'Université avait recueilli l'héritage des Ordres religieux enseignants, et bon gré mal gré, dans le début du moins, elle dut marcher sur leurs traces. Or, ceux-ci regardaient l'enseignement comme une œuvre spirituelle de miséricorde, et, à tout prendre, ils enseignaient *gratis pro Deo*, car en retour du service rendu ils ne demandaient que de quoi vivre en communauté. L'Université les imita comme elle

---

1. On a fait cette objection contre l'éducation de certains pensionnats. On prétend qu'elle n'a pas rendu plus commode le caractère des jeunes gens et surtout celui des jeunes filles. « Impossible, dit-on, de trouver dans la fièvre des affaires et dans les tracas du monde le calme et la régularité de la pension : de là pour ceux qui en sortent des froissements continuels qui surexcitent leur délicatesse de sensitives et qui les aigrissent contre la famille et la société. »

2. JOUBERT, *Pensées*, p. 144.

put, et ses membres se contentèrent longtemps d'une maigre rétribution. En conséquence, le professorat resta beaucoup plus pénible que lucratif, sans être cependant de ces fonctions honorables et relevées, dont la considération publique est l'unique salaire. Ni l'honneur, ni l'argent n'étant le mobile des maîtres, il fallait, pour entrer dans la carrière, toute autre chose que l'esprit mercantile et le désir de la renommée : il fallait un goût prononcé pour l'étude, un sincère amour de la jeunesse, une espèce de vocation. Aussi le spectacle de la vie honnête, laborieuse et chrétienne des professeurs, a-t-il laissé de bonnes impressions et d'édifiants souvenirs. La plupart d'entre eux admettaient le mot de M. Nisard : « Dans les
» choses d'éducation, le *Traité des études*, c'est le livre unique,
» ou, pour mieux dire, *c'est le livre !* » Ils trouvaient donc que Rollin était dans le vrai en exigeant « *la collaboration de tous*
» *les maîtres à l'œuvre de l'éducation religieuse.* » — « Si le but
» est de faire des chrétiens orthodoxes, il convient que tout le
» monde concoure à cette tâche. Le silence et la réserve des
» professeurs à l'endroit des questions religieuses risquent fort
» d'habituer l'élève à se passer, à se désintéresser de la reli-
» gion. Réduit à une mesquine petite leçon par semaine, l'en-
» seignement de la foi ne peut avoir de portée (1). » Ces réflexions, étonnantes sous la plume de M. Compayré, ils les faisaient longtemps avant lui, et ils y conformaient leur conduite.

A l'heure qu'il est, la mémoire de ces hommes de bien plane encore sur l'Université, et elle assure au personnel enseignant un héritage d'estime qu'il serait bon de ne pas gaspiller.

Au premier rang des professeurs laïques du collège communal, il faut placer M. COACHE. Il avait eu M. Dehaene pour élève ; il fut son collègue pendant dix-huit ans. Il était professeur de troisième. Quand il le fallait, il descendait jusqu'à la quatrième ou remontait jusqu'à la seconde ; mais la troisième formait en quelque sorte son petit domaine propre. Marié et père d'une famille nombreuse, il l'élevait chrétiennement et simplement. On peut même dire que sa classe était un prolongement de cette

---

1. G. COMPAYRÉ, *Histoire critique des doctrines de l'éducation en France depuis le XVIe siècle*, t. I, liv. IV, ch. II.

vie d'intérieur, toute bonne et patriarcale, et que les élèves profitaient parfois un peu trop de ce laisser-aller de leur maître (1) pour exploiter quelques-unes de ses innocentes manies. Ils savaient que M. Coache aimait beaucoup la botanique, et ils ne manquaient aucune occasion pour mettre à contribution ses connaissances spéciales.

Au printemps, les pensionnaires guettaient la première touffe d'herbe qui s'épanouissait sur le mur de la cour, et la cueillaient délicatement pour la poser sur le bureau du professeur. Les externes avaient de plus amples ressources : ils amassaient pour M. Coache toutes les fleurs qui font l'honneur des jardins, le parfum des bois et le décor des prairies, et ils arrivaient en classe avec d'énormes bouquets. Parfois même ils traînaient à leur suite des branches d'arbres qui restaient engagées dans la porte de la classe. M. Coache ne s'offensait point de cet excès de zèle ; loin de là, naïf comme les savants, il y voyait une attention aimable, descendait avec gravité de sa chaire, et s'extasiait doctement devant ce superbe échantillon du monde végétal.

Outre ce goût de botaniste, il avait un petit stock d'histoires qu'il écoulait tous les ans. Les élèves s'en transmettaient les titres de génération en génération, et leur malin plaisir était d'amener M. Coache à les conter. A propos d'une explication quelconque, un d'entre eux lançait en l'air le mot magique qui éveillait l'imagination du professeur. « Oh oui ! disait-il en redressant la tête, il m'est arrivé de rappeler à ce propos une histoire ! » Et tout de suite il déployait le beau tissu de son récit sans s'apercevoir qu'il était bien un peu fané. Mais les élèves ne s'en récriaient pas moins d'admiration, comme si l'histoire avait été inédite.

Il quitta Hazebrouck en 1855. Il partit les larmes aux yeux, car il avait le pressentiment de sa fin prochaine. Effectivement, quelques mois plus tard (avril 1856) la mort le frappait, malgré les pleurs et les prières de ses dix enfants, la plupart en

---

1. Il lui arrivait quelquefois, le matin surtout, d'être pris de somnolence en classe. Dès que les élèves s'en apercevaient, ils entraient eux-mêmes dans un silence profond qui favorisait l'invasion du doux sommeil. Et quand M. Coache revenait à lui : « Ah ! mes chers amis, disait-il, il faut me le pardonner ! Mes marmots ne m'ont pas laissé fermer l'œil de toute la nuit ! »

bas âge. Il n'avait que 55 ans et il en avait passé 22 dans l'instruction de la jeunesse. M. Dehaene et plusieurs professeurs escortèrent le cercueil de cet excellent homme qui avait été pour eux un bon collègue et un sincère ami.

Nous avons rappelé plus haut les services que rendit M. AUGUSTIN DEBUSSCHÈRE comme fondateur des cours de français. Fils de Pierre Debusschère, le premier instituteur communal nommé à Hazebrouck après la Révolution (1804), il appartenait à une famille où les aptitudes pédagogiques sont héréditaires. Il fut professeur de 1825 à 1847. A cette époque, ayant été frappé de cécité, il dut résigner ses fonctions (1).

Il se consolait de sa douloureuse infirmité en composant des vers français ; il aimait particulièrement à combiner dans sa tête des acrostiches de toute espèce, vrais tours de force qui supposent une intensité de réflexion effrayante. Il y célébrait la première Communion de ses enfants, la fête de ses collègues, et les succès scolaires des instituteurs ses amis.

Il exerçait sur ces derniers une espèce de suzeraineté pédagogique et disciplinaire, comme membre du comité supérieur d'enseignement, qui avait son siège à la sous-préfecture, et comme président des conférences des instituteurs (2). Ces titres officiels et son caractère serviable lui avaient acquis une grande et salutaire influence. Comme il avait un brevet de libraire, les plus savants d'entre les maîtres d'école, (par exemple M. Boone, chef d'institution à Hondschoote (3).) faisaient publier par lui

---

1. Son fils aîné, l'abbé Léon Debusschère, le remplaça et devint titulaire de l'école primaire supérieure, qu'il dirigea avec un dévouement et des capacités qu'il est inutile de louer ici. Qu'on nous permette néanmoins de dire que si le bon souvenir des élèves est la récompense terrestre des maîtres, cette récompense ne fait pas défaut à notre vaillant collègue.

2. Les conférences d'instituteurs sont très anciennes en Flandre. « Les maîtres se réunissaient pour conférer quatre fois par an : le 12 mars, fête de saint Grégoire, le maître des sciences ; — le 25 mai, jour de saint Yves, patron des écrivains et des littérateurs ; — le 28 août, fête de saint Augustin, la lumière de l'Église ; — et le 1er octobre, jour de saint Remy, précepteur de Clovis. Les conférences groupaient tout au plus huit à dix maîtres, qui n'avaient que 4 à 6 kilomètres à faire. Chacun pouvait s'y rendre sans grande fatigue ni dépenses. » Voir M. DE RESBECQ, *Histoire de l'enseignement primaire avant 1789*, (Lille, Quarré,) p. 59, et M. MORDACQ, *Notes pour servir à l'histoire de l'instruction primaire dans le Nord*.

3. M. Boone faisait éditer chez M. Debusschère le *Kabinet*, deux *Dictionnaires*, l'*Académie* (recueil des principales règles de la bienséance chrétienne).

leurs livres. M. Debusschère était lui-même auteur de deux petits manuels qui furent généralement adoptés dans les écoles de Flandre : un *Cours de thèmes français-flamands* pour faciliter l'intelligence de la langue française, et un *Choix de lectures flamandes* contenant un précis de la doctrine chrétienne, intitulé : *Eersten Lees-Boek*. Les lettres qu'il écrivait à ses collègues et celles qu'il en recevait ont été conservées par ses enfants. Elles sont remplies d'observations pédagogiques très remarquables (1).

Nous saluons avec respect la figure de ce bon maître, l'oracle et l'ami de toute une génération d'instituteurs qui se renfermaient dans leurs modestes fonctions et appliquaient toutes les ressources de leur esprit et tous les trésors de leur cœur à s'en bien acquitter (2).

1. Ces dévoués serviteurs de la jeunesse parlaient ensemble de leur rude métier, et l'on n'est pas médiocrement surpris de la justesse et de la portée de ce qu'ils disent. A propos d'un abrégé d'*Histoire de France* composé par M. Réville, rédacteur de l'*Indicateur*, l'un d'entre eux écrivait à M. Debusschère : « Examinez-le » scrupuleusement, car aujourd'hui que des têtes ardentes mettent du philosophisme » jusque dans les grammaires, chose inconcevable ! on peut bien plus facilement en » glisser dans une histoire, car c'est là presque son arène naturelle. » (Septembre 1832.)

Aux instituteurs âgés, M. Debusschère donnait du courage et de l'espoir en face des jeunes adjoints dont ils craignaient la concurrence, et des brevets de capacité dont ils s'effrayaient outre mesure. Il exhortait son ami M. Boone à je ne sais quel examen. M. Boone y songeait aussi, quoique à deux pas de la cinquantaine ; il commençait par la cosmographie, et dès l'abord il se jetait dans les observations personnelles : « J'attendais une belle éclipse de lune pour avoir une preuve de l'aplatissement de la terre à ses pôles, j'ai été désappointé. Et puis, ajoutait-il non sans mélancolie, à quoi me servirait le brevet en question ? Dans un temps où la jeunesse s'empare de tout et domine tout, où les vieillards s'efforcent de se rajeunir pour se mettre à la hauteur de ce qu'ils appellent le siècle, que doit attendre ou plutôt que ne doit pas attendre celui qui se présente avec la seule recommandation de trente ou quarante ans de travail, d'expérience et de services ? Ce seront bientôt autant de titres qui prouveront logiquement un être arriéré de deux siècles. » — (Juillet 1836.)

2. N'oublions pas que les maîtres d'école, à cause de leurs fonctions mixtes d'*instituteurs* et de *clercs-chantres*, étaient sous le contrôle de l'Église : « Il leur était défendu de boire et de manger dans les cabarets du lieu de leur résidence, à plus forte raison de tenir eux-mêmes cabaret, de vendre de l'eau-de-vie ou autres liqueurs, de fréquenter de mauvaises compagnies, d'aller aux veilles ou *séries*, aux danses et autres divertissements publics, de faire aucun trafic messéant à leur état. » Ces garanties d'honorabilité assuraient aux maîtres d'école le respect de tous. (Voir M. Mordacq et M. de Resbecq. Ouv. cit.)

C'est par M. Debusschère que l'abbé Dehaene fut mis en relation avec eux. De même que les curés lui envoyaient des élèves de latin, les instituteurs lui amenaient avec orgueil, comme élèves de français, leurs propres enfants et les fils des gros fermiers, la fleur de leurs écoles. Un d'entre eux, le type de ces vieux pédagogues (1), arrivait au collège avec sa belle canne à pomme d'ivoire, son paletot vénérable, et sa tête si pleine de science que les paysans se demandaient comment dans une si petite boîte pouvaient tenir tant de trésors. Il disait à M. Dehaene en lui présentant son fils : « M. le Principal, il sait ses quatre règles et l'orthographe !... Si vous pouvez le conduire jusqu'à la racine carrée et l'analyse logique, ce sera parfait. » Pour ces bons Mentors c'étaient là les colonnes d'Hercule du savoir humain !

M. ROBERT, professeur de quatrième, était originaire du Grand-Fayt, village des environs d'Avesnes. Il vint à Hazebrouck presque en même temps que M. le Principal et quitta l'enseignement en 1858. M. Robert était un rude Picard qui avait une autorité de fer. Rien ne pouvait le dérider : il ne connaissait que la règle sans exception et le travail sans merci ; jusqu'au bout, et malgré le courant du siècle, il tint ferme pour l'antique tradition de la raideur inflexible. Sa connaissance approfondie des langues anciennes et une remarquable érudition historique rendaient ses classes très intéressantes ; mais il était légèrement imbu de préjugés universitaires, et il fut un jour vertement repris par M. le Principal pour avoir employé dans un sens injurieux le mot de jésuite. Il se le tint pour dit et continua son austère besogne. Au fond, il était maussade et chagrin, mais homme de devoir, et, vu à distance, beau comme ce qui est droit ! Il y avait du Port-Royal dans cet homme du métier scolaire.

Malgré cela, très sociable et très causeur, il avait de bonnes relations en ville. Sa conversation, d'une franchise parfois abrupte, était émaillée de saillies très originales, et l'on ne s'offensait pas de ses mordantes reparties.

A la fin de sa vie, il fut atteint d'un asthme qui le fit beau-

---

1. M. Vanbremeesch, instituteur à Steenbecque.

coup souffrir. Du reste il ne semblait point né pour la joie, et dans ses fonctions il envisageait surtout le côté pénible. « Ah ! mon ami, disait-il à son neveu en lui donnant des répétitions, si je savais que tu songes à être professeur, immédiatement je te donne ton congé. »

N'est-il pas vrai qu'une teinte de tristesse assombrit toutes ces modestes existences ? Quand ils ne pouvaient plus remplir convenablement leur besogne, qui demande bonne oreille, bon œil, bonne poitrine, ces dévoués maîtres n'avaient qu'une chose à faire, se retirer à l'écart, avec la misanthropie de ceux que les générations laissent en arrière, comme les traînards du cortège humain.

Ancien principal, professeur de seconde, accablé de nombreuses infirmités contractées dans l'exercice de ses fonctions, M. Coache n'a d'autre refuge que le bureau de tabac que lui laisse sa mère. Après 32 ans de services, on n'en finit point avec les formalités pour le règlement de sa pension de retraite, et M. Dehaene doit par compassion lui continuer son traitement.

Épuisé, lui aussi, par son asthme et par ses 35 ans de professorat, M. Robert quitte Hazebrouck dans des circonstances pareilles. Son Principal est obligé d'écrire lettres sur lettres pour régler sa pension de retraite, et après trois ans de sollicitations il n'a encore rien obtenu. « Et la retraite de M. Robert ? écrit-il : » cela devient insupportable ! » Sans les démarches réitérées de M. Plichon, l'affaire aurait traîné plus longtemps encore.

M. Debusschère devient aveugle.

Un autre renonce à l'enseignement officiel et se fait instituteur privé, oubliant qu'on n'a point d'avenir quand on s'isole : « J'ai calculé, dit-il, ingénu comme la Perrette de la Fable, » qu'avec un succès fort médiocre je ferai entre 1700 et 1800 » francs. Il ne faudra pas une vogue extraordinaire pour arriver » à cent louis ! » Et sur ces belles espérances il souffle ces deux mots : « *Secreto ! secretissimo !* » et s'ouvrant à tout, même au mariage, lui qui est veuf depuis bien des années, il rêve une union tardive avec une demoiselle qui est dévote, mais qui possède un petit revenu d'environ 900 francs. Cette dot le mettrait à l'abri du besoin. Le pauvre cher homme ! le projet n'eut

pas de suite parce que la réflexion vint faucher ces tristes fleurs d'automne, et il fut réduit à chercher ailleurs l'aisance et la joie qu'il désirait : « Ma fille revient de Lille ; j'attends beaucoup
» de consolation de son naturel expansif et de ses bons sen-
» timents, et *peut-être* un peu de soulagement de son travail. »
Ce *peut-être* n'est-il pas douloureux sous la plume d'un père ?
Et quand cette dernière ressource lui manque, il se drape dans son chagrin lugubre, et quoique pauvre il écrit : « Je ne vou-
» drais pas pour deux mille francs sacrifier l'espérance d'être un
» jour isolé et solitaire ! »

Et puis, c'est la fin : « Je suis brisé ; au moindre mouvement,
» j'éprouve des vertiges ; au moindre effort, je me sens épuisé
» de fatigue. Voilà quinze jours que je n'ai pu mettre le pied
» dans ma classe. DIEU sait comment tout cela finira ! Je n'ai
» plus que la misère en perspective pour mes vieux jours. Que
» DIEU vous donne une santé florissante et le parfait conten-
» tement ! j'aurai du moins le plaisir d'avoir un ami heureux.»
Cela serre le cœur.

Et dire que c'est plus ou moins le sort de tous ceux qui enseignent ! Quand ils ne peuvent plus suivre la jeunesse, qui va vite, parce qu'elle est portée sur les ailes de l'espérance, ils s'arrêtent et vivent délaissés.

Beaucoup de nos lecteurs ont connu M. VALLÉE, qui succéda à M. Robert dans la chaire de quatrième. Natif de Cambrai, il fit de notre ville sa patrie d'adoption. Il y vécut 33 ans (1837-1870), entouré de l'estime publique. Nous avons eu le bonheur de profiter de son enseignement durant son trop court passage à St-François d'Assise et nous en conserverons toujours le souvenir. Cet homme, que nous regardions de loin avec un respect mêlé de crainte, derrière sa barbe noire et le pensum de semaine qu'il tenait suspendu sur nos têtes comme une épée de Damoclès, en imposait aux écoliers. On ne le voyait que dans l'exercice de ses fonctions, et encore ne pouvait-on fixer sa figure pendant la classe. Quelque intéressantes que fussent ses explications, il fallait les écouter tête basse et l'œil sur le livre. Cette singularité mise à part, et des réserves faites sur les conséquences d'un terrorisme inimitable et inimité, il faut reconnaître que M. Vallée était un excellent professeur de quatrième.

Il regardait cette classe comme très importante, parce qu'elle sert d'introduction aux vraies humanités, et forme pour les élèves la transition entre l'enfance et la jeunesse. Pendant de longues années M. Vallée s'acquitta consciencieusement de la mission délicate de dompter par le travail et de discipliner par la crainte les étudiants à cet âge difficile et dangereux. — Malgré sa rigueur d'ostentation, il enseignait avec cœur et avec foi. Quand il commentait l'épisode d'Aristée, au quatrième livre des Géorgiques, il nous remplissait d'émotion. Nous n'avons pas oublié les larmes que le père de famille versait lui-même et faisait verser à ses élèves en expliquant la comparaison connue :

Qualis populeâ mœrens Philomela sub umbra,
Amissos queritur fetus....
« *Comme Philomèle pleure ses petits,* » etc...

L'homme de foi qui chaque jour s'arrêtait à la chapelle avant d'entrer en classe, apparaissait surtout, aux différentes époques de l'année liturgique, dans les belles considérations qu'il faisait sur les prières de l'Église. Parce qu'il était laïc, ce commentaire avait dans sa bouche une particulière éloquence.

M. Vallée mourut presque subitement en octobre 1870. « La » charité chrétienne était la règle de sa vie extérieure, comme » la pratique sincère de notre sainte religion était l'aliment et » la consolation de son âme (1). »

De cette génération de professeurs, Hazebrouck possède encore un survivant dans la personne de M. LEFEBVRE, lui aussi venu du pays français, fixé dans notre ville par son mariage, professeur de cinquième au collège communal pendant vingt ans. Les vies les plus simples renferment parfois des choses héroïques : c'est lorsque, pour rester fidèle au devoir, les circonstances commandent un sacrifice pénible, et qu'on fait ce sacrifice sans arrière-pensée ni crainte. Après le départ de M. Pourtaultz, le titre de principal fut offert à M. Lefebvre ; mais ce titre était l'héritage de M. Dehaene son maître : il n'en voulut point. On insista pour le lui faire accepter, parce qu'on avait besoin de lui ; on prononça même des paroles mena-

---

1. Discours de M. l'abbé Debusschère sur la tombe de M. Vallée.

çantes : « Les désirs des supérieurs sont des ordres, disait-on. — l'as pour moi cette fois-ci, » répondit-il, et il demanda son changement. Il fut envoyé au collège de Tourcoing. Nous pensons qu'une telle conduite est très honorable et qu'elle porte bonheur.

A l'âge qu'a aujourd'hui M. Lefebvre (plus de 80 ans), dire ces choses de lui, ce n'est point faire un compliment, c'est rappeler la leçon qu'un ancien, avant de partir pour l'autre monde, laisse aux plus jeunes.

A toutes les fêtes du collège M. Lefebvre est des nôtres. Il vient assister à nos petites soirées intimes, et s'assied parfois à notre table entre M. le supérieur et les aînés de la maison qu'il a connus enfants. Son doux sourire et son imperturbable aménité rayonnent sur nos allégresses bruyantes comme un reflet tranquille du bon vieux temps sur les temps nouveaux. Après les classes, inquiet et empressé comme tous les grands-pères, il attend au parloir son petit-fils. Parfois il s'installe à notre foyer dans la chambre de ceux qui sont pour lui des jeunes gens, et là il parle avec amour des anciens. J'ai noté ses souvenirs, et, sans qu'il le sache, il a inspiré plus d'une page de ce livre et il a sauvé de l'oubli les noms de ceux que je n'ai point connus.

Il m'en coûterait d'arriver aux professeurs de mathématiques sans jeter une fleur sur la tombe d'ÉDOUARD SCHEERCOUSSE. Il y descendait un matin de mai 1858, au printemps de sa vie, après quelques jours de souffrances, emportant le sourire de sa fiancée et le baiser de sa mère. Il était professeur de sixième. Il aimait M. Dehaene comme un père. « M. Scheer-» cousse marche sans bruit, semblable à un grand fleuve qui, » plus il est profond, moins il précipite ses flots (1). »

Puis-je oublier son successeur, une belle âme s'il en fut, qui le suivait deux ans plus tard au tombeau, bien prématurément lui aussi, M. CHARLES BOIDIN. M. Dehaene nous proposait fréquemment son exemple. « Ce bon Monsieur Charles » (*Mynheer Charles*), écrivait-il, fouille tous les jours les deux » bibliothèques de la salle à manger, à la recherche des éty-» mologies et des racines. » C'est qu'il composait lui-même les

---
1. Lettre au P. Sergeant, 1851.

exercices français et les thème latins qu'il dictait à ses élèves, afin de mieux les adapter à leur intelligence. Il n'oubliait pas d'y faire entrer des principes de morale et des vérités chrétiennes, réalisant ainsi un des vœux les plus chers de son principal : bannir les frivolités et le paganisme des sujets de devoirs, pour les remplacer par des choses sérieuses et édifiantes.

M. Boidin eut moins de succès dans la surveillance. Il lui manquait, pour la bien faire, la fermeté et l'audace. Il se croyait obligé d'épier les élèves pour les prendre en défaut : mauvais système que la gent écolière ne pardonne jamais.

En lui l'homme privé était excellent, quoique un peu minutieux peut-être, légèrement compassé, et d'une régularité trop ponctuelle. Dans la salle commune où ils travaillaient ensemble, les professeurs remarquaient que M. Boidin divisait son travail en tranches et passait automatiquement de l'une à l'autre au premier coup de l'horloge. Chose assez rare, ce mécanisme n'avait point brisé chez lui la sensibilité. Il avait deux familles : celle des élèves et celle des pauvres ; à l'une il donnait son travail et sa science, à l'autre ses loisirs et sa bourse, à toutes deux son cœur. Frère d'Ozanam par les sentiments, il appartenait à cette élite d'âmes élevées et délicates dont ce même Ozanam est resté le modèle le plus illustre, et qui, aujourd'hui encore, compte dans le personnel enseignant, universitaire ou libre, des représentants aussi modestes que distingués. Il faisait régulièrement ses visites aux familles indigentes, car il était membre actif de la société de Saint-Vincent de Paul, qu'il aimait beaucoup, et qu'il tâchait de propager autour de lui. En passant à Ars durant un petit tour de France qu'il fit avec quelques amis, il consulta le saint curé sur son avenir. Il songeait sérieusement à se marier. Il reçut cette réponse : « Pensez plutôt aux quatre planches. »

Un an après, il mourut. — Son vieux père, dont il était le fils unique, fut inconsolable. Il fit transporter son corps dans le cimetière de son village natal (1) et le coucha pieusement au pied d'un Calvaire érigé à sa mémoire (1860).

---

1. Saint-Sylvestre-Cappel.

« Nos professeurs tombent comme les épis sous la faux (1).»
Après M. Boidin, c'était le tour de M. GOBRECHT. Ses pénibles fonctions abrégèrent ses jours. Professeur de huitième, il avait à ouvrir dans le champ des intelligences le premier sillon, celui qu'on trace le plus difficilement. En même temps il se dévouait pour sa famille. Mais il ne trouva pas sa meilleure récompense ici-bas, car il n'eut pas le bonheur de voir son fils monter au saint autel. Ce jour-là, M. le Principal, prêchant le sermon des prémices, rappela le pieux souvenir de M. Gobrecht et sa laborieuse et chrétienne vie.

Parmi les professeurs de mathématiques, MM. Renard, Lebas et Barnave méritent à divers titres une mention.

Sept années d'honorables services au collège et d'excellentes relations en ville avaient fait apprécier universellement M. RENARD. Homme de société et de bonnes manières, d'un esprit cultivé et d'une conduite correcte, il offrait dans sa personne l'union de la science, de la délicatesse et de la distinction. Il se noya par accident au mois de juillet 1851, en prenant un bain dans un étang. Il était accompagné de son neveu, un petit garçon de dix ans. Comme son oncle ne lui répondait plus, le pauvre petit courut au hasard criant au secours. Quand les secours vinrent, M. Renard était mort. Ses funérailles furent un deuil public, et devant sa tombe M. Dehaene laissa déborder son cœur. « Il y a deux jours, nous le
» vîmes plein de santé, la gaieté sur le visage, s'entretenir
» avec ses collègues au sortir de la messe, et puis s'acheminer
» tranquillement vers cet étang fatal où il devait laisser sa
» vie ! Son front semblait plus serein qu'à l'ordinaire.
» Était-ce une ironie de la mort ? Était-ce un reflet des
» cieux ?.....

» Je ne vous peindrai point la douleur d'une vieille et excel-
» lente mère que j'ai vue mourir pour ainsi dire dans son fils
» unique, lever au Ciel des mains convulsives, et cependant
» faire à DIEU le sacrifice de cet enfant chéri ! A la vue de
» ce cercueil, une seule pensée nous soutient : c'est que l'espoir
» en une vie heureuse réservée au juste t'aura fortifié, mon

---

1. Lettre de M. Dehaene.

» cher ami, dans les angoisses de la mort. Tu étais fidèle
» enfant de l'Église, tu as su prier. Ah ! dans l'affreuse extré-
» mité où tu as été réduit, ton cœur, sans doute, aura
» parlé à Dieu par la foi, et Dieu entend les désirs du
» cœur, et Dieu a des remèdes proportionnés à la grandeur
» des maux (1) ! »

Quelques jours après (14 juillet 1851), M. Dehaene écrit :
« Je ne suis pas encore revenu de l'espèce de stupeur où m'a
» jeté la mort de l'infortuné M. Renard. Quel sort digne de
» larmes ! Sa mère éplorée a quitté Hazebrouck avec tout son
» ménage : c'est une bien bonne femme ; elle a supporté cet
» affreux malheur avec une résignation digne d'une âme
» chrétienne. »

Elle prit le deuil et le garda jusqu'à sa mort. D'autres le
prirent aussi, et par affection s'agenouillèrent sur la tombe loin
de laquelle dut prier la veuve. Dieu fait saigner les cœurs pour
qu'il en coule des prières.

Nous trouvons dans la correspondance de M. Dehaene
l'éloge de M. Lebas, licencié ès sciences mathématiques. Très
studieux, très posé, solidement religieux, sévère mais juste, il
faisait parfaitement la classe. Il avait le droit d'être exigeant
pour les élèves, parce qu'il leur donnait l'exemple de l'énergie
et du courage. Ce grand Monsieur redouté, travaillant tard,
arrivait en classe le front sillonné d'algèbre et les yeux creusés
par les atomes de la chimie. Dans ses longues veilles, il se
préparait à la licence ès sciences physiques. Et chaque jour,
comme pour secouer le fardeau des chiffres et retrouver la
sérénité de son esprit, il s'en allait sur les chemins et faisait ses
4 ou 5 lieues à pied. En marchant ainsi, seul avec ses pensées,
il s'élevait, comme un autre P. Gratry, sur les ailes du calcul
infinitésimal jusqu'au Dieu des sciences ; car il était religieux, et rien ne fait plus facilement faire le *sursum corda*
que la marche solitaire sur les grand'routes, loin de tout
ce qui nous attache et nous limite, loin des hommes et de leurs
conversations, loin de notre foyer et de nous-mêmes. En le
voyant rentrer de ces excursions, M. Dehaene lui ouvrait ses

---

1. Discours de M. Dehaene sur la tombe de M. Renard.

deux bras et le saluait classiquement de ce vers de Virgile

.... « *Heus ! quantum telluris obivit !* (1). »

Normand avec les élèves par sa ténacité, M. Lebas devenait gascon ou marseillais avec ses confrères. Fécond en histoires, il trouvait toujours à enchérir sur tout ce qu'on lui racontait d'extraordinaire ou de merveilleux.

M. BARNAVE (de la Drôme) était loin de ressembler à son homonyme et parent, le Barnave de l'Assemblée Constituante, l'illustre rival de Mirabeau. Petit homme peureux, portant toujours, en classe comme dans sa chambre, un énorme couvre-chef, qu'il appelait lui-même son boisseau (ses collègues disaient malignement que le chapeau et l'homme ne faisaient qu'une personne morale) (2), d'un sérieux presque comique, il craignait toujours, comme tous les gens timides, de perdre son autorité. Elle ne tenait qu'à un cheveu, croyait-il, et si les élèves l'avaient vu seulement sourire, c'en était fait de son prestige.

Remplaçait-il M. Lacroix le jour du Conseil, il se campait debout sur le pupitre, et là, immobile comme le planton de l'ordre, les bras croisés sur la poitrine, le chapeau sur la tête, il promenait autour de lui un regard sombre et scrutateur. Un jour qu'il était posté de la sorte, un élève pousse un éclat de rire. M. Barnave fond droit sur le monstre. « Pourquoi riez-vous, » pendard ? — A cause de votre barbe, Monsieur. » Le mot désarma Barnave. Il se rappela que les règlements universitaires, alors aussi minutieux que les règlements de caserne, interdisaient la barbe aux professeurs (3). Ce jour-là donc il fut

---

1. *Énéide*.

2. Nous croyons qu'il faut voir dans cette habitude de M. Barnave autre chose qu'un caprice personnel. Les docteurs, et généralement les professeurs, portaient jadis le bonnet carré ; les maîtres d'école avaient le bicorne noir orné d'un galon d'argent. Les uns et les autres restaient couverts en signe de dignité. Les disciples écoutaient tête nue. Il est probable que dans le pays de M. Barnave cet usage s'était conservé mieux que chez nous, où du reste il existait, car une ordonnance de 1706 fait cette recommandation : « Pendant tout le temps des classes, les maîtres resteront coiffés de leur couvre-chef, ou le déposeront en face d'eux sur leur tribune, à la vue du public, comme insigne de leur autorité souveraine, *oppergezag*. (Voir M. de Resbecq, p. 60.)

3. C'était encore un souvenir du temps jadis, où les professeurs, étant assimilés aux clercs, ne pouvaient point porter la barbe.

clément. Il prenait sa pension au collège et n'avait pour logis qu'une alcôve séparée du dortoir par des cloisons de toile recouvertes de papier. La seule vengeance qu'il tira de la parcimonie de l'économe fut de se faire adresser ses lettres avec la suscription suivante : « A M. Barnave, professeur de mathématiques, en son garde-manger, à Hazebrouck. »

Quoique timide, il avait pris un permis de chasse, et il chassait dans ses moments de loisir. Mais ce Nemrod n'était pas épique. Il ne fournissait guère à ses collègues d'exploits à chanter, à la cuisine de lièvres à rôtir ; car il ne quittait point les grands chemins et son ambition, en fait de gibier, n'allait point au delà des pies et des corbeaux. Et quand par hasard l'un de ces volatiles passait à portée de son fusil, comme son adresse était fort douteuse : « Attendez, disait M. Boidin, son compagnon » habituel, attendez que je me cache derrière un arbre, sans » quoi vous feriez un malheur. »

Il quitta Hazebrouck mécontent de la municipalité, qui refusait d'augmenter son traitement.

Faut-il donner le nom de professeur à cet ex-caporal qui avait plus d'aptitude pour les galons de sergent que pour les palmes académiques, et qui faisait de la classe de sciences deux parts, dont il passait l'une à médire des vers latins et du grec, et l'autre à regarder une carte de géographie,.. à ce Normand qui arrivait, un beau matin, muni d'une provision de pommes, doux fruits de Normandie qui devaient servir à l'acclimater en Flandre, et qui reculait d'horreur en mettant le pied dans le vestibule du collège, parce qu'il y voyait des chapeaux d'ecclésiastiques ? « Je suis donc tombé dans une jésuitière ! » s'écriait-il, et il s'en retournait droit à la gare avec son épouse et ses pommes !

Faut-il rappeler d'autres personnages non moins pittoresques, le surveillant qui, chargé de conduire une dizaine d'élèves chez M. Coache à l'occasion de sa fête, les voyait filer à sa barbe, et s'écriait mélancoliquement devant M. le Principal, qui l'avait chargé de cette besogne : « Les voyez-vous courir ? Ne l'avais-je pas dit ?.... » Et le gymnasiarque M. S...? Et le professeur de dessin M. D... sculpteur et peintre, qui dans son atelier, derrière un triple rideau, cherchait à réaliser le mouvement perpétuel, et à qui M. Dehaene, montrant les grands murs blancs du réfectoire, disait : « Si j'étais de vous, M. D... tout cela serait couvert de peintures ! — Ah ! M. le Principal, pour peindre il faut des couleurs, et cela coûte, on doit faire des frais — Eh ! mon Dieu, les frais, les couleurs ! qu'est-ce que tout cela ? On travaille pour la gloire ! Je vois bien, mon cher ami, que vous n'avez pas le feu sacré ! »

À ce propos, rappelons un détail qui a son intérêt dans l'histoire d'un éducateur. M. Dehaene regretta, sa vie durant, de n'avoir point assez de ressources pour acheter une collection de gravures dont il aurait orné les murs des salles communes et des corridors. Il admirait beaucoup, et avec raison, ce que font les Pères Jésuites dans leurs collèges. En allant d'un local dans un autre, les élèves y traversent de vraies galeries de musées. M. Dehaene s'extasiait devant ces gravures. Elles font connaître les chefs-d'œuvre des grands maîtres et permettent d'acquérir une érudition artistique qui devient de jour en jour plus nécessaire. Il résulte aussi de leur spectacle quotidien une formation inconsciente du goût dont l'importance n'échappe à personne. Enfin un collège meublé de la sorte devient une maison respectable où rien de négligé n'est de mise : un élève s'y surveille à cause des murs qui le regardent.

D'autres professeurs, plus ou moins originaux, vivent dans la mémoire des élèves. Leurs bizarreries sont choses dont on aime à causer entre camarades, mais dont on aurait tort de se scandaliser. Comment un homme qui passe toute son existence dans un même milieu, avec une seule sorte d'occupations, qui vit au-dessus de son entourage, juché comme le Socrate d'Aristophane dans une sphère semi-idéale qui le gonfle, rendant des oracles et croyant aux livres, comment un tel homme ne tournerait-il pas légèrement à la manie ?

En continuant cette petite excursion parmi les figures du temps jadis, arrêtons-nous un moment devant celle de M. GANTIEZ, que nous avons connu professeur à St-François. Presque à la veille de sa mort, (16 novembre 1874,) M. Dehaene écrivait : « Ce bon M. Gantiez, qui m'est resté fidèle dans ma disgrâce,
» et qui est attaché à mon œuvre depuis vingt ans, est atteint
» d'un squirre à l'estomac. Il s'affaisse de jour en jour, et, mal-

» gré les soins maternels d'une bonne Sœur Récollectine, il suc-
» combera à son mal, déclaré irrémédiable. »

Il succomba le 18 novembre (1).

Il avait enseigné les éléments du français et exercé la surveillance dans la seconde division, — deux besognes médiocrement agréables et pas faciles, car la plupart des élèves du 3ᵐᵉ ou du 4ᵐᵉ cours étaient aussi peu dégrossis que les enfants d'une école primaire.—Il avait en outre la charge de la librairie: or, l'on sait que les écoliers acheteurs font expier par maints quolibets les exigences commerciales. Tout cela n'empêcha pas M. Gantiez d'être aimable, enjoué, spirituel. Il aurait bien tenu sa place dans une chambre bleue de marquise, distribuant gracieusement des sourires, des madrigaux et des pralines (2). A table, il aimait à décocher à droite et à gauche de petites flèches, mais sans la moindre intention de blesser quelqu'un et, ce qui est plus rare, sans blesser jamais.

Il savourait des épigrammes qu'on lui pardonnait volontiers, car, pour son estomac usé par les drogues, elles assaisonnaient les lourds repas du collège. Sa maladie fut longue. Nous le voyons encore sur son pauvre lit de communauté entr'ouvrant pour sourire sa bouche embarrassée de sang, et disant à ses collègues : « Je ne tiens pas à guérir, je me sens bien préparé. » C'est si peu de chose que la vie ! »

Il avait été cet homme aimable en société dont l'Écriture dit « qu'il est plus chéri qu'un frère » (3), et comme il avait craint le Seigneur, au jour de sa mort il était souriant.

Parmi les professeurs ecclésiastiques, ceux qui furent les plus dévoués, les plus capables et les plus fidèles à M. Dehaene, vivent encore. Il serait difficile de parler d'eux sans risquer de dire trop pour leur modestie, trop peu pour leur mérite.

---

1. Il n'avait que 48 ans. M. Édouard Snyders prononça sur sa tombe quelques paroles simples et affectueuses.

2. On racontait que, donnant des leçons particulières à un jeune externe en présence de sa mère, il avait trouvé une définition exquise de l'accent aigu. « L'accent aigu, » mon petit ami, c'est comme une larme qui tombe de l'œil de maman quand tu » n'es pas sage. » En consultant ses souvenirs, il aurait facilement ajouté un chapitre au *Vert-Vert* de Gresset.

3. Prov. 18, 24. *Vir amabilis ad societatem magis amicus erit quam frater.*

Quant aux défunts, il me semble qu'on peut les diviser en trois catégories, suivant qu'ils furent professeurs *par obéissance à leur évêque, par goût pour l'enseignement, ou par attachement à M. Dehaene.*

On sait que Mgr Regnier n'admettait point qu'on regardât l'enseignement « comme une mission exceptionnelle par rapport à laquelle chacun serait à peu près en droit de suivre ses répugnances ou ses goûts (1). » Il voulait qu'un jeune prêtre se montrât indifférent à l'égard du professorat et du vicariat. Ses successeurs ont été moins absolus : ils ont évité de placer dans les collèges, des ecclésiastiques qui ne se sentaient pas d'aptitudes pour l'enseignement. Ils savaient que les jeunes prêtres acceptent le professorat pour quelques années parce que, entre la vie de communauté dans un presbytère et la vie de communauté dans un collège, ils préfèrent la seconde comme plus facile et plus agréable ; mais au bout de quelque temps, s'ils ne sont professeurs que par obéissance, ils tournent invinciblement leurs yeux vers le ministère paroissial, où la besogne est plus variée, plus largement humaine, et plus évidemment surnaturelle (2).

Aux beaux jours du printemps, quand le soleil brille et que la campagne est fleurie, plus d'un parmi eux dit mélancoliquement en entendant la cloche : « N'est-il point triste qu'il faille maintenant s'enfermer entre quatre murs poudreux ? » Dès qu'autour de lui quelqu'un sentait ce besoin de vie publique, ouverte, aérée, (besoin qu'il comprenait très bien lui-même parce qu'il l'éprouvait parfois,) M. Dehaene écrivait à Mgr et n'hésitait point à se séparer d'un collègue dont les aspirations lui semblaient fondées.

1. Ordonnances de Mgr Régnier. Préambule du règlement des collèges ecclésiastiques.

2. Tels furent au collège communal *M. Weens*, le premier collaborateur ecclésiastique de M. Dehaene (1840-1843), *M. Lefever*, aujourd'hui prêtre habitué à Bailleul, *M. Plancke*, natif d'Hazebrouck, mort curé du St-Sépulcre à Roubaix, *M. Billiau*, mort curé de Pradelles, *M. Gourdin*, présentement curé de Verlinghem, *M. Baert*, ancien curé de Rexpoëde.

M. Evrard, doyen de Notre-Dame à Roubaix, resta plus longtemps le collègue de M. Dehaene, qu'il aimait comme un père ; il retarda, pour lui être agréable, son entrée dans le ministère paroissial, auquel l'appelaient son éloquence apostolique et sa générosité de cœur.

Au nombre des professeurs doués d'aptitudes plus spéciales, il faut ranger M. JANSSOONE. Il demandait un beau matin qu'on le remplaçât dans sa classe et revenait avec le diplôme de licencié ès lettres, à la grande surprise de ses collègues, qui ne savaient point qu'il se préparât. Après avoir fait brillamment la classe de seconde, M. Janssoone entra au Séminaire des Missions étrangères, reçut les Ordres sacrés en 1860 et partit pour l'Hindoustan (1).

M. SERGEANT, professeur de septième (1845-1850), entra dans la Compagnie de JÉSUS. C'est aujourd'hui un bon et doux vieillard qui, dans la retraite d'un couvent, attend avec patience la *Vie de M. Dehaene.* Plus que n'importe qui il en a facilité la rédaction, car il a pieusement conservé toutes les lettres de son ami. Quoique prêtre et doué d'un talent qui lui permettait de monter plus haut (2), il ne sortit point de sa modeste petite classe. — Il était d'un dévouement à toute épreuve. Dur pour lui-même, comme les Artésiens, comme les gens du pays de St Benoît Labre (3), il ne reculait point devant un trajet de quatre ou cinq lieues à faire à pied quand il s'agissait d'aller dire la Ste Messe aux environs, et il rentrait au collège avant midi pour faire sa classe de catéchisme. Il avait pour M. Dehaene une admiration et une affection très grandes. Et M. Dehaene de son côté aimait beaucoup *le bon M. Sergeant,* car il trouvait en lui un cœur tendre et fidèle, qui recevait la confidence de ses projets et de ses rêves sans jamais leur opposer le sourire de l'incrédulité ou la froideur de l'indifférence.

Comme la plupart des anciens professeurs d'Hazebrouck, M. l'abbé JOSEPH DELELIS venait de l'Artois, de ce que nous nommons le pays français. Cela donnerait à croire que les Flamands ne sont point assez loquaces pour enseigner, ou

---

1. Il est aujourd'hui curé de l'importante paroisse de Bangalore. Il resta le correspondant assidu de M. Dehaene. Ses lettres, fort intéressantes, relevées par une pointe d'humour, ont paru dans la *Semaine Religieuse* et dans l'*Indicateur.* N'oublions pas de mentionner avec lui son collègue et ami d'Hazebrouck, M. Pilatte, actuellement directeur d'une importante institution privée à Lille.

2. M. Dehaene désirait qu'il l'aidât à faire la Rhétorique. (Lettre du 7 janvier 1852.)

3. Il était originaire des environs de St-Pol, en Artois.

bien qu'ils manquent de goût pour ces fonctions. Toujours est-il qu'ils ont fourni peu de membres à l'Université (1).

Après avoir fondé les collèges de Dunkerque et de Gravelines, M. Delelis revenait à Hazebrouck comme à une maison-mère, et il y reprenait son petit train de vie. Il était de ces hommes ingénieux qu'obsède une idée d'invention, d'invention mécanique. Leur imagination n'est point tournée vers les livres ; elle n'y trouve point sa pâture. Elle circule dans le bois, elle fouille dans le zinc, elle gouverne un rabot, une lime, un tour. Installé ou plutôt noyé dans sa chambre, comme en un bazar, parmi des débris de machines de toute espèce, M. Delelis ajustait des serinettes, raccommodait des pianos, construisait un harmonium ; son chef-d'œuvre fut un petit orgue.

Il quitta le collège communal (1862) pour remplir les fonctions de précepteur. Il avait été pacifique et aimable, trop préoccupé d'inventions pour faire de la peine à quelqu'un. Faute de santé, il ne put donner à l'enseignement qu'un concours médiocre : il distribua au moins autour de lui du bonheur. C'était fournir son appoint dans l'œuvre du bien.

Le jour des funérailles de M. Dehaene, on remarqua dans le cortège un vénérable ecclésiastique décoré de la Légion d'honneur. C'était M. l'abbé ROUSSEAU, professeur à Hazebrouck en 1844 et 1845, et depuis curé de Chaptelas (2), où il a reconstruit l'église, refait la paroisse et créé une école normale.

M. l'abbé CHARLES BOUTE, professeur de rhétorique de 1850 à 1865, économe de 1865 à 1872, était un professeur d'un jugement sûr, d'une érudition remarquable, et qui passait pour un helléniste très distingué.

Il avait fait d'excellentes études, et il était de la même classe que Mgr Despretz. Le jour où son ancien condisciple fut promu à l'archevêché de Toulouse (c'était en 1859), M. Boute disait à ses élèves : « Mes amis, j'étais assis sur les mêmes bancs que
» le prélat, à côté de lui, comme vous êtes là vous-mêmes. A

---

1. Il serait plus juste de dire que l'enseignement littéraire du français n'est point leur fait. Pour bien comprendre une langue, pour la savourer, il faut la parler dès l'âge le plus tendre, il faut l'entendre constamment résonner autour de ses oreilles. Ce n'est point le cas pour la plupart des Flamands. Aussi n'arrivent-ils d'ordinaire qu'à un français lourd et pâteux.

2. Patrie de saint Éloi (diocèse de Limoges).

» mon âge, je puis dire sans vanité que nous étions les deux
» lauréats de la classe, et que M. Despretz devait compter avec
» moi. Mais voyez comme la Providence nous a fait deux car-
» rières différentes ! Mon émule est archevêque de Toulouse :
» je suis professeur de collège. » Les élèves ne manquèrent pas
de s'écrier que si M. Boute n'était pas évêque, il méritait de
l'être. En ville on le surnommait l'*évêque du collège*, *(den bis-
shop van de college)* parce qu'il était grand de taille, grave
d'allure et qu'il officiait avec majesté.

Professeur de rhétorique, il couvrait de fleurs les détails
parfois arides de l'enseignement et faisait apercevoir mille
beautés inattendues dans les textes des auteurs. Son principe
était qu'un maître se doit tout entier à ses élèves, et ce principe, il le mettait en pratique, car il leur donnait tout : ses
forces, ses journées et ses veilles.

Doué du sens exquis de la mesure qui caractérisait les
anciens professeurs de l'Université, il aimait particulièrement
les ouvrages de Lhomond, si clairs et si judicieux. Après la
prière du soir, il lisait aux élèves la *Doctrine chrétienne*, l'*Histoire Sainte* et l'*Histoire de l'Église* de cet estimable auteur,
livres modestes et bienfaisants que Mgr Dupanloup recommande avec beaucoup de raison (1).

Comme économe, M. Boute fit preuve d'un zèle infatigable,
de beaucoup de délicatesse dans le maniement des affaires, et
d'une admirable générosité personnelle. De 1865 à 1872,
sachant que la bourse de la maison était souvent vide, il n'y
puisa jamais pour lui-même un centime de traitement, et à sa
mort il légua ce qu'il avait de fortune à M. Dehaene, moyennant
une rente viagère pour sa sœur, qui n'avait que cela pour
vivre.

Il mourut le 2 mars 1872.

Son dévouement ne fut égalé que par celui de M. LACROIX,
le plus populaire des collègues de M. Dehaene. Né à Peuplingue (Pas-de-Calais) en 1811, Louis-Joseph Lacroix fit ses
études au collège du Buissaert, reçut les saints Ordres, fut successivement professeur au Buissaert, à Bergues, à Aire et enfin

---

1. *De la Prédication populaire*

à Hazebrouck. Avant son arrivée dans le collège de M. Dehaene, la surveillance y était fort primitive, pour ne pas dire insuffisante. On gardait le régime de la vie de famille. Avec M. Lacroix fut inauguré celui de la régularité militaire.

M. Lacroix occupa son poste de 1850 à 1881. A cette époque, il fallut pourvoir à son remplacement parce qu'il devenait sourd. Mais il était difficile de faire accepter l'inaction à cet obstiné vieillard, qui pleurait comme un enfant quand on lui parlait de laisser sa besogne. En vain la goutte le torturait-elle périodiquement. Appuyé sur sa grosse canne blanche, il se traînait dans la cour, faisait apporter une chaise, et surveillait. Mais par un contre-temps opportun aux vacances du nouvel an (1881), il ne put arriver à Hazebrouck pour le jour de la rentrée. Il avait été bloqué par la neige dans son village de Peuplingue. Quand il put en sortir, sa place de surveillant était prise. Il se résigna tristement à un repos tardif, et dont les infirmités de la vieillesse ne lui permirent guère de jouir. Quand M. le principal mourut (1882), il était déjà fort souffrant, et il ne put suivre le cercueil de son maître. Deux ans après, le 25 mars 1884, il vint dormir à côté de lui dans le cimetière d'Hazebrouck.

M. Lacroix, ou plutôt le Père Lacroix, comme on l'appelait universellement, avait été, dans toute l'étendue de ce grand mot, un homme de cœur.

Il aimait M. le principal avec une tendresse et une humilité vraiment touchantes. Il ne pouvait point l'entendre parler aux élèves sans avoir les yeux pleins de larmes. Pour lui plaire, il faisait volontiers double besogne.

Les hommes qui ont les affections vives sont blessés de la moindre petite observation : c'est pourquoi il fallait beaucoup de ménagements pour signaler un abus quelconque dans la cour surveillée par le Père Lacroix. Si l'on n'y mettait une délicatesse extrême, il répondait tristement : « Ce n'est donc pas bien ce que je fais ! » Néanmoins il finissait par tout accepter, jetant avec brusquerie son dernier mot « Ça m'est égal ! »

Il aimait les élèves. On peut dire qu'il ne vivait que pour eux. Pendant plusieurs années, étant à la fois professeur de sixième (1) et surveillant, il ne les quittait ni le jour ni la nuit.

En récréation, en promenade, au réfectoire, au dortoir, à la chapelle (il célébrait la messe de communauté), en classe, à l'étude, partout, il était avec eux. Avec eux il partait en vacances ; avec eux, ou plutôt avant eux, il revenait, car il voulait les recevoir. A l'heure de la rentrée, on le voyait circuler aux abords de la grand'porte, et ouvrir à ses chers enfants ses bras et son cœur. Quand les infirmités de l'âge l'eurent obligé à garder la chambre, il demanda qu'on lui permît de s'installer dans une ancienne classe attenante à la chapelle, parce que de là il pouvait entendre les chants des élèves. Aux heures de récréation il faisait ouvrir sa porte pour laisser entrer chez lui la joie bruyante des externes. Si le temps le permettait, il se hasardait à sortir. Appuyé sur le bras de la petite Sœur noire qui le soignait, il passait au milieu des groupes, et parfois, (vieille habitude de surveillant), il grondait de loin ceux qui n'obéissaient pas assez vite à la cloche.

Quand les anciens élèves revenaient le voir, avec quelle joie et quelles bonnes larmes il les serrait contre sa poitrine, surtout s'ils étaient missionnaires ou s'ils portaient l'uniforme! Ceux-ci étaient ses privilégiés. Il ne faut point en être surpris. Dans ce prêtre rigide il y avait du soldat, et l'on ne peut mieux le comparer qu'à un vieux sergent chargé de former les jeunes recrues. On ne comprenait pas toujours ses paroles saccadées et brèves, mais on voyait à sa main, et quelquefois à son pied, ce qu'il voulait dire. La consigne ! il ne connaissait que cela pour lui et pour les autres. Son grand principe était que les élèves ne doivent jamais attendre le surveillant, mais que le surveillant doit attendre les élèves. En conséquence, il était toujours à son poste avant l'heure, et de la sorte il empêchait la plupart des désordres. Il suivait ainsi le sage conseil de Rollin : « Il vaut mieux s'appliquer à prévenir les fautes qu'à les punir (2). »

---

1. Son triomphe comme professeur, c'était l'explication des fables de Phèdre. Il les comprenait bien et les faisait bien comprendre, grâce à la mimique qui chez lui venait en aide à la parole, trop souvent insuffisante.

2. *Traité des Études.*

Pendant le temps des classes, il n'acceptait aucune invitation à dîner. Il remettait ce genre de distraction aux vacances. Mais alors il faisait régulièrement sa tournée chez les mêmes vieux amis et dans les mêmes familles, n'oubliant pas le mot de l'Évangile : « Soyez fidèles aux hôtes qui vous reçoivent et n'allez pas de maison en maison (1). »

Le mobilier de M. Lacroix était des plus modestes : un lit de sapin blanc, un bois de bibliothèque avec quelques livres poudreux qu'il n'ouvrait guère, deux chaises de paille, et sur le mur noirci par la fumée, un Christ, une image de la bonne Vierge, et, tout près, un cœur d'argent qui renfermait les noms de ses élèves. (C'était un cadeau que les séminaristes lui avaient fait au jour de sa fête.)

Mgr Duquesnay était homme à comprendre ce vieux serviteur. Le 3 août 1881, il présidait la distribution des prix. En prononçant son grand discours, il aperçut M. Lacroix au fond de la salle, debout à son poste, près des grands élèves. A sa vue, se laissant entraîner par cette spontanéité d'admiration qui lui était habituelle, il s'écria dans un beau mouvement oratoire :

« Parmi tous les collègues de M. Dehaene qui l'ont aidé fidè-
» lement à faire le bien et ont blanchi dans les obscurs labeurs
» de l'école, laissez-moi saluer celui que je vois d'ici, debout au
» poste du dévouement... le vétéran de la discipline : M. La-
» croix ! »

Ces paroles, prononcées d'une voix forte et soulignées par un geste superbe, soulevèrent un tonnerre d'applaudissements ! M. Lacroix avait une récompense en ce monde. Ce n'était pas la seule que M. Dehaene rêvât :

« Je ne désire rien pour moi du gouvernement, disait-il, mais
» je voudrais avoir assez d'influence et de crédit pour obtenir
» la croix d'honneur pour mon cher M. Lacroix. Elle serait
» bien placée sur sa poitrine. » Le bon vieux surveillant n'eut sur cette terre d'autre croix que celle de la souffrance. Mais n'oublions pas qu'il était prêtre et qu'il avait travaillé pour la récompense du Ciel, et espérons que, dans l'armée des élus,

---

1. S. Luc, X, 7. Condisciple de l'abbé Hanotte, décédé vicaire à Hazebrouck, M. Lacroix rendait visite à tous ses frères et sœurs établis dans le pays.

Dieu lui a fait une belle place et qu'il l'a décoré mieux que les hommes ne peuvent le faire.

Nous terminons ce chapitre par les noms de MM. Dekeister et Louis Dehaene, et nous rentrons ainsi dans la famille de M. le principal. Son cousin et son frère formaient avec lui une sorte de triumvirat financier qui mettait en commun le gain et le dommage. Ils se donnaient la mission spéciale d'arrêter ses dépenses et de modérer son ardeur entreprenante. Il faut néanmoins rendre hommage à leur désintéressement et reconnaître leur générosité. Car c'était la bourse commune, — la leur par conséquent, — qui payait la pension des enfants pauvres, subventionnait les professeurs sans traitement, faisait vivre Dunkerque et Gravelines.

M. Dekeister donna sa démission de vicaire d'Hazebrouck pour s'attacher à l'œuvre de son parent avec le titre assez vague de directeur (1846). Proclamer les notes de la semaine et les places des compositions, signer les billets de sortie, préparer les enfants à la première Communion, recevoir les parents, remplacer les surveillants empêchés ou malades, rendre service aux curés, telles étaient ses principales occupations. Comme il se laissait facilement persuader par les élèves et qu'il oubliait que pour un directeur « méfiance est mère de sûreté », il se heurtait de temps en temps à l'inexorable M. Lacroix, qui n'admettait point les exceptions, et protestait avec énergie contre toute condescendance. Ce n'était d'ailleurs un secret pour personne que M. Dekeister était sensible aux compliments. Pour obtenir un congé, une promenade, une faveur quelconque, on n'avait qu'à l'aborder révérencieusement avec ce mot magique, *M. le Directeur :* d'emblée la place capitulait. On lui reprochait aussi trop de condescendance pour les grands, ses amis, auxquels il permettait de se chauffer à son poêle, et quelques rigueurs excessives contre les externes ; celles-ci provenaient probablement d'une vieille rancune de vicaire au courant de leurs escapades. Il faisait parfois le tour de la ville, allant de maison en maison pour s'informer si les externes étaient rentrés chez eux, ne se fiant pas toujours aux parents, exigeant de voir de ses yeux leurs fils, car il craignait que la peur du châtiment n'arrachât quelque mensonge à la faiblesse maternelle (1). Au demeurant, bon confrère, avec son rire immense et ses aventures de voyage cent fois racontées, M. Dekeister était très dévoué aux intérêts du collège. Dans ses loisirs il s'occupait de jardinage, et travaillait volontiers au grand soleil, égayé par les bonds et les gentillesses de sa pie. Quand M. Dehaene dut quitter le collège communal, il ne s'attacha point à sa nouvelle fortune. Il était peu fait pour les secousses de la lutte et les vibrations de la liberté. Il se mit donc à la disposition de Mgr l'Archevêque, qui le nomma à l'importante cure de Vieux-Berquin. Il y est mort en 1888, après avoir beaucoup favorisé les vocations ecclésiastiques et fourni au collège libre de M. Dehaene un grand nombre d'élèves.

Avec M. LOUIS, nous sommes tout à fait dans la famille de M. le principal. Nous avons parlé déjà de son père et de sa mère ; à propos de M. Louis, il convient de mentionner aussi ses frères et sœurs. M. Dehaene avait deux sœurs, Marie et Angela. L'aînée, Marie, — et plus familièrement *Mitje*, — bonne, industrieuse, fort sympathique à M. Dehaene, avait tenu son petit ménage à Douai ; au collège communal elle dirigea la cuisine. Elle mourut en 1863, et fut vivement regrettée par son frère : « Votre lettre est venue me trouver au lendemain de la mort de ma chère sœur, l'aînée de la famille et l'ange gardien visible de mon enfance... Cette lettre m'a consolé par l'espoir que cette chère âme est déjà au Ciel, ou tout au moins sur le point d'y entrer. Elle est morte si doucement, avec tant de pieuse résignation ! elle avait tant ignoré le monde ! C'est une vierge avec l'Agneau (2). »

Angela était moins courageuse, moins vive et moins agréable que Marie. Son caractère et ses habitudes l'eussent difficilement

---

1. Ce contrôle rappelait celui qu'exerçaient les Pères Augustins, mais il était plus nécessaire alors que du temps de M. Dekeister, parce que beaucoup d'élèves du dehors logeaient chez des bourgeois. M. Dekeister et M. Dehaene avaient connu dans leur jeunesse ce genre d'externat. Il est encore très commun en Allemagne. « Beaucoup de familles bourgeoises, rentiers modestes, petits employés, veuves ayant des enfants, trouvent dans un ou deux pensionnaires un supplément de revenu. Un des avantages de ces pensions privées, c'est qu'elles peuvent se conformer au rang des familles. — On s'applique à trouver une maison du même niveau social que la maison paternelle. » M. Bréal (ouvrage cité).

2. Lettre de M. Dehaene à S. X... 12 mars 1863.

fait reconnaître pour une sœur de M. Dehaene. « Quand nous étions de tout petits enfants, racontait-il, elle venait nous agacer, déranger nos jeux, nous faire de petits mauvais tours. » Dans une famille, il en est souvent ainsi ; il y a des membres auxquels nous tenons par les liens du sang et du devoir, sans éprouver pour eux l'attrait du cœur ; il y en a d'autres qui sont à la fois des parents et des amis. Ceux-ci consolent notre affection, ceux-là exercent notre patience. Et neuf fois sur dix les meilleurs sont ceux qui partent les premiers. Les autres restent. Est-ce pour notre bien ou pour le leur ? pour nous procurer du mérite ou pour en acquérir ? Quoi qu'il en soit, Angela, la seconde sœur de M. Dehaene, mourut seulement en 1877, à l'âge de 79 ans. Malgré son caractère difficile et un peu égoïste, elle avait de l'esprit, de la foi et de la vertu. On peut être vertueux et garder des défauts désagréables. Dix jours après sa mort, son frère écrivait : « Le 5 mai, vers 2 heures de l'après-midi, ma sœur Angela, l'unique sœur qui me restait, infirme depuis longtemps, mais encore assez robuste pour laisser espérer plusieurs années de vie, se trouve surprise tout à coup par la mort, ne peut recevoir que l'Extrême-Onction et l'absolution, expire entre mes bras, où elle s'éteint comme un cierge, et me laisse isolé sur la terre du côté du sang. Sa mort a été celle d'une vierge chrétienne ; jamais elle n'avait aimé ni fréquenté le monde. J'espère qu'au Ciel elle portera la couronne des âmes pures (1). »

Des quatre frères qu'avait eus M. Dehaene, deux moururent en bas âge ; un autre, nommé François, demeura quelque temps avec lui, et mourut célibataire à l'âge de quarante ans (1847). Louis est le seul dont il faille parler longuement dans ce chapitre des collègues de M. le principal, parce qu'il fut attaché à son œuvre. Il était plus âgé que lui de cinq ans. Pendant que Pierre-Jacques faisait ses études et remportait de brillants succès, — auxquels on ne donnait point à Quaëdypre une importance bien grande, (les journaux ne parlaient point des lauréats du collège et les parents ne tiraient point vanité de leurs enfants,) — Louis se livrait aux rudes labeurs de la vie champêtre. Il conduisait la charrue chez un fermier du voisinage. Loyal,

---

1. Lettre de M. Dehaene à la même, 14 mai 1877.

courageux et bon, il avait l'estime de tous ceux qui le connaissaient. Sa vertu, son heureux caractère, sa mine ouverte, et sans doute aussi quelque distinction rurale provenant de l'origine de ses parents, lui gagnèrent le cœur d'une excellente fille du pays. Elle était de bonne maison, enfant unique, et devait lui apporter en dot une ferme à exploiter. Louis Dehaene était sur le point de se marier avec elle quand elle mourut par accident en tombant d'un grenier à foin. La douleur du brave jeune homme fut extrême : tous ses rêves de bonheur s'étaient évanouis. Il prit le monde en dégoût, et, malgré son âge avancé, songea à suivre son frère et à se mettre au service de la sainte Église. Il lui demanda une grammaire latine et, tout en continuant de travailler à la ferme, se mit à étudier. Aux heures de repos, quand les hommes de peine, ses compagnons, groupés en cercle, humaient avec délices la fumée de leur pipe et devisaient gaiement, Louis restait à l'écart, tirait d'une poche de sa blouse sa grammaire et apprenait par cœur une déclinaison ou un temps de verbe. Il faisait de même, pendant l'hiver, quand on battait le blé en grange : sa grammaire dormait dans une gerbe, en attendant le moment où il pourrait la feuilleter. La mémoire du cher étudiant était fort lente, et, pour fixer dans sa tête les ritournelles de désinences qui font le désespoir des débutants, il les scandait à la cadence du fléau.

Il vint à bout des difficultés. Le collège du Buissaert n'était pas loin de la maison paternelle. Louis Dehaene en suivit les cours ; puis il reçut quelques leçons de son frère à Douai ; il put entrer au Grand-Séminaire. Comme il avait du bon sens et un remarquable esprit de foi, il n'eut point de peine à se faire aux études théologiques ; les grandes vérités de notre sainte religion entraient de plain pied dans son âme pure et dans son cœur croyant.

Ordonné prêtre aux Quatre-Temps de Noël 1843, il fut envoyé à Hazebrouck pour aider son frère dans l'administration matérielle du collège. M. Louis fut à la fois économe et aumônier de la Sainte-Union, et à ce double titre il rendit de fort bons services. A côté de M. le principal, imagination brillante et cœur débordant, il cheminait avec réserve et précautions comme la prose à côté de la poésie.

Ses vingt années de sacerdoce s'écoulèrent paisibles comme son âme, et sa vie fut le reflet de son cœur simple et bon. Un seul incident mérite d'y être signalé : c'est un voyage à Jérusalem qu'il fit en septembre et octobre 1855. Il avait pour compagnon un des fils de M. Lernout, l'excellent légitimiste dont nous avons parlé ailleurs (1).

M. Louis, cet homme antique, nourri de la lecture de l'Évangile et des vieilles traditions flamandes, devait préférer à tout autre voyage ce pèlerinage en Terre-Sainte qui, depuis le temps des croisades, n'a point cessé de séduire les imaginations populaires (2). Pour ce robuste croyant, les pays classiques de Virgile et de Cicéron n'étaient rien en comparaison de l'auguste berceau de notre foi ; Rome elle-même n'avait point à ses yeux l'austère grandeur du Calvaire. Il fit pieusement son voyage et revint chargé d'une collection de petites pierres de toute espèce (cailloux de la vallée du Térébinthe, fragment de la grotte de Bethléem, etc.) et de plusieurs autres souvenirs, qu'il exposa dans le parloir du collège, derrière une vitrine, avec des étiquettes détaillées (3).

M. Louis avait vu Jérusalem : sa piété était satisfaite, c'était tout ce qu'il désirait. Il reprit tranquillement ses fonctions d'économe et les continua jusqu'à sa mort, avec un dévouement et une bonté qui suppléaient à des qualités plus élevées et plus

---

1. M. Émile Lernout, alors étudiant à Paris, aujourd'hui docteur en médecine à Wormhoudt, adjoint au maire et conseiller d'arrondissement.

2. On lisait beaucoup dans les campagnes le livre flamand intitulé : *De dubbel reyse naer Jerusalem*.

3. Nous avons retrouvé parmi les papiers de M. Dehaene trois lettres écrites par M. Louis durant ce voyage, et datées, l'une de Jaffa, les deux autres de Jérusalem. On y reconnaît sa piété. L'expression lui manque pour dire les émotions qui remplissent son âme. « A peine débarqués à Jaffa (10 septembre), nous entonnons le *Magnificat*. M. Crombé (missionnaire diocésain de Cambrai, directeur du pèlerinage) chante les Litanies de la Sainte Vierge, et les larmes coulent de tous les yeux. » Une autre fois : « Je suis à Jérusalem, la ville sainte ! Ah ! mon très cher frère, que vous dirai-je de Jérusalem ? Rien, hélas ! car tout ce que je pourrais vous en dire ne serait que la nuit comparée au jour. » Et cependant cet homme si simple, qui ne sait que s'exclamer devant ce qu'il voit, trouve presque l'éloquence pour signaler dans un même tableau « le Juif qui pleure sur les ruines de Jérusalem, le Musulman qui fume son chibouque sur le tombeau du Sauveur du monde, et le Grec qui lève la tête partout. »

Deux fois il célèbre la sainte messe au Saint-Sépulcre, et pieusement il fait couler

rares. Il avait des rapports quotidiens avec les fournisseurs, avec les domestiques et avec les pauvres, trois classes de gens difficiles à contenter, et qui ne parvinrent ni à lasser sa patience ni à troubler sa paix. Sa sérénité et sa bonhomie désarmaient la critique ; l'on sentait s'écrouler toute la politesse et toutes les belles manières devant la rustique candeur de cet humble prêtre.

Il était moins heureux auprès des élèves; car il n'avait point ce qu'il faut pour en imposer à des jeunes gens : aussi son rôle fut-il effacé et son autorité médiocre. Il était de ces hommes d'une droiture telle, qu'il leur semble impossible qu'on n'admette point une chose sensée et juste. Il croyait donc superflu de donner des ordres. Mais s'il avait conservé la placide bonté rurale que les paysans puisent au sein de la pacifique nature et parmi les animaux dociles, il oubliait qu'il est un âge sans pitié, et que cet âge est très exigeant pour ceux qui le gouvernent, qu'il faut devant lui de la réserve, de la distinction, du sang-froid. M. Louis n'avait-il point un jour laissé échapper cette parole : « Je le dirai à mon frère ! » On conçoit le déplorable effet qu'elle dut produire sur de jeunes mutins.

Aussi ce n'est point comme professeur, c'est comme ami de M. le principal que son action fut utile. Toujours prêt à écouter à modérer, et, tranchons le mot, à supporter son frère, — quel homme, à certains jours, n'a pas besoin qu'on le supporte ? — il ne cessa de lui donner un appui très efficace. C'est ce qui explique l'immense douleur que sa mort causa à M. Dehaene. Il est si doux, quand on vit dans la fièvre de l'activité humaine, d'avoir à côté de soi un frère calme et tranquille, indulgent et bon, qui donne à notre âme ce qui lui manque : la sensation bienfaisante d'une imperturbable paix !

Sa mort, qui fut prématurée, arriva le 13 juin 1863.

---

sur le papier de sa lettre, à la suite de sa signature, comme un cachet en forme de croix, cinq gouttes du cierge qui a brûlé sur le tombeau de Jésus-Christ ; il les envoie à son frère comme un souvenir.

De Jérusalem il fait deux excursions, l'une à Bethléem, l'autre à la Mer Morte. En traversant la plaine de Jéricho, l'ancien laboureur flamand déplore la négligence de la culture, et fait un mélancolique retour vers son beau pays natal. « La plaine de Jéricho est magnifique. Ah! si les laboureurs de Flandre étaient à Jéricho, quelle moisson abondante ils récolteraient chaque année ! »

Deux jours après, M. le principal écrivait cette lettre désolée : « Je viens de perdre mon frère aîné, mon frère unique, » mon frère, prêtre comme moi, que j'ai élevé pour le sacerdoce, » quoique plus âgé que moi, — mon frère, compagnon et défen- » seur de mon enfance, qui, depuis que je suis au monde, est » un autre moi-même ! Et de là quels orages dans mes nerfs et » dans mon imagination ! Nuit sombre, révolte de la nature » contre la mort que l'on sent déjà en soi, isolement, néant, » sépulcre universel, oh ! quelle horreur quand on regarde du » côté de la terre !...

» Mon tout cher frère est donc décédé samedi soir, vers huit » heures, des suites d'une gastro-entérite qui a duré près de » six semaines et qu'il a supportée avec un calme tout céleste » et fort édifiant. Je lui ai demandé souvent, bouche à bouche, » avec la simplicité de deux enfants : Mon frère, avez-vous peur » de mourir ? — Non, je meurs volontiers. — Et vers la fin, trois » quarts d'heure avant sa mort, je lui disais : Mon tout cher » frère offrez à Dieu toute votre vie et votre mort, comme un » acte de suprême amour ! — Oh ! oui, volontiers ! répondit-il.
» — Quelle consolation ! Jusqu'à dix minutes avant son der- » nier soupir il a conservé toute la présence d'esprit, toute la » liberté de tête possible. Que Dieu est bon ! il est mort comme » un martyr de l'amour de Dieu. Voilà ce que sent, ce que » dit l'amour de Dieu. Mais vous savez bien que la nature » n'y entend rien, et qu'elle ne monte sur l'autel du sacrifice » qu'avec la dernière répugnance ! Priez donc beaucoup pour » cette chère âme dont la dépouille mortelle sera confiée à la » terre demain mardi, 16 juin. Faites, je vous en conjure, beau- » coup prier pour elle ! Et n'oubliez pas le misérable qui vous » écrit et qui ne veut pas encore mourir entièrement (1). »

Un petit détail, que M. Dehaene ne rappelle point dans cette lettre, peint très bien la simplicité et la foi de M. Louis à ses derniers moments. Il était dans une crise et appuyait sa tête endolorie sur le bras du domestique qui le soignait. Le voyant souffrir beaucoup et craignant une mort imminente, ce brave homme lui dit en flamand : Je vais chercher votre frère, M. le

---

1. Lettre de M. Dehaene à S. X..., 15 juin 1863.

principal. — *Ce n'est pas nécessaire*, répondit le doux malade, *nous ferons bien cela à nous deux.* — *Faire cela*, c'était mourir !

Ses funérailles eurent lieu le mardi 16 juin. Rarement vit-on dans l'église d'Hazebrouck pareille affluence de prêtres, de fidèles et de pauvres. M. Louis rendait beaucoup de services aux curés des environs, et dans la ville tous les braves gens l'aimaient. M. Janssoone, régent de seconde, prononça un discours sur sa tombe. Il y rappela sa bonté, sa franchise, sa fermeté de caractère, son courage durant cette dernière maladie, « où il
» avait surpassé l'attente générale, au point que les rôles étaient
» intervertis, et que l'on allait voir le malade, non pour le sou-
» tenir et le consoler, mais pour être soutenu et consolé par
» lui (1). »

Nous avons dit que M. le principal fut très ému de la mort de son frère. « Quelque fondées que puissent être les espé-
» rances que donne la foi, l'homme ne sait jamais complètement
» se dépouiller de lui-même, et une semblable séparation ne
» s'opère pas sans que, même chez les personnes les plus désin-
» téressées des choses et des affections de ce monde, un grand
» déchirement ne se fasse sentir. Vous aurez la force, je n'en
» doute pas, de surmonter le chagrin ; mais vous n'en avez pas
» moins ressenti ses cruelles atteintes. Puisse le témoignage de
» sympathie que je vous apporte vous être de quelque secours !
» Puissent les prières que nous avons adressées au Ciel pour
» l'âme du digne frère que vous pleurez, ajouter à la certitude
» de le savoir au nombre de ceux qui ont mérité la récompense
» du juste ! (2) »

Le 13 juillet, M. Dehaene répondait à cette lettre de M. Plichon :

« Monsieur le député, je réponds un peu tard à votre si affec-
» tueuse lettre du 22 juin, mais je vous avoue franchement que
» ce n'est qu'à regret encore que je me mets à écrire ; mon
» cœur a reçu une plaie si cruelle ! La mort a vraiment retran-
» ché la moitié de moi-même, et je ne suis plus, ce me semble,
» qu'un lambeau sanglant. Mais la fin de mon frère, qui a été
» si pleine de pieuse résignation, les prières qu'on a faites pour

---

1. Discours de M. Janssoone sur la tombe de M. Louis Dehaene.
2. Lettre de M. Plichon à M. Dehaene, 22 juin 1863.

» lui et le témoignage si unanime rendu à sa mémoire, m'ont
» consolé beaucoup. Je vous remercie en particulier, Monsieur
» le député, de votre vive sympathie ainsi que de celle de votre
» pieuse compagne. Le nœud qui nous resserrait déjà n'en sera
» que plus fort. Continuons à faire le plus de bien possible en
» ce lieu de passage, afin d'être réunis tous là où l'on ne se
» sépare plus !... (1) »

Et cependant, malgré ces considérations inspirées par la foi, il fut ébranlé au point de tomber gravement malade. Il fut tour à tour en proie à des surexcitations et à des prostrations également effrayantes. « Vous avez des inquiétudes sur ma pauvre
» santé. Ce n'est peut-être pas sans raison. Le fait est que
» depuis un mois je sens une grande faiblesse à la poitrine, à
» l'estomac, aux entrailles, un peu partout... Quelle sera l'issue
» de tout cela ? Je ne sais. Si je consultais mes impressions, je
» dirais : DIEU m'appellera sous peu à Lui ! Je suis d'une indif-
» férence singulière pour toutes les choses de la terre ; on
» dirait que mon âme tout entière a passé du côté de l'éter-
» nité. En attendant, ma tête est singulièrement tourmentée.
» Je ne veux pas souffrir, je ne veux pas mourir, la douleur
» m'effraie. Il me semble sentir à chaque instant l'agonie de la
» mort... Mais puissé-je aimer DIEU jusqu'à vouloir souffrir
» pour Lui ! Jusqu'à présent les douleurs physiques m'étaient
» presque inconnues. Je n'ai jamais été sérieusement malade.
» Maintenant peut-être DIEU veut-il que je travaille de cette
» manière à sauver mon âme et l'âme du prochain (2). »

Les médecins conseillèrent le repos complet et un changement d'air. M. Dehaene alla à Dunkerque, où M. Sagary, économe de Notre-Dame des Dunes, l'installa commodément, et s'occupa de lui procurer les distractions et les soins nécessaires. Il fallait à la fois relever le moral et calmer les nerfs. L'imagination de M. le principal, frappée par la pensée de la mort, avait des craintes exagérées, des terreurs folles. Tout travail de tête le fatiguait. Il ne pouvait plus célébrer la Sainte Messe.

Les lignes suivantes, extraites de ses lettres, nous renseignent

1. Lettre de M. Dehaene à M. Plichon, 13 juillet 1863.
2. Lettre de M. Dehaene à S. X.... 7 août 1863.

sur son état et sur ses sentiments durant cette maladie. « Je ne
» fais presque plus rien ; je suis devenu à moitié poisson à
» Dunkerque, où j'ai pris des bains de mer et de l'air (1). » —
« Je suis soigné par un médecin en qui j'ai confiance, et par
» une compatissante religieuse de l'Enfant-JÉSUS qui m'entoure
» d'une affection vraiment maternelle (2). » — « Un homme de
» DIEU me dit que JÉSUS veut me crucifier. Demandez à ce
» divin Maître que je le laisse agir selon son bon plaisir... J'ai
» été à Hazebrouck, il y a une quinzaine de jours, pour voir *mes
» enfants*. Tout va bien, grâce à la bonté de DIEU (3). » Enfin
il put dominer son mal. « Je vous annonce une nouvelle qui
» vous réjouira dans le Cœur du bon Maître. Je dis la Sainte
» Messe depuis l'Immaculée-Conception, 8 décembre, et je suis
» de retour à Hazebrouck depuis tantôt trois semaines. Ce
» prompt changement dans une névrose aussi grave qu'était la
» mienne est dû indubitablement à toutes les prières qu'on a
» faites de tous les côtés pour ma guérison. Ce qui s'est passé
» en moi depuis le mois d'octobre, ce que j'y ai appris sous tous
» rapports, je ne saurais l'expliquer. Je n'aurais jamais soup-
» çonné même un semblable état d'angoisses corporelles et
» spirituelles. Quel enseignement pour l'âme quand elle se sent
» ainsi suspendue dans la main de DIEU ! Je ne saurais en reve-
» nir, et il ne me reste au fond du cœur, de tout cela, qu'un cri :
» que DIEU est puissant et bon ! que nous ne sommes rien ! que
» tout n'est rien près de Lui ! — Maintenant que je dis la
» Ste Messe tous les jours, je me compte sauvé : avec la Ste Messe
» n'a-t-on pas tout ? (4) — J'étais sans courage et sans fermeté
» pour supporter les douleurs physiques. A la moindre douleur
» je craignais que la mort ne fût là, et je répugnais tant à
» mourir ! Quel abîme de misère ! Aussi ai-je toujours invoqué
» JÉSUS comme la force des martyrs, Marie comme la conso-
» latrice des affligés, St Joseph comme grand devant DIEU.
» Avec cela je me suis soutenu (5). »

M. Dehaene ne retrouvait donc plus à côté de lui son frère

---

1. Lettres diverses. 25 septembre.
2. Id...... 16 novembre.
3. Id...... 3 décembre.
4. Id...... 5 janvier 1864.
5. Id..... 29 mars 1864.

sur qui il pouvait reposer sa tête fatiguée. C'en était fait des joies de la famille. Nous avons vu que Dieu le préparait ainsi aux épreuves dont nous avons raconté le commencement et dont il nous faut dire la suite et le résultat.

CHAPITRE TREIZIÈME.

L'Institution Saint-François d'Assise.

Suivant la décision de Mgr l'Archevêque, M. Dehaene se retira au couvent des Capucins, le mercredi 8 mars. « Dès que j'ai mis le pied à Saint-François, j'ai senti je ne sais quel ineffable contentement. Du haut de son autel désert depuis plusieurs années la Sainte Vierge semblait nous dire : Soyez les bienvenus ! Tous ceux qui m'ont suivi partageaient ma joyeuse confiance (1). »

En même temps que son cœur se remplissait de joie, sa poitrine se dilatait d'aise. — « Nous avons ici un local spacieux et un océan d'air et de lumière, avec une belle église. Depuis que la disgrâce m'a frappé, je ne me suis jamais senti une santé meilleure, ni un courage aussi mâle, ni une gaîté aussi franche et aussi naturelle. Je sens que Dieu m'a fait pour la lutte. » Et un peu plus loin : « Ma santé est parfaite, je dors fort bien ; merveille de Dieu ! après tant de souffrances, je suis prêt à tout entreprendre pour son amour (2). »

Le couvent des Capucins était inhabité depuis trois ans. Le seul religieux qui le gardait avait dû partir à cause du mauvais vouloir de l'administration : la solitude était donc complète. Les cellules, laissées dans leur état primitif, n'offraient au regard que des murs de briques nues. On était au mois de mars. Il faisait froid. Rien ne donne froid et rien n'est triste comme une maison vide ; et quand elle est de construction récente,

---

1. Lettre de M. Dehaene au P. Sergeant, février 1866.
2. Lettres de M. Dehaene à Sr X, 20 mars et 28 avril 1865.

son délabrement ajoute à la tristesse de l'abandon celle d'un veuvage prématuré.

A l'arrivée de ses hôtes inattendus, le couvent des Capucins secoua sa torpeur et son deuil. Dans les premiers jours, on n'avait ni feu ni meubles : M. Dehaene et ses collègues durent aller prendre leurs repas en ville. Mais bientôt arriva Rosalie, la bonne servante qui dirigeait la cuisine du collège. Elle franchit non sans émotion la clôture du cloître, qu'elle profanait en y entrant. On pendit la crémaillère. On eut un foyer. On mangea son pain.

Puis la chapelle fut rouverte ; l'autel se revêtit de propreté et de lumières ; la Sainte Messe fut célébrée, et le DIEU de l'Eucharistie reprit possession de son tabernacle. Les murs en tressaillirent de joie, et la cloche, réveillée de son long sommeil, sonna en palpitant un *angelus* triomphal. Autour de la chapelle, les fleurs du jardin redressèrent leurs corolles ; depuis le départ du P. Camille, elles ne savaient plus à qui sourire. Le printemps s'ouvrait. Les arbres se hâtèrent d'étaler leur feuillage, et les oiseaux, heureux d'égayer des oreilles humaines, reprirent plus tôt leurs doux concerts. Les maisons du quartier, attristées elles-mêmes par le voisinage d'une grande solitude, semblaient prendre part à cette vie nouvelle et s'associer à cette résurrection.

Et du fond de la Belgique les Pères Capucins, ayant béni le DIEU très sage qui dirige toutes choses, écrivirent à leur ami de France : « *Beati qui persecutionem patiuntur !...* Si les » hommes oublient la justice, DIEU ne l'oublie jamais... Quant » à la pensée bienheureuse de vous fixer au couvent que nous » habitions jadis, croyez bien que c'est pour nous une fête que » de la savoir réalisée. Vous n'y trouverez plus qu'un seul des » nôtres, c'est le bon Père Isidore qui repose dans le cimetière » de l'enclos. Puisse sa mémoire et le souvenir de ce qu'il souf- » frit également à Hazebrouck pour la justice, vous encourager » dans la tribulation présente (1). »

M. Dehaene occupa la salle la plus convenable du monas-

---

1. Lettre du P. Célestin, supérieur du monastère d'Anvers (12 mars 1865). Le corps du P. Isidore est resté dans l'enclos du cloître. Rien n'indique sa tombe, qui est au pied d'un sapin à la sombre verdure.

tère, sans trop faire attention aux plafonds ni aux planchers. MM. Boute, Baron, Debusschère, Hébant, s'installèrent à ses côtés, dans les chambres principales ; l'ancien réfectoire servit de salon, et les trente cellules furent abandonnées aux quatre élèves que M. le principal avait pris avec lui, en sa qualité de ministre du culte catholique (1).

Le samedi 11 mars, trois jours après son arrivée chez les Capucins, M. Dehaene recevait de Mgr Régnier la lettre suivante :

« Cambrai, le 10 mars 1865.

» Mon cher abbé,

» Je commence par vous dire que je vous adresse, sous le
» couvert de M. le doyen d'Hazebrouck, *votre nomination de*
» *chanoine honoraire. Tout le clergé du diocèse applaudira à cette*
» *juste récompense de vos longs et utiles travaux pour l'éducation*
» *chrétienne de la jeunesse flamande.*

» Ces bons services, mon cher abbé, il faut les continuer dans
» la mesure restreinte de vos ressources. Il nous faut à Haze-
» brouck un établissement qui recueille et développe les
» vocations ecclésiastiques que fait naître l'esprit religieux de
» cette excellente contrée.

» Je vous laisserai pour collaborateurs ceux de vos Messieurs
» qui voudront rester avec vous et que vous pourrez employer.
» Prenez vos arrangements, et rendez-moi compte de votre
» situation et de vos espérances.

» Recevez, mon cher abbé, l'assurance de mon affectueux
» dévouement.

» † R. F., Archev. de Cambrai. »

En parlant de cette lettre M. Dehaene disait : « Les hom-

---

1. Conformément à la loi de 1850, qui permet aux prêtres, moyennant une déclaration préalable, de donner l'instruction à quatre jeunes gens se destinant à l'état ecclésiastique. Ces quatres privilégiés étaient MM. Théophile Deman, René Decrocq, Jules Lebeau et Ployart. M. Lebeau, élève de philosophie, se préparait au baccalauréat. Les trois autres faisaient plus souvent la chasse aux moineaux, la cueillette des fraises et le déménagement de leur mobilier, que la méditation sur le Γνῶθι σεαυτον.. Les deux premiers sont prêtres dans le diocèse; M. Lebeau est entré dans la Compagnie de Jésus.

» mes me soufflettent sur une joue et Dieu me caresse sur
» l'autre (1). »

Dès que cette nouvelle fut connue dans le pays, il y eut une explosion de joie. Le titre donné à M. Dehaene était plus qu'une de ces marques d'honneur que les évêques accordent ordinairement aux prêtres qui ont bien mérité du diocèse : il empruntait aux circonstances le caractère d'une protestation énergique contre l'administration civile. C'était un de ces coups droits portés d'une main vigoureuse, comme ceux que portait Mgr Régnier. La leçon fut comprise en haut lieu.

Pendant plusieurs semaines les lettres de félicitations adressées à M. Dehaene peuplèrent la solitude du couvent. « L'affection universelle me console dans ma disgrâce, » disait-il.

Son installation comme chanoine se fit dans la semaine de Pâques. — Un ancien élève d'Hazebrouck, M. l'abbé Sagary (2), missionnaire diocésain, écrivit à tous les prêtres sortis du collège et leur proposa de souscrire pour donner à leur principal les insignes de sa nouvelle dignité. La souscription fut couverte immédiatement.

A Cambrai, M. Cailliau, chanoine titulaire, condisciple et fidèle ami de M. Dehaene, lui offrit de chanter la messe capitulaire. « Je le vis avec bonheur célébrer la Ste Messe entouré de vingt-quatre jeunes lévites, ses anciens élèves, qui remplissaient les fonctions de leurs différents Ordres (3). »

Mais ces distinctions flatteuses, récompense du passé et consolation du présent, ne faisaient point perdre de vue l'avenir ; il fallait y pourvoir en préparant l'ouverture d'une institution libre.

Immédiatement après sa disgrâce, M. Dehaene avait reçu de divers côtés des propositions de tout genre. M. Bernast, curé de Ste-Marie-Cappel, lui avait offert l'usage d'un très beau bâtiment qui est au sommet du mont Cassel, à l'endroit appelé le château, dans une situation vraiment magnifique, et, pour l'hygiène et le coup d'œil, incomparable.

---

1. Lettre à M. Plichon.
2. M. Sagary, curé-doyen de Templeuve, conserve comme une relique la croix de chanoine qui faisait partie de ce cadeau, et qui lui a été donnée après la mort de M. Dehaene.
3. Discours de M. Cailliau à la distribution des prix (1873).

M. l'abbé Deswarte, curé-doyen de St-Martin à Dunkerque, avait écrit dès le 9 mars : « Venez vous fixer à Dunkerque » pour donner une plus grande extension à la maison libre » que vous avez établie, et pour placer ici le centre de l'asso- » ciation que vous projetez. » Il était question, en ce moment, d'acheter les bâtiments et le terrain des Carmes et d'y bâtir un nouveau collège, parce qu'on était à l'étroit dans les vieilles constructions de N.-D. des Dunes. De leur côté, M. Durant et M. le doyen de St-Jean-Baptiste suppliaient M. Dehaene de ne point se jeter dans une entreprise nouvelle, de battre en retraite sur Dunkerque, de se fortifier là, de faire plus grand au lieu de faire du neuf, en créant un collège de premier ordre, qui se suffirait, grâce aux pensionnaires amenés d'Hazebrouck, tandis qu'on aurait trois maisons qui végéteraient également, « et peut-être, ajoutait M. Durant, au bout de très peu d'années succomberions-nous à la tâche, ruinés tous trois et déconsidérés ! »

La question du transfert à Dunkerque fut examinée à Cambrai et tranchée négativement. Mgr Régnier voulait Hazebrouck comme centre à cause des vocations ecclésiastiques. C'était aussi l'avis des principaux collègues de M. Dehaene. Établis à Dunkerque, disaient M. Baron et M. Boute, notre mission aurait un tout autre caractère : il nous faudrait préparer les jeunes gens à entrer dans le monde. A Hazebrouck, nous sommes mieux placés pour recueillir des vocations sacerdotales et pour les abriter.

M. Legrand, archiprêtre de Merville, étudia ce dernier projet, conclut en faveur de son adoption, et fit un rapport auquel Monseigneur répondit :

« Cambrai, le 18 mars 1865.

» Mon cher archiprêtre,

» Je pense, comme tout notre clergé flamand, qu'il faut con-
» server à Hazebrouck un établissement où puissent être
» recueillies et développées les *vocations flamandes dont nous*
» *avons un besoin toujours croissant dans le diocèse.* C'est donc
» un devoir pour moi d'encourager les efforts du cher M. De-

» haene, et de joindre ma souscription à celles que vous allez
» recueillir pour maintenir son œuvre. Vous pouvez compter
» sur deux mille francs payables à la Pentecôte. Ils ne peuvent
» être pris sur les fonds dont vous me parlez, mais il y sera
» autrement et très régulièrement pourvu.
  » Recevez l'assurance de mon affectueux dévouement.
» † R. F., Archevêque de Cambrai. »

Mais une grave question se posait dès l'abord. M. Dehaene serait-il autorisé à ouvrir une institution libre en face du collège communal, et à faire concurrence à l'Université sur son propre terrain ?

On devait naturellement s'attendre à ce que le gouvernement fît une opposition acharnée à tout projet de fondation nouvelle à Hazebrouck. C'est ce qui arriva.

M. Dehaene résolut d'aller droit à l'ennemi et de demander une audience au ministre pour lui donner une explication loyale qui désarmerait son courroux. Il aimait ces sortes de moyens. Grâce à M. Plichon il obtint l'audience. M. Duruy déclara qu'il s'opposerait énergiquement à l'ouverture du collège libre : « Je ne suis pas sûr de réussir, dit-il, mais je ferai tout ce qui est en mon pouvoir pour vous empêcher de vous établir à Hazebrouck. » Le lendemain de l'audience, on attendait M. Dehaene au couvent des Capucins. Tous les professeurs étaient réunis dans la salle commune autour d'un poêle gris qui donnait froid. M. Dehaene rentre. En ouvrant la porte : « Κακως, dit-il, c'est mauvais ! » Sa démarche avait complètement échoué.

Néanmoins son espoir dans le succès final restait le même. Il était réconforté par ses amis et entre autres par M. Janssoone, son ancien collègue, qui, du séminaire des Missions étrangères, écrivait une lettre fort remarquable par les pressentiments de l'amitié et la clairvoyance du cœur.

« Paris, le 28 avril 1865.

» Mon bien-aimé Principal,

» Les arrêtés ministériels n'y font rien. Vous êtes *mon*
» *Principal* actuellement sans élèves, mais sous peu entouré

» d'une pépinière de futurs lévites. Quand je pense à vous et à
» vos œuvres, je prie le bon Dieu avec une ferveur, un plaisir,
» une confiance extraordinaires. Il me semble qu'il y a là une
» œuvre magnifique à fonder. Ce grand diocèse de Cambrai
» n'a qu'un seul petit séminaire perdu au fond du département.
» *Vous allez établir le petit séminaire de la Flandre et du nord
» du diocèse.*
» Que de vocations en germe au milieu des bons villages de
» Flandre vous allez éveiller, soutenir et conduire à terme !
» Vous avez entre les mains des couronnes de prêtres, de mis-
» sionnaires et peut-être de martyrs.
» Et d'ailleurs, quand vous ne réussiriez, d'ici à la fin de votre
» carrière, qu'à former un seul prêtre, ne serait-ce pas une chose
» magnifique ? Un grand pape a dit à un de nos vicaires apos-
» toliques *qu'il aimait mieux voir former un seul prêtre indigène
» que de voir convertir cinquante mille idolâtres.* Aussi notre
» œuvre principale, dans les missions, consiste à former un
» clergé indigène, et, quand il suffira, de nous retirer. Nous
» travaillons à notre ruine et nous creusons notre tombe, mais
» on pourra dire : *Sepulcrum ejus gloriosum.*
» Même humainement parlant, il y a dans votre position un
» côté à envier. Lutter contre l'adversité, lutter contre les pou-
» voirs, aller contre vent et marée, n'est-ce pas de quoi tenter
» un courage d'homme ? Je vous applique volontiers l'ode d'Ho-
» race : « *Justum et tenacem*, etc. »

Lutter contre les pouvoirs ! — Il y avait un ami de M. Dehaene
que cela tentait aussi : c'était M. Plichon, député du Nord. Il
était dans la période militante de sa vie. Dès qu'il entendait un
clairon sonnant la charge contre l'arbitraire administratif, il
partait en guerre.

C'est ici qu'il entre en scène et prend en main les intérêts de
M. Dehaene. L'ouverture de la maison libre sera désormais
on affaire ; et il n'épargnera rien, ni démarches, ni sollicitations, pour la mener à bonne fin. Le vaste dossier de ses notes
et de ses lettres a été conservé. Il montre ce que cet homme
était pour ses amis.

« Avant tout, disait Mgr Regnier, il faut savoir si la
» lutte contre le ministre est possible, afin de ne s'engager qu'à

» bon escient. Consultez là-dessus M. Plichon (1). » Celui-ci, consulté par lettre, répond catégoriquement qu'il n'y a pas à hésiter. « Si le ministre fait opposition, il sera battu devant le Conseil départemental, devant le Conseil supérieur de l'Instruction publique, devant le Conseil d'État. J'ai examiné la composition du Conseil départemental : elle est parfaite et doit vous donner toute sécurité (2). »

M. Dehaene avait émis l'idée de provoquer une démarche collective des députés du Nord auprès du ministre pour le faire renoncer à son opposition. « La députation du Nord ferait sans hésitation une démarche auprès du ministre, répond M. Plichon, mais je doute que cette démarche puisse avoir l'efficacité que vous en espérez... Bien plus, elle tendrait à faire croire que vous doutez de votre droit. A mon avis, en face d'un texte de loi aussi positif et de Conseils administratifs aussi bien composés, ce qu'il y a à faire, c'est d'affirmer votre droit en déposant votre demande d'ouverture... Voilà quel est mon sentiment très positif. Je vais l'exprimer à Monseigneur, qui l'appréciera et décidera (3). »

Monseigneur n'attendait que cette lettre pour dire à M. Dehaene : « Complétez le dépôt de vos pièces (4). » — Et c'est ce que M. Dehaene fit, après avoir consulté M. Vallée, vicaire-général, qui était très versé dans les questions administratives. Tout en le renseignant sur divers points de détail, M. Vallée mêlait les encouragements de l'ami aux conseils techniques du juriste. « Je sais bien que votre projet ne plaît pas aux diverses autorités ; mais il faut qu'on apporte des motifs légaux à l'opposition, et je ne crois pas que la majorité du Conseil départemental veuille épouser les rancunes universitaires. Nous verrons ce qui se préparera, et vous pouvez compter que je saurai vous défendre *unguibus et rostro* (5). »

---

1. Entretien de Mgr avec M. Dehaene rappelé dans une lettre du 3 avril 1865.
2. Lettre de M. Plichon, Paris, 8 avril.
3. Lettre du même, Paris, 9 avril.
4. Lettre de Mgr, Cambrai, 11 avril.
5. Lettre de M. Vallée, 29 mars 1865.

Le 20 avril M. Dehaene est à Lille et remet ses pièces entre les mains de M. l'Inspecteur d'Académie (1).

L'article 64 de la loi du 15 mars 1850 est ainsi conçu :

« Pendant le mois qui suit le dépôt des pièces requises pour
» l'ouverture d'un établissement libre, le Recteur, le Préfet et
» le Procureur de la République peuvent se pourvoir devant le
» Conseil académique, et s'opposer à l'ouverture de l'établisse-
» ment dans l'intérêt des mœurs publiques ou de la santé des
» élèves. »

Le 15 mai, veille du jour où expirait le délai légal, un acte d'opposition fut notifié à M. Dehaene au nom de M. l'Inspecteur d'Académie. Cet acte portait en substance que M. Dehaene, étant déjà directeur des collèges libres de Dunkerque et de Gravelines, ne pouvait ouvrir un autre établissement sans qu'il en résultât :

1º des déclarations frauduleuses de sa part ou de la part de ses collègues de Dunkerque et de Gravelines, lesquels ne seraient que des prête-noms ou des employés à gages ;

2º une exploitation dangereuse de l'éducation de la jeunesse ; car un particulier pourrait ainsi, dans un but mercantile, accaparer tous les collèges d'un département ou d'une province au détriment de l'intérêt public, qui serait sacrifié aux intérêts pécuniaires d'un spéculateur.

Dans ces deux hypothèses il y avait, disait l'acte d'opposition, atteinte grave à la morale publique.

D'après la loi, il devait être statué sur l'opposition dans la quinzaine qui en suivait la notification.

Le 27 mai, M. Dehaene fut informé que le Conseil départemental examinerait son affaire dans la séance du vendredi 2 juin. Le temps pressait : il ne restait que huit jours pour préparer la défense.

Le cas en litige soulevait une question de droit et une question de fait. M. Dehaene soutiendrait-il en droit qu'il lui était permis de participer pécuniairement et moralement au fonctionnement de plusieurs maisons libres ? — ou bien renonce-

---

1. Elles comprenaient : 1º acte de naissance ; 2º déclaration d'ouverture d'un établissement libre d'instruction secondaire dans la ville d'Hazebrouck ; 3º plan du local, qui n'est actuellement exécuté que pour 20 pensionnaires; 4º certificat de bachelier ès lettres ; 5º certificat de stage.

M. Dehaene.

rait-il en fait à toute ingérence dans les collèges de Dunkerque et de Gravelines, et enlèverait-il de la sorte à l'opposition académique son principal fondement?

Ce dernier parti était conseillé par Mgr l'archevêque. « Mgr » est d'avis que je vende ce qui m'appartient à Dunkerque et à » Gravelines. Qu'en pensez-vous ? » écrivait-il à M. Plichon (1). — « Je ne vendrais point, répondait celui-ci, je défendrais mon droit. » Et, pour faire accepter sa manière de voir, il écrivit directement à Mgr Regnier.

« J'ai acquis, disait-il, la triste conviction que l'affaire d'Ha-
» zebrouck n'est que le premier pas de l'administration dans
» un système de tracasseries qui désormais sera appliqué aux
» établissements libres qui ont le caractère religieux. Dans les
» conversations que j'ai eues avec lui, M. le ministre m'a plu-
» sieurs fois répété qu'il ne pouvait admettre dans l'État deux
» enseignements avec des principes contraires, que ce serait
» créer au sein de la patrie des partis qui dans l'avenir pour-
» raient la déchirer. C'est à l'anéantissement de la liberté d'en-
» seignement que le ministre veut arriver. Cette circonstance
» me fait ajouter un nouveau prix à la décision du Conseil dé-
» partemental dans l'affaire qui va lui être soumise. S'il donnait
» raison à l'opposition ministérielle, on devrait craindre de voir
» attaquer successivement tous les établissements d'instruc-
» tion de Marcq et ceux de l'évêché, car il n'est pas une seule
» des considérations invoquées contre l'établissement de M.
» Dehaene, qu'on ne puisse invoquer au même titre contre les
» maisons de cette association (de Marcq) ou contre celles
» établies sous votre patronage. »

Aussi, quoique la renonciation de M. Dehaene dût faciliter son triomphe, M. Plichon voulait-il une décision de principe, reconnaissant le droit de s'associer pour mettre en commun les chances de profit et de perte dans les établissements libres (comme font les sociétés de Marcq et de St-Charles, qu'il citait à Monseigneur).

Il ajoutait :

« Dans une de mes dernières entrevues avec le ministre, je l'ai
» vivement pressé de renoncer à une chicane indigne de lui,

---

1. Lettre de M. Dehaene, 20 mai.

» indigne surtout de la haute situation qu'il occupe. Il s'y est
» refusé en cherchant à donner à son opposition le caractère
» d'une représaille dirigée contre Votre Grandeur, qui a cru
» devoir refuser certains pouvoirs spirituels à M. l'abbé Pour-
» taultz (1).

» Il y a quelques jours, en ma qualité de membre de la
» commission chargée d'examiner le projet de loi sur les
» attributions départementales et municipales, j'ai été invité à
» dîner aux Tuileries. J'ai cru devoir entretenir l'Impératrice
» des tracasseries dont on abreuvait l'abbé Dehaene. Sa Majes-
» té m'a promis d'en causer avec le ministre. Dans la crainte
» qu'elle ne l'oublie, j'ai rédigé une note qui lui sera remise
» par une personne sûre et dévouée, qui vient de me dire que
» quelques mots de Votre Grandeur à l'appui de cette note
» seraient de nature à faire sur l'esprit de Sa Majesté la plus
» profonde impression. Je vous transmets, Monseigneur, cette
» indication ; vous apprécierez s'il y a lieu de faire quelque
» chose en ce sens, et la forme que vous aurez à donner à
» votre intervention, si vous la jugez opportune » (2).

Quant à la note dont il est parlé dans cette lettre, elle explique brièvement les choses. Elle fait ressortir que l'opposition de M. le ministre ne peut qu'ajouter au mécontentement du pays.« L'arrondissement d'Hazebrouck a voté à l'unanimité pour
» l'empire ; c'est une population paisible, religieuse, attachée à
» ses convictions, que l'on s'expose à désaffectionner si l'on ne
» modifie pas le régime administratif auquel on la soumet. »

M. Plichon rédigea ensuite pour Monseigneur et pour l'abbé Dehaene un long mémoire, qui est à la fois un lumineux exposé des faits et un excellent plaidoyer juridique. Sur le premier point, nous n'avons pas à insister ; mais sur la question de droit, nous pouvons dire que M. Plichon devance la fameuse discussion de l'article 7 (3). Il montre avec une admirable précision qu'on ne peut condamner M. Dehaene pour sa participation aux collèges de Dunkerque et de Gravelines, sans interdire

1. Voir chapitre XI de la *Vie de M. Dehaene*.
2. Lettre de M. Plichon à Mgr l'archevêque de Cambrai. Lettre non datée. Elle doit avoir été écrite vers le 25 mai 1865.
3. Loi Ferry sur l'enseignement supérieur (mars 1880). L'article 7 interdisait l'enseignement aux congrégations religieuses non autorisées.

l'enseignement aux prêtres employés dans les corporations religieuses : « Car, dit-il, tout le monde sait que les intérêts ma-
» tériels de ces maisons sont communs et qu'elles sont soumises
» à une direction générale. » Il fait ensuite valoir les arguments que M. J. Simon portera à la tribune du Sénat contre le même article 7. Il cite et commente l'admirable rapport de M. Beugnot sur la loi de 1850. « Les membres des congrégations religieuses non reconnues par l'État pourront-ils ouvrir et diriger des établissements d'instruction secondaire et y professer ? — *La réponse ne peut être douteuse. Nous réglons l'exercice d'un droit public à la jouissance duquel sont appelés tous les citoyens. La république n'interdit qu'aux ignorants et aux indignes le droit d'enseigner. Elle ne connaît pas les corporations. Elle ne les connaît ni pour les gêner ni pour les protéger. Elle ne voit devant elle que des professeurs.* »

Malgré ces solides considérations théoriques, Mgr ne se laissa point ébranler. M. le chanoine Cailliau, qui suivait de près cette affaire, fut chargé d'écrire à M. Dehaene. « Il importe de
» vendre ce qui vous appartient à Dunkerque et à Gravelines,
» afin d'avoir une réponse nette et péremptoire à opposer aux
» allégations de M. l'Inspecteur (1). » C'est le propre des hommes d'administration de résoudre les difficultés par des expédients, pour ne rien compromettre et ne pas engager l'avenir. Les hommes politiques au contraire, surtout lorsqu'ils sont dans l'opposition, transforment volontiers toutes les questions, même les plus mesquines, en questions de principes. Cela élargit le débat et donne l'occasion de faire du bruit. Est-ce l'explication de la divergence d'opinions que nous constatons dans le début de cette affaire entre Mgr Regnier et M. Plichon ?

M. Dehaene se conforma aux instructions de Mgr l'archevêque. Peut-être eut-il quelque peine secrète à le faire, car il nourrissait depuis longtemps un projet d'association entre les maisons de Dunkerque, de Gravelines et d'Hazebrouck, association qui eût été comme une ébauche de la petite congrégation de ses rêves. Elle devenait évidemment plus difficile du jour où, par un contrat de vente régulier, il cédait les bâtiments

---

1. Lettre de M. le chanoine Cailliau, mai 1865.

de Dunkerque à M. Durant et le mobilier de Gravelines à M. Zéphyrin Debusschère.

En marge de l'acte d'opposition, il écrivit des observations claires, courtes et substantielles, qui renversaient pièce par pièce toute l'argumentation de M. l'Inspecteur. « Je trouve vos annotations parfaitement fondées, et elles me paraissent sans réplique,» lui disait son infatigable ami. — Il ajoutait : « Ne négligez pas Deschodt, qui est d'excellent conseil (1). »

M. Deschodt était avocat à Hazebrouck et conseiller général du Nord. A ce dernier titre, il devait siéger dans le conseil départemental. Nous verrons qu'il y fut très utile à M. Dehaene par sa parole, après l'avoir été d'avance par ses bons avis.

Ne voulant rien omettre de ce qui pouvait servir sa cause, M. Dehaene fit savoir à M. Durant, supérieur de N.-D. des Dunes, et à M. Debusschère, supérieur de St-Joseph, que M. l'Inspecteur les considérait comme des *prête-noms*. Tous deux écrivirent à ce sujet des lettres où les formules obligatoires de la politesse dissimulaient à peine la vivacité de l'indignation :

« Monsieur l'Inspecteur, votre acte d'opposition contre le projet
» de M. Dehaene me signale comme ayant trompé la bonne foi
» de M. le ministre de l'Instruction publique par une déclara-
» tion frauduleuse, comme n'étant qu'un homme à gages, un
» *prête-nom* placé à N.-D. des Dunes pour couvrir l'action réelle
» de M. Dehaene et jouer une responsabilité qui ne m'attei-
» gnait pas. — Vous me permettrez de protester énergiquement
» contre des assertions qui me blessent dans ma dignité de
» prêtre et d'honnête homme...

» Je ne puis rester devant l'opinion publique sous le coup
» d'une imputation qui attaque mon honneur et ma loyauté :
» M. Dehaene a été pour moi un conseiller, un ami, un père ;
» mais j'ai été et je suis, tant qu'il plaira à Dieu, le chef réel
» et responsable du collège de N.-D. des Dunes (2). »

En attendant le jour de la discussion publique, il était bon de préparer les voies à une solution favorable par quelques démarches. Et comme les choses humaines se font *humano modo*, il ne suffisait pas d'avoir raison, il fallait disposer les

---
1. M. Plichon, Lettres du 30 mai et du 1er juin.
2. Lettre de M. Durant à M. l'Inspecteur d'académie, 31 mai 1865.

juges à le reconnaître. De nos jours, pas plus qu'au temps d'Alceste, les recommandations ne sont inutiles (1). Dans le cas présent, on pouvait agir à Paris et à Lille : à Paris, pour neutraliser autant que possible l'influence du ministre, lui enlever l'appui de ses bureaux et les encouragements de la famille impériale, et le placer ainsi dans un isolement qui est un pronostic d'impuissance ; la note remise par M. Plichon à l'impératrice, et des explications fournies dans les bureaux du ministère, produisirent ce résultat ; à Lille, il fallait éclairer les membres du conseil départemental.

Voici quels étaient alors ces membres : M. le Préfet, M. le Procureur impérial, M. l'Inspecteur d'Académie, M. l'Inspecteur primaire, Mgr l'archevêque, M. Vallée, vicaire général, M. le Pasteur protestant, M. Tournier, juge à Lille, MM. Deschodt, Vanderstraeten, Desfontaines, Mourmant, conseillers généraux.

Toute recommandation auprès des quatre premiers membres était inutile, leur vote étant d'avance acquis au gouvernement.

M. Plichon fit écrire au ministre protestant par M. de Witt, gendre de M. Guizot, et par le général de Chabaud-Latour. Il envoya quelques notes explicatives à M. Tournier et à M. Mourmant, et renseigna les autres membres par des intermédiaires sûrs.

Mais il y avait une préparation plus importante que celle dont nous venons de parler : la préparation des esprits par la prière, préparation qu'on oublie trop souvent dans les choses officielles, et qui est cependant nécessaire là comme ailleurs. Les cœurs des hommes sont dans la main de Dieu, et Lui seul les incline à son gré. M. Dehaene invita ses collègues, ses anciens élèves et ses amis, à prier avec instance pour le triomphe de sa cause. Tous le firent de très grand cœur. Soutenu par ces ferventes prières, il vit arriver sans crainte la journée du vendredi 2 juin. Elle fut mémorable pour lui.

---

1. Aucun juge par vous ne sera visité ?
— Non. Est-ce que ma cause est injuste ou douteuse ?
— J'en demeure d'accord. Mais...
Molière, Le Misanthrope. acte I, scène 1.

Il en raconte les incidents dans la lettre suivante adressée à M. Plichon.

« Hazebrouck, le 8 juin 1865.

» Monsieur le député et noble ami,

» .... Dès le mercredi je me suis transporté à Lille pour son-
» der le terrain et m'entendre avec Monseigneur, que j'ai trouvé
» à Roubaix. J'avais rédigé un ensemble de notes pour la défense,
» sur le plan indiqué par vous. A Lille, j'ai trouvé les voies admi-
» rablement préparées. Toute visite aux membres devenait
» presque inutile, et je n'ai vu en définitive personnellement que
» MM. Vanderstraeten et Mourmant. Le premier m'a reçu en
» véritable ami et m'a rendu confus, tant vous lui aviez dit de
» bien de moi. J'ai appris là qu'on m'avait dépeint comme pos-
» sédant une fortune de 300.000 francs, ayant une belle maison
» de campagne près d'Hazebrouck, etc. Je ne sais si M. l'Inspec-
» teur d'Académie, qui espérait la croix d'honneur, m'a-t-on dit,
» et qui avait vu tous les membres du Conseil, avait répandu
» ce bruit absurde ainsi que certains autres non moins ridicules
» que j'ai appris à St-Joseph de Lille.

» M. Mourmant m'a reçu également fort bien. C'est un
» homme de caractère et de principes, ennemi de l'arbitraire.
» J'ai vu que je pouvais compter sur sa voix.

» Le lendemain, Monseigneur (1) arrive de Roubaix avec M.
» Vallée, son vicaire général, gravement atteint de la goutte ; à
» l'heure d'aller au Conseil il me prend dans sa voiture, et nous
» voilà partant de la cure de St-André pour la Préfecture.

» Vers midi moins le quart le Conseil se réunit. Il est au
» grand complet. En entrant le Préfet me présente la main, et
» bientôt je suis introduit. On lit l'acte d'opposition que vous
» connaissez et je suis invité à me défendre.

» Je présente l'acte de vente comme faisant disparaître tout
» obstacle. M. le Préfet répond qu'en vendant je prouve que
» l'opposition doit être maintenue. — Je réponds que je vends

1. Mgr se faisait ordinairement représenter au Conseil départemental par M. l'abbé Crèvecœur, supérieur de Marcq. « Cette fois, Sa Grandeur interrompt sa tournée de Confirmation, et, pour la première et unique fois, elle se rendra au Conseil en personne, dans l'espérance de faire triompher le droit par son vote, ses conseils et son influence morale. » (M. Cailliau, Discours de 1878.)

» pour sortir de ma position pénible, et pour qu'on ne m'accuse
» plus de diriger réellement Dunkerque et Gravelines en se pré-
» valant des relations que nécessite la propriété de ces mai-
» sons. — Monseigneur m'appuie et dit qu'il est à sa connais-
» sance que je cherchais à vendre déjà depuis quelque temps.
» — Je demande à plaider le droit et je développe mes notes
» marginales. Je proteste de toute la force de mon âme contre
» les accusations de spéculer, de pousser à des déclarations
» frauduleuses, et autres choses, qui ne sont pas même approu-
» vables dans un laïc lorsqu'il s'agit de la mission délicate
» d'élever des enfants. Je réfute la ridicule supposition de ma
» fortune de 300.000 francs et de ma maison de campagne (1).
» — M. le Préfet rend justice à mon honorabilité.— Je dis que,
» fils d'ouvrier, ne sachant pas même le français à quinze ans,
» j'ai su apprécier le bienfait de l'instruction chrétienne ; que
» la répandre sur toutes les classes de la société, c'est ma seule
» spéculation. Je cite une foule de jeunes professeurs de l'Uni-
» versité dont j'ai facilité l'instruction, et, parmi eux, le princi-
» pal actuel du collège d'Hazebrouck.

» On m'écoute avec intérêt.

» Je nie formellement que je dirige de fait les maisons de
» Dunkerque et de Gravelines de la manière dont l'entend
» l'acte d'opposition. Qu'on fasse une enquête dans tout le pays
» à ce sujet ! J'allègue la double protestation des supérieurs de
» ces collèges, où je n'ai jamais eu qu'une *direction générale* que
» rien ne peut m'interdire.

» M. Deschodt me demande si désormais je renonce à toute
» immixtion dans la direction de ces maisons.

» Je réponds que je m'y engage dans le sens d'une *direction*
» *particulière*, telle que me l'attribuait l'acte d'opposition.

» Je me retire. Il est près d'une heure.

» Vers trois heures, Mgr rentre à la cure de Saint-André,
» m'annonçant que l'opposition est levée, et tout enchanté de
» MM. Tournier et Deschodt, à qui l'on n'a guère répliqué.
» M. Tournier a plaidé éloquemment le droit ; M. Deschodt,
» la conciliation devenue possible par la vente, et l'intérêt des

---

1. On avait pompeusement appelé *maison de campagne* une prairie qu'il tenait en location pour y faire jouer les élèves en été.

» familles. M. Deschodt a extrêmement bien parlé : logique,
» profondeur, cœur (1). Vous savez le reste. »

Le reste, c'était le vote. Il l'avait annoncé, le soir même, dans un élan de joie. « Nous venons de triompher : 7 voix pour,
» 4 voix contre. Le Pasteur protestant s'est abstenu. Contre : le
» Préfet, le Procureur et les deux Inspecteurs. Pour : tous les
» autres.

» La question de principe, à savoir si un particulier peut
» fonder et diriger d'une manière générale plusieurs établisse-
» ments, a été réservée. »

Parlant de lui-même, M. Dehaene écrit qu'on l'a écouté
« avec intérêt. » La modestie ne lui permettait point d'en dire davantage. En réalité il avait plaidé sa cause avec une conviction et une éloquence qui faisaient dire à M. Crèvecœur présent à la réunion : « Je ne connaissais point l'abbé Dehaene.
» C'est vraiment un homme. »

Voici un extrait du procès-verbal.

» Le Conseil, etc... considérant que l'article 64 de la loi du
» 15 mars 1850 ne mentionne que deux causes d'opposition à
» l'ouverture d'un établissement d'instruction libre, à savoir :
» l'intérêt des mœurs publiques et la santé des élèves ;

» Que rechercher si le déclarant n'est pas intéressé à une ou
» plusieurs maisons d'éducation déjà ouvertes et n'exerce pas
» sur ces maisons une direction morale, pour arriver à frapper
» d'opposition l'établissement qu'il se propose d'ouvrir, c'est
» ajouter à la loi et créer un cas d'incapacité qu'elle n'a point
» édicté ;

» Considérant que pendant vingt-huit années qu'il a exercé
» les fonctions de principal du collège d'Hazebrouck M. l'abbé
» Dehaene a justifié la confiance des familles, que la considé-
» ration personnelle dont il jouit repousse victorieusement la
» première cause d'opposition énoncée en l'article 64 de la loi
» (intérêt des mœurs publiques), et que, en ce qui concerne la
» santé des élèves, l'administration ne voit aucun inconvénient
» à ce que le local proposé soit affecté à la tenue d'une école ;

---

1. Avant qu'il partît d'Hazebrouck, sa femme lui recommandait la cause de M. le Principal avec toute la véhémence dont elle était capable: «Soyez tranquille, répondit le judicieux mari, vous serez contente de moi. »

» Attendu qu'il ne paraît pas suffisamment établi que les
» écoles de Dunkerque et de Gravelines, qui ont toujours eu des
» directeurs respectifs ayant accompli les formalités légales,
» ont été dirigées sous l'autorité et l'influence directe de M.
» l'abbé Dehaene ;

» Attendu qu'en admettant d'ailleurs que l'opposition ait
» été fondée au moment où elle a été formée, les explications
» et les documents nouveaux fournis par le déclarant ne per-
» mettent pas de la maintenir ;

» Vu les articles, etc...;

» *Décide qu'il n'y a pas lieu de maintenir l'opposition qui a été*
» *faite à l'ouverture de l'établissement d'instruction secondaire de*
» *M. Dehaene à Hazebrouck.*

» Le Préfet-Président :

» VALLON. »

Restait à savoir si le ministre en appellerait de cette décision du Conseil départemental au Conseil supérieur.

Le 21 juin, un Inspecteur général vint à Hazebrouck. Il
accusa M. Dehaene « d'avoir travaillé à démonter un collège
dont il était le père et d'avoir à cette occasion agité le pays. »
Il ajoutait « qu'à Paris il n'aurait pas aussi beau jeu qu'à
Lille. »

D'un autre côté on donna à entendre à M. Dehaene qu'on
lui permettrait peut-être de rentrer au collège communal.

« Je verrai ce que j'aurai à faire, » répondit-il.

Tout cela était « le signe non équivoque d'une situation
» embarrassée. On est gêné de ce qu'on a fait, disait M. Plichon.
» Restez tranquille. Attendez avec patience. Le temps marche.
» L'administration n'a que six semaines pour interjeter appel.
» Je ne redoute en rien le résultat de l'appel. Le Conseil supé-
» rieur est très bien composé. »

Les délais légaux expiraient le 16 juillet.

A 6 heures du soir, — limite extrême, — M. Dehaene n'avait
rien reçu. Délivré de toute crainte, il pouvait écrire à M. Plichon :

« Nos épreuves sont terminées et notre maison libre est
» ouverte. Je vous avoue que notre établissement aux Capucins

» est un fait providentiel à mes yeux, et que j'en bénis Dieu
» de tout mon cœur. *Nos amis n'eussent pas pu mieux nous
» servir.*

» Après la Providence, c'est vous, M. le député, qui avez les
» premiers droits à notre reconnaissance. Votre dévouement
» m'a profondément touché, et j'aime à vous en exprimer ici
» tous mes sentiments de gratitude.

» Vous avez rendu un service signalé à toute la Flandre.

» Je prie Dieu que dès cette vie vous sentiez toujours de
» plus en plus combien il est grand, combien il est doux de
» faire du bien.

De tous côtés les félicitations les plus chaleureuses vinrent à notre cher principal, comme les doléances lui étaient venues après sa disgrâce. Quelques-unes de ces lettres ont été conservées. Il nous est impossible de les laisser aller où vont les dossiers et les pièces justificatives, sans en extraire au moins quelques lignes. Dans ces phrases qui disent la même chose de vingt manières, la note du cœur vibre partout, et c'est plaisir que de l'entendre.

Au moment précis où l'ouverture de la maison libre était chose acquise, le 16 juillet à six heures du soir, un des collègues laïques de M. Dehaene prenait une plume et écrivait :

« Hazebrouck, dimanche, 16 juillet, 6 heures du soir.

» Mon cher et toujours bien-aimé Principal,

» J'aurais désiré vous voir aujourd'hui pour vous serrer cordia-
» lement la main et vous féliciter d'être enfin sorti victorieux
» de la lutte. Mais cela n'est pas possible, pour le moment du
» moins. Une personne bienveillante m'a prévenu hier que je
» suis signalé à l'administration supérieure comme professant
» *ouvertement* une *trop* grande estime et un *trop* grand respect
» pour M. Dehaene. Les regrets que j'ai exprimés en plusieurs
» circonstances touchant la mesure inqualifiable qui nous a
» séparés en seraient-ils la cause ? Je l'ignore.

» En attendant des jours meilleurs, veuillez, Monsieur le
» Principal, me croire toujours

» Votre tout dévoué
» Ad. Lefebvre. »

Ces simples lignes du bon M. Lefebvre avaient leur éloquence, et elles touchèrent profondément M. Dehaene. Il était juste qu'un professeur du collège communal ouvrît la marche dans ce beau défilé d'encourageants amis qui applaudissaient au triomphe de notre vénéré maître. Pères de famille et curés de paroisses, religieux et religieuses, y figurèrent tour à tour.

« Mon cher Monsieur Dehaene, disait un vieil ami, je ne
» m'attendais guère, alors que je vous faisais visite à Douai, rue
» St-Albin, et que vous étiez vicaire de notre chère paroisse,
» que plus tard je voterais pour vous comme candidat à la
» représentation nationale. Une chose me surprend davantage :
» c'est qu'un homme comme vous qui a les sympathies de tout
» un pays soit disgrâcié. » (L. De Christé, imprimeur à Douai.)

Le premier il avait donné l'éveil à M. Dehaene sur ses prochains tourments. Le premier il lui mit du baume sur le cœur en le rassurant sur les intentions du nouveau Recteur de Douai, M. Fleury, qui succédait à M. Guilmin.

— « J'ai vu avec plaisir les preuves de sympathie que les bons
» habitants d'Hazebrouck vous ont données, mon bon et respec-
» table ami, et j'espère qu'elles auront relevé votre courage.
» Quoi qu'il en soit, père de famille, je tiens à vous témoigner
» ici mon entière satisfaction pour les bons principes religieux
» et l'éducation solide que mes deux fils ont reçus dans votre
» collège. » (M. L.... Béthune.)

M. Bocquet, chanoine honoraire, grand-doyen de cette même ville de Béthune, écrivait : « Ce n'est pas de la sympathie seu-
» lement que je vous témoigne, mon cher Principal, c'est une
» cordiale félicitation que je vous adresse d'avoir été jugé par
» le bon DIEU digne de souffrir pour Lui. DIEU est donc con-
» tent de son serviteur, puisqu'il lui envoie une belle croix.
» Courage ! »

— « Puissent nos ennemis reconnaître leur aveuglement !
» Puissent-ils avoir un jour besoin de notre ministère ! Alors,
» n'est-ce pas, nous volerions à leur secours, et, leur rendant le
» bien pour le mal, nous ajouterions au plaisir de pardonner
» celui mille fois plus grand de gagner une âme à DIEU. Celui
» qui vous aime comme un enfant aime son père : A. Pharazyn,
» S. J., Collège Saint-François-Xavier, Vannes. »

— « Vous perdez les bonnes grâces de l'Université, qui n'est
» point une mère, mais une marâtre. Vous conserverez toujours
» l'affection de tous vos élèves. Je voudrais vous presser les
» mains et les couvrir de mes larmes. » (M. L..., curé de Saint-
Vaast.)

— « En ancien ami, au milieu de mes souffrances, j'ai encore
» partagé les vôtres. Vous êtes entré dans la vraie voie de la
» perfection que vous cherchiez depuis longtemps. » (M. Darras,
curé de Pérenchies.)

— « Votre cause a triomphé! Cette fois encore, Monseigneur,
» faisant voir l'estime qu'il a de vous, s'est montré un noble et
» grand prélat. » (M. Ch..., ancien élève.)

— « Mon âme tressaille de joie en songeant au succès que
» vous venez d'obtenir : avec du courage on parvient à tout. Je
» vous en félicite, mon cher Principal, et forme des vœux
» bien sincères pour que votre moisson soit abondante. La
» Providence s'en occupera. Un enfant qui vous aime. » (M. V...
» Flêtre.)

Et les bons curés de Flandre, plus éloquents par leurs actes
que par leurs paroles, lui annonçaient de toutes parts les sacrifices
d'argent qu'ils feraient pour son œuvre.

« Je vous enverrai cent francs et plus, s'il est nécessaire, pour
» approprier votre local. » (M. Goris, curé de Caestres.)

— « J'ai pris à ma charge le paiement de la pension du jeune
» D... Votre cause est celle de la justice. Elle obtient un éclatant
» succès. Je vous félicite de tout cœur. » (M. Caillie, curé-doyen
de Wormhoudt.)

De pareilles offres d'argent lui venaient de religieuses, ses
anciennes pénitentes. « Il me semble qu'il me serait possible
» de prélever chaque année sur l'argent dont ma mère me
» laisse la disposition pour mes dépenses personnelles, la somme
» nécessaire pour payer la pension d'un élève dans votre nouvel
» établissement. J'espère que vous voudrez bien accueillir
» cette offrande, comme un faible gage de ma profonde recon-
» naissance. Je demande à DIEU mille bénédictions sur toutes
» vos pieuses entreprises. » (S. X..., Arras.)

Des félicitations non moins précieuses venaient de plus
haut : de Mgr Bataille, alors doyen de St-Jacques à Douai, de

Mgr Scott, curé-doyen d'Aire, de M. le vicaire-général Bernard, parlant en son nom et au nom du vénérable directeur de M. Dehaene, M. Leleu. M. Bernard pensait à l'avenir, car il écrivait :

« Gloire à DIEU qui nous donne la victoire par N. S. J. C. !

» Il est quelquefois plus facile de vaincre que de bien user » de la victoire.

» Le Saint-Esprit ne vous manquera pas.

» Espérons que cet Esprit d'en haut disposera les cœurs » des bons aux sacrifices d'argent dans l'arrondissement » d'Hazebrouck.

» Prions DIEU que l'esprit de désintéressement de St Fran- » çois d'Assise se répande dans la contrée, et que les rentiers » et les fermiers ne croient pas acheter trop cher une éducation » sûre pour leurs enfants. » (Cambrai, le 22 juillet.)

Citons ce mot de Mgr Lequette, évêque d'Arras.

« Mon cher Monsieur Dehaene,

» Je me réjouis de votre succès, pour le pays et pour le » triomphe de la bonne cause bien plus encore que pour votre » propre gloire... » (Arras, 8 août.)

Et terminons ces extraits par la lettre de Mgr Régnier :

« Cambrai, le 22 juillet 1865.

» Mon cher abbé,

» Je vous félicite vivement de l'heureuse issue de votre » affaire, et j'attends de l'établissement que vous allez fonder, » comme je vous l'ai dit déjà, beaucoup de bien pour le dio- » cèse.

» N'allez pas trop vite et ne vous engagez pas dans des » dépenses imprudentes. Les deux mille francs que je vous ai » promis sont à votre disposition.

» Je vous envoie, mon cher abbé, à vous et à vos dévoués » collaborateurs, toutes mes bénédictions et tous mes vœux » pour le succès de votre œuvre commune.

» † R. F., Archev. de Cambrai. »

C'était le 16 juillet qu'avaient expiré les délais légaux pour l'appel et que l'établissement libre était ouvert. Le 16 juillet est la fête de Notre-Dame du Mont-Carmel. Frappé de cette coïncidence, M. Dehaene songea un moment à placer son nouveau collège sous le vocable de N.-D. du Mont-Carmel. Il en conféra avec ses collègues. Mais les souvenirs des Capucins étaient si chers à tous, et la marque de ces religieux était si profondément empreinte dans la maison qu'ils avaient construite et habitée, que d'un commun accord on revint à l'idée première : l'on écrivit donc au-dessus de la grand'porte qui donnait sur la rue Warein : INSTITUTION SAINT-FRANÇOIS D'ASSISE.

« Je la nomme du nom de St François d'Assise, ce grand
» saint que j'aime tant parce qu'il a tant aimé le bon DIEU,
» parce qu'il a tant aimé les pauvres et la vertu de pauvreté. »
(Lettre de M. Dehaene.)

Sans retard, il adressa aux familles et aux curés la circulaire suivante :

« Hazebrouck, le 20 juillet 1865.

» Monsieur,

» J'ai l'honneur de vous annoncer l'ouverture de notre mai-
» son d'instruction secondaire libre à Hazebrouck.

» Nous remercions les pères de famille et le clergé de tout le
» pays de la confiance qu'ils nous ont témoignée jusqu'ici, et
» nous continuerons à faire tous nos efforts pour la justifier
» dans notre nouvelle carrière.

» Le pensionnat et l'externat seront ouverts aux élèves de
» toutes les classes de latin et de français au mois d'octobre
» prochain, et le prospectus que nous publierons sous peu fera
» connaître l'organisation complète du nouvel établissement.

» Veuillez agréer, etc.

» J. Dehaene, prêtre, chanoine honoraire, Supérieur. »

Le prospectus annoncé parut bientôt. Il ressemble à la plupart des prospectus de nos collèges libres du Nord.

Il y est dit que rien ne sera négligé pour l'éducation des élèves, que l'enseignement classique comprendra toutes les classes de latin depuis la huitième jusqu'à la philosophie, que des professeurs spéciaux seront chargés des mathématiques, de l'histoire, des langues vivantes, des arts d'agrément et de la gymnastique, qu'un enseignement secondaire spécial divisé en six années préparera aux diverses professions, administrations et écoles.

Ce programme était hardi et vaste. Dès qu'il parut, il fut critiqué. On sema dans le public cette rumeur, que les promesses de M. Dehaene étaient grandes, mais qu'il lui serait difficile de les tenir, notamment en ce qui concernait les examens, parce que les élèves qu'il présenterait seraient systématiquement refusés. Le baccalauréat étant la porte de la plupart des carrières libérales, trouver cette porte fermée devant soi, c'était pour beaucoup n'avoir plus d'avenir. Une telle perspective avait de quoi troubler les pères de famille. M. Dehaene réfuta l'objection dans une circulaire datée du 11 septembre.

« On affirme que nos élèves, par cela même qu'ils appar-
» tiendraient à l'Institution St-François d'Assise, ne pourraient
» arriver au baccalauréat. Pour admettre cette assertion, il fau-
» drait supposer la partialité dans les examinateurs ou l'inca-
» pacité dans les professeurs.

» La première hypothèse est injurieuse pour l'Université.
» Nous la repoussons de toute l'énergie de nos convictions, en
» rappelant au souvenir des pères de famille les paroles fran-
» ches et loyales prononcées cette année même, au sujet de la
» liberté d'enseignement, par M. Fleury, nouveau Recteur de
» l'Académie de Douai, à la distribution des prix du lycée de
» Lille.

» Nous lui opposons les faits, c'est-à-dire l'admission an-
» nuelle aux divers diplômes, de nombreux élèves sortant d'éta-
» blissements libres, et notamment celle de deux de nos élèves,
» MM. Lebeau et Gressier, reçus cette année même avec dis-
» tinction bacheliers ès lettres à Paris et à Douai, et dont l'un
» avait continué d'habiter avec nous, dont l'autre était à Dun-
» kerque depuis Pâques.

» Quant à la seconde hypothèse, notre passé doit offrir des
» garanties suffisantes pour l'avenir, car les professeurs des
» classes supérieures restent les mêmes. Les cours de mathé-
» matiques seront faits par un professeur diplômé possédant
» parfaitement toutes les questions du programme officiel. »

Les professeurs sur lesquels M. Dehaene comptait ainsi et

à bon droit, étaient : M. Baron, professeur de philosophie, M. Boute, professeur de rhétorique, M. Debusschère, directeur des cours de français, M. Hébant, professeur de seconde, et M. Glay, professeur de sciences. Ces Messieurs formaient en quelque sorte l'état-major du personnel. M. Lacroix, alors dans toute sa force et dans tout le prestige de son autorité, valait, à lui seul, une armée de surveillants. Autour des anciens vinrent se placer de jeunes auxiliaires, pleins de bonne volonté et d'intelligence, qui furent des lieutenants habiles en attendant qu'ils devinssent eux-mêmes des chefs distingués.

Comme il arrive souvent dans les institutions naissantes, pour compléter les cadres, M. Dehaene dut recourir à des collaborateurs étrangers et enrôler de confiance des recrues qui venaient de loin. Parmi ces professeurs appartenant à d'autres diocèses il y eut des hommes d'une réelle valeur, mais ils avaient un défaut que leurs qualités ne compensaient pas toujours suffisamment : ils gardaient quelque chose d'exotique ; ils n'étaient pas du pays. La plupart d'entre eux, du reste, ne firent que passer à St-François, et M. Dehaene, déçu comme le sont souvent les hommes de cœur, finit par ne plus en admettre.

Cependant les adhésions les plus encourageantes arrivaient de toutes parts, et bon nombre de parents retenaient d'avance la place de leurs enfants dans la maison nouvelle. Elle était encore à construire, car le couvent des Capucins ne suffisait, par lui-même, qu'à une vingtaine d'internes. De grands travaux d'aménagement et d'agrandissement furent donc nécessaires. On mena rondement les choses, et le 9 octobre, jour fixé pour la rentrée, l'étage ajouté aux bâtiments primitifs était achevé, les murs étaient secs, et les nouvelles constructions, agréées par l'autorité académique comme locaux scolaires. Les murs n'étaient point plâtrés ; mais du moins on avait de quoi loger les élèves et assurer les principaux services d'un collège. Dans les jardins, transformés à la hâte en cours de récréation, le sol était à peine battu : quand il pleuvait, il fallait poser des briques en guise de pierres de pas, pour permettre de s'y aventurer. Le cloître des Capucins tenait lieu de préau couvert, leur chapitre et leur salle de bibliothèque servaient de dortoirs. La sacristie, les greniers et jusqu'à des étables furent affectés aux classes. Les réfectoires avaient double destination : on y mangeait, on y faisait la classe. Parlons mieux : on y donnait tour à tour le pain du corps et celui de l'intelligence. Il n'y avait dans l'établissement que six chambres de professeurs : elles furent réservées aux anciens. Les plus jeunes durent s'abriter dans des alcôves ou cellules, aux quatre coins des dortoirs qu'ils surveillaient.

Il faut convenir que toute cette installation était des plus primitives. Si la maison s'appelait Institution Saint-François d'Assise, on peut dire qu'elle répondait bien à son vocable, car *dame pauvreté*, la douce amie du séraphique patriarche, semblait avoir élu domicile sous son toit. Mais, malgré son dénûment et ses haillons, la sainte épouse de François d'Assise ne fit peur à personne, pas plus aux élèves qu'aux maîtres.

C'est que la bénédiction de DIEU, avec sa force, l'attrait de sa grâce et toutes les mystérieuses énergies qu'elle verse dans les âmes, reposait visiblement sur l'œuvre nouvelle.

Quelques semaines après la rentrée, le débrouillement d'une première installation étant fait, la première retraite prêchée et les choses bien mises en train, le vénéré supérieur pouvait écrire :
« La rentrée a été plus nombreuse et plus sympathique que
» jamais. Nous sommes 15 professeurs. Nous avons 175 élèves,
» dont 120 pensionnaires. Sans le maintien au petit séminaire
» de plus de 20 de nos élèves, que je n'ai pas tenu à rappeler,
» nous aurions à l'heure qu'il est plus de 200 enfants. Nous
» jouissons d'une grande sympathie auprès du clergé et de tous
» les gens de bien. Les maîtres sont dévoués et les élèves
» contents (1). »

« Les maîtres sont dévoués et les élèves contents » : il nous semble, à nous qui avons connu ces premières années, que ces expressions sont trop faibles pour donner l'idée de l'activité entraînante, de la cordiale joie et de l'épanouissement printanier qu'il y eut à St-François d'Assise de 1865 à 1870. On sentait alors dans cette maison une intensité de vie dont on a gardé le meilleur souvenir.

M. Dehaene, âgé déjà de près de soixante ans, retrouvait comme une vigueur nouvelle. Il recommençait sa vie en re-

---

1. Lettres à Sr X. (29 nov.) et au P. Sergeant.

commençant son œuvre, et il jouissait d'avoir sous la main les éléments d'une magnifique institution.

Mais il fallait discipliner tous ces éléments, qui étaient plus ou moins disparates ; il fallait les grouper, les unir, leur imprimer une forme. La chose n'était pas facile. Un certain nombre d'élèves apportaient avec eux les habitudes du collège communal, et toutes n'étaient pas également bonnes. Les autres, nouveaux venus, étaient complètement étrangers à toute tradition d'ordre et de discipline. Parmi les professeurs quelques-uns manquaient d'autorité et d'expérience.

Il n'était pas jusqu'aux locaux scolaires qui n'eussent une apparence revêche. Ils n'avaient point cet air vénérable des vieilles écoles, qui s'impose aux enfants, et les pénètre de je ne sais quel respect, comme un ancien temple inspire la piété. En outre, leur appropriation était imparfaite. Les salles, mal disposées, multipliaient les allées et venues, éparpillaient les élèves, compliquaient les mouvements : toutes choses qui favorisent la dissipation et rendent la surveillance plus difficile. Mais on suppléait à tout par le dévouement.

C'est à exciter, réveiller et soutenir ce dévouement des maîtres que servaient principalement les réunions du conseil. A Saint-François, elles avaient lieu toutes les semaines, le mercredi soir, et duraient au moins une heure. M. Dehaene consultait peu ; il n'aimait pas les délibérations. Jamais non plus il n'admit que l'on discutât devant tous les professeurs la conduite des élèves pris en particulier. Était-ce par respect pour l'enfant, par charité, par délicatesse de cœur ? Peu importe le motif. Toujours est-il qu'il n'aimait pas la désinvolture avec laquelle on traite parfois un enfant, qui a droit à sa réputation. Le secouer en public, le passer au crible, lui semblait une violation de la dignité humaine. Aux yeux de notre supérieur, le conseil n'était donc point destiné à l'examen des élèves, mais au bien des maîtres.

Voici comment se passaient d'ordinaire les séances. Après la prière, M. Dehaene faisait lui-même, ou faisait faire par un de ses collègues, une courte lecture dans un livre de pédagogie. Longtemps les ouvrages de Mgr Dupanloup sur l'éducation eurent ses préférences. Puis il adressait à tous une chaleureuse exhortation concernant la discipline ou la manière de faire la classe. Il insistait habituellement sur deux points : l'exactitude dans la surveillance, et la nécessité de rendre l'enseignement chrétien. Souvent aussi il parlait de la bonne tenue des élèves, de la politesse, de la lecture. Dans ce qui se rapportait à la surveillance, on comprenait, au ton grave et solennel de sa parole, que l'expérience lui avait beaucoup appris.

Après ces recommandations, qu'il renouvelait très fréquemment, il engageait d'une manière générale tout le personnel à estimer, à aimer la grande œuvre de l'éducation ; et quand l'heure du conseil touchait à sa fin, il questionnait à la hâte et par manière d'acquit les professeurs sur ce qu'ils avaient à signaler. Alors les observations se succédaient, les explications de tout genre étaient échangées, parfois la discussion devenait vive. C'était un feu croisé de répliques. Tantôt M. Dehaene laissait les choses aller leur train, demeurant calme, ayant l'air du supérieur qui ne s'inquiète pas des menus détails et qui les abandonne à l'initiative de chacun ; tantôt il entrait dans la lice, et c'était immédiatement comme le lion qui se réveille : sa voix émue et sa figure pâle faisaient sentir que la contradiction ne lui plaisait pas. Au demeurant, il n'était point fait pour le gouvernement parlementaire ; il n'en avait ni les allures indécises, ni les finesses, ni la modération.

Mettant à profit son expérience et ses observations quotidiennes, tenant compte des remarques suggérées par ses collègues dans les conversations de l'intimité et dans les discussions du conseil, il élabora un règlement complet et détaillé qui suivait les élèves et les professeurs dans chacun des actes de leur vie. Il le rédigea définitivement pendant la retraite de septembre 1866, et ce règlement est resté le code qu'il expliquait tous les ans durant la lecture spirituelle. Bien mieux, il est entré dans les mœurs, et la tradition le transmet avec une fidélité si grande que les générations de professeurs et d'élèves s'y conforment sans le connaître pour ainsi dire. Il est essentiellement pratique dans ses dispositions, et paternel dans son esprit. On y sent battre à chaque ligne un cœur plein d'amour pour la jeunesse et de sollicitude pour son bien. On y voit aussi que M. Dehaene ne déterminait rien *a priori* et qu'un point ne devenait texte de loi qu'après que l'expérience en avait démontré l'utilité.

Le règlement des élèves est rédigé sous les titres suivants: Ce qu'il faut faire 1° tous les jours ; 2° toutes les semaines ; 3° tous les mois ; 4° tous les ans. Ces titres rappellent le règlement que M. Dehaene s'était imposé avant de quitter le séminaire. Des prescriptions spéciales concernent l'infirmerie, le parloir, les sorties et congés, les mouvements généraux, la propreté.

Notons quelques bons conseils.

Étude. Étudier avec ordre : le nécessaire d'abord, puis l'utile, et enfin l'agréable. Étudier avec courage : il faut *vouloir* comprendre. Étudier avec piété : invoquer l'Esprit-Saint dans les difficultés.

Classes. S'asseoir convenablement et tenir le corps droit, avec aisance, les mains sur le pupitre. Réciter la leçon *d'un ton naturel*, clair, bien intelligible. Ne présenter que des copies écrites avec netteté. Interroger le maître quand on ne comprend pas.

Récréations. Qu'elles soient dignes d'être offertes à DIEU. Bien passer les récréations, c'est pratiquer toutes les vertus.

Repas. Sanctifier cette action animale en récitant avec attention le *Benedicite* et les *Grâces*.

Ste Messe. C'est l'aliment le plus abondant de la piété. Silence rigoureux. Ne point paraître aux cérémonies avec des airs ennuyés ou dissipés. S'occuper, à la chapelle, de l'office religieux.

Coucher. Offrir à DIEU le sommeil, image de la mort. Se considérer dans son lit comme dans un cercueil, ou dans son berceau d'éternité ; croiser modestement les bras sur sa poitrine, et s'endormir en priant pour ses parents et pour les âmes du Purgatoire.

Promenades. Bonne tenue. Demi-silence. Saluer les prêtres, les magistrats, toutes les personnes qui saluent.

Confession et Communion. Confession réglementaire : tous les mois. Vivre de manière à mériter de communier fréquemment. Oh ! quel remède à tous les maux que la Ste Communion !

Mouvements généraux. Ils se font tous en rang, en silence et les bras croisés.

Le règlement des professeurs commence par trois mots : *charité, dévouement, bon exemple*.

1° *Charité*. « *Cor unum et anima una !* » avec cela, l'on est tout-puissant contre le mal.

2° *Dévouement*. Se persuader qu'une maison d'éducation est comme un corps : les différents maîtres sont les membres de ce corps. Si chacun d'eux remplit ses fonctions avec zèle, toute la maison se soutient, grandit, se développe, et la gloire de DIEU est infailliblement procurée. Le dévouement embrasse l'œuvre dans tous ses intérêts : régularité, piété, instruction, bonne tenue, toute l'éducation intérieure et extérieure de l'enfant.

3° *Bon exemple.* Le maître doit être un modèle sous tous rapports : vertus morales, manières distinguées, langage correct, exactitude, amour de la règle.

Suivent des avis et des prescriptions sur les diverses fonctions des professeurs. Je note les suivants :

Enseignement. Tenir extrêmement à une prononciation bien française : revenir cent fois sur ce point. Faire de nombreuses applications des règles par des exercices oraux, les tourner et retourner en tous sens, jusqu'à ce qu'elles soient comprises de tous. Faire ressortir, des devoirs et des leçons, de courtes réflexions de morale et de piété.

Surveillance de l'étude. Ne pas se contenter du silence, mais exiger une application sérieuse. Paraître confiant, mais rester attentif et perspicace.

Surveillance des récréations. Là, l'enfant se montre tel qu'il est ; là aussi, il réclame impérieusement la main qui doit le former. Le surveillant principal surveille l'ensemble. Le surveillant adjoint se mêle aux groupes, aux jeux, aux conversations. Comme le démon rôde sans cesse autour des enfants pour le mal, il sera sans cesse autour d'eux pour le bien.

Surveillance du dortoir. Se rappeler surtout ici qu'on est responsable devant Dieu des fautes que les élèves pourraient commettre à l'occasion de la négligence du surveillant.

Surveillance de la chapelle. Le maître se souviendra que, s'il arrive à faire prier les enfants et à leur donner une bonne tenue à la chapelle, il les a pour ainsi dire sauvés.

Surveillance des promenades. La promenade est un exercice qui produit les élèves en public. Les personnes du dehors les examinent et les jugent. Cela doit engager le surveillant à remplir ses fonctions avec zèle.

— Le règlement est clos par la liste des amendes et des punitions autorisées : c'est ce qu'on pourrait appeler le *code pénal* du collège Saint-François.

Il est d'une modération remarquable. M. Dehaene recommandait de n'infliger que des punitions très légères, et d'y tenir. Il voulait qu'il y eût un grand esprit de famille dans sa maison, et qu'on abandonnât à tout jamais le système abrutissant des centaines de vers.

Ce règlement restera dans les archives de la maison et toujours on le consultera avec fruit. Ceux qui l'examineront de près reconnaîtront que M. Dehaene était un véritable éducateur, et qu'il s'occupait beaucoup plus de sa maison qu'on n'a semblé le croire.

Mais, comme il le disait énergiquement à ses collègues, aux

plus jeunes surtout, toujours avides de règlements : « Quand
» les murs en seraient couverts, à quoi serviraient-ils si on ne
» les faisait pas observer? Le dévouement, Messieurs, le dévoue-
» ment, voilà ce qui remplace tout, ce que rien ne remplace (1)! »
C'est aussi ce qu'il demandait à tous, ce qu'il obtint toujours,
parce qu'il en donnait l'exemple, et c'est ce qui fit constamment le bonheur des élèves à St-François.

On n'y connaissait pas le luxe, tant s'en faut. On n'y était
même pas au large, nous venons de le dire.

Mais on supportait gaiement toutes les privations, et ces
années dures, on les appelait, non sans un petit air de crânerie,
les années d'Afrique. Aujourd'hui encore on s'en souvient avec
un réel bonheur, et comme les épreuves attachent plus que les
joies, nous remarquons que les plus fidèles à nos réunions d'anciens maîtres sont précisément les hommes de la fondation, ces
braves ouvriers de la première heure, que rien ne rebutait, mal
logés, payés fort juste, et surchargés de besogne.

Quant aux élèves, nous pouvons dire que nous avons vu de
nos yeux les jeunes gens des meilleures familles du pays, habitués chez eux à toute espèce de confortable, assister aux leçons
des maîtres, dans un grenier poudreux, sous des tuiles mal
jointes, brûlantes en été, glaciales en hiver ; nous avons pataugé
comme eux dans une cour de récréation qui n'était qu'un affreux
bourbier ; et, DIEU merci ! nous n'avons pas entendu un seul
murmure.

Les cris joyeux des élèves retentissaient jusqu'à la grand'
place et rassuraient de loin les parents qui venaient les voir.
Il nous souvient en particulier d'un bon père de famille, homme
déjà penchant vers le déclin, qui s'était séparé avec peine d'un
fils que le Ciel lui avait donné dans ces années tardives où le
cœur s'attendrit. Il venait toutes les semaines au marché
d'Hazebrouck, moins pour vendre ses denrées que pour voir
son enfant. Voulant jouir plus longtemps de sa présence, il

1. Il aurait pu ajouter cette autre remarque, qui est de Joubert : « Le discerne-
» ment vaut mieux que le précepte, car il le devine et l'applique à propos. Donnez
» donc aux enfants la lumière qui sert à distinguer le bien du mal en toutes choses,
» sans leur vouloir enseigner tout ce qui est mal et tout ce qui est bien, détail
» immense et impossible; ils le distingueront assez. » (T. II, titre XIX, *De l'éducation.*)

attendait la récréation de midi, malgré les observations de sa femme, qui le trouvait toujours en retard. Quand ce bon vieillard débouchait à l'entrée de la rue Warein et qu'il entendait la rumeur joyeuse des élèves, il ne pouvait retenir ses larmes et marchait ainsi pleurant jusqu'à ce que son fils fût dans ses bras.

Les enfants ne sont pas difficiles. Quand ils ont des parents qui ne les gâtent point et des professeurs qui donnent l'exemple de l'abnégation, ils acceptent tout. Ils croient que les choses doivent être comme elles sont, et même il est à remarquer que plus ils ont de privation, mieux ils se forment. L'éducation atteint directement leur âme ; elle ne rencontre pas l'obstacle encroûté du sensualisme.

La vie de sacrifice fait aimer le travail. Le travail fut immédiatement en honneur à St-François ; or, l'on sait qu'il ouvre le cœur aux généreux sentiments, comme la charrue qui déchire le sol, le prépare aux riches moissons.

Non seulement les congrégations de la Ste-Vierge et les conférences de St-Vincent de Paul prospéraient, et avec elles la piété et la charité, mais la grâce de l'apostolat et l'amour de la vie religieuse soulevaient les âmes de leurs souffles bénis. Un courant se formait vers les missions. Des groupes d'élèves se partageaient les quatre parties du monde, et leur talent et leur vertu leur conciliaient ce qu'il y a de plus difficile à obtenir dans un pensionnat : le respect. Ils étaient semblables à ces beaux adolescents dont le poète Virgile a immortalisé les nobles aspirations et la glorieuse mort. « Debout à la porte du camp
» troyen, Nisus et Euryale veillaient sous les armes, à la clarté
» des étoiles. Et Nisus disait à son ami : Les dieux m'inspirent-
» ils, ô Euryale, l'ardeur qui m'anime, ou bien chacun se fait-il
» un dieu de ce qu'il désire ? Quoi qu'il en soit, mon cœur veut
» la bataille ou quelque chose de grand ! Le vulgaire repos
» ne lui suffit point ! » Ainsi parlaient des jeunes gens que nous avons bien connus. Comme beaucoup d'autres, nous nous souvenons de ces généreux élans qui ont emporté Dromaux et Bridoux en Afrique, Vanaecke aux Antilles, Foubert aux Indes, Patinier au Tonkin, Vasseur et Isoré en Chine, Henri Deman à Singapour, et de là, après trois ans de souffrances, au

Ciel ! Depuis que cette avant-garde a ouvert la marche, le défilé a continué sans interruption (1).

Un moment vint où il fallut modérer l'ardeur de ces Flamands, difficiles à émouvoir, dit-on, plus difficiles à arrêter quand ils se sont mis en branle.

Déjà au collège communal il y avait eu des vocations apostoliques : mais, à tout prendre, elles étaient rares. A St-François, au contraire, M. Dehaene donnait plus libre carrière à son zèle, à ses exhortations, à ses aspirations personnelles; il disait plus souvent dans ses entretiens spirituels : « Que ne suis-je missionnaire ! » et il écrivait plus souvent dans ses lettres à des personnes pieuses : « Soyez comme Ste Thérèse ; que les sauvages ne vous laissent point dormir ! »

Quoiqu'à un degré moindre, cet esprit d'abnégation et de sacrifice se retrouve dans les prêtres sortis de St-François. Ils sont bien nombreux ceux qui doivent à M. Dehaene leur sacerdoce, et ils seront certainement au Ciel le plus beau fleuron de sa couronne. Or, ce qui les distingue, s'ils sont de vrais fils de leur père, c'est la générosité qui se dévoue. Cela se comprend : sur les bancs du collège, ils ont entendu tant de fois le beau langage apostolique, et ils ont eu si longtemps sous les yeux un modèle de la vertu de sacrifice ! Si jamais ils étaient trop lents à pratiquer ce qui leur était conseillé jadis, la belle figure de leur maître repasserait devant eux, et l'écho lointain de sa parole, retentissant à leurs oreilles, leur serait le plus efficace des reproches.

Quant aux laïques qui travaillaient à nos côtés pour obtenir des diplômes de bachelier et des brevets de toute espèce, ou tout simplement pour acquérir un peu d'instruction et faire ensuite bonne figure dans le monde,—qu'ils soient aujourd'hui avocats ou médecins, instituteurs ou officiers, commerçants ou

---

1. Une des grandes joies de M. Dehaene eût été de voir son ancien élève, M. Léonce Bridoux, revenir à St-François avec le caractère épiscopal. Mgr Bridoux, évêque d'Utique, vicaire apostolique de Tanganika (Afrique équatoriale, région des Grands Lacs), fut sacré le 8 juillet 1888 par Son Éminence le Cardinal Lavigerie. Avant de partir pour sa mission lointaine, il voulut visiter l'institution St-François d'Assise, berceau de sa vocation, et saluer ses anciens maîtres et ses condisciples. La visite eut lieu le 11 juillet. Elle fut très touchante. Mgr Bridoux est le premier des élèves de M. Dehaene qui soit devenu évêque.

agriculteurs, — nous savons qu'ils ont persévéré pour la plupart dans les sentiments que notre bien-aimé supérieur leur inculquait. Ces jeunes gens furent très nombreux. Ils composèrent, à certains moments, la moitié des élèves du collège. Le principal résultat que M. Dehaene cherchait à obtenir en se chargeant de leur éducation, c'était de les pénétrer des principes et de la pratique de notre sainte religion.

Ils se souviennent de ses mâles exhortations : « Bons et
» vigoureux jeunes gens de nos classes françaises, vous ne
» savez peut-être pas tout l'intérêt que vous n'avez jamais
» cessé de nous inspirer. Eh ! comment ne serions-nous pas
» occupés de vous ? Qui n'est frappé de l'influence qu'exercent
» aujourd'hui les classes industrielles, commerçantes, agricoles
» et même ouvrières ? Ne sont-ce pas ces classes qui disposent
» du souverain pouvoir, et qui tiennent entre leurs mains les
» destinées suprêmes des nations ? Quel stimulant donc pour
» notre zèle, que la perspective d'un avenir si grave et si sérieux
» pour vous ! Quel triomphe pour notre dévouement si, élevant
» votre intelligence et votre cœur, vous inspirant une foi vigou-
» reuse et une piété solide, qui puissent suppléer au défaut
» d'une instruction plus étendue, nous parvenons à vous mettre
» à même d'être dignes partout de votre religion, de votre
» pays, de vos chrétiennes familles et de vos maîtres si désireux
» de votre bonheur ! »

A l'heure qu'il est, ces anciens élèves remplissent les conseils municipaux de la Flandre. Ils sont maires, adjoints, conseillers d'arrondissement et conseillers généraux : ils pourraient être davantage. Vis-à-vis de l'autorité civile, les vrais disciples de M. Dehaene qui sont dans le monde, demeurent ce qu'il fut lui-même : ni révoltés, ni esclaves, mais portant la tête droite, et pratiquant l'indépendance chrétienne qui sauvegarde la dignité de vie. Nous les rencontrons dans toutes les manifestations religieuses de notre cher pays, et c'est avec plaisir que nous leur serrons la main. La confiance au prêtre est restée le premier mouvement de leur cœur, et la bienveillance pour les intérêts religieux leur semble le premier des devoirs. Au contraire, les hommes qui sortent des lycées ou des écoles du gouvernement, s'ils ne sont point hostiles au clergé, ont presque toujours peur de lui. S'ils ne disent pas que le cléricalisme est l'ennemi, ils s'imaginent facilement qu'ils doivent prendre garde à ses empiètements ; ils sont enclins à la défiance.

Plus que n'importe qui, M. Dehaene s'efforça de maintenir la bonne harmonie entre prêtres et laïques. Les enfants du pays, futurs maires et futurs curés, vivant côte à côte sur les bancs du collège, contractaient ainsi ces amitiés de jeunesse qui donnent pour toute la vie une familiarité que rien ne remplace.

C'est avec peine que M. Dehaene verra cesser cette fusion des deux éléments de la société : l'élément laïc et l'élément clérical ; et, dans l'intérêt de la Flandre, il retardera autant que possible la suppression des cours de français.

Nous pouvons donc conclure ce chapitre en disant qu'à St- François d'Assise notre vénéré supérieur forma des prêtres au cœur apostolique et des laïques amis de la religion et du clergé. Ce résultat, il l'obtenait déjà au collège communal, mais avec moins d'aisance et d'efficacité, parce que son zèle n'y était pas complètement libre.

Au petit séminaire, il l'obtiendra encore, mais en partie seulement, car il ne s'occupera plus que des futurs prêtres. C'est donc à l'Institution de St-François d'Assise que son action éducatrice fut la plus large et la plus complète. Et c'est pourquoi la période de 1865 à 1875 est à nos yeux l'âge d'or de sa vie.

CHAPITRE QUATORZIÈME.

M. DEHAENE PRÉDICATEUR.

IL convient de nous arrêter un moment dans l'histoire de l'abbé Dehaene, et, avant que la décadence de l'âge ne se fasse sentir en lui, de le considérer comme prédicateur et directeur.

Nous l'avons entendu maintes fois, mais malheureusement il n'avait plus que «les restes d'une voix qui tombe et d'une ardeur qui s'éteint (1).» Nos confrères l'ont connu dans la plénitude de sa force et dans l'éclat de sa maturité, et ils nous ont communiqué leurs impressions. Nous avons lu d'un bout à l'autre les cahiers qu'il a laissés, et nous avons relevé dans les journaux du pays les cérémonies où il prit la parole ainsi que les éloges qu'on donne à son talent. Tous ces renseignements réunis permettent de se rendre compte de son éloquence et de formuler sur elle une appréciation qui n'est point téméraire.

Il a prêché quatre sortes d'instructions : 1° de grands sermons sur le dogme ou sur la morale, dans les missions, carêmes et retraites ; 2° des sermons de fêtes et de circonstances ; 3° des conférences religieuses adressées spécialement aux hommes ; 4° de simples allocutions faites aux confréries, aux congrégations, aux élèves du collège.

Vers la fin de sa vie, il songeait à publier quelques-unes de

---

1. Bossuet, *Oraison funèbre de Condé.*

ses meilleures œuvres oratoires. Des amis enthousiastes l'y poussaient beaucoup. Ne pouvant plus, à son grand regret, paraître devant les grands auditoires, il s'imaginait que ce serait là le meilleur moyen de continuer son apostolat. Il fit part de son dessein à M. le chanoine Cailliau. Pour de bons motifs, M. Cailliau ne l'encouragea point à y donner suite. Il lui semblait que le texte imprimé ne répondrait point à la réputation de l'orateur.— Noblesse oblige, écrivait-il.— Il avait raison, suivant nous. Le P. Sergeant fut moins difficile. Après avoir débrouillé patiemment les cahiers de son ami, il lui écrivit que leur publication serait opportune, utile et bien reçue. Mais il nous semble que la postérité ne partagerait point la manière de voir de ce charitable Aristarque, dont M. Dehaene lui-même n'acceptait les éloges qu'avec une certaine réserve. « Vous me dites » que j'écris bien, mais c'est surtout sous ce rapport que je » croyais à ma nullité ! Il faudra donc qu'à la fin je m'imagine » savoir écrire : c'est vous qui m'y aurez forcé. » *(Lettre au P. Sergeant.)*

Les extraits qui suivent feront plaisir à beaucoup de nos compatriotes. Nous souhaitons qu'en lisant sur le papier ces citations froides et inertes, ils retrouvent quelques-unes des émotions qu'ils éprouvaient jadis, quand cette même parole tombait vivante du haut de la chaire.

1º *Sermons de missions et de carêmes.* — Bien des fois les comptes rendus adressés à l'administration diocésaine portèrent cette mention que je trouve dans une lettre du vénéré M. Léturgie, curé de Bollezeele : « Les exercices de la mission ont été prêchés par M. l'abbé Dehaene. Son zèle et ses instructions ont été cause que ces exercices ont pleinement réussi. »

Dans ces circonstances, M. Dehaene prêchait trois fois par jour, à 6 heures du matin, à 9 heures, et au salut du soir ; le jour de la clôture, qui était d'ordinaire relevée par l'adoration du Très-Saint Sacrement, il prêchait jusqu'à cinq fois.

C'est alors qu'il faisait retentir les grandes vérités du salut, et principalement celles qui sont les plus efficaces pour détourner du mal et ramener au bien : la mort, le jugement, les ravages du péché, le prix d'une âme, l'enfer.

Toutefois, il réservait pour l'instruction de 9 heures des enseignements plus familiers, propres à guider dans la pratique des vertus et les détails de la vie : il parlait alors des devoirs d'état. Il convoquait spécialement à cette instruction de 9 heures les personnes pieuses, les enfants de Marie, les membres des conférences de charité, et il leur faisait faire ainsi une sorte de petite retraite. Cette pratique mériterait d'être imitée par les missionnaires diocésains. Elle remplacerait pour les personnes de la campagne les retraites proprement dites, qui ne peuvent être données que dans les villes.

Fins dernières de l'homme. La mort. La pensée de la mort fit toujours sur l'abbé Dehaene une grande impression, et quand il en parlait, c'était avec une émotion et une force extraordinaires. L'immense vanité des choses humaines, il l'étalait dans tout son jour, dans toute sa triste réalité : « Voyez, disait-il,
» comme la mort s'avance, terrible ! Sa faux atteint jusqu'au
» bout du monde. L'aigle plane dans les nues ; elle lance une
» flèche : il est arrêté dans son vol hardi, et tombe inanimé.
» Un pauvre ver de terre se remue dans un sillon : l'œil perçant
» çant de la mort le regarde, le voilà réduit en poudre. Elle
» flétrit de son haleine fétide tout ce qui respire, et de son
» bras puissant renverse tout ce qui est debout. Quelquefois elle
» abat comme la foudre, sans laisser à sa victime le temps de
» se reconnaître. D'autres fois elle marche à pas lents, comme
» pour mieux nous surprendre. Elle ose même se parer des
» fleurs de la vie ; elle immole le jeune homme et, par un
» caprice ironique, laisse le vieillard chanceler longtemps sur
» le bord de la fosse avant de l'y précipiter.

» Le passé est à la mort. Où sont les peuples qui ont rempli
» pli la terre du bruit de leur nom ? Creusez le sol : ses couches
» ches sont formées de leurs tristes débris. Le présent est à la
» mort. Nous sommes aux portes du tombeau, comme les
» ondes d'un fleuve, amoncelées à son embouchure, sont dans
» le voisinage de la mer. Encore un mouvement, elles s'y précipiteront.
» cipiteront. Encore un pas, et nous sommes engloutis. *Et*
» *solum superest sepulcrum !* (1).

Mais il ne termine point cette grave méditation sans laisser

1. Job. XXII, 1.

son auditoire sous l'impression d'une pensée consolante : « Car,
» dit-il, elle est amère, cette mort qui sépare impitoyablement,
» et il faut quelqu'adoucissement à son amertume ! » Cet adoucissement, il le trouve dans la doctrine de saint Paul : « JÉ-
» SUS-CHRIST, dit admirablement l'Apôtre, a goûté la mort :
» *Minoratus est ut gustaret mortem* (1). Voyant notre répu-
» gnance à mourir, il a fait comme une tendre mère qui veut
» faire prendre par son enfant un breuvage qui lui répugne,
» mais dont il a besoin. Il a approché la coupe de ses lèvres, il
» a goûté son amertume ; il est mort le premier pour nous ap-
» prendre à bien mourir. Pour nous rassurer davantage, il s'est
» entouré de l'appareil de la mort la plus terrible. Il est monté
» sur une croix, et il a rendu le dernier soupir sur ce gibet, avec
» une espèce de luxe de douleurs et une ostentation d'igno-
» minies, et de la sorte il nous a rendu la mort plus douce.
» Et si nous aimons JÉSUS, si nous vivons de sa vie, nous
» pourrons dire à notre dernière heure : *O mors, ubi est stimulus*
» *tuus ?* O mort, où est ton aiguillon ? (2) »

La mort du juste, la bonne et sainte mort, c'est un des
tableaux que M. Dehaene se plaisait à retracer. Il développait
la parole que l'Église répète aux messes quotidiennes pour les
défunts : « J'entendis une voix qui disait : Bienheureux
» ceux qui meurent dans le Seigneur ; *Beati mortui qui in*
» *Domino moriuntur* (3). » Ce *beati* de l'Apocalypse n'est-il
pas la béatitude suprême qu'il faut entrevoir et promettre pour
exhorter à la vie chrétienne ?

Notre cher supérieur avait besoin de se fortifier, par ces
douces considérations, contre la frayeur du trépas qui le saisissait souvent. En prêchant, il redisait aux autres ce qu'il se
disait tout bas à lui-même pour s'encourager : « O juste, je
» vous ai vu mourir, et j'ai dit que la mort est préférable à la
» vie. En effet, mes frères, que faisons-nous dans ce monde où
» le malheur ne nous quitte point, où, selon l'Écriture Sainte,
» un poids énorme de misère pèse sur les enfants d'Adam de-
» puis le berceau jusqu'à la tombe ! Que faisons-nous au milieu

---

1. Heb. II, 9.
2. Cor. XIV, 55.
3. Apoc. XIV, 13.

» d'hommes couverts d'iniquités qui les rendent abominables
» aux yeux de Dieu, — exposés nous-mêmes à offenser cha-
» que jour notre souverain Seigneur, risquant sans cesse de
» faire naufrage et de nous séparer de Dieu, notre fin der-
» nière !... Donc, que je meure de la mort des justes ! Je ne
» serai rassasié que lorsque votre gloire, ô mon Dieu ! m'ap-
» paraîtra. »

De la pensée de la mort au détachement du monde et de ses vains plaisirs il n'y a qu'un pas. Souvent l'abbé Dehaene a montré la vanité de tous ces plaisirs trompeurs. Les protestations vigoureuses contre la sensualité partout triomphante, contre le luxe et la mollesse qui dégradent l'homme et font du chrétien un renégat pratique de son baptême et de l'Évangile, abondent dans ses sermons.

Quand il parlait de l'enfer, son éloquence était superbe; il le savait, (les vrais orateurs savent quand ils réussissent,) car il a écrit à la dernière ligne de ce sermon sur le manuscrit qu'il envoyait au P. Sergeant : *très bien !*

Les citations suivantes suffiront à prouver qu'il n'avait pas tort.

Il rappelle d'abord que les grandes vertus ont leurs racines dans les grandes vérités : « Nos cœurs sont légers et mobiles.
» Il faut qu'une pensée solide, semblable à une ancre, vienne les
» fixer et les tenir en équilibre dans l'abîme de ce monde.» Puis il prouve l'éternité des peines par des textes de l'Écriture Sainte, qu'il met dans une effrayante lumière, et par les témoignages des Pères de l'Église, qu'il serre en un puissant faisceau. Se tournant enfin vers les adversaires de ce dogme : « Vous
» ne voulez pas l'admettre, s'écrie-t-il, vous refusez de souscrire
» à ce grave enseignement ? Eh bien, soit ! Mais votre refus a
» des conséquences, je vous en avertis. Décidez-vous et choi-
» sissez. S'il n'y a point d'enfer, tout ce majestueux édifice de
» la vérité catholique qui est là devant vous, assis sur les ruines
» de toutes les erreurs, entouré de l'hommage de dix-huit
» siècles, fortifié et grandi de toutes les vicissitudes des choses
» humaines,— lesquelles ont tout emporté, tout, excepté lui, —
» cet édifice est devenu pour vous une vaste déception ! Ses
» mystères adorables ne sont qu'une tromperie, ses prêtres que

» des imposteurs, et ses saints que des séducteurs ou des
» dupes ! Donc cet édifice de la religion, il faut l'abattre entiè-
» rement, il faut passer la charrue sur le sol qu'il occupe ! —
» Mais une fois sortis de l'Église catholique, où chercherez-
» vous un asile ? Au sein des variations d'un protestantisme
» vermoulu ? Dans son bagage doctrinal le protestantisme a
» gardé l'enfer. Il en a même élargi le gouffre en supprimant
» le purgatoire. Irez-vous plus loin et reculerez-vous jusque
» dans les superstitions et les ténèbres du paganisme ? Vous
» entendrez le chantre de l'Énéide parler d'un réprouvé assis
» pour l'éternité sur un siège de douleur, d'un autre criminel
» qui livre son foie toujours renaissant à la morsure d'un vau-
» tour. Vous entendrez le prince des philosophes, Platon, dire
» à ses disciples que les vils scélérats dont l'âme est incurable
» sont réduits à servir d'épouvantails, qu'ils subissent des châ-
» timents qui ne peuvent les guérir, mais qui sont des aver-
» tissements pour les témoins de leur douloureuse éternité. Si
» l'impie Lucrèce veut arracher du cœur de l'homme la peur
» de l'enfer, parce qu'elle gâte ses joies et qu'elle fait déteindre
» sur sa vie les sombres couleurs du trépas : *Omnia suffun-*
» *dens mortis nigrore* (1), — Celse, un autre épicurien, se
» charge de lui répondre que cette peur est commune aux
» païens et aux chrétiens. Donc, sous un nom ou sous un autre,
» vous retrouverez partout l'enfer, partout le hideux Tartare,
» et le genre humain tremblant devant ce gouffre. Qui donc a
» soufflé cette crainte à travers l'espace et le temps ? Qui, si ce
» n'est Celui qui a donné à l'homme la conscience avec ses im-
» prescriptibles lumières ?

» Convertissons-nous donc ! s'écrie l'orateur.

» Mais, hélas ! ajoute-t-il, l'enfer est notre ouvrage. Nous le
» portons dans notre cœur quand nous sommes en état de
» péché mortel. Qu'on ôte tout ce qui nous distrait, nous étour-
» dit et nous aveugle : que nous restera-t-il ? Une âme souillée
» des remords, des ennuis, une aversion épouvantable pour le
» bien ! Que la mort nous frappe dans cet état, nous y cloue,
» nous y fixe, et voilà l'enfer ! Et c'est nous qui l'avons fait ! »

Après avoir abattu par la crainte la fierté du pécheur, il

---

1. Lucrèce, *De natura rerum*, liv. III, v. 39.

excitait à la confiance en expliquant la parabole de l'enfant prodigue, la plus consolante de l'Évangile et celle qu'il aimait d'un amour de prédilection. Dans deux tableaux saisissants, il exposait la dramatique histoire de l'égarement du pécheur et de sa conversion ; il montrait, d'une part, la misère de l'homme qui fait le mal, et de l'autre, l'infinie bonté de DIEU qui lui pardonne. Rarement fut-il aussi bien inspiré que dans ce beau sujet. Chacun des mots de la parabole donnait lieu aux considérations les plus touchantes et les plus élevées. Citons au hasard :

« *Dixit adolescentior :* c'est le plus jeune qui demande sa
» portion d'héritage. Infortunée jeunesse, pourquoi faut-il que
» tu sois aussi présomptueuse que tu es inexpérimentée ? Ah !
» l'on te couronne de roses et l'on t'appelle le printemps de la
» vie ! Tu n'en es que l'enchantement et l'ivresse. Il y a, dit le
» monde, une saison pour les plaisirs. *Il faut que jeunesse se*
» *passe.* Quoi donc ? faut-il que cette force, cette noble ardeur,
» ce feu, cette surabondance de sensibilité, tous ces trésors,
» soient usés dans les vils excès de la débauche ?

» *Il faut que jeunesse se passe !* Eh oui ! chrétiens, elle passera,
» et plus vite que vous ne le pensez, car elle est la fleur qui
» s'épanouit le matin et se flétrit le soir. Mais, hélas ! les vices
» contractés resteront. Cette jeunesse-là, il la porte sous ses
» cheveux blancs, ce vieillard décrépit qui traîne jusqu'à la
» tombe la longue chaîne de ses habitudes coupables. Cette
» étourderie, il la cache sous la majesté de ses insignes, ce grave
» magistrat qui ne songe pas à conquérir un rang honorable
» dans le monde à venir. Cette irréflexion, il la dessine dans
» sa conduite, ce père de famille qui cherche sur la terre des
» établissements pour des enfants qu'il aime, sans se mettre en
» peine de ce qu'ils seront dans l'éternité. Troupe de pécheurs,
» troupe d'étourdis, veillards-enfants, qui marchez au hasard
» avec l'aveuglement du jeune âge, vous êtes tous cet adoles-
» cent qui dit à son père : Donnez-moi ma part ! et qui s'en
» va dans une région lointaine. Où êtes-vous allés, pécheurs,
» après avoir quitté la maison paternelle ? Dans un pays étran-
» ger, inconnu, *in regionem longinquam !* Qui dira à quelle
» distance le péché nous jette de DIEU, sur quel rivage inconnu

» nous lance la tempête de nos passions, dans quel désert, dans
» quelle horreur ! »

S'il combat le désespoir, le plus grand ennemi de l'homme
et son malheur suprême, et cependant la torture de plus d'une
personne pieuse, de plus d'un converti sincère, il se montre
tendre et suppliant. Les comparaisons les plus touchantes se
pressent sur ses lèvres : « Comme la colombe de l'arche ne
» trouvait au dehors que la fange du déluge, nos âmes, échap-
» pées de la main créatrice, ne doivent point se poser sur une
» terre souillée par le péché. Portées sur les ailes de l'espé-
» rance, elles doivent tendre à rentrer dans le sein de Dieu
» d'où elles sont sorties. Vous me dites que vos péchés vous
» inquiètent. Mais si Dieu veut les pardonner, l'en empêche-
» rez-vous ? S'il veut perdre vos iniquités au fond de la mer,
» irez-vous les en retirer pour les jeter devant ses yeux et en
» faire, malgré lui, vos accusateurs ?

» Mais, dites-vous, je ne me sens capable de rien, je ne suis
» rien, je ne puis rien ! — C'est très vrai, et Dieu le sait mieux
» que vous. Cependant il vous appelle à de grandes choses, il
» vous appelle à sauver votre âme, à sauver celle des autres !
» C'est donc que vous pouvez compter sur lui. Hélas ! n'étant
» pas généreux nous-mêmes, nous ne concevons pas que Dieu
» puisse être si bon, si patient, si doux !

» — Nous ne désespérons pas de notre salut peut-être. Mais
» nous désespérons du progrès et de la perfection de nos âmes.
» — Nous avons tort. La mesure de notre confiance en sa mi-
» séricorde sera la mesure des bénédictions que Dieu versera
» sur nous. »

Mais il n'est point de sujet que M. Dehaene traitât plus
volontiers, plus souvent et avec plus de conviction que celui
de la prière : sa nécessité, sa douceur, sa beauté, son objet, ses
qualités, ses effets, reviennent à chaque page dans ses recueils
de sermons.

Voici comment il interpelle ceux qui ne prient point :

« Vous, *jeune homme*, brillant de santé, heureux d'avoir votre
» caprice pour maître, enivré des charmes d'une vie à son prin-
» temps, un peu de halte, s'il vous plaît, un moment de réflexion.
» Qui donne à ce bel arbre la vigueur de son tronc et la fraî-

» cheur de son feuillage ? Qui se penche chaque jour sur votre
» cœur comme une mère sur son enfant pour y verser cette
» surabondance de vie ? Ah ! jeune insouciant, *vous ne priez*
» *pas ?* Vous êtes un ingrat. Prenez garde que l'Auteur de la
» vie n'en brise la coupe entre vos mains pour punir votre cou-
» pable indifférence !

» *Homme de savoir*, de talent, de génie peut-être, Dieu vous
» a donné des lumière refusées au grand nombre ; les intérêts
» les plus graves des familles et de la société reposent entre
» vos mains ; vous êtes le conseiller de ceux qui ignorent ou
» qui doutent : *et vous ne priez pas ?* Vous vous égarez dans
» une orgueilleuse sagesse ; vous oubliez que Dieu seul éclaire
» vraiment tout homme venant en ce monde, et qu'autour de
» vous tout est ténèbres !

» *Homme de négoce ou d'industrie*, vous manipulez la matière,
» vous torturez la nature pour la forcer à servir votre cupidité,
» votre sensualité et votre orgueil : *et vous ne priez pas ?* Vous
» êtes le plus téméraire des hommes. Il y a dans la matière
» des lacets pour prendre les âmes, dit le St-Esprit. Elle a été
» maudite avec le premier homme ; et si vous ne sanctifiez pas
» vos travaux par la prière, vous allez vous dégrader, vous
» matérialiser avec elle, et vous perdrez le sens des choses
» divines. *Animalis homo non percipit ea quæ sunt spiritus*
» *Dei* (1). »

» *Femme du monde*, que la fierté et l'orgueil soulèvent de
» terre, vous êtes reine dans un salon ; comme une divinité
» vous cherchez des adorateurs : *et vous ne priez pas ?* Vous
» comprendrez trop tard que l'on ne doit se glorifier qu'en
» Dieu seul.

» Et vous, *pauvres ouvriers*, qui mangez un pain trempé de
» sueur, vous, les indigents, vous, les déshérités des biens de
» ce monde, qui avez un si grand besoin de Dieu, *vous ne*
» *priez pas ?* Pourquoi donc ne pas vous souvenir de Jésus,
» qui travaillait comme vous ? Pourquoi vous exposer, par un
» oubli malheureux de votre bonheur à venir, après avoir été
» pauvres dans ce monde, à l'être davantage dans l'autre ?

» Quand nous ne prions pas, nous sommes des ingrats qui

---

1. I Cor. II, 14.

» oublient de dire au Seigneur merci ; des orgueilleux qui
» croient pouvoir se suffire ; des imprudents qui ne pensent pas
» aux besoins et à la détresse du lendemain ; des hommes
» charnels et grossiers qui ne s'élèvent point au-dessus des
» plaisirs du corps pour aspirer vers les biens de l'âme ; des
» malheureux, des damnés vivants, car, privés de consolation
» ici-bas, nous n'aurons pas la vie future pour y trouver une
» compensation de joie durable. »

Le prière attire la grâce et dispose au repentir ; et la réconciliation, fruit du repentir, s'opère au *sacrement de Pénitence.* L'institution divine de ce sacrement, ses effets, sa nécessité, les divers actes qui le constituent, font l'objet d'autant de sermons. Je note quelques pensées et signale quelques traits heureux.

Parlant de l'examen de conscience à ceux qui se plaignent qu'il est difficile : « Pour trouver vos péchés, dit-il, il ne faut
» pas aller bien loin. Il suffit de ne pas vous fuir vous-mêmes
» et d'écouter la voix qui parle au-dedans de vous, malgré
» vous, et que tant de fois vous avez voulu étouffer, parce qu'elle
» vous parlait trop haut de choses que vous n'aimiez point
» d'entendre. Il suffit d'ouvrir les yeux : ces péchés sont
» écrits en caractères accusateurs dans les lieux profanes et
» dans cette enceinte sacrée, sur les colonnes des places publi-
» ques comme sur les murs de vos appartements, au front
» d'une malheureuse victime et sur le visage flétri d'un com-
» plice. Ah ! vous ne trouvez pas vos péchés ! mais vous en
» portez les honteux stigmates sur votre corps et dans votre
» âme. La pensée coupable, la parole sacrilège ou impudique,
» l'acte qui outrage la nature ou la justice, ont été rapides, c'est
» vrai ; mais l'offense qui en résulte n'a point passé aussi rapi-
» dement. La mémoire garde ces péchés, consignés dans un
» affreux trésor ; la conscience les garde comme un amas d'hor-
» reurs capable de faire rougir l'âme d'elle-même ; le cœur les
» garde dans l'abîme de sa corruption et dans la profondeur
» de ses plaies. Rentrez donc en vous-mêmes, ne fût-ce qu'un
» seul instant : remuez ces eaux fangeuses où croupit le vice,
» et vous verrez des monstres remonter à la surface. Entrez
» tant soit peu dans la considération de vos habitudes, des

» pensées de votre esprit, des affections de votre cœur : de
» partout l'iniquité cachée coulera à pleins bords, et votre
» examen de conscience sera fait. »

Veut-il exciter à la contrition : « Avez-vous entendu le cri
» de détresse parti des hauteurs du Calvaire ? C'était le dernier
» soupir d'un Dieu mourant. Le voilà, ce Dieu, cloué sur un
» gibet, couvert du seul manteau de son sang et de ses bles-
» sures : la terre l'insulte, le Ciel l'abandonne, les douleurs
» l'étreignent et le suffoquent contre les bras d'une croix : c'est
» le Fils de l'Éternel, le Fils du Roi des rois, venu pour sauver
» des esclaves ! c'est votre Rédempteur, c'est votre Dieu ! Il
» expire ; ses bras puissants se raidissent ; ses yeux, où rayon-
» nait le doux éclat de la lumière incréée, se couvrent de ténè-
» bres ; son cœur débordant d'amour cesse de battre. C'est
» vous, pécheur, qui l'avez conduit au supplice, c'est vous qui
» avez fait ramper la mort sur ses membres divins, c'est vous
» qui l'avez rendu tel que la croix l'offre à nos regards ! Je
» vous le demande maintenant, le repentir est-il donc si diffi-
» cile ?... »

Avec quelle foi il parle de l'absolution ! On sent dans sa parole l'émotion du prêtre à qui les grandeurs et les mystères du confessionnal sont familiers :

« Moment solennel que celui où le prêtre de Jésus-Christ, assis dans son tribunal, lève la main sur la tête du pécheur à genoux devant lui. Les liens qui l'attachaient au péché se rompent soudain, le démon lâche sa proie, l'abîme de l'enfer se referme en frémissant. Le Ciel tressaille d'allégresse et le Créateur ouvre ses bras à sa créature !

» Moment précieux, infiniment désirable où d'esclave du
» démon il devient héritier et enfant chéri de Jésus ! Moment
» de tendre confiance et de joie enivrante, capable d'attacher
» à jamais au service du divin Maître.

» Donc l'aveu est fait ; les replis du cœur sont ouverts ;
» une âme, comme dit Bossuet, s'est penchée sur une autre
» âme pour y verser son secret sous l'œil de Dieu. Déjà la
» main sacerdotale qui balance les clefs du Ciel et de l'enfer
» s'est levée, et les paroles qui délient sont prononcées. Sou-
» dain l'âme pécheresse s'est sentie renaître à une vie nouvelle :

» cette âme est soulagée, elle est calme, elle est heureuse. Le
» cœur déborde ; quelquefois d'abondantes larmes coulent des
» yeux, et les consolations dont le Seigneur inonde le prodigue
» surpassent tout ce que goûtèrent de plus doux les âmes les
» plus constamment fidèles. Puissiez-vous faire la suave expé-
» rience de la bonté divine au tribunal de la Pénitence ; puis-
» siez-vous connaître les larmes secrètes répandues aux pieds
» de Jésus par le repentir et l'amour ! Oh ! alors, pour vous
» déterminer à confesser vos fautes, nous n'aurons plus besoin
» de longues instances. Poussés par le remords et par la crainte
» du péché, conduits par l'amour de la vertu, de votre âme et
» de Dieu, vous viendrez cerner de vos rangs épais nos tri-
» bunaux de miséricorde, et vous disputer avec une sainte ému-
» lation nos bénédictions et nos grâces ! »

Il trouve des paroles à la fois vengeresses et miséricordieu-
ses pour avertir le pécheur qui a manqué de sincérité dans sa
confession, « qui a pris une posture humiliée devant le prêtre,
» qui a baissé les yeux, qui a poussé des soupirs, qui a revêtu
» un extérieur édifiant pour mieux mentir à l'Esprit-Saint. »

« Écoutez, dit-il, ô âme digne de pitié, écoutez le vœu que
» je forme pour vous, et que je vous prie de me pardonner,
» parce que je le forme pour votre salut. Que le Dieu tout-
» puissant, pour vous empêcher de vous endormir sur le
» bord de l'abîme, vous poursuive de ses plus terribles mena-
» ces ! Puisse le remords s'attacher à vos entrailles et ronger
» vos joies ! Qu'il se présente à votre chevet et trouble votre
» sommeil ! Que l'enfer vous paraisse toujours ouvert sous
» vos pas pour vous engloutir, et le bras de Dieu toujours
» prêt à se décharger sur votre tête coupable ! Quand vous
» avez l'audace d'approcher de la Table Sainte, puissiez-vous
» voir se dresser devant vous une barrière de flammes qui vous
» arrête et vous repousse ! Puissiez-vous entendre sortir du
» fond du tabernable comme des voix de malédiction ! Puis-
» siez-vous voir vos frères puiser au confessionnal le salut, la
» consolation, la vie, les plus douces communications d'un
» Dieu de paix, et vous-même sentir votre cœur déchiré par
» la privation d'un semblable bonheur. Enfin puisse ce cœur,
» en proie à une détresse continuelle et comme sous un pres-

» soir, aller, de guerre lasse, se reposer au sein du DIEU qui
» l'attend ! »

L'Eucharistie : — Dix-huit sermons sont consacrés à ce magnifique sujet, que M. Dehaene considère sous toutes ses faces. Il expose le dogme de la présence réelle, la grandeur du Sacrifice de la Messe, la Sainte Communion, ses effets et les dispositions nécessaires pour la recevoir, l'obligation du devoir pascal. Il montre que JÉSUS présent dans l'Eucharistie est notre trésor, qu'il nous offre tous les biens, qu'il exerce en notre faveur tous les actes de la bonté la plus touchante, la plus variée, la plus universelle. Mais les considérations que fait l'orateur, lues à tête reposée, paraissent grandioses et presque emphatiques. On en jugera par quelques citations :

La présence réelle : « Qu'elle est humble, la demeure de notre
» DIEU dans le tabernacle ! Quand un monarque de la terre,
» autrefois maître d'un vaste empire, se trouve réduit à l'étroite
» enceinte d'une ville qui lui sert de prison, l'œil qui contem-
» ple cette majesté humiliée se mouille de larmes (1). Eh bien,
» mes frères, voilà le Monarque du Ciel, celui dont les rois et
» les empereurs de la terre ne sont que les sujets, réduit, non
» par la force, mais par son amour, à l'étroit espace que vous
» voyez ! »

Les effets de la Sainte Communion :

« Si ces regards naguère si libres, si pleins d'un feu impur
» peut-être, brillent aujourd'hui du doux éclat de la piété, c'est
» JÉSUS qui les fait reluire d'un rayon de sa divine modestie.
» Si cette langue, qui répandait le poison de l'irréligion et de
» la volupté, paraît maintenant attentive à tous ses mouve-
» ments et réservée dans toutes ses paroles, c'est qu'elle a
» touché la chair virginale du Sauveur. Si ces passions, autre-
» fois si tumultueuses, semblent rentrées dans le calme, et
» si ces lions rugissants, enfin domptés, paraissent revêtir la
» douceur de l'agneau, c'est que JÉSUS, sous les voiles de l'Eu-
» charistie, paralyse leur fureur. Et si la foudre ne frappe point
» le monde coupable, c'est qu'il n'y a point sur la terre une
» place qui ne soit teinte et toute couverte du sang de l'au-
» guste Victime. »

---

1. Il se souvenait de la visite qu'il avait faite à don Carlos interné à Bourges.

« *L'ineffable instant d'une Communion fervente :* Tout ce qui
» constitue la vie ici-bas s'est évanoui. L'espace et le temps
» ont disparu. L'âme, réduite à la seule faculté de vouloir
» et d'aimer, s'avance toute seule jusqu'aux dernières limites
» de l'existence terrestre. Si c'est avec mon corps ou sans
» mon corps, pourrait-elle dire comme l'Apôtre, je ne le
» sais. Quelque chose d'éternel et d'infini se passe, l'union
» indicible se consomme. Sur les traits du visage vient se
» refléter je ne sais quel solennel et tendre mélange de paix
» et de crainte, de souffrance et de céleste volupté, de vie et
» de mort, comme si le regret, le dépit, dirais-je presque, de
» rentrer dans la vie et ses orages, inquiétait cette âme qui
» revient du Ciel. Ma vie est JÉSUS-CHRIST. dit-elle, et mourir
» serait un gain : *Mihi vivere Christus et mori lucrum.* —
» Voilà l'image d'une âme qui communie dignement et avec
» foi ; elle est l'objet d'une transformation secrète, d'un travail
» mystérieux, et, comme dit un Père de l'Église, elle est passive
» de choses divines, *divina patiebatur.*

Les développements par comparaisons, par descriptions, par énumérations de parties, par questions répétées sont un peu trop nombreux. On voudrait des raisonnements plus pressés, plus vifs, plus simples, et une exposition, non pas plus belle, mais plus variée et plus intéressante. C'est la constatation de ce défaut qui arrête ma plume au moment où elle multiplierait des citations qui présenteraient toujours le même caractère. Le style est manifestement trop oratoire ; il est redondant. L'épanouissement d'une causerie, le narré d'un fait ou d'une histoire, ne viennent point vous reposer. Trop souvent aussi, dans ces discours rédigés après coup, en dehors de la secousse que donne la vue de l'auditoire, on remarque que celui qui tient la plume se bat les flancs jusqu'à ce qu'il ait trouvé une image saisissante ; on voit qu'il se provoque, se stimule, s'interroge, pour arriver à quelque chose de frappant qui soit le mot à effet, le mot de la fin.

La série d'instructions où JÉSUS est considéré dans l'Eucharistie comme notre trésor, notre ami, notre père, etc., n'est que le développement d'un petit livre dont M. Dehaene s'était servi pour faire son action de grâces : le *Mensis Eucharisticus* du

Père Xavier Lercari (1). Ces instructions sont pieuses, riches d'Écriture Sainte, mais les textes commentés s'appliquent mieux à la vie terrestre de Notre-Seigneur qu'à sa vie eucharistique. Jésus-Christ étant réellement présent comme Dieu et comme homme sous les saintes espèces, nous pouvons dire que nous trouvons dans le Sacrement des autels notre Maître, notre Père, etc. ; mais ce n'est pas, à proprement parler, parce qu'il est présent sous les voiles eucharistiques que Jésus est tout cela : il mérite ces titres comme Verbe incarné.

Il nous semble que M. Dehaene, emporté par sa confiance en l'auteur du *Mensis Eucharisticus*, s'engage ici dans une voie où l'on peut marcher à perte de vue, mais sans aboutir à rien de dogmatique. De semblables considérations n'ont qu'une valeur personnelle. Elles traduisent la piété de celui qui les fait, plutôt que l'universelle et indiscutable doctrine de l'Église.

Dans le sermon sur le Sacré-Cœur, il est scrupuleusement fidèle à l'enseignement catholique. Les fondements de cette dévotion, il les trouve dans l'office récité par les prêtres : « Adorons Jésus qui est une victime de charité au Calvaire et sur l'autel (2). » La Passion et la présence réelle, ces deux merveilles de dévouement envers les hommes, l'amour incomparable de Jésus peut seul les expliquer ; et c'est ce même amour dont l'Église honore d'un culte spécial le symbole glorieux et le foyer vivant. L'abbé Dehaene le dit à merveille et réfute avec énergie les objections qu'on fait trop souvent par ignorance contre cette dévotion. Elle est si belle et si grande quand on la laisse à la hauteur où la place la sainte Église, et qu'on ne la compromet point par des subtilités qui échappent au bon sens chrétien, ou par des révélations privées qui substituent des motifs plus étroits aux larges considérations doctrinales !

Toutes ces instructions, par lesquelles l'orateur conduisait les âmes de la crainte à l'amour, de l'abîme du péché aux tendresses de l'union avec Dieu, il les terminait par un sermon sur *l'esprit de foi* et les consolations qu'il procure. « Perçant le
» nuage épais des sens et de la chair, la foi fait luire à nos yeux
» un jour surnaturel et déploie sur nos têtes tout un firmament

---

1. Jésuite italien (1827), traduit du latin en français et en allemand.
2. Invitatoire de l'office du Sacré-Cœur.

» de merveilles inconnues. Elle met les hommes à leur place,
» c'est-à-dire dans leur néant, et fait voir le monde tout enve-
» loppé des anathèmes et des menaces du Maître souverain.

» Grâce à elle, le chrétien pèse les choses dans une balance
» qui n'est pas trompeuse comme l'est celle des hommes. Il
» réforme les jugements erronés du siècle. Il se sent assez de
» cœur et de longanimité pour remettre, s'il le faut, jusqu'au
» jour du dernier jugement, le triomphe de sa cause et la jus-
» tification de sa conduite. Pauvre, il ne murmure point contre
» le souverain Dispensateur des biens et des maux, de peur
» d'être en proie, dans une autre vie, à une pauvreté mille fois
» plus affreuse.

» S'il tombe dans l'abjection et le mépris, il ne va point se
» précipiter plus bas encore par le désespoir et le désordre. S'il
» est dans la souffrance, il porte avec courage le poids de la vie
» et place sa confiance en DIEU. Ainsi s'élève-t-il au-dessus de
» lui-même ; ainsi, dans son dénûment, son âme s'enrichit-
» elle de la misère de son corps, et, si profonde que soit son
» abjection, il sait en sortir et remonter jusqu'à l'estime de
» son DIEU. Il ne craint que la honte qui peut tourner en
» opprobre éternel. Qui ne sait d'ailleurs que depuis que le
» monde s'est moqué de JÉSUS-CHRIST, depuis qu'il a craché
» au visage de la Sainteté même, qu'il a habillé le Juste en roi
» de théâtre et l'a fait mourir avec autant d'ignominie que de
» douleur, qui ne sait que l'humiliation est devenue une gloire,
» le mépris une distinction divine, les sarcasmes et les insultes
» un véritable concert de louanges ! La nature murmurera.
» Mais, chrétiens, il faut s'y résoudre. L'homme ne peut être
» reconstruit que sur ses propres ruines. Pour trouver le
» bonheur, il doit franchir d'un même élan le temps et la
» vie, la mort et le tombeau.... Hélas ! je le sais, beaucoup de
» chrétiens gisent en proie à d'étranges illusions. Ils regardent
» la vie présente comme un jeu, comme un amusement conti-
» nuel, *lusum esse vitam*, (Sag. 15,12,) tandis que rien n'est
» sérieux comme elle, puisque de son usage dépend toute une
» éternité de bonheur ou de malheur, et que, dans la multitude
» presque infinie des instants qui la composent, il n'en est pas
» un dont le Juge sévère ne demandera compte ! Qu'elle est

» donc incroyable l'étourderie des personnes qui veulent
» tourbillonner dans un cercle perpétuel de plaisirs et de
» frivolités ! Je leur dirais volontiers, en me servant d'un
» mot historique, qu'elles ne sauraient plus gaiement perdre
» leur âme.

» Vivons donc de la vie de la foi.

» Par elle, le riche doublera son existence.

» Par elle, le pauvre verra ses haillons se changer en un
» vêtement royal, l'humble serviteur et la pieuse servante
» régneront un jour avec leur divin Maître, et seront élevés
» plus haut peut-être que celui qu'ils auront servi sur la
» terre.

» Par la vie de la foi, la mère de famille sanctifie toutes ses
» peines et se prépare dans ses enfants autant de joyaux à sa
» couronne ; par elle, la vierge chrétienne devient un ange
» terrestre dont le seul regard inspire toutes les vertus, dont
» une parole exhale la bonne odeur de JÉSUS-CHRIST.

» Par elle enfin, nous sommes tous comme des arbres plantés
» le long d'une eau courante, dont le feuillage ne tombe point
» et dont les fruits mûrissent pour l'éternité.

Les sermons de clôture d'une mission sont à signaler. Placé pour la dernière fois en présence d'un auditoire auquel l'unissaient les liens d'une sympathie devenue très vive, l'abbé Dehaene ne pouvait s'arracher à l'invisible étreinte des âmes satisfaites sans leur adresser de touchants adieux. Il interpellait successivement les pécheurs convertis et les justes consolés; il passait en revue les diverses classes de fidèles, rappelait à chacune ses devoirs, recommandait aux enfants l'obéissance, aux parents le bon exemple, aux pauvres la résignation, aux riches la charité, aux jeunes gens la résistance aux séductions du siècle, aux vieillards l'honneur de leurs cheveux blancs. Il saluait les prêtres, pasteurs des âmes, qui chargent les brebis sur leurs épaules et réchauffent dans leur sein les petits agneaux. Il terminait en demandant une prière pour ses élèves, ses enfants bien-aimés, qu'il avait quittés pour quelques jours, et à qui il s'en retournait donner les soins de son dévouement.

Les missionnaires connaissent par expérience ces solennels adieux. Les saluts de clôture avec illumination, chants, amende honorable, sont dans toutes les mémoires. Et cela nous dispense de faire des citations.

2° *Sermons de fêtes, panégyriques, etc.*

Les grands sermons qu'il prêchait aux fêtes de Notre-Seigneur n'ont pas été conservés.

Il faut excepter les sermons sur la Passion. On aime en Flandre le récit de la Passion de Notre-Seigneur JÉSUS-CHRIST. Il y a une vingtaine d'années, la station de Carême ne comportait pas d'autres sermons que ceux qui traitaient ce magnifique sujet. On les appelait *méditations*. Le prédicateur choisissait les scènes principales du grand drame raconté par les évangélistes ; il les présentait avec des détails circonstanciés qui leur donnaient de la vie, et des applications morales qui les rendaient utiles. La foule affluait tous les dimanches dans les églises et, le sermon fini, se mettait à genoux sur les dalles pour réciter, les bras en croix, cinq *Pater* et cinq *Ave* en l'honneur des cinq plaies.

Les premières Communions avaient généralement lieu le dimanche de la Passion : ce jour-là, on interrompait la série des méditations et l'on parlait du devoir pascal que les enfants venaient de remplir ; ils donnaient en quelque sorte l'exemple, et marchaient avec leur innocence et leurs robes blanches à la tête du cortège qui doit se presser annuellement au banquet eucharistique. A cause de cette cérémonie, cinq grands sermons sur la Passion suffisaient pour le Carême (1).

Le jeudi de la Semaine Sainte, M. Dehaene prêchait habituellement sur la compassion de la Sainte Vierge. C'était également un de ses sujets favoris. D'après une tradition que saint Bonaventure rapporte dans sa vie de Notre-Seigneur JÉSUS-CHRIST, il représentait Marie passant en prières la nuit du

---

1. M. Dehaene a traité les sujets suivants :

1re Méditation. L'agonie de Notre-Seigneur au Jardin des Olives. Morale : la Contrition.

2me Méditation. La trahison de Judas. Morale : la mauvaise Communion ou l'injustice.

3me Méditation. Le reniement de saint Pierre. Morale : le respect humain et la fuite des occasions dangereuses.

4me Méditation. La flagellation. Morale : l'esprit de pénitence.

5me Méditation. Le crucifiement. Morale : l'amour de la croix.

Jeudi-Saint. *Plorans ploravit in nocte, et lacrymæ ejus in maxillis ejus* (1). Ayant élevé son Fils pour la croix, la douce Vierge l'avait vu souvent, dans ses rêves maternels, couronné d'épines et vêtu de plaies, car elle avait toujours présent à sa pensée le texte d'Isaïe : *Vidimus eum despectum*, etc. (2). Le Vendredi-Saint, avertie par saint Jean, elle arrivait sur le chemin du Calvaire, rencontrait son Fils, et, après cette entrevue où le regard seul avait pu dire quelque chose, elle assistait courageuse au supplice. Finalement ce JÉSUS, que le Père céleste lui avait donné si beau, les hommes le lui rendaient défiguré, méconnaissable, livide en ce moment : le glaive de Siméon s'enfonçait dans son cœur.

Pour remplir ce canevas, M. Dehaene trouvait dans sa piété personnelle les idées les plus touchantes (3).

Les sermons de M. Dehaene sur la Ste Vierge ont échappé à la destruction qu'il fit de ses manuscrits durant ses derniers jours. Il y traite des fêtes de la Ste Vierge, de ses vertus, des pratiques de dévotion en son honneur, par exemple, des Congrégations, du St Rosaire, du Mois de Marie, du Scapulaire de N.-D du Mont-Carmel, de l'Angelus.

---

1. Thren. I, 2.
2. Isaïe, LIII, 3.
3. Il avait puisé cette dévotion à N.-D. des Sept-Douleurs dans les traditions du pays flamand, et particulièrement de la paroisse de Wormhoudt, où Notre-Dame des Larmes est l'objet d'un culte immémorial. Quelque temps avant sa mort, ayant fait faire un modeste monument pour sa tombe, il voulut qu'il fût dominé par une *pietà*. Une statuette de N.-D. des Sept-Douleurs, placée au centre du cloître de Saint-François sous un bosquet de roses, rappelle cette même dévotion de notre maître. Enfin, je la trouve souvent mentionnée dans sa correspondance. « J'aime tant » N.-D. des Sept-Douleurs ! Elle va si bien au cœur du prêtre, cette Mère qui pleure » sur les pécheurs et sur les douleurs de JÉSUS ! Ah ! si nous pouvions toujours » pleurer amoureusement avec elle et comme elle, que notre âme deviendrait pure, » que les âmes des pécheurs se convertiraient ! Mon DIEU, nous ne savons pas » pleurer ! ! ! Mettez des larmes dans nos yeux, et surtout dans nos cœurs ; mais » les larmes de Madeleine, les larmes de Pierre, les larmes de sainte Thérèse... et nous » convertirons le monde. » (Lettre à Sr X., 16 août 1862.)

Dans ses résolutions de retraite, (septembre 1852,) il écrit : Dévotion à N.-D. des Sept-Douleurs. Dévotion spéciale aux maîtres : ils ne peuvent enfanter que dans la douleur, c'est incontestable. *Motifs de cette dévotion* : 1° Le culte que l'Église rend à la croix, mystère si étroitement lié aux douleurs de Marie ; Marie n'est vraiment devenue *notre Mère* que sur le Calvaire ; 2° la piété filiale ; 3° notre vocation, qui est d'enfanter péniblement à la grâce, à la vertu...

Il développe ordinairement les textes des Saints Livres que l'Église applique à la Mère de DIEU. Il aime dans l'Écriture le sens accommodatice.

Son imagination et son cœur s'y trouvent à l'aise. Il s'y complaît d'autant plus que les leçons du Bréviaire et les épîtres du Missel qui ont trait à la Ste Vierge, sont tirées des livres les plus poétiques de la Bible, comme si l'Église voulait convoquer la nature entière à chanter la gloire de la Reine des Cieux.

A l'exemple de St Bernard, il cueille les plus belles fleurs de ces brillants parterres; mais il s'arrête particulièrement au Cantique des cantiques, et fait servir ce qu'il y a de plus doux et de plus fort dans l'amour humain à célébrer les suavités exquises et les rares énergies de l'amour de Notre-Dame. Il met fréquemment à contribution les admirables sermons de ce même St Bernard, et la célèbre paraphrase de ces mots : *Respice stellam, voca Mariam* (1), revient à plusieurs reprises sous sa plume.

Ailleurs il parle de Marie avec un pieux élan qui rappelle le chapitre huitième du second livre de l'Imitation *(De l'union intime avec Jésus)* : « Que tout me paraît doux et consolant
» quand la confiance en Marie anime mon cœur ! Que la
» terre change de face quand je la vois toute enveloppée de
» l'amour de Marie ! Que le Ciel me paraît beau quand je
» songe que j'ai là ma Mère ! Ames chrétiennes, si vous sentez
» que vous glissez vers le gouffre du désespoir ou de la tristesse
» décourageante, laissez-moi vous crier : Aimez Marie ! et par-
» dessus tout, et encore : Aimez Marie ! Ne voyez-vous point
» comme l'enfer frémit quand je prononce ce saint nom, comme
» les anges tressaillent ne pouvant contenir leurs transports,
» comme la terre elle-même, de vallée de larmes qu'elle était,
» devient un paradis, dès qu'elle reçoit un sourire de la bonne
» Vierge ! »

Le sermon sur le Rosaire offre un triple intérêt, *historique, dogmatique* et *moral*, qui le rend très agréable à la lecture :
« Semblable à la harpe de David, qui chassait l'esprit impur du
» cœur de Saül par l'harmonieux retour des phrases musicales,

---

1. Cf. Sermons de St Bernard.

» le Rosaire, par la répétition des *Ave Maria*, endort la tenta-
» tion et le chagrin. »

Il le compare plus loin à un jardin délicieux : « O jardin
» mystique, quelles belles et fraîches fleurs vous présentez !
» que de charmes, que de parfums, quel repos, et quelle atmos-
» phère embaumée des senteurs du Ciel ! Que ne puis-je fixer
» mon séjour dans votre enceinte sacrée ! »

Déjà nous avons eu l'occasion de parler des panégyriques de St Ignace de Loyola et de St Vincent de Paul. Il faudrait signaler ceux de St Antoine ermite et de St Roch, (deux saints vénérés dans beaucoup de paroisses, le premier, de temps immémorial, le second, depuis le choléra de 1831,) et le panégyrique de St Gohard, l'illustre patron d'Arnèke, le grand saint du pays flamand qui guérit les rhumatismes et d'autres maux du corps et de l'âme. M. Dehaene aimait beaucoup ce pèlerinage d'Arnèke, que l'on peut comparer aux plus célèbres pardons de Bretagne. On y voit venir, le cou tendu et le visage hâlé, des hommes et des femmes partis de tous les coins de la Flandre et même de l'Artois et de la Belgique, ayant fait sept ou huit lieues de chemin. quelquefois pieds nus. A travers ces pieuses foules, qui sont amenées par des motifs divers mais que foi dirige toujours, l'orateur jetait à pleines mains les enseignements de l'Évangile.

3° *Sermons de circonstances.*

Fallait-il bénir une cloche, inaugurer des orgues, ériger une statue, installer une confrérie, on avait recours à l'abbé Dehaene. Sa parole animait toutes ces fêtes. Mais il était l'orateur privilégié des sermons en plein air, qu'il acceptait fort volontiers, sûr d'avance d'être profondément ému. Le plus souvent il s'agissait de dresser un calvaire le long d'un chemin, au chevet d'une église, au fond d'un cimetière. On formait un cortège où figuraient des groupes tenant les instruments de la Passion. De robustes jeunes gens portaient le CHRIST couché sur un brancard rouge. Venaient ensuite les sociétés populaires et les corps municipaux, qui donnaient à la fête religieuse le caractère d'une fête publique. L'orateur avait donc sous les yeux ce tableau de Jules Breton, chanté par Theuriet :

> L'humble procession montait vers le calvaire,
> Et la cloche tintait au loin, et les tambours
> Aux cantiques mêlaient leurs roulements plus sourds.
> C'était religieux, agreste, simple et grand,
> Beau de cette beauté naïve qui vous prend,
> Vous serre, et d'un coup d'aile à l'idéal vous porte (1).

On bénissait le CHRIST, on le montait lentement au chant plaintif des hymnes, sous les regards compatissants d'un peuple qui croyait assister au drame du Calvaire. Pâle d'émotion, M. Dehaene gravissait le tertre qui dominait l'assistance, et d'une voix forte, avec un geste large et expressif, il disait les enseignements de la cérémonie. C'étaient tantôt les fruits de la Croix sur laquelle JÉSUS a sauvé le monde en payant notre dette à la justice divine et en méritant les grâces qui nous sanctifient ; tantôt les leçons de cette Croix bénie du haut de laquelle, comme d'une chaire élevée, il prêche la résignation, le devoir et le sacrifice ; tantôt, enfin, les espérances de la Croix, qui nous fait triompher aujourd'hui du péché et nous fera vaincre demain la mort, la dernière ennemie. Ces diverses considérations étaient appropriées aux circonstances. D'ailleurs, comme l'abbé Dehaene aimait beaucoup le sujet de la Passion, il lui arrivait qu'en redisant les mêmes sermons il ne se répétait jamais. C'est le propre de l'amour, a dit Lacordaire (2).

Tous les ans, il prêchait plusieurs fois aux premières messes de ses anciens élèves. En Flandre, ces sortes de cérémonies, (les *prémices*, comme on les appelle généralement,) sont une fête pour toute la paroisse.

Si le jeune prêtre est fils d'ouvrier, riche seulement de vertus et de courage, il chante solennellement sa première messe le dimanche, et dîne avec ses plus proches parents à la table du curé. Celui-ci est d'ordinaire un bon vieillard qui a sacrifié pour ce jeune lévite son temps et sa bourse, et qui lui laissera en héritage sa bibliothèque, son beau calice d'argent et les manuscrits de ses sermons.

Mais si le prêtre appartient à une famille aisée, les prémices

---

1. THEURIET. *Poésies*. Le pardon de Kerlaz.
2. *Vie de saint Dominique*, ch. VI. Institution du Rosaire. « L'amour n'a qu'un mot : en le redisant toujours, il ne le répète jamais. »

ont beaucoup d'éclat, et la poésie des décors rustiques vient s'ajouter aux rites solennels de l'Église.

Qui d'entre nous n'a dans la mémoire quelqu'une de ces fêtes ?

Pour orner les arcs-de-triomphe, les arbres ont prêté leur verdure, et les jardins leurs fleurs. Les vieux ouvriers de la ferme, qui ont vu grandir en sagesse et en âge le fils de leur maître, ont mis tout l'art de leur bon cœur à tresser des guirlandes. Les chemins où nul ne passe jamais que le paysan et son lourd attelage, s'étonnent de se voir si bien décorés. Sur les mâts vêtus de roses et de lis, la ménagère du voisinage a suspendu le plus beau cadre de sa maison, un Notre-Seigneur en croix ou une Sainte Vierge. Escorté des curés du canton et de ses amis du séminaire, le jeune prêtre s'avance vers l'église. On a jeté à profusion sous ses pieds le thym odorant et le buis toujours vert.

Après la Sainte Messe, chariots et voitures ramènent la foule vers l'antique manoir, qui semble tout rajeuni avec ses murs badigeonnés de blanc et ses portes fraîchement peintes ; il est envahi par la joie. Aux alentours, on n'entend ni chiens ni bêtes, comme si les hôtes quotidiens de ces toits de chaume avaient émigré par respect. Sur le seuil de la maison, les frères et sœurs du jeune prêtre sont debout, souriant à travers des larmes, et tenant à la main des bouquets, qu'ils offrent à leur frère abbé pour le féliciter de ce qu'il a pris la Ste Église pour sa mystique épouse. Derrière eux le père vénérable et la pieuse mère s'inclinent, et demandent la bénédiction de celui qu'ils ont béni jusque-là.

Puis l'on entre dans la salle du festin. C'est tantôt l'aire de la grange, tantôt le vaste grenier. Sur les murs de torchis et les poutres vermoulues, on a tendu des draps, blancs comme neige, et sur ce fond resplendissant, les mains habiles des sœurs ont fixé des lettres de mousse qui expriment de belles sentences, ou le traditionnel souhait : « *Verheugt u in den Heer !* Réjouissez-vous dans le Seigneur (1) !» Au dessert il y a des toasts : le magister débite une belle page ; la plus jeune sœur du prêtre lit des vers, chef-d'œuvre de l'institutrice ou de

---

1. St Paul, Philip. IV, 4.

la religieuse ; le maire de l'endroit, avec politesse, et le curé, avec de bonnes grosses larmes, expriment leurs souhaits. Mais on ne sera rassasié de paroles que lorsqu'on aura entendu *M. le Principal.*

Il est là, rayonnant de bonheur. C'est lui qui doit donner à la fête du foyer son véritable sens, comme il a donné à celle de l'Église son meilleur lustre. Il parle : les applaudissements éclatent et les cœurs vibrent à l'unisson du sien. A vrai dire, dans le toast aussi bien que dans le sermon, il était magnifique. L'émotion des parents, qu'il partageait au fond de son âme, (car si le nouveau prêtre était leur fils selon la chair, ne pouvait-il pas l'appeler le sien selon l'esprit ?) le concours des ecclésiastiques, les cheveux blancs des anciens et les vivats des plus jeunes, les décors de la salle, les mille choses touchantes qu'aperçoivent les gens de cœur et qui trempent de larmes chacune de leurs paroles, le sacerdoce enfin, beau, en ce jour des prémices, comme un temple dont l'aube blanchit le faîte, tout contribuait à donner à son discours un incomparable éclat. C'est au sortir de telles journées qu'on l'appelait « le Chrysostome de la Flandre (1) ! »

Et l'on avait raison, car il célébrait en un superbe langage les grandeurs du prêtre. Tantôt il le montrait élevé sur le Thabor, comme un autre JÉSUS-CHRIST, recevant le rayonnement de sa gloire, la dispensation de ses trésors et les tendresses de son cœur, et de là, présenté au monde par le Père Éternel, qui disait de lui comme de son Verbe : « *Hic est filius meus dilectus... ipsum audite.* Voici mon fils bien-aimé, écoutez-le ; » (2) tantôt il le suivait dans la chaire de vérité, au tribunal du pardon, à l'autel du sacrifice.

Parfois des circonstances spéciales permettaient des allusions touchantes. Le jeune prêtre avait-il perdu son père ou sa mère, l'orateur jetait une fleur sur leur tombe, puis il montrait le Ciel s'entr'ouvrant sur le sanctuaire, et l'âme du défunt tressaillant d'allégresse au spectacle de la fête chrétienne, car DIEU associe les morts aux joies saintes qu'ils ont préparées. —

---

1. *Semaine Religieuse* de Cambrai. — Première messe de M. Alfred Reumaux, Août 1867.

2. Matt., III, 17.

Était-il de ceux qui ne reviennent au pays que pour dire adieu à tout ce qu'ils aiment et prendre ensuite leur élan vers les contrées lointaines, était-il missionnaire, avec quelle flamme dans les yeux, avec quelle fière attitude, si belle et si encourageante qu'elle exaltait tous les courages, l'abbé Dehaene lui disait : « *Euntes in mundum universum, prædicate !* Partez jusqu'aux extrémités du monde, et prêchez l'Évangile à toute créature (1). » Ils s'en souviennent ceux qui travaillent dans le vaste champ du Père de famille aux quatre coins du monde, et ils auront le cœur ému rien qu'en lisant ces lignes.

— Enfin parlait-il à l'un de ses futurs collaborateurs dans l'enceinte étroite de son collège, il se comparait lui-même au moissonneur qui suspend un moment sa rude tâche et, s'appuyant sur sa faux, sourit avec amour aux jeunes ouvriers qui viennent prendre place dans la moisson.

Mais toujours il profitait de ces fêtes pour retracer aux fidèles leurs devoirs envers le sacerdoce et pour recommander les vocations ecclésiastiques, si bien que les mères qui l'avaient entendu revenaient de l'église disant dans leur cœur : « Mon » DIEU, je n'en suis pas digne ; mais si vous prenez mon enfant » pour votre autel, je répéterai tous les jours : Mon DIEU, » soyez béni ! »

Ces détails sont un peu longs peut-être, et nous les relevons avec une certaine complaisance ; mais les deux cents prêtres formés par l'abbé Dehaene nous les pardonneront en faveur des touchants souvenirs qu'ils évoquent pour chacun d'eux, et l'abbé Dehaene lui-même les aimerait parce qu'ils rappellent les fêtes qu'il a le plus aimées.

Après ces belles cérémonies, riches des grâces aimables de la campagne, des joies pures de la famille, et des saintes splendeurs de l'Église, nous devons dire un mot des professions religieuses. Mais en suivant l'orateur derrière les grands murs des couvents, nous ne pouvons nous défendre d'une sensation presque pénible à la pensée du contraste qu'elles offrent avec les fêtes que nous venons de raconter.

Nous comprenons que c'était pour se rassasier de larmes que le tendre Racine venait à ces prises de voile où la jeunesse en

---

1. Marc, XVI. 15.

fleur, sous sa robe d'épousée, promet devant l'autel d'être chaste, humble et pauvre. De l'autre côté des noirs treillis de fer, elle laisse le foyer, la famille, les amours humains et les parures terrestres. Et cependant il faut élever les cœurs plus haut et songer aux pensées qu'inspire la foi. En deçà de cette grille cette chaste victime ne trouve-t-elle point les ineffables délices dont parlent les Saints Livres, la familiarité de l'Époux divin, la paix du cœur, et l'attente heureuse des vierges sages qui veillent avec des lampes allumées ?...

Quand il avait à parler de ces choses célestes et délicates, soit au Carmel d'Ypres, soit chez les Ursulines de Gravelines, M. Dehaene développait le sens mystique des cérémonies indiquées dans le Pontifical pour la bénédiction et la consécration des vierges, ou bien quelqu'un des beaux textes du Cantique des cantiques : « *Dilectus meus mihi et ego illi ;* Mon bien-aimé est à moi, et je suis à lui. — Que vous êtes heureuse, disait-il, ô âme chrétienne, d'être toute à Jésus, de vivre à l'abri des orages du monde, de marcher dans un chemin qui est au-dessus des fanges de la terre, au-dessus même de ses continuelles éclaboussures ! Jésus habite en ces régions sereines. Il y attire les âmes pures. Il s'y entretient familièrement avec elles, il les enrichit de tous les trésors de son Cœur. »

Souvent il mettait en parallèle la générosité de l'âme qui fait les vœux et la libéralité de Dieu qui les accepte. Il terminait par une paraphrase du célèbre texte de St Bernard : « *Ibi anima vivit puriùs, cadit rariùs, surgit velociùs,* etc.... L'âme dans le cloître est moins exposée au péché ; elle tombe plus rarement et se relève plus vite. Elle respire un air plus pur, voit un horizon plus large et jouit d'un paradis plus proche... Et puis, quelles grâces, Seigneur, ne lui prodiguez-vous pas dans les méditations, les conférences, la sainte Communion ! Quelle rosée pour son âme ! « *irrorat frequentiùs.* » — Elle est paisible comme ces hautes montagnes qui dominent les nuages ; la tempête gronde sur leurs flancs, mais leur cime jouit d'une éternelle sérénité, «*quiescit securiùs.* » Et si, à l'heure de la mort, il lui reste quelques fautes à expier, que de prières montent vers le Ciel pour obtenir sa délivrance ! « *purgatur citiùs !* »

« Jouissez donc, ma chère sœur, jouissez de votre incomparable félicité. Dieu s'avance pour recevoir vos engagements et vous communiquer ses trésors. Venez vous enrichir et orner votre âme. Ah ! que n'avez-vous le monde entier, mille cœurs, mille vies, à lui offrir en sacrifice ! Allez ! la mesure de votre dévouement ici-bas sera la mesure de votre félicité dans le Ciel. Acceptez avec joie le joug des vœux, et, dans la paix du cloître, n'oubliez point de prier pour ceux qui sont ballottés par les flots du monde. »

Nous devions rappeler ces belles leçons par égard pour les religieuses, que l'Église appelle les épouses de Jésus-Christ.

Une dernière catégorie de sermons de circonstances, largement représentée dans les manuscrits de M. Dehaene, comprend les oraisons funèbres, ou plutôt, les sermons de funérailles. Les statuts du diocèse défendent au clergé de louer un mort dans une église, sauf les cas où la permission en est accordée par l'Ordinaire (1); mais ils recommandent l'usage, très ancien dans notre province ecclésiastique, de faire une instruction au peuple et de lui mettre sous les yeux la misère humaine, la nécessité de se préparer à la mort, et le devoir de prier pour les défunts (2). Dans sa notice sur M. Delancez, M. Dehaene rappelle, que ce vénéré doyen « *avait coutume de prêcher à chaque enterrement qu'il faisait, disant que cette occasion était surtout favorable, parce que souvent on y rencontre ceux qu'on ne voit point à l'église le dimanche, et que la parole céleste retentit alors sur les cœurs comme l'on entend résonner sur le cercueil la terre que la main du prêtre y jette* (3). »

A l'exemple de ce digne ecclésiastique, notre supérieur pré-

---

1. Statuta synodalia archidiœcesis cameracensis, n. 218.
2. Ibid.
3. Biographies des prêtres du diocèse de Cambrai, publiées sous les auspices de Mgr Giraud par M. Capelle, 1847, p. 125.

Cette observation de M. Dehaene sur l'affluence des foules aux enterrements mérite d'être signalée, et reçoit toujours son application dans la ville d'Hazebrouck. Nous avons dit (page 184, note) que la laïcisation presque générale des services publics établit entre les populations croyantes et les agents de l'État une sorte de divorce. Jusqu'à maintenant, grâce à Dieu, la scission ne s'étend pas aux funérailles. Autour du cercueil, les haines politiques cessent, et l'on voit les hommes de tous les partis remplir notre église aux jours d'enterrement. Puisse-t-on conserver longtemps encore cette sympathie réciproque dans le deuil, et, si les joies ne sont plus communes, faire en sorte que les douleurs du moins ne soient pas isolées !

chait volontiers aux enterrements des prêtres. Leurs funérailles sont dans nos pays chrétiens un deuil public. Les enfants qu'ils ont baptisés et instruits, les malades qu'ils ont visités, les pauvres qu'ils ont secourus, les parents dont ils ont béni l'union, tous les paroissiens à qui ils ont donné la parole de vie et les saintes espérances, les escortent à leur dernière demeure. Devant cette affluence de peuple admirablement disposé, il expliquait la mission des prêtres ; il rappelait leur mémoire et leur dévouement, et il lui arrivait d'obtenir de la sorte, après leur mort, des sacrifices et des conversions qu'ils avaient sollicités vainement pendant leur vie. Jamais la fragilité humaine ne paraissait plus irrémédiable et plus instructive qu'en face du cercueil de l'homme qui avait aspergé et encensé le cercueil de tant d'autres ! Ses beaux ornements, sa mission bienfaisante, et son caractère divin ne l'avaient point protégé contre les doigts rapaces de la mort. — Quand, pour des raisons faciles à comprendre, les statuts diocésains eurent interdit l'oraison funèbre, M. Dehaene dut s'en tenir à des généralités sur les fins dernières, la brièveté de la vie, le culte des morts. Mais elles se précisaient suffisamment par la vue du catafalque, par l'affluence des prêtres et par les larmes de la foule (1).

3° *Conférences aux hommes.* — Elles ont été mentionnées ailleurs. (Chapitre IX, les œuvres de zèle.)

4° *Allocutions, entretiens familiers, exhortations.* — L'abbé Dehaene a fait un trop grand nombre d'instructions de ce genre pour que nous puissions indiquer des sujets. Dans l'ensemble de sa carrière de principal, il n'y eut guère de semaine où il ne parlât au moins trois ou quatre fois. Sous ce rapport, il s'est montré d'une fécondité inépuisable et d'un dévouement absolu. Il n'écrivait point de semblables allocutions ; il se contentait de les méditer sérieusement et s'abandonnait ensuite au feu de l'improvisation.

Il s'élevait fréquemment à des aperçus très beaux, à des considérations neuves et originales, mais il lui arrivait, surtout à

1. On trouve dans les manuscrits flamands de M. Dehaene :
Lykrede (oraison funèbre) van den Eerw. H. Bernast, certyds kapellaen tot Hazebrouck, overleden pastoor tot Winnezeele in t'iaer 1843.
Lykrede van den Eerw. H. Poreye... pastoor tot Steenbecque, 1844.
Lykrede van den Eerw. H. Lemaître, kapellaen tot Hazebrouck, etc..

la fin de sa vie, de se répéter, d'être traînant et obscur, de chercher sans trouver. C'est du reste le sort commun de tous les improvisateurs. Cependant, même alors, on le suivait avec confiance, parce qu'on sentait qu'il prendrait peut-être son élan, semblable à l'oiseau qui, lorsqu'on y pense le moins, ouvre ses ailes, quitte la terre et vole aux cieux ! Et puis il parlait avec tant de force qu'on aimait mieux ses redites que les belles phrases des autres prédicateurs. C'est qu'il ne donnait point le résumé de ses lectures, mais le trop-plein de son âme. Donc cette parole familière et vivante plaisait beaucoup. Anciens élèves, enfants de Marie, dames de la Conférence, en ont conservé l'inaltérable souvenir, et tous s'accordent à dire qu'elle allumait dans les cœurs le feu de l'amour divin. Ils ne nous désavoueront point si nous appliquons à celui qu'ils ont tant de fois entendu, la belle page de St Paul aux Thessaloniciens (Ch. II, 1-13) : « Notre arrivée chez vous, mes frères, n'a pas
» été inutile. Nous avons eu la confiance, avec le secours de
» notre DIEU, de vous prêcher son Évangile au milieu de
» beaucoup de sollicitudes. Nos exhortations ne tendaient ni
» à l'erreur, ni à la corruption, ni à la tromperie ; mais, ayant
» été appelé par DIEU à l'honneur de recevoir le dépôt de
» la bonne nouvelle, nous parlions pour lui plaire, pour plaire
» au DIEU qui voit le fond des cœurs, et non pour plaire aux
» hommes. Nous n'avons jamais employé la flatterie, vous le
» savez ; et DIEU nous est témoin que nous n'avons point fait
» de nos paroles un moyen de gain ou de gloire. Nous pou-
» vions vous être à charge : mais nous nous sommes rendu
» petit parmi vous, comme une nourrice pleine de tendresse
» pour ses enfants. Ainsi, dans notre affection, nous sou-
» haitions avec ardeur, non seulement vous communiquer
» l'Évangile de DIEU, mais encore vous donner notre propre
» vie, tant vous nous êtes chers. Vous êtes témoin, et
» DIEU l'est aussi, combien notre conduite envers vous qui
» avez embrassé la foi, a été ·sainte, juste et irréprochable.
» Vous savez que nous avons agi envers vous comme un père
» envers ses enfants, *vous exhortant, vous consolant, et vous con-*
» *jurant de vous conduire d'une manière digne du Dieu* qui vous
» a appelés à son royaume et à sa gloire. C'est pour cela aussi

» que nous lui rendons de continuelles actions de grâces de
» ce qu'ayant ouï la parole que nous prêchions, vous l'avez
» reçue, non comme la parole des hommes, mais comme étant
» (ainsi qu'elle l'est véritablement) la parole de Dieu, qui opère
» en vous qui êtes fidèles. »

Nous bornons à regret cette citation. Car plus nous relisons les épîtres de St Paul, plus il nous semble que M. Dehaene était de cette race apostolique, débordante d'enthousiasme pour Jésus-Christ et son œuvre, un peu hors cadre, prêchant la charité et l'union, parcourant le monde avec la sollicitude de toutes les Églises, ayant un genre d'éloquence tour à tour prolixe et serrée, correcte et échevelée, avec des cris du cœur semblables aux cris d'une mère, *filioli quos parturio*, gourmandant, fouettant, fier de loin, suppliant de près, plus terrible dans les paroles que dans les actes.

Il nous reste à signaler ses qualités oratoires.

Il faut placer au premier rang celle qui était la base de toutes les autres, *la conviction*. Berryer a dit que c'est de la conviction que naît la puissance de l'éloquence.

Notre vénéré supérieur croyait non seulement tout ce que croit et enseigne l'Église catholique, (cela va sans dire), mais il était jaloux de sauvegarder jusque dans leurs moindres parcelles ces dogmes divins ; il les traitait avec un respect semblable à celui qui est dû au corps de N.-S. Jésus-Christ. Sa susceptibilité extrême à l'égard de tout ce qui pouvait paraître une innovation, une témérité, un écart quelconque, ajoutons même à l'égard des opinions libres, mais d'apparence moins orthodoxe, le prouve suffisamment. On ne se sentait point à l'aise devant lui pour discuter certaines questions de nuance ou d'application pratique. Il était si fièrement convaincu et, si décisif, que son regard et son ton de voix paralysaient la réplique. Cette conviction générale du dogme chrétien, il la portait sur le point particulier qu'il traitait en chaire. Mais ce n'était point par l'étude qu'il arrivait à se pénétrera insi de la doctrine. L'érudition nous donne les idées d'autrui, mais sans fortifier toujours les nôtres ; quelquefois même elle les affaiblit. Elle est, comme l'amitié, un « cercle qui s'affaiblit à mesure qu'il s'étend. »

Nous n'avons pas trouvé dans les sermons de M. Dehaene une grande variété de preuves, une remarquable richesse de documents. Il était de ces hommes puissants et exclusifs qui s'incorporent ce qui est conforme avec leurs principes et leurs tendances, et qui négligent le reste.

Si la parole éloquente est une parole qui sort du fond de l'âme, *e loqui*, il n'est point de meilleure préparation au discours que la méditation intense, obstinée et solitaire. C'était la préparation de l'abbé Dehaene. Que de fois, avant ses grands sermons, l'avons-nous vu tantôt affaissé dans son fauteuil, comme écrasé sous le poids de la vérité qui l'envahissait, tantôt marchant d'un pas ferme dans sa chambre, engageant avec cette même vérité une sorte de colloque, la contemplant, l'embrassant, la faisant entrer dans son âme ! Et quand il se l'était assimilée, il venait la donner toute vivante à son auditoire. C'est parce qu'il développait la doctrine par une méditation personnelle, qu'il y a si peu d'histoires et de récits dans ses sermons. A peine si les faits les plus connus de la Bible ou de l'Évangile y trouvent place.

Pour la même raison, il lui fallait un auditoire croyant. De divers côtés on nous a dit que si l'abbé Dehaene était entré dans un Ordre religieux et s'il avait subi la culture qu'on impose à ceux qui en font partie, il serait parvenu à tenir convenablement sa place dans les premières chaires de France. La chose n'est pas impossible. Toutefois, elle nous semble peu probable. Le meilleur des auditoires qu'il pût rêver, ne l'avait-il pas dans son propre pays ? Foi simple, ardente, forte, robuste, foi flamande, n'est-ce pas ce qu'il fallait à son dogmatisme ? Dans d'autres pays on exige l'esprit, la finesse, l'art des nuances, la pratique de la conciliation : ces qualités n'étaient point les siennes. Quant à l'idée de se faire religieux, il l'eut longtemps, nous l'avons dit : mais quel est l'Ordre qui eût été favorable à l'éclosion de ses facultés oratoires? Les Jésuites, vers lesquels il pencha le plus visiblement, lui auraient-ils laissé le naturel, la spontanéité et la vigueur un peu abrupte dont il avait besoin ? D'autres Ordres avaient-ils la sévérité doctrinale dont il n'aurait jamais voulu se départir Il serait difficile de le décider.

Chez lui *le cœur* allait de pair avec la conviction ; et c'est une chose qui n'étonnera personne, car l'amour et la foi s'unissent au fond des âmes par d'invisibles chaînes. Quand ces chaînes sont soudées par la vertu, rien ne peut les rompre. Les anciens ont dit que la vertu fait partie de l'éloquence (1). Cette parole peut s'appliquer à l'abbé Dehaene. Ni dans ses lettres, ni dans ses papiers intimes, nous n'avons surpris une seule ligne, un seul mot, qui laisse supposer une défaillance morale ; et tous ceux qui l'ont vu de près rendent témoignage de la perpétuelle élévation de son caractère et de sa vie.

Du reste, pour que, durant cinquante ans, dans le même pays et devant les mêmes personnes, un homme parle sur les plus hautes, les plus importantes et les plus délicates prescriptions du christianisme, sans que la malignité de la censure publique puisse lui dire : « *Medice, cura teipsum,* » il doit posséder une grande vertu ; et cette vertu doit être profonde, sincère, intime, sans quoi sa parole n'aurait point de vie. Le mot de Lacordaire est toujours vrai : « L'éloquence est le son que rend une âme passionnée (2). »

La pratique du confessionnal ajouta aux sentiments de l'abbé Dehaene quelque chose de miséricordieux. Nos confrères qui exercent ce ministère savent qu'il creuse dans le cœur un abîme de surnaturelle tendresse, que non seulement il donne de l'expérience, (à la condition qu'on sache généraliser opportunément et, dans la plaie d'un pauvre pécheur, voir l'infirmité commune de la nature humaine,) mais qu'il suggère de fortes émotions, lesquelles, à leur tour, retentissent dans la parole publique. Que de fois l'abbé Dehaene, montant en chaire après l'une de ces longues séances où tous les pardons descendent sur toutes les fautes, trouvait les notes déchirantes des grands convertisseurs d'âmes ! Semblable au curé d'Ars, qui tombait à genoux devant l'autel au sortir du confessionnal, il avait le cœur navré d'une pitié profonde pour les hommes, et soulevé

---

1. *Orator, vir bonus, dicendi peritus.* — (Parole de Caton.)

2. «Saint Liguori disait que les prédicateurs de son goût étaient ceux dont les mots ne venaient pas tout droit de la tête à la langue sans être descendus d'abord au cœur pour s'y enflammer avant de remonter aux lèvres. C'est le développement d'une sentence des Proverbes : Le cœur du sage instruira sa bouche. »(*Vie et lettres du P. Faber,* t. II, p. 349.)

par un immense besoin de DIEU ! Que de fois, se transformant sur ses lèvres, la plainte d'un pécheur devint un des grands cris de détresse de l'humanité, et le soupir anxieux d'une âme bouleversée, une des belles prières de l'éloquence chrétienne !

L'imagination était la troisième de ses qualités. Peu d'hommes l'ont eue aussi belle, aussi gracieuse, aussi riche. Tout lui était tableau : c'est ce qui fait qu'il plaisait tant au peuple, qu'il aimait tant la poésie, et qu'il voyait tant de belles choses où le vulgaire ne voit rien. Il disait souvent : « *Tout est dans tout, mais il faut l'y trouver* (1). » Au fond c'était le mot de Lamartine : « *Le spectacle est dans le spectateur,* » et celui de Joubert : « *On ne peut trouver de poésie nulle part quand on n'en porte pas en soi.* »

De là sa prédilection marquée pour saint Jean Chrysostome, l'orateur aux métaphores luxuriantes, aux comparaisons grandioses ; de là son amour pour les développements solennels, les amplifications brillantes et les images pompeuses ; de là sa disposition naturelle à voir les choses sous un jour plus favorable et dans un horizon plus large que ne les voit le vulgaire. Il les regardait où elles sont toujours belles : dans l'imagination.

D'ailleurs n'est-il pas admis que les orateurs ont besoin de cette élévation et de cette sérénité ? N'est-il pas reconnu qu'ils ne dressent bien leur tête que sous un dôme idéal, et qu'ils méritent tous, à un degré plus ou moins grand, le reproche que leur font les gens pratiques, d'être des rêveurs, de se mettre facilement sur un trépied pour rendre des oracles au nom d'un inconnu quelconque ? Toujours est-il que ces idées traitées de chimères entretiennent leur enthousiasme et leur donnent une grande puissance d'affirmation, car l'homme ne se passionne que pour ce qui est plus grand que lui. Les choses pratiques sont souvent les plus vulgaires de celles qui remplissent les cerveaux humains. L'abbé Dehaene avait une confiance absolue dans les idées, et parfois les siennes, loin d'être réalisables, étaient à peine traduisibles. C'était une raison de plus pour qu'il

---

1. JACOTOT, *Enseignement universel*, 1823. Poussant cette maxime à ses dernières conséquences, Jacotot disait : « Tout homme peut enseigner, et enseigner ce qu'il ne sait pas lui-même, *car tout est dans tout.* »

les aimât ; car alors elles ne perdaient point le charme des choses célestes, des choses de pure inspiration, auxquelles l'homme n'ajoute rien de périssable, et qu'il ne compromet point par ses pauvres efforts.

L'imagination est ennemie de la précision, de l'exactitude, des contours définis. Elle a besoin d'un certain vague pour se mouvoir à l'aise, et c'est précisément par là qu'elle favorise dans l'orateur l'improvisation, qui ne veut point d'entraves, l'émotion, qui requiert l'inconnu pour s'attendrir, et l'action, qui n'est possible qu'avec le naturel et la spontanéité.

Conviction, cœur et imagination, voilà donc ce qui prédisposait M. Dehaene au maniement de la parole. Ajoutons que chez lui les qualités du corps étaient en parfaite harmonie avec les qualités de l'âme.

Le Créateur lui avait donné libéralement toutes les ressources oratoires.

D'une taille moyenne, il se tenait ferme et droit. Il avait l'allure française, la mine ouverte et le pas martial. Sa tête, légèrement rejetée en arrière, révélait au premier regard l'habitude du commandement. Sa figure était excessivement mobile et très expressive ; de tous les portraits qui le représentent, il n'en est aucun qui rende le naturel de sa physionomie et le fond sincère et droit de son âme : la pose, l'inévitable pose photographique est partout trop sensible. Le visage, d'un ovale bien pris, avait généralement, quand il paraissait en public, quelque chose de sévère. Les yeux étaient vifs, le front haut, les sourcils épais et très marqués, le nez large pour la respiration, et la bouche bien ouverte pour la parole, avec de belles rangées de dents qu'il ne perdit jamais, ce qui maintint la netteté de sa prononciation. Avec cela, bon estomac et bonne poitrine, avantages inestimables pour un orateur, qui a besoin de forces.

Sa peau, fine et blanche, lui donnait la distinction d'un homme de race. Il est dit de Mgr Pie qu'il avait grand air, quoique fils de cordonnier. « Ne trouvez-vous pas, nous disait M. Masselis qu'il y avait quelque chose d'aristocratique dans l'abbé Dehaene ? » — Sa voix était chaude, étendue, vibrante. Sans avoir étudié la musique, il chantait juste et chantait volontiers ; et souvent on l'entendait fredonner, seul dans sa chambre, les bons vieux airs de son enfance. Son geste, parfois saccadé était toujours très naturel. Au tremblement de la main, à la tension des muscles, il était visible qu'il traduisait l'émotion de l'âme.

L'action était donc chez l'abbé Dehaene très puissante et très énergique. A cause de cette éminente qualité, la première dans un orateur, il faisait une irrésistible impression sur les masses. Lorsqu'il gravissait les degrés de la chaire, son œil creux, sa figure pâle, et sa lèvre tremblante, annonçaient au dehors l'orage de son âme. Le sang refluait au cœur, et quand la parole était enfin déchaînée, toute cette émotion interne passait par torrents dans la voix et envahissait l'auditoire.

Certaines natures très nerveuses ne pouvaient l'entendre sans être bouleversées. Lui-même, après les grands sermons, ressentait une fatigue qui ne lui permettait plus de se tenir debout. Les émotions retentissaient dans le système nerveux, et spécialement dans les régions mystérieuses des entrailles, qui sont le siège des grandes passions, suivant le mot de la Bible: « *Commota sunt viscera* (1). » Elles causèrent peu à peu dans les profondeurs de son organisme des troubles, des souffrances, et finalement des lésions incurables.

En commençant ce chapitre, nous exprimions le regret de ne l'avoir pas connu dans ses débuts triomphants ou dans sa vigoureuse maturité. Mais, était-il aussi beau dans sa jeunesse ardente et presque téméraire qu'en ce jour où couronné de cheveux blancs, tenant d'une main tremblante un papier que son œil ne pouvait lire qu'avec peine, obligé de s'appuyer pour soutenir une parole qu'il ne voulait point laisser tomber flasque et morte, il y mettait son énergie suprême et succombait de fatigue, sous les yeux de cet évêque missionnaire (Mgr Duquesnay) qui avait su le comprendre et qui eut la grande douleur de le briser.

Si l'on rapproche notre appréciation des extraits de discours donnés plus haut et du texte original des sermons, on sera peut-être d'avis que la conclusion dépasse les prémisses. Mais on ne peut pas juger un orateur d'après ses écrits : la

---

1. Gen. 43, 30, et 3 Reg. 3, 26.

meilleure partie de lui-même, l'action, n'entre point dans ces froides pages : elle descend avec la tête, la main et le cœur, dans la tombe.

Une autre réflexion sera vraisemblablement faite. On regrettera que l'abbé Dehaene n'ait point paru sur les théâtres où s'acquièrent pour longtemps les réputations fameuses.

Nous ne croyons pas qu'il faille mesurer la valeur d'un homme à la beauté du piédestal sur lequel il est placé par les circonstances, et, confiants dans le témoignage de nos compatriotes, pour qui nous écrivons ce livre, nous pensons pouvoir dire que l'abbé Dehaene fut vraiment un orateur.

CHAPITRE QUINZIÈME

M. DEHAENE DIRECTEUR.

ON peut dire que tout homme dirige, dans une certaine mesure, par son caractère, ses vertus, ses paroles. Notre instinct d'imitation et notre destinée sociale expliquent cette action. Elle est augmentée par deux dons différents que Dieu fait aux hommes : le don d'autorité, principe de l'ordre, et celui de sympathie, lien de l'union. — Pour ce qui concerne l'exercice de l'autorité, nous avons vu quelle était la pratique de l'abbé Dehaene (1). Quant au don de sympathie, il est inégalement distribué, et, suivant qu'on le possède plus ou moins, on entre dans la catégorie des hommes concentrés ou dans celle des hommes expansifs. Les premiers sont recueillis et calmes ; le mystère les enveloppe ; ils reçoivent plus qu'ils ne donnent, et leur force est le silence. Les seconds sont épanouis et bruyants ; leurs idées et leurs sentiments rayonnent au loin; ils donnent tout ce qu'ils possèdent, et la parole est leur puissance. M. Dehaene fut de ces derniers ; et, sous ce rapport, il était plutôt Français que Flamand.(Le Flamand est généralement recueilli, tandis que le Français est communicatif.) Chacune de ses pensées jaillissait au dehors avec cette vigueur envahissante qui marque la supériorité et fait la conquête. Il captivait sans le vouloir. C'était si bien le fonds de son caractère, qu'il demeura, malgré les tendances sceptiques et matérialistes de notre siècle, d'une candeur absolue en ce qui touche au prestige des idées et à la force des principes. Aussi eût-il

---

1. Chapitres V et XI.

été, dans n'importe quelle position, un homme d'initiative. A bien plus forte raison le fut-il dans le sacerdoce, qui ne supprime pas le naturel, mais l'utilise en le transfigurant (1).

Après le caractère, ce qu'il faut signaler pour expliquer l'action publique d'un homme, ce sont ses vertus, quoiqu'elles soient moins profondes que le caractère, de même que le savoir est moins intime que l'intelligence. « Elle est admirable, a dit Sénèque, l'âme d'un honnête homme, ornée de la force, de la justice, de la tempérance et de la prudence ; et celui qui la contemplerait serait en extase comme devant une apparition céleste (2). » Combien plus belle est l'âme du chrétien et du prêtre ! « Inondée des splendeurs d'en haut, elle est à l'âme de l'homme vertueux ce que le plus beau paysage d'Écosse rayonnant sous un ciel d'Italie est à un étroit vallon couvert par les brouillards de l'automne (3). »

Les vertus qui nous semblent avoir paru davantage dans l'abbé Dehaene sont : le zèle, le désintéressement et l'humilité.

Le zèle lui fit entreprendre sans hésitation tout ce qui pouvait contribuer à la gloire de Dieu et au bien des âmes. Ce livre en est la preuve. Inutile de le résumer pour convaincre nos lecteurs. Qu'il nous suffise de remarquer que l'abbé Dehaene entretenait dans son cœur le zèle le plus pur, le plus noble, le plus infatigable, par les exercices de piété, (méditation, examen de conscience, lecture spirituelle, chapelet,) qu'il faisait régulièrement comme tout bon prêtre, et particulièrement par la récitation du saint bréviaire et la célébration fervente de la Sainte Messe. En ce qui concerne la Sainte Messe, on nous a fait observer qu'il ne montait à l'autel que lorsqu'il avait pour ainsi dire soulevé son âme jusqu'à Dieu. Il célébrait à peu près toujours à la même heure, mais il attendait, pour quitter la sacristie, que tout son être fût bien pénétré de la grande action qu'il allait accomplir ; il secouait la torpeur de la nature, et mettait en branle la mémoire, l'intelligence et la sensibilité, par de pieuses considérations et de vives oraisons jaculatoires.

---

1. « Le pourquoi de la plupart de nos qualités, c'est qu'on est bon, c'est qu'on est homme, c'est qu'on est l'ouvrage de Dieu. » Joubert, p. 18.
2. Lettres à Lucilius, cxv.
3. P. Faber.

C'est afin d'avoir le temps de se rendre ainsi maître de lui-même sans déranger l'ordre de la maison, qu'il ne célébrait point la messe de communauté. — Quant aux autres pratiques citées plus haut, il est bon de rappeler que M. Dehaene y fut toujours fidèle : cette fidélité était pour lui difficile, à cause des nombreuses occupations et des tracas de tout genre qui l'accablèrent, et parce que son imagination ardente, son tempérament nerveux et sa sensibilité très vive le disposaient peu à la règle. Malgré les beaux élans et les nobles aspirations dont ses lettres révèlent la variété et la constance, il ne se crut jamais dispensé des exercices communs et ordinaires. A notre avis, c'est là le secret de la préservation spéciale dont il fut toujours l'objet dans sa personne et ses œuvres. DIEU bénit les hommes d'imagination qui s'inclinent sous le joug de la vie régulière, quoiqu'il leur en coûte beaucoup ; il les bénit en empêchant leurs écarts, en paralysant leurs chimères, et en protégeant leurs bonnes entreprises. Tout cela se fait par une intervention cachée de sa providence, qui récompense sur la terre la piété humble et docile.

Le détachement complet des biens de ce monde fut la seconde vertu de M. Dehaene. Jamais, pour obtenir un profit ou conserver une relation, il ne consentit à sacrifier une idée utile. Ni par argent, ni par promesses, on ne pouvait entraver son action ou lier sa parole. Il faut que cela suppose une force d'âme peu commune, pour que la Ste Église fasse lire à la gloire de tant de Saints ce texte de l'Ecclésiastique : « Bienheureux celui qui ne s'est point mis en route après l'or, et n'a point placé son espérance dans l'argent et les biens ! Qu'on nous le signale, et nous le louerons, car il a fait merveille dans sa vie (1). » La question d'argent, qui est capitale pour la plupart des hommes, ne le fut jamais pour M. Dehaene. Il n'eut à aucun degré le souci d'amasser ni le regret de perdre. On peut en juger par le trait suivant. Je ne sais point en quelle année, au collège communal, on lui vola son argenterie. C'était tout ce qu'il avait de précieux, c'était son unique trésor. Sa sœur désolée se plaignait amèrement d'une si grande perte. « Pourquoi vous affliger ainsi ? se contenta-t-il de répondre. Ma

---

1. Eccl. XXXI, 8 et 9. Office des confesseurs non pontifes.

bonne sœur, nous avons commencé dans la vie par manger avec des cuillers de bois, nous saurons bien nous en servir encore. Pourvu que ces services en argent ne pèsent point trop sur la conscience du voleur et ne lui fassent point perdre le Ciel ! c'est tout ce que je demande. »

Grâce à ce désintéressement parfait, il pratiqua toujours facilement la belle vertu de charité envers les pauvres. Pendant toute sa carrière, il les aima d'un amour de prédilection, il les secourut de tout son pouvoir, il fut leur père. DIEU seul sait les aumônes qu'il répandit dans leur sein. Ce que les hommes ont aperçu, et qui excitait leur admiration, n'est que peu de chose en comparaison de ce qu'ont vu les anges. Nous ne parlons pas des réductions de pension. En dehors de là, que de familles M. le principal a secourues quand elles étaient dans la détresse ! que de pauvres honteux dont il payait le loyer ! que d'infortunés de toute sorte auxquels il faisait des gratifications hebdomadaires ou mensuelles, et qu'il assistait aux jours d'hiver ou de chômage ! Et toujours avec une délicatesse, une bonté et un respect pour le malheur, qui rappelaient le vers du poète :

Non ignora mali miseris succurrere disco. (1)
Je connais le malheur et j'y sais compatir.

Effectivement, les souvenirs de son enfance s'unissaient à son grand esprit de foi pour lui inspirer ces nobles sentiments envers ses frères, les pauvres de JÉSUS-CHRIST. Il y a donc là toute une série de bienfaits cachés qui n'ont point d'histoire en ce monde, qui ne doivent même pas en avoir, — le meilleur de l'homme ne se raconte pas sur la terre, c'est la réserve du paradis, — mais qui expliquent l'affection sincère et profonde dont M. le principal fut toujours entouré par la classe ouvrière et l'indestructible popularité qui s'attache à son nom.

L'humilité de notre vénéré maître, — sa troisième vertu remarquable, — se manifestait principalement par sa soumission à l'égard des supérieurs ecclésiastiques. Mgr l'archevêque pouvait à son gré modifier l'œuvre de M. Dehaene : quoi qu'il lui en coutât, il ne se plaignait point. Dans les questions de pratique comme dans celles de théorie, il suivait cette maxime extraite

---

1. VIRGILE, *Énéide*, liv. I, v. 630.

de son journal intime : « Prenons pour règle de notre conduite la doctrine de Rome et l'enseignement des évêques. » Il ne permettait point qu'on discutât en sa présence l'enseignement des premiers pasteurs ni leurs prescriptions; il défendait même qu'on fît mention des défauts extérieurs qui se mêlent parfois aux dignités les plus respectables, dans les représentants humains de l'autorité divine. Il avait pour eux les délicatesses aimantes, je dirai même aveugles, des enfants pour leurs parents. En face de son archevêque, son attitude, c'était d'être à genoux. Nous n'oublierons jamais la religieuse impression que produisit le discours qu'il prononça devant le cardinal Régnier en 1877, et celui qu'il adressa en 1881 à Mgr Duquesnay. Ce sont là, dira-t-on, des hommages publics. Nous savons que les conversations privées ne leur correspondent pas toujours, hélas ! et que parfois la critique à huis clos fait plus que compenser l'encensement à ciel ouvert ; mais il n'en fut jamais ainsi pour notre maître. Et si nous tenons à signaler sa conduite, c'est qu'il était lecteur de *l'Univers*, et qu'on a souvent accusé ce journal et ses lecteurs de manquer de déférence envers l'épiscopat. Outre qu'il y a plus d'esprit religieux et de véritable respect pour le caractère divin de nos évêques dans les plus rudes articles de *l'Univers*, (sur des questions d'ailleurs discutables.) que dans les plates adulations des boulevardiers, outre que l'on doit regarder comme meilleures les blessures des francs amis de Dieu que les caresses trompeuses de ses ennemis cachés (1), disons que l'abbé Dehaene puisait sa vénération pour son évêque à une source plus haute que le journalisme ; il la puisait dans cette religion grave et forte qui voit au sommet de la hiérarchie sacrée Notre-Seigneur Jésus-Christ. Il y a là, croyons-nous, un exemple qui n'est pas de minime importance de nos jours. Et même, en y regardant de près, nous verrions dans cette conduite de notre maître plus qu'un exemple à signaler, nous y trouverions l'explication des secours opportuns que la Providence lui ménagea par l'intermédiaire de ses supérieurs ecclésiastiques. On a beau dire : L'opposition se trahit toujours et la critique, se sent à distance. D'un autre côté, nous sommes inclinés par une main invisible et par une attraction mystérieuse

---

1. *Meliora sunt vulnera diligentis quam fraudulenta oscula odientis.* Prov. 27, 6.

vers ceux qui disent du bien de nous, qui nous sont dévoués et qui nous aiment. M. Dehaene avait toujours vénéré les premiers pasteurs du diocèse. A leur tour, ils sauvèrent son œuvre des crises qui la menaçaient, et l'on put constater la vérité de cette parole des Livres saints : *Vir obediens loquetur victoriam* (1). « L'obéissance coûte, a dit Lacordaire, mais j'ai appris de l'expérience qu'elle est tôt ou tard récompensée (2).»

En résumé, la vie de l'abbé Dehaene, gouvernée par les plus purs principes de notre sainte religion, fut un de ces flambeaux dont parlent les saints Livres et qui éclairent la maison du Père de famille.

Mais un prêtre doit répandre autour de lui une autre lumière, qui est la direction proprement dite. Pour les fidèles qui cheminent à ses côtés, il faut que sa parole soit une lampe qui guide leurs pas, une lumière qui rayonne sur tous leurs sentiers : « *Lucerna pedibus meis verbum tuum, et lumen semitis meis* (3). »

Cette direction, qui se fait le plus souvent au confessionnal, nous la retrouvons fidèlement retracée dans les lettres de M. Dehaene. On nous saura gré d'en reproduire les lignes principales, d'autant plus que son cœur et sa foi s'y montrent à découvert.

Le travail de la sanctification des âmes comprend la lutte contre les vices et l'effort pour l'acquisition des vertus. Cette double tâche, imposée à l'homme quelle que soit sa condition, dure toute sa vie.

I. Pour ce qui concerne la première, (lutte contre les vices, résistance aux tentations,) voici les points sur lesquels il insistait :

1° *Avoir dans le cœur et dans la tête les grands axiomes de la vie chrétienne.* « Il n'y a que les hommes de principes qui sa-
» chent comment faire dans les moments difficiles et dans les
» questions douteuses. Les maximes de l'Évangile doivent
» nous être familières. Opposons-les comme des boucliers aux
» attaques du démon. — L'ennemi fait monter d'en bas toutes
» sortes d'imaginations sensuelles. Faites descendre d'en haut

---

1 Ps. CXVIII, 105.
2. Lettres à des jeunes gens, p. 273.
3. Prov. XXI, 28.

» ces belles sentences, toutes pénétrées de rayons célestes : elles
» purifieront l'atmosphère du cœur (1). » M. Dehaene se rencontre avec la pratique de l'ancienne Université. Rollin avait fait un recueil de maximes tirées de l'Écriture Sainte, et il avait prescrit, étant recteur, que chaque professeur de collège fît réciter chaque jour aux élèves quelques-unes de ces maximes. C'était pour leur donner l'antidote des auteurs profanes et des mauvaises passions de la jeunesse, et pour leur apprendre les règles fondamentales de la vie chrétienne (2).

2° *Être bien humble*. « Allons, disait l'abbé Dehaene, recon-
» naissons loyalement notre faiblesse, et souvenons-nous de la
» parole de saint Augustin : *Il n'y a point de péché commis par*
» *un homme qui ne puisse être commis par un autre*. Donc ne
» soyons ni fanfaron ni suffisant : ce serait obliger Dieu à nous
» faire de rudes leçons et à nous ouvrir les yeux par quelque
» chute déplorable. — *Dieu résiste aux orgueilleux* (3) ; il leur
» fait opposition. Sentir l'opposition de Dieu, c'est-à-dire avoir
» Dieu contre soi, n'est-ce pas terrible ? »

3° *Prier*. « Sans la prière, point de salut. Vous savez bien
» qu'il est écrit : *Sine me nihil potestis facere* (4). *Sans moi vous*
» *ne pouvez rien* ; rien, entendez-vous ? pas même supporter
» un peu de froid ni vous lever à l'heure. » (Il disait ceci parce qu'il lui en coûtait de se lever matin. C'était pour lui à certains jours un vrai supplice. Les constitutions nerveuses sont ainsi faites : se lever, c'est bander tous les ressorts et redresser toute la machine.)

« — L'homme est vis-à-vis de Dieu comme un tout petit
» enfant par rapport à sa mère. Si la mère laisse l'enfant seul,
» celui-ci ne peut pas venir à elle : il ne sait pas marcher. Toute
» sa ressource est de crier. La prière est le cri de l'âme vers
» Dieu. Elle est sa respiration. On ne meurt pas tant qu'on
» respire : on ne se damne pas tant qu'on prie. »

4° *Se mortifier*. « Il me semble que le fonds de la pénitence

---

1. Ces pensées et les suivantes sont extraites textuellement des lettres de M. Dehaene. Nous croyons inutile de préciser les dates.
2. Cf. *Mandatum rectoris, datum V Cal. Octob. anno Domini MDCXCVI*.
3. *Deus superbis resistit*, Jac. IV, 6.
4. Joan. XV, 5.

» est dans l'âme. C'est de là qu'elle se répand dans le corps et le
» crucifie. Qu'est-ce que les macérations corporelles près de
» l'agonie du cœur ? Néanmoins, avec les autorisations voulues,
» faites des pénitences extérieures afin de vous humilier et de
» rendre le sacrifice complet. Un peu de discipline ne tue pas et
» associe à JÉSUS flagellé. »

M. Dehaene avait une discipline; avant qu'il quittât sa chambre pour se rendre à l'église, à cinq heures du matin, il s'en servait, et il n'y allait pas de main morte ; mais il conseillait plus volontiers des mortifications qui passent inaperçues, qui gênent sans mettre en évidence, et qui secouent très efficacement la torpeur humaine. « Donc, disait-il, baisez la terre, baisez le crucifix
» retranchez quelque douceur au repas principal ; c'est ainsi
» qu'on dompte le corps et qu'on fait peur au démon. » Il ajoutait pour des âmes plus généreuses : « Mon enfant, vous pour-
» riez glisser une planche dans votre lit, entourer votre corps
» d'une ceinture armée de pointes de fer, vous frapper avec une
» chaîne. C'est un époux sanglant que ton Bien-aimé, ô âme
» chrétienne, embrasse-le dans les larmes (1). »

5° *Faire un pieux usage des sacramentaux, et particulièrement de l'eau bénite.* « Méprisez profondément le lâche persécuteur de
» vos âmes, ne le craignez point : un signe de croix le met en
» fuite . »

6° Et finalement, *prendre patience avec soi-même.* « Il est vrai
» que nous sommes dans la peine et l'embarras depuis notre
» enfance : c'est long, et c'est, hélas ! toujours la même chose ;
» mais ne faut-il pas gagner le Ciel ? Il faut apprendre à s'en-
» nuyer dans la vie. Les choses que l'on n'aime pas sont souvent
» celles que l'on doit faire. DIEU l'arrange ainsi, afin d'augmenter
» notre mérite et de contrarier notre volonté propre. Encoura-
» geons notre âme. Disons-lui souvent : Pourquoi es-tu triste ?
» Espère en DIEU ! »

Outre ces moyens généraux, il donnait des conseils plus précis pour combattre les diverses espèces de tentations.

Contre la vanité et les pensées d'orgueil : « Moquez-vous de
» tout cela. Qu'avez-vous que vous n'ayez reçu ? — Jusques à
» quand serez-vous semblable à un enfant, fier d'un bouton qui

---

1. Exod, IV, 25. *Sponsus sanguinum tu mihi es.*

» orne son habit ? — A genoux ! baisez la terre, et reconnaissez
» de la sorte, soir et matin, que vous n'êtes que poussière et
» cendre. — Toutes ces pensées vaniteuses sont comme la
» fumée qui se mêle à la flamme : plus la flamme est ardente,
» plus la fumée diminue. Augmentez en vous l'amour de Dieu :
» il dévorera l'orgueil.

» La vanité, c'est l'ombre de notre pauvre moi. Marchons en
» la présence de Dieu : la vanité disparaîtra dans cette lumière,
» comme l'ombre recule derrière le corps quand on a devant
» soi le soleil. »

Sur les manquements à la charité, il avait des avertissements très sévères et qui coupaient court à toutes les arguties :

« Vous n'êtes pas charitable : vous avez tort. Dieu aime
» tous les hommes et supporte tous les pécheurs ; pourquoi
» serions-nous plus difficiles que Lui ? Sommes-nous plus
» saints que Dieu ? — La haine et la jalousie sont des inspi-
» rations de Satan ; elles viennent de l'enfer. Qu'est-ce que
» Satan ? Un haineux ! Qu'est-ce que l'enfer ? Un lieu où
» il n'y a point d'amour ! — Il y a beaucoup de défauts dans le
» prochain, c'est possible ; mais ils n'y sont pas pour que nous
» les critiquions. La critique ne convertit point ; elle ne profite
» qu'au démon, puisqu'elle étend son royaume en augmentant
» la haine. Pourquoi donc dire du mal du prochain ? Cela
» irrite Dieu. Une mère n'aime pas qu'on dise du mal de son
» enfant. Le prochain est l'enfant de Dieu, qui l'aime plus
» qu'une mère n'aime son enfant. — Oh ! que la charité est
» donc belle !... Elle fait, à elle seule, le Ciel. L'union des âmes,
» n'est-ce pas en effet ce qu'il y a de plus semblable au
» paradis ? Et c'est tout juste ce que le démon veut détruire
» partout. Prenez garde de l'aider. »

Il réprimait d'un mot *les tentations de gourmandise* : « Elles
» sont de l'enfantillage ! Vous êtes bon de vous arrêter à cela,
» à la tentation des enfants, à votre âge ! A table, pensez
» aux pauvres qui n'ont rien, et vous ne vous plaindrez pas. »

A propos *des relations qui pouvaient troubler le cœur* : « Con-
» servez la paix, et par-dessus tout la paix. Et tout ce qui vous
» inquiète dans vos rapports avec les gens du monde, suppri-
» mez-le. » Quand le sacrifice d'une affection trop humaine

paraissait très pénible : « Croyez-en mon expérience, disait-il
» gravement, je sais pourquoi je parle ; je parais sévère peut-
» être ; mais, encore une fois, l'âge m'a appris tant de choses !
» Croyez-moi. J'aime votre âme et je vois plus loin que vous ! »

Scrupules, craintes exagérées, désolations spirituelles. Nous
trouvons à ce sujet une très belle lettre écrite le 25 juin 1862.
Elle résume ce que l'on peut dire de plus fort et de plus consolant aux personnes affligées par ces tortures intérieures si
pénibles. Elle est adressée à une religieuse.

« Après une excellente mission au dehors, rentrée dans votre
» solitude, vous n'y trouvez qu'amertume. Mais savez-vous que
» vous êtes là pour gémir et pour souffrir, et pour souffrir
» jusque dans le fond de votre être, comme JÉSUS au jardin
» des Olives, comme JÉSUS mourant et s'écriant : Mon Père,
» mon Père, pourquoi m'avez-vous abandonné ?

» Nous devons souffrir ainsi pour expier nos froideurs
» passées. Bien des fois JÉSUS a frappé à la porte de notre
» cœur, et nous n'avons pas voulu ouvrir ; bien des fois JÉSUS
» nous a témoigné son amour, et nous n'avons pas consolé son
» Cœur en répondant à cet amour. — Eh bien ! expions, par
» nos aridités, toutes ces indifférences.

» Ensuite, ma chère fille, vous savez bien qu'un cœur qui
» aime JÉSUS sent tout ce que sent JÉSUS. Or, que doit sentir
» le Cœur du divin Maître au milieu d'un monde pervers et
» étrangement impie ? Que doit-il sentir, ce Cœur sur lequel
» tombent directement, et de tout leur poids, mes péchés, vos
» péchés, les péchés de tout l'univers, grands et petits ! Si, dans
» la ville de X***, vous n'aviez pas une seule âme qui vous
» aimât, et qu'au milieu de la place publique vous fussiez ex-
» posée à toutes les insultes et à tous les outrages de la part
» des habitants de cette grande ville, quelle ne serait point
» votre désolation ! Ainsi de JÉSUS au milieu du monde. Com-
» prenez-vous par là qu'il faut aimer, rechercher les croix, les
» plus pénibles comme les plus intimes, et être immolée dans
» le fond même de votre être, si vous voulez *sentir ce que sent
» Jésus*, comme dit l'apôtre saint Paul (1) ?

» Je bénis donc DIEU de l'état où il vous a réduite ! C'est

---

1. PHIL. II, 5. *Hoc enim sentite in vobis quod et in Christo Jesu.*

» ainsi qu'il éprouve les siens. Dites avec saint François Xavier :
» *Encore plus, encore plus ! Amplius, amplius !* Que risquez-vous ?
» Votre barque monte vers le Ciel avec le flot de la tentation.

» Vous êtes effrayée de ne pouvoir prier, vous tremblez, vous
» vous croyez perdue, vous n'osez vous confesser, etc. — Tant
» mieux, tant mieux ! JÉSUS a tremblé, s'est ennuyé, s'est attristé
» au jardin des Olives ; il a prié pour que le calice amer s'éloi-
» gnât de sa bouche, et son Père a semblé ne pas l'entendre. —
» Ah ! que vous êtes heureuse d'imiter JÉSUS dans ses grandes
» douleurs ! C'est le privilège des grands saints. Si DIEU vous
» aime beaucoup, il vous fera la grâce de souffrir beaucoup
» pour lui, comme à saint Paul, qui dut souffrir beaucoup pour
» son nom (1).

» Courage donc et confiance ! Au milieu de ces peines inté-
» rieures, pensez que vous faites votre purgatoire. Votre con-
» science ne vous tourmentera jamais autant que ces flammes
» expiatrices. Jamais vous ne tremblerez pour vos péchés
» comme a tremblé JÉSUS.

» La confession vous effraie ? — Et c'est pourtant chose si
» consolante ! Allez là comme l'enfant à son père ; peu de pa-
» roles, beaucoup d'amour et de douleur : et le sang de JÉSUS
» rendra votre robe blanche comme la neige, brillante comme
» le soleil. Allez, allez, pas de crainte : humilité, haine de soi-
» même et beaucoup d'amour pour DIEU, et tout ira à mer-
» veille.

» Je n'ai rien dit encore de celui qui joue le plus grand rôle
» dans vos peines, à savoir le démon ; le démon, ennemi de
» tout bien. — *Tu as péché mortellement !* vient-il dire peut-
» être. — Répondez-lui : Le secret des cœurs est à DIEU. Paix
» aux hommes de bonne volonté ! Un péché mortel, cela se
» montre comme un loup sur le chemin. — *Tu n'as jamais fait
» que du mal !* — J'en ai fait beaucoup, mon DIEU ! mais vous
» m'avez pardonné comme à Pierre, comme à Madeleine,
» comme au bon Larron, comme à St Augustin ! — *Ta place
» est en enfer !* — Oui, si DIEU ne m'en avait retirée ! C'est
» pourquoi je l'aimerai doublement ! — *Tu as perdu des
» âmes !* — Ah ! mon DIEU, j'ai scandalisé bien des fois mes

---

1. Act. IX, 16. *Ego ostendam illi quanta oporteat cum pro nomine meo pati.*

» frères ! Mais je m'en repens ; je prie pour eux, et je vais tra-
» vailler avec d'autant plus d'ardeur à les sauver ! — *Tu as*
» *trompé tout le monde !* — Oui, mon DIEU, je suis bien hypo-
» crite ! je trompe bien du monde ! Comme on me mépriserait
» si on me connaissait telle que je suis ! Aussi je veux aimer
» les humiliations, chercher ma vie dans les opprobres, m'en
» rassasier comme mon JÉSUS. *Saturabitur opprobriis.*

» Ainsi vous tirerez votre avantage des tentations mêmes,
» et vous renverserez Goliath avec ses propres armes. Ne vous
» inquiétez pas sur l'état de votre âme. Laissez votre cœur re-
» poser doucement sur le cœur immaculé de Marie, dans les
» plaies de notre Sauveur, et là dormez doucement, comme
» dit l'Écriture. Il faut laisser quelque chose à la Miséricorde
» divine ! »

II. La résistance aux tentations n'est que la partie négative de la vie chrétienne ; l'acquisition des vertus est la partie positive. Indiquons quelques-uns des motifs et des moyens que M. Dehaene employait de préférence.

Le motif principal, celui qui résume tous les autres et auquel il revenait sans cesse, était *l'amour de Notre-Seigneur Jésus-Christ.*

« Ne vivez que pour JÉSUS. Il vous suffit ; il a pour vous
» tout ce qu'il vous faut : du travail, de la joie et des douleurs,
» des humiliations et des gloires.

» Soyez délicat envers Lui. On est délicat envers ses amis ;
» JÉSUS est notre ami. *Vos dixi amicos* (1). Serrons-nous autour
» de son Cœur, pour le consoler des douleurs et des outrages.
» Un acte d'amour parfait lui procure plus de plaisir que tous
» les crimes de la terre ne lui causent de peine. Achetez donc,
» au prix de tout, l'or pur de son amour (2). »

Puis il insistait sur *la nécessité d'être saint pour faire du bien* dans le monde. « Vous aimez votre pays, disait-il, soyez un
» saint pour le sauver ! Les savants honorent un pays, les
» braves le défendent, mais les saints le sauvent. » Être bon pour se dévouer, c'était une de ses maximes favorites. C'est la maxime des cœurs généreux.

1. Joan. XV, 15.
2. Apoc. III, 18. *Suadeo tibi emere a me aurum ignitum.*

Lacordaire écrit à un jeune homme : « Ne dites pas : Je veux
» sauver mon âme ; dites plutôt : Je veux sauver le monde !
» C'est le seul horizon qui soit digne d'un chrétien. »

M. Dehaene écrit : « Ma chère fille, ne vivons que pour
» aimer, que pour nous sacrifier, que pour entraîner les autres
» vers Dieu. »

En troisième lieu, il aimait à parler *de la paix que donne le
service du souverain Maître*. « Le bon plaisir de Dieu changea
» les pierres du torrent qui lapidaient saint Étienne en une
» douce rosée. Le bon plaisir de Dieu, c'est tout un monde.
» L'homme qui se voit lui-même se sent faible. Celui qui étudie
» les autres les trouve vicieux ou imparfaits. Celui qui s'attache
» à Dieu découvre le vrai bien. Quelquefois l'âme s'effraie de
» ces hauteurs, de cette route escarpée qui semble longer le
» vide. Ne craignons pas, il n'y a pas de vide autour de nous.
» Tout est plein de Dieu. Le vide, c'est le péché. L'âme qui
» s'abandonne à Dieu est un enfant entre les bras de sa mère,
» un petit oiseau qui peut chanter gaiement sous le ciel, un
» poisson qui nage dans un limpide fleuve. »

Comme moyens d'arriver à cette haute vertu, il recommandait les sacrements, la prière, l'examen de conscience ; mais il donnait quelques conseils plus particuliers :

« Au milieu des occupations, *se faire une solitude intérieure*,
» où l'on vive avec Dieu, où l'on converse avec Lui par de
» saintes aspirations. »

Reposer notre esprit dans la prière : « Qu'il y descende comme
» dans un bain. *Pax tua sicut flumen* (1). Trop souvent nous
» ne prions pas avec nous-mêmes. Nos lèvres prient, mais
» notre cœur ne prie pas ; il est absent. Voilà pourquoi la
» prière ne nous console point. »

S'entretenir avec Dieu comme avec un ami. « Quand on parle
» avec un ami, la conversation repose, parce qu'on y met son
» cœur. Pourquoi n'en serait-il pas de même avec Dieu ? »

Lire de bons livres, « tout imprégnés de grâces et de vertus ;
» tels, les livres faits par les saints. »

Être fidèle dans les petites choses. « Elles sont faites pour
» nous qui sommes de petites gens. Et puis, l'on n'a point à

---

1. Isaïe, XLVIII, 18.

» craindre de devenir orgueilleux pour les petites choses ; elles
» n'en valent pas la peine. »

Suivre un règlement. « Un règlement est une chaîne par
» laquelle nous tenons à Dieu quand notre cœur n'y pense
» pas. »

Regarder la parole du prêtre comme la parole de Dieu. « Je
» suis étonné de vos souffrances vis-à-vis de votre confesseur.
» C'est une peine que je comprends, mais que je n'ai jamais
» éprouvée. Mon enfant, écoutez bien : une goutte de rosée
» nourrit une fleur, et une seule parole suffit à nourrir l'âme.
» *Tout est en toute parole de Dieu.* »

Rester à la place où Dieu nous veut. « La petite fleur s'épanouit
» sur le sol. L'aigle plane dans l'immensité des airs. La petite
» fleur et l'aigle sont ainsi, parce que Dieu les veut ainsi. —
» Il a voulu faire de nous les plus petits, les plus humbles de
» ses saints : restons là, et contemplons au-dessus de nous les
» grands amis de Dieu noyés avec les anges dans les splen-
» deurs divines. Chaque être est heureux à la place où Dieu
» le met. »

Avoir de bonnes intentions. « Le *Benedicite* fait du repas,
» action toute animale, une chose sainte. Une pensée chré-
» tienne fait du sommeil, cette image de la mort, un temps
» utile. »

Obéir et se résigner par-dessus tout. « Je comprends les an-
» goisses de votre cœur au moment de quitter votre chère
» maison de X..., où tant d'intimes liens vous avaient comme
» rivée. Ah ! chère enfant, pour Jésus, dit l'Imitation, il faut
» savoir laisser *un moment*, (car la vie entière est à peine un
» moment,) tout ce que nous avons de plus cher au monde. »

Invoquer la Sainte Vierge comme force des martyrs. « Il y a
» un martyre intérieur et continuel. Et quand viennent les
» jours de persécution publique, ceux-là seuls qui sont formés
» à ce martyre intérieur tiennent bon et triomphent. »

En dehors de ces conseils généraux, qui s'adressent à tous
les chrétiens, M. Dehaene faisait des recommandations spéciales d'après les devoirs d'état de chacun. Au seuil de ces
devoirs se pose la grande question : « Quel état de vie choisi-

rai-je ? » Pour un bon nombre de gens la délibération n'est pas longue. Ils vont à la remorque des circonstances.

M. Dehaene était surtout consulté par des personnes qui pensaient avoir la vocation religieuse. Nous sommes ainsi faits que nous consultons d'instinct ceux qui partagent nos goûts et nos sentiments, ceux qui nous donneront raison. Le fait est que M. Dehaene croyait volontiers aux vocations, parce qu'il aimait et admirait les religieuses, les considérant « comme la corbeille de lis choisie dans tout le jardin de l'Époux céleste (1). » Il y croyait même plus facilement que ceux qui ont l'expérience du cloître, et qui savent que le moi humain pénètre derrière les grilles. A propos de ses illusions sur la générosité des âmes, il écrit, non sans quelque candeur : « Le bon DIEU semble se
» moquer un peu de moi et prendre plaisir à m'humilier. J'aime
» beaucoup à conduire des religieuses au couvent, et quelque-
» fois ces pauvres enfants reviennent à la hâte à la maison
» paternelle, et l'on jase un peu à leurs dépens et aux dépens
» de leur excellent directeur. Voilà pour un bon *fiat !* »

Peut-être s'affligeait-il outre mesure de ces critiques, oubliant ce qu'écrit le P. Faber :

« Les confesseurs ne valent rien pour juger autre chose que
» ces deux points : 1° *Si le pénitent offre des apparences de*
» *vocation ;* 2° *Si cette vocation apparente est pour la vie active ou*
» *pour la vie contemplative.* Les meilleures supérieures m'ont dit
» avoir toujours reconnu cette vérité (2). »

Cependant les inconstances ne le décourageaient nullement.

« Je suis persuadé que beaucoup de vocations se perdent
» faute de réflexion. Plût au Cœur de JÉSUS d'appeler dans la
» solitude du couvent beaucoup de ces bonnes jeunes filles
» qui vivent trop dans le bruit du monde pour entendre
» l'appel divin. Il en est de même pour les vocations sacer-
» dotales ; la vie molle et superficielle des parents étouffe
» ces germes précieux ; et beaucoup de jeunes gens de familles
» aisées ne réussissent pas dans le monde, parce qu'ils ne s'y
» trouvent pas selon les vues providentielles. »

Il se plaignait de n'avoir point donné plus d'âmes au

---

1. P. FABER, *Vie et lettres*, t. II, p. 215.
2. *Vie et lettres* du P. FABER, t. II, p. 268.

cloître : « Hélas, le monde est insensible et froid ; il y a peu
» d'âmes généreuses. Nous enfantons lentement et péniblement.
» Une petite Carmélite, quelques pénitentes pour S. François,
» quelques bonnes filles de St Vincent : et c'est tout dans vingt-
» quatre ans de ministère ! » (1)

Le monde est dur pour la religieuse qui sort du couvent, pour le séminariste qui quitte la soutane. En un sens il a raison, car on doit refléchir avant d'entrer dans ces belles carrières. Mais il est injuste souvent, car on peut avoir eu un moment de ferveur; on peut s'être trompé sur soi-même, et avoir mis un désir à la place d'une réalité ; et, dans ce cas, l'on n'est victime que d'une belle illusion ! De telles erreurs ne sont pas du premier venu.

M. Dehaene ajoutait que l'idée de vocation, trop faible dans ces personnes pour aboutir à un résultat sérieux, était transmise à leurs enfants. « L'hérédité la rend plus forte, disait-il ; elle trouve son développement parfait et son éclosion dans un fils ou dans une fille qui prennent, au service de DIEU, la place du père ou de la mère. Je suppose évidemment que ceux-ci ont agi de bonne foi et qu'ils sont restés vertueux. Je pourrais citer un grand nombre d'exemples. Que de prêtres dont j'ai connu les parents avant leur mariage ! Je comprends la vocation des fils en me rappelant les sentiments du père ou de la mère ! »

D'après les habitudes décisives et tranchantes de l'abbé Dehaene, il est facile de conclure qu'il devait être partisan des positions nettes : de la vie religieuse ou du mariage. Il est certain qu'à tous ceux qui se résignaient au célibat, par nonchalance, par petitesse de cœur, par faiblesse de caractère, par égoïsme, il faisait une guerre vigoureuse. Il les harcelait de ces impitoyables questions : « Quel bien faites-vous en ce monde ? » Quels services rendez-vous ? A qui êtes-vous dévoués ? Et » qu'est-ce que DIEU récompensera dans votre vie au jugement » dernier ? » — Mais il savait les nombreux obstacles qui s'opposent à ce que les deux solutions extrêmes conviennent à tout le monde ; il savait aussi que « les parents célibataires sont une seconde providence pour les familles qui les accueil-

1. Lettre du 18 mars 1862.

lent (1); » que, dans une sphère plus large, (la paroisse ou la commune,) ils représentent le dévouement à la religion, aux intérêts publics, à tout ce qui est plus élevé que la chair et le sang. L'expérience des congrégations et des bonnes œuvres le lui avait appris.

M. Dehaene favorisait de tout son pouvoir les missions étrangères. Ce faisant, il ne pensait pas appauvrir le clergé local. Outre qu'il respectait ainsi ce que fait dans les âmes l'*Esprit qui souffle où il veut* (2), il trouvait que les missionnaires sont utiles à leur pays natal par les relations qu'ils entretiennent avec lui. Leur héroïsme, transpirant dans les lettres qu'ils écrivent, ranime le zèle des prêtres qui furent leurs condisciples, provoque dans les familles qui les ont connus de ferventes prières, et reste posé devant les yeux de tous comme un exemple vivant qui élève, pour une génération, le niveau de la vertu. Cependant, si l'on s'habituait à croire que, pour donner libre carrière au zèle, on doit entrer en religion et quitter son pays, il en résulterait un grave détriment pour le ministère ordinaire des Églises. — Les premiers dans l'estime sont tôt ou tard les premiers par l'influence. — C'est pourquoi les peuples, toujours portés du côté de la profession publique des conseils évangéliques, s'attacheraient davantage aux Ordres religieux qu'à la hiérarchie de leurs prêtres. Il ne faut donc pas que, dans les esprits et dans les faits, prévale cette idée que le ministère apostolique n'appartient pas au clergé séculier, et que, lorsqu'on a les grâces et les aptitudes de l'apostolat, on doit émigrer vers les contrées infidèles. Quand la maison libre de St-François d'Assise fut tranformée en Petit Séminaire,

---

1. M. Le Play, *La Réforme sociale*, t. II, p. 124. « Ils s'associent à leurs travaux: ils assistent les chefs de maison dans l'administration du foyer et dans les soins que réclament les jeunes neveux ; ils s'attachent à ces enfants qui naissent et grandissent sous leurs yeux ; souvent ils adoptent l'un d'eux en particulier et se plaisent à favoriser son établissement à l'aide de leur épargne personnelle... C'est encore aux parents célibataires que revient le soin des malades, l'une des fonctions domestiques les plus nécessaires au bien-être et à la quiétude des familles. » On remarque que les vieillards sont plus heureux dans une pauvre chaumière, près d'un berceau, que dans une magnifique salle d'hôpital. Ils sont plus heureux parce qu'ils sont plus utiles. L'inutilité est la grande tristesse de l'homme. *Ou de menchen zyn goed om te zitten by de wieg*, disait un bon vieux.

2. Joan. III, 8, *Spiritus ubi vult spirat*.

l'administration diocésaine insista dans ce sens auprès de M. Dehaene. Les premières obligations des prêtres sont pour leurs compatriotes, et la religion, si attaquée de nos jours, ne triomphera que par le dévouement des plus beaux âges chrétiens (1). Il est donc utile que, parmi les curés et vicaires, fleurissent les vertus des apôtres ; et quand elles sont mortes ou languissantes, Dieu les fait revivre par la persécution ou par l'épreuve, s'il lui plaît de sauver un pays.

Ces réserves faites pour que le gros de l'armée ne soit pas sacrifié aux corps d'élite, nous reconnaissons que l'abbé Dehaene encourageait beaucoup les missionnaires. Il leur écrivait volontiers.

Plusieurs d'entre eux conservent ses lettres comme des reliques et les portent dans leur bréviaire. S'il arrive que leur courage défaille à cause de la stérilité de leurs efforts..., ils relisent ces pages qui brûlent d'une céleste ardeur, et cela les réconforte. « Marchez hardiment sur les traces du P. Claver. N'y
» a-t-il pas, parmi les nègres, tout un monde et la palme du
» martyre à gagner ? Vous avez pris votre vol vers l'Afrique ;
» plusieurs de vos anciens condisciples aspirent après votre
» bonheur et ouvrent déjà leurs ailes toutes larges. Prenez ces
» jeunes gens, vous ne prendrez que ce que Dieu veut que
» vous preniez. Et quand le nid sera vide, j'irai vous demander
» asile.

» Nous ne vous oublions pas dans nos prières. St Ignace a
» bien pleuré, bien fait pénitence pour avoir St François Xavier.
» Nos anciens ne sont-ils pas des François Xavier ? Qu'il nous
» faut donc dire des chapelets et prendre des disciplines pour
» eux, afin qu'ils convertissent le monde ! »

Cette admiration si légitime pour les missionnaires ne l'empêchait pas de rendre justice aux simples prêtres. « J'aime
» énormément le sacerdoce. Je sens quelque chose de ses amer-
» tumes comme aussi de ses ineffables consolations, mais les
» consolations font oublier les amertumes. Et c'est pourquoi
» je suis aux anges chaque fois qu'un jeune homme s'attache
» indissolublement à l'autel.— Je prie pour que la coupe divine
» se verse sur vous au grand jour de l'ordination ; non avec

---

1. Voir pour tout ceci l'excellent ouvrage de D. Gréa, liv. III, ch. xii, § 9.

» parcimonie comme sur Saül, mais avec une pleine abondance
» comme sur David. — Donnez-vous bien à JÉSUS en ce mo-
» ment solennel. Cher ami, tout ce qu'on donne à JÉSUS est
» sauvé, tout ce qu'on lui refuse est perdu. »

M. l'abbé Franchois, décédé curé de Lederzeele, fut le premier élève de M. Dehaene qui entra au Grand Séminaire. Notre digne supérieur en fut si heureux qu'il le conduisit lui-même à Cambrai pour l'examen. Il rappelait volontiers le courage de ce brave enfant qui faisait deux fois par jour six quarts d'heure de chemin, et qui arrivait du village de Staples en blouse, sa grammaire à la main, sa valise sur le dos, et parfois couvert de boue jusqu'aux oreilles. Les jours de promenade il aidait son père, qui était instituteur, à faire la classe.

On conçoit que M. Dehaene, témoin de pareils courages, aimât les aspirants au sacerdoce. Les lettres qu'il leur adressait au Grand Séminaire, — un peu difficiles à lire parce qu'il écrivait mal, d'une écriture prompte comme la pensée et nerveuse comme le sentiment, — étaient déchiffrées d'avance par un élève plus habile et lues en réunion plénière des anciens. Elles leur rappelaient les exhortations du collège.

Enfin, notre supérieur confessait et dirigeait un certain nombre de prêtres. Il leur donnait une nourriture spirituelle solide, propre à former de bons tempéraments. « L'austérité,
» disait-il, est une vertu éminemment sacerdotale ; sans elle
» se perd le nerf de la discipline ecclésiastique. Un prêtre, c'est
» un levier dans la main de DIEU. Il peut soulever le monde. »

— « Il se plaint de son imagination, écrivait-il en parlant
» d'un jeune clerc. Je lui ai conseillé l'étude et le travail, afin
» qu'il n'ait pas trop de démons pour le tenter. Priez pour lui ;
» priez pour tous les prêtres. »

Les prêtres, toujours les prêtres, leur vertu, leur sainteté, leurs œuvres, c'est ce qu'il recommande sans cesse. Il est rare qu'il termine une lettre sans se faire suppliant pour eux, sans demander des prières, des jeûnes, des cilices, afin que leur ministère soit béni. « Oui, dit-il avec une infatigable insistance,
» priez pour qu'ils trouvent la sainte allégresse au milieu des
» peines, le repos dans le travail, le transport de l'amour divin
» au sein des tortures. Priez pour qu'ils arrivent à la haute

» sainteté de leur état, au milieu de peuples qui les entraînent
» comme forcément dans leur décadence et qui les souillent
» parfois de leur contagion intellectuelle et morale.

» Qui nous donnera de sauver les âmes au prix de nos
» souffrances, d'effacer leurs péchés dans notre sang, de châ-
» tier leur mollesse dans notre chair, et, comme St André, de
» prêcher la Croix du haut de notre croix ! Qui nous donnera
» d'être de vrais saints et de rendre saints tous nos frères ! Qui
» fera que tous les prêtres soient des saints, pour consoler
» l'Église et pour éloigner les fléaux qui menacent la France
» et le monde ! »

Il n'était pas troublé par les défaillances qui arrivent dans le clergé ou même dans les ordres religieux.

« Cela attriste sous un rapport, mais soulage sous un autre.
» Pour moi, j'aime tant à voir le bon DIEU partout sur le pre-
» mier plan, que je ne m'afflige point outre mesure de voir
» tomber ceux qui cachent DIEU et se montrent eux-mêmes.
» Qu'est-ce que l'homme lorsqu'on ne le regarde pas à travers
» DIEU ? *Nous avons tant besoin du vrai, du fonds !* Et l'on court
» après la manière, après la forme, après le son de voix ! Pau-
» vre humanité ! Les hommes n'ont disparu que pour mieux
» laisser voir DIEU. »

Il n'était pas davantage effrayé par les persécutions :

« Laissez DIEU purifier son aire, le van à la main. Il secoue
» le monde d'un bout à l'autre. Il faut moins de paille et plus
» de bon grain. Le moment approche où, prêtres et religieux,
» nous serons jetés au milieu de la société bouleversée, fati-
» guée, blessée, saignante, affamée de DIEU et de vérité. Et
» pour cette mission il faudra des âmes bien trempées, des
» âmes qui se laissent broyer pour devenir le pain d'une géné-
» ration nouvelle. Cela explique tout, mon cher enfant. Heu-
» reux ceux qui sauront mourir pour faire vivre leurs frères !
» Aussi l'épuration se fait-elle partout. Ce qui est souillé se
» souille davantage ; ce qui est méchant croît en méchanceté ;
» mais, d'un autre côté, le fidèle devient plus fidèle ; le prêtre
» selon DIEU, plus ardent et plus affamé des âmes ; le reli-
» gieux fervent, plus heureux de son martyre d'amour. Tout est
» donc bien, mon enfant. DIEU est là, et c'est ce qui console

» au milieu du mal que font les hommes. — Les hommes me
» fatiguent et m'affligent. Il faut que je sente, il faut que je
» voie Dieu ! »

Il se donnait du courage par l'exemple des saints : « Quel
» stimulant pour moi, indigne ministre de Jésus-Christ, que
» saint Paul disant : J'ai désiré d'être anathème pour mes
» frères ! — Quel stimulant que la vie si apostolique, si féconde,
» si mortifiée du saint curé d'Ars ! — Quelle honte pour nous
» tous que cette assertion de saint Philippe de Néri : Je crois
» très réellement qu'avec douze saints prêtres je convertirais le
» monde. — Que faisons-nous donc, si nombreux, et empêchant
» si peu d'âmes de se perdre ? »

« *Mais Dieu est avec son Église. Il tirera le bien du mal.*
» *Laissez-le faire. Par les souffrances de la charité il sauvera le*
» *monde, et par le dévouement il va tout régénérer.* »

Ces prières pour les prêtres, il les demandait particulièrement
aux religieuses cloîtrées ; et quand l'une d'elles se plaignait de
son isolement ou de son inutilité apparente, il lui disait : « Avez-
» vous songé à ceci, que, comme membre de l'Église, ce corps
» parfait, et comme membre d'élite, puisque vous êtes reli-
» gieuse, tout ce que vous faites de bien profite à l'Église
» entière : aux saints, qui en sont plus heureux ; aux âmes du
» Purgatoire, qui en sont consolées ; aux pécheurs, qui en sont
» touchés ; aux justes, qui en aiment Dieu plus ardemment ?
» Donc joie, amour et immolation dans votre solitude. Si Dieu
» vous appelle au dehors, vous sortirez. En attendant, souffrir et
» aimer dans votre petite cellule, sous l'œil de Dieu, parcourir,
» comme vous le faites, le monde entier avec votre cœur seu-
» lement et vos supplications, vous pencher vers tout ce qui
» est petit, abandonné, oublié, méprisé, endurci, pour y mettre
» le souffle de Dieu, l'espérance en Dieu, l'amour de Dieu :
» non, non, ne craignez rien ; la voie est bonne, elle est excel-
» lente ; vous y trouverez sainte Thérèse, sainte Catherine, et
» des milliers de saints et de saintes qui, par leurs prières, ont
» fécondé les travaux des prédicateurs. Les Pères Capucins
» virent parmi eux, en Amérique, Marie d'Agréda exhorter
» les sauvages et les convertir en foule ; et cependant cette sim-
» ple fille vivait au fond d'un cloître en Espagne ! Mais sa

» prière rendait son âme présente parmi les missionnaires. Ne
» dit-on pas que sainte Thérèse convertit autant d'âmes par ses
» prières que saint François Xavier par ses prédications ?
» Courage donc, mon enfant, hâtez la venue du Sauveur pour
» une foule d'âmes qu'il n'a pas encore visitées. Vous supplie-
» rez, tandis que nous prêcherons. Nous serons les bras et les
» pieds ; vous, le sang et le cœur. JÉSUS a bien plus sauvé le
» monde en souffrant qu'en travaillant. Laissez donc la souf-
» france descendre sur vous, peser sur vous, comme l'agonie sur
» le divin Maître ! »

Après les prêtres, les personnes qu'il dirigeait le plus volontiers étaient les religieuses, les institutrices, les mères de
famille, en un mot toutes celles qui ont charge d'âmes, parce
que de leurs vertus dépend l'avenir des jeunes générations.
Aussi, pour les recevoir à son confessionnal, était-il d'une bonté
extrême et d'une patience étonnante : « Venez, venez, disait-il,
» ne craignez point de me déranger. Ce que je fais pour vous
» servira à tant d'autres ! »

Écrivant à de bonnes Sœurs, il ne dédaignait point les gracieuses comparaisons, chères à leur sexe. Quand elles quittent
le monde, elles ne disent pas adieu aux fleurs sentimentales.

« Une petite colombe qui se repose tranquillement au milieu
» des épines à l'ombre de la croix, c'est l'image de votre âme.

» Vous me semblez si bien dans votre retraite, sommeillant
» dans la prière comme l'épouse des Cantiques, (mais, comme
» elle, du sommeil extérieur des sens, et veillant tout entière
» par le dedans, qui reste ouvert au ciel ;) vous me semblez si
» bien que je crains de réveiller votre âme par le bruit impor-
» tun d'une voix terrestre. »

— « J'espérais aller vous voir dans votre douce solitude, au
» creux du rocher mystique où vous vous cachez délicieuse-
» ment pendant les orages de la vie présente, comme le pau-
» vre passereau dans un mur ruiné. »

D'autres images non moins belles se pressent sous sa plume.
Mais le plus souvent, « occupé comme un faucheur en pleine
» moisson, ou comme une abeille au cœur du printemps, »
(c'est lui qui parle,) il n'a que le loisir de jeter par écrit quelques fortes vérités.

« Je suis sur la brèche du matin au soir et je n'ai point un
» instant de relâche ; mais que le Ciel soit béni ! Nous nous
» reposerons là-haut. Donc, — écrivait-il à une religieuse qui
» faisait la classe, — sacrifiez-vous, sanctifiez-vous pour vos
» chères petites enfants ; prenez sur vous leurs péchés ; invo-
» quez leurs saintes patronnes et leurs anges gardiens. Pour
» elles, le chapelet ; pour elles, la sainte Messe ; pour elles, la
» sainte Communion : et tout fleurira autour de vous, et votre
» couronne se tressera pour le Ciel !... Vous voilà mère spiri-
» tuelle de dix-sept petites enfants : c'est un grand trésor, car
» qui sait le prix d'une âme ? Saint Liguori, docteur de l'Église,
» dit quelque part que JÉSUS consentirait à rester sur la croix
» jusqu'à la fin du monde pour la dernière des âmes, si cela
» était nécessaire. Saint François Régis convertissait par la
» prière et par la pénitence tous les mauvais enfants de son
» collège.....

» Qui formera la jeune fille assez bien pour que plus tard
» elle soit la femme forte ? Qui fera de l'airain, du marbre et de
» l'or avec cette molle argile ? Qui arrachera la femme à l'adu-
» lation du monde ? Qui l'empêchera de se faire idole et de dis-
» puter l'encens dû à DIEU ? »

Nous n'avons reçu que quelques-unes des lettres adressées
par notre supérieur à des hommes du monde, à des jeunes
gens. Ce qui en ressort le mieux, c'est la joie que l'attachement de ses anciens élèves lui procurait. « Merci de votre
» bonne lettre de nouvel an. Elle m'est arrivée comme un par-
» fum de printemps au sein même de l'hiver. Si vous saviez
» comme nos cœurs à nous se sentent bien de ces choses ! Notre
» besogne est si âpre, si broyante et quelquefois si ingrate ! »(1)

Ces lettres lui fournissaient l'occasion de répéter d'utiles conseils : « Faites votre devoir, mon ami, et, je puis vous le dire,
» votre vie sera semée de roses. Des épines quelquefois, mais, en
» général, tranquillité, sérénité, consolation, c'est, à tout pren-
» dre, le lot d'un vrai chrétien. Profitez du temps, faites bonne
» provision de vraie science, de noble indépendance de carac-
» tère. Quelle pauvreté autour de nous ! Hélas ! que voyons-
» nous parmi les jeunes laïques, même parmi ceux qui sortent

---

1. Lettre à un étudiant en droit.

» de nos classes ? — Une gent moutonnière, je dirais volontiers
» dindonnière, agitant sottement une aile pesante et courant
» après quelque graine perdue dans la paille et le fumier. Haze-
» brouck a tant besoin de jeunes gens sérieux ! »

A un jeune militaire : « Un bon soldat et un bon prêtre s'en-
» tendent parfaitement. Fixez vos regards sur les héros qui
» ont su comprendre le sublime de votre état : *prier dévotement*
» *et combattre bravement !* Pourquoi ne pas lever les yeux jusque
» sur Turenne et Bayard ? Ne sont-ils pas les vrais modèles
» du soldat français ?

A toutes les personnes engagées dans le siècle il répétait
le texte de l'apôtre saint Paul : « Ce que j'ai à vous dire,
» c'est que le temps est court. Donc que ceux qui ont une
» femme soient comme n'en ayant pas ; ceux qui goûtent les
» joies et ressentent les douleurs de la terre, comme ne con-
» naissant ni joie sérieuse ni douleur vraie; ceux qui achètent,
» comme ne possédant rien de solide ; ceux qui usent de ce
» monde, comme n'en usant pas : car la figure du monde
» passe (1). »

Une catégorie spéciale d'hommes du monde, les esprits
élevés et les cœurs généreux, aimaient à s'entretenir avec l'abbé
Dehaene. Ils se sentaient à l'aise en sa présence, parce que leurs
aspirations étaient comprises. Il faut reconnaître que parmi
eux se glissaient souvent les utopistes, féconds en projets plus
beaux que réalisables. Écouter de tels hommes avec intérêt; faire,
dans ce qu'ils disent la part du rêve et celle de l'originalité ; ne
point les brusquer, de peur qu'ils ne tombent dans le marasme
ou le désespoir ; ne pas les contraindre à se replier sur eux-
mêmes, au risque de les voir s'attacher à leurs chimères avec
toute l'énergie du mécontentement, devenir orgueilleux par
concentration, et transformer, par cette culture solitaire, en
plante vivace et indéracinable ce qui n'était qu'une végétation
paradoxale toute superficielle qui serait morte au grand soleil,...
c'est, à vrai dire, un acte de charité très utile et trop souvent
omis. Que de confidences de ce genre notre supérieur n'a-t-il
pas reçues ! Les esprits éminents doivent se prêter de bonne

---

1. I Cor. VII, 29-31.

grâce à ces épanchements intellectuels. C'est un moyen de diminuer les erreurs et d'empêcher les obstinations.

Dans les dernières années de sa vie, M. Dehaene imprégnait ses conseils de la gravité mélancolique propre à ceux qui descendent le versant de la montagne. Il parlait moins d'action et beaucoup plus de patience. L'expérience des vanités humaines et les infirmités de la vieillesse expliquent ce revirement, qui est commun chez les hommes d'âge. Même quand ils ont été très agissants, ils se complaisent à vanter l'efficacité de la douleur. La douleur n'est-elle pas leur suprême partage, et n'est-ce pas, hélas ! tout ce qui leur reste au déclin de la vie ? « Je me fais
» vieux et cassé. Je sens que l'éternité approche ; je com-
» prends le néant des choses présentes et le prix des choses
» futures. »

Et voilà que les considérations qu'il faut faire aux malades aux infirmes, aux désenchantés de la vie, abondent dans ses lettres : « Hâtons-nous de nous édifier mutuellement. Il fait
» jour encore ; mais demain, c'est la nuit. — Demandons la
» grâce d'aller au Ciel le plus tôt possible, afin de nous trouver
» là, avec tous nos amis, pour ne plus voir offenser JÉSUS et
» ne plus l'offenser nous-mêmes. — Que notre âme regarde
» son corps comme un esclave qui est toujours prêt à se révol-
» ter ; qu'elle le traite rudement en ce monde, afin de le rendre
» heureux dans l'autre. — Qu'elle veille, qu'elle dorme dans
» les nerfs endoloris, dans les os brisés, dans la chair envahie
» par la corruption, comme un prisonnier chargé de chaînes,
» comme un forçat dans sa chemise de force, comme Job sur
» son fumier ! Et que là elle se résigne, elle bénisse JÉSUS,
» chante sa gloire, le remercie de ses douleurs, aspire après de
» nouvelles souffrances ! »

Un mot qu'il répète volontiers est celui-ci : « La croix
» d'abord se fait porter, ensuite elle nous porte elle-même. »

Il termine beaucoup d'exhortations par la paraphrase de cette parole d'un saint : *Pati et contemni pro te !* « Souffrir et
» être méprisé pour vous, ô JÉSUS ! oui, pour vous. — Le
» mépris fait plus de peine à la nature que la souffrance, ce
» me semble. Donc, que nous soyons humiliés sous les pieds

» des passants, que nous devenions l'opprobre des hommes, le
» rebut de la populace, tout cela est avantageux. »

En face de la douleur suprême et humainement irrémédiable, celle que nous causent la mort de nos proches et la perspective de notre propre mort : « Que nos larmes coulent, dit-il, et que
» nos cœurs gémissent à la vue de la mort et de ses ravages,
» rien de plus juste sous un rapport ; mais, après ce tribut payé
» à la nature, hâtons-nous de nous jeter entièrement du côté de
» l'éternité et disons avec saint Paul : *Mihi vivere Christus
» et mori lucrum.* JÉSUS est ma vie et mourir m'est un gain (1).
» Laissons donc la mort venir sur nous et sur ceux qui nous sont
» chers. Que tout ce qui n'est pas immortel tombe et disparaisse.
» Que le vieil homme soit écrasé pour faire place à l'homme
» nouveau. »

Tels furent les principaux enseignements que l'abbé Dehaene répéta à ses pénitents et aux personnes qui le consultèrent pour la direction chrétienne de leur vie.

On y reconnaîtra d'abord quelque chose de vigoureux et de cordial qui procède de la conviction intime. Là seulement est le secret de ces paroles vives qui tombent d'aplomb sur le cœur, de ces maximes simples et grandes qui arrêtent, font réfléchir, remuent les âmes de fond en comble et jettent d'emblée en plein surnaturel. Il les puisait dans la méditation assidue de l'Écriture Sainte. Il nous semble qu'il faut aussi les attribuer à l'éducation religieuse qu'il reçut. Les familles chrétiennes de Flandre ramenaient tout à quelques principes dont la lumière éclairait la vie et suffisait au gouvernement de l'individu et de la société. Cette fondamentale simplicité des âmes croyantes, qui ont assez de deux ou trois axiomes pour se conduire, parce qu'elles se posent en regard des fins dernières, (ce qui abrège tout,) l'abbé Dehaene l'eut toujours. Il se tenait volontiers dans ces généralités, laissant aux âmes le choix des dévotions personnelles. Il ne recommandait que « celles qui sont permanentes et immortelles, et qui tiennent si profondément au christianisme qu'elle se confondent presque avec lui (2). »

---

1. Phil. I. 21.
2. Mgr GAY, *Entretiens sur les mystères du Saint Rosaire*, t. I, p. 15.

Quant aux autres, il suivait la règle reçue : *liberté et sagesse* (1).

Un second caractère de la direction de M. Dehaene, c'était l'unité.

Qu'on l'entendît n'importe où, qu'on le consultât de n'importe quelle manière, par lettre ou dans une conversation, il était toujours le même. C'est pourquoi nous n'avons pas distingué entre les conseils donnés au confessionnal et les exhortations faites hors du sacrement.

Pour ne dire qu'un mot de sa manière de confesser, rappelons qu'il se mettait nettement en face du pénitent et parlait pour lui. La petite homélie servie uniformément à tous ceux qui se présentent n'était point son fait. Il n'admettait pas non plus la confession tournant en élégie hebdomadaire par besoin de consolation ; — la confession faite avec une adresse inconsciente et une diplomatie peu contrite pour obtenir un jugement favorable et une satisfaction d'amour-propre ; — la confession réduite à n'être qu'une partie de la préparation à la communion, comme si elle n'était point par elle-même un sacrement vénérable, — ou bien devenant une simple occasion de consulter une personnalité humaine, et de faire ce qu'on appelle improprement de la direction, à quoi l'on sacrifie les actes du pénitent comme s'ils n'étaient pas essentiels à la validité même du rite sacramentel ; tout cela, il l'écartait d'un mot.

La confession fut toujours à ses yeux ce qu'elle doit être : une chose très grave, très sérieuse et digne du plus religieux respect.

C'est qu'il n'y avait en lui qu'un seul homme, le ministre de JÉSUS-CHRIST, prêtre partout et toujours, appliquant constamment les mêmes vérités surnaturelles, ne se laissant pas trop entraîner dans les détails humains et les circonstances terrestres, restant plus haut, traitant les questions d'intérêt avec un sans-gêne qui coupait court à une foule de considérations,

---

1. Mgr GAY. ibid., t. I, p. 23. « Ne prêchez pas tant non plus vos dévotions aimées que vous paraissiez devoir les imposer de force à vos frères. Ne faites point de vos sentiments personnels un couteau qu'on met sur la gorge. Ne pensez pas que cette dévotion qui vous agrée soit l'unique voie qui mène à la sainteté, qu'elle soit surtout la panacée qui doit guérir les maux du genre humain et sauver l'Église et le monde. — Gardez-vous aussi de l'exagération, de l'encombrement. — L'âme plie vite sous le poids de pratiques excessives; la fatigue engendre l'ennui ; de l'ennui naît le dégoût.»
— Cette intempérance étouffe « l'adoration en esprit et en vérité. » Ibid.

ayant des mots qui ne souffraient point de réplique, (celui-ci par exemple, qu'il lançait à une pénitente sans énergie : *Croyez vous qu'on aille au Ciel en pantoufles ?*) fort partisan de la vie active, luttant lui-même dans la plaine, et criant à droite et à gauche le mot du combat, l'encourageante exhortation, comme le Macchabée qui n'interrompt ses coups que pour dire à ses compagnons d'armes : « *Pugnemus pro populo et sanctis* (1). »

A cause de cet entrain, de cette expansion toute communicative, je dirais volontiers de cette invasion des âmes qui s'adressaient à lui, on s'est demandé si M. Dehaene était, à proprement parler, un directeur, c'est-à-dire cet homme de conseil et de sagesse, de lenteur et de silence, qui marche à pas comptés derrière une âme, qui la surveille, qui la guide, considérant ce que Dieu fait en elle, craignant par-dessus tout de froisser ou de contrarier cette opération divine ; — ou bien, s'il n'était pas plutôt un excitateur à qui on avait recours pour être porté au bien, qu'on venait trouver quand on avait besoin d'être secoué, gourmandé et poussé en avant, malgré les misères et les faiblesses.

La question est complexe et dépend de celle-ci : Quel est, au juste, l'office du directeur ?

La direction n'est pas un transfert de conscience ; elle ne permet point à l'individu d'abdiquer sa responsabilité personnelle pour la rejeter sur autrui. En abandonnant de la sorte le gouvernail de son âme, il perdrait la liberté de l'esprit et se créerait pour chaque instant des inquiétudes intérieures (2).

En étudiant la constitution de la famille, M. Le Play montre très bien que l'action du clergé ne dispense pas les pères de famille d'exercer sur leur entourage un contrôle moral et une sorte de direction religieuse. Si la plupart d'entre eux, occupés de choses matérielles, oublient ce qui est leur plus grand mérite et leur plus bel honneur, gouverner leur maison ; si le prêtre est réduit à les suppléer par les conseils qu'il doit donner à la mère et aux enfants, au risque parfois d'humilier les

---

1. Mac. III, 43.
2. Faber, *Progrès de l'âme*, p. 350.

pères et les époux ; c'est une exception, ce n'est pas l'ordre désirable. C'est une des fâcheuses conséquences du naturalisme qui envahit de plus en plus le foyer.

On ne met plus en commun que la vie matérielle. On ne s'entend plus que sur les questions d'argent, et le mariage cesse d'être cette belle union des âmes pour la perfection réciproque des époux et la bonne éducation des enfants, cette union que veut l'Église. Encore une fois, ce n'est pas l'ordre ; mais la faute n'en est point au clergé, et ceux qui se plaignent d'une ingérence qu'ils ont rendue nécessaire ont le tort de ne pas faire eux-mêmes leur devoir (1).

Il faut remarquer que sur ces deux points les paroisses de Flandre ont généralement conservé les anciens usages. Elles transportent dans les choses de la religion une espèce d'autonomie très puissante, nullement contraire à l'esprit chrétien, puisqu'elle résulte d'un caractère de race et de l'habitude de pratiquer le devoir. Dans la vie ordinaire, la majorité des hommes se dirigent eux-mêmes, grâce à l'éducation religieuse qu'ils ont reçue de leurs parents et aux instructions qu'ils entendent à la messe du dimanche. Ces chrétiens de bon sens, de foi pratique et de droiture, constituent le fonds de la population et la masse résistante qui tient ferme contre l'incrédulité. Nous avons rappelé ailleurs (2) que l'abbé Dehaene se plaignait du peu de piété des hommes. Peut-être était-il amené à ce jugement sévère en identifiant d'une façon trop absolue la piété et la réception fréquente des sacrements. Quoi qu'il en soit, il ne faut pas confondre la générosité de la ferveur et l'accomplissement fidèle du devoir. Ces mêmes hommes chez qui la dévotion n'est guère évidente ont néanmoins de vrais sentiments religieux, et, ce qui est capital, observent les lois de DIEU et de l'Église (3). Quant aux

---

1. Le PLAY, *De la réforme sociale*, t. I, p. 217.
2. Chapitre IX, p. 234.
3. Toutefois les temps approchent où le prêtre devra reprendre jusque dans ses fondations le relèvement de l'édifice moral. Il faudra rappeler à tous, mais particulièrement aux populations ouvrières qui sont travaillées par le socialisme et la franc-maçonnerie, les éternelles vérités et les imprescriptibles devoirs sans lesquels une société ne subsiste point : DIEU et le décalogue, la famille et la charité, la vie future et la résignation. C'est le programme que s'est tracé l'école de M. Le Play.

Les progrès de cette école sont un avertissement pour le clergé et lui indiquent une voie à suivre.

femmes, elles ne sont pas rares celles qui se contentent des enseignements publics et universels, et elles ne sont pas absolument introuvables celles qui, dans un cas douteux, reconnaissent à leurs maris le droit de les conseiller, conformément à cette règle de l'apôtre : « Si les femmes veulent s'instruire, (le contexte fait voir qu'il s'agit d'instruction religieuse,) qu'elles interrogent leurs maris à la maison. » (1)

C'est ainsi que l'on peut expliquer comment la direction paraît dans nos paroisses un ministère presque exceptionnel.

Mais, dans la sphère spéciale où ces restrictions la renferment, quelle fut la direction de l'abbé Dehaene, son caractère, sa note distinctive ? On a connu de tout temps deux écoles de directeurs ; au moyen âge, elles avaient à leur tête les Franciscains et les Dominicains ; de nos jours, elles sont représentées par les Sulpiciens et les Jésuites. Entre ces deux écoles, dont l'une accorde davantage à la science, l'autre à l'amour, la première s'appuyant sur l'efficacité du règlement et la continuité de l'effort qui se surveille, la seconde sur l'entraînement de la ferveur et l'impulsion du sentiment (2), l'abbé Dehaene a penché toujours, sans que ce fût chez lui un parti-pris ou un système, vers celle qui a pour devise le mot de saint Augustin : *Ama et fac quod vis*, vers l'école dont le séraphique patriarche d'Assise est le plus glorieux représentant.

Et c'est ce qui nous permet de répondre à la question posée plus haut : « M. Dehaene fut-il à proprement parler directeur ? » en disant qu'il dirigea, mais à la manière des Franciscains, c'est-à-dire par une continuelle excitation à l'amour de Dieu.

Pour justifier notre conclusion, il nous suffit de faire appel au souvenir des personnes qu'il a confessées et de parcourir sa correspondance. Sans nul doute il conseillait à ses pénitents d'employer tous les moyens que les maîtres de la vie spirituelle indiquent pour avancer dans la vertu ; il voulait, par exemple,

---

1. Cor. XIV, 35.
2. Ces deux tendances existeront toujours, parce qu'elles correspondent aux deux facultés radicales de l'âme humaine, celle de connaître et celle d'aimer. Il semble même qu'elles doivent influer sur le bonheur du Ciel, puisque les théologiens se demandent si le bonheur consiste essentiellement dans la vision seule, ou dans la vision unie à l'amour.

qu'on luttât contre la volonté propre, qu'on pratiquât avec énergie cet *agere contra* sur lequel insistent les disciples de saint Ignace, toujours guerriers, pour le dedans comme pour le dehors, et, dans ce but, il parlait de la nécessité d'un règlement de vie. Il disait ces choses, il en proclamait la nécessité, d'autant plus qu'il la comprenait par sa propre expérience. Que de fois nous répétons aux autres les conseils que nous nous donnons à nous-mêmes dans le secret de nos âmes! Nous en sommes tous là ; mais ceux qui nous écoutent sentent bien que notre bouche parle alors, non pas de l'abondance du cœur, mais de l'intensité du besoin, et nous n'attirons point par la sympathie de l'exemple. De là les plaintes de certaines personnes qui disaient: « M. Dehaene excite, gourmande, agite le fouet, pique de l'aiguillon, mais ne prend point doucement les rênes pour nous dispenser de regarder à droite et à gauche. » De là ses propres impatiences : « Il faudrait bien vous mettre dans un petit bateau et vous pousser à l'autre rive, » disait-il à des âmes timorées et indécises, toujours avides de conseils.

Mais, quand il exhortait à l'amour de Dieu, il était tout autre; il parlait avec une chaleur communicative, et, pour peu qu'on eût de cœur, on était enflammé et l'on pouvait dire comme les disciples d'Emmaüs: *Nonne cor nostrum ardens erat in nobis dum loqueretur in via ?* (1) »

Quant à ses lettres, s'il est une parole qui revient sans cesse de la première à la dernière ligne, c'est bien celle-ci : « *Aimons Dieu, et pour Lui, et par Lui, aimons les âmes !* »

Citons au hasard : « Qui nous donnera d'aimer Dieu et de
» l'aimer de l'amour le plus parfait, le plus désintéressé ! Saint
» François d'Assise disait souvent à Dieu: Mon Dieu, jusqu'ici
» je n'ai rien fait, mais je commencerai aujourd'hui. — Disons
» la même chose du fond du cœur, nous qui aimons si peu. —
» Les disciples de Jésus dirent un jour à leur Maître: *Domine,*
» *doce nos orare! Seigneur, enseignez-nous à prier!* — Et vous
» savez quelle prière Jésus leur enseigna, *le Pater*. Eh bien,
» ma pauvre enfant, Jésus a le secret de l'amour divin comme
» celui de la prière; disons-lui donc, à tous les instants de notre

---

1. S. Luc. XXIV, 32.

» pèlerinage loin de l'amour de Dieu : *Domine, doce nos amare.*
» *Seigneur, enseignez-nous à aimer* (1). »

« Hélas ! je n'ai encore rien de ce généreux amour. Seule-
» ment, il me semble que si l'aigle divin veut me prendre sur
» ses ailes, moi, pauvre petit oiseau qui rase la poussière, j'ose-
» rai bien m'élever avec lui jusque dans les hauteurs. Oui, que
» Jésus me conduise où il le voudra : je le suivrai avec cou-
» rage jusque sous le glaive du bourreau ; car l'amour est plus
» fort que l'enfer, dit l'Écriture, et les eaux de l'océan ne sau-
» raient éteindre sa flamme. Que vous faites donc bien, ma
» chère enfant, de demander pour votre pauvre père l'amour
» divin, et toujours l'amour divin, et l'embrasement, et l'incen-
» die de l'amour divin, afin qu'en sublime insensé je parcoure
» le monde, ce flambeau à la main, pour enflammer tous les
» cœurs ! Il n'y a pas de grâce que je puisse comparer dans
» mon esprit à la grâce de convertir, de toucher, de sanctifier
» les âmes, de traiter avec elles, cœur à cœur, efficacement et
» saintement, des grandes joies du service de Dieu, du torrent
» de délices qui coule au Ciel pour les élus. Oui, que mes
» paroles soient des traits de flammes, tirés du Cœur de mon
» Sauveur pour aller percer les âmes qui m'écoutent, soit au
» confessionnal, soit du haut de la chaire. Que je puisse ensei-
» gner sûrement et vivement, (car la vie est courte,) la voie de
» l'amour divin !

» Laissez Jésus vous traiter avec prédilection, en vous en-
» voyant sa croix et ses amertumes ; souffrez tout, ennuis,
» frayeurs, tristesses, sueur de sang au jardin des Olives; flagel-
» lation du dehors et du dedans au prétoire ; couronnement
» d'épines, soufflets, crachats, de la part de qui Dieu voudra,
» au milieu des ennemis de votre âme ; accablement sous la
» croix, chutes douloureuses sur le chemin du Calvaire ; mort
» et agonie au sommet du Golgotha ; en un mot, que Dieu
» vous revête du manteau sanglant des plaies de Jésus au
» dedans et au dehors ! *L'amour de Jésus vaut plus que tout
» cela. L'amour de Jésus change tout cela en joie et en palmes de
» victoire !* Voilà ce que je vous souhaite, mon enfant ; et la
» grâce que je demande pour vous, est de vous sacrifier douce-

---

1. Lettre du 14 mai 1862.

» ment, humblement, ardemment, continuellement, tout entière,
» sur l'autel du Cœur brûlant de JÉSUS (1) !

» Il paraît que le bon Pasteur continue à vous traiter comme
» un tendre agneau. Jouissez de votre bonheur. Ne vous
» effrayez pas. *Est-ce que le bon Dieu n'est pas habitué à tout
» donner pour rien ?* Regardez le monde tout entier, regardez
» la religion avec ses prêtres, avec ses sacrements, avec son
» Ciel d'éternelles délices: tout cela est amour, et amour géné-
» reux, désintéressé, gratuit. Que vos imperfections donc, que
» vos péchés mêmes, ne vous arrêtent pas ! Humiliez-vous
» autant que vos péchés le méritent, méprisez-vous vous-
» même autant que vos infidélités de chaque instant, vos
» inconstances, vos froideurs, méritent de mépris devant DIEU
» et les anges. Acceptez sur vous, appelez sur votre âme, sur
» votre corps, tous les tourments qu'il plaira à DIEU. *Mais
» souvenez-vous toujours dans votre néant, dans votre honte,
» que Dieu vous aime !* Dites-vous à chaque minute avec une
» entière confiance ce que JÉSUS disait de lui-même : « *Celui
» qui m'a envoyé est avec moi ; il ne me laisse pas seul, parce que
» j'accomplis toujours son bon plaisir. Quæ placita sunt ei facio
» semper !* » Oh ! quelle bonne parole : *Le bon plaisir de Dieu !*
» Quel abandon ! quel délicat amour ! C'est aimer DIEU pour
» lui-même, c'est l'amour parfait (2) ! »

Cette bonne parole de l'amour divin, de l'amour parfait, qu'il avait répétée sur tous les tons durant sa longue carrière, et qui résume sa direction comme elle explique son dévouement, il l'écrivait, la veille de sa mort, à son compagnon d'enfance, M. Masselis, comme un encouragement suprême et une dernière espérance :

> En avant, cher ami ! Nous tenant par la main,
> De la croix de JÉSUS suivons l'âpre chemin.
> Aimons DIEU de l'amour qui retrempe les âmes,
> Et, libre, de l'enfer étoufferait les flammes (3) !

---

1. 1ᵉʳ janvier 1863.
2. 12 mars 1863.
3. Poésies manuscrites. A M. Masselis.

CHAPITRE SEIZIÈME.

M. DEHAENE et la FLANDRE.

LE 25 septembre 1888, le cardinal Manning, parlant de la situation de la France, disait devant nous cette grave parole : « *La centralisation, Messieurs, c'est la mort !* » Et il ajoutait : « *Chez vous, tout ce qui n'est point administratif est mort ou languissant. Ne demandez pas sans cesse une direction au gouvernement. Unissez-vous, prenez de l'initiative, agissez par vous-mêmes.* » — « *Éminence, nous habitons une province où ces idées sont encore comprises. La Flandre a des traditions communales bien vivantes !* (1) » Ces traditions, dont nous pouvions parler non sans quelque fierté, l'abbé Dehaene, plus que n'importe qui, contribua à les maintenir. Si l'on distingue, parmi les prêtres, les hommes d'un pays et les hommes d'une administration (2), il faut certainement le ranger dans la première catégorie ; car il a été l'homme de la Flandre, non pas de la Flandre française qui a pour capitale Lille, mais de la Flandre maritime, qu'il tenait dans ses mains par ses collèges d'Hazebrouck, de Gravelines et de Dunkerque. Du reste, pour connaître au juste le théâtre de ses travaux, il suffit de gravir la colline de Cassel. Tout l'horizon que l'œil embrasse — et il

---

1. *D'Irlande en Australie.* — *Souvenirs de voyage du* R. P. A. LEMIRE, ch. I, « Une audience du cardinal Manning. »

2. Les uns tiennent à une paroisse ou à une œuvre par des liens qui durent autant que la vie ; ils s'usent et meurent sur place, et sont enfouis dans les sillons pour augmenter la religion des peuples ; ils font la vitalité des Églises. Les autres se rattachent à l'autorité centrale ; ils vont de celle-ci aux Églises particulières, qu'ils maintiennent dans l'unité. — De l'entente des uns et des autres résulte le bon ordre.

n'est peut-être pas une contrée au monde où, d'une hauteur de 300 pieds, il puisse en embrasser un pareil — c'est à proprement parler le pays de l'abbé Dehaene.

En regardant droit au sud, on aperçoit la *Tête de Flandre :* là commence le remblai qui contourne la vallée de la Lys et sépare les villages flamingants des villages wallons. Si l'on suit cette crête pour remonter vers l'Est, on rencontre successivement *Morbecque*, connu par le fameux Denis à qui Jean-le-Bon rendit son épée ; *Hazebrouck*, avec son clocher blanc et ses noires locomotives toujours fumantes ; la sombre *forêt de Nieppe*, la *Motte-au-Bois* et le castel d'Yolande, chanté par Eustache Deschamps ; plus loin, dans le fond de la plaine, *Merville*, fier d'une église monumentale qui prouve superbement sa générosité chrétienne ; la *Lys*, qui promène ses eaux poissonneuses entre les champs et les prés, et, sur ses rives, le pays des *censes*, petites métairies, gazouillantes comme des nids, industrieuses comme des ruches et recueillies comme des couvents, derrière la chapelle de leur pignon et les sureaux de leur grand'porte ; le pieux *Estaires* serait volontiers la capitale de toute cette région où l'on parle le français.

Si l'on se rapproche de la zone flamande, on voit se dresser *Bailleul*, la cité rivale d'Hazebrouck, qui se glorifie d'un territoire plus étendu, d'un passé plus fameux, et qui montre avec plaisir sa fontaine que Mgr Giraud enguirlanda des fleurs de sa poétique éloquence.

Quel est ce groupe de collines qui s'étagent vers la frontière belge ? C'est d'abord le *Mont-Noir*, qu'on dirait un mamelon détaché des bords du Rhin, puis le *Mont-des-Cats*, qui garde avec un amour inquiet la cloche argentine de son couvent et les robes blanches de ses moines. Cette pieuse retraite de Trappistes, (fondée par un Hazebrouckois, le peintre Ruyssen,) fait planer la prière sur la contrée voisine, petite suisse flamande où chantent les tisserands et que parfument les houblons.

De là jusqu'au-dessus de l'*Yser*, loin des voies ferrées et des fabriques, vivent dans la paix chrétienne de gros villages, austères et dignes, qui conservent leur cachet d'autrefois. Deux chefs-lieux de cantons, *Steenvoorde* et *Wormhoudt*, dominent cette ligne de bourgades où les pures traditions flamandes trouveront certainement leur dernier refuge (1). Au besoin, *Esquelbecq* les défendrait volontiers, en mettant sur le drapeau des communes la devise de son vieux château : « Vaincre ou mourir ! »

Au sud de Cassel s'étend la vallée de l'*Aa*. De ce côté l'on aperçoit le château de *Renescure*, où, dit-on, naquit Comines, le célèbre historien ; la plaine de *Woestyne*, d'où partirent en 1793, comme des colombes effrayées par l'orage, les religieuses qui ont fondé Esquermes ; la ferme de *Clairmarais*, seul débris d'un monastère de St Bernard ; la noble cité de *St-Omer* avec sa cathédrale gothique, visitée jadis par saint Louis, et ses ruines de *St-Bertin*, restes échappés à une démolition ignominieuse qui arrachait des larmes à Victor Hugo et des malédictions à Montalembert (2) ; la jolie colline de *Watten*, chère aux touristes, et puis, au-delà du pays des bois *(Houtland)*, que terminent le pimpant *Bollezeele* avec sa Notre-Dame flamande et le sérieux *Quaëdypre* avec son grand saint Cornil, c'est le pays du Nord *(Noordland)*.

Un air de tristesse est répandu sur cette région. Est-ce le deuil des couvents détruits ? Les fils et les filles de St Benoit possédaient là des champs et des églises, et l'empreinte religieuse ne s'efface pas plus d'une terre que le caractère sacerdotal ne disparaît d'un front. — Est-ce la mélancolie des eaux stagnantes qui attendent la marée basse pour sortir des Watringues ? — Est-ce la froide haleine du Nord ? — En tout cas, les trois villes assises sur le bord des canaux dans cette Hollande française, ne parviennent point à rompre la monotonie de leur humide plaine ; ni *Bourbourg*, avec son activité tapageuse ; ni *Bergues*, avec son beffroi carillonnant, un de ces beffrois que Victor Hugo compare à une danseuse espagnole qui secoue sa

---

1. C'est à ces cantons et à celui de Cassel que s'appliquent principalement ces paroles de M. Amédée Gabourd : « Le culte paternel se maintient en Flandre dans sa majesté et dans le respect des peuples, sans qu'il soit besoin de parler à l'imagination ; les formes religieuses y sont graves et austères ; on y est chrétien par un sentiment sincère du devoir et non par entraînement ou par exaltation. » *Histoire de France*. (Étude physiologique et géographique sur la France actuelle.)

2. Victor Hugo. *Odes et Ballades*. « La bande noire. » — Montalembert, *Du Vandalisme en France*. — Voir aussi Vitet, *Rapport sur les monuments du Pas-de-Calais, du Nord, etc.*

tête chargée de grelots (1) ; ni *Hondschoote*, malgré la statue commémorative de sa bataille.

Sur le dernier rempart du continent, adossés aux monticules de sable qu'on appelle les *Dunes*, quelques villages coquets, aux maisons blanches et rouges, s'abritent frileusement sous de pauvres ormes sans couronnes, qui se raidissent et se courbent pour opposer au vent leur tronc noueux. Au-delà, c'est la mer du Nord. *Dunkerque*, enfoncé dans les sables, en sort obstinément pour tendre ses bras aux matelots fatigués et pour recevoir les marchandises que réclame l'industrie.

Gravelines s'assied sur ses remparts, et regarde le coucher du soleil à marée haute, quand l'astre descend majestueux en face de l'*Aa*, dore les voiles des barques amarrées aux deux rives, inonde de lumière les clochers et les maisons des deux Forts, et rayonne amoureusement sur toute la plaine des environs.

Donc le pays auquel le roi du jour fait ce long et doux adieu et sur lequel nous venons d'étendre notre regard, est celui qu'évangélisa l'abbé Dehaene. S'il sortait parfois des limites tracées par la vallée de l'Aa et la mer d'une part, et de l'autre par la Lys et la frontière belge, c'était pour aller dire une parole d'apôtre à *Poperinghe, Ypres, Roosebeke*, dans cette hospitalière Belgique qui n'est séparée de nous que par une ligne imperceptible et qui conserve nos usages comme elle parle notre langue ; ou bien, c'était pour descendre vers le pays d'Artois et remercier par un service les vaillants curés de cette région qui lui envoyaient des élèves.

Dans l'un et dans l'autre cas, il suivait un vieil instinct toujours vivant en nos pays. Nos pères ont vécu sous la houlette des évêques de St-Omer et d'Ypres, et quoique les sièges épiscopaux soient supprimés, nous nous tournons vers ces vieilles cités avec de tenaces sympathies, comme on se tourne vers un foyer dont on est séparé violemment.

Mais, je le répète, hormis des circonstances tout à fait excep-

---

1. C'est à propos de ces mêmes carillons que Michelet écrivait : « Par dessus ces églises, au sommet de ces tours, sonne l'uniforme et savant carillon, l'honneur et la joie de la commune flamande. Le même air joué d'heure en heure pendant des siècles a suffi au besoin musical de je ne sais combien de générations d'artisans qui naissaient et mouraient fixés sur l'établi. » *Histoire de France*, t. II. « Tableau de la France. »

tionnelles, il se réservait pour les arrondissements d'Hazebrouck et de Dunkerque. Chacun des clochers qui émergent à l'horizon dans le rayon que nous venons d'indiquer, lui était connu ; et la population qui vit et meurt à leurs pieds, race paisible et fière qui gagne en travaillant le pain qu'elle mange, et repose sa tête fatiguée au chevet de ses vieilles églises, aimait et admirait son orateur favori. C'est qu'il parlait sa langue, *le flamand* (1).

« Dans les provinces qui parlent une langue à part, intro-
» duisez le français, tout en respectant le dialecte natal. Si
» l'Alsace nous est et nous reste attachée de cœur, c'est, entre
» autres causes, parce que nous n'avons jamais essayé de lui
» enlever son langage. Laissons des nations qui parlent plus
» que nous du respect de la langue, faire la guerre à tout ce qui
» n'est pas leur propre idiome. Elles n'arrivent par là qu'à faire
» haïr leur domination. Ç'a été l'honneur de l'ancienne monar-
» chie française, aussi bien que de la France moderne, que
» pareille lutte ne s'est jamais vue chez nous.... N'est-ce pas le
» premier des biens de n'être pas exproprié de son langage pour
» adopter exclusivement celui de Paris ?... Le clergé connaît
» bien cette puissance du dialecte natal ; il sait s'en servir à
» l'occasion, et c'est pour avoir méconnu la force des attaches
» locales que la culture universitaire est trop souvent sans
» racine et sans profondeur. Il faut que l'école tienne au sol et
» n'ait pas l'air d'y être simplement superposée (2). »

Ces considérations de M. Bréal, membre de l'Institut, nous mènent bien loin des théories jacobines, qui proscrivaient tous les patois et toutes les langues étrangères (3). La réaction contre ces théories tyranniques a été lente, mais elle est faite. A cent ans de distance, les esprits éclairés et les vrais libéraux sont, pour cette question comme pour beaucoup d'autres, aux antipodes de 89.

---

1. Ceux de nos lecteurs qui voudront se renseigner sur le flamand, trouveront dans la *Revue de Lille* (nos de janvier et de février 1890) une excellente étude de l'abbé Looten, docteur ès lettres, professeur aux Facultés libres. Elle est intitulée : *La langue des Flamands de France*.

2. *Quelques mots sur l'instruction publique en France*, (p. 63, 65, etc.) M. Bréal étend aux patois la bienveillance qu'il professe pour des langues étrangères.

3. Collection du *Moniteur*, 1794 : « Discours de Barrère et de Grégoire. Adresse de la Convention sur la langue nationale. »

Leur opinion est d'ailleurs parfaitement fondée : une langue, c'est toute une civilisation, et quiconque la comprend tient la clef d'un grand trésor. De Maistre n'a-t-il pas dit : « Celui qui sait une langue vaut un homme, celui qui sait deux langues en vaut deux ? » Tout cela est encore bien plus vrai quand il s'agit d'un idiome qui a été pendant plusieurs siècles au service d'une race religieuse et libre.

Un des meilleurs poètes flamands, M. l'abbé De Bô, a dit :

> De sprake is t'volk, en t'volk is de sprake,
> En t'vlaemsch is ganch van vlaemschen bloed :
> De keurigheid van fyne smake,
> De fierheid van een vroom gemoed,
> De godsvrucht klimmende in gebeden,
> Lyk wierook uit een zilvren schael,
> 't Vernuft met edelheid van zeden :
> 't Woont al in t' vlaemsch, myn moedertael.

> La langue, c'est le peuple, et le peuple, c'est la langue ;
> Et l'idiome flamand, c'est tout le sang flamand :
> La délicatesse d'un goût fin,
> La fierté d'un grand caractère,
> La piété qui monte en prières
> Comme la fumée d'un encensoir d'argent,
> Le génie national avec la noblesse des mœurs,
> Tout cela se trouve dans le flamand, ma langue maternelle (1).

Né au cœur de la Flandre, M. Dehaene fut élevé par des parents qui ne parlaient que le flamand, et instruit par des prêtres qui s'en servaient exclusivement dans les sermons et les catéchismes. Cette langue fut donc pour lui la première, celle qui exerça sur son esprit cette influence fondamentale que les traditionnalistes ont exagérée, mais qui n'en est pas moins très considérable, puisqu'elle dessine les contours de l'intelligence et donne à la pensée sa forme extérieure. On a même soutenu avec vraisemblance qu'un homme n'a jamais le génie que d'une langue, quoiqu'il en parle plusieurs. On peut du moins assurer que l'abbé Dehaene avait le génie du flamand. Il en connaissait les locutions originales, vieux dictons, proverbes, aphorismes

---

1. Cité au Congrès de Malines, Discours de M. A. Neut.

de toute sorte ; il possédait en un mot les richesses secrètes et intimes que tout idiome recèle et qu'il ne livre pas aux étrangers : c'est la réserve des gens de la famille et le patrimoine de la bonne race.

Cette connaissance de notre idiome, il l'entretint par la conversation, l'unique maîtresse du langage vivant et pittoresque. Causeur flamand très agréable, il racontait d'une façon ravissante une foule de petites histoires que sa mère lui avait apprises, qu'il inventait lui-même, ou qu'il recueillait sur les lèvres des vieux prêtres; toutes réunies formaient un beau bouquet d'où il détachait de temps en temps une fleur. D'autres fois, il disait des contes humoristiques et des bouts rimés. Il y mettait un esprit, une saveur, une finesse, à laquelle n'arrivent jamais ceux qui ont appris une langue dans les livres, et qui restent solennels et guindés, parce qu'ils n'ont à leur service que les mots savants. Mais, pour apprécier la conversation de l'abbé Dehaene, il fallait se trouver avec lui, à la table des curés de Flandre. Là seulement il s'épanouissait de bon cœur. Au collège, il était préoccupé, sérieux, parfois même morose et taciturne. « Quand je rentre chez moi, disait-il, je sens comme un fardeau qui descend sur mes épaules. » C'était la responsabilité du gouvernement qui lui pesait ainsi. Comme un pilote, il se remettait à la barre et il la tenait d'un air anxieux.

Aux ressources de la causerie il ajoutait celles de la lecture. Il était abonné à des Revues flamandes publiées en Belgique. Longtemps il reçut *Rond ten heerd (Autour du foyer)* et *De belgische Illustratie (L'Illustration belge)* (1). Il feuilletait des romans d'*Henri Conscience* (2) ; il relisait quelques-uns des livres de sa jeunesse, particulièrement le *Masque du monde*. Mais des ouvrages plus sérieux, par exemple, le *Commentaire de Mgr Beelen sur le Nouveau Testament*, le préparaient au langage de la chaire. Il n'est pas probable qu'il ait beaucoup lu les sermonnaires flamands en vogue *(Valcke, Tourbes, Hillegeer)*. Il n'avait pas besoin, comme certains prédicateurs flamands de

---

1. Le titre complet est celui-ci : *De belgische illustratie. Zondache lectuur voor lle standen. Antwerpen.* L'illustration belge, lecture du dimanche pour tous les états. Anvers.

2. J'ai retrouvé dans sa bibliothèque les volumes suivants : *Blinde Rosa, De Loteling, Baes Gansendonck, Batavia.*

circonstance, de puiser dans des livres des phrases toutes faites et des développements plus ou moins oratoires, qui apportent avec eux des idées d'un autre temps et des applications à d'autres mœurs, d'où résulte qu'il n'y a pas toujours grande correspondance entre le langage de celui qui parle et les besoins de ceux qui l'écoutent. Il pensait et écrivait en flamand avec toute la facilité désirable, exprimant ses idées et ses émotions, et non celles d'autrui. Nous avons dit que ses sermons français ont quelque chose de grandiose. Cela vient précisément de ce que la plupart d'entre eux ont été d'abord composés en flamand et puis traduits en français. Or, tout le monde sait que la prédication flamande est majestueuse et solennelle. La traduction a donc conservé le cachet de l'original.

Vers la fin de sa vie, il s'occupa de faire imprimer ceux des sermons flamands qu'il avait particulièrement soignés : les sermons sur la Passion (1). Le premier seul fut livré à la publicité quelque temps avant sa mort ; les autres sont restés manuscrits. Tous ont une réelle valeur. Le flamand de M. Dehaene paraîtra peut-être obscur aux lecteurs peu familiarisés avec les termes théologiques et les tournures oratoires, mais, dans l'ensemble, c'est la bonne langue de notre pays ; elle a de la vigueur, du coloris et une remarquable correction ; car il évitait scrupuleusement tous les mots empruntés à la langue française et les expressions vulgaires. Ceux qui, par sans-gêne, font autrement, avilissent et compromettent notre idiome. Il n'admettait point, quant à lui, que pour instruire le peuple il faille descendre à son niveau, et que les néologismes soient de mise dans la chaire chrétienne. Une religion qui a pour but d'élever les âmes doit parler un langage noble, et comme elle se présente au nom de la tradition, elle ne peut adopter les mots nouveaux que lorsqu'ils sont pour ainsi dire anciens et qu'ils ne surprennent plus (2).

L'abbé Dehaene contribua d'une autre façon au maintien du flamand et des traditions dont cette langue a le dépôt.

---

1. Il confia ce travail à M. David, imprimeur à Hazebrouck.
2. Les gallicismes et la trivialité ont fait plus de tort au flamand que toutes les attaques des partisans du français. On ne tue pas les langues ; elles ne meurent que par la faute de ceux qui les parlent.

En 1853, M. Edmond de Coussemacker, savant d'une grande valeur, fonda à Dunkerque le Comité flamand de France (1). Dès la seconde réunion, M. Dehaene fut reçu membre correspondant (1er mai 1853), et à la troisième (15 juin), membre résident. Quand le comité sortit pour la première fois de la ville de Dunkerque, ce fut pour se réunir à Hazebrouck au collège communal, sur l'invitation de M. le principal (27 octobre). Cette séance fut sans contredit une des plus belles et des plus fécondes qu'il ait eues. Trente-sept nouveaux membres furent inscrits. La plupart étaient domiciliés dans l'arrondissement d'Hazebrouck, de sorte que, grâce à l'abbé Dehaene, le comité prenait pied dans notre pays. Mais il y eut aussi des présentations de personnages étrangers, parmi lesquels il faut signaler M. Kervyn de Lettenhove, auteur d'une très savante histoire de Flandre, M. Alberding Thym, chef du mouvement catholique en Hollande, et M. Reichensperger, de Cologne, un des fondateurs du centre allemand.

C'est que le comité avait un programme cher à tous les amis de la décentralisation et de la vraie liberté.

Il lui avait valu, dès la première heure, la cordiale adhésion de Montalembert et de ceux qui trouvent comme lui que « l'uniformité est de toutes les formes de la servitude une des plus insupportables (2). »

Le 24 novembre 1854, Montalembert écrivait à M. de Coussemacker : « *Parmi les races teutoniques, il n'en est pas qui ait con-*
» *servé sa religion, sa nationalité et ses libertés, avec un plus*
» *opiniâtre dévouement que la race flamande. Le maintien de sa*
» *langue dans deux arrondissements modernes est un fait aussi*
» *remarquable aux yeux de l'histoire que consolant pour celui qui*
» *estime à sa juste valeur la liberté et la dignité humaine. Je vous*
» *félicite ardemment, Monsieur, d'avoir consacré votre influence*
» *et vos efforts à fonder une institution qui aura pour résultat*

---

1. Le but de ce Comité était de rechercher, de recueillir et de conserver tout ce qui est relatif à l'histoire et à la littérature flamande, principalement dans la région du département du Nord où cette langue se parle. Les statuts, rédigés le 10 avril 1853, furent approuvés par le ministre de l'instruction publique, le 24 août de la même année. Le bureau décida de publier les travaux des membres dans un recueil périodique intitulé, *Annales du Comité flamand*.

2. MONTALEMBERT, t. IX, Œuvres diverses, *La décentralisation*.

» *d'empêcher ou du moins de retarder la disparition de ce débris*
» *précieux de l'antiquité chrétienne, au sein de la centralisation pro-*
» *saïque et despotique de notre siècle* (1). » Ce sont là des lettres de noblesse pour notre comité.

Il commençait ses doctes travaux au moment où il était encore possible de recueillir les traditions locales. En 1853, il restait quelques survivants du XVIIIe siècle, des poètes ayant paru dans les concours des sociétés de Rhétorique (2). On pouvait donc mettre la main sur de précieux manuscrits et les sauver de la destruction ; mais il était temps. Dans la séance dont nous avons parlé, M. Dehaene offrit au comité les œuvres de *Pieter Tandt*, barde d'Houtkerque. Il fut chargé d'en faire l'examen et rédigea sur ces poésies un rapport qu'il communiqua à ses confrères. Plus tard, son zèle se refroidit, ce qui arrive facilement dans les sociétés d'archéologie. Au début, on a des documents nombreux à classer ; mais bientôt la veine s'épuise et la curiosité s'éteint faute d'aliment. D'ailleurs, pour l'abbé Dehaene comme pour les hommes mêlés à la vie active, cette étude du passé n'avait été qu'un moyen de mieux comprendre le présent et qu'une première preuve d'amour donnée à son pays. Il y en a d'autres.

Cependant il resta toujours fidèle au culte des traditions flamandes, et il faillit même payer cher cette fidélité. Voici dans quelles circonstances. Le docteur Desmyttère de Cassel avait formé le projet d'ériger un monument commémoratif de la troi-

---

1. *Annales du Comité flamand.*
2. Les sociétés de Rhétorique étaient des espèces de petites académies qui maintenaient parmi les gens du peuple une certaine culture littéraire. Chacune d'elles avait un poète officiel *(dichter)*. Van Rechem, né à Hazebrouck en 1772, y décédé en 1851, fut pendant trente ans le *dichter* des sociétés d'Hazebrouck et d'Eecke, et leurs salles de réunion restèrent tapissées de ses œuvres. Il faisait partie de la dernière pléiade des poètes flamands qui chantaient à distance, chacun dans sa localité, comme les rossignols sur leur ormeau : de Springer à Bailleul, Steven à Cassel, de Swaen à Dunkerque, Bels à Wormoudt, Theeten à Vieux-Berquin, les frères Tandt à Houtkerque. Van Rechem était peintre en bâtiments. Il habitait une maison de la rue du Rivage sur la façade de laquelle il avait mis un cadran solaire avec cette mélancolique inscription : *Umbra vita mea.*

Les concours des sociétés de Rhétorique avaient pour but de maintenir la pureté et la bonne prononciation de la langue flamande, en même temps que le culte de la poésie. Il y avait des compositions écrites, des déclamations et du chant. Les derniers eurent lieu au village d'Eecke en 1835 1861, et 1874.

sième bataille de Cassel, livrée en 1677 par Philippe, duc d'Orléans, frère de Louis XIV, contre Guillaume d'Orange, dans le val de Nordpeene. Cette bataille précéda d'une année le traité de Nimègue, qui rattacha définitivement à la France une notable partie de la Flandre flamingante. Le brave docteur avait un peu la manie des monuments commémoratifs. Il inonda le pays de circulaires pour obtenir des adhésions et des souscriptions. M. Dehaene lui répondit par une lettre où il disait en substance : « Est-ce bien à nous de célébrer notre défaite ? Sans
» doute, nous sommes Français, et bons Français ; mais devons-
» nous oublier nos pères ? Et ceux-ci n'auraient-ils pas quelque
» raison de s'étonner s'ils nous voyaient danser sur leurs osse-
» ments et chanter leur honte ? » M. Desmyttère le prit de haut et se fâcha. Il livra à la publicité la lettre de M. Dehaene, procédé peu correct, parce qu'une lettre est de soi confidentielle, et peu courtois, parce que, le signataire étant principal de collège, on le signalait par là même au gouvernement et on risquait de faire suspecter son patriotisme. La chose fit du bruit, et l'on accusa M. Dehaene d'être un ennemi de l'influence française, un agent de décentralisation, etc. Après son expulsion du collège communal, il craignit qu'on ne prît prétexte de ces accusations ridicules pour l'empêcher d'ouvrir une école libre. Il prépara des réponses pour les réfuter au sein du conseil départemental ; mais personne n'y fit allusion, et l'incident n'eut point de suite (1).

---

1. Il se rattachait à un système général d'ostracisme contre la langue flamande, et spécialement contre l'enseignement du catéchisme en cette langue dans les écoles primaires. M. Duruy menait cette campagne. Jusqu'à son arrivée au ministère, le conseil départemental avait admis le catéchisme flamand pour la Flandre, tout en exprimant le vœu qu'on enseignât simultanément le texte flamand et le texte français. M. Duruy se fit adresser par l'inspecteur primaire d'Hazebrouck un rapport où cet état de choses était critiqué, et il demanda à Monseigneur Régnier de blâmer les prêtres qui exigeaient le catéchisme flamand. Mgr s'y refusa. « M. Duruy avait pré-
» senté la Flandre comme une espèce de Béotie, étrangère à toute instruction, toute
» industrie, tout progrès, ne tenant à la France que par sa situation géographique,
» plongée dans des ténèbres qui s'épaississent chaque jour, et ne laissent presque passer
» aucun rayon d'intelligence. » Mgr répondit : « La Flandre, et l'arrondissement
» d'Hazebrouck en particulier, outre une multitude d'écoles primaires où le français
» est très bien enseigné et très bien appris, compte un nombre considérable d'établisse-
» ments d'instruction secondaire où il se fait de bonnes études et qui préparent des
» bacheliers avec succès… ; elle fournit très honorablement et dans d'assez larges

Une fois installé à St-François d'Assise, il se sentit plus à l'aise à l'égard du flamand. La langue étrangère que les élèves étudiaient en vue des examens était l'anglais. On l'avait adopté parce que, sous l'Empire, l'alliance anglo-française l'avait mis à la mode ; il faut ajouter qu'il sert beaucoup dans les transactions commerciales fréquentes entre le Nord et l'Angleterre. Cependant, si la population scolaire de St-François avait été composée uniquement de Flamands, le choix de la langue allemande eût été préférable. Non seulement il y a des affinités profondes entre cette langue et la nôtre, parce qu'elles sont de même famille (1), mais, ce qui importe davantage, les habitudes de vie, les traditions et les usages des peuples qui les parlent offrent beaucoup de traits de ressemblance. Pour n'en citer qu'un exemple, il n'est personne parmi nous qui ait lu la délicieuse pastorale de Goethe *Hermann et Dorothée* sans y trouver un plaisir exquis, précisément parce que mœurs, personnages et lieu de la scène, tout rappelle ce que nous voyons chaque jour dans notre Flandre.

Frappé de cette ressemblance, M. Dehaene entreprit de faire un cours sur cet intéressant sujet. Il nous expliquait les fables de Lessing, qu'il comparait à des fables flamandes du même genre. Il rapprochait les ballades de Goethe de nos vieilles légendes. Il nous souvient en particulier de son admiration pour la ballade du *Roi des aunes.*

En tout cela il ne pouvait aller très loin, parce qu'il n'était pas suffisamment versé dans la langue allemande, mais il ouvrait des aperçus. C'était sa façon de développer l'intelligence. Il savait que nous nous formons souvent mieux par les choses qu'on nous suggère que par celles qu'on nous explique.

Quand le mouvement de décentralisation provoqué par les

» proportions son contingent, non seulement au clergé, mais à la magistrature, à
» l'administration, à l'industrie, à nos armées de terre et de mer. Il n'y a guère de
» ville en France qui, à population égale, compte autant de ses enfants parmi nos
» officiers supérieurs et nos officiers généraux que la petite mais très intelligente quoi-
» que très flamande ville de Cassel. » (*Vie du cardinal Régnier*, t. II, p. 150.)

1. Voir à ce sujet une étude approfondie de M. l'abbé LOOTEN. *Revue de Lille*, février 1890. Il y a toute une école de Flamands-Belges qui exagère cette ressemblance. Pour elle, le flamand n'est plus une langue, mais un dialecte, un patois. Ce n'est plus du *vlaemsch* mais du *Neder-duitch.*

excès de la commune de Paris se fut accentué, notre supérieur s'enhardit à créer un cours officiel de langue flamande. Son but principal était d'amener les élèves à une prononciation correcte et à l'intelligence du catéchisme pour maintenir à sa hauteur normale le niveau de la prédication. Ce cours, absolument facultatif, ne prenait qu'une heure de temps par semaine ; il avait lieu le dimanche avant les Vêpres. Lors de la transformation du collège libre en petit séminaire, il reçut l'approbation de l'autorité diocésaine. Monseigneur Duquesnay, facilement enthousiaste, en fit un très grand éloge. Il le recommanda dans un discours de distribution de prix avec une telle insistance que les familles françaises en prirent de l'ombrage et redoutèrent une invasion teutonique. Nonobstant ces craintes, le cours a été maintenu, et chaque année, quand on proclame ses lauréats, on remarque des applaudissements plus nourris ; ils s'expliquent par la surexcitation momentanée du patriotisme local et ne froissent personne.

Tout en faisant servir les bâtiments des Capucins à un collège libre, l'abbé Dehaene n'avait point perdu de vue leur destination primitive, qui était de loger des prédicateurs flamands ; et, dès que l'œuvre du collège fut assez bien consolidée, il songea à fixer à Hazebrouck des missionnaires diocésains. « Il faudrait des apôtres pour la Flandre, écrivait-il. Que le bon Sauveur les envoie, ces ouvriers vraiment dévoués ! Un peu de pénitence pour cela, sous l'œil de DIEU. » Des prêtres originaires de notre pays, parlant notre langue comme on la parle autour de nous, familiarisés par leur éducation et leur expérience personnelle avec nos traditions et nos usages, c'était à ses yeux ce qu'il fallait pour conserver la foi, et c'est ce que le clergé des arrondissements d'Hazebrouck et de Dunkerque appelle depuis longtemps de tous ses vœux.

Il serait présomptueux de prétendre que toutes nos habitudes religieuses sont excellentes, et non moins ridicule de soutenir que tout est pour le mieux dans l'architecture de nos vieilles églises. Elles sont loin d'être irréprochables. De l'avis des connaisseurs, leurs ogives sont trop mollement arrondies et trop largement ouvertes ; mais cela même correspond avec un climat où tout est gras, large et abondant : l'ogive correcte y paraîtrait sèche et maigre. Que de fois n'a-t-on pas dit que les arbres plantés dans le voisinage des églises entretiennent l'humidité ! Est-ce un motif suffisant pour supprimer les beaux chemins de procession bordés d'ormes et de tilleuls, qui isolent la maison de Dieu et projettent sur elle une ombre mystérieuse, respectable souvenir du temps où l'on célébrait les rites sacrés sous les arceaux des grands bois ? Non, certes ; et les communes qui entretiennent ces chemins et ces arbres font acte d'intelligence. De même nos usages religieux doivent être conservés parce qu'ils cadrent avec le pays. Mais leur conservation n'est pas facile parce qu'elle n'a d'autre appui que l'enseignement oral. On n'imprime presque rien en flamand. Une population de plus de 200.000 âmes n'a comme livres écrits dans la langue qu'elle parle que ceux qui viennent d'au-delà de la frontière (1). C'est pour toutes ces raisons que M. Dehaene désirait s'entourer de prêtres flamands.

Afin de préparer de loin leur installation à Hazebrouck, il sollicita et obtint de l'archevêché que M. l'abbé Verhaeghe, curé de Ghyvelde, pût résider à Saint-François d'Assise avec le titre de missionnaire apostolique. M. Verhaeghe, né à Cassel en 1815, joignait depuis trente ans les rudes labeurs de la prédication à la besogne du ministère paroissial. Il rendait de grands services et il était fort goûté, aussi bien des ignorants que des hommes d'esprit, parce que sa parole, nourrie de l'Écriture Sainte et de Bossuet, avait à la fois de la bonhomie et de l'élévation, et je ne sais quel air vénérable d'antiquité. M. Verhaeghe datait toujours de l'Évangile, et il jugeait les hommes et les choses de notre temps en les comparant aux hommes et aux choses d'alors. M. Dehaene, se délectait à l'entendre, et ne perdait aucune occasion de le recommander aux prêtres du pays. Parfois le bon missionnaire, épuisé de fatigue, lui disait avec tristesse : « Quand donc me viendra-t-il quelqu'un pour m'aider ? » Et M. Dehaene l'exhortait à la patience: « Encore un peu de temps, répondait-il. Restez à votre poste, vous êtes une

---

1. Nous savons un bon curé qui réunissait les matériaux d'un beau livre de prières en flamand, où il aurait condensé toute la théologie dont le peuple a besoin, et qu'il aurait édité pour le donner aux enfants des catéchismes. La mort a interrompu son travail, qui mérite d'être repris et mené à bonne fin. Cette même question du clergé local est touchée dans le volume *D'Irlande en Australie*, cité plus haut.

pierre d'attente, on bâtira l'édifice. » Pour faciliter les choses, il engagea un de ses amis laïcs (1) à léguer sa maison au diocèse. Malheureusement des besoins plus urgents et le manque de ressources ne permirent point d'accepter ce legs.

Et bientôt, comme nous le verrons, les années de la vieillesse descendirent sur M. Dehaene et sur M. Verhaeghe, et dorénavant ils n'eurent plus d'autres services à se rendre l'un à l'autre que celui de s'entr'aider à supporter leurs souffrances. A leur tour, ils représentaient *le bon vieux temps* qu'ils avaient beaucoup aimé et dont les souvenirs avaient réjoui leurs entretiens. Mais ils restèrent tendrement fidèles au culte de leur cher pays, à ses traditions locales, à sa poésie, à sa langue. M. Dehaene disait : « M. Verhaeghe et moi nous devrions vivre quelque part dans » la paix et la solitude, comme deux ermites. Lui raconterait » de jolies histoires, moi, je m'amuserais à les mettre en vers. » Entre temps nous dirions des prières pour être reçus ensem- » ble au Paradis, et nous mourrions le même jour. » Leur dernier bonheur commun, et c'est par là que je reviens au sujet de ce chapitre, fut de rimer ensemble des vers flamands. Ils se portaient l'un à l'autre des défis poétiques. Provoqué par M. le principal, le bon M. Verhaeghe allumait ses petits yeux brillants, et, comme nos bons voisins les Belges, humant la fumée odorante dont il avait eu besoin pour résister aux miasmes des Moëres, il improvisait de petits quatrains qu'il débitait d'un ton semi-malicieux, semi-naïf, comme un disciple du bonhomme Cats (2).

M. Dehaene enfourchait un Pégase plus hardi. Pour lui comme pour le P. Weemaes (3), dont il aimait à redire une strophe,

---

1. M. Charles Vandewalle, qui accompagna M. Dehaene à Rome en 1867. Cet excellent chrétien fit par testament une autre œuvre non moins utile. Il légua 25.000 francs pour la construction d'une église au hameau du Sec-Bois (paroisse de Vieux-Berquin). Son frère Édouard, non moins bien inspiré, donna la maison paternelle des Vandewalle pour y établir de bonnes Sœurs garde-malades, dites *Sœurs noires*.

2. Plusieurs de ces quatrains seraient à leur place dans le Recueil que publie en ce moment le Dr GEZELLE sous le titre de *Biekorf* (Bruges).

3. Le P. Weemaes, Jésuite belge, avec qui M. Dehaene fut en relation par lettres, a composé un excellent recueil de chants flamands : « *Gezangen met uitgekozen muziek, Leuven, 1852.* »

« les poètes sont dans la nuit de ce monde comme des soleils qui rayonnent de toutes parts (1). »

Il a laissé dans ses manuscrits une jolie traduction en vers du *papillon de Lamartine*, où la difficulté est vaincue avec un rare bonheur.

Presqu'à la veille de sa mort, il recevait de M. Wyckaert, doyen d'Hondschoote (le poète flamand qui a composé *l'hommage de la Flandre à Léon XIII lors de son jubilé sacerdotal*), une pièce de vers rappelant sur un ton semi-facétieux les plaisantes aventures de quelques vieux amis d'enfance. Il fut réjoui par cette épître divertissante qui résonnait à son oreille comme un écho du passé, et, malgré sa faiblesse, il répondit en vers flamands à ce correspondant si aimable. Au même moment, il surveillait l'impression (chez M. David à Hazebrouck) d'un petit mois de Marie qu'il avait traduit du latin en flamand (2).

Ce fut le dernier service qu'il rendit à cette langue. Puisqu'à l'heure présente elle reprend faveur non seulement au-delà de la frontière, mais en deçà, nous avions le devoir de constater les efforts trop isolés mais d'autant plus méritoires que l'abbé Dehaene a faits pour la défendre contre le discrédit et la décadence.

Mais il est un point de vue plus élevé que celui de la philologie. Tout le monde reconnaît que la langue flamande est profondément empreinte de religion. Est-ce à cause de sa construction synthétique, qui la rapproche du latin ? Est-ce par suite de la gravité native des peuples du Nord ? Ou bien faut-il attribuer cette vigueur chrétienne aux persécutions des gueux qui ont retrempé la Flandre catholique dans le sang (3) ? Quoi qu'il

---

1. Zyn poeten   Om, als zonnen,
    Groots gesmeten   Licht te ionnen
    Door den swartsten tydennacht, Aen het menschelyk geslacht.
    Weemaes. Voorzang.

2. Ce petit mois de Marie est du P. HAVENESI, Jésuite. Il renferme pour chaque jour une petite histoire, une pieuse résolution, une prière et une belle pensée. Il est intitulé : *Den maend van Maria getrokken uyt het iaer van Maria van P. Gabriel Havenesi., S. J., door J. Dehaene, canon. h. Hazebrouck. Drukkery David. 1882.*

3. On ne dira jamais assez ce que furent les prêtres et les fidèles durant ces luttes contre les gueux : leur courage, leur abnégation, leurs souffrances. On a beaucoup écrit sur la Hollande protestante, ses philosophes et ses artistes, pas assez sur la Flandre catholique, ses saints et ses martyrs. *Exoriare aliquis !*

en soit, quand les archevêques de Cambrai reviennent de la région qui parle le flamand, voici ce qu'ils écrivent : « J'ai entrevu cette année, en visitant la Flandre, un coin du Paradis. Je ne pensais pas qu'il fût encore possible de trouver en France une telle population. Chaque paroisse est une communauté fervente. Ah ! quelles douces larmes j'ai versées ! (1) Il est certain que, pour maintenir cette religion, le flamand est une force qu'il ne faut pas dédaigner. Si le P. Faber a pu dire que la Bible protestante est un des boulevards de l'hérésie en Angleterre, si bien qu'il l'appelle une mélodie qui reste dans l'oreille et qu'on ne peut oublier, un son de clocher qui recherche le converti sans qu'il puisse s'en défendre, une partie de l'esprit national, une forme où s'est moulé l'esprit des morts et se sont stéréotypées les puissantes traditions de l'enfance,... nos catéchismes flamands, nos paroissiens flamands produisent le même effet : leur conservation est donc d'une importance primordiale (2).

Ceci nous amène à la plus grave des questions qui intéressent notre pays, à celle que l'abbé Dehaene regardait comme fondamentale, unique ! La Flandre peut-elle conserver sa grandeur morale sans la religion chrétienne ? On vante parfois, nous le savons, la morale utilitaire, parce qu'elle est accessible au paysan. Ne disons que ce qu'on peut en dire de meilleur : « Elle
» crée les vertus économiques. Elle est la mère du travail et de
» l'épargne. Elle produit l'empire sur soi et la prévoyance. Elle
» combat l'ascendant des intérêts grossiers et des appétits bru-
» taux par les calculs d'avenir... Elle craint ce qui nuit, la maladie
» qui vient de l'excès, comme la prison qu'entraîne le délit.
» Mais il y a un revers de médaille. Cette morale a toute l'étroi-
» tesse et toute la sécheresse de l'égoïsme. Elle ignore la cha-

---

1. Lettre de Mgr Duquesnay à M. l'abbé Pataux, curé dans la Creuse (6 janvier 1883). Cette lettre est citée dans la préface de la *Vie de Mgr Duquesnay* par M. Pataux.

2. *Vie et Lettres* du P. Faber, t. II, p. 203 et 204. Nous avons cité souvent le P. Faber dans le présent ouvrage, et nous l'avons cité avec prédilection, d'abord, parce qu'il parle du catholicisme avec la fraîcheur d'impressions d'un homme qui fait un premier voyage et qui marche de découverte en découverte ; et puis, nous croyons que Faber, Manning, et les autres convertis anglais, ont reçu la mission providentielle de préparer les catholiques aux exigences de la démocratie, et de mettre en relief les points de doctrine sur lesquels il faut insister maintenant. L'avenir est où sont les convertis, parce que là est l'esprit de Dieu.

» rité et fuit le dévouement. Elle n'a pas de ciel sur la tête. Elle
» n'a ni élan ni expansion dans le cœur. La famille peut jus-
» qu'à un certain point s'en accommoder ; encore réduit-elle le
» nombre des héritiers. L'idée de patrie la dépasse. L'humanité
» est un mot qu'elle ne comprend pas (1). »

Dès lors, quel danger n'y aurait-il point à remplacer par une morale semblable la morale chrétienne, si pure et si élevée?« On doit se demander si ce ne serait pas là une immense éclipse d'une partie de l'âme humaine et un grand péril pour les campagnes, pour la société, pour la patrie (2). » Sans parler de la vie future, ne risquerait-on pas d'aboutir dans la vie présente à des conséquences sociales désastreuses ? M. Zola, dans un de ses romans, en a fait une description chargée et violente, mais dont tous les traits ne sont pas chimériques (3). En Flandre, on arriverait directement à ce grossier matérialisme que la pesanteur d'une atmosphère humide et la grasse végétation d'une nature puissante ne développent déjà que trop, et qui n'est contenu que par l'austérité de l'Évangile.

Il serait donc d'une suprême imprudence de poser en antagonisme dans nos campagnes la morale religieuse et la morale utilitaire, qu'on personnifierait dans l'instituteur et dans le prêtre.

« *La politique doit éviter de telles alternatives redoutables, non les*
» *créer. La part à faire au sentiment religieux, inséparable, quoi*
» *qu'on en puisse dire, d'une religion déterminée qui lui fait prendre*
» *corps, et peut seule lui donner un aliment régulier, a été procla-*
» *mée par les politiques les plus libéraux et les plus pénétrés des*
» *devoirs de la démocratie, Américains, Anglais ou Français. La*
» *démocratie a besoin de tous les freins et de tous les stimulants*
» *moraux. Elle établit la liberté et la responsabilité à tous les*
» *degrés. Éliminer l'influence des croyances et du sentiment reli-*
» *gieux, qui agissent sur l'homme intérieur, serait une gageure*
» *assez nouvelle en cette matière, et il y aurait plus de perte que*
» *de profit pour le parti illusionné qui croirait pouvoir la soutenir*

---

1. H. BAUDRILLART, membre de l'Institut. *Les populations rurales de la France.*
« Le Nord et le Nord-Ouest. État intellectuel et moral. » *Revue des Deux-Mondes.*
15 août 1882.
2. Ibid.
3. *La Terre.*

» *contre les leçons de l'expérience, et les conditions mêmes qu'im-*
» *pose à la politique la nature de l'homme et de la société, surtout*
» *celle des sociétés libres* (1): »

Nous croyons donc qu'en face de l'Angleterre à son apogée, et de l'Allemagne terriblement grandissante, il est bon de maintenir pure et forte cette race flamande qui hérisse notre front d'un rempart d'hommes. Laissons-lui donc son autel et son foyer. Laissons-lui sa langue qui protège l'un et l'autre (2).

N'avions-nous pas le devoir de payer à M. Dehaene un tribut de reconnaissance pour avoir, sa vie durant, par la parole et par l'exemple, défendu contre d'injustes dédains cette langue de sa mère et ce pays de son père, « *Moedertael en Vaderland ?* »

---

1. BAUDRILLART, ibid.
2. Au moment où nous écrivons ces lignes, Mgr Thibaudier, archevêque de Cambrai, autorise la réimpression du catéchisme flamand, si impatiemment attendue par tous les prêtres, et il nomme un directeur diocésain des œuvres flamandes. Mgr a senti son cœur s'émouvoir de compassion pour les foules d'ouvriers belges qui, dans nos grands centres industriels, gisent comme des brebis sans pasteur. Pour eux désormais les conférences de St Vincent de Paul et les autres œuvres charitables ne seront plus de simples bureaux de bienfaisance chrétiens. Placées sous l'impulsion des prêtres, elles s'occuperont de reconstituer la famille et pratiqueront l'apostolat. Puisse-t-on profiter aussi, dans les vieilles paroisses de Flandre, de ce beau mouvement ! Puisse-t-on établir partout les confréries de la Sainte Famille, afin de repeupler nos églises aux vêpres et de sauver le dimanche ! (Cf. *D'Irlande en Australie*, p. 144 et 145.)

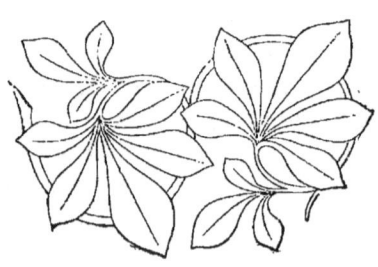

CHAPITRE DIX-SEPTIÈME.

1870

Cette année marquera dans l'histoire de l'Église par le Concile du Vatican et par l'occupation de Rome, et dans l'histoire de la France par les désastres de la guerre et la chute de l'Empire.

Des événements de cette importance ne s'accomplissent point sans avoir un retentissement profond dans la vie des hommes qui aiment leur religion et leur patrie, et M. Dehaene était certainement de ceux-là. Nous grouperons donc autour de cette année mémorable tout ce qui fait connaître ses sentiments par rapport aux épreuves de l'Église et de la France.

Avant cette date, le Souverain-Pontife avait déjà perdu la plus grande partie de ses États, et, pour subvenir à sa détresse matérielle, on avait dû réorganiser l'œuvre du denier de Saint-Pierre.

Sitôt qu'on en parla (1860), l'abbé Dehaene l'établit dans son collège ; il s'imposa même le devoir de faire toujours lui-même cette quête et de la recommander chaque fois à la générosité des élèves : « Vous devez vous estimer heureux, disait-il, d'avoir
» l'honneur de faire l'aumône au Vicaire de Jésus-Christ. Si
» Pie IX passait dans vos rangs et venait en personne vous
» tendre la main, lui refuseriez-vous ?... Et bien ! c'est en son
» nom et c'est pour lui que je me présente. A vous de suivre
» l'impulsion de votre cœur et de votre foi. »

En 1866, le corps d'occupation de l'armée française qui protégeait Rome s'étant retiré, de braves jeunes gens vinrent se mettre au service du Pape pour le protéger contre un coup de main des révolutionnaires. Cette troupe d'élite prit le nom de *Zouaves pontificaux*. On organisa des souscriptions parmi les catholiques du monde entier afin de pourvoir à son entretien. La *Semaine Religieuse* de Cambrai, fondée fort opportunément en mai 1866, donna une vive impulsion à ce mouvement de charité. Les familles chrétiennes, les communautés, les collèges, entraînés par elle, tinrent à honneur de se cotiser pour les soldats du Pape ; (la somme fixée pour l'entretien d'un seul était de 500 fr.) Dans les listes qui parurent alors, je relève cette mention : « Les professeurs et les élèves de l'Institution Saint-François d'Assise, en témoignage du dévouement catholique qui les anime, souscrivent le 178e zouave du diocèse. »

M. Dehaene admirait ces héroïques défenseurs du St-Siège, et, durant son voyage à Rome (1867), il voulut leur prouver son admiration : il se fit le promoteur d'un banquet offert à ceux d'entre eux qui étaient originaires de la région du Nord. Les prêtres de Cambrai présents à Rome s'entendirent pour en faire les frais et prièrent M. Dehaene de le présider. Il eut lieu le 27 juin, à l'hôtel des Cent Colonnes. Il y avait une trentaine de convives, parmi lesquels deux officiers, neuf zouaves, une douzaine de prêtres. M. Dehaene écrit dans ses notes de voyage : « Nous portons la santé unique du Pape. Société délicieuse de franchise, d'entrain et d'union chrétienne. Nous nous séparons vers dix heures du soir (1). »

Vingt ans après, dans une humble cellule du Mont des Cats, l'un des convives, le capitaine Wiart, devenu le R. P. Sébastien, abbé du couvent des Trappistes, nous rappelait le souvenir de cette réunion : « Le dîner fut copieux. Ces messieurs avaient

---

1. Dans ces mêmes notes de voyage, il énumère tous les convives. MM. Lallemand et Wiart, officiers ; MM. Ledieu d'Arras, Crombé et Wibaux, neveux des prêtres de ce nom, Delaporte de Caudry, Vitrant de Cambrai, Dewavrin de Tourcoing, Delnatte de Wattrelos, Guillemin d'Aire, de Kerchieter, zouaves ; MM. Duvillier, Destombes, Lecoq, Agache, Pierchon, Dubus, Delforge, Massélis, Vden, Quentin, Wiart et Dehaene, prêtres ; MM. Decool, Ch. Vandewalle, laïques ; (compagnons de M. Dehaene, ils avaient souscrit pour le banquet et se trouvaient parmi les convives.)

bien fait les choses, comme il faut les faire pour des soldats. On mena le service rondement et l'on parla beaucoup du St-Père et de la France. »

Notre cher Supérieur revint de ce voyage plus enthousiaste que jamais pour la papauté et les zouaves, et ses chaleureuses paroles encouragèrent les élèves de St-François qui prirent rang dans cette noble milice (1). L'attachement qu'il avait au Souverain Pontife, comme catholique et comme prêtre, s'augmenta de tout ce que les sympathies personnelles ajoutent aux sentiments religieux, et ses yeux ne se détournèrent plus de Pie IX. « Oh ! dit-il, je suis encore avec lui, comme s'il habitait ma
» maison. Je le porte dans mon esprit et dans mon cœur, comme
» mon père et mon meilleur ami. Pie IX est le martyr du
» cœur comme la Ste Vierge. Qu'il est heureux pour la pauvre
» humanité d'aujourd'hui, qui ne sait plus ni souffrir ni aimer,
» d'avoir un tel Pontife ! (2) » Il espérait son triomphe prochain.

« Quelque chose se commence à Rome, écrivait-il ; le pouvoir
» temporel du Pape a des martyrs : c'est ce qui le fondera à
» jamais. Qu'ils sont douloureux les temps où nous vivons, mais
» qu'ils sont beaux ! Oui, nous verrons bientôt une ère nouvelle
» de gloire et de prospérité pour la religion. Les peuples et les
» rois comprendront, Pie IX sera le conseiller, le guide des rois,
» les rois seront ses défenseurs, et nous tous, ses chers enfants.
» Souffrons, prions : c'est ainsi que l'on bat en brèche l'empire
» infernal (3). »

Survinrent d'autres préoccupations. Le Concile du Vatican s'ouvrit le 8 décembre 1869. Tout le monde sait les débats auxquels donna lieu la définition de l'infaillibilité. « Comme
» vous, nous avons été douloureusement surpris et humilié de
» la conduite de certains prélats, de tant de vues humaines et
» d'étranges illusions qui existent jusque dans le sanctuaire ;
» mais nous avons été consolé extraordinairement par l'énergie,
» la fermeté des plus illustres évêques de France, d'Espagne
» et d'Italie, et particulièrement par l'inébranlable et tranquille

---

1. Théophile Dromaux, aujourd'hui missionnaire en Afrique (région des Grands Lacs), était de ce nombre.
2. Lettre du 20 nov. 1867.
3. Ibid.

» attitude de notre archevêque, devenu une gloire du grand Con-
» cile, et aussi par le dévouement si plein et si franc de Monsei-
» gneur Freppel, votre digne et illustre premier pasteur (1). »

Mgr Regnier, voulant mettre un terme aux discussions engagées entre le *Correspondant* et la *Semaine Religieuse* de son diocèse sur le Concile du Vatican, avait écrit, à la date du 15 mai 1870, une lettre fort remarquable. Il y mettait à néant tous les récits mensongers qu'on avait colportés sur les délibérations du Concile, et toutes les critiques erronées ou malveillantes qu'on opposait à la définition de l'infaillibilité : « C'est la conscience du Concile qui a parlé, » disait Veuillot, à propos de cette lettre. Elle fut accueillie dans le diocèse de Cambrai par d'unanimes félicitations, et de toutes parts on signa des adresses pour y adhérer. M. Dehaene écrivit en son nom et au nom du personnel de St-François avec la vivacité toute cordiale qui lui était habituelle :

« Monseigneur, votre foi à l'infaillibilité doctrinale du Saint-
» Père est notre foi ; vos convictions relatives à l'opportunité
» de cette définition sont nos convictions.

» Les défections qui pourraient se produire au sein du Concile
» œcuménique attristeraient profondément nos cœurs, mais
» n'ébranleraient aucunement notre foi.

» Nous comprenons que les hommes mêmes qui avaient le
» plus utilement et le plus glorieusement servi la religion, per-
» dent toute autorité et ne méritent plus aucune confiance dès
» qu'ils cessent d'écouter l'Église...

» C'est avec joie, c'est avec amour, qu'avec Vous et par
» Vous, Monseigneur, nous nous serrons autour du bien-aimé
» Pie IX, le saint et illustre chef de l'Église universelle (2). »

Un de ses collègues (3) était à Rome à l'occasion des fêtes du Concile. M. Dehaene lui écrivait le 23 avril 1870 : « Je pré-
» sume que déjà vous avez embrassé et couvert de vos larmes
» les pieds et les mains du *Vicaire infaillible de Jésus-Christ*.
» Quand vous ne rapporteriez que ce dernier trésor de tout
» votre voyage, il y a de quoi vivre toute une longue vie. Visitez

---

1. Lettre du 16 janvier 1871 adressée à une religieuse qui était à Angers.
2. *Semaine Religieuse* du diocèse de Cambrai, 1870, p. 113.
3. M. l'abbé A. Reumaux, aujourd'hui le R. P. Reumaux S. J.

» les nombreux sanctuaires de Rome, tous si pleins de l'action
» de DIEU et de la piété des hommes. Jouissez à loisir, baignez-
» vous dans les eaux du salut. Voyez tout, goûtez tout, vous
» êtes à vous faire une seconde existence. Dites beaucoup pour
» notre œuvre près de la Confession de S¹ Pierre. Ah ! j'ai baisé
» tant de fois les marbres qui la garnissent ! Je n'en doute pas,
» votre passage sera une bénédiction pour la maison ; mais dites-
» nous bien que *sans nul doute le Pape sera proclamé infail-*
» *lible !* »

Ce moment d'inquiétude fut suivi d'une grande joie après
la définition du dogme : « Le ciel soit glorifié ! Qu'il nous
» advienne maintenant tout ce que décidera la Providence,
» nous crierons comme les petits enfants : Mon Père, mon Père,
» que faut-il penser, que faut-il dire, que faut-il faire ? Mon
» Père, que faut-il espérer, que faut-il souffrir ? — Voyez comme
» c'est doux, et facile, et rassurant. Et la vérité sera toujours sur
» les lèvres de notre Père. — Mais quelle sombre nuit autour
» de nous, et que cette définition est venue à propos ! (1) »

Cette sombre nuit, c'est d'abord la guerre franco-allemande,
et puis l'invasion de Rome. L'infaillibilité avait été définie le
18 juillet 1870 ; deux mois plus tard, à la faveur de nos désastres, les Piémontais passent par la brèche de la porte Pia, s'em-
parent de la Ville éternelle et réduisent le S¹-Père à la captivité
du Vatican. Depuis ce jour, l'abbé Dehaene, dont l'affection
pour Pie IX est toute filiale, sera constamment avec lui par la
pensée sur son Calvaire. Les souffrances du Pape seront son
continuel entretien, et pour sa délivrance il dira de ferventes
prières.

« Les années se succèdent, et les douleurs de l'Église conti-
» nuent, et Pie IX reste enchaîné. Sachons souffrir et agir,
» comme le dit si souvent l'admirable Pontife, et faisons-nous
» tous victimes avec lui (2). »

« Pie IX n'est-il pas la vivante image de JÉSUS, souffrant et
» mourant par amour pour nous ? L'aimer et le porter dans
» son cœur, n'est-ce pas aimer JÉSUS, s'unir intimement à
» JÉSUS ? N'est-ce pas aimer et glorifier d'avance un Saint

---

1. Lettre à S¹ X... 16 janvier 1871.
2. Lettre du 23 février 1875.

» dont le culte sera porté un jour sur les autels ? Aimons donc
» Pie IX, soutenons Pie IX de nos aumônes et de nos prières.
» C'est là se faire soutien de la religion, de toute l'Église, de
» JÉSUS. Et puis il est si bon, si aimant, le grand Pape ! (1) »

Apprenant qu'on a demandé pour lui une bénédiction particulière de Pie IX : « Vous avez demandé au crucifié du Vatican
» une bénédiction pour votre pauvre père : que vous êtes
» bonne ! Ce sera un regard de JÉSUS jeté du haut de sa croix
» sur St Jean. J'attends cette bénédiction avec une sainte impa-
» tience (2). » Et quand il l'a reçue : « Je vous remercie de cette
» précieuse faveur. Je crois que je touche au moment où je
» devrai rendre compte au Souverain Juge de toute ma vie,
» surtout de ma vie sacerdotale, et il me semble qu'inondé de
» la bénédiction de Pie IX, je ne serai point rejeté. Je me sens
» plus près du cœur de Pie IX, le Chef et le Père de tous les
» prêtres ! Ah ! il faut qu'il soit reconnu et aimé comme tel ;
» il faut que tous le voient pour ainsi dire face à face, comme
» l'on voit un père de famille près du foyer domestique au
» milieu de bien-aimés enfants (3). »

Tout en compatissant aux souffrances du St-Père, il conservait, avec l'obstination confiante des cœurs aimants, l'espoir
qu'il verrait de son vivant la restauration du pouvoir temporel. Il fut déçu ; et nous n'avons plus qu'à recueillir les lignes
qu'il écrivait après la mort de Pie IX. « Toute l'Église est en
» deuil ; les cœurs de tous les catholiques sont inconsolables.
» Par cette mort non encore attendue, j'ai senti tout à coup se
» tarir en moi la source de la consolation la plus élevée.
» N'avais-je pas vu deux fois ce doux représentant de JÉSUS ?
» N'avais-je pas embrassé avec une effusion indicible ses pieds
» et ses mains ? N'avais-je pas entendu sa douce et puissante
» voix ? N'étais-je pas enrichi de ses bénédictions réitérées ?
» La perte de Pie IX est donc pour moi, non seulement une
» douleur profonde et catholique, mais encore une blessure
» particulièrement filiale et personnelle, dont la plaie demeu-
» rera toujours saignante au fond de mon cœur (4). »

---

1. Lettre du 27 juillet 1875.
2. Lettre du 7 février 1877.
3. Lettre du 17 mars 1877.
4. Lettre du 13 février 1878.

Dans une autre lettre il ajoute : « Mais ne nous considérons
» pas tout seuls dans ces douloureuses circonstances ; il faut
» consulter les intérêts des êtres aimés que nous perdons,
» Dieu les appelle à Lui pour leur bonheur, et les aime comme
» il ne tout est pas possible de les aimer. Aucun de nos amis
» chrétiens, une fois sorti de ce monde, ne voudrait revenir sur
» cette triste terre. C'est une pensée qui m'a toujours fortement
» consolé. Soyons intimement persuadés que Pie IX est dans
» ce cas. Comme vous le dites si bien, sur la terre il n'a connu
» que le Calvaire, et du Calvaire au Ciel il n'y a qu'un pas! (1) »

Les épreuves de l'Église avaient causé à notre supérieur de grandes tristesses ; les malheurs de la France lui en causèrent d'autres non moins amères.

Au moment où il faisait son pèlerinage à Rome (1867), il y avait à Paris les fêtes brillantes de l'Exposition universelle. Le gouvernement impérial comptait sur leur éclat pour détourner l'attention publique de sa politique extérieure, laquelle était déplorable. La Prusse avait vaincu l'Autriche à Sadowa, l'unité allemande s'était faite, l'équilibre européen était rompu, et tout cela sans que la France eût mis la main sur sa grande épée. Elle pouvait le faire encore, disait-on, et réparer la faute. Le roi de Prusse eut des craintes ; mais quand il fut venu à Paris avec MM. de Bismarck et de Moltke, qu'il eut vu de près notre luxe, et sous le voile de pourpre et d'or la corruption et la faiblesse, ces craintes cessèrent. — L'énervement des âmes, tel était bien le résultat de la prospérité matérielle. « Oh! que la sanctification des âmes est difficile au milieu de l'atmosphère de sensualisme répandue partout de nos jours ! C'est chose incroyable comme la confiance en Dieu s'éloigne, comme l'imagination et la sensibilité naturelle se développent ! C'est à verser des larmes de sang ! (2) »

Un autre danger menaçait l'Empire. L'opposition parlementaire devenait de plus en plus forte. Les élections de 1869 envoyèrent à la Chambre, non seulement des députés hostiles à telle ou telle mesure, mais des ennemis déclarés du régime lui-même, des républicains convaincus, des irréconciliables,

---
1. Lettre du 20 mars 1878.
2. Lettre de M. Dehaene, mars 1870.

comme Rochefort et Gambetta. Effrayé, l'empereur s'adressa aux plus modérés de ses anciens adversaires:«Aidez-moi à sauver la liberté, » leur dit l'auteur du coup d'État ; il avait bien mauvaise grâce à parler ainsi. Le ministère Olivier réforma la constitution dans un sens très libéral, et, pour donner un peu de vie à ce qui devait expirer, un peu de prestige à ce qui était déconsidéré (1), il eut recours à un plébiscite.

On agita comme d'habitude le spectre rouge (qui cette fois n'était plus tout à fait un spectre), et on obtint un vote de confiance, grâce à une équivoque. — Le peuple français approuve-t-il les réformes libérales ? — Le clergé et les hommes d'ordre se divisèrent. Voter oui, c'est revenir aux principes de 1789, c'est approuver un régime dangereux, disaient les uns ; c'est approuver un régime nécessaire, répondaient les autres. M. Dehaene fut de ces derniers : craignant par-dessus tout une révolution, il vota oui. Il partageait du reste les illusions de son ami M. Plichon.

C'était le moment où celui-ci arrivait au pouvoir. Une première fois, (décembre 1869,) on lui avait offert un portefeuille dans un ministère composé d'hommes de sa nuance. Il refusa. Après le plébiscite, convaincu « que la France catholique et libérale avait salué avec joie la rénovation politique du ministère Olivier, il céda aux sollicitations des hommes les plus considérables et les plus estimés, et entra dans le ministère des honnêtes gens (2), pour contenir, disait-il, la politique personnelle (3).» M.Dehaene félicita chaleureusement le député du Nord de l'honneur qui lui était fait, et dans sa personne à tout le pays.

Il pensait en ce moment à former une association d'anciens élèves. Il voulut l'inaugurer par un banquet et une cérémonie religieuse. Il hésita avant d'en fixer le jour parce qu'il lui semblait que les temps n'étaient point aux projets de fêtes. A Paris, les réunions publiques devenaient de plus en plus violentes. Mais un de ses anciens élèves lui écrivit alors de la capitale: « J'ai

1. Déconsidéré principalement par la mort de Victor Noir, que Pierre Bonaparte, cousin de l'empereur, tua d'un coup de revolver à la suite d'une polémique de journaux.
2. Parole de M. Daru.
3. Lettre de M. Plichon à l'abbé Dehaene.

entendu bien des gens dans les clubs; on ne se donne pas même la peine de les réfuter. D'après ce que je vois, ils font pitié. On ne parle pas plus de révolution que de maladie ; on désire de l'eau. » Il passa donc outre et après réflexion, se décida pour la date du 22 septembre. Il réservait pour ce jour-là l'inauguration des orgues de St-François, un bel instrument, sorti des ateliers de Merklin-Schütze (1). Les invitations furent lancées le 9 juin ; elles furent étendues aux ecclésiastiques et aux laïques qui avaient encouragé les efforts de M. Dehaene pour l'établissement de son collège libre. Au premier rang de ces amis et de ces bienfaiteurs était M. Plichon, qui arrivait en ce moment à l'apogée de sa carrière. Sa présence devait donner un particulier éclat à la fête. Il répondit à l'abbé Dehaene : « Je me ferai un véritable plaisir d'assister à votre grand banquet de famille. J'ai rencontré parmi vos anciens élèves tant de cœurs loyaux et sympathiques ! »

En même temps arrivaient de toutes parts les adhésions chaleureuses des anciens élèves, tous heureux (les vieux encore plus que les jeunes) qu'on leur fournît une occasion de se revoir sous les yeux de leurs vénérés maîtres, de resserrer dans une réunion intime et fraternelle les doux liens d'amitié formés sur les bancs du collège, et de revenir, pour quelques heures du moins, à l'inoubliable cordialité du premier âge. Ils félicitaient à l'envi M. Dehaene d'avoir eu cette bonne pensée ; beaucoup lui disaient que la fête triomphale de 1870 serait une revanche des épreuves de 1865, et lui-même se réjouissait dans son cœur, comme un patriarche, à la seule idée de voir toute sa famille réunie, et de nombrer les enfants et les petits-enfants.

---

1. Une circulaire donnait le programme de la journée :

« Une Messe solennelle sera célébrée, le 22 septembre, à neuf heures du matin, à l'intention de tous les invités, avec instruction par M. l'abbé Ledein, ancien Professeur du Collège d'Hazebrouck, ancien Supérieur du Collège de Notre-Dame des Dunes, à Dunkerque, actuellement du Clergé de Paris.

Le banquet sera servi à une heure.

A 3 heures 30 minutes aura lieu la cérémonie de la bénédiction de l'Orgue, suivie de l'inauguration, pendant laquelle se feront entendre M. Renaud de Vilbac, grand Prix de Rome, organiste de St-Eugène, et M. Charles Verroust, premier Prix de Basson du Conservatoire de Paris, ancien élève du Collège d'Hazebrouck ; elle se terminera par un Salut solennel, avec Sermon de circonstance par le prédicateur du matin. »

Mais il est rare que les justes puissent se glorifier publiquement en ce monde, et, dans le succès, la timidité tremblante leur serait souvent une sage précaution si elle n'était presque toujours une vertu. Ils doivent aimer à vaincre, mais pas à triompher.

Tout à coup, la guerre est déclarée à la Prusse (19 juillet). Tardivement, trop tardivement, hélas ! le gouvernement impérial songeait à réparer les fautes commises en 1859 et 1866 ; mais il avait le tort de se déclarer prêt quand il ne l'était point, et de marcher en avant sans aucun allié. Il voulait éviter une révolution à Paris, et se laissant entraîner par l'opinion au lieu de la gouverner, — châtiment éternel du parlementarisme, — il se jetait, tête baissée, dans un sinistre inconnu ; et sur un coup de dé, sur une chance, comme les gens qui vont faire banqueroute et s'accrochent à tout, même à un billet de loterie, il jouait le sort de la France.

M. Plichon, le député de la Flandre et l'ami de M. Dehaene, avait le malheur de faire partie d'un ministère dont le chef envisageait l'avenir « d'un cœur léger » et dont le ministre de la guerre, le maréchal Lebœuf, venait dire à la Chambre : « Nous sommes prêts, archiprêts ! Quand la guerre devrait durer un an, il ne nous manquera pas un bouton de guêtre. L'armée prussienne n'existe pas, je la nie ! » Et d'un bout à l'autre du pays, c'était le même aveuglement, la même infatuation, le même

« Esprit d'imprudence et d'erreur,
De la chute des rois, funeste avant-coureur ! »

Les opérations militaires commencèrent le 2 août par l'insignifiante affaire de Saarbruck, qu'on transforma en baptême du feu pour le prince impérial, en victoire pour nos troupes.

Nous étions alors sur les bancs du collège, et nous prenions notre part aux enivrantes espérances de la patrie. On chantait autour de nous : *A Berlin, à Berlin !* et nous voulions faire quelque sacrifice pour les chères armées qui marchaient à la frontière. Le 4 août, M. Dehaene disait à nos parents :

« Par un concours de circonstances exceptionnelles, c'est, non
» pas à une distribution, mais à une proclamation de prix que
» vous venez assister. Entrant avec enthousiasme dans le mou-

» vement qui éclate dans toutes les écoles publiques de France,
» nos jeunes gens ont renoncé spontanément à leurs livres,
» récompense matérielle des travaux d'une année, pour en
» consacrer le prix aux besoins de la noble armée à laquelle
» sont confiés l'honneur et l'indépendance de notre grand
» pays.

» Ces sentiments généreux, nous l'avouons volontiers, nous
» procurent une légitime satisfaction, récompense de nos
» labeurs.

» Jeunes gens, recevez le tribut solennel de nos félicitations
» pour une conduite aussi catholique que française ! »

Hélas ! le jour même où notre digne supérieur prononçait cette allocution devant une foule nombreuse et pleine d'espérances patriotiques, le jour où nous étions applaudis doublement, pour un beau succès et pour une bonne action, la victoire se détournait des drapeaux de la France, et c'était pour ne plus leur donner même un sourire !

Ce jour-là donc (4 août), la division Abel Douay est vaincue à Wissembourg et l'Alsace envahie.

Mac-Mahon, arrivé trop tard pour secourir son lieutenant, est battu lui-même deux jours après à Frœsschwiller et Reischoffen. Le 6 août, l'Alsace est perdue.

Le même jour, Frossard est culbuté à Spickeren. Sur tout le front de l'armée française la déroute est complète.

Ces tristes nouvelles arrivaient dans nos campagnes après une série de dépêches trompeuses et contradictoires. Le 9 août, on savait toute l'affreuse vérité, et le ministère tombait devant les Chambres au milieu d'un tumulte indescriptible.

De cette collaboration de trois mois donnée à M. Émile Olivier, M. Plichon n'emportait qu'une douloureuse solidarité dans deux actes néfastes : la déclaration de la guerre et le retrait des troupes françaises de Rome. On lui fit à ce sujet de vifs reproches. Sur le premier point, M. Dehaene garda le silence. La guerre était la conséquence fatale de la politique qui avait laissé faire l'unité italienne et l'unité allemande, et de l'aveuglement du Corps législatif, qui sans rien vouloir entendre l'avait votée pas 247 voix contre 10. Notre Supérieur savait trop bien cela pour rejeter sur un seul homme la faute de la nation entière.

Quant au retrait des troupes françaises, cette mesure avait été prise dans des circonstances tellement difficiles qu'il ne se crut point autorisé à la blâmer directement ; il se contenta d'écrire à M. Plichon pour lui rappeler d'une manière générale le devoir de la France vis à vis du Saint-Siège :

» Les Chambres se réunissent le 11. Le moment est solen-
» nel et décisif. Protégez très efficacement le Souverain-Pon-
» tife. Que la France se mette énergiquement à la tête du
» mouvement catholique, et le Dieu des armées, dont le catho-
» licisme représente sur la terre la cause, bénira ses armées.

» Vous êtes vous-même tout entier engagé dans cette cause,
» qui réclame tout votre dévoûement et vis-à-vis de Dieu et
» vis-à-vis des hommes.

» Un des amis les plus sincèrement jaloux de la pureté du nom et de la
» vraie distinction de Votre Excellence,

L'abbé DEHAENE.

Ces lignes étaient datées du 8 août. Quand il les reçut, M. Plichon n'était plus ministre. Plus tard, dans une longue lettre écrite, le cœur saignant, devant la patrie humiliée, il expliqua sa conduite à son ami (1). Ailleurs on ne lui demandait plus d'explications. Nos malheurs suffisaient pour fermer les bouches.

Cependant le ministère Palikao faisait tous ses efforts pour améliorer la situation. Il appelait sous les drapeaux les anciens soldats de 25 à 35 ans et confiait le commandement en chef de l'armée au maréchal Bazaine.

---

1. Il disait que la France, engagée dans une lutte formidable, avait besoin de tous ses soldats ; — que les 3.000 hommes qui défendaient le Pape ne pouvaient le défendre efficacement que s'ils étaient l'avant-garde d'une armée de 25.000 hommes réunie en Provence, et prête à les rejoindre dans les 48 heures ; — que ces 3.000 hommes, impuissants en Italie, pouvaient être, en France, les cadres d'une armée de 10.000 hommes pouvant décider le sort d'une bataille ; — que le triomphe du pouvoir temporel était intimement lié au triomphe de la France ; — que du moment que la France était en guerre avec la Prusse, c'était sur le Rhin que la papauté devait grandir ou tomber avec nous ; que du reste l'Italie avait pris l'engagement de respecter la frontière du Pape, et qu'elle tint cet engagement aussi longtemps que l'Empire fut debout ; car l'invasion de Rome n'eut lieu que lorsque la chute du gouvernement impérial l'eut dégagée en apparence de sa parole.

Qu'arriva-t-il ? Bazaine se laissa cerner sous Metz. Mac-Mahon, qui marchait pour le débloquer, fut acculé à Sedan. Enveloppé de toutes parts, il succomba le 1ᵉʳ septembre ; le lendemain l'empereur rendit son épée, Sedan capitula, et 90.000 hommes furent faits prisonniers.

La triste nouvelle fut connue à Paris le 3. Le 4, l'Empire était renversé et le gouvernement de la Défense nationale lui succédait.

Ces défaites inouïes glaçaient les âmes. Naturellement, à St-François, il n'était plus question d'inauguration d'orgues, de banquet, de réunion d'anciens élèves, de fête quelconque. On avait d'autres soucis et d'autres devoirs.

Les convois de blessés arrivaient. C'était la réalité poignante. Le temps des fausses nouvelles, — prétendue bataille de Jeumont, où les corps prussiens auraient péri dans les fondrières — opérations de la flotte dans la mer Baltique — invasion de la Prusse par mer — et autres inventions ridicules qui remplissaient les journaux d'alors et qui en rendent après coup la lecture écœurante, le temps de ces choses-là était fini !

Durant ces longs et tristes mois, M. Dehaene fit noblement son devoir. Il souscrivit des lits pour les blessés, fit parvenir aux troupes des dons en argent et en nature, transforma la conférence des dames en société de secours aux soldats, et s'entendit avec M. Plichon pour organiser à Hazebrouck, comme celui-ci le faisait à Bailleul, « l'œuvre des aumôniers militaires
» pour les enfants du Nord qui meurent sur les champs de
» bataille, privés des secours religieux, les seuls qui dans ces
» moments terribles soutiennent les courages et sauvent les
» âmes (1). »

Dans nos églises, on faisait des quêtes, on recommandait les morts, on priait DIEU pour la patrie !

Malgré les menaces, la rentrée des élèves avait pu se faire à St-François, le 4 octobre.

Nos aînés étaient sous les drapeaux.

Les jours de promenade, on nous conduisait visiter les blessés aux ambulances de la ville ; nous vidions notre petite

---

1. Lettre de M. Plichon à M. Dehaene (24 décembre 1870).

bourse pour donner à ces braves gens du tabac, du chocolat, et autres douceurs qui pouvaient leur être agréables.

Cependant autour de nous on organisait la défense nationale. Gardes mobiles, gardes mobilisés, jeunes conscrits, tout partait. Nul d'entre nous qui n'eût un frère, un oncle, un camarade au service du pays. Où donc s'engloutissaient tous ces hommes ? A quoi servaient les sacrifices d'argent, les larmes et les prières ?

Hélas ! on était étourdi des désastres qui se succédaient. Le 27 octobre, Bazaine, qui devait être le sauveur, capitulait dans Metz, et 173.000 hommes partaient pour l'Allemagne. Quelle honte ! Quel deuil !

En novembre, le capitaine Wiart, officier aux zouaves pontificaux, vint chercher dans le Nord des hommes et de l'argent pour organiser les volontaires de l'Ouest. Nous le vîmes à Saint-François. Il se promenait parmi nous, aux heures de récréation, et nous racontait les exploits des zouaves et leurs fières espérances. Comme on était heureux de voir de près ce beau soldat ! Et comme on accueillait avidement une parole tombée de sa bouche ! Professeurs et élèves l'acclamèrent et firent une souscription pour sa vaillante troupe.

L'année 1870 s'acheva au bruit des batailles livrées par l'armée de la Loire et par l'armée du Nord. Le général Faidherbe menait au feu nos mobiles et nos mobilisés, et remportait des succès partiels qui nous tenaient haletants. On vivait anxieux entre les rares nouvelles qui venaient par ballon de Paris assiégé, les dépêches contradictoires transmises par le gouvernement de Tours, et l'attente lugubre de l'invasion.

« Tout est incertain pour le moment. Le monde est trans-
» formé en une vaste caverne de voleurs et d'assassins où une
» moitié des tristes enfants d'Adam veut tuer l'autre moitié.
» C'est Caïn ayant conduit Abel dans la campagne et l'y
» assommant. Le sang nous inonde ; et l'on veut encore en
» répandre des torrents ! On vient d'exposer à la cruelle guerre
» plusieurs de mes enfants destinés au sanctuaire et déjà revê-
» tus de l'habit de prêtre. Le glaive vengeur veut-il tout exter-
» miner ? Où s'arrêtera cette immolation ? Les cœurs des

» parents sont pleins d'angoisses, les yeux ne savent plus que
» pleurer sur tant de maux. »

Et comme s'il avait pressenti la commune, il ajoutait :

« Les Prussiens prennent notre sang ; n'en viendra-t-il pas
» d'autres qui épuiseront nos veines ? »

Cette lettre était écrite par M. Dehaene le 16 janvier 1871.

Trois jours après (19 janvier), l'armée du Nord perdait la bataille de Saint-Quentin. Elle n'avait plus pour s'abriter que le quadrilatère formé par Cambrai, Douai, Valenciennes et Lille. L'invasion était donc imminente quand Paris à son tour capitula (29 janvier). Un armistice fut conclu. Immédiatement on devait procéder à l'élection d'une assemblée nationale qui aurait la mission de faire la paix et de choisir une forme de gouvernement (8 février). Les candidats de la Flandre furent MM. de Lagrange, de Staplande et Plichon. La candidature de M. Plichon fut vivement discutée. Il était trop impérialiste pour les uns, pas assez catholique pour les autres. M. Dehaene lui demanda des explications. Il en fournit dans une lettre admirable dont voici les dernières lignes :

« Je constate l'injustice des hommes et je ne m'en plains pas. Je laisse au temps le soin de me justifier. En présence des désastres qui accablent mon pays, il n'y a de place dans mon cœur que pour ses douleurs ; pour lui seul j'ai des plaintes, des angoisses et des prières (1). »

Il méritait d'être élu ; il le fut. La liste dont il faisait partie, (liste du comité national,) obtint de 120 à 130.000 voix. Celle du comité républicain, où l'on remarquait le Dr Testelin, l'un des adversaires les plus acharnés de M. Plichon, n'en recueillit que 60 à 70.000.

Les conditions de la paix, débattues entre M. Thiers et M. de Bismarck, furent ratifiées par l'Assemblée nationale le 1er mars et définitivement signées à Francfort. La France payait une indemnité de cinq milliards et perdait l'Alsace et la Lorraine.

A St-François d'Assise comme ailleurs on souscrivit patriotiquement pour la libération du territoire.

---

1. Lettre de M. Plichon à M. Dehaene. Bailleul, 2 février 1871.

Et puis l'on connut d'autres tristesses. Après la guerre étrangère éclata la guerre civile. Le 18 mars 1871, la commune fut proclamée à Paris. Il fallut faire un nouveau siège, et pendant deux longs mois la patrie en larmes assista à cette abominable effusion du sang de ses fils.

L'abbé Dehaene cherchait, pour déverser sa douleur, un ami perdu au fond des Indes et dont il enviait le sort. Il écrivait à M. Janssoone. Et celui-ci, frappé au cœur comme les missionnaires, comme tous les Français établis à l'étranger et dont le patriotisme s'avive de toutes les craintes de l'absence, égaré sans doute par les journaux qui nous étaient hostiles, désespérait de la France et pleurait sur son tombeau (1).

Mais d'autres croyaient à la résurrection, et parmi eux le correspondant même de M. Janssoone, notre cher Supérieur.

« La foudre gronde dans les airs, écrivait-il. C'est le vieux
» monde qui s'en va pour en produire, dans d'immenses douleurs,
» un autre qui vaudra mieux, où DIEU sera aimé ; c'est mon
» unique espoir. Ah ! que les Prussiens prennent aux Français
» un peu de châteaux, un peu d'or, un peu de plaisirs, un peu de
» repos, un peu d'insouciance, ce n'est certes pas grand mal :
» les jouets d'enfants nous empêchent d'aller au Ciel. Mais il
» y en a qui en veulent aux âmes et qui par malice les arrachent
» à JÉSUS, leur Pasteur et Sauveur : ce sont là les véritables
» loups, les lions qui dévorent ; c'est contre eux qu'il faut oppo-
» ser toutes les célestes phalanges, qu'il faut armer toutes les

---

1. « Le contre-coup des désastres de la France se fait sentir terriblement dans les
» missions. Le prestige du nom français est tombé, hélas ! hélas ! Autrefois, quand
» quelque point de l'édifice catholique était menacé, nos chrétiens nous demandaient
» avec un air de confiance imperturbable : Où est la France ? Que font les Français ?
» Et maintenant ??... Une nation est tombée ! — Peut-être ce mot sonne-t-il étran-
» gement à vos oreilles ? Peut-être différons-nous d'opinion sur ce point. Pour moi
» la France a toutes les marques d'une nation tombée ; elle a même le caractère
» qui est le signe d'un peuple déchu : la ridicule habitude de la vantardise. Vous
» autres qui vivez au milieu de Français, vous ne remarquez point ce qu'il y a de
» tristement ridicule dans le langage de vos journaux. Tombés aussi bas que nous le
» sommes, nous parlons encore de triomphes, d'héroïsme, de peuple magnanime,
» d'enfants sublimes, et autres choses qui n'existent plus que dans l'histoire ancienne.
» — Je ne sais pas si vous comprenez. — Mais à nous, la distance et la lecture des
» journaux anglais, qui impriment ces choses en caractères italiquement ironiques,
» font comprendre. » (Lettre de M. Janssoone.)

» prières et toutes les bonnes œuvres ; c'est là que Marie est
» nécessaire pour écraser la tête du serpent (1). »

Il fallait donc travailler au relèvement moral et religieux de notre pays. M. Dehaene fut des premiers à se mettre à l'œuvre, et nous trouverons son énergique concours dans tout ce qui peut contribuer à ce grand résultat, mais principalement dans les manifestations et œuvres de piété, dans le développement de l'enseignement chrétien, et dans les tentatives de restauration monarchique.

1° *Manifestations et œuvres de piété.* — A la lumière de nos désastres, on comprit qu'il fallait recourir à Celui qui seul peut rendre les nations guérissables, et qui garde pour nous de particulières tendresses, puisqu'il est le *Christ qui aime les Francs*.

L'Assemblée nationale donna l'exemple en demandant des prières publiques.

Immédiatement après, les pèlerinages rentrèrent dans nos mœurs. Tandis que des centaines de mille hommes affluaient à Lourdes, à Chartres, à Paray-le-Monial, les élèves de St-François d'Assise allaient invoquer N.-D. de Grâce à Cambrai, N.-D. des Miracles à St-Omer. En juillet 1873 (l'année 1873 fut l'année des grands pèlerinages) ils étaient à Amettes et ils jouissaient pour la première fois de la robuste éloquence de Mgr Duquesnay. Les acclamations à Pie IX retentissaient au loin, et sur tous les chemins l'on entendait ce cantique populaire qui semblait devenu le chant national du pays en détresse :

>Dieu de clémence,
>Dieu protecteur,
>Sauvez, sauvez la France,
>Au nom du Sacré-Cœur.

Vraiment on eût dit que la France se frappait la poitrine et voulait prouver la sincérité de cette parole qui couronnera le frontispice de l'église du Vœu National : « *Sacratissimo Cordi Jesu Gallia pœnitens ac devota !* » Et l'on espérait qu'à ce cri « *Pitié, mon Dieu !* » répété par tant de bouches, répondrait je ne sais quel miracle.

---
1. Lettre du 16 janvier 1871.

Mais tous ceux qui chantaient n'étaient point également contrits, et les espérances d'un parti politique contribuaient pour une large part à cet enthousiasme religieux.

En tout cas, la surexcitation paraissait trop forte pour être durable. Ce qu'on attendait pour Rome et la France n'arrivant point, la ferveur se ralentit.

Tout en s'associant de grand cœur à ces manifestations dont le résultat visible fut de diminuer le respect humain, M. Dehaene comprenait qu'il fallait un changement plus profond. DIEU ne se contente point de prières inspirées par le désir de recouvrer des gloires perdues et des provinces conquises ; il lui faut la justice, la bonne vie honnête et chrétienne. « Car ce ne sont pas ceux qui disent : Seigneur ! Seigneur ! qui entreront dans le royaume des cieux ; mais celui qui fait la volonté du Père qui est dans les cieux (1). » Après 1848, le mot d'ordre avait été la réconciliation du pauvre avec le riche, et la société de St-Vincent de Paul passait alors pour l'œuvre régénératrice par excellence. Après 1870, on prêcha de toutes les manières l'*action des classes dirigeantes*, et l'on créa dans ce but les comités catholiques. M. de Mun s'était agenouillé sur les décombres de Paris et avait voué son existence à leur direction.

« Le 14 juin 1872, à l'exemple d'un grand nombre de catholiques de France, plusieurs laïcs de la ville d'Hazebrouck et quelques-uns des environs, persuadés que des réunions régulières ont pour résultat de raffermir les convictions et de donner une action sociale plus efficace, décident de se constituer en comité catholique de l'arrondissement d'Hazebrouck. Le comité exercera, suivant les circonstances, une action de défense, de protection et d'union. Il n'est nullement politique. Il se réunira tous les mois. M. Dehaene est président d'honneur et directeur (2). »

C'était lui qui avait pris l'initiative de cette fondation. Le comité, qui n'a jamais été régulièrement dissous, a cessé de se réunir. Il a paru pour la dernière fois en corps aux funérailles

---

1. Matt. VII, 21.

2. Procès-verbaux du comité. M. Beck, procureur de la République, était président, M. de Pape, secrétaire. On cite une vingtaine de membres appartenant aux bonnes familles d'Hazebrouck.

de son président d'honneur. Depuis ce jour, sa bannière seule est portée aux processions, souvenir d'une société tombée, relique d'un zèle éteint !

Il rendait cependant des services.

En feuilletant ses procès verbaux, l'on pourra constater qu'il favorisa la diffusion des journaux chrétiens et la distribution des bons almanachs ; — qu'il prit l'initiative de pétitionnements divers, par exemple pour obtenir la liberté de l'enseignement supérieur et le rétablissement des aumôniers militaires ; — qu'il unit sa protestation à toutes celles qui furent faites, fort inutilement, durant cette période de 1872 à 1882, qu'on pourrait appeler la période des protestations ; — qu'il recueillit de l'argent pour remplacer les allocations faites jadis par le Conseil général du Nord à l'archevêque de Cambrai et au Chapitre métropolitain ; — qu'il décida que ses membres, obéissant aux inspirations de la foi, assisteraient aux processions en portant des flambeaux, et qu'ils prendraient part aux pèlerinages de la région (Amettes, Douai, St-Omer, Cambrai) ; — qu'il fit venir à Hazebrouck des prédicateurs de renom (le P. la Couture, le P. Marquigny) pour faire des conférences semi-religieuses, semi-profanes sur des questions de controverse et sur les objections les plus répandues contre la religion.

Personne ne peut nier que ce ne soient là des choses bonnes, et, pour les avoir faites, le comité catholique mérite des éloges. Si quelques-unes paraissent de médiocre importance, il suffit, pour les relever dans l'estime, de rappeler ce texte des Saints Livres que l'abbé Dehaene citait souvent en pareille circonstance : *Particula boni doni non te prætereat*, et qu'il traduisait ainsi : *Ne laissons point échapper la moindre petite occasion de faire du bien* (1).

Si le comité n'a point fait davantage, la cause en est dans l'incertitude de ses attributions. C'est là ce qui neutralisa ses meilleurs efforts. Les membres étaient ballottés en sens contraires, les uns voulant se cantonner exclusivement sur le terrain religieux, les autres désirant faire de la politique et intervenir dans les élections.

M. Dehaene proposait-il la communion du mois ou l'assis-

---
1. Eccli. XIV, 14.

tance aux processions, ceux-ci observaient d'un air maussade qu'on n'était ni une congrégation, ni une confrérie. Était-il question de soutenir un candidat catholique et conservateur contre un candidat qui offrait moins de garanties sous ce double rapport, les premiers se levaient, le texte du règlement à la main, et disaient que le comité sortait de ses attributions pour mettre le pied dans le domaine dangereux des choses discutables. De là des tiraillements intérieurs funestes. Hélas ! ils n'ont point cessé parmi les catholiques, et ils ne cesseront probablement que lorsque le gouvernement mettra d'accord entre eux les modérés et les avancés, en les jetant les uns et les autres, sinon hors la loi, du moins hors du fonctionnarisme.

2° *Développement de l'enseignement chrétien.*— Dans cet ordre d'idées, M. Dehaene contribua de la façon la plus active à la fondation de l'Université catholique de Lille.

Depuis longtemps il déplorait la fâcheuse nécessité où étaient les élèves sortis des écoles secondaires ecclésiastiques, de compléter leur études dans des écoles supérieures hostiles ou indifférentes à la religion. Plusieurs anciens nous ont raconté qu'il disait souvent quand il était encore au collège communal : « Si j'étais évêque, je crierais bien haut pour qu'on élève aux » quatre coins de la France quatre citadelles de l'enseigne- » ment supérieur, quatre Universités catholiques ! »

Mais il fallait d'abord faire la conquête de la liberté, conquête toujours difficile en France.

Au mois de décembre 1872, un vaste pétitionnement est organisé pour agir sur l'opinion. M. Dehaene entre des premiers dans le mouvement, et fait circuler des pétitions dans la ville d'Hazebrouck et dans les communes environnantes.

Un an plus tard (octobre 1873), les comités catholiques du Nord et du Pas-de-Calais formulent le vœu qu'on établisse une Université libre à Lille. Ce vœu est soumis à l'étude d'une commission présidée par Mgr de Lydda. L'abbé Dehaene en fait partie comme représentant des collèges de Flandre.

La loi du 12 juillet 1875 ayant enfin reconnu la liberté de l'enseignement supérieur, les catholiques de la région du Nord ouvrent une souscription qui monte, en quelques semaines, au chiffre de plus d'un million. M. Dehaene se fait inscrire pour mille francs et il use de toute son influence auprès des familles riches afin qu'elles soient très généreuses. Mais ce n'est là que son moindre concours à l'œuvre naissante ; il lui donne un appui meilleur et plus utile que celui de l'argent, l'appui de la confiance. Au début, les familles hésitaient à envoyer leurs jeunes gens à Lille, par la crainte qu'ils n'échouassent aux examens : M. Dehaene mit cette crainte sous ses pieds, et dès la première heure il eut sa petite phalange d'anciens élèves aux Facultés libres de médecine, de droit et des lettres. Si les Flamands, qui ont cependant de bonnes têtes théologiques, ne furent pas plus nombreux aux cours de théologie, la faute n'en est point à notre vénéré Supérieur. Ce n'est pas lui qui avait peur de la grande science sacrée, l'indestructible honneur du prêtre et plus que jamais aujourd'hui son capital devoir. Les souvenirs glorieux de Louvain et de Douai le faisaient tressaillir, et la seule pensée de voir renaître quelque chose de semblable à Lille l'enthousiasmait. Le clergé ayant fait pour l'Université catholique les sacrifices les plus grands, les plus pénibles et les plus méritoires, il lui semblait qu'il avait droit aux prémices de l'enseignement supérieur, et que l'élite de ses membres devait dépasser le niveau d'un résumé de théologie et d'histoire ecclésiastique. On disait aussi ces choses dans les prospectus et les programmes. Il les croyait ; il y conformait sa conduite. A deux de ses professeurs séminaristes qui songeaient à un examen de licence ès lettres devant les Facultés de l'État : « Eh quoi ! disait-il, vous feriez à cette vieille Université vermoulue l'honneur de mendier encore ses diplômes ? Non, non ! ce n'est pas nous qui avons besoin d'elle, c'est elle qui a besoin de nous ; nous avons la vérité. *Étudiez la théologie !* » Il allait un peu loin dans la rupture avec l'État, d'autant plus que les jurys mixtes n'eurent qu'une existence éphémère ; mais, en définitive, sa conduite se comprend fort bien. Au déclin de sa vie, il était humilié de voir un trop grand nombre de prêtres rester petits et tremblants sur le terrain des sciences ecclésiastiques, qui est le leur propre, et, quand ils devraient s'y fortifier et devenir invincibles, reculer devant un ennemi audacieux, déserter même le champ de bataille des controverses contemporaines, et se réfugier dans des subtilités archaïques cent fois rebattues, ou même dans des études profanes qui ne sont pas directement de leur ressort. Ici trop souvent ils paraissent inférieurs ou déclassés, et M. Dehaene craignait qu'ils ne contribuassent, par un empressement trop docile, à maintenir un monopole qui n'est plus dans nos mœurs, qui est battu en brèche par la liberté et la science (1), et qui croulerait aujourd'hui plutôt que demain s'il n'était une machine de guerre contre la sainte Église. Notre directeur avait connu une Université d'ancien régime, chrétienne, ou du moins libérale et tolérante ; il en voyait surgir une autre qui donne la main à la franc-maçonnerie et au matérialisme, et qui marche en tremblant derrière une avant-garde de sectaires : pour celle-ci, il éprouvait une aversion fort légitime.

Par contre, il se jetait dans les bras des professeurs chrétiens de nos Facultés libres avec une confiance sans bornes. Comme ils étaient pour la plupart nouveaux venus dans le pays, il songeait à les mettre en relation avec les familles et avec les jeunes gens (2). Dans ce but, il invita M. de Margerie, doyen de la Faculté des lettres, à donner des conférences dans la grande salle de Saint-François d'Assise ; il y convoqua l'élite de la population d'Hazebrouck, et, par l'intermédiaire du comité catholique, les meilleurs chrétiens des environs. — Pour rendre plus facile la transition entre l'enseignement secondaire et l'enseignement supérieur, il proposa aux professeurs de cette même Faculté de faire de temps en temps, dans les hautes classes, des

---

1. Les membres de l'Université commencent à parler tout haut de ses lacunes. Cette franchise est un signe infaillible de mort prochaine. Le mouvement irrésistible et progressif vers la liberté l'emportera fatalement sur cette institution essentiellement tyrannique. Que l'État retire sa main, et c'est fait.

Où elle est le plus compromise, c'est en haut lieu, c'est dans l'enseignement supérieur, qui résiste à l'embrigadement et se rebelle contre les programmes. Les doctrines d'État ont fini leur temps, aussi bien l'impiété officielle que le christianisme à l'estampille des Bonaparte ou des Bourbons. Il est donc probable que l'Université et les articles organiques s'en iront de compagnie, sans attendre ce qu'on annonce comme le grand triomphe de la démocratie et la révolution du XXe siècle : la fondation des États-Unis d'Europe et le désarmement universel.

2. La prédominance des hommes du dehors sur les hommes du pays se comprend dans la composition du corps professoral, parce qu'il y faut des noms illustres. Elle est moins admissible dans l'administration et la direction ; et si elle était trop évidente, l'œuvre ne prendrait point suffisamment racine et les générosités locales pourraient se fatiguer.

visites d'inspection et des examens préparatoires aux examens officiels. M. de Margerie, qui avait une particulière estime pour M. Dehaene, accepta cette besogne ; il questionna les élèves de philosophie, corrigea et annota leurs dissertations. — Les professeurs de Saint-François avaient formé entre eux une conférence littéraire qui se réunissait tous les dimanches, et dans laquelle on lisait des travaux sur les plus illustres écrivains. — M. Dehaene voulut également présenter notre petite société à M. de Margerie, qui encouragea vivement ses travaux et s'offrit à recevoir toutes ses communications. A cette occasion, le secrétaire de la conférence lut un rapport qui se terminait par le vœu de posséder une *Revue littéraire* spéciale à la région du Nord. — Il exprimait le désir que, par la variété, l'intérêt et le style, elle fût à la hauteur de celles qui vulgarisent un enseignement qui n'est pas le nôtre, et qu'elle pût servir de trait d'union entre les collèges libres et l'Université catholique. La *Revue de Lille* est venue fort opportunément répondre à ce besoin et remplir cette lacune. — Enfin l'abbé Dehaene comptait sur cette même Université pour la formation d'une élite de jeunes maîtres, et il l'envisageait comme la future école normale du professorat chrétien.

Quand ces idées de notre digne Supérieur seront réalisées, — et elles le seront tôt ou tard si la liberté d'enseignement n'est pas étouffée dans son berceau, — la grande œuvre de Lille aura l'influence large et profonde qu'elle mérite. Comme un soleil, elle répandra de toutes parts la vivifiante lumière de la bonne doctrine. Cette lumière descendra des savants sur les foules pour renouveler la face de la France. Et, s'il plaît à DIEU, l'on verra une fois de plus que les bonnes réformes aussi bien que les révolutions mauvaises sont faites dans les esprits avant de paraître dans les institutions.

Quand vint pour l'Université libre le temps de l'épreuve, Mʳ Dehaene lui resta fidèle ; il eut même pour elle, durant ces jours difficiles, les attentions délicates que les grands cœurs tiennent en réserve pour les persécutés. Il invita Mgr Hautcœur, Recteur des Facultés libres, à présider la distribution solennelle des prix à Saint-François. Mgr Hautcœur, touché de cette marque de sympathie, accepta bien volontiers, et, dans son discours, il remercia vivement notre cher Supérieur de l'honneur qu'il faisait dans sa personne à cette grande institution, « aujourd'hui persécutée et menacée, disait-il, mais qui vivra, parce qu'elle porte le sceau providentiel et que DIEU sait défendre ses œuvres (1). »

Dans une sphère moins haute, celle de son collège, notre Supérieur entreprit une autre réforme.

Il lui semblait que l'enseignement secondaire était trop pénétré de paganisme et d'indifférence religieuse.

D'abord il avait toujours eu sur les livres en général des idées très arrêtées, et il poussait jusqu'à ses dernières conséquences l'horreur des ouvrages dangereux. Personne ne peut lui en faire un reproche. Si le principe de l'*in odium auctoris* doit être maintenu quelque part, c'est dans les écoles. Curieux de tout ce qui s'adresse à l'imagination et aux sens, incapables de discerner entre le talent et l'abus qui en est fait, les étudiants liraient de mauvais livres sous le fallacieux prétexte de se rendre compte du style ; cherchant un appât pour leur esprit, ils trouveraient un poison pour leur cœur. L'abbé Dehaene savait la triste histoire de plus d'une méprise, de plus d'une chute de ce genre ; et comme la perte d'une âme est le plus épouvantable des malheurs, est-il étonnant qu'il fît tous ses efforts pour l'empêcher ? Est-il étonnant même qu'en lui le zèle du prêtre fît quelquefois tort au goût du lettré ? Un romancier de grand renom venait de mourir. A cette occasion, sans prononcer précisément son oraison funèbre, un de nos confrères rappelait, avec quelque complaisance peut-être, que le défunt avait un beau style. « Et qu'importe le style ? s'écria M. Dehaene. A quoi vous vous arrêtez ! Si le diable tenait une plume, il écrirait encore mieux ! » Jamais donc il n'admit la théorie de *l'art pour l'art*, ni le divorce entre la morale et la littérature. Sous ce rapport, les conséquences du naturalisme font prendre des précautions, les honnêtes gens effrayés commencent à revenir au bon sens, et tel critique, qui porte le sceptre dans une revue fameuse, ne parle pas autrement que notre Supérieur (2).

---

1. Discours de Mgr Hautcœur. Distribution des prix, 1880.
2. A propos du *Disciple* de Paul BOURGET, M. F. Brunetière écrit :
« On prie les auteurs de se souvenir que les idées sont au moins des commen-

L'inflexible rigueur de M. Dehaene entraîna pour lui d'autres conséquences. On sait qu'en 1852 il s'éleva une discussion très vive à propos des livres classiques. Mgr Gaume avait soutenu que l'usage presque exclusif des auteurs païens était une des causes principales de l'affaiblissement de la foi, que c'était « *le ver rongeur des sociétés modernes* (1). » Le mal datait selon lui de la Renaissance. — Cette thèse impressionna vivement M. Dehaene ; mais, tant qu'il fut principal, deux choses l'empêchèrent d'y adhérer : la résistance de l'Université à ces innovations, et la froideur de Rome à leur endroit. Devenu Supérieur de collège libre, il songea plus sérieusement à la réforme. « Quel naturalisme et quel paganisme en tout et partout ! écrivait-il. Et néanmoins JÉSUS-CHRIST assure que la chair laissée à elle seule est sans utilité : *Caro non prodest quidquam !* (2)

Cependant, en 1870, rien ou presque rien n'était changé. Nos défaites ayant ouvert les yeux sur nos misères morales, de nouveau l'attention publique se porta vers les questions d'éducation. On se demanda si l'on avait profité comme l'on devait de la loi de 1850, et si l'enseignement, en devenant plus libre, était devenu plus chrétien. M. Dehaene croyait que non ; mais, avant d'entrer dans une voie nouvelle, il voulut s'entourer de renseignements et savoir ce que l'on essayait ailleurs. Il fit donc écrire aux directeurs de trois maisons bien connues, et qui représentaient trois manières différentes de pratiquer l'enseignement libre : au P. Grandidier, Jésuite, Recteur du collège de la Providence à Amiens ; au Supérieur du petit séminaire de Montmorillon (diocèse de Poitiers, fort en vue à cause de Mgr Pie) ; enfin au P. d'Alzon, Supérieur des Assomptionnistes.

---

cements d'actes ; que, par conséquent, ils n'écrivent rien qui ne touche à la conduite, c'est-à-dire à la morale, et qu'en vain se défendraient-ils de nous donner des leçons ; les exemples qu'ils nous mettent aux yeux sont toujours des conseils, des insinuations ou des suggestions. Allons plus loin : tout ce qu'ils expliquent, ils l'excusent dès qu'en le représentant ils ne le condamnent point ; et tout ce qu'ils ne condamnent point, c'est comme s'ils disaient, non pas peut-être qu'ils l'approuvent, mais à tout le moins qu'ils le trouvent naturel et indifférent. Et nous les conjurons enfin, pour l'honneur des lettres, de ne pas considérer leur art comme un *baladinage*, et de ne point se traiter eux-mêmes comme de *simples amuseurs publics*, puisqu'ils croiraient qu'on les insulte eux-mêmes si on leur en donnait le nom. »

1. Titre de l'ouvrage où Mgr Gaume soutenait ces idées.
2. Joan. VI, 64. Lettre à Sr X..., novembre 1867.

Le P. Grandidier, fidèle aux traditions de sa Compagnie, répondit : « En thèse, nous adoptons les auteurs classiques, par » conséquent les mêmes que l'Université ; car une longue » expérience nous a convaincus qu'ils sont excellents pour la » formation littéraire, et qu'expliqués chrétiennement par un » maître chrétien, ils n'ont aucun inconvénient pour la foi ou » les mœurs. »

Le Supérieur de Montmorillon était moins optimiste : « Les » programmes universitaires ne nous permettent pas de rendre » notre enseignement aussi chrétien que nous le voudrions. » Néanmoins, nous avons fait et faisons encore quelque chose » dans ce but. »

Suivait une liste d'auteurs chrétiens adoptés par lui.

Le P. d'Alzon se montrait beaucoup plus catégorique. Avec cette hardiesse chevaleresque et cette désinvolture française qui étaient dans son caractère et dont il a légué la tradition à son Ordre, il sortait des chemins battus. Dans un discours de distribution de prix, il avait hautement proclamé la nécessité d'une réforme. Il ajoutait : « Nous introduisons dans les classes infé- » rieures les auteurs chrétiens presque exclusivement, mais pour » les hautes classes nous sommes dans la dure nécessité de subir » le niveau universitaire du baccalauréat. Nous voudrions, comme » vous, nous affranchir de ce joug funeste, mais nous ne pouvons » y arriver qu'incomplètement. » Suivait également une liste d'auteurs chrétiens.

A l'exemple du P. d'Alzon, M. Dehaene en adopta plusieurs : la Chrestomathie de Maunoury ; les Extraits des Pères latins ; Joseph, Ruth et Tobie de l'abbé Cognet ; mais, par la faute des maîtres ou par celle des livres, leur usage ne fut pas de longue durée. Les maîtres les subissaient à contre-cœur, parce qu'ils étaient nouveaux, et demandaient instamment qu'on revînt aux anciens, d'après ce principe que le meilleur auteur pour l'élève est celui que le professeur connaît le mieux. Ils trouvaient d'ailleurs que les textes choisis par les partisans de Mgr Gaume ne s'accordaient pas avec les règles de la grammaire, que le latin n'était pas classique, etc.

Bref, M. Dehaene dut céder malgré lui aux exigences littéraires de ses collègues ; mais il garda sa manière de voir : « Je

» voudrais qu'on ne donnât des auteurs païens que les plus
» beaux endroits avec l'analyse substantielle du reste. Les
» enfants auraient ainsi une idée générale de l'auteur et se
» nourriraient de ce qu'il contient de plus sain et de plus élevé.
» Je crois qu'ils pourraient se préparer facilement et sérieuse-
» ment, par cette méthode, aux épreuves du baccalauréat (1). »

Réduit à conserver les auteurs païens, il cherchait une compensation dans le choix des devoirs dictés. Que de fois il nous fit à ce sujet les plus pressantes recommandations ! « Ne
» donnez à vos élèves que des textes instructifs. Quand vous
» ne dicteriez qu'une phrase, qu'une ligne, qu'un modèle d'écri-
» ture, qu'il y ait là-dedans une vérité, quelque chose qui
» nourrisse le cœur et l'esprit de l'enfant. Que de futilités bien
» souvent dans nos leçons ! Quelle large part y est faite à la
» mythologie trompeuse, à la misérable nature, au détriment
» des notions religieuses et surnaturelles ! »

Pour faciliter aux jeunes professeurs ce choix de devoirs chrétiens, il demandait à son ancien élève et ami, M. l'abbé Dehon, fondateur de la Congrégation des prêtres du Sacré-Cœur, de composer un recueil de sujets semblables : « Je viens
» vous communiquer, lui écrivait-il le 18 février 1878, une
» pensée que je soumets à votre appréciation et qui, réalisée
» avec le temps et des efforts persévérants, rendrait incontes-
» tablement de grands services à la jeunesse. Ce serait de réunir
» dans un ensemble de dictées, de versions, de thèmes et de
» discours, depuis la huitième jusqu'à la philosophie inclusive-
» ment, depuis les cours élémentaires de français jusqu'aux
» classes supérieures, tout ce qu'il y a de plus catholique, de
» plus élevé, de plus sain, de plus substantiel, de mieux écrit,
» dans toutes les branches des connaissances humaines, et d'en
» faire la matière de l'enseignement et la nourriture quotidienne
» du cœur et de l'intelligence de nos élèves. »

En transcrivant ce vœu de notre Supérieur, nous songeons aux vœux du même genre émis par les comités catholiques. Des efforts louables ont été tentés par la *Revue de l'enseignement* et par l'*Alliance des maisons d'éducation chrétienne*. Malgré tout, il reste beaucoup à faire.

---

1. Lettre à M. Dehon, avril 1878.

Quant à la question des classiques chrétiens, elle soulève, nous le savons, les problèmes les plus ardus de la morale et de la pédagogie, de la littérature et de la religion. Certes, il ne venait point à l'esprit de M. Dehaene de condamner absolument l'opinion de ses adversaires dans un débat si difficile. Quand il faut prendre parti pour St Jérôme, qui se reprochait d'avoir trop aimé Cicéron, ou pour St Grégoire de Nazianze, qui se félicitait d'être sorti de l'école païenne de Libanius avec les trésors d'Homère comme les Hébreux avec les dépouilles de l'Égypte ; quand il faut se décider entre Savonarole, qui brûlait sur la place de Florence les chefs-d'œuvre de l'art toscan à cause de leurs nudités, ou les papes de la Renaissance, qui laissaient promener en triomphe une statue païenne à cause de son exquise perfection, et se rapprocher, soit des jansénistes qui traitaient les poètes tragiques « d'empoisonneurs publics, non des corps, mais des âmes (1), » soit des humanistes, qui font consister l'idéal de l'éducation à devenir un pseudo-Cicéron ou un Virgile-Vanière, un Juste-Lipse ou un Érasme, on conçoit que l'on éprouve quelqu'embarras et que l'on redoute les solutions extrêmes. Si notre Supérieur a manifestement incliné vers les classiques chrétiens et vers la thèse de Mgr Gaume, c'est qu'il avait pour cela des raisons très respectables. Au déclin de sa carrière, il était préoccupé du compte qu'il avait à rendre de sa longue administration : « Ai-je fait régner JÉSUS dans mon école ? se disait-il souvent. Et la devise *Instaurare omnia in Christo* a-t-elle toujours été la mienne ? » Et, voyant autour de lui tant de générations de futurs prêtres, il s'inquiétait à bon droit que les Ambroise et les Augustin, les Chrysostome et les Grégoire, fussent si peu connus, même dans les petits séminaires. Enfin, dans un ordre de choses différent, s'il avait assisté comme nous au centenaire de 1789, il aurait certainement prêté l'oreille aux déclarations d'un écrivain jeune encore et déjà illustre, qui a des idées et qui ose les dire, et auquel notre vieille Académie française a ouvert ses portes comme on les ouvre au souffle chaud du printemps. Après avoir appelé les révolutionnaires des collégiens attardés qui voulurent renouveler la France sur le modèle de Sparte et de Rome, parce qu'ils se souvenaient

---

1. NICOLE, *Les Visionnaires.*

de Plutarque et de Tite-Live et que l'esprit classique avait dominé dans leur éducation, M. de Vogüé conclut : « Il est facile
» de vanter les bienfaits du latin pour la haute culture intel-
» lectuelle ; mais on oublie trop le revers de la médaille : ces
» historiens latins et grecs auxquels nous devons tant de belles
» pensées, nul ne pourra jamais calculer ce qu'ils ont fait couler
» de sang et foisonner d'erreurs politiques (1). »

3° *Restauration de la monarchie.* — Le gouvernement, aux trois degrés où il s'exerce, dans la commune, le département et l'État, possède une grande influence pour le bien moral des citoyens ; mais chacun de nous, étant par le droit de vote le contrôleur et le maître de ceux qui le détiennent, se trouve en dernière analyse responsable du bien public et de la paix sociale, et doit y travailler dans la mesure de ses forces. Depuis 1870, la question de forme de gouvernement a primé toutes les autres ; on a fait dépendre d'elle la ruine ou la prospérité de la nation. — Sommes-nous à la veille d'écarter de semblables discussions et d'aller au fond des choses, aux réformes sérieuses et durables ? Peut-être serait-il encore téméraire de l'espérer. — Quoi qu'il en soit, pendant les douze dernières années de sa vie, M. Dehaene vit constamment soulever autour de lui cette grave question, et, sur ce terrain mouvant et dangereux, il n'hésita point à se prononcer pour la monarchie traditionnelle.

Elle était représentée par un prince « doué d'une haute intel-
» ligence, le plus honnête homme de son temps, vrai type de
» loyauté et de probité politique, mûri par l'étude et par
» l'épreuve, rompu aux questions sociales, les plus importantes
» de notre époque, éminemment propre par son talent comme
» par ses vertus à opérer la réconciliation des partis au sein d'une
» France compacte et unie (2). » La fusion entre la branche aînée et la branche cadette (5 août 1873) avait enlevé un des obstacles qui paraissaient empêcher l'avènement du comte de Chambord ; mais le rapprochement des princes n'était pas la réconciliation des idées qu'ils représentaient. A propos de la question du drapeau imprudemment soulevée, le comte de

---

1. *Remarques sur l'exposition du Centenaire* par le vicomte E. M. DE VOGÜÉ, de l'Académie française, (IX, Devant l' « Histoire du siècle »), p. 233.
2. Mgr FREPPEL, *La Révolution française à propos du Centenaire de 1789*, p. 140.

Chambord déclara qu'il ne voulait pas devenir le roi légitime de la Révolution : « Ma personne n'est rien ; mon principe est tout. » Ses adversaires rendirent hommage à sa loyauté (1), et ses partisans comptèrent d'autant plus sur son triomphe, comme s'il suffisait en ce monde de mériter un trône pour l'obtenir !

Est-il étonnant dès lors que l'abbé Dehaene, comme beaucoup de prêtres entraînés par le journal *l'Univers*, comme Mgr de Ségur et bon nombre d'impérialistes éclairés par la catastrophe de Sedan, comme Mgr Pie qui n'avait point cessé de planer dans la sereine région des principes, ait adhéré à ce parti qui avait pour chef un homme de cœur et de foi ? Et quand on se rappelle son caractère expansif, doit-on être surpris qu'il ait fait cette adhésion publiquement, sans arrière-pensée ni crainte, au risque même de déplaire à la Flandre, qui est conservatrice, mais pas légitimiste et à peine monarchique ?

La Flandre, sans trop le savoir, se souvient de ses franchises municipales, et elle n'ignore pas que les comtes et les rois ne les ont pas toujours suffisamment respectées; sa froideur à leur égard est donc instinctive. Comme elle a l'orgueil très légitime de se suffire avec sa terre et ses bras, elle ne se passionne guère pour les gouvernements qui passent. A ce point de vue, il nous semble que M. Plichon comprit mieux les tendances de notre pays que M. Dehaene. A partir de 1870, il y eut entre leurs idées sur la politique une divergence notable. M. Plichon voyait dans le rétablissement de la monarchie traditionnelle un expédient douteux qu'on pouvait laisser tenter par d'autres. M. Dehaene y voyait un devoir certain qu'il fallait remplir par soi. Le premier suivait les légitimistes de loin, les regardant faire; le second se jetait dans leurs rangs pour marcher avec eux.

---

1.   C'est bien. L'homme est viril et fort qui se décide
A changer sa fin triste en un fier suicide,
Qui sait tout abdiquer, hormis son vieil honneur,
Et qui, se sentant grand surtout comme fantôme,
Ne vend pas son drapeau, même au prix d'un royaume;
Le lys ne peut cesser d'être blanc......
Vous avez raison d'être honnête homme. L'histoire
Est une région de chute et de victoire
Où plus d'un vient ramper, où plus d'un vient sombrer;
Mieux vaut en bien sortir, prince, qu'y mal entrer.
    Victor Hugo, *L'année terrible*, « A Henri V. »

Mais la part qu'on lui attribua dans les agissements politiques d'alors fut notablement exagérée. Il n'était point fait pour gouverner un parti ni pour tenir dans sa main le fil d'une intrigue. Son action se réduisit à peu de chose.

Écrire à M. Plichon des lettres où il soutenait que le salut de la France était dans le rétablissement de la monarchie légitime, lettres auxquelles celui-ci répondait d'un ton légèrement sceptique : « Pour réaliser la politique dont vous désirez le
» triomphe, demandez à DIEU de *faire un miracle*, et personne
» ne sera plus heureux que moi de cette grande révolution
» morale ; »

Entretenir des relations d'amitié avec les représentants officiels du comte de Chambord dans l'arrondissement d'Hazebrouck, MM. Auguste Decool (1) et de Pape ;

---

1. Nous devons une notice à M. Auguste Decool, que M. Dehaene appelait le meilleur de ses amis laïcs. Né à Hazebrouck, M. Decool fut successivement avocat et notaire, et, dans ces deux professions délicates, il fit preuve de la plus parfaite intégrité. Retiré des affaires, il s'occupa de bonnes œuvres. Président de la société de St-Vincent de Paul et de la société de St-Joseph, membre du bureau de bienfaisance d'Hazebrouck, il fut toujours affable, généreux, dévoué. C'était un chrétien fervent, un légitimiste convaincu. L'unité de sa vie et la fermeté inébranlable de ses principes lui avaient acquis l'estime et la considération de tous. *Dieu et le Roi*, ce fut sa perpétuelle devise. Correspondant du comte de Chambord, il alla lui présenter ses hommages à Bruges.

M. Auguste Decool avait des rapports suivis et intimes avec le clergé. Il était de bonnes petites réunions tenues au presbytère de Morbecque, où il assyait sa discrète sagesse à côté de la poésie de l'abbé Dehaene, de la spirituelle jovialité de M. Markant et de la docte théologie de M. Legrand, archiprêtre.

Ce bon monsieur, à la figure douce et grave, toujours en cravate blanche comme un magistrat, si digne et si pieux qu'on l'aurait pris pour un religieux en redingote, que de fois nous l'avons vu se promener dans les allées du jardin de St-François, en attendant que M. le Supérieur, son ami, fût libre !

« Nous causons de tout, racontait M. Dehaene, et quand nous n'avons rien à dire, nous nous regardons l'un l'autre, et cela nous repose. Parfois je vais chez Decool : « Eh bien ! quelles nouvelles ? — Je n'en sais pas. — Et vous ? — Moi non plus ». — Alors nous nous asseyons tous deux sur son canapé et nous restons là parfois un quart d'heure sans parler. N'importe. J'aime mieux le silence sous le toit de mon ami que les conversations ailleurs. »

Vers la fin de sa vie, M. Decool eut un cancer à la langue. L'année qui précéda sa mort, il fit le pèlerinage de Lourdes pour obtenir de la Ste Vierge la mort ou la résignation. Il ne demandait pas la guérison, par crainte de paraître présomptueux. Il obtint la résignation ; car, tant qu'il put parler, il n'articula pas une plainte, et quand sa langue fut ulcérée au point qu'il perdit la voix, il ne fit point un geste d'impatience. Pour communiquer avec son ami, il écrivait ses questions et ses

Propager *l'Écho de la Flandre*, journal fondé à Hazebrouck (1870) et qui fut dans notre arrondissement l'organe des légitimistes et le champion des idées de la *Vraie France* ;

Dans les élections diverses qui eurent lieu en 1876, 1877, 1878, voter pour le candidat conservateur contre le candidat républicain, c'est-à-dire pour M. de Lagrange contre M. Massiet du Biest ;

Enfin rendre visite au comte de Chambord, tels furent les actes publics de l'abbé Dehaene. Nous devons dire un mot de cette dernière visite, qui lui a été sévèrement reprochée.

Pie IX et Henri V excitaient par leur fermeté de caractère une grande admiration. On s'était habitué à identifier les deux causes qu'ils représentaient, ce qui n'était un profit que pour l'une des deux ; car les droits de la papauté sont de tous les temps ; ceux des monarques, si respectables qu'on les suppose, demeurent caducs. — Cette distinction avait été quelque peu mise en oubli ; il fallut même que le pape Léon XIII déployât une certaine vigueur pour détacher la barque de Pierre des gros navires qui voulaient la remorquer.

L'abbé Dehaene avait été reçu par le grand pape ; il désirait, avant de mourir, présenter ses hommages à celui qu'on appelait le grand roi.

L'audience fut obtenue le 13 septembre 1878, pendant le voyage en Autriche raconté plus haut.

Voici ce que nous avons écrit sous la dictée de M. Verhaeghe, compagnon de M. Dehaene en cette circonstance :

« Nous partons de Vienne en chemin de fer, descendons à la
» gare de Neustadt, allons en voiture jusqu'à Froshdorf. M. de
» Blacas nous avait avertis par dépêche que le comte de Cham-
» bord nous recevrait à 10 heures du matin.

---

réponses sur une ardoise. Il mourut dans des sentiments admirables, le mardi 10 novembre 1874, à l'âge de 54 ans.

« Je viens de perdre le meilleur de mes amis laïques. Un chancre affreux lui a
» rongé la langue, lui a rempli pendant trois mois la bouche d'une insupportable
» corruption et l'a enfin étouffé. Mais quelle sainte mort ! quelle édifiante rési-
» gnation ! Pas un seul mot de plainte ou de murmure ! L'âme tout entière fixée
» en Dieu, les yeux attachés au crucifix, il ne regrettait sur la terre que son ami,
» indigne d'un si chrétien attachement ! Ah ! que c'est beau ! que c'est grand !
» Modèle de fermeté dans la foi, cœur aimant et élevé, il devait à tous, comme Job,
» cet exemple de sublime patience ! » (Lettre de M. Dehaene.)

» Froshdorf est un vieux château situé dans une grande
» plaine. Il est beau. Au bas de l'escalier M. de Blacas nous
» reçoit ; il nous introduit dans une grande salle où il y a une
» vingtaine de personnes. Ce sont des parents de Henri V. On
» est très aimable à notre égard et on nous parle avec une gra-
» cieuse familiarité. Nous causons durant quelques minutes. M.
» de Blacas vient dire que nous sommes invités à nous rendre
» devant Monseigneur. On ouvre une porte à deux battants.
» Mgr le comte de Chambord, et Madame la comtesse sont là
» assis. Nous saluons : la conversation s'engage. M. Dehaene
» rappelle le voyage de Bruges (1).

» Puis il est question de la France. On était à la veille d'une
» élection sénatoriale. Le comte de Chambord ne se faisait
» aucune illusion sur le résultat du scrutin. « Vous le verrez,
» dit-il, le Sénat aura le même esprit que la Chambre des
» Députés. »

» Sur une grande table il y avait beaucoup de journaux. Le
» prince parla de Rome et dit à ce propos :« *La restauration de*
» *la monarchie et la souveraineté temporelle du pape, ces deux*
» *causes sont inséparables !* »

» Il retint ses visiteurs à déjeuner.

» A table, il était assis au centre, ayant en face de lui la
» comtesse de Chambord, et les princes et les princesses de sa
» famille à sa droite et à sa gauche. M. Dehaene était à une
» extrémité de la table, près du comte de Bardi ; M. Verhaeghe
» à l'autre, près de M. de Vanssay. On causait simplement,
» tranquillement, comme en famille. Le service se faisait avec
» une noble et paisible gravité. Le comte de Chambord diri-
» geait la conversation, et donnait successivement la parole à
» tout le monde. La salle à manger, meublée à l'antique, était
» ornée de portraits de famille.

» Après le repas, la conversation se continua dans le salon.
» M. Dehaene avait apporté trois dessins emblématiques qu'il
» désirait faire signer par le prince. Ils représentaient les armes
» de France plantées dans un faisceau de drapeaux blancs et

---

1. En 1871, M. le comte de Chambord était venu à Bruges et il y avait reçu ses amis de la région du Nord, parmi lesquels se trouvèrent MM. Verhaeghe et Dehaene.

» ornées de cette inscription : « *Vous nous apparaissez dans nos*
» *orages politiques comme un signe de salut et d'espérance.* » —
» « Les images sont belles, » dit Mgr, et il y apposa sa signa-
» ture.

» Il était visiblement touché de notre démarche, parce que
» nous étions venus de si loin ; il remit à chacun de nous son
» portrait et nous pria de le recommander à ses amis du Nord.
» Tout cela se passa en peu de temps.

» La voiture nous attendait pour nous ramener à la gare de
» Neustadt, et de là nous rentrâmes à Vienne. »

Tel fut le voyage de Froshdorf. M. Dehaene s'était incliné avec respect devant le noble exilé qui, sur la terre étrangère, représentait douze siècles de royauté chrétienne ; et, parce qu'il le regardait comme le sauveur de son pays, il lui avait donné le témoignage d'une invincible confiance.

Il revint de Froshdorf religieusement ému. Autour du comte de Chambord point d'enfants, point de bruit, point d'agitation ; rien de ce qui révèle les passions humaines ; mais, hélas ! rien non plus de ce qui marque la vie et promet le lendemain. C'était résigné, paisible et doux, comme tout ce qui entre dans l'histoire et dans l'éternité.

M. Dehaene avait vu le coucher majestueux de la monarchie.

Il n'était pas de ceux qui vont au soleil levant.

Après son voyage, il continua d'assister aux manifestations que les légitimistes aimaient à faire dans les églises, aux cérémonies d'expiation le 21 janvier, aux messes de la St-Henri et de la St-Michel, le 15 juillet et le 29 septembre.

Il dut même subir à cet égard les observations plus ou moins ironiques des journaux hostiles. Il n'en fut jamais gêné.

Depuis la mort de l'abbé Dehaene, le comte de Chambord a disparu de la scène de ce monde.

On avait dit : « Ce prince est trop parfait et son programme est trop beau pour que la France l'accepte. Quand il ne sera plus, la monarchie se rétablira facilement ; elle froissera moins les susceptibilités modernes. » Les années se succèdent et la parole du comte de Chambord continue d'être vraie: « *Le césa-*
» *risme et l'anarchie nous menacent, parce que l'on cherche dans*

» *des questions de personnes le salut du pays, au lieu de le cher-*
» *cher dans les principes. L'erreur de notre époque est de compter*
» *sur les expédients de la politique pour échapper aux périls d'une*
» *crise sociale* (1). »

1. Manifeste du 25 janvier 1872.

CHAPITRE DIX-HUITIÈME.

Projet d'association — Petit Séminaire.
1873.

L'HISTOIRE de l'abbé Dehaene ne serait point complète si nous ne parlions d'un projet qu'il a appelé « *le rêve de toute sa vie* (1). » Ce projet ne fut point réalisé, mais les idées des hommes font partie de leur histoire aussi bien que leurs actions : les étudier, c'est se mettre en face de leur âme pour y surprendre un idéal.

Avant d'être à St-François, l'abbé Dehaene, déjà chargé des collèges de Dunkerque et de Gravelines, songeait à régulariser sa situation et à donner de l'avenir à son œuvre. « Je m'occupe, écrivait-il, d'organiser nos maisons d'éducation et de jeter les bases d'une congrégation de prêtres placés sous le patronage de Marie Immaculée, et se consacrant à l'enseignement et à la prédication (2). » — « Les prêtres meurent en grand nombre et les vocations semblent s'éteindre partout. On s'alarme de cet état de choses (3). » Un de ses buts spéciaux eût donc été de favoriser les vocations ecclésiastiques. Il aurait établi sa congrégation à Dunkerque et les membres se seraient appelés « *Prêtres de N.-D. des Dunes* ». C'était en 1864 qu'il méditait ces choses. Après avoir arrêté dans sa tête les grandes

---

1. Lettre du 5 janvier 1864.
2. Ibid.
3. Lettre du 29 mars 1864.

lignes de son projet, il se mit à l'œuvre pour lui gagner des approbations et des sympathies. « J'ai été à Cambrai dans
» le dessein de faire une ouverture filiale, simple, confiante et
» entière à Monseigneur l'archevêque. » Monseigneur était absent. Il l'avait appris à la dernière heure ; mais néanmoins il fit le voyage pour parler de ses projets à M. le Supérieur du grand séminaire et à quelques chanoines ses amis dévoués. « Chose consolante et significative, tout semblait préparé
» d'avance, et tous me pressent de former au plus tôt une
» petite association pour l'éducation de la jeunesse. On s'est
» borné là, parce que je n'ai pas encore parlé de vœux à ces
» Messieurs. Je suis donc revenu plein de joie à Hazebrouck,
» après avoir reçu à Douai la bénédiction du nouvel évêque de
» l'île Maurice, qui veut bien m'appeler son ami, et après avoir
» été fortement encouragé par le Supérieur général de la Sainte-
» Union, prêtre tout à fait selon le Cœur du bon DIEU et très
» entendu dans la matière (1). »

Monseigneur étant à Dunkerque à l'occasion d'une cérémonie religieuse, il s'empressa de s'y rendre.

« Je puis dire, ajoute-t-il, que l'archevêque a accueilli mon
» projet avec amour. Quand j'ai parlé d'encouragements à don-
» ner aux vocations ecclésiastiques : — «*Oui, oui*, a dit Monsei-
» gneur, *non seulement pour notre diocèse, mais pour tant*
» *d'autres où il n'y a presque pas de prêtres, mais encore pour les*
» *missions dans les pays étrangers.* » — Puis je dis à Sa Gran-
» deur : — Nous aurions même l'intention de faire des
» vœux. — Oui, a-t-il répondu, quand la chose sera régularisée ;
» et il faudra bien que je songe à quelque chose de semblable
» pour mon œuvre de St-Charles. — Puis il m'a béni, je puis
» le dire, de ses deux mains !

» Le jour s'est donc fait, le terrain est préparé. Mais tout
» l'édifice est à construire, et je suis un véritable enfant de
» timidité et d'ignorance en cette matière. Je compte aller
» passer quelques semaines à Meaux près du vénérable Supé-
» rieur du grand séminaire, qui prie beaucoup pour nous et
» s'intéresse vivement à notre œuvre, afin de me concerter avec

1. M. Debrabant. Cf. *Biographies des prêtres du diocèse de Cambrai*, par M. SALEMBIER.

» lui (1). Vous voyez qu'il y a bien à s'humilier, à s'abandonner
» à DIEU, à prier. J'ai donc besoin de vos larmes et de vos
» supplications. Jusqu'à présent je ne connais qu'un seul de
» mes confrères disposé à se lier par des vœux. Priez JÉSUS
» qu'il m'en envoie d'autres encore (2) ! »

Pendant les vacances de cette année 1864, M. Dehaene s'occupa de rédiger une petite règle ; il fit ensuite le pèlerinage d'Ars pour obtenir de nouvelles lumières, et pour ranimer dans son cœur le zèle ecclésiastique.

Survient l'expulsion (1865). « DIEU soit béni, dit-il, je puis travailler à l'aise à mon projet d'association entre prêtres. »

Mais, à partir de ce moment, la maison libre d'Hazebrouck sera le centre de cette association et le vocable de St François d'Assise remplacera celui de Notre-Dame des Dunes. C'est que désormais les exemples du séraphique patriarche, constamment médités, sont pour lui toute une révélation. En franchissant le seuil des Capucins, il a senti son cœur se remplir d'un amour très grand pour leur admirable Père, pour ses vertus et pour ses œuvres ; et cet amour prend, dès la première heure, la force d'une instinctive sympathie. Il y a des saints dont nous pénétrons d'emblée toute la belle âme. Entre eux et nous, c'est un assentiment complet, une harmonie parfaite; nous sommes de leur race.— Doué de facultés qui rappellent l'imagination gracieuse et le cœur ardent de St François, l'abbé Dehaene comprend à merveille son détachement des biens de ce monde, son chevaleresque amour pour la sainte pauvreté, et ses ineffables tendresses pour JÉSUS en croix, son DIEU et son Tout ! « Je voudrais dans ma folie lutter d'amour avec JÉSUS comme le pauvre d'Assise, » écrit-il à M. Masselis (mars 1873). Il est vivement impressionné par les pieds nus, la corde et la bure, comme le sont d'ailleurs ses compatriotes les Flamands, qui veulent le réalisme partout, même dans la vertu.

En même temps les *fioretti* enchantent son âme de leurs pieuses légendes, et elles ajoutent à son attrait pour tout ce qui est franciscain, je ne sais quelles douces réminiscences des poé-

---

1. M. Giard, prêtre de la Congrégation de la Mission dite des Lazaristes, ancien professeur au grand séminaire de Cambrai, où il avait laissé le meilleur souvenir.
2. Lettre à S. X... 25 avril 1864.

tiques amours de sa jeunesse. St François répandait les tendresses de son cœur sur toutes les créatures du bon Dieu ; il aimait les petites fleurs odorantes et voulait que tout cloître en fût embaumé ; il aimait les oiseaux qui chantent et montent au ciel, et volontiers, dans la plaine ou sous les grands bois, il conviait sa sœur l'alouette et son frère le rossignol à solfier avec lui les louanges du Créateur. M. Dehaene était personnellement reconnaissant au grand patriarche d'Assise d'avoir rapporté sur la terre ces innocentes, simples et naïves dilections de l'Éden ; il les admirait, il les partageait ; et souvent, comme nous l'avons dit, dans sa chambre, seul avec lui-même, il tendait la lyre de son âme et modulait quelques chants d'autrefois, ces chants qui ont un jour envahi tout notre être, qui nous suivent, et où nous saisissons la lointaine résonnance de notre passé et de notre cœur.

Que dire aussi de cette espèce de suggestion que produisait sur lui et que produit sur tout homme le spectacle coutumier de la maison qu'il habite ? Les statues laissées par les Capucins dans la salle du Chapitre, les emblèmes de leur Ordre multipliés dans les décors de la chapelle, leur cloître indestructible, toujours mystérieux, recueilli, et comme avide de quelque robe monacale, que sais-je ! les ossements du Père Isidore attendant dans la paix la résurrection de son œuvre : tout parlait à M. Dehaene du patriarche d'Assise.

Il donnait quelques satisfactions à son amour pour ce grand saint en célébrant la Ste Messe à son autel, sous le tableau qui le représente ravi dans une céleste extase par les concerts des anges ; en arrêtant ses yeux, pendant son travail de bureau, sur une autre peinture, don d'un ami, qui lui montrait le Bienheureux prosterné dans la prière au fond des gorges de l'Alverne. La fête de St François tombant le 4 octobre et ne pouvant être célébrée par les élèves, qui ne rentrent généralement que le 5 ou le 6 de ce mois, il faisait prêcher le panégyrique de St Antoine de Padoue, le plus populaire de ses fils, le patron de notre chapelle. — Membre du Tiers-Ordre, il avait succédé aux Pères Capucins pour la direction de cette confraternité fervente dans la ville d'Hazebrouck.

Mais tout cela ne lui suffisait point. Il voulait plus et mieux.

Il avait suspendu sur le mur de son cabinet de travail un tableau représentant le grand arbre de la famille franciscaine, et il disait en le contemplant : « J'ai la douce espérance d'y ajouter un rameau. » Ce rameau c'était le Tiers-Ordre régulier enseignant : « Nous adopterions la règle du Tiers-Ordre de St-
» François modifiée et adaptée aux besoins de prêtres voués
» à l'enseignement et à la prédication. Nous ferions les trois
» vœux ordinaires de religion sous l'autorité épiscopale d'abord,
» puis, le moment venu, nous demanderions l'approbation du
» St-Siège (1). »

Se trouvant à Rome en l'année 1867, il sollicita une audience particulière de Pie IX pour lui soumettre son projet et recevoir une parole d'encouragement. Malgré la multitude des pèlerins et la fatigue du St-Père, l'audience fut obtenue. Il la raconte en ces termes :

« Le lundi, 8 juillet, nous sommes au Vatican à quatre heures
» et demie. On nous fait monter. Nous ne sommes que deux,
» mon intime ami, M. Masselis, et moi, et nous comptons sur
» une délicieuse petite audience particulière. Cinq heures
» sonnent : le cardinal d'Imola arrive ; il entre et reste trois
» quarts d'heure. Nous attendons avec quatre ou cinq religieux,
» et un évêque de Dalmatie, qui nous exhorte à la patience.
» Enfin Pie IX s'avance vers notre salle accompagné de Mgr
» Talbot. Quand il arrive près de nous, je lui baise avec un
» élan ineffable les pieds et la main, qu'il m'abandonne comme
» étant à moi : — St-Père, veuillez attacher les indulgences du
» Chemin de la Croix à ces deux crucifix que je tiens en main.
» — Oui, les indulgences du Chemin de la Croix. — St-Père,

---

1. Lettre de M. Dehaene, mai 1867. — Le Tiers-Ordre régulier de St-François était connu jadis dans tous les pays catholiques. En France seulement il comptait, au moment de la Révolution de 1789, 4 provinces, 60 couvents et au moins 500 religieux. On a entrepris de le relever de ses ruines dans le diocèse d'Albi, au moment où M. Dehaene songeait à la même restauration dans le diocèse de Cambrai. Les constitutions de la petite famille religieuse de St-François (diocèse d'Albi) ont été approuvées par Pie IX en 1873. Les membres de cette congrégation s'occupent jusqu'ici de missions diocésaines. M. Dehaene songeait plutôt à l'éducation de la jeunesse : sous ce rapport, l'œuvre qu'il méditait aurait eu des ressemblances frappantes avec le Tiers-Ordre de St-Dominique fondé par Lacordaire et dont les observances sont adaptées au ministère de l'éducation. Cf. *Mémoire pour la défense des congrégations religieuses*. Paris. 1880, p. 209 et p. 214.

» j'ai des objets de piété dans mes poches : veuillez aussi les
» bénir. — Oui, la bénédiction du Pape pénètre aussi dans les
» poches. — Venant enfin au but de ma visite : St-Père, je
» travaille à fonder une petite congrégation de prêtres pour
» l'instruction et la prédication ; je supplie Votre Sainteté de
» la bénir. — Oui, oui, répondit Pie IX. — Et coupant court à
» l'entretien : — Voici une médaille, » dit-il. — Je presse de nou-
» veau mes lèvres sur sa main bénie et nous nous retirons. Voilà
» notre audience particulière. »

Évidemment M. Dehaene s'attendait à mieux ; mais, dans l'exaltation de son amour pour le souverain Pontife, il ne se rendait pas bien compte de la manière dont les choses se passent au Vatican. Il espérait, tout le fait croire, que le St-Père lui donnerait plus qu'une bénédiction ordinaire et générale, qu'il daignerait prendre un intérêt particulier à son œuvre, et que, par un de ces mots puissants dont parle l'Évangile « *In verbo tuo laxabo rete,* » il lui donnerait la vie et l'essor. Il fut déçu, cela transpire à travers ses lettres. Néanmoins il persévéra dans son dessein, encouragé qu'il était par la prospérité inouïe de St-François. « Si j'avais des hommes, je fon-
» derais immédiatement trois ou quatre nouveaux collèges. Les
» pasteurs et les paroissiens me demandent ; mais il faut que
» notre congrégation soit d'abord assise et connue. Elle
» compte seulement trois membres liés par des engagements
» perpétuels. Le commencement est petit, mais il y en a un.
» Et quand je n'aurais pu, à la fin de ma carrière, que fonder
» ces trois pierres, cela me suffirait (1). »

Il comptait sur l'appui de Mgr Regnier. Mais celui-ci reculait à mesure que l'abbé Dehaene avançait ; et l'approbation qu'il avait donnée d'abord à une idée qui lui semblait bonne en théorie, il la retirait petit à petit, parce qu'il trouvait cette idée irréalisable en pratique.

Lors du Concile du Vatican, M. Dehaene recommença ses instances. Monseigneur répondit que le Concile restreindrait le nombre des congrégations, loin de l'augmenter.

Après la guerre, nouveaux efforts. Cette fois notre Supérieur se met en relation avec les Franciscains : « Restaurer le

---

1. Lettre de M. Dehaene, nov. 1867.

» Tiers-Ordre régulier de St-François, c'est à quoi me poussent
» les Provinciaux des Franciscains ; ils m'assurent que j'y suis
» appelé, quand même je serais seul pour cette grande entre-
» prise. Une fourmi devant une montagne, quelle apparence
» aux yeux des hommes ! Mais ces bons Pères disent que le
» bon Dieu ne fait pas autrement les choses (1). » Au mois de
février 1872, il se rend à Bordeaux pour s'entendre avec eux,
et il rapporte de ce voyage les plus douces espérances. « Si
l'archevêque de Cambrai est favorable, tout marchera, » dit-il.
Sans retard il communique à Mgr le résultat de ses démarches,
et le prélat l'invite à venir en conférer verbalement.

« Après avoir entendu mes explications, Mgr me déclare
» que, pour le moment, il n'y a rien à faire, à cause de l'imminence
» d'une crise sociale ; qu'en tout cas ses préférences sont pour les
» Ordres dont le but direct est l'enseignement, par exemple les
» Jésuites, les Maristes ; que saint François fait pénitence, lui et
» ses Ordres, mais n'enseigne pas. — Je réponds qu'il existait en
» France avant la Révolution, qu'il existe encore aujourd'hui
» en Italie et ailleurs, un Tiers-Ordre de Saint-François ensei-
» gnant. — Mais Sa Grandeur revient toujours à ses premières
» déclarations. Me voilà donc suspendu dans le vide, les ailes
» étendues, comme un oiseau qui n'a pas d'air pour s'appuyer.
» Ne croyez pas cependant que je sois déconcerté ou décou-
» ragé en quelque façon. Non, par la grâce de Dieu ! Je veux
» seulement ce que veut mon évêque, et peut-être n'a-t-il pas
» dit son dernier mot. Sans doute les excellents Pères Jésuites
» sont là, je les porte dans mon cœur, et je les vénère tous
» comme mes maîtres ; sans doute il y a les Pères Maristes et
» bien d'autres encore ; mais quelle place immense à côté d'eux,
» au milieu d'eux, pour une foule de petits collèges à créer
» dans les petites villes (2) ! Quelle moisson de vocations parmi

---

1. Lettre du 10 déc. 1871.

2. Il aurait pu ajouter : et dans les grandes villes, comme Lille par exemple, où, de l'aveu de tous, ni le collège des Jésuites, ni le lycée ne suffisent aux besoins de la population. Il y a toute une classe moyenne de bourgeois qui ne peuvent, sans sortir de leur condition, monter jusqu'au collège des Pères et qui désirent cependant donner à leurs fils une éducation chrétienne. Le manque de collège intermédiaire est d'autant plus regrettable qu'on pourrait recruter dans cette catégorie d'enfants beaucoup de vocations ecclésiastiques.

» les bons et nombreux jeunes gens de la religieuse campagne
» et de la moyenne bourgeoisie ! Il me semble voir là tout un
» monde à la disposition de milliers d'instituteurs de la jeu-
» nesse.

» Il s'agit seulement de connaître la volonté de DIEU, car le
» tout peut bien n'être qu'un brillant mirage, qu'une pieuse
» illusion, ou peut-être un avenir de sacrifice et d'amour qui ne
» doit se réaliser pour mon âme que dans la bienheureuse éter-
» nité (1). »

La transformation du collège libre en petit séminaire porta
le coup de mort à son projet. Il prononça un généreux *fiat*. —
« Nous sommes désormais au compte du diocèse ; tout le per-
» sonnel de Saint-François reste avec son vieux Supérieur, l'abbé
» Dehaene, qui fut quelque chose de tout, et qui n'aspire qu'à
» être une seule chose tout à fait : digne prêtre, ardent et heu-
» reux ami de JÉSUS, sur la terre comme au Ciel (2). »

Ne pouvant plus songer lui-même à sa chère congrégation,
il poussa son ami, M. Dehon, à une entreprise pareille : « Ne
» pensez-vous pas qu'on pourrait utilement réunir en un grand
» faisceau tous les efforts isolés et éparpillés, et placer cette
» œuvre sous le patronage de l'admirable François d'Assise, cet
» amant de la Croix, ce grand maître de l'amour divin, amour
» qui seul peut réveiller une société endormie au tombeau de
» Lazare ? » (Fév. 1878.) — « J'entends quelquefois des prêtres
» bien capables et bien pieux dire autour de moi : « A quoi bon
» ces nouvelles congrégations ? » — Et cependant que peut-on
» faire de sérieux et de durable sans ce lien ? Le mot de l'É-
» vangile *Ubi duo vel tres... ibi sum in medio eorum* (3) sera tou-
» jours vrai : je le constate tous les jours. Donc, mon digne
» ami, courage ! J'espère que JÉSUS et saint François sont avec
» vous. » (Août et septembre 1880.)

M. l'abbé Dehon a réussi. La congrégation du Sacré-Cœur,
fondée par lui dans des buts analogues à ceux indiqués ci-dessus, est déjà prospère.

M. Dehaene avait dit : « Mon œuvre sera-t-elle ou ne sera-

---

1. Lettre du 19 mars 1872.
2. Lettre de février 1874.
3. « Quand deux ou trois sont réunis en mon nom, je suis au milieu d'eux. »

t-elle pas ? Si je ne la fais point, un autre la fera peut-être. Tout reste entre les mains de DIEU. »

Nous avons mentionné la transformation du collège Saint-François en petit séminaire. Elle se fit à l'occasion d'une question financière qui devenait grave.

Élever d'un étage les bâtiments existants, en construire de nouveaux le long de la rue Warein, aménager les salles, renouveler le matériel scolaire, acheter des orgues (1), perfectionner une foule de choses qui n'avaient été d'abord qu'ébauchées, faire en un mot d'un pauvre couvent un vaste collège, tout cela avait entraîné des dépenses et créé une dette considérable. On travaillait à l'amortir, mais on y arrivait difficilement.

Les revenus du pensionnat suffisaient à peine aux charges ordinaires de la maison. M. Dehaene ne recevait aucune subvention, ni de la ville, ni de l'État, ni du diocèse. Il devait se suffire. Sans doute le nombre des élèves internes était considérable, mais beaucoup d'entre eux ne payaient qu'une partie de la pension réglementaire. Les aspirants à l'état ecclésiastique, enfants de cultivateurs ou d'artisans sans fortune, étaient reçus à des conditions excessivement avantageuses. « L'argent n'est rien ! » disait notre Supérieur aux curés. Ceux-ci le prenaient au mot, et lui amenaient des enfants complètement pauvres ; quant aux élèves qui passaient pour riches, beaucoup d'entre eux ne payaient eux-mêmes que deux ou trois cents francs de pension. Ce n'était point assurément pour faire faire grand bénéfice à celui qui se chargeait de leur instruction. Quoi qu'il en soit, M. Dehaene disait dans un discours de distribution de prix :

« Ne perdez jamais confiance quand il s'agit d'une vocation » au sacerdoce. Non, si vous savez compter sur DIEU, jamais

---

1. Dans la circulaire annonçant le banquet des anciens élèves, M. Dehaene disait : « Notre spacieuse chapelle est dépourvue d'orgues convenables pour la célébration des saints offices ; un nombre considérable de membres du clergé et plusieurs de nos amis nous ont conseillé de faire à ce sujet un appel, non seulement à nos anciens élèves, mais encore à toutes les personnes qui nous honorent de leurs sympathies. Cette année, la cotisation individuelle pour le banquet est fixée exceptionnellement à 20 francs, et servira à couvrir en partie l'acquisition du nouvel instrument. » Le banquet n'eut pas lieu ; la plupart des cotisations firent défaut, et une nouvelle dette s'ajouta à celles qu'avait déjà M. Dehaene.

» un enfant qui veut se consacrer à l'autel ne se verra frustré
» de sa pieuse espérance faute de ressources matérielles. Si je
» vous disais tout ce que j'ai vu de miracles opérés à cet égard
» par la Providence, vous resteriez ravis d'admiration envers
» Jésus, le suprême Pasteur des âmes. » (Août 1874.)

Cependant le déficit augmentait de jour en jour, et, malgré sa confiance en la bonté divine, l'abbé Dehaene ne pouvait se défendre d'une réelle inquiétude. Le 19 mars 1873 il écrivait à M. Masselis : « Quelle cherté de vivres ! une bonne prière à
» St Joseph pour cela ! *Finirai-je par faire banqueroute après*
» *avoir commencé par mendier ?* Dieu ne le veut pas, ce me
» semble. »

Non, Dieu ne le voulait pas. Il intervint ; et Mgr Regnier fut l'instrument visible de sa providence. Au début, l'archevêque avait beaucoup encouragé M. Dehaene à fonder le collège St-François d'Assise, et depuis lors il continuait à s'intéresser à cette maison, parce qu'elle était l'une des plus utiles au diocèse.

Ayant su par M. Cailliau que les finances périclitaient : « A
» aucun prix, dit l'archevêque, je ne veux d'une nouvelle
» crise des collèges (1). Il faut enrayer la dette. » Il chargea

---

1. La crise des collèges ou l'affaire Lecomte, c'est le nom qu'on a donné à une situation financière très pénible qui se révéla en 1856. Nous avons dit (ch. X) que M. Lecomte, supérieur du collège de Tourcoing, entreprit la fondation de plusieurs maisons nouvelles. La gestion financière de ces divers établissements occasionna une dette qui s'élevait en 1856 à un million cent trente mille francs. Quand Mgr l'apprit, il en fut épouvanté. Le clergé et les fidèles vinrent à son secours. — La dette fut notablement diminuée grâce à leurs souscriptions volontaires, et bientôt elle descendit à une somme largement représentée par la valeur des immeubles.

M. Lecomte, qui songeait depuis longtemps à une douce et pieuse retraite, entra chez les Chartreux. En partant il laissait au diocèse le plus beau cadeau que jamais prêtre lui ait fait : *huit collèges ecclésiastiques*. Sans nul doute la dette était grande; elle dépassait la valeur vénale des maisons ; et s'il avait fallu liquider immédiatement, on était devant un gouffre. « Mais il ne faudra pas liquider immédiatement, pensait M. Lecomte; l'avenir est à nous et nous devons compter sur la Providence. Ce n'est pas une affaire commerciale que nous commençons, c'est une entreprise de zèle. » Mgr Régnier revint de sa panique, et plus tard, rendant justice aux vertus sacerdotales de M. Lecomte, il dit : « Sa confiance en la divine Providence a été justifiée par les événements. » N'oublions pas que M. Lecomte fut le collègue de M. Dehaene à Douai, qu'ils entrèrent ensemble dans l'enseignement, qu'ils fondèrent tous deux des collèges, qu'ils eurent le même zèle et le même sort, et de la part de Dieu les mêmes récompenses après les mêmes épreuves. Frappante ressemblance entre deux destinées !

l'archiprêtre de l'arrondissement d'Hazebrouck, M. Legrand, de rédiger un rapport sur la situation de St-François, et d'examiner ce qu'on pourrait faire pour y porter remède.

Deux solutions furent proposées : 1º faire un appel au clergé comme on avait fait pour les collèges de M. Lecomte, et combler le déficit par des souscriptions volontaires, puis rattacher la maison d'Hazebrouck à la société St-Charles.

— « Un appel au clergé, cela ne se fait pas deux fois, » dit nettement l'archevêque ; et, d'un mot, il écarta cette première solution.

2º Il y en avait une autre à laquelle songeait M. Cailliau, qui s'intéressait particulièrement à l'Institution Saint-François d'Assise, comme ami du Supérieur de cette maison et comme représentant de la Flandre dans le conseil de Monseigneur. C'était à lui que M. Dehaene confiait ses embarras financiers et qu'il avait recours pour faire comprendre à l'administration la nécessité où il se trouvait d'agrandir son collège et de faire sans cesse de nouvelles dépenses ; mais M. Cailliau rencontrait une telle opposition qu'il n'osait plus entamer ce sujet devant l'archevêque. Cet état de choses ne pouvait durer. On était en 1873. Ayant prudemment réfléchi et s'étant muni de renseignements de tout genre, le dévoué chanoine vint trouver Monseigneur ; et, procédant dans les affaires comme dans une thèse de théologie, avec cette judicieuse logique et cette ténacité flamande qui arrivent toujours à leur but, il traita méthodiquement les deux points suivants : le diocèse doit intervenir en faveur de M. Dehaene ; quel est le mode d'intervention le plus convenable ?

Pour démontrer le premier point, il fit valoir deux considérations. Le diocèse doit intervenir, d'abord par reconnaissance pour l'abbé Dehaene. « En effet, disait-il, si, à l'heure présente, celui-ci se trouve en déficit, c'est uniquement parce que, durant sa longue carrière, il a sacrifié tous ses profits pour les vocations ecclésiastiques. Au collège communal il aurait pu, dans certaines années, économiser une dizaine de mille francs. Il ne l'a point fait, et ce bénéfice possible, il y a renoncé pour accorder aux futurs séminaristes des réductions de pension, que, sans lui, le diocèse aurait dû supporter. De ce chef donc, la caisse des séminaires a fait une épargne considérable. En prenant pour moyenne 6.000 francs de réductions annuelles faites par M. Dehaene — ce qui est certainement un minimum souvent dépassé — la dépense totale évitée de la sorte au diocèse s'élève, au bout de 35 années (1838-1873), au chiffre énorme de 210.000 francs. N'est-il pas dès lors très équitable qu'on ne traite point le passif de ce bienfaiteur du diocèse comme une dette indifférente, et qu'on accepte de participer aux charges de son œuvre, après en avoir recueilli si largement les bénéfices ?

» L'intervention pécuniaire, due à l'abbé Dehaene par reconnaissance, est due également à la Flandre par une espèce de justice distributive. Lors de la souscription organisée pour éviter à la société Saint-Charles une banqueroute (1856), le clergé flamand a fourni généreusement son appoint ; mais, ses collèges étant restés hors de la société susdite, la Flandre n'a point reçu une obole de la somme partagée. N'est-il pas juste qu'après avoir aidé les autres parties du diocèse à l'heure de leur détresse, elle reçoive elle-même quelque secours dans sa propre indigence ? Or, nulle occasion d'offrir ce secours ne peut être meilleure que la présente. — L'institution Saint-François d'Assise est l'œuvre des curés flamands aussi bien que celle de M. Dehaene. Ils ont concouru par leurs libéralités à la fondation du couvent des Capucins. Frustrés une première fois dans leurs espérances par l'expulsion des religieux, ils ont fait de nouveaux sacrifices pour la construction d'un collège libre. Seront-ils déçus une seconde fois ? L'administration diocésaine ne peut le permettre.

» Elle doit donc intervenir tant pour tirer d'embarras l'abbé Dehaene que pour rendre service aux deux arrondissements, qui ne sont ni les moins religieux ni les moins dignes d'intérêt du diocèse. »

Mais quel sera le mode d'intervention ? Monseigneur ne veut à aucun prix d'une souscription publique. Tout son entourage le sait. Que faire donc pour sortir de la crise ? M. Cailliau se hasarde à prononcer le mot de petit séminaire. « On pourrait, dit-il, rattacher le collège d'Hazebrouck à l'œuvre des séminaires et prendre au compte du diocèse le passif de l'abbé Dehaene. »— Quand une proposition est bonne et opportune, plus on réfléchit, plus on découvre de raisons pour l'adopter.— C'est ce qui arriva dans le cas présent. Mgr fut tellement frappé de cette idée de transformer la maison d'Hazebrouck en petit séminaire, qu'elle ne le quitta plus. Sous quelque point de vue qu'il l'envisageât, il la trouvait excellente. — La caisse des séminaires avait profité de la générosité de M. Dehaene. La caisse des séminaires venait à son secours. — Les vocations ecclésiastiques avaient été la préoccupation de toute sa vie. Elles seraient dorénavant le but officiel de sa maison.— La dette qu'il laissait était forte. Mais le terrain, le bâtiment et le mobilier scolaire représentaient un capital de beaucoup supérieur à cette dette qu'il fallait amortir. — D'ailleurs, et M. Cailliau insistait sur ce point, — beaucoup de diocèses possèdent plusieurs petits séminaires. Celui de Cambrai n'en a qu'un, et, de l'aveu de tous, il est insuffisant. Reculé au fond du département, il n'offre point grand attrait aux familles de Flandre, qui craignent d'envoyer leurs fils si loin dès l'âge de quinze ans. Ajoutons qu'au moment où se discutait cette affaire, on parlait beaucoup de la création d'un évêché à Lille. L'œuvre de Notre-Dame de la Treille était un premier acheminement vers ce grand but, « *accomplissement d'un vœu légitime, satisfaction d'un besoin religieux généralement senti, création que la force même des choses amènera* (1). » La transformation du collège libre d'Hazebrouck pouvait être considérée comme une seconde pierre d'attente. Notre-Dame de la Treille, cathédrale ; l'école de théologie annexée à l'Université, grand séminaire ; et l'institution Saint-François, située dans le recueillement d'une ville paisible, et dans le bon air de la grasse Flandre, petit séminaire : c'était assurément un ensemble magnifique de beaux projets, un splendide mirage d'avenir !

Quoique décidé, au fond de l'âme, à suivre le plan de M. Cailliau, Mgr l'archevêque voulut qu'il fût étudié mûrement, et il confia ce travail à M. l'archiprêtre curé-doyen de Merville. M. Legrand avait toute la confiance de Mgr. Il examina la question de transformation de St-François comme il avait examiné celle de son établissement, avec toute la portée de son

---

1. Paroles de Mgr Regnier. Cf. sa *Vie* par M. Destombes, t. II, p. 370 et 371.

esprit positif et lucide, et le rapport qu'il rédigea fut absolument conforme aux conclusions de M. Cailliau.

Pendant qu'avaient lieu ces échanges de vues, en dehors desquels on l'avait laissé pour lui éviter des agitations pénibles, M. Dehaene continuait de songer à l'avenir. Préoccupé des difficultés financières, il priait M. Plichon de faire des démarches pour régler la pension de retraite à laquelle il avait droit comme ancien principal (1). Ces démarches furent couronnées de succès. Par un arrêté en date du 7 juillet 1873, M. Batbie, alors ministre de l'Instruction publique, accorda la pension. Elle n'était pas considérable, — 900 francs. — Néanmoins M. Dehaene se réjouit de la recevoir, parce qu'elle représentait de quoi nourrir trois enfants pauvres, et que, dans son état de gêne, c'était une ressource en plus pour vivre. Il s'occupait toujours de son projet de congrégation : « Associons-nous, disait-il à M. Durant, Supérieur de N.-D. des Dunes. — Mais que mettrons-nous en commun ? observait M. Durant. — Nos dettes ! » répondait-il. — C'était trop peu.

Des souffrances physiques, indiquant l'approche de la vieillesse, l'avertissaient aussi de se mettre en garde contre l'éventualité de la mort. Il avait discrètement touché ce point devant Mgr Regnier : « Je puis mourir bientôt; que fera-t-on quand je n'y serai plus ? — Eh ! eh ! répondit tout bonnement l'archevêque, on vous remplacera ! — C'est vrai, se dit-il en branlant

---

1. En 1865, il n'avait pas été révoqué, mais regardé comme démissionnaire. Pour faire valoir ses droits à la retraite, on l'assimila aux fonctionnaires qui n'ont point les années de service requises, mais qui en sont dispensés, moyennant les certificats de complaisance auxquels la bureaucratie est habituée. A propos de ce petit arrangement qui fut fait sous le gouvernement du maréchal, grâce à l'influence personnelle de M. Plichon, M. Taverne de Tersud écrit dans son histoire d'Hazebrouck : « *La République de 1870, honnête et équitable, liquida la pension de retraite de l'abbé Dehaene, ce que l'empire n'avait pas voulu faire.* »

Rappelons pour mémoire qu'un professeur de St-François songeait alors à demander pour notre Supérieur une prélature romaine. Il avait des amis au Vatican et comptait réussir. M. Cailliau, consulté là-dessus, arrêta toutes les démarches en faisant observer que les dignités obtenues en dehors de l'administration diocésaine plaisaient médiocrement à Mgr Regnier. — Quant à l'administration, ajouta-t-il, elle ne la sollicitera point, parce que dans un diocèse comme celui de Cambrai trop de prêtres la méritent à un titre quelconque. Le canonicat est la récompense régulière et officielle des services diocésains. Il faut laisser les prélatures pour les services rendus directement au Saint-Siège.

la tête, il n'y a pas d'homme nécessaire ! » Et caressant comme un espoir suprême l'idée d'abriter ses vieux jours dans la paix d'un couvent, il se replia vers Dieu, et s'en remit pour l'avenir de son œuvre à sa paternelle providence !

Il en était là quand un jour M. l'archiprêtre Legrand vint s'asseoir à son côté, et, messager visible de cette bonne Providence, murmura à son oreille des paroles comme celles qu'écrivait d'autre part le chanoine Cailliau :

« Bannissez vos craintes, bien cher ami, votre prière a été
» exaucée au-delà de vos espérances. *Ascendit deprecatio justi*
» *et descendit Dei miseratio.* Dieu a inspiré à notre vénérable
» archevêque une de ces pensées qui ne peuvent venir que du
» Ciel. Monseigneur a dit : « L'Institution St-François d'As-
» sise a été de fait un petit séminaire par le grand nombre de
» prêtres qu'elle a donnés au diocèse : elle le sera de droit ; elle
» en aura désormais le titre et les prérogatives (1). »

Nous pensons bien qu'à ces paroles notre Supérieur dut éprouver un mouvement de surprise suivi d'un instant d'hésitation. On lui offrait plus qu'il n'avait demandé.... et peut-être plus qu'il ne désirait ! Car il entrevit tout ce que ce don inespéré renfermait pour lui de sacrifices : sacrifice de sa liberté d'allures, sacrifice de ses projets, sacrifice de ses rêves d'avenir. Mais quand on est dans le besoin, il faut bien se résigner à subir les dons, dussent-ils apporter avec eux une chaîne. Et puis, n'est-ce point pratiquer la vraie sagesse que de voir dans les nécessités inévitables de ce monde, des arrangements divins que l'on doit accepter avec respect et reconnaissance ? M. l'archiprêtre n'eut pas besoin d'insister sur ces réflexions de bon sens chrétien qu'il savait dire avec tant de force : « Nous vieillissons, n'est-ce pas, mon bon ami ? On ne peut pas tout faire dans une vie d'homme : il faut bien laisser quelque chose à ceux qui viennent après nous. Pour réaliser votre projet de congrégation, dont le succès est incertain, n'allez pas compromettre l'œuvre des vocations, que Mgr offre de garantir pour toujours. »

M. Dehaene s'inclina, rendit grâces à Dieu, et comme il ne faisait pas les choses à demi, il abandonna tout ce qu'il possé-

---

1. Discours de M. Cailliau. Distribution des prix, 1878.

dait, sans faire aucune réserve ni exception, et sans rien stipuler ni pour lui dans ses vieux jours, ni pour ses parents qui étaient pauvres.

Pour qu'une école secondaire jouisse des prérogatives et des faveurs attachées par la loi française aux petits séminaires, elle doit être reconnue comme telle par le gouvernement ; à l'heure qu'il est, il serait difficile d'obtenir cette reconnaissance. Mais alors on était en 1873, c'est-à-dire dans cette mémorable année que signalèrent pour les catholiques de splendides manifestations religieuses et des espérances de triomphes terrestres. Depuis le 24 mai, le chef du pouvoir exécutif était un brave et loyal soldat, le maréchal de Mac-Mahon. Il avait connu Mgr Regnier quand il commandait le Ier corps d'armée à Lille, et il avait conservé pour lui une sincère et profonde estime.

Homme ferme et modéré, soucieux avant tout de faire son devoir, n'étant inféodé à aucun parti politique, Mgr Regnier devait tout naturellement être en faveur sous le gouvernement de *l'ordre moral*. Nul donc n'était surpris d'entendre Mgr Freppel saluer d'avance à Douai, (le 21 septembre 1873, au sacre de Mgr Bataille, évêque d'Amiens,) la pourpre cardinalice que l'archevêque de Cambrai ne devait point tarder à recevoir. Son heure de crédit était venue : il obtint du pouvoir civil plusieurs faveurs. Elles étaient de ces justices tardives que les hommes de désintéressement et de loyauté reçoivent en ce monde comme un petit avant-goût de la grande et complète justice. La grâce que Mgr désirait le plus et qu'il sollicita jusqu'à la fin de sa vie, celle de voir Mgr de Lydda, son cher et dévoué auxiliaire, reconnu comme son coadjuteur, fut obstinément refusée. Parmi les autres se trouva le décret dont la teneur suit :

« Le Président de la République Française,

» Sur le rapport du ministre de l'Instruction publique et des Cultes,

» Vu la demande en date du 17 septembre 1873, formée par l'archevêque de Cambrai, afin de transformer en école secondaire ecclésiastique l'école libre Saint-François d'Assise à Hazebrouck, qui est actuellement placée sous la direction de l'autorité diocésaine ;

» Vu l'avis favorable du préfet du Nord, en date du 5 novembre 1873 ;

» Vu l'avis du recteur de l'Académie de Douai ;

» Vu l'article 70 de la loi du 15 mars 1850 sur l'enseignement,

» Décrète :

» Art. 1er.

» L'archevêque de Cambrai est autorisé à transformer l'école libre Saint-François d'Assise à Hazebrouck (Nord) en école secondaire ecclésiastique.

» Art. 2.

» Le ministre de l'Instruction publique et des Cultes est chargé de l'exécution du présent décret.

» Fait à Versailles, le 12 décembre 1873.

» Signé : M^{al} de Mac-Mahon.

» Pour le Président de la République,
» Le ministre de l'Instruction publique et des Cultes,
» Signé : de Fourtou. »

Ce décret précéda de dix jours le consistoire du 22 décembre, où Mgr Regnier fut promu au cardinalat. Les journaux le mentionnèrent sans le commenter ni le critiquer.

Aussitôt après, l'administration diocésaine se mit à l'œuvre pour régulariser la situation, établir d'une manière nette l'actif et le passif de M. Dehaene, passer les actes notariés pour la cession de l'immeuble (1), et organiser une comptabilité officielle

---

1. M. Dehaene en était propriétaire avec M. Legrand, archiprêtre, et M. Markant, doyen de Morbecque. Ils formaient ensemble l'ancienne société civile du couvent des Capucins. Tous trois étant d'un âge avancé, ils pouvaient mourir à bref délai, et il était temps de mettre ordre à leurs affaires. Sous le rapport des intérêts matériels, l'intervention de Mgr fut donc tout à fait opportune.

M. Markant, doyen de Morbecque, était déjà alité et très souffrant quand on lui apporta à signer l'acte de rétrocession de sa part dans l'immeuble. Il mourut le 12 janvier 1875, laissant à peine assez d'argent pour payer les frais de ses funérailles. Il avait doté sa paroisse d'un bel établissement de Frères Maristes et d'un hospice dirigé par les Sœurs de l'Enfant-Jésus. Né à Winnezeele en 1803, d'une famille d'honnêtes cultivateurs, il fit ses études au collège de Cassel, fut ordonné prêtre en 1826, fut successivement vicaire à Roncq, premier curé des Moëres, curé de Tête

et minutieusement contrôlée. Dans la suite, toute dépense faite par l'économe de Saint-François dut être autorisée, et les réductions de pension furent soumises à l'examen du Conseil des séminaires. La responsabilité de M. Dehaene était couverte.

Mais dès l'abord il avait pressenti que tout ne se réduirait point à des modifications budgétaires, et que tôt ou tard la maison d'Hazebrouck serait assimilée non seulement pour les questions d'argent, mais encore pour le système d'études, à celle de Cambrai. Un premier sacrifice lui fut imposé sur-le-champ. Pour des raisons de cœur faciles à deviner, il aimait ce doux et harmonieux vocable de Saint-François d'Assise, qu'il avait recueilli pieusement sur les lèvres de ses frères les religieux, et il désirait beaucoup le joindre au titre de petit séminaire. Il supplia Mgr Regnier de lui faire cette grâce. Le cardinal fut inflexible : « Saint François d'Assise, dit-il, peut rester le patron de la maison d'Hazebrouck, comme l'Immaculée-Conception est patronne de notre maison de Cambrai ; mais pas plus chez vous qu'ici il ne faut ajouter de qualificatif au titre officiel. »

A la distribution des prix du 5 août 1874, M. Dehaene entretint le public du sujet qui préoccupait tout le monde : la transformation de son œuvre. On attendait des explications.

---

ghem, et enfin doyen de Morbecque. Il occupa ce dernier poste pendant trente ans. Nous devons garder son souvenir, parce qu'il fut l'associé de M. Dehaene dans ses entreprises et son ami fidèle dans la bonne et la mauvaise fortune.

Nous ne pouvons pas non plus oublier l'archiprêtre de l'arrondissement d'Hazebrouck, M. Legrand. Il était originaire d'Hazebrouck, où il naquit en 1803. Prêtre en 1829, il arriva à Merville en 1831 comme vicaire, après avoir été deux ans au même titre à Dunkerque. Il ne quitta plus Merville jusqu'à sa mort (1875, décembre). Curé-doyen (1847), archiprêtre (1851), chanoine honoraire (1866), il fut pendant sa longue et belle carrière un homme de foi profonde, de haute intelligence et d'infatigable énergie. Merville lui doit les écoles des Frères et des Sœurs, le cercle de Saint-Joseph, l'hospice, l'orphelinat, le couvent des Récollectines. M. Legrand avait un esprit vigoureux et pénétrant, capable des plus hautes spéculations philosophiques et théologiques. Avec cela, un cœur attendri par la piété la plus fervente. On ne pouvait parler devant lui de DIEU, de Notre-Seigneur, sans qu'il eût les larmes aux yeux. Que de fois, à la clôture d'une fête religieuse, il dut interrompre le chant de l'oraison parce que les sanglots étouffaient sa voix !

Quelques jours avant sa mort il disait : « Je m'en vais content, j'ai reçu le bon DIEU et je n'ai point de dettes. » C'était la traduction du mot de saint Paul : « J'ai cherché vos âmes, non vos biens ; *Non quæro quæ vestra sunt, sed vos.* »

On conçoit que des hommes de cette trempe, unissant leurs efforts, aient fait du bien dans notre cher pays.

Il les fournit dans un beau discours dont voici les principaux passages :

« En devenant petit séminaire, nous ne changeons pas essen-
» tiellement d'organisation intérieure. Le plan de nos études
» demeure le même ; le personnel des maîtres est conservé,
» et nos leçons s'adresseront à tous les étudiants, quelle que
» soit la carrière qu'ils se proposent de suivre.

» Son Éminence veut que ceux qui ont fondé cette œuvre
» travaillent à l'affermir. Grâces lui soient rendues d'avoir si
» bien compris les cœurs des maîtres et des élèves ! Comment
» en effet nous séparer les uns des autres, après tant d'années
» d'efforts communs, après des épreuves, pénibles quelquefois,
» supportées dans un même esprit de résignation et de confiance,
» après le calme succédant à la tempête ?

» Maîtres laïques, qui, par l'aménité de votre caractère et la
» douceur de vos habitudes, avez répandu parmi nous, prêtres,
» je ne sais quel agréable parfum d'union générale et de com-
» plaisante charité, vous resterez avec nous.

» Vétérans de la milice sacerdotale, qui avez blanchi dans
» l'œuvre de l'éducation, vous surtout vous demeurerez nos
» collaborateurs ; c'est avec vous que nous poursuivrons notre
» carrière ; c'est sous vos regards que nous désirons succomber
» vigoureusement à la tâche ; c'est en vous serrant une dernière
» fois la main avec un confiant et dernier *au revoir* qu'il nous
» sera donné de quitter ce monde pour entrer dans une vie
» meilleure.

» Les chers enfants, de tout âge et de toute condition, qui
» nous entourent en si grand nombre, resteront aussi tous
» avec nous : et les petits aux ébats joyeux, à la piété précoce,
» doux espoir de l'avenir, continuel printemps qui réjouit nos
» années sur le déclin ; et les vigoureux jeunes gens de nos
» classes primaires et françaises ; et les externes dont plusieurs
» rivalisent de courage et de régularité avec les pensionnaires,
» et parmi lesquels il y a des anges terrestres comme celui dont
» le trépas nous a fait une si cruelle blessure (1) ; et les élèves
» de latin qui se destinent aux carrières civiles et laïques,
» et qui puiseront dans un continuel contact avec les aspi-

---

1. Gaëtan de St-Mart.

» rants au sacerdoce la passion du bien, l'esprit de foi et
» l'estime de toutes les choses supérieures aux intérêts de la
» terre.

» Ah! jeunes amis, quand nous jetons un regard autour de
» nous, nous voyons vos devanciers couvrir toute la surface de
» ce pays. Placés à tous les degrés de l'échelle sociale, quel
» bien ils peuvent accomplir, s'ils sont fidèles aux leçons de
» leurs anciens maîtres! Ah! si parfois notre œil contristé
» rencontre des mollesses, des défaillances, voire même des
» défections, ce ne sont là, nous l'espérons, que des aberra-
» tions momentanées auxquelles l'expérience et la raison
» doivent apporter remède. Si, pour leur rendre le bonheur,
» nous pouvions aller les chercher au loin, leur tendre nos
» bras de vieillard comme à des enfants égarés, et les ramener
» comme l'apôtre de la charité ramenait son fils d'adoption (1),
» volontiers nous entreprendrions cette sainte croisade.

» Mais vous oublierai-je, vous, jeunes gens qui vous destinez
» au sacerdoce? N'êtes-vous pas la portion la plus précieuse
» de notre troupeau, les joyaux les plus brillants de notre cou-
» ronne et l'objet de nos plus chères espérances? Précieuses
» vocations ecclésiastiques, c'est pour vous découvrir, pour
» vous exciter, pour vous conduire à un heureux terme que
» nous sommes entré, il y a quarante ans, dans la carrière de
» l'instruction. C'est pour créer dans cette cité comme une
» pépinière de prêtres que, pendant près de trente ans, la Provi-
» dence nous a donné de nous dépenser de toutes les manières.
» C'est pour maintenir cette œuvre capitale qu'il y a près de
» dix ans nous nous sommes relevé avec courage après une
» douloureuse meurtrissure. Enfin, c'est pour lui assurer une
» garantie d'avenir durable et des ressources permanentes, que
» le cardinal-archevêque de Cambrai a voulu conférer à l'Insti-
» tution Saint-François d'Assise le titre de petit séminaire, qui
» l'attache au siège archiépiscopal par un lien direct et immé-
» diat, et lui donne quelque chose de la solidité de ce siège lui-
» même: événement capital pour le pays, rang nouveau et

---

1. Allusion à la conversion d'un jeune homme que saint Jean avait beaucoup aimé, qui s'était fait chef de brigands et que l'apôtre alla chercher dans sa caverne pour le ramener dans le bercail du CHRIST.

» exceptionnel, auquel la bonté de Mgr nous élève et dont
» tous sentent l'importance...

» C'est quelque chose, Messieurs, de vivre ici-bas et de faire
» quelque bien pendant le court passage de la vie ; mais, c'est
» plus d'avoir la consolation de se survivre et de faire encore
» le bien après le trépas.

» Grâce à DIEU, nous allons nous survivre. Et cette maison,
» dont on avait voulu faire une froide tombe, sera à jamais un
» berceau radieux de belles vocations.

» Vénérables ecclésiastiques, nos amis, nos élèves, nos sou-
» tiens, parcourez donc notre généreuse Flandre, visitez les
» familles laborieuses et chrétiennes dont la piété vous console ;
» frappez du pied notre terre où la foi plonge encore de si
» profondes racines, et vous en ferez sortir des légions d'apô-
» tres.

» Et vous, bien-aimés habitants d'Hazebrouck, dont la sym-
» pathie nous est demeurée fidèle dans les vicissitudes de notre
» vie, à vous aussi nous présentons cette maison si utilement
» transformée. Dans l'intérêt que vous portiez à notre œuvre,
» vous vous êtes dit bien souvent : « Qui recueillera cet héri-
» tage ? Qui fera durer ce qui a été commencé avec tant de
» peines et de sacrifices ? » A cette question le cardinal-arche-
» vêque vient de faire cette réponse : « L'institution Saint-
» François d'Assise est l'œuvre du diocèse. Elle ne périra pas.
» Elle est désormais le petit séminaire de la Flandre ! »

M. Dehaene s'engageait peut-être témérairement lorsqu'il affirmait que rien ne serait changé. Effectivement rien ne le fut dès l'abord, parce qu'il fallait ménager la transition ; mais bientôt les circonstances, la force des choses, la centralisation administrative, amenèrent des modifications importantes.

La première fut la suppression des cours de français. Elle se fit peu à peu. A partir de 1877, le pensionnat ne s'ouvrit plus qu'aux élèves de latin, de sorte que les cours de français, réduits aux seuls externes, se fondirent comme la neige et disparurent insensiblement. M. Dehaene annonça leur suppression définitive et complète à la distribution des prix de 1879. Il eut à se prononcer ce jour-là sur une question fort débattue parmi les éducateurs, et qui est tranchée la plupart du temps d'après des raisons purement locales, la question des *petits séminaires mixtes*.

Suivant les uns, le mélange des deux catégories d'élèves, les étudiants ecclésiastiques et ceux qui ne le sont pas, produit des résultats heureux.

D'ordinaire, disent-ils, les aspirants au sacerdoce sont plus intelligents et meilleurs ; ils servent de modèles à leurs condisciples. Eux-mêmes, par un continuel contact avec ces jeunes gens plus mondains, sont mis à l'épreuve ; au lieu de s'affadir en serre chaude, ils s'habituent aux rudes combats de la vie réelle ; ils font un apprentissage utile, nécessaire même, dans une société qui n'admet plus de privilèges, et force le clergé à reconquérir de haute lutte les positions perdues. De plus, si le prêtre est avant tout, suivant un mot de Fénelon, un honnête homme et un chrétien, ne faut-il pas lui donner ces qualités générales et communes avant de songer à la culture spéciale, et creuser de fortes bases avant de poser le couronnement ? Dans les pays où il n'y a point de collèges ecclésiastiques, on s'appuie sur ces diverses considérations pour ouvrir les petits séminaires à toutes sortes d'élèves (1).

Mais n'arrive-t-il pas souvent que « les candidats au sacer-
» doce sont de frêles arbrisseaux que le moindre souffle ébranle,
» de tendres fleurs qu'il faut abriter contre les froids du Nord
» et les ardeurs du Midi? (2) » N'est-il pas à craindre que les élèves séculiers ne regardent la vertu de leurs condisciples comme une perfection admirable peut-être, mais pas inimitable, et que les futurs ecclésiastiques, emportés par le laisser-aller des mondains, ne contractent des habitudes fâcheuses? Le Concile de Trente considère les petits séminaires comme des écoles spéciales. Les élèves sont à ses yeux des bénéficiers entretenus par les revenus des biens d'église. Ils remplissent des fonctions sacrées dans les offices publics, étudient des matières purement ecclésiastiques, s'adonnent au plain-chant, au comput, portent la soutane, reçoivent la tonsure, quoiqu'ils n'aient que douze à quinze ans. En n'ouvrant les petits séminaires qu'aux seuls élèves ecclésiastiques, on revient donc à la tradi-

1. Cf. Mgr FREPPEL, *Discours sur l'idée d'un petit séminaire*, juillet 1878.
2. Discours de distribution de prix de M. Dehaene, 1879.

tion primitive, sans compter que cela donne plus d'uniformité à la direction, plus d'unité à l'enseignement et plus d'efficacité à la discipline (1).

Ces dernières raisons prévalaient à l'archevêché. M. Dehaene s'y conforma. Après avoir demandé à Dieu un cœur docile, prêt à se plier à toutes les décisions, il annonça publiquement une mesure qui le faisait souffrir.

Depuis plus de quarante ans il n'avait cessé d'aimer les élèves de français et de se sentir aimé d'eux. En leur fermant sa maison, il ressentit donc une peine profonde : « Nous avons » reçu de leurs parents des marques touchantes de confiance » entière et de sincère affection ; beaucoup de ces élèves occu- » pent dans la société un rang honorable mérité par leur tra- » vail et leur vertu : vous comprenez ce qu'il en doit coûter à » notre amour de nous séparer définitivement d'eux. » Une pensée le consolait : c'est qu'il pouvait montrer, vers tous les points de l'horizon d'Hazebrouck, des collèges chrétiens prêts à les recevoir : « Tournez-vous vers le Nord. Voyez Bergues, » Dunkerque, Gravelines, St-Omer, avec leurs prêtres pleins » de science et de dévouement, avec leurs Frères de la Doctrine » chrétienne si dignes de confiance et de vénération. L'Est et » le Midi vous signalent près de nous, dans les villes d'Aire, de » Merville, d'Estaires et de Bailleul, des maîtres qui ont reçu » de l'Église la mission d'enseigner la jeunesse, et de Dieu les » grâces nécessaires pour la bien remplir (2). »

La suppression des cours de français entraîna celle des cours de dessin ; chose regrettable, car beaucoup de prêtres ont besoin de faire ou de contrôler des travaux graphiques. Moyennant quelques notions de dessin complétées par des principes d'archéologie (3), ils s'épargneraient à eux-mêmes des déboires, et à nos églises des ornementations absurdes et des destructions qui font gémir les artistes et faussent le goût des peuples.

---

1. Cf. *Vie du cardinal Pie*, par Mgr BAUNARD, et *Conc. Trident. Canones et Decreta, Sessio XXIII, de Reformatione, c. XVIII.*

2. Allocution du 5 août 1879.

3. M. Dehaene avait fondé un cours d'archéologie. C'était une excellente chose à tous points de vue ; mais comme les programmes sont très chargés et que les petits séminaires subissent le joug du baccalauréat, on a dû supprimer ce cours, faute de temps à lui consacrer. C'est ainsi que les écoles spéciales sont nivelées.

La société de musique instrumentale que M. Snyders reformait tous les ans avec une persévérance méritoire disparut à son tour. Elle fit place au plain-chant et à l'accompagnement d'orgue, qui cadrent mieux avec la religieuse gravité d'un petit séminaire. Toutefois aux jours de fêtes, quand il faut du bruit pour soulever les foules, on regrette la jeune fanfare qui jadis enthousiasmait maîtres et élèves.

Les mêmes motifs qui avaient déterminé la suppression des cours de français, éloignèrent petit à petit les élèves de latin qui ne se destinaient point au sacerdoce. En 1881, on retrancha la classe de philosophie. La maison d'Hazebrouck entrait complètement dans sa destination spéciale ; mais, au point de vue des examens, elle était décapitée. Chose plus regrettable, elle perdait ainsi le cours d'histoire contemporaine qui est attaché à la philosophie. Il en résulte dans les connaissances de beaucoup d'élèves des lacunes qui sont difficilement comblées plus tard, parce que des lectures, si variées qu'elles soient, ne suppléent jamais à l'enseignement oral et technique (1). A l'égard de toutes ces mesures, M. Dehaene était dans une situation assez pénible. L'administration diocésaine les prenait dans l'intérêt supérieur du petit séminaire ; il désirait, lui, les retarder dans un intérêt plus restreint, celui de la ville d'Hazebrouck. C'est pour cela qu'il insistait de toutes ses forces afin d'obtenir le maintien des cours préparatoires et de l'externat. Il y avait aussi de sa part le désir de payer une dette de cœur.

« Pouvons-nous oublier, disait-il, qu'il y a quarante ans nous
» comptions au nombre des externes du collège d'Hazebrouck ?
» Aussi ces chers élèves, pour n'être pas assis à notre table

---

1. On tâche de remédier à cet état de choses en ajoutant quelques leçons d'histoire contemporaine au programme de la rhétorique. C'est un premier pas vers une réforme utile. Il faut espérer qu'on ira jusqu'au bout, et qu'on fera à cet enseignement une place digne de lui, soit en lui réservant la classe de rhétorique dans les petits séminaires, soit en l'ajoutant aux matières de philosophie dans les grands séminaires. Dans le système actuel, la majeure partie des futurs prêtres sont exposés à ne savoir presque rien des choses de leur temps. Leurs études historiques s'arrêtent à 1789. Or, tout le monde doit reconnaître que, depuis cette date fameuse, tout a changé autour de nous, et qu'ignorer ces changements, c'est vivre en étranger dans son propre pays, chose déplorable pour tout homme et dont les conséquences pour un prêtre sont particulièrement dangereuses.

» ni couchés sous notre toit, n'en sont pas moins nos enfants
» bien-aimés. Ils sont les fils de ces hommes honorables et de ces
» dignes magistrats qui autrefois nous ouvrirent un asile pour
» nos premières études et couronnèrent nos premiers succès.
» En effet, (il n'y a ni petitesse ni orgueil à le dire,) de l'année
» 1826 jusqu'à l'année 1829 j'ai été externe, et externe gratuit
» au collège de cette ville. Il faut donc me permettre d'aimer
» ces chers enfants et de rendre aux fils ce que je dois aux
» pères. C'est pour moi un devoir de reconnaissance et un
» impérieux besoin de cœur. Chaque fois donc qu'il nous
» arrive un externe, nous le recevons comme un gage de l'affec-
» tion réciproque qui nous unit à la ville d'Hazebrouck, à
» laquelle nous n'avons jamais voulu que du bien, quoique
» nous n'ayons pas toujours réussi à faire goûter ce bien de
» tous. »

L'administration diocésaine n'avait pas les mêmes motifs pour conserver indéfiniment l'externat, section coûteuse du petit séminaire. Elle ne pouvait détourner de leur but les aumônes des fidèles pour faire servir à des intérêts particuliers ce qui doit profiter à tout le diocèse. D'ailleurs, posséder dans son enceinte un petit séminaire, n'est-ce pas déjà pour une ville un avantage très appréciable ? « N'est-ce pas une source de prospérité
» temporelle ? et peut-être pour les jours de malheur, à cause
» des vertus et des prières de ces pieux enfants, un paraton-
» nerre ? (1) »

La place des externes est donc au collège communal. Si cet établissement n'a point la vogue désirable, c'est à la municipalité d'y remédier. Que le programme des études et l'esprit de l'enseignement répondent aux légitimes espérances des familles, qu'on y donne une instruction secondaire à la fois chrétienne et progressive, et ce jour-là le collège reprendra son rang, et la ville sortira de l'impasse où elle est engagée depuis 1865. Centre d'un pays chrétien, elle possédera à ce titre le petit séminaire où l'on formera des prêtres. Chef-lieu d'arrondissement, elle aura un collège communal où les jeunes gens se prépareront aux carrières civiles. Dès lors, quand les professeurs des deux établissements se rencontreront, ils pourront se serrer la

---

1. Discours de M. Cailliau, 1878.

main sans arrière-pensée. La froide méfiance aura fini son temps, l'injustice sera réparée, les intérêts locaux et régionaux auront leur satisfaction, et l'œuvre éducatrice de l'abbé Dehaene sera vraiment complète.

Ces lignes étaient écrites lorsque des changements notables eurent lieu dans les deux collèges que M. Dehaene dirigea successivement.

La ville d'Hazebrouck, trouvant qu'une municipalité que domine un parti politique est exposée à compromettre les intérêts locaux, s'est détachée d'une liste de conseillers à qui l'on adressait ce reproche. Elle a nommé pour ses mandataires des hommes chargés de faire avant tout de bonne et sage administration. Sous la conduite de M. Georges Degroote, maire et conseiller général, les candidats élus en 1884, et réélus sans exception en 1888, ont conformé leurs actes à ces principes, qui sont du reste absolument élémentaires, et auxquels il faudra revenir partout si l'on veut rendre aux communes la paix et la prospérité (1). La situation du collège communal a dès l'abord attiré l'attention des magistrats municipaux, car il était incontestable que les résultats acquis ne répondaient point aux sacrifices d'argent faits par la ville. Le nombre des élèves internes était insignifiant, celui des latinistes variait entre un minimum de 7 et un maximum de 16, et le nombre total des élèves était tombé à 87, dont 12 boursiers. Et, pour assurer ce résultat, le budget communal devait supporter annuellement une dépense de 15 000 francs. A la suite d'un examen approfondi de la question, la Commission du budget a proposé de ne point renouveler l'engagement décennal avec l'Université et de faire appel au dévouement d'un personnel ecclésiastique qui accepterait des conditions pécuniaires moins onéreuses pour la ville (7000 francs au maximum au lieu de 15.000 au minimum), et offrirait, d'après l'expérience faite ailleurs, plus de chances de succès. Dans sa séance du 24 mai 1890, le Conseil municipal a ratifié les conclusions de sa Commission du budget.

Voici quelques extraits de cette importante délibération, qui est bien à sa place dans la vie de l'abbé Dehaene, puisqu'elle termine l'historique d'une de ses œuvres.

1. Cf. LE PLAY, *La Réforme sociale*, t. IV, ch. 65. « La réforme de la vie communale. »

Le Conseil...

« Considérant que les propositions de la Commission sont
» avantageuses au point de vue des finances de la ville ;

» Considérant que la réorganisation du collège communal
» sous la direction d'un personnel ecclésiastique est appelée à
» donner aux familles tant de la ville que des environs une
» satisfaction attendue et désirée depuis longtemps ;

» Considérant que l'Institution Saint-François d'Assise, que
» la ville d'Hazebrouck s'honore de posséder, étant exclusive-
» ment ouverte aux aspirants aux fonctions ecclésiastiques, ne
» permet pas à un grand nombre de jeunes gens de la ville, qui
» se destinent aux carrières libérales et aux différentes admi-
» nistrations, de continuer leurs études à Hazebrouck ;

» Considérant qu'à un point de vue moins élevé, il est vrai,
» mais qu'un conseil soucieux des intérêts de tous est néan-
» moins tenu de prendre en considération, un pensionnat est
» une source fort appréciable de bénéfices pour le commerce
» local :

» A l'unanimité approuve les propositions de la Commission,
» Et invite M. le Maire à lui soumettre un projet de traité à
» passer avec M. l'abbé Denys. »

M. l'abbé Denys, ancien supérieur du collège de Gravelines, et présentement curé de Renescure, était l'ecclésiastique qui acceptait de traiter avec la ville d'Hazebrouck.

Les négociations ont abouti, et, à l'heure qu'il est, M. Denys attend le 1er janvier 1891, date de l'expiration de l'engagement décennal avec l'Université, pour prendre la direction du collège.

Nous imiterons la sage réserve des édiles, qui n'ont point laissé percer dans leurs considérants la moindre trace d'un sentiment personnel. Plusieurs d'entre eux, anciens élèves de M. Dehaene, ont certainement tressailli de joie en signant la délibération, et nous en connaissons qui ont regardé cet acte comme le plus beau de leur mandat ; mais cela n'a point paru et ne devait point paraître au dehors. En administration, on n'admet ni les rancunes ni les revanches. Nous voulons donc voir dans cette mesure, non pas une réparation faite à la mémoire d'un homme, mais un noble et courageux exemple d'indépendance communale, d'initiative et de sagesse ; et si, comme nos confrères du clergé, nous formons des vœux pour le succès de l'abbé Denys, c'est moins parce qu'il est ancien élève et ancien collègue de notre bien-aimé Supérieur, que parce qu'il représente la cause doublement sacrée de l'enseignement libre et chrétien.

Quant au collège Saint-François, doté du titre et des prérogatives de petit séminaire par le décret de décembre 1873, il les a perdus au mois de décembre 1888. Mécontente, selon toute apparence, de la froideur des habitants d'Hazebrouck à l'égard de certains fonctionnaires, et mal renseignée sur les causes de cette froideur, l'administration civile a cru devoir s'en prendre à l'ancien collège de M. Dehaene, et elle a rapporté le décret rendu sous la présidence du maréchal de Mac-Mahon. Cette décision du ministre des cultes a été notifiée aux vicaires capitulaires, le siège épiscopal de Cambrai étant vacant par la mort de Mgr Hasley.

Depuis lors, le nom de Saint-François d'Assise, auquel, nous l'avons vu, M. Dehaene tenait beaucoup, a reparu sur les prospectus de la maison, tant il est vrai que la trace des religieux est indestructible, et que les pierres mêmes de leurs couvents renferment une force latente qui germe à travers tout !

Est-ce à dire que ce retour au vocable primitif entraînera le retour à l'ancien état de choses ? Nullement. Les habitudes sont prises et les courants sont bien dessinés. Les jeunes gens qui songent aux carrières civiles ne prennent plus le chemin de Saint-François. Nous resterons donc petit séminaire de fait sans l'être de droit, et nous garderons notre destination sans avoir notre titre. C'est du reste ce que signifie l'ouverture d'un second collège ecclésiastique à Hazebrouck, et c'est bien l'intention de Mgr Thibaudier, archevêque, car, dès son installation à Cambrai, il a fait ajouter au nom d'*Institution Saint-François d'Assise* cette mention explicative : « *pour les aspirants à l'état ecclésiastique.* »

CHAPITRE DIX-NEUVIÈME.

Les dernières années de M. DEHAENE
au Petit Séminaire.
1878-1881.

Les chapitres qui précèdent nous ont conduits jusqu'à l'année 1878, année de la mort de Pie IX et de l'élection de Léon XIII, dernière année de la République dite conservatrice, et de la présidence de Mac-Mahon.

Il nous reste à raconter les derniers incidents de la vie de M. Dehaene. Nos lecteurs pressentent avec nous que la mort approche. Mais quand on l'entrevoit, involontairement l'on se rejette en arrière ; on fait quelques circuits pour l'éviter, et l'on s'attarde à considérer avec complaisance l'activité humaine jusque dans ses moindres manifestations.

Au début de ce livre, nous disions que l'abbé Dehaene avait commencé une sorte de trilogie poétique dont les titres étaient : « *Lusus, Labores, Dolores.*» Ces trois mots devaient résumer son enfance ; ils résument du moins ses derniers jours, pourvu qu'on fasse la part beaucoup plus grande aux douleurs qu'aux travaux, aux travaux qu'aux joies.

Les travaux, — et par là il faut entendre les prédications, les confessions, la direction des œuvres,— durèrent pour lui jusqu'à l'épuisement complet de ses forces. Il continuait aussi d'écrire des lettres à des religieuses avec une humilité touchante et

bénie de DIEU.« Puisque vous assurez, à ma grande surprise, que
» ma pauvre parole vous soutient, admirez la bonté du bon
» Pasteur qui de rien sait si bien faire quelque chose ! Car véri-
» tablement il me semble que ce que je puis vous dire n'est rien
» ou presque rien. Cette confiance de votre part m'a toujours
» frappé. Je fus fort étonné que vous voulussiez m'écrire ; je me
» croyais indigne de donner des conseils à des personnes
» placées si près du Ciel par leur état. Les âmes des religieuses
» étaient à mes yeux comme ces cygnes blancs qui traversent
» quelquefois les airs, et fatigués viennent ramasser une goutte
» d'eau ou un brin d'herbe près de nous, et puis poursuivent
» leur vol dans l'immensité : telle vous m'aviez paru près de
» moi. Maintenant, puisque DIEU semble vouloir que je vous
» nourrisse un peu, comme un petit oiseau sur ma main, soit !
» Il est le Tout-Puissant. Qu'il continue d'avoir pitié de nous
» et de nous faire trouver des délices dans sa croix (1) !»

Il parle aussi de ses prédications : « Je prêche toujours un
» peu ; je confesse plus que je ne prêche. Mais, au confessionnal
» et en chaire, mes nerfs ne me laissent pas tranquille. Je suis
» prêt à mourir sur la brèche. Je voudrais laisser les restes de
» mon corps affaibli sur quelque haie de village en Flandre, ou
» sur la plage de notre mer du Nord. *Fiat voluntas !* »

Il acceptait encore les sermons de prémices et d'adoration.
En 1879, à l'occasion du jubilé, il prêchait à Morbecque. A la
fin d'un sermon, il eut une faiblesse. Comme on se pressait
autour de lui : « Non, non, disait-il, laissez-moi souffrir tout seul
avec Notre-Seigneur !» Et au vicaire qui le pressait de se reposer:
« Ah ! vous êtes jeunes, vous autres, et vous ne savez pas combien on a le désir de travailler à mon âge. Je suis comme un
vieux cheval usé, mais je dois faire quelque chose pour gagner
mon pain. Je voudrais mourir en prêchant. » Cette fois, il
retrouva ses forces et put continuer la série de prédications
qu'il avait entreprise. Le jour de la clôture, il parla avec tant
de vigueur et de feu qu'il se sentit lui-même tout content et
tout ranimé, et qu'en descendant de chaire il dit au sacristain :
« Donnez-moi le plateau, je veux faire la quête, afin de voir de
près ces braves gens qui m'ont si bien écouté. »

1. Lettre à St X...

Il aimait beaucoup Morbecque et il y revenait souvent, comme les vieillards qui reviennent à leurs premiers amours. C'est là qu'on lui avait offert la candidature à l'assemblée nationale en 1848 ; c'est là qu'étaient les toits connus de ses amis des premiers temps, les amis de la belle activité et des beaux projets, ses associés dans l'œuvre des Capucins, M. l'abbé Markant et M. Bernast ; après leur mort, le presbytère était resté très hospitalier et M. Staelen, curé-doyen, continuant les traditions de son prédécesseur, lui succédait à l'égard de M. Dehaene comme un fils succéderait à un frère ; enfin les habitants de Morbecque entouraient « *le vieux principal* » de cette déférence humble et discrète, de cette affection timide mais sincère que les populations chrétiennes ont pour les amis de leurs prêtres : elles se sentent comme honorées elles-mêmes par ceux qui veulent bien honorer leurs pasteurs, ces pères de leurs âmes, et elles leurs témoignent une reconnaissance mêlée de fierté. Les pauvres surtout, fort nombreux à Morbecque, vénéraient M. Dehaene, et, quand ils le savaient au presbytère, ils ne manquaient point de lui rendre visite. Il les recevait avec bonté, s'informait de leurs enfants, et ne les laissait point partir sans leur faire une belle aumône.

Dans la ville d'Hazebrouck, il continuait d'être le zélateur de toutes les bonnes œuvres ; mais, depuis 1876, il s'occupait principalement de la construction d'une nouvelle église. Ce n'est pas le lieu de rappeler toutes les phases diverses par où passa ce projet avant de réussir, mais il faut que tous ceux qui admirent l'église de Notre-Dame de Lourdes, il faut que tous ceux qui bénéficient de cette œuvre aujourd'hui menée à bonne fin, sachent que c'est à M. Dehaene qu'elle est due.

Les difficultés à vaincre étaient considérables : une partie de la population craignait que le sectionnement de la ville en deux paroisses n'entraînât des rivalités fâcheuses ; d'autres trouvaient que l'emplacement projeté était mal choisi ; quelques-uns mettaient en avant des objections moins sérieuses, vains prétextes qu'ils alléguaient pour être dispensés d'ouvrir leur bourse.

Sans s'arrêter à rien de tout cela, fort de son amour du bien, M. Dehaene tint ferme. Il savait qu'une population de plus de deux mille âmes, entassée autour de la gare, ne pouvait que difficilement remplir ses devoirs religieux, qu'elle différait de l'ancienne population d'Hazebrouck par ses habitudes et ses tendances, et qu'il lui fallait des soins particuliers et un ministère sacerdotal spécial. Il provoqua donc la formation d'une Commission pour étudier le projet ; il en fut élu président, et il écrivit en son nom au cardinal-archevêque pour demander sa bénédiction sur l'entreprise. Mgr Regnier répondit à la date du 23 mars 1876 : « La nécessité de construire une nouvelle église dans le voisinage de votre gare est évidente, et c'est avec une vive satisfaction que je vois qu'on s'occupe de cette excellente œuvre. Que DIEU vous soit en aide pour sa prompte réalisation ! »

Muni de cette approbation précieuse et encourageante, il se mit en devoir de tout préparer pour aboutir.

D'abord il organisa une croisade de prières afin de donner à l'œuvre projetée l'irrésistible attrait des choses bénies d'en haut, et d'écarter l'influence néfaste du démon. Une nouvelle église est une menace pour cet ennemi du bien, elle restreint son action et diminue sa puissance. Il n'est donc pas étonnant qu'il fasse une opposition acharnée à tout projet de ce genre, et que dans ce but il sème les mauvaises idées dans les esprits et les mauvaises rancunes dans les cœurs. Le meilleur moyen de paralyser ses malignes suggestions, c'est la prière. L'abbé Dehaene le savait. Il s'adressa donc aux congrégations pieuses établies dans la ville, aux communautés religieuses qu'il dirigeait au dehors, à ses élèves du grand séminaire, demandant partout des chapelets, des communions, des messes. A l'un de ses jeunes collègues, qui achevait ses études de théologie, il écrivait : « Mon cher ami, vous saluez notre nouvelle église ;
» vous la voyez déjà pyramider au-dessus de la gare et de la
» ville. En image, il est vrai, c'est beau ; mais de là à l'exécution
» réelle, il y a du chemin à faire, des instances à multiplier,
» des résistances à vaincre, des indifférences à secouer, des
» larmes avec des prières à verser devant le Cœur de JÉSUS et
» l'Immaculée Vierge Marie. Mais nous espérons surmonter
» tous les obstacles. Si DIEU est pour nous, qui sera contre
» nous ? »

La prière triomphe des ennemis invisibles ; mais il est une autre force redoutable presque aussi difficile à vaincre : l'opinion publique. Par des circulaires, par des articles insérés dans les journaux de la localité, par des observations faites de vive voix dans les conversations, l'abbé Dehaene s'empara des esprits. Les objections de toute espèce tombaient devant des paroles comme celles-ci : « Ne nous laissons point arrêter à
» des considérations secondaires. La nouvelle église est utile,
» c'est incontestable. Les difficultés proviennent des préjugés
» ou de la mauvaise volonté des hommes. Tout cela ne tient
» pas contre DIEU. Quant à l'argent, on le trouve toujours dès
» qu'une œuvre est providentielle. Mais il faut mettre DIEU
» avec soi, et agir, non dans des vues intéressées, mais pour sa
» gloire à Lui ! »

La perspective d'une espèce de concurrence dans le bien ne l'effrayait nullement, il s'en faut ! Les natures riches, loin de la redouter, la provoquent. C'est ce qui explique le libéralisme de Lacordaire et de Montalembert. Des hommes de cette trempe ont des ressources pour vaincre ; aussi ne craignent-ils pas la lutte. Mais ils ont le tort d'élever le reste de l'humanité à leur niveau et de supposer aux autres les forces qu'ils ont eux-mêmes. En cela M. Dehaene était de leur famille. Il aurait facilement érigé l'héroïsme en loi commune.

Pour donner à son église projetée une popularité plus grande, il la plaça sous le vocable de l'Immaculée-Conception avec le titre spécial de Notre Dame de Lourdes, dont il écrivait en 1873 : « Voilà Notre-Dame de Lourdes qui brise les âmes
» impénitentes, et qui nous console de sa céleste et ineffable
» figure. « *Je suis l'Immaculée Conception,* » mot venu du Ciel,
» le plus profond qu'ait entendu l'oreille humaine après celui-ci
» dit à Moïse : *Je suis Celui qui suis.* — Je suis Celui qui suis,
» c'est-à-dire toute la perfection incréée ; je suis l'Immaculée-
» Conception, c'est-à-dire toute la perfection créée, deux
» oracles qui suffisent à toutes les contemplations de la terre
» et du Ciel pendant toute l'éternité (1). » Quoi qu'il en soit de cette assimilation de deux paroles dont l'une appartient à l'Écriture Sainte et l'autre à la révélation privée, il est cer-

---

1. Lettre du 14 juillet 1873.

tain que la dévotion à Notre-Dame de Lourdes, appuyée sur des merveilles sans nombre et qui ont un immense retentissement, était de nature à produire un courant des âmes vers le nouveau sanctuaire. Ce mouvement favorable était une victoire, et il fallait tout l'ascendant et toute la popularité de M. Dehaene pour la remporter.

Mais il ne s'en tint pas là. Malgré son grand âge, il voulut quêter pour sa chère église. Il se mit en route, sa liste de souscription à la main. Mais l'heure des grandes générosités n'était point venue. Il revint fatigué d'aller de porte en porte, triste de la froideur des uns, de la parcimonie des autres, de son peu de crédit auprès de tous : « Ah ! que nous marchons lentement ! écrivait-il. Mais cependant notre église se fera, j'en ai la confiance. J'ai recueilli quelques souscriptions. » Une autre fois il disait : « J'ai douze mille francs. (Il en fallait plus de cent mille.) Aidez-moi à tout obtenir par Marie. »

Puis ses forces défaillirent ; ses pauvres jambes ne le portaient plus ; il dut renoncer à sa quête. Il demanda aux premiers souscripteurs l'avance d'un peu d'argent pour payer le plan de la nouvelle église, qu'il avait fait faire par M. Croïn, architecte à Tourcoing. Et ce fut tout.

Ce plan, il l'emporta dans sa maison d'exil, il le suspendit dans sa petite chambre, sous ses yeux, et il le regarda d'un regard long et triste, bien des fois, durant ses cruelles insomnies. Il offrit, pour qu'il fût exécuté par d'autres, bien des souffrances chrétiennement supportées.

Est-il téméraire de croire qu'elles auront contribué au succès final ?

Le fait est qu'après la mort de M. Dehaene, les difficultés se sont aplanies comme par enchantement. Les aumônes, qui n'étaient point tombées dans les mains tremblantes de ce vieillard qui s'était dévoué pendant cinquante ans aux intérêts de la ville, affluèrent dans celles d'un jeune prêtre qui se contentait d'évoquer son souvenir. Grâce à la générosité princière d'un bienfaiteur tout à fait providentiel (1) et au concours pécuniaire des principales familles de la ville, grâce au dévouement infati-

---

1. M. Masson-Beau.

gable des prêtres (1) et aux bonnes dispositions de l'administration municipale, qui a su mettre au-dessus de tout l'intérêt religieux et moral d'un tiers de la population, l'église a été construite, la paroisse fondée, le service religieux organisé en peu de temps et sans opposition.

Une fois de plus le mot de l'Écriture a été vrai dans cette circonstance : *Alius est qui seminat, alius est qui metit ; l'un sème, l'autre moissonne.*

Nous voyons là, pour notre compte, une récompense posthume des travaux et des déboires de notre vénéré Supérieur ; et nous trouvons que l'*Indicateur* d'Hazebrouck avait mille fois raison d'écrire au lendemain de la bénédiction de la nouvelle église (29 mai 1884) : « Si la rumeur de la joie populaire, » si les paroles de Mgr de Lydda, si les hymnes du clergé et » les notes joyeuses de la musique, passant par-dessus la ville, » sont parvenues jusqu'au cimetière, elles ont dû faire tres- » saillir dans sa tombe un homme dont le nom ne fut point » prononcé en ce jour, mais dont le souvenir vit dans les » cœurs reconnaissants : M. le chanoine Dehaene ! »

Et tout récemment, quand la première procession de Notre-Dame, se déployant dans un quartier pauvre, s'arrêtait devant un reposoir adossé à des maisons d'ouvriers, dressé par des mains noires, et entouré d'employés du chemin de fer à genoux entre leurs femmes et leurs petits enfants, si quelqu'un eût versé des larmes, c'eût été lui ! Il aurait vu ce jour-là ce qu'il espérait : à savoir que nos populations rurales verseront dans l'industrie assez d'honnêteté et de sève chrétienne pour que cet arbre sauvage et dur porte des fleurs de pureté et des fruits de sainteté ; et qu'il y aura derrière les machines des hommes assez religieux pour donner au cloître leurs filles et au clergé leurs fils.

Concurremment avec ce projet d'église, M. Dehaene s'était occupé de ses anciennes œuvres de zèle : congrégation d'enfants de Marie, sociétés de dames de charité, etc. « Mais tout cela,

---

1. M. l'abbé Tollens, ancien collègue de M. Dehaene, a présidé à la construction de la nouvelle église et l'a menée à bonne fin, malgré toutes sortes d'obstacles. Il en a été le premier chapelain. M. l'abbé Lobbedey continue son œuvre avec le même zèle et le même succès.

» écrivait-il, manque bien un peu de vie : la ferveur est rare,
» même en Flandre. Un cercle catholique pour les hommes
» instruits, un vaste patronage pour les ouvriers, une société
» de Saint-Vincent de Paul, *des conférences mensuelles, ainsi*
» *qu'une communion mensuelle pour les hommes*, voilà mon
» mirage pour Hazebrouck, voilà mon rêve d'avenir ! En pour-
» rai-je exécuter quelque chose ? — Je ne sais ; mais je suis prêt
» à faire chaque jour ce que la Providence me permettra. »

Cependant ses forces diminuaient, et le champ de son activité se restreignait de plus en plus ; lui-même le constate : « Je
» confesse encore régulièrement, je prêche au petit séminaire
» et ailleurs, mais je ne suis plus capable de donner des séries
» d'instructions. » (Décembre 1879).

Puis la décadence est plus grande : « Je confesse un peu, je
» cause spiritualité avec mes élèves et mes pénitents. La grande
» prédication m'est complètement interdite : cette inaction
» forcée est ma plus lourde croix ; je tâche de suivre l'avis de
» l'Imitation : *Lege, scribe, ora.* »

Enfin voici la dernière étape : « Je sentais nuit et jour une
» telle fatigue d'esprit et de corps que je n'avais plus aucun
» repos. J'ai voulu savoir au juste à quoi m'en tenir. J'ai pro-
» voqué une consultation de médecins en qui j'ai confiance.
» Ces Messieurs m'ont interdit toute prédication, même aux
» élèves et aux enfants de Marie, et toute séance trop longue
» au confessionnal. Ils m'ont assujetti à coucher toutes les nuits
» avec un drap trempé d'eau froide autour du corps. De plus,
» ils ne veulent point que j'aille dîner dehors chez un confrère,
» le moindre écart de mon régime et le feu de la conversation
» me privant de repos la nuit. Je suis cette médication avec
» exactitude et foi. » (Juin 1880).

Les *travaux* faisaient donc place aux *douleurs*. Souffrir, c'est par là que se terminent généralement les vies humaines, et c'est la dernière et souvent la meilleure des choses que nous faisons en ce monde.

« Car notre mérite et notre progrès dans la perfection ne
» consistent point dans la douceur et l'abondance des consola-
» tions, mais plutôt dans la force de supporter de grandes tri-
» bulations et de pesantes épreuves.

» S'il y avait eu pour l'homme quelque chose de meilleur et
» de plus utile que de souffrir, Jésus-Christ nous l'aurait
» appris par ses paroles et par son exemple.

» Or, manifestement il exhorte à porter sa croix, et les dis-
» ciples qui le suivaient, et tous ceux qui voudraient le suivre,
» disant : *Si quelqu'un veut marcher sur mes pas, qu'il renonce
» à soi-même, qu'il porte sa croix et qu'il me suive.*

» Après donc avoir tout lu et médité, concluons enfin qu'il
» nous faut passer par beaucoup de tribulations pour entrer
» dans le royaume de Dieu. » (*Imitation* de Jésus-Christ, livre II, ch. XII.)

M. Dehaene eut à endurer de grandes souffrances rhumatismales et névralgiques. « Quant à votre pauvre vieux père, à
» peine si le Seigneur lui laisse entre deux douleurs le temps
» d'avaler sa salive, comme dit Job. Serré la nuit et le jour dans
» le système nerveux comme dans un réseau de fils de fer
» vivants, je trouve que c'est bien dur du côté de la chair.
» Heureusement il y a comme un souffle adoucissant qui enve-
» loppe mon âme, ce qui arrête le murmure sur mes lèvres et
» la révolte dans mon cœur, et me laisse la force de dire :
» Merci, Seigneur ! Mais je sens que ma faiblesse est immense,
» et qu'il ne faudrait qu'un fétu de paille pour m'abattre.

» Je voudrais vous voir une dernière fois en ce bas monde,
» car, selon ce que dit saint Pierre, il sera temps de lever ma
» tente bientôt et de déménager pour l'éternité. La souffrance
» m'avertit que Dieu ne fait que nous prêter la poussière de
» notre corps, comme le dit Bossuet.

» Sans doute, la vie est possible dans l'état où je suis. Néan-
» moins j'ai besoin d'une très grande et très douce confiance
» en Dieu. J'ai besoin de me le figurer sous les images les
» plus aimables. Je suis dans une stupéfaction continuelle vis-
» à-vis de l'éternité qui va s'ouvrir devant mon âme. »

Il revient souvent sur ce dernier point dans sa correspondance. « Ce que j'ai le plus besoin de demander à Dieu,
» c'est de pouvoir me reposer doucement, tranquillement, ten-
» drement, sur le sein de sa bonté et de son inépuisable misé-
» ricorde, comme autrefois je me reposais entre les bras de ma
» mère. »

Le système nerveux agissait sur l'imagination, et c'est pourquoi, malgré son grand esprit chrétien, il ne pouvait pas se défendre d'une excessive frayeur à la pensée de la mort. Il nous disait qu'en récitant son bréviaire il s'arrêtait aux saints qui avaient vécu longtemps et les invoquait avec une dévotion toute particulière.

Tant pour distraire son esprit que pour reposer ses membres, il passa une partie de ses vacances de 1880 à Gravelines, chez son ami M. Masselis. Le voisinage de la mer lui fit un bien sensible. Aussitôt il se raccrocha joyeusement à la vie : « J'ai-
» merais bien, s'il plaît à DIEU, nourrir encore un peu mes
» enfants du lait de la doctrine et bâtir une nouvelle église à
» Hazebrouck. »

En 1881, il résolut d'aller prendre les eaux à Vals, dans l'Ardèche, sur le conseil du P. Pruvost, Rédemptoriste, qui lui répondait de leur efficacité contre les névralgies. Il partit, arriva, commença le traitement, écrivit sur son voyage une lettre pleine de poésie et de joyeux entrain. Cette lettre n'était pas encore à destination qu'une dépêche annonçait son retour. Au bout de huit jours, ayant perdu tout appétit, craignant de tomber gravement malade et de se trouver seul si loin de son pays, il revint. Il avait regardé comme des symptômes de maladie ce qui n'était que le premier effet des eaux minérales. Il fit le trajet de Vals à Hazebrouck d'une haleine, sans débrider, comme il disait, à travers la chaleur et la poussière. Il nous revint exténué.

Un séjour à Dunkerque chez M. Durant le remit un peu. Mais, comme nous le verrons, le mal était incurable.

Aux souffrances physiques se joignirent des souffrances morales, principalement causées par les événements politiques qui se succédaient alors.

Toutes les élections qui avaient lieu, élections de conseillers municipaux, de députés et de sénateurs, faisaient triompher des hommes qui, de près ou de loin, marchaient derrière Gambetta. Le fameux mot prononcé à Romans (1878) : « *Le cléricalisme, voilà l'ennemi,*» était devenu le principal article d'un programme gouvernemental. Le maréchal de Mac-Mahon, débordé de toutes parts, donna sa démission ; il fut remplacé à la présidence par

M. Grévy (1879). Aussitôt commencèrent les hécatombes de fonctionnaires suspects de tiédeur républicaine, et les propositions de lois destinées à laïciser toutes les administrations et à restreindre le plus possible l'influence du clergé. M. Jules Ferry glissa subrepticement, dans la loi du 18 mars 1880 sur l'enseignement supérieur, le fameux article 7, qui enlevait tout droit d'enseigner, même dans les écoles secondaires, aux membres des congrégations non reconnues par l'État. Cet article fut repoussé. Les décrets du 29 mars suivirent, et, trois mois après, les expulsions.

« Les choses vont bien mal en France, écrivait M. Dehaene. Voilà tant de religieux sur la rue ! C'est sanglant, c'est cruel ! »

Il offrit l'hospitalité aux proscrits.

« Le souffle de saint Ignace est sur nous par la présence de
» ses enfants. Par suite d'un arrangement conclu avec Mgr
» Regnier, trois religieux de la Compagnie de JÉSUS sont reçus
» au petit séminaire. » — Il en est encore ainsi au moment où nous écrivons. Originaires pour la plupart du diocèse, les Pères Jésuites qui se succèdent chez nous connaissent nos usages et respectent nos traditions ; c'est pourquoi leur présence n'a pas diminué l'esprit de corps, et leurs exemples de vie régulière contribuent au bien.

Cette hospitalité, M. Dehaene la regardait comme un devoir, comme un honneur, et j'aime à recueillir ce qu'il écrivait sur le plus distingué de ces religieux, dont plusieurs du reste sont restés nos amis : « Le P. S.... est retourné à son ancien poste. Sa
» courte présence à Saint-François m'a rappelé le beau cygne
» de Chateaubriand, qui ne fait que toucher au sol pour s'envoler et disparaître dans les nuages, ne laissant après lui que
» quelques brins de son blanc duvet. »

En même temps qu'elle était combattue sur le terrain de l'enseignement, l'Église avait à subir d'autres attaques. Les Chambres rognaient le budget des cultes avec d'humiliants dédains et de blessantes allusions. Les Conseils généraux imitaient cet exemple et supprimaient les subventions accordées aux évêques et aux chanoines. Les municipalités, voulant faire campagne à leur tour, interdisaient les processions ; à Paris on enlevait les crucifix des écoles, on laïcisait les hôpitaux.

Mais ce qui faisait souffrir M. Dehaene beaucoup plus que ces persécutions, trop naturelles, hélas ! chez des gens qui avaient la haine du sectaire et l'inexpérience du parvenu, c'était l'impuissance des catholiques à s'organiser pour se défendre. Tandis que la sécularisation progressait *lentement mais sûrement*, on faisait, de notre côté, plus de bruit que de résistance sérieuse.

C'est qu'au point de vue politique, on était dans une de ces heures d'indécision où l'on se demande quelle est la voie à suivre : s'il faut partir en guerre pour reprendre ce qu'on a perdu, ou rester en paix pour ne point perdre ce qu'on possède encore. La transition se faisait entre deux générations bien différentes. Pie IX avait emporté dans sa tombe les espérances de celle dont il était le chef ; tous ceux qui rêvaient pour lui le grand et prochain triomphe durent se résigner et courber la tête. Veuillot brisa sa plume, comprenant que son rôle était fini. D. Guéranger s'en alla sans achever son *Année liturgique*. Mgr Dupanloup, l'homme des anciennes luttes, les avait précédés, enseveli dans son plus pur triomphe, celui qu'il remporta sur les sociétés maçonniques en empêchant le centenaire de Voltaire. Mgr Pie, qui avait escorté la dépouille mortelle de son rival comme un frère d'armes généreux et courtois, ne devait lui survivre que deux ans ; et s'il recevait la pourpre cardinalice, c'était moins comme encouragement à de nouveaux combats que comme récompense de ceux déjà livrés. Il y a un temps de parler et un temps de se taire, dit l'Écriture Sainte : *Tempus loquendi, tempus tacendi*. Le temps de se taire était venu, ce temps pendant lequel les sages interrogent l'horizon, observent les mouvements de l'ennemi et forment leurs troupes à la discipline.

Dans notre diocèse, le cardinal Regnier sentait sa forte main se raidir par la mort et s'endormait le 4 janvier 1881, plein d'œuvres et de jours, dans un calme et une paix admirables. Ce fut un grand deuil pour M. Dehaene, qui lui gardait une filiale reconnaissance.

Toutes ces morts l'affligeaient profondément. Il sentait lui-même le vent du soir lui souffler au visage : « Croyez-vous que » votre vieux père se prend quelquefois à désirer sortir de cette

» triste vie ? qu'il ne se plaît plus à rien, qu'il a tout le mal du
» monde à ne pas dépérir d'ennui ? Le ciel et la terre sont
» vides pour lui s'il n'y voit pas DIEU. Et DIEU ne se montre
» pas toujours (1). »

Des épreuves plus personnelles l'attendaient. Les tracasseries et les persécutions étaient à l'ordre du jour : il devait en avoir sa part.

Trop peu soucieux des formalités légales, uniquement guidé par son désir du bien, il avait ouvert au public un oratoire privé, pour faire plaisir à quelques voisins du séminaire. La législation sur ce point n'est pas très précise, et M. Dehaene, sans le savoir, avait commis une contravention. Comme on avait l'œil sur lui, le préfet ne tarda point à être prévenu de la chose. Or, il régnait en ce moment dans les hautes régions administratives une certaine irritation contre le nouvel archevêque de Cambrai, Mgr Duquesnay, parce que, dans son premier mandement, il avait proclamé très haut, sur l'institution des évêques, des vérités qu'on n'aime point d'entendre. C'est ce qui explique que l'affaire de cette petite chapelle prit aussitôt une mauvaise tournure. Elle aurait été, dans d'autres temps, l'occasion d'un simple rappel à l'ordre ; elle devint le prétexte d'une mesure sévère. M. Cambon, préfet du Nord, envoya des instructions au sous-préfet d'Hazebrouck, M. Isoard. Celui-ci les transmit au Supérieur du petit séminaire en y joignant les observations qui suivent : « L'accès d'un oratoire ne doit en aucun cas être
» livré au public. Si certaines exceptions à cette règle ont été
» admises, à l'occasion de quelques solennités, pour les cha-
» pelles de l'État, le bénéfice de ces exceptions ne saurait être
» étendu aux établissements privés où n'existe pas la surveil-
» lance de l'Université, qui est une garantie contre tout abus. »

La lettre de M. Isoard arriva au petit séminaire pendant que M. Dehaene était à Vals. M. Baron, qui le remplaçait, en donna connaissance à l'administration diocésaine. Celle-ci décida la fermeture immédiate de l'oratoire, et, comme elle était mieux renseignée que nous sur les motifs de la colère préfectorale, elle imposa d'autres sacrifices plus pénibles :

« Le petit séminaire d'Hazebrouck ne pourra plus en aucun

---
1. Lettre à S' X.

» cas servir de lieu de réunion pour les œuvres de la ville
» ni pour aucune association qui compterait des membres
» étrangers à l'établissement, et l'on n'admettra dans la cha-
» pelle de communauté aucune personne du dehors, sous quel-
» que prétexte que ce soit, même pour la confession. »

Après avoir communiqué ces décisions, Mgr de Lydda ajoutait :

« Vous avez facilement compris, M. le Supérieur, que l'on
» en veut, non pas au petit séminaire précisément, mais à votre
» influence royaliste et personnelle, surtout à l'approche des
» élections. Par conséquent, pour sauver votre petit séminaire,
» il faut vous effacer complètement au dehors, et ne recevoir
» dans l'établissement aucun des agents électoraux ou suppo-
» sés tels. Dans le cas présent, M. le Supérieur, vous êtes un
» peu comme Jonas dans le navire. La tempête est contre
» vous ; ne vous jetez pas à la mer, mais faites le mort pour
» sauver les vivants. »

Cette lettre fut remise à l'abbé Dehaene à son retour de Vals. Il obtempéra immédiatement aux prescriptions de ses supérieurs, et le défilé de départ commença pour les œuvres.

Il y avait au petit séminaire d'Hazebrouck une réunion de jeunes gens qui passaient ensemble une heure par semaine, causant des familles pauvres qu'ils visitaient et préparant de petites soirées récréatives. — Ils nous serrèrent la main avec tristesse et leur société se réfugia dans une maison particulière, où elle vit, humble et modeste, attendant qu'un prêtre l'épanouisse.

Il y avait un secrétariat charitable qui se mettait au service des indigents pour écrire leurs lettres et leur fournir des renseignements utiles. — Il replia ses cartons, rentra son enseigne et brisa sa plume.

Il y avait une caisse du sou où les enfants, et parfois les grandes personnes, apportaient leurs petites économies et trouvaient un placement rémunérateur qui les habituait à l'épargne. — Elle fut transportée je ne sais où, et n'eut plus désormais de domicile fixe.

Il y avait un comité catholique, pas très fervent, il faut en convenir, mais qui offrait au moins l'avantage de grouper des forces éparses et d'unir par un lien quelconque les hommes de bonne volonté qui voulaient se mettre au service du bien. — Ses membres durent se tenir à distance du petit séminaire, et, n'ayant plus, pour se réchauffer, ce foyer où brûlait un cœur d'apôtre, ils perdirent tout leur zèle et tombèrent bientôt dans le marasme et le découragement.

Il y avait enfin, autour du Supérieur, des prêtres qui souriaient à la vie publique, à la vie des œuvres, et qui trouvaient dans ces généreuses entreprises une satisfaction de cœur, une compensation de l'isolement, et un utile emploi des forces laissées inactives par le professorat. Ils durent faire retraite vers la stricte besogne obligatoire, se résigner à pâlir sur les livres, et ne plus tendre la main aux laïcs qui songent à sauver le pays, et qui ont besoin, pour être forts, de s'appuyer sur des hommes d'étude et de prière.

Quand la séparation fut complète, il semblait qu'on pût espérer que le petit séminaire serait à l'abri des foudres gouvernementales.

Le mercredi 3 août 1881, la distribution des prix se fit avec un éclat inaccoutumé. Mgr Duquesnay l'honorait de sa présence. C'était la première fois qu'il venait en Flandre, et sa réputation d'orateur l'y avait précédé. Aussi tout le pays accourut pour lui faire fête. Les deux députés de l'arrondissement, MM. Plichon et de Lagrange, l'archiprêtre et les doyens des cantons, une foule de laïcs des plus recommandables et d'ecclésiastiques des plus dévoués composaient une magnifique assistance. Elle offrait dans son ensemble le beau spectacle de la Flandre chrétienne réunie sous le toit hospitalier de sa chère maison d'Hazebrouck.

Malgré l'épuisement de ses forces, M. Dehaene voulut présenter lui-même à Monseigneur cette foule sympathique et ce bel établissement, son œuvre et ses amis.

D'une voix émue et tremblante, il lut l'allocution qu'il avait composée et qui devait être la dernière. Il était tellement brisé de fatigue qu'il dut s'asseoir pendant la lecture, et il n'arriva que péniblement jusqu'au bout de son papier. Il avait raconté sommairement l'histoire du petit séminaire. Monseigneur répondit avec cet à-propos et cette vigueur qu'il mettait dans tous ses

discours. Ses paroles, fermement accentuées, soutenues par un geste sobre et par un regard brillant, descendaient une à une sur les cœurs. Aux accents de cette virile et robuste éloquence, M. Dehaene, orateur lui-même, se sentit remué jusqu'aux entrailles, et cette âme d'évêque, passant en quelque sorte dans son âme, la réconforta. Ainsi, devant un homme qui nous ressemble, sentons-nous notre vie se doubler. Un mois plus tard, encore ému comme au premier jour, il écrivait : « Notre distri-
» bution des prix a été magnifique. Monseigneur s'est montré
» admirable d'éloquence et de bonté, surtout envers le Supérieur
» de Saint-François. Cela réveille et rajeunit ses vieux os ! »

Cependant, quoiqu'il ne s'en aperçût point, les menaces officielles étaient toujours suspendues sur sa tête. Il avait tracé lui-même comme un cordon sanitaire autour de sa maison, et, sur sa demande, aucun de ses amis ne le franchissait. Il ne recevait plus personne, et, pour observer la consigne prescrite, il gardait un silence complet.

Mais les gouvernements ne se contentent point de ce silence qui les humilie ; ils veulent l'adhésion publique qui les flatte. S'ils ne l'obtiennent point, ils brisent les stoïques « qui semblent se soutenir seuls, et seuls encore menacer les favoris victorieux de leurs tristes et intrépides regards (1). »

Dans les élections législatives, que Mgr de Lydda rappelait plus haut, M. Outters, candidat républicain, l'emporta sur M. de Lagrange, candidat conservateur (2). Il eût été généreux de triompher sans exercer de représailles et sans faire de victimes. Il n'en fut pas ainsi.

L'administration diocésaine reçut l'avis que la personne de M. Dehaene compromettait l'existence du petit séminaire d'Hazebrouck. Or, elle voulait à tout prix sauver cet établissement. Elle chargea donc M. Dekeister, curé de Vieux-Berquin, parent

---

1. BOSSUET, *Oraison funèbre de Michel Le Tellier*.
2. A propos de cet échec de M. de Lagrange, qui entraîna son exil du petit-séminaire comme le triomphe de M. Plichon avait entraîné son exil du collège communal, M. Dehaene composa le distique suivant :

Jacobe infelix ! nulli benè fautor amico :
Hoc vincente, ruis ! Vincitur ille, fugis !

Malheureux Dehaene ! tu ne réussis guère en favorisant tes amis.
L'un est vainqueur, tu tombes ; l'autre est vaincu, tu fuis !

et ami du Supérieur, de l'amener délicatement à offrir sa démission. M. Dekeister vint une première fois à Hazebrouck, vit M. Dehaene, dîna avec lui, l'entretint seul à seul, causa de beaucoup de choses d'un air préoccupé, mais partit sans avoir eu le cœur de rien dire. La sereine confiance de son ami le gênait, et il ne savait comment faire pour entamer cette candide paix d'enfant. De l'archevêché, on le pressait d'arriver à une solution. Il s'exécuta, la mort dans l'âme. M. Dehaene entendit tout sans proférer une plainte, et, sur-le-champ, il écrivit à Mgr pour lui offrir sa démission. Sa lettre n'a pas été conservée dans les archives.

Elle devait être touchante, car, pour y répondre, Mgr Duquesnay prit lui-même la plume. Il ne voulait point laisser à d'autres le soin de panser la plaie faite au cœur du vieillard. Il écrivit donc en ces termes :

« Cambrai, le 25 septembre 1881.

» Cher et vénéré Supérieur,

» Votre lettre est celle d'un grand cœur sacerdotal ; elle nous
» édifie tous et nous émeut. Nous vous savions grand par la
» foi ; aujourd'hui nous vous voyons héroïque, n'hésitant pas
» à vous sacrifier pour sauver une maison menacée qui vous
» est chère, et qui, pour notre diocèse, est si précieuse !

» Au nom de DIEU, j'accepte votre sacrifice. Il en coûte à
» mon cœur : j'avais su vous apprécier, et j'aurais été heureux
» de vous voir longtemps encore, toujours, jusqu'à la fin de
» votre belle vie, gouvernant ce petit séminaire, qui est votre
» création.

» Résignons-nous les uns et les autres. DIEU nous tiendra
» compte de nos sacrifices.

» Il est bien entendu que vous restez *Supérieur honoraire*.
» Ce ne sera pas un vain titre, car il vous assure toute notre
» reconnaissance, tous nos respects, tout notre amour. Quant à
» savoir si votre démission implique votre départ d'Hazebrouck,
» c'est une question à étudier. Nous l'étudierons et la résou-
» drons ensemble, nous inspirant tout à la fois, et du désir

» très légitime que vous avez de finir vos jours dans ce cher
» asile, et des intérêts de l'établissement.

» Venez donc quand vous pourrez le faire commodément.

» Je vous embrasse, mon vénéré et bien cher Supérieur, et
» je vous bénis d'un cœur ému et attendri.

» † Alfred, archevêque de Cambrai. »

Sitôt qu'il eut reçu cette lettre, qui rendait sa démission définitive, M. Dehaene fit appeler ses collègues. On était en vacances et dans la semaine de la retraite. Il n'y avait donc à Hazebrouck que M. Lagatie, économe, M. Lacroix et M. Debusschère, les deux anciens, M. Verhaeghe, missionnaire apostolique, M. Glay, professeur de sciences, et M. Snyders. Quand il les vit dans sa chambre tous fort étonnés de cette convocation insolite : « Messieurs, dit-il, je suis de nouveau *honoraire !* » Ils ne comprenaient point et se regardaient avec surprise. Il s'expliqua : « Après avoir quitté le collège communal, j'ai été
» fait chanoine honoraire. Pour sauver le petit séminaire, je
» dois me sacrifier une seconde fois ! Je viens de donner ma
» démission et Mgr l'accepte. Je ne suis plus que Supérieur
» honoraire. M. Baron me remplace. »

A ces mots, M. Verhaeghe se redressa vivement, et, avec la perspicacité d'un ami qui voit loin, il dit en faisant le petit geste qui lui était familier : « Vous n'allez sans doute pas nous
» quitter ? — J'espère rester au milieu de vous, » répondit-il. Puis, mettant sous leurs yeux la lettre de Mgr : « Voyez comme
» mon évêque me témoigne de l'affection ! N'est-ce pas con-
» solant ? »

Pendant ce temps-là nous étions en retraite, ignorant ce qui se préparait. M. Baron était avec nous ; il fut appelé à l'archevêché pour arranger toutes choses et revint avec sa nomination de Supérieur.

Depuis vingt ans, comme professeur de philosophie et comme directeur, il était le bras droit de M. Dehaene. Dévoué à sa personne et à son œuvre comme un fils l'est à son père, comme un bon prêtre l'est au bien, homme de tact, d'intelligence et de sagesse, il était désigné depuis longtemps pour lui succéder.

Mais la succession s'ouvrait dans des circonstances imprévues et singulièrement délicates. Ce poste, pour qui il était préparé, dont il était digne à tous égards et où l'appelaient la confiance de l'administration et l'estime de ses confrères, il en coûtait à M. Baron de l'occuper du vivant de son bienfaiteur et maître. Néanmoins il dut se résigner au sacrifice de ses répugnances, car sa nomination pouvait seule maintenir la cohésion dans le corps professoral, perpétuer les traditions de la maison, et faire accepter dans les Flandres la démission de M. Dehaene. Cette nouvelle nous fut donc communiquée à Cambrai. Tout naturellement il y eut plus de condoléances pour le Supérieur ancien que de félicitations pour le Supérieur nouveau. A cette heure si douloureuse, nous ne pouvions voir, et M. Baron ne voyait comme nous, que la victime de l'arbitraire administratif.

Pour éviter les irritantes polémiques des journaux et ne pas fournir au gouvernement de prétexte à de plus grandes rigueurs, il fut convenu que le motif réel de la démission serait tenu secret.

La *Semaine Religieuse* inséra les lignes suivantes : « M. Baron, directeur au petit séminaire d'Hazebrouck, est nommé Supérieur de cet établissement, en remplacement de M. le chanoine Dehaene, démissionnaire pour raison de santé. Sa Grandeur Mgr l'archevêque a conféré à M. Dehaene le titre de Supérieur honoraire. »

La plupart des journaux reproduisirent cette note sans la commenter. Seul l'*Écho de la Flandre* y ajouta un mot du cœur. Plutôt que de ne rien dire il devait briser ses presses, car M. Dehaene avait été son meilleur soutien. « Les regrets de tous les élèves, disait-il dans son numéro du 8 octobre 1881, et les sympathies de tous les gens de bien suivront dans sa retraite le vénéré Supérieur. Il ne se repose qu'après avoir servi son pays pendant cinquante ans, avec un dévouement et un désintéressement au-dessus de tout éloge. »

Après la rentrée des élèves, M. Dehaene quitta sa place à la table du réfectoire, et se mit en face de M. Baron, humblement, par égard pour le représentant de l'autorité. Nous en étions émus jusqu'aux larmes. Volontiers, à l'exemple du Bienheureux de la Salle, il se serait assis à la dernière place, après tous les professeurs en exercice, comme un homme inutile qui ne gagne pas le pain qu'il mange.

Aux nombreuses lettres de condoléances qu'il recevait, et dans lesquelles la mesure qui le frappait était jugée fort sévèrement, il répondait avec calme, invitant ses amis au silence, leur répétant que « sa démission était spontanée, que l'heure du
» repos était venue pour lui, qu'en public il ne fallait toucher
» que la question de santé, de peur d'irriter davantage des gens
» déjà si furieux, qu'en tout cas, pour ne pas exposer une mai-
» son qu'il avait fondée avec tant de peine et avec les secours
» visibles de la Providence, il devait être prêt à tout sacrifier,
» fût-ce sa vie ! (1) »

Une de ces lettres le toucha particulièrement. Elle venait d'un prêtre originaire d'Hazebrouck. Ayant appris qu'on accusait quelques habitants de sa ville natale d'avoir exigé du gouvernement la démission de M. Dehaene, et qu'on étendait le reproche d'ingratitude à la population tout entière, il protestait vivement. Pour dégager la responsabilité des vrais Hazebrouckois, il observait que les ennemis de M. le principal ne formaient qu'une petite coterie, dominée par des étrangers, forte pour le moment, parce que certains fonctionnaires lui donnaient la main ; mais que les vieilles familles demeuraient fidèles au bienfaiteur du pays, que du reste plusieurs d'entre elles, et des plus populaires, comptaient des prêtres dans leur parenté, et que les autres avaient au moins d'anciens élèves parmi leurs membres (2). Ces réserves faites, il condamnait les ennemis de M. le principal, qui abusaient de leur situation pour le persécuter dans ses vieux jours.

---

1. Lettres du 2 octobre 1881 à divers. (MM. Bèle, Gobrecht.)

2. Celui qui écrivait cette lettre était M. Bèle, curé d'Erquinghen-sur-la-Lys, mort tout récemment. Il parlait en son nom et au nom de ses fidèles amis : M. Houcke, curé d'Houplines, M. Ruyssen, curé de La Gorgue. Il aurait pu citer bien d'autres prêtres appartenant aux bonnes familles bourgeoises ou à d'honnêtes familles d'ouvriers, tous attachés à M. le principal et représentant pour ainsi dire la ville tout entière : MM. Debert, Lelen, Debusschère, Bailleul, Legrain, Bultheel, Snyders, Plancke, Gobrecht, Wallaert, Somon, Dromaux, Verstraet, Debuys, Vitse, Gryson, Lemeiter, Bourel, Dezwelle, sans compter les anciens, les Houvenaghel, les Itsweire, les Delbecq, les Darras, et les plus jeunes, qui n'étaient alors que séminaristes.

Je le répète, notre cher Supérieur fut très sensible à cette marque d'intérêt. Il répondit le 2 octobre :

« Tout cher monsieur le curé et tendre ami,

» Merci pour votre lettre si pleine de pieuse indignation et
» de vive sympathie. Oui, la ville d'Hazebrouck est un peu
» dure envers son ancien pauvre petit boursier externe qui a
» tant travaillé à lui payer sa dette de juste reconnaissance. Il
» me semble que pour elle le petit-séminaire est une belle com-
» pensation ; mais non, elle semble ne pas vouloir compren-
» dre! Ma gratitude l'irrite, et, après m'avoir chassé comme
» un passereau d'un nid qu'elle m'avait bâti, elle voudrait en
» détruire un autre plus beau et plus grand que je m'étais bâti
» moi-même, et me dire : *Transmigra in montem*... Mais j'ai
» confiance en DIEU, *in Domino confido*, et, chassé d'un arbre,
» je me retire sur un autre, aussi près que possible du premier,
» que je sauve de cette façon, et je m'écrie : *Laqueus contritus*
» *est !* La chose n'est donc pas si pénible qu'elle le pourrait
» paraître tout d'abord... Disons : Vive JÉSUS ! *Benè omnia fecit*
» *et facit !*... Ceux qui nous en veulent font notre affaire. »

A part cette petite plainte provoquée par les paroles de son correspondant : « La ville d'Hazebrouck est un peu dure pour son ancien pauvre boursier, » il ne lui échappa aucun mot amer ou blessant.

Il ne récriminait contre personne. Du reste, il ne savait au juste sur qui retombait la responsabilité de la mesure prise. Aujourd'hui même il serait difficile de le dire et téméraire de le chercher. Il en est souvent ainsi dans les disgrâces. Ceux qui les demandent se contentent d'accuser, se cachent et ne pensent pas qu'on ira jusqu'au bout. Ceux qui les infligent frappent les victimes sans les connaître, et, parce qu'ils croient rendre service à l'intérêt public, ils agissent avec une certaine bonne foi. Les uns et les autres s'illusionnent peut-être sur le mal qu'ils font. C'est par de semblables équivoques et par des responsabilités mal définies que les choses les plus odieuses deviennent possibles.

La lettre la plus fortifiante que reçut M. Dehaene en ces jours de peines lui vint de son compagnon d'enfance, M. Masselis. Ce bon vieillard, immuable dans sa régularité de vie comme dans son poste d'aumônier, était depuis quarante ans, à Gravelines, la personnification de la foi et de la dignité sacerdotale. A l'oreille de son ami, ballotté par tant d'orages extérieurs et par tant d'aspirations intimes, il vint murmurer d'une voix douce les mots qui descendent en droite ligne de l'autel, les mots de renoncement et de sacrifice. On nous saura gré de citer cette lettre, vrai testament d'amitié chrétienne.

« Gravelines, le 1er octobre 1881.

» Mon cher ami,

» Permettez-moi de vous le dire avec une entière simplicité, jamais je ne vous ai aimé comme je vous aime, aujourd'hui que vous êtes une victime réellement immolée, et que, de plus, vous êtes une victime volontaire. Que votre gloire en sera augmentée devant DIEU, pour ne pas dire aussi devant les hommes !

» Je ne m'étonne pas outre mesure de la détermination que vous avez prise et de la lettre que vous avez adressée à Monseigneur. Le détachement de tout ce qui est créé et le pur zèle de la gloire de DIEU rendent l'âme capable de tous les sacrifices. Sans doute on pourra appeler ces sacrifices héroïques, et par plus d'un côté ils seront héroïques en effet ; Cependant, par la grâce de DIEU, cela se fera facilement, et on fera de l'héroïsme sans s'en douter, comme certain personnage faisait de la prose sans le savoir.

» Daigne le bon DIEU vous soutenir toujours ! Daigne notre bon Maître vous le rendre au centuple !

» Vous semblez dire que vous ne savez pas encore si vous continuerez de résider au petit séminaire. Ce doit être sans doute le grand désir de vos nombreux amis, et naturellement vous aussi, ce me semble, devez le désirer. Cependant, au commencement de votre lettre, vous dites que votre présence au petit séminaire mettrait en danger l'existence de cette chère et importante maison. Si vous cessez seulement d'y

» être comme titulaire, le danger sera-t-il suffisamment écarté ?
» Il est permis d'en douter... Accepter la résidence que vous
» offre notre excellent archevêque, est-ce chose sérieusement
» pratique? (1) C'est ce que je laisse à décider par d'autres. Pour
» moi, je vous souhaiterais plutôt quelque retraite où vous
» puissiez, comme saint Grégoire de Nazianze, recevoir vos
» amis, les voir à votre tour, et vous occuper de vos poésies et
» de douces contemplations. Tout cela est peut-être un peu
» imaginaire. La Providence vous ménagera mieux, j'espère,
» que ce que nous pourrions vous proposer. Cette Providence,
» qui pourvoit un petit nid aux oiseaux du ciel, vous fera bien
» trouver un petit coin où vous puissiez dire : *In nidulo meo*
» *moriar*. M. le juge de paix quitte sa maison aujourd'hui
» même ; venez me le remplacer comme voisin ; nous vivrons
» côte à côte. Nous pourrons faire notre dernière communion
» comme nous avons fait notre première, le même jour et l'un
» à côté de l'autre. Finalement nous pourrons ainsi être réunis
» là-haut pour ne plus nous séparer.

» Tout à vous en N.-S.,

» J. Masselis, aumônier. »

Les prévisions de M. Masselis sur les dangers que M. Dehaene causerait au petit séminaire par sa seule présence ne tardèrent point à se vérifier. On fut averti que sa démission était regardée comme un palliatif insuffisant ; qu'en résidant au milieu de ses collègues il continuait de leur imposer son influence ; que son regard seul devait peser sur eux ; qu'il avait été trop pour ne pas être encore quelque chose. Ces observations avaient tant de vraisemblance que l'administration diocésaine crut devoir en tenir compte. Elle invita donc M. l'économe à préparer au Supérieur honoraire une maison de retraite à Hazebrouck.

A certains moments de fatigue, une retraite semblable avait été rêvée par M. Dehaene.

On le voit dans ses lettres ; après avoir dit à M. Masselis : « Je sens dans mon cœur ce que vous sentez dans le vôtre, et

---

1. On lui offrait de résider à Cambrai, dans la maison Saint-Charles.

» je vous aime plus doucement, et plus saintement presque, de
» loin que de près ; il semble qu'en l'absence des corps les âmes
» se voient mieux l'une l'autre, » il ajoute : « Vous parlez de
» vous retirer seul près de votre couvent. Je comprends votre
» désir. Vous voulez vous préparer à passer plus tranquille-
» ment en Dieu et dans la société des élus. Je me sens plein
» des mêmes aspirations, et, si c'était possible, j'irais errer à
» travers le monde, à travers les chemins et leur boue, perdu
» dans la présence de Dieu comme le bon saint Benoît Labre,
» absent de moi-même et de toute chose créée. Mais mon
» devoir et mon corps endolori me retiennent. »

— « Je songe quelquefois à me retirer. Si je trouvais une
» douce et paisible communauté dans laquelle les exercices
» fussent nombreux et faciles, cela m'irait, ce me semble. »
(Avril 1881.)

— « Je voudrais une vie plus détachée du monde et plus soli-
» taire, un pieux asile dans quelque couvent, je ne sais quoi
» qui puisse adoucir ma peine. Connaissez-vous quelque chose ? »
(2 mai.)

— « Comme un petit oiseau vieilli dans sa prison, je commence
» à chercher un petit coin pour mourir dans mon petit nid,
» comme dit Job quelque part. Puisse ce paisible sommeil de
» Dieu venir bientôt ! Le monde est si méchant ! Il est temps
» que je dise avec sainte Thérèse : « Venez, Jésus, venez ! » il
» est bien temps ! »

Ce besoin de retraite et de solitude paraît dans ses petites poésies. Le 22 juin 1881, sous le titre « *In angulo cum libello* » il rime les vers suivants :

>Au fond obscur d'un large corridor,
>   A la lueur silencieuse
>   D'une lampe mystérieuse
>Qui serpente à la voûte en vagues rayons d'or,
>M'asseoir tranquillement sur un siège rustique,
>Les coudes appuyés sur une table antique,
>Le regard recueilli vers le texte sacré,
>Comme un banquet céleste à l'âme préparé ;
>Veiller, lorsque tout dort, comme insensible au monde ;
>Prier sous l'œil divin pendant la nuit profonde :

Quel mirage enchanteur dans les jours ténébreux !
Alors pour un instant, *pieux anachorète*,
Je sens de l'Infini la puissance secrète,
Et déjà je crois lire au grand livre des cieux.

(Poésies manuscrites, *La nuit*.)

A cause de ces aspirations, le premier sentiment qu'il éprouva quand il fut question d'une installation en ville, ce fut un sentiment de joie ; et même, aussi longtemps que tout cela ne resta qu'en projet, il parla de son petit ménage futur comme un homme qui se promet d'y trouver son dernier bonheur :
« Sans doute, il m'eût été doux de finir mes jours dans une
» maison que j'ai fondée avec de grands et longs sacrifices.
» Je me trouve ici comme un père au milieu d'enfants qu'il
» chérit et qui le chérissent. Le mouvement des élèves entendu
» de loin me distrait ; avec la jeunesse je me crois toujours
» jeune. Enfin l'air et l'espace s'ouvrent larges devant mes pas.
» Mais soyons francs et de bon compte. Il me reste peu d'années
» à vivre. Je ne suis vraiment pas malheureux de sacrifier mes
» ruines pour une si belle œuvre. Il parait qu'il fallait cela pour
» la sauver, si bientôt il ne devient pas impossible de sauver
» encore quelque chose de bon et de religieux en France !
» Ensuite les repas en silence au réfectoire étaient fatigants
» pour moi, qui, comme le vieil Homère, commence d'aimer à
» causer. — Être à la tête d'une maison, en avoir la responsa-
» bilité et ne pouvoir plus rien faire, si ce n'est confesser quel-
» ques enfants, causer avec eux à la chapelle, donner des avis
» à l'étude, cela ne satisfait ni le zèle ni la conscience d'une
» manière complète.

» Là-bas, tous mes petits ministères et mes relations amicales
» me seront plus faciles. Je serai installé largement. Je pourrai
» avoir deux lits pour étrangers, ou plutôt pour amis, et je
» pourrai recevoir à ma table, sans me gêner, quand je voudrai,
» et qui je voudrai. — Étant à proximité de l'église paroissiale,
» j'exercerai quelques ministères faciles pour me consoler et
» me distraire en Dieu.

» Je resterai aussi près des miens que possible. Je ne pourrai
» plus nuire à personne, et tout sera dit !

» Vous voyez donc que la situation qui m'est faite n'est nul-
» lement mauvaise. Je dis dans le sens chrétien :

» *Deus nobis hæc otia fecit* (1).

» ou mieux :

» *Hæc requies mea. A Domino factum est istud* (2). »

Cependant la séparation fut pénible. Elle eut lieu le mardi 8 novembre 1881. Agissant au nom de l'administration diocésaine, M. l'économe avait pris en location à l'usage de M. Dehaene le n° 32 de la rue d'Aire. Cette maison offrait comme avantage principal d'être à proximité de la Sainte-Union et de l'église paroissiale. L'actif du petit budget de notre cher Supérieur se composait de sa pension de retraite, de ses honoraires de messes, et de deux petites allocations fournies, l'une par le séminaire, l'autre par la caisse des vieux prêtres. La maison fut meublée avec des meubles de Saint-François. M. Dehaene était autorisé à célébrer la sainte messe dans une chambre qui serait arrangée en oratoire ; mais pour les ornements il devait recourir à la charité privée. De pieuses personnes lui offrirent la plupart des choses dont il avait besoin ; la sacristie du séminaire prêta le reste.

Le déménagement terminé, et toutes choses étant bien en ordre dans sa maison, le mardi 8 novembre notre bien-aimé Supérieur nous quitta. Nous avions désiré lui faire des adieux : « Non, dit-il, je reviendrai pour cela. Je vais partir d'abord afin
» de faire les choses en deux fois. Ce sera moins pénible. »

Il demanda d'être seul et parcourut la maison comme pour faire ses adieux aux choses, aux murailles, aux statues, aux arbres du jardin, qu'il taillait volontiers, à tous ces objets inanimés parmi lesquels se meut notre vie et qui paraissent avoir une âme pour retenir la nôtre. Dans la cour des grands élèves, il s'agenouilla sur le petit banc, devant la blanche statue de Marie Immaculée, relut l'inscription : *Sub tuum præsidium, Immaculata !* et pria pendant quelques minutes. Sa dernière visite fut à la chapelle. En passant devant la loge du con-

---

1. VIRGILE, *Buc.*, égl. 2.
2. Ps. 131, 14. — Ps. 117, 23. — Lettre au P. Sergeant.

cierge, il vit le fidèle portier qui essuyait une larme ; il lui tendit la main : « Ah le bon Benjamin ! dit-il, je l'ai cependant grondé » bien des fois ! » Puis il se mit en route.

Il était un peu plus de onze heures et demie. M. Lagatie l'accompagnait, portant son petit sac de voyage, dans lequel il avait mis quelques objets qui n'avaient pu être déménagés plus tôt : son bréviaire, son crucifix de bureau, qu'il avait arrosé tant de fois de ses larmes et qu'il faisait baiser aux élèves après une sérieuse correction. Il marchait péniblement, appuyé sur sa canne. A quelques pas du séminaire, il entendit la cloche qui appelait les professeurs à l'examen particulier. Il dressa la tête et ne dit rien. Son cœur était gros de peine. M. Lagatie marchait à son côté, ne trouvant point de paroles. Arrivé sur la grand'place, comme il semblait de plus en plus fatigué et qu'il ralentissait sa marche, il lui offrit le bras. « Non, dit-il, j'en sor- » tirai seul ! » Quels souvenirs pesaient en ce moment sur l'âme de ce vieillard ? Cette place d'Hazebrouck où il cheminait au milieu de l'indifférence et de l'oubli, il l'avait vue illuminée tout entière en son honneur, quand il consentait à rester principal ; il l'avait traversée vingt fois comme un triomphateur, le jour de la Saint-Jacques, à la tête de ses élèves, au bruit des fanfares !

Il ne se rendit point directement dans son nouveau domicile : la solitude eût été trop brusque. Il s'arrêta dans une maison amie où MM. Dekeister et Verhaeghe l'attendaient pour lui donner courage à mi-chemin. Il dîna avec eux, et, dans l'après-midi, il prit possession de sa nouvelle demeure.

Le lendemain, vers dix heures et demie, il revint au séminaire pour faire ses adieux au personnel de l'établissement, maîtres, élèves et domestiques.

Nous nous réunîmes dans le salon. Il nous embrassa l'un après l'autre et nous donna sa bénédiction. Les larmes coulaient, nous ne savions que dire. Lui paraissait bien décidé et joyeux.

Puis il entra dans la salle d'étude. On avait dressé à la hâte une estrade entre les deux divisions et tendu sur les murs quelques bandes d'étoffe ornées d'inscriptions touchantes. Un petit enfant de huitième offrit un bouquet ; un rhétoricien lut un discours. M. Dehaene répondit simplement et brièvement. Il développa cette comparaison de l'oiseau chassé de son nid que nous avons trouvée plus haut dans une lettre, et promit de revenir de temps en temps pour assister aux séances académiques. Les élèves comme les maîtres demandèrent qu'il les bénît. En voyant ces deux cents têtes d'enfants inclinées sous sa main, il sentit son cœur se gonfler de larmes. Il sortit très ému et très pâle.

Il se rendit à la cuisine, où l'attendait une famille de vieux serviteurs, dont plusieurs étaient avec lui depuis vingt ans. Il y avait là Rosalie, la bonne servante, pieuse et grave comme une fille du cloître, rangée et propre comme une ménagère flamande, vrai type de ces bonnes servantes de prêtres dont l'existence se réduit à trois choses : se taire, faire des économies et prier. La cuisine et la chapelle, c'était tout son horizon, et, par son contrôle minutieux, elle avait fait gagner bien des milliers de francs à la caisse du collège. Il y avait là des domestiques à qui les anciens professeurs ne manquent jamais, quand ils reviennent, de serrer la main, parce qu'on les a toujours vus et qu'ils sont de la famille, braves gens, humbles et fidèles, servant leurs maîtres, plus pour gagner le Ciel que pour amasser de l'argent. La casquette à la main, ils vinrent se ranger tous autour de celui qu'ils appelaient M. le Principal, comme au temps de leur jeunesse. Il leur dit quelques mots en flamand. Ils lui répondirent, comme en Flandre, par l'adieu chrétien : « *God bewaere u ! Dieu vous garde !* » et se mirent à genoux. Plusieurs d'entre eux pleuraient.

Lui-même n'en pouvait plus d'émotion. Il entra dans la chapelle et fit deux stations, l'une devant le tabernacle, l'autre devant la statue de la Ste Vierge. Il salua l'image de son bien-aimé père St François d'Assise, prononça de nouveau dans son cœur un grand *fiat*, et partit.

Il avait promis aux élèves de revenir. Il ne put tenir sa promesse, car l'hiver approchait et le froid ne lui permettait point de sortir.

Le printemps de 1882 ne lui rendit pas ses forces. Nous le vîmes cependant, mais à de rares intervalles, errer dans les corridors pendant les classes ou cheminer dans les allées du jardin, entre les arbres qui reverdissaient au soleil, mais lui ne reverdissait point. Sa marche devenait très lourde. Quand on entendait un pas traînant sur les pierres bleues du cloître, on disait : « C'est M. le Principal ! » et l'on courait le saluer. Dans une de ces trop rares visites il frappa au bureau de M. l'économe, l'invita à l'accompagner au jardin et lui dit : « Je souffre beaucoup. Des lames me percent les entrailles, » mais je ne m'en plains pas. » Il ajouta par manière de confidence : « Je voudrais que les temps changent afin, que je puisse » rentrer ici bientôt ! »

Il n'avait paru qu'une seule fois au réfectoire. C'était le 8 décembre 1881, fête de l'Immaculée-Conception. Il y avait un petit dîner pour l'installation de M. Baron. On avait invité le clergé de la paroisse. M. Dehaene tenait à être présent pour donner à son successeur un témoignage d'amitié qui, dans la circonstance, était une espèce d'investiture. Mais la fatigue et les souffrances, et peut-être aussi les émotions, ne lui permirent pas de rester jusqu'à la fin du repas. Il sortit pour se reposer au salon.

Il ne revint point dans les classes, comme il l'avait annoncé ; il ne parla plus aux élèves. Les paroles prononcées le jour des adieux (9 novembre) furent les dernières.

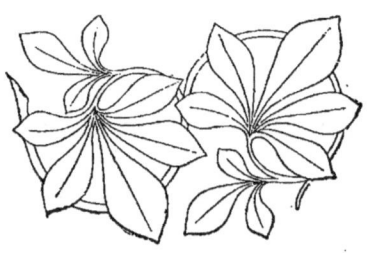

CHAPITRE VINGTIÈME.

L'exil, la mort, les funérailles.
Novembre 1881 à Juillet 1882.

Il nous reste à parler des huit derniers mois de vie de l'abbé Dehaene. Ils ne furent guère qu'une longue souffrance, à peine interrompue par ces débris de pensées dont parle le psalmiste, *reliquiæ cogitationis*, derniers fruits qui mûrissent çà et là au faîte d'un arbre d'où la sève se retire, et qu'il offrit au Seigneur comme il avait offert tout le reste, pour le glorifier : *Diem festum agent tibi* (1).

Il voulut continuer son ministère de prêtre aussi longtemps que possible. Il avait tant de fois dit à ses jeunes confrères en les introduisant dans la vigne du Seigneur : « *Labora... ministerium tuum imple*, travaillez, remplissez bien votre charge (2) ! » Maintenant qu'il penchait vers le déclin et sentait venir la dissolution de son corps, il désirait donner l'exemple de ce même travail, afin de pouvoir dire en toute vérité : « *Cursum consummavi*, j'ai été jusqu'au bout de ma carrière. »

Il avait obtenu de M. le doyen l'autorisation d'entendre les confessions à l'église deux fois par semaine. En outre, il continuait de diriger les Dames de la Ste-Union et un certain nombre de prêtres. C'était là son occupation favorite et son principal bonheur. Plus d'une fois il dit aux ecclésiastiques venus

---

1. Ps. 75, v. 11.
2. Saint Paul à Timothée.

pour se confesser : « Je vous remercie de procurer à un pauvre malade l'occasion de faire du bien. »

Le jour de Noël, quelques grands élèves lui furent conduits pour être reçus dans le Tiers-Ordre. Il était très souffrant quand ils entrèrent. La cérémonie de la réception terminée, il se sentit mieux et comme tout refait. Il leur dit : « On oublie ses souffrances quand on donne des enfants à St-François. »

Les professeurs allaient le voir de temps en temps, dans la semaine après les classes et le dimanche après les offices. Les amis du dehors venaient aussi. « Sous le rapport des relations, » écrivait-il, je suis cent fois mieux qu'au séminaire. Nulle part » on n'est plus isolé que là. L'on se voit à midi dans un immense » et froid réfectoire ; puis chacun va à sa besogne, et l'on est » quelquefois quinze jours sans se parler. Je vois plus souvent » ces Messieurs ici qu'au séminaire même (1). »

En outre, il avait une correspondance active avec le P. Sergeant, qui transcrivait ses sermons et corrigeait ses vers latins, et qu'il appelait à cause de cela son *Aristarque*. Il ne savait comment lui témoigner sa reconnaissance : « Que vous êtes » bon, lui disait-il, que vous êtes dévoué ! Je vous remercie de » votre courage héroïque à me débrouiller, et de ce que vous lut- » tez comme un homme de peine contre mon indéchiffrable » écriture. Il m'est impossible de vous dire combien votre ami- » tié m'est chère, et combien vos charitables prières me conso- » lent ! Oh ! la douce et sainte chose que l'amitié sacerdotale ! » Après DIEU, y a-t-il une consolation semblable ici-bas ? » *Magna res est amor, magnum omnino bonum !* (2) » Et ailleurs : « J'éprouve un vrai besoin de vous écrire et de causer » un peu cœur à cœur avec vous. Je ne saurais vous dire com- » bien tout me paraît vide et ennuyeux dans le monde ! Est- » ce une grâce ? Je le pense. Mais il faut que mon cœur se » repose quelque part, et comme Notre-Seigneur au jardin des » Olives, je cherche des consolations près de mes vrais amis. »

---

1. Lettre du 2 janvier 1882.
2. *Imitation* de JÉSUS-CHRIST, livre III, ch. v.

Parlant à M. Masselis de ce bon Père : « M. Sergeant est mon admirateur enthousiaste. C'est toujours *pulchrè*, *benè*, *rectè*, comme dit Horace. Je le supplie de devenir pour moi un Aristarque. Je n'y gagne rien. Il prétend que je prêche un converti. » (31 août 1881.)

Il avait une autre distraction : « Pour me désennuyer, je fais
» des vers latins, le jour, mais surtout la nuit. Chose singulière !
» cela me va et ne me fatigue pas trop. J'oublie mes nerfs
» quand je monte au Parnasse. Ah ! la poésie latine chérie !
» J'ai là une foule de petites scènes à raconter. Elles ont
» charmé mon enfance ; elles charment encore mes 70 ans,
» Mille jolis tableaux passent devant mon imagination (1) ! »

Il continuait son poème latin. La troisième partie, intitulée *Dolores*, était sur le métier. De sa main tremblante il écrivit les vingt premiers vers.

« Les chagrins pèsent sur le cœur de l'homme et les osse-
» ments des morts sur le sein de la terre.

» J'ai vu souffrir ; j'ai souffert...

» Cher ami d'enfance, viens, prends la première place dans
» mon chant.

» Ton cœur était généreux, plus généreux que l'âge ne le permet d'ordinaire.

» Tu m'enlaçais de tes bras caressants.

» Tu croissais comme une fleur.....

» Le soleil a desséché la fleur et j'ai vu pâlir ton beau
» visage. »

Quel est cet ami ? — Il ne le dit point. Il ne put continuer. « La tête me brûle, » écrivait-il (mars 1882).

Il composait aussi de nombreux distiques qu'il adressait à ses amis et à ses anciens élèves prêtres, à l'occasion de leurs promotions diverses dans la hiérarchie ecclésiastique. C'était, tantôt un aimable badinage sur le nom de son correspondant, tantôt un gracieux souhait par rapport à la paroisse où il était envoyé (2).

---

1. Lettres diverses au P. Sergeant.
2. A M. Masselis, nommé chanoine honoraire, il écrivait (20 février 1882) :

« *Fac nihil esse aliis ! Tibi sed super omnia vilem*
» *Reddas, sicque Deo fas erit esse aliquid.* »

A M. Bertein, élevé au même honneur, il avait dit :

« *Sub modio nuper, ceu tecta lucerna latebas.*
» *Jam pleno totam lumine sparge domum.* »

A M. Berteloot, nommé doyen d'Armentières :

« *Armentum tibi butyrum præstabit, amice,*
» *Armento panem pastor at ipse dabis.* »

D'autres fois, il mettait en vers une pensée pieuse, une oraison jaculatoire répétée pendant de longues insomnies, et qu'il tournait et retournait dans sa tête poétique jusqu'à ce qu'elle prît la forme cadencée du mètre.

Il faisait aussi de petites pièces de vers français. Il aurait volontiers réuni les vers latins dans un recueil qu'il aurait intitulé : « *Numismata et carbunculi,* » et les vers français dans un recueil semblable avec la traduction du même titre : « *Médaillons et rubis poétiques.* » — Je ferais tout cela si je ne craignais de paraître prétentieux. »

Quelques-unes de ses pièces françaises furent imprimées dans la *Revue Franciscaine*. Il envoyait les autres à ses amis intimes.

« Quoique vous paraissiez goûter davantage mes vers latins
» que ma poésie française, voici un échantillon de ma muse
» décrépite.

« Je te vois humecté des larmes de l'aurore,
» O pieux pèlerin,
» Rêver un doux réveil et sommeiller encore
» Au bord du long chemin.
» Cependant à tes pieds s'ouvre un profond abîme
» Où gronde le torrent,
» Et la sombre forêt branle sa haute cime
» Sous le souffle du vent.
» En toi, cher voyageur, je trouve mon image :
» Pèlerin ici-bas
» Au bord du précipice et battu par l'orage,
» Je sommeille en JÉSUS qui soutient mon courage,
» Et c'est Lui qui me garde et veille sur mes pas (1). »

Il aimait à chanter les douceurs de l'amour de DIEU, disant en lui-même par manière de refrain et de pieuse complainte :

« Quand tu descends du ciel, ô sainte poésie,
» Je sens que pour t'aimer mon âme fut choisie.
» Alors la longue nuit me charme, et la douleur
» De mes membres brisés se transforme en douceur.
» Ah ! ne me quitte pas, fais de ma vie entière
» Un soupir vers JÉSUS, une ardente prière ! »

Pour s'encourager dans son isolement et mieux s'élever vers DIEU à mesure que le monde manquait autour de lui,

---

1. Lettre au P. Sergeant.

il soulevait en quelque sorte son âme, et, sur la cadence flottante d'une phrase poétique, la dirigeait vers le port :

« Je veux m'abandonner à la grâce divine
» Comme glisse la brise au flanc de la colline,
» Comme un souffle léger qui court sur les prés verts,
» Comme l'agile oiseau se baigne dans les airs,
» Comme l'aigle puissant au-dessus des orages
» Tranquille se balance et se berce aux nuages,
» Comme vogue la barque au gré des vastes mers.
» Mais c'est trop nous hâter : rivés à la matière,
» Il faut agir, souffrir, jusqu'à l'heure dernière.

» Il faut que l'âme, arrachée à tout ce qui n'est pas JÉSUS,
» soit fixée à la croix, nue, blessée, conspuée, et qu'elle y
» meure comme JÉSUS pour triompher avec lui. Voici ce que
» ma manie de rimer m'inspira un jour sur cet abandon
» total :

« Le mal creuse ma tombe au fond de ma poitrine,
» Me poursuit jour et nuit comme un cruel vautour ;
» Mais le baume puissant de l'onction divine
» Vient changer ma douleur en extase d'amour.

» Oui, DIEU plein de bonté, par ta grâce féconde
» L'on peut, bien qu'en exil, vivre avec tes élus,
» Se créer d'autres sens, se faire un autre monde,
» Et trouver un trésor que rien n'épuise plus.

» L'on peut en un seul bien posséder toutes choses,
» Trouver, par ce grand don qu'on nomme charité,
» Sur un pauvre grabat une couche de roses,
» Une aile, dans la croix, pour la sainte cité.

. . . .

» JÉSUS crucifié, sois ma seule richesse ;
» Que ressembler à toi soit mon unique effort ;
» Que m'unir à ta croix, me perdre en ta tendresse.
» Soit de mon cœur blessé l'incomparable sort.

. . . .

» Laissez-moi, dévoré par les divines flammes,
» Goûter la grande loi de Jean le Bien-Aimé,
» Répandre avec bonheur mon sang pour prix des âmes
» Et mourir de douleur et d'amour consumé !

» C'est douloureux et doux, et c'est l'héroïsme de la charité

» Mais ne doit-ce pas être là le comble du bonheur pour l'âme
» apostolique ici-bas, et le gage de sa gloire dans le Ciel (1)? »

Descendons un peu de ces hauteurs et rappelons que l'abbé Dehaene resta toujours sous le charme des scènes rustiques qui avaient réjoui son enfance. Mais il ne s'arrêtait plus au plaisir de les contempler pour elles-mêmes : il n'y voulait voir que le doux reflet de cette bonté divine vers laquelle tendaient toutes ses aspirations :

« Lorsqu'un nuage noir, de son urne trop pleine,
» Verse une tiède ondée en passant sur la plaine,
» Et remplit des sillons les sentiers tortueux,
» Alors l'on voit descendre autour des purs calices
» La fauvette altérée, et boire avec délices
» La fraîche goutte d'eau, le regard vers les cieux.

C'est ainsi que la grâce tombe sur le monde :

« Puissions-nous, languissants dans nos déserts arides,
» Désaltérer la soif de nos âmes avides
» Dans cette eau qui jaillit jusqu'à l'éternité ! »

Peu de temps auparavant, il avait terminé d'autres pièces beaucoup plus longues où il rappelait le dévouement de son père et la tendresse de sa mère.

Nous n'avions point parlé jusqu'à maintenant de ces essais poétiques qui furent sa meilleure récréation et qui correspondirent dans sa vieillesse aux « *lusus* » de son enfance.

En 1871, il avait fait imprimer (2) un poème de plus de six cents vers à la mémoire de M. Grau, décédé doyen de Bouchain.

En 1878, sous ce titre : « *L'enseignement religieux dans les établissements d'instruction publique,* » il publia un autre poème de près de neuf cents vers alexandrins (3). On y trouve de beaux tableaux tirés de l'Histoire Sainte.

Enfin, parmi ses manuscrits, il a laissé des traductions en vers des hymnes *Jesu, dulcis memoria*, et *Vexilla regis prodeunt*, un poème en l'honneur de St François d'Assise recevant les stig-

---

1. Lettre à Sr X...
2. Chez M. David, à Hazebrouck.
3. A Paris, librairie Renouard, Henri Loones, successeur. — Il avait mis en vers le remarquable discours qu'il prononça en 1868 et dont nous avons cité plusieurs passages au chapitre sixième.

mates, des acrostiches, des épitaphes, des quatrains de toute espèce.

Il serait facile de relever çà et là dans cette collection des vers bien frappés, des comparaisons remarquables, de belles strophes ; mais l'ensemble n'est point très satisfaisant. Il y a des pensées obscures, des expressions incorrectes, des enchevêtrements d'idées et de phrases, et, généralement, il manque à ces vers rudement forgés le rhythme enchanteur qui caresse l'oreille. C'est une illusion de vieillard de s'imaginer que le mérite est en rapport avec la difficulté vaincue et que le travail supplée à l'inspiration.

Nous lisons dans l'histoire de Bossuet que, vers la fin de sa vie, il cherchait à faire trêve à ses douleurs en traduisant les psaumes en vers français. « Cette pieuse et innocente diversion, dit le cardinal de Bausset, l'arrachait à des études plus fortes et plus fatigantes. » Il ajoute : « Les vers du grand homme sont loin d'égaler sa prose, mais ils excitent une sorte d'intérêt lorsqu'on pense qu'ils servirent quelquefois à calmer les douleurs de Bossuet mourant. » L'affection que nous éprouvons pour notre maître nous fait éprouver un sentiment semblable pour ses poésies. Elles apaisèrent ses souffrances, comme la complainte monotone d'une mère endort la douleur de son enfant.

Il était vraiment heureux quand il voyait apparaître dans les lignes qu'il traçait d'une main tremblante le vague rayonnement des belles images disparues, et il se délectait à voir courir çà et là dans ses vers une des métaphores dont il avait déployé le riche tapis devant les foules au temps où il parlait pour séduire et captiver ; surtout il se complaisait à surprendre dans sa phrase quelque mélodie, quelque rhythme, quelque chose comme un balancement de berceau sur le bord de la tombe, comme si l'esprit qui perd sa vigueur trouvait je ne sais quelle volupté dans cette ondulation sonore, dont la monotonie va de la pensée au rêve, et des rêves de la vie au rêve suprême de la mort ! Et pour parler son langage en négligeant ses rimes, c'est ainsi qu'il gardait

> Un coin de chaud printemps sous les froids de l'hiver,
> Un rayon de soleil dans un ciel noir et lourd,

Un baiser de zéphyr sur la neige durcie,
Et dans son cœur brisé des parfums et des fleurs.

Mais déjà ni la poésie latine ni la poésie française ne suffisaient pour dominer son mal, et divers indices graves annonçaient un affaiblissement irrémédiable.

Toutefois, au printemps, le beau soleil, l'air tiède, la brise odorante, tout ce réveil et toute cette renaissance qui rendent la sève aux arbres et la confiance aux vieillards, le ranimèrent pendant quelques jours. Il regardait d'un œil triste et plein de désirs, ce grand festin de vie que la nature sert annuellement, et dont il espérait encore sa petite part.

Il exprima même avec quelque persistance le dessin de louer une maison plus grande et mieux aérée ; il se plaignait que le corridor de la sienne ne fût point assez large pour qu'il pût s'y promener en s'appuyant sur le bras d'un ami. Il n'avait pas de jardin : c'était sa principale privation ; car, en fidèle ami de Virgile, il rêvait, à cette heure tardive, l'art classique du vieillard de Tarente. Quand il faisait beau, il traversait la petite rue de Morbecque et se rendait chez le brasseur Lernout :« Mon vieil ami, lui disait-il, laissez-moi me promener dans votre jardin, regarder vos arbres, respirer vos fleurs. Mais ne vous dérangez en rien, faites comme si je n'étais pas chez vous. »

Et puis commença cette manie de changer, changer de maison, changer de mobilier, manie qui est propre à ceux qui vont mourir. Ils ne se sentent plus bien nulle part. DIEU les contente en les prenant dans son paradis.

La dernière fois qu'il vint au petit séminaire, il ne voulut point qu'on l'accompagnât à son départ. On dut le faire suivre à distance, car il était chancelant.

Pour aller de sa maison à l'église, il lui fallait s'appuyer sur le bras de sa servante. Craignant qu'il ne tombât en chemin, elle le suppliait de rester chez lui, de ne plus confesser : « Non, non, mon enfant, courage ! répondait-il, il faut travailler tant que l'on peut ; » et il se mettait en route. Une fois il dut s'arrêter et s'asseoir sur un banc à l'entrée du square. Après vingt minutes d'attente, les forces ne revenant pas, il fit prévenir le sacristain qu'il n'irait plus confesser à l'église.

Sa dernière sortie fut pour visiter l'exposition annuelle de l'Œuvre apostolique.

Bientôt il lui fut impossible, non seulement de circuler au dehors, mais encore de se tenir assez longtemps debout pour célébrer la sainte messe. Il la célébra pour la dernière fois le Mercredi-Saint. En lisant le long évangile de la Passion il dut s'asseoir, et, la messe finie, il dut se coucher : il tremblait de tous ses membres.

Dans la suite, quand il se sentait un peu mieux, il se faisait conduire dans son oratoire, et, s'appuyant sur la table de l'autel, essayait de se retourner, de faire quelques mouvements : vains efforts, peine inutile! Il était brisé à tout jamais. Il demanda à M. le Doyen de lui apporter régulièrement la Sainte Communion.

Presqu'au même moment il cessa toute correspondance.

Les dernières lettres qu'il écrivit sont des mois de mars et d'avril. Elles se terminent par ces lignes : « Mes nerfs ne me » laissent guère de plein repos, mais, grâce aux prières que de » tous les côtés l'on fait pour moi, le courage ne me manque » point. Je fais volontiers mon purgatoire ici-bas.... » Et il ajoute cette touchante supplication : « Une petite prière pour » que j'aie toujours patience. Je n'ai besoin que de cela. »

Quand nous allions lui faire visite, nous le trouvions constamment à son bureau, écrivant avec la hâte d'un ouvrier qui craint de ne pouvoir achever sa tâche. Il faisait le triage de ses papiers manuscrits et de ses lettres, condamnant au feu des liasses énormes qui eussent été précieuses pour son histoire. C'était encore une de ces destructions auxquelles on ne se résigne que lorsque la mort approche.

Puis ce fut le tour des amis, qu'il tint à distance comme pour être seul avec le peu de vie qui lui restait, et ne rien dissiper d'un trésor qu'il voulait donner entièrement à Dieu. Soit que les souffrances lui rendissent la conversation pénible, soit qu'il n'eût plus grande foi en tout ce qui est terrestre, il accordait à peine quelques minutes d'entretien à des hommes qui avaient joui de son intimité. Ce furent là pour plusieurs des moments pénibles. A M. Masselis, qui était venu expressément de Gravelines pour le consoler, il dit : « Ne vous occupez plus de moi, je vous prie, j'ai besoin d'être seul... »

Je crois qu'il sentait trop vivement que l'argent qu'il dépensait n'était pas le sien. Le budget dressé pour lui au commencement de son séjour rue d'Aire devenait insuffisant. Les frais de médecin augmentaient de jour en jour, et les honoraires de messes, qu'on avait fait entrer en ligne de compte, n'existaient plus, de sorte qu'il fallait recourir à des crédits supplémentaires. Sans nul doute, l'administration y allait largement : ne voulant à aucun prix que ce vénéré prêtre eût à regretter son généreux sacrifice, elle offrait tout ce dont il avait besoin. Mais il ne faudrait point connaître la nature humaine et les délicatesses des grands cœurs pour s'étonner qu'il ait souffert quand une servante peu discrète venait dire que la bourse était vide, à lui qui n'avait jamais calculé.

Devons-nous ajouter que le beau mouvement auquel il avait obéi en donnant sa démission avait été suivi d'une violente réaction de la sensibilité ? La mesure qui l'écartait du séminaire était tellement odieuse que ceux-là mêmes qui l'avaient rendue nécessaire la désavouaient hautement. Quant aux gens du peuple, qui jugent d'après leurs impressions, ils ne comprennent pas la dure nécessité où se trouvent parfois les administrations de sacrifier les hommes aux œuvres et les susceptibilités du présent aux intérêts de l'avenir. Aussi ne ménageaient-ils point les critiques : — « En définitive, disaient-ils, » le petit séminaire était sa maison ; il l'avait fondée. Pourquoi » faire sortir ce vieillard de chez lui à son âge, quand il n'avait » plus qu'à mourir ? » Ces propos arrivaient aux oreilles du vénéré Supérieur par des intermédiaires dont les intentions étaient bonnes, nous aimons à le croire, mais dont les paroles étaient certainement inconsidérées. Il en était douloureusement ému, et, ne sachant que penser, il se repliait tristement sur lui-même.

Déjà il ne pouvait plus tenir une plume, et cette espèce de diversion que procure le plaisir de voir se former sous nos yeux des caractères que personne ne lira peut-être, mais où se reflète notre pensée, où se fixent nos sentiments, la consolation d'écrire, l'entretien de l'âme avec elle-même, il ne l'avait plus.

Il lui restait l'entretien de l'âme avec Dieu, la prière. Dans ses longues insomnies, à chaque heure sonnée par l'horloge de l'église ou la pendule de sa chambre, il avait une oraison jaculatoire, il faisait une pieuse réflexion, et, se souvenant de la chanson des nombres sacrés murmurée près de son berceau par sa mère, il pensait aux sept péchés capitaux, aux huit béatitudes, aux neuf chœurs des anges, etc.

Cependant, malgré sa faiblesse, il recevait toujours les prêtres qui se confessaient à lui, et, pour les exhorter au bien, il trouvait les plus belles et les plus fortes paroles. C'était la fleur de l'Écriture Sainte qu'il cueillait dans ses souvenirs. Parfois il avait avec eux des entretiens d'une rare élévation et qui prouvaient qu'il conserva jusqu'à la fin sa vigueur d'esprit.

Le 6 mai, il eut devant nous un de ces attendrissements qui arrachent des larmes. Nous en avons conservé sous le coup de l'émotion tous les détails. Il disait : « Allez doucement à Dieu,
» lui donnant votre cœur, oui, votre cœur. Si nous sommes heu-
» reux d'avoir des amis, c'est que nous sentons que leur cœur
» est à nous. Les témoignages extérieurs d'affection que nous
» recevons sont moins précieux que cette douceur intime. C'est
» pourquoi Dieu nous demande notre cœur. Soyons à Lui
» entièrement. Mon cher ami, souhaitez ce que je souhaite ici :
» s'il faut mourir subitement dans une crise, que ce soit au
» moment où nous serons le plus agréables à Dieu. Si nous
» mourons en nous sentant défaillir, que Dieu nous enlève l'agi-
» tation de la crainte, qui est un si grand tourment ! — Allons,
» du courage ! Un grand acte de charité ! »

Après l'absolution, il me tendit la main. « Merci de l'affection
» que vous me conservez ! — M. le Principal, merci de ce que
» vous daignez me recevoir. Je prierai bien pour vous. — C'est
» cela, merci ! »

Il se retourna vers la muraille ; ses yeux étaient humides de larmes.

C'étaient de ces adieux comme en font les malades quand ils ont encore un peu de force et qu'ils ne mourront pas de sitôt. Après ils s'affaiblissent et ne parlent plus de la fin ; souvent même, plus elle approche, plus ils se font illusion. A partir du 10 juin, il cessa de confesser.

Quand la procession du Saint-Sacrement passa devant sa maison, nous remarquâmes que les fenêtres n'étaient pas ouvertes, qu'il n'y avait ni fleurs, ni cierges allumés sur les châssis. Il souffrait trop pour qu'on pût remuer autour de lui. Nous disions : « Que Notre-Seigneur bénisse le pauvre malade ! »

La prostration s'aggravait. Les remèdes que la médecine contemporaine donne pour apaiser la douleur, l'affaiblissaient en le soulageant, car leur action sur le système nerveux enlève la sensation mais paralyse plus ou moins l'intelligence. Il fut nécessaire de songer aux derniers sacrements, car d'un moment à l'autre une crise pouvait l'enlever.

Le mercredi 12 juillet, nous fûmes avertis que le vénéré malade serait administré dans l'après-midi, vers quatre heures. M. Baron, Supérieur, MM. les professeurs, les élèves de Rhétorique et quelques confrères du St-Sacrement, tenant des flambeaux, firent escorte au Saint Viatique, que portait M. le doyen. Les personnes du voisinage s'agenouillèrent sur le pas de leur porte. Les professeurs purent seuls entrer dans la chambre du malade. Les cérémonies furent faites au milieu des prières et de l'émotion de tous. M. Dehaene avait souvent dit qu'il craignait la mort, mais, s'il l'avait redoutée de loin, en la voyant de près il était calme. Ses yeux grands et fixes commençaient à prendre cet éclat vitreux qui annonce la fin. Il ne dit rien, ne fit point d'adieux ni de recommandations. Il était arrivé à cette heure effrayante où l'on n'appartient plus au monde, où l'on ne s'inquiète plus de rien. On se laisse faire, on meurt. Ah ! qu'il est téméraire d'attendre jusque-là pour se réconcilier avec DIEU !

Quand il eut reçu l'Extrême-Onction, les anciens s'approchèrent pour lui donner la main. Personne ne parlait. On avait le cœur serré et le moment était trop solennel. Tout au plus si on laissait tomber en passant devant lui un de ces mots presque vulgaires, les seuls qu'on trouve quand on est gêné : « Bon courage, M. le Principal, nous prierons bien pour vous, nous reviendrons. »

Les deux jours suivants, l'état du malade resta à peu près stationnaire. Maîtres, élèves et domestiques, et dans la ville les membres des associations pieuses, priaient beaucoup pour que DIEU daignât le soulager.

Le samedi 15, fête de saint Henri, veille de N.-D. du Mont-

Carmel, vers 5 heures du soir, un violent orage pesait sur la ville, alourdissait l'air et faisait souffrir le malade plus que d'habitude. On courut avertir son médecin et son confesseur. M. le doyen arriva et lui demanda, comme c'est l'usage, s'il avait besoin de son ministère pour quelque inquiétude de conscience : il répondit négativement. Le voyant très affaissé, M. le doyen dit une prière et se retira. Le médecin vint ensuite. Le temps devenait de plus en plus lourd. « M. le Principal, avez-vous souffert ? — Oui,.... oui.., » répondit-il fort péniblement. Et comme le médecin prenait son bras pour lui tâter le pouls, ses yeux se retournèrent et sa tête chancela. La servante courut chercher le cierge bénit. Quand elle revint, son maître ne donnait plus aucun signe de vie ; il avait rendu le dernier soupir.

Pendant ce temps-là, les professeurs du séminaire entendaient les confessions des élèves, qui devaient communier le lendemain dimanche à l'occasion de la fête de Notre-Dame du Mont-Carmel. M. Lagatie, économe, averti que M. Dehaene était plus mal, partit aussitôt pour l'assister. Il revint avec la fatale nouvelle. Elle fut annoncée dans les salles d'étude : le surveillant fit mettre les élèves à genoux et récita avec eux le *De Profundis* pour le défunt.

Notre devoir était de veiller et de prier auprès de son corps. Nous désirions beaucoup le ramener à Saint-François. C'eût été une consolation pour nous tous que de le posséder pendant ces tristes jours ; il nous aurait appartenu dans la mort, et nous songions qu'on pourrait de la sorte lui faire un plus beau cortège pour ses funérailles ; et puis il serait parti de chez nous, il serait parti pour aller à sa dernière demeure de son cher Saint-François qu'il avait tant aimé ! L'autorité ne jugea pas la chose opportune. Il fallut faire encore ce sacrifice.

Donc son pauvre salon fut transformé en chapelle ardente, et, suivant l'usage, il y fut exposé revêtu des ornements sacerdotaux et de ses insignes de chanoine.

Nous nous succédâmes à ses côtés depuis le samedi soir jusqu'au jeudi matin.

Son corps était tout à fait décharné ; son visage, très pâle, exprimait la placidité profonde du dernier sommeil. Dans ses doigts entrelacés on avait mis son chapelet de tous les jours et son crucifix.

Quand nous détachions nos yeux de sa belle tête blanche pour la laisser errer sur les murs de la salle où il dormait, nous remarquions deux portraits de famille, et nous reconnaissions, à travers le crêpe de gaze noire, les figures souriantes de sa mère et de son frère Louis, qui semblaient le regarder dans la mort avec une tendre bonté.

Le dimanche 16, beaucoup de personnes vinrent jeter de l'eau bénite et dire une prière. On faisait queue à la porte de la maison et dans la rue. Le lundi, jour de marché, l'affluence fut encore plus considérable. Les braves gens des environs, qui aimaient beaucoup M. le principal, entraient, faisaient toucher à ses mains jointes la croix de leur chapelet ou bien une médaille. Beaucoup fondaient en larmes au souvenir de sa grande éloquence qui les avait remués tant de fois ! A midi et le soir, les ouvriers de fabrique, revenant des tissages de la rue de Merville, se pressaient par centaines et, se succédant autour de son lit funèbre, le regardaient avec compassion et disaient un *Pater* pour son âme.

Le mercredi, on le mit au cercueil. Ce même jour, la rédaction de l'*Écho de la Flandre* fit paraître un numéro spécial, tout encadré de noir, et exclusivement consacré à rappeler la vie et les œuvres de M. l'abbé Dehaene.

Cette notice nécrologique se terminait ainsi :

« Nous avons suivi la foule dans l'humble chambre où dort
» le vénéré défunt. Nous avons pleuré côte à côte avec les
» ouvriers et les pauvres. Demain nous le suivrons dans sa
» dernière demeure, et nous lui ferons les funérailles qu'il
» mérite ; car il a été dans notre pays le modèle des prêtres,
» le bienfaiteur des indigents, le consolateur des âmes éprou-
» vées, le zélateur des bonnes œuvres et le père de la jeunesse.
» Nous sommes convaincus que ses anciens élèves, de quelque
» rang, de quelque opinion qu'ils soient, se rassembleront
» autour de son cercueil. Il eut pour tous un inaltérable amour.
» Tous lui donneront un même témoignage de reconnaissance. »

Effectivement ses funérailles furent une magnifique démonstration d'amour et de regret.

Il ne laissait point d'argent ; mais des libéralités privées pourvurent aux frais des décors publics.

Grâce à des souscriptions recueillies par les membres de la congrégation qu'il dirigeait, et au concours des anciens élèves de la ville, toutes les maisons de la rue d'Aire furent garnies de tentures blanches et noires. Le drapeau pontifical, voilé d'un crêpe, flottait à toutes les fenêtres. Le pavé était jonché de fleurs et de verdure. Longtemps avant que le cortège se mît en marche une foule immense stationnait sur les trottoirs. A neuf heures et demie le défilé commença. On y voyait toutes les communautés et sociétés pieuses d'Hazebrouck, des délégations des collèges de Dunkerque, de Gravelines et de Merville portant des couronnes, un groupe superbe d'anciens élèves laïcs, un autre de deux cents prêtres, les élèves du petit séminaire, les anciens élèves étudiants de l'Université catholique de Lille, la plupart des doyens de la région, les Supérieurs des collèges ecclésiastiques du Nord, quinze chanoines de Cambrai ou d'Arras, M. Sudre, Supérieur du grand séminaire, vicaire général, beaucoup de prêtres du Pas-de-Calais ayant à leur tête Mgr Scott, doyen d'Aire, les anciens professeurs du collège communal et de l'Institution Saint-François d'Assise, et, parmi eux, le bon Père Sergeant, le correspondant privilégié et le fidèle ami de M. Dehaene, et M. l'abbé Rousseau, directeur de l'école normale de la Haute-Vienne, chevalier de la Légion d'honneur.

MM. Dekeister et Masselis, dont le nom est revenu souvent dans ce livre, compagnons d'enfance du défunt et témoins permanents de sa belle vie, suivaient son cercueil. Jacques Dehaene les précédait dans la mort comme il les avait précédés partout, et là, comme ailleurs, il leur ouvrait le chemin.

La messe fut célébrée par M. Salomé, doyen d'Hazebrouck, et l'absoute donnée par M. le chanoine Cailliau, vicaire général, archidiacre de Dunkerque, délégué de Mgr l'archevêque.

M. Coubronne, archiprêtre de l'arrondissement, prononça l'oraison funèbre. Devant un immense auditoire, il développa avec une élévation magistrale, une ampleur et une dignité imposantes, ce texte des saints Livres : «*Erat potens in verbis et in operibus* (1). » Il montra que le chanoine Dehaene avait été puissant en paroles et en œuvres : en paroles, par sa vigoureuse éloquence, en œuvres, par l'éducation chrétienne de la jeunesse et spécialement par le soin des vocations ecclésiastiques.

Au cimetière un discours très ému fut prononcé par M. de Pape, secrétaire du comité catholique.

Le jour même des funérailles, on ouvrit deux souscriptions l'une parmi les anciens élèves laïcs, l'autre parmi les anciens élèves prêtres, la première pour élever à M. Dehaene un monument dans le cimetière d'Hazebrouck, la seconde pour perpétuer sa mémoire au petit séminaire.

Dans la chapelle de cet établissement, à deux pas de sa stalle, on a placé une vaste boiserie en chêne ; elle encadre une plaque de marbre noir ornée d'une inscription latine dont voici la traduction (2) :

D. O. M.

Ce monument a été élevé à leur très aimé et très regretté père en JÉSUS-CHRIST, homme très puissant en paroles et en œuvres,
excellent éducateur de la jeunesse,
Maître PIERRE-JACQUES DEHAENE,
Supérieur pendant 45 ans, d'abord du collège d'Hazebrouck, puis du petit séminaire de cette ville,

---

1. *Actes des Apôtres*, VII, 22.
2.   D. O. M.

Hoc monumentum
Desideratissimo et dilectissimo in CHRISTO patri
Viro verbis et operibus potentissimo
Juventutis institutori studiosissimo
Domino PETRO JACOBO
DEHAENE
Gymnasii necnon minoris seminarii
Hazebrucæ per annos 45 rectori
Ecclesiæ Cameracencis canonico ad honores
In venerationis et gratitudinis pignus posuēre
Fili et discipuli memores.
Natus anno Domini 1809
Dignè ac sanctè per annos 47 sacerdotio functus,
Obiit in pace Domini
Anno CHRISTI 1882.
R. I. P.

Chanoine honoraire de l'Église de Cambrai,
en témoignage de vénération et de gratitude
par ses fils et ses élèves qui gardent son souvenir.
Né l'an du Seigneur 1809,
il s'est acquitté dignement et saintement de son ministère de prêtre
pendant 47 ans.
Il est mort dans la paix du Seigneur
l'an du CHRIST 1882.
Qu'il repose en paix !

Le monument du cimetière est en pierre bleue de Soignies. Il est orné d'un buste du vénéré défunt et de ces simples mots :

A M. l'abbé JACQUES DEHAENE,

Chanoine honoraire de la métropole de Cambrai,
Supérieur du petit séminaire St-François d'Assise à Hazebrouck,
ancien Principal du collège communal,
décédé à Hazebrouck le 15 juillet 1882,
à l'âge de 75 ans.

SES ANCIENS ÉLÈVES ET SES AMIS.

Tout autour de sa tombe, comme pour lui faire escorte par delà la mort, sont rangés les cercueils de ses collègues et de ses parents. Il repose dans la paix du Seigneur près de sa mère, de son frère l'abbé Louis et de ses deux sœurs. A ses côtés dorment aussi M. Lacroix, fidèle jusqu'au bout à son cher principal, M. Boute, professeur de rhétorique et économe à Saint-François d'Assise, M. Gantiez, professeur laïc, représentant du collège communal, et M. Verhaeghe, missionnaire apostolique, l'ami et le compagnon des derniers jours. Ils attendent là tous ensemble la résurrection.

C'est là que nous allons prier pour eux, méditer sur leurs exemples et songer à les rejoindre. Là dormiront, suivant toute apparence, ceux qui continuent leur œuvre. C'est, dans le champ des morts, le coin du séminaire.

Une personne pieuse, considérant que les prêtres sont souvent oubliés en ce monde, parce qu'ils n'ont point de famille, eut la générosité de faire deux fondations à perpétuité pour assurer à M. Dehaene une messe par mois dans la chapelle de Saint-François d'Assise (le 15, jour de sa mort), et un obit par an dans l'église Saint-Éloi à Hazebrouck.

Par une délibération prise dans la session de mai 1889, la municipalité d'Hazebrouck a donné son nom à l'une des rues de la ville (1).

Nous, ses enfants, nous avions le devoir de recueillir les enseignements de sa belle vie.

Notre tâche est terminée.

---

1. Voici le texte de cette délibération :

« Le conseil...

» Considérant que M. l'abbé Jacques Dehaene, chanoine honoraire de Cambrai, » décédé à Hazebrouck le 15 juillet 1882, s'est consacré pendant toute sa vie à » l'instruction de la jeunesse du pays ;

» Qu'après avoir dirigé pendant vingt-sept ans le collège universitaire d'Haze- » brouck, il a doté cette ville d'un établissement secondaire privé qui, indépen- » damment du but élevé qu'il remplit, est un élément de prospérité fort appréciable » pour le commerce local ;

» Afin de contribuer à perpétuer le souvenir de ce prêtre éminent et dévoué, le » conseil, après en avoir délibéré, décide de désigner à l'avenir, sous le nom de *rue* » *Dehaene*, le tronçon compris entre les rues du Moulin et d'Hondeghem. »

Cette délibération a été approuvée par le préfet du Nord.

APPENDICE.

Notes et rectifications.

Page 14. — M. David, curé de Quaëdypre.

DES vieillards de Quaëdypre nous avaient cité, parmi les prêtres dont on rappelait les beaux exemples au temps de leur jeunesse et de la jeunesse de l'abbé Dehaene, M. David, curé de Quaëdypre. Effectivement, un ecclésiastique de ce nom fut pendant 37 ans à la tête de cette paroisse (1724-1761). « Comme un vrai David, dit son épitaphe en langue flamande, » il défendit son troupeau contre le lion et l'ours infernal ; il » donnait aux malheureux de corps ou d'âme ses biens tempo- » rels et la nourriture spirituelle de JÉSUS-CHRIST ; il se faisait » tout à tous pour sauver tout le monde. » C'est donc à juste titre qu'il occupe une grande place dans la mémoire des fidèles, et cette place est d'autant plus marquée que M. David établit dans son église la célèbre dévotion de saint Cornil. Mais, comme il arrive, la tradition confond les faits et les dates, et elle attribue aux hommes qu'elle vénère tous les mérites et toutes les gloires possibles. On a fait vivre M. David jusqu'à la Révolution, et on a supposé qu'il avait refusé le serment schismatique et qu'il avait été persécuté comme les autres prêtres fidèles ; — toutes choses vraisemblables, étant donnée la vertu de ce saint homme, mais qui sont inexactes, et qui forment une légende que nous avions recueillie sans la contrôler, dans la petite note 2, page 14.

(On peut consulter pour l'histoire de M. David les *Notes et documents relatifs au culte de saint Cornil ou Corneille, pape et martyr, vénéré à Quaëdypre*, par M. l'abbé R. Flahault. — Annales du comité flamand, t. XVIII, p. 185 à 224.)

Page 243. — Société de Saint-Charles.

Sous le vocable de Saint-Charles, il y a dans le diocèse de Cambrai quatre œuvres tout à fait distinctes, quoiqu'elles portent le même nom, ce qui donne lieu à des confusions regrettables et qui expliquent une erreur de date qui se trouve à la page 243. Ceux de nos lecteurs qui sont au courant de l'histoire du diocèse l'auront remarquée. « Le projet de M. Lecomte, y est-il dit, ne fut réalisé qu'en 1867. » C'est *1853* qu'il faut lire. L'instruction synodale du 13 septembre 1867 concerne bien une œuvre de Saint-Charles, mais c'est la caisse de secours pour les prêtres âgés ou infirmes, et non la société des collèges. Les quatre œuvres dites de Saint-Charles sont : la maison de retraite pour les prêtres âgés, fondée en 1843 ; la caisse de secours, fondée à la même date et réorganisée en 1867 ; la société des prêtres auxiliaires ou missionnaires diocésains ; et la société des collèges.

Page 366.

La lettre adressée à M. Dehaene par Mgr l'évêque d'Arras porte la date du 8 août 1865. Elle est par conséquent, non pas de Mgr Lequette, qui fut sacré en 1866, mais de Mgr Parisis. Mgr Parisis faisait partie du Conseil supérieur de l'Instruction publique, et, à ce titre, il avait été consulté par M. Dehaene sur l'ouverture du collège libre de St-François d'Assise. Voici cette lettre :

« Mon cher Monsieur Dehaene,

» Je me réjouis de votre succès, pour le pays et pour le triom-
» phe de la bonne cause, bien plus encore que pour votre pro-
» pre gloire ; et quoique je le connusse déjà d'ailleurs, je vous
» remercie de m'en avoir écrit vous-même : c'est une justice
» rendue à la haute et affectueuse estime que j'aime à pro-
» fesser pour vous en N.-S.

» † P. L., Év. d'Arras.

» Arras, le 8 août 1865. »

Page 363 et suiv.

A LA lettre par laquelle M. Dehaene lui annonçait l'ouverture définitive de St-François, M. Plichon fit la réponse suivante :

« Paris, le 21 juillet 1865.

» Mon cher Monsieur,

» Je suis aussi heureux que vous de la fin de tous vos
» ennuis, et je me félicite non moins que vous qu'ils aient au
» moins eu pour résultat d'assurer pour le présent et pour
» l'avenir votre complète indépendance dans la généreuse
» mission à laquelle vous avez voué votre existence.

» DIEU soit loué! ses voies sont mystérieuses, et le mal que l'on
» déplore dans le moment est souvent la condition du bien
» auquel on aspire ; et quand on s'en plaint, on ne se rend pas
» compte qu'on travaille contre soi-même.

» Vous aviez pour vous le droit et la justice ; si j'ai pu, dans
» une certaine mesure, concourir à faire triompher l'un et
» l'autre, je n'ai fait qu'accomplir le plus strict de mes devoirs.
» Ce que j'ai fait, je l'ai fait avec cœur, non seulement parce
» que j'ai pour vous autant d'estime que d'affection, mais parce
» que l'injustice me révolte et que le premier besoin de mon
» cœur est de courir au secours de ceux qu'elle poursuit. S'il
» peut m'arriver de vous être utile, comptez toujours sur moi,
» et croyez que personne ne sera plus heureux que moi des
» succès nouveaux qui vous attendent dans la carrière que
» vous allez parcourir avec la liberté entière de vos allures.

» Veuillez recevoir la nouvelle expression des sentiments
» aussi distingués que dévoués de

Votre tout affectueux
Ig. PLICHON. »

Vraiment, quand on relit ces choses simples, cordiales et grandes, on trouve que M. le chanoine Cailliau, ce fidèle témoin de notre vie locale, à laquelle il s'est toujours intéressé du fond de sa stalle de chanoine, avait raison de dire : « La Flandre a deux hommes : l'abbé Dehaene et Plichon. »

M. Plichon est mort le 3 juin 1888, dans sa 74ᵉ année. Il était resté député et il avait contribué beaucoup par son influence, son esprit d'organisation et son ardeur entraînante, à l'élection de la députation du Nord au scrutin de liste. On peut dire qu'il est tombé sur la brèche.

Il a laissé à ses enfants des recommandations écrites, qui sont très belles et d'où nous extrayons ce qui suit :

« Restez fermement fidèles à la religion dans laquelle vous
» avez été élevés ; observez tous ses préceptes : vous y trouverez
» un frein contre les passions mauvaises, un guide sûr dans
» toutes les difficultés de la vie, une consolation et une force
» dans les épreuves si nombreuses qui attendent l'homme ici-bas,
» même dans l'existence la plus heureuse. Ne résistez jamais
» au cri ou même au sentiment de votre conscience ; elle est le
» flambeau destiné à éclairer vos pas... La paix de l'âme est
» la première condition du bonheur ici-bas... Aimez votre pays
» d'autant plus qu'il est plus malheureux. »

Son fils aîné, M. Jean Plichon, a pris sa place dans la Chambre et dans le pays. Il est conseiller général du Nord et député de la 2ᵐᵉ circonscription de l'arrondissement d'Hazebrouck.

Quant à M. Cailliau, le dernier survivant des condisciples de M. Dehaene au collège communal d'Hazebrouck, nous sommes heureux que la parole citée plus haut nous offre l'occasion de parler de lui à la dernière page de ce livre. Cela nous permet d'exprimer notre profonde gratitude envers ce digne prêtre qui a bien voulu, malgré ses quatre-vingts ans, lire les épreuves de notre ouvrage. Il a fait ce travail minutieux et pénible avec une préoccupation de l'exactitude dans les faits, un souci de la charité pour les personnes, et une largeur de vues pour les idées générales et les discussions libres que nous avons admirés, et qui lui assurent à jamais notre reconnaissance et celle des amis de l'abbé Dehaene.

TABLE DES MATIÈRES.

PRÉFACE. . . . . IX-XIV
CHAPITRE Ier. — L'enfance de M. Dehaene. . 1
» II. — Les études de M. Dehaene. . 29
» III. — M. Dehaene vicaire . . . 53
» IV. — Le collège communal d'Haze-
brouck 70
» V. — Le recrutement des élèves. La
direction générale . . . 91
» VI. — M. Dehaene professeur. L'ensei-
gnement au collège d'Haze-
brouck 120
» VII. — Les voyages de M. Dehaene. . 149
» VIII. — Rôle politique de M. Dehaene,
1848 181
» IX. — Les œuvres de zèle de M. Dehaene. 210
» X. — Les fondations de collèges. Le
couvent des Capucins . . 241
» XI. — La révocation de M. Dehaene. 271
» XII. — Les collègues de M. Dehaene. . 305
» XIII. — L'Institution St-François d'Assise. 344
» XIV. — M. Dehaene prédicateur . . 380
» XV. — M. Dehaene directeur. . . 416
» XVI. — M. Dehaene et la Flandre. . 449
» XVII. — M. Dehaene en 1870 . . . 468
» XVIII. — Projet d'association. Petit sémi-
naire. 503
» XIX. — Dernières années au petit sémi-
naire 531
» XX. — L'exil. La mort. Les funérailles. 559
APPENDICE 578

TABLE ALPHABÉTIQUE.

A

Aa (rivière) 451, 452.
Acquart (curé) 274.
Aernout (curé-doyen) 41, 63, 291.
Affre (Mgr) 207.
Agréda (Marie d') 436.
Aire-sur-la-Lys 71, 92, 96, 330.
Aix-la-Chapelle 177.
Allemagne 176, 177.
Alliance des maisons d'éducation chrétienne 494.
Alsace 453, 478, 482.
Alzon (R. P. d') 492, 493.
Amettes 484, 486.
Ami du peuple (journal) 195.
Amiens 492.
Andries 32, 34.
Angleterre 174, 307.
Anthony-Thouret 199.
Armentières 74.
Arnèke 400.
Ars (curé d') 320, 411, 436, 505.
Artois 452.
Assise 170.
Assomptionnistes 492.
Auchy (collège d') 243.
Augustins (collège des) 35, 64, 72, 163.
Autorité (journal) 280.
Autriche 153, 177, 273.
Avignon 155.
Aymon (quatre fils) 13.

B

Baelde 211.
Baert 327.
Bafcop (peintre) 104, 191.
Bailleul 71, 96, 450.
Bailleul (collège de) 251.
Ballerini (S.J.) 169.
Bardi (comte de) 500.
Barnave (professeur) 323, 324.
Baron (Ch. Sup.) 111, 170, 254, 291, 317, 369, 543, 548, 559.
Bassée (La) 73.
Bataille (Mgr) 69, 365, 518.
Batbie (ministre) 516.
Baudon (président des conférences) 221.
Baudrillart (de l'Institut) 22, 466, 467.
Baunard (Mgr) 277, 525.
Bavai (collège de) 242.
Bazaine 479, 481.
Beck 225, 485.
Becquart (curé-doyen) 254.
Beelen (Mgr) 455.
Behaghel 186, 191, 196, 202.
Bèle (curé) 550.
Belgique 452, 455.
Belmas (Mgr) 41, 53, 65, 92.
Bels (poète) 458.
Bergues 7, 50, 74, 92, 202, 451.
Bergues (collège de) 254.
Bernard (vic. gén.) 43, 366.
Bernast 189, 196, 268, 407.
Berryer 153, 186, 189, 409.
Berteaud (Mgr) 168.
Bertein (chan.) 44, 245, 562.
Berteloot (curé doyen) 562.
Besson (Mgr) 238, 241.
Beugnot 356.
Beugny d'Hagerue (de) 191.
Biekorf 463.
Biest (Le) 72.
Bieswal 224, 225.
Bismarck 474, 483.
Blacas (M. de) 499, 500.

Blanchet 122.
Blanckaert (curé-doyen) 14.
Blanquart 204.
Blaue (chroniqueur) 70.
Bô (chan. de) 454.
Bocquet (doyen) 364.
Boidin (professeur) 319, 320.
Boitel (préfet de police) 278.
Bollezeele (N.-D. de) 451.
Bonce (vic. gén.) 42, 44.
Bonnechose (Mgr de) 166.
Boone (prof.) 89, 121, 313.
Bouchain 46, 68, 254.
Bouillet 123, 127.
Bourbourg 451.
Bourges 153, 172, 392.
Bourget (Paul) 491.
Boute (profess.) 135, 329, 347, 369, 576.
Bréa (général) 207.
Bréal (M.) 83, 299, 305, 335, 453.
Bretagne 285.
Breton (Jules) peintre 23, 400.
Briarde (La) 72.
Bridoux (Mgr) 376, 377.
Brizeux 129.
Brugelette 62.
Bruges 256, 463, 500.
Brunetière 491.

C

Caestre 365.
Cailliau (vic. gén.) 37, 45, 113. 348, 359, 512, 527, 574, app.
Calais 73, 97.
Cambon (préf.) 543.
Cambridge 175.
Camille (R. P.) 265, 346.
Capelle (miss.) 40, 406.
Capri 158.
Capucins 255 et suiv., 345 et suiv., 505 et suiv.
Carion (H.) 191.
Carlos (don) 153, 172, 188.
Carnel (abbé) 243.
Carnot (ministre) 193.
Cassel 71 et suiv., 449 et suiv.

Castelfidardo 274.
Cats (poète) 463.
Cats (mont des) 162, 450.
Cavaignac 207, 208.
Cavour 274.
Cauwel 177.
Cenni (Mgr) 169.
Chabaud-Latour (général de) 358.
Chambord (comte de) 179, 207, 496 et suiv.
Changarnier (général) 206.
Charles X, 41.
Charles (société de St-) 250, 252, 354, app.
Charras, 274.
Charette (général de) 167.
Chartres, 484.
Chartreuse (Grande-) 172.
Chateaubriand 263, 264.
Chocqueel (chanoine) 46.
Christé (L. de) 289.
Clairmarais 451.
Claudorez 196.
Clebsattel (de) 279, 280.
Cleenewerck (maire) 64 et suiv, 140 et suiv., 195, 284.
Coache (professeur) 37, 62, 305.
Cockempot (Institution) 28.
Cologne 177.
Comité catholique 485 et suiv.
Comité flamand 185, 457.
Conférence Saint-Vincent-de-Paul 113, 276.
Congnet (l'abbé) 493.
Congrégation de la Sainte-Vierge 115.
Conscience (H.) 455.
Constitutionnel (le) 267, 280.
Corne 202.
Correspondant (le) 471.
Coubronne (archiprêtre) 462, 574.
Coussemaecker (Ed. de) 12, 457.
Couture (R. P. de la) 486.
Coux (M. de) 193.
Crèvecœur (Sup. de Marcq) 242, 359, 361.

Croïn (archit.) 536.
Crombé (missionn.) 338, 469.

D

Dannoot (curé) 45, 46.
Darras (curé) 46, 365.
Daru 475.
David (imprimeur) 456, 464, 565.
David (curé) 14, app.
Debaecker 147, 301.
Debaevelaere (curé) 243.
Debrabant (Sup. de la Ste-Union) 69, 213, 504.
Debreyne (curé-doyen) 64, 79, 145, 194.
Debusschère (Augustin) 313 et suiv.
Debusschère (Jean-Baptiste) 76.
Debusschère (abbé Léon) 292, 347.
Debusschère (abbé Zéphyrin) 250, 357.
Declerck (Mlle) 217.
Decool (M.) 498.
Decrocq (curé) 347.
Dehaene (abbé Louis) 79, 336-344.
Dehaene (Matthieu) 1-4, 14-27.
Dehaene (Marie) 54, 105, 335.
Dehaene (Angela) 4, 335-336.
Dehandschoenwercker 189.
Degroote (maire d'Hazebrouck) 528.
Degroote (notaire) 189.
Degroote (instituteur) 9.
Dehenne (professeur) 246, 249.
Dehon (Sup. du Sacré-Cœur) 169, 510.
Dejonghe (curé) 29, 51, 129.
Dekeister (directeur) 30, 172, 334-335.
Delancez (curé-doyen) 40, 216, 407.
Delattre (curé) 46, 64, 243.
Delautre (archip.) 42, 44.
Delélis (professeur) 244, 328.
Delescluze 193, 201.

Delessue (principal) 35 et s 74, 217.
Delylle (Supérieur) 251.
Deman (mission.) 376.
Deman (curé) 347.
Denys (Supérieur) 250, 293, 529.
Depoorter (abbé) 217.
Deram 197.
Deroubaix (chan.) 67, 227.
Deschamps (Eust.) 450.
Deschodt père (avocat, cons.-gén.) 357, 358, 360.
Desmyttère (docteur) 458.
Despretz (Mgr) 166, 329.
Dessein 98.
Destombes (ch. hon., vic. gén.) 44, 256, 267, 276.
Deswarte (curé-doyen) 349.
Devin (principal) 63, 92.
Devos (Césarine) 218.
Devulder (curé-doyen) 257, 268.
Dezitter 14.
Didier (prêtre) 61.
Didiot (chan. prof.) 44.
Donckèle 103, 217.
Douai 50, 65 et suiv., 242, 482.
Douay (général) 478.
Dromaux (miss.) 376, 470, 550.
Droüart de Lezëy 226, 243.
Dreux-Brézé (Mgr de) 68.
Dubrulle 54, 66.
Dunes (collège des) 243 et suiv.
Dunkerque 74, 202, 243, 287.
Dupanloup (Mgr) 131, 166, 241, 275, 330, 542.
Duquenne (député) 196, 204.
Duquesnay (Mgr) 331, 414, 461, 484, 543 et suiv.
Durant (ch. Sup.) 102, 246, 349, 516, 540.
Duruy (ministre) 87, 286, 350, 459.
Duvillier (curé-doyen) 166, 469.
Duvivier (général) 207.

E

Echo de la Flandre 499, 549, 573.

Croïn (archit.) 536.
Crombé (missionn.) 338, 469.

D

Dannoot (curé) 45, 46.
Darras (curé) 46, 365.
Daru 475.
David (imprimeur) 456,464,565.
David (curé) 14, app.
Debaecker 147, 301.
Debaevelaere (curé) 243.
Debrabant (Sup.de la Ste-Union) 69, 213, 504.
Debreyne (curé-doyen) 64, 79, 145, 194.
Debusschère (Augustin) 313 et suiv.
Debusschère (Jean-Baptiste) 76.
Debusschère (abbé Léon) 292, 347.
Debusschère (abbé Zéphyrin) 250, 357.
Declerck (Mlle) 217.
Decool (M.) 498.
Decrocq (curé) 347.
Dehaene (abbé Louis) 79, 336-344.
Dehaene (Matthieu) 1-4, 14-27.
Dehaene (Marie) 54, 105, 335.
Dehaene (Angela) 4, 335-336.
Dehandschoenwercker 189.
Degroote (maire d'Hazebrouck) 528.
Degroote (notaire) 189.
Degroote (instituteur) 9.
Dehenne (professeur) 246, 249.
Dehon (Sup. du Sacré-Cœur) 169, 510.
Dejonghe (curé) 29, 51, 129.
Dekeister (directeur) 30, 172, 334-335.
Delancez (curé-doyen) 40, 216, 407.
Delattre (curé) 46, 64, 243.
Delautre (archip.) 42, 44.
Delelis (professeur) 244, 328.
Delescluze 193, 201.

Delessue (principal) 35 et suiv., 74, 217.
Delylle (Supérieur) 251.
Deman (mission.) 376.
Deman (curé) 347.
Denys (Supérieur) 250, 293,529.
Depoorter (abbé) 217.
Deram 197.
Deroubaix (chan.) 67, 227.
Deschamps (Eust.) 450.
Deschodt père (avocat, cons.-gén.) 357, 358, 360.
Desmyttère (docteur) 458.
Despretz (Mgr) 166,329.
Dessein 98.
Destombes (ch. hon., vic. gén.) 44, 256, 267, 276.
Deswarte (curé-doyen) 349.
Devin (principal) 63, 92.
Devos (Césarine) 218.
Devulder (curé-doyen) 257,268.
Dezitter 14.
Didier (prêtre) 61.
Didiot (chan. prof.) 44.
Donckèle 103, 217.
Douai 50, 65 et suiv., 242, 482.
Douay (général) 478.
Dromaux (miss.) 376, 470, 550.
Droüart de Lezëy 226, 243.
Dreux-Brézé (Mgr de) 68.
Dubrulle 54, 66.
Dunes (collège des) 243 et suiv.
Dunkerque 74, 202, 243, 287.
Dupanloup (Mgr) 131,166,241, 275, 330, 542.
Duquenne (député) 196, 204.
Duquesnay (Mgr) 331,414, 461, 484, 543 et suiv.
Durant (ch. Sup) 102, 246, 349, 516, 540.
Duruy (ministre) 87,286,350,459.
Duvillier (curé-doyen) 166, 469.
Duvivier (général) 207.

E

Echo de la Flandre 499, 549, 573.

Echo du Nord 201, 280.
Eecke 458.
Emancipateur (journal) 191.
Enfance (Ste) 113, 233.
Ère nouvelle 193.
Espagne 154, 173, 176.
Esquelbecq 451.
Esquermes (Dames d') 451.
Estaires 96, 254, 450, 525.
Etienne (M.) 220.
Eustache de Saint-Pierre 98.
Evrard (chan. curé-doyen) 175, 327.

F

Faber (R. P.) 116, 149, 171, 237, 260, 309, 411, 417, 430, 443.
Favre (Jules) 273.
Faidherbe (général) 481.
Fayet (Mgr) 198.
Félix (R. P.) 278.
Ferrare 163, 164.
Ferry (J.) 355, 541.
Fiévet 219.
Fioretti 505.
Flahault 246, app.
Flamande (langue) 453 et suiv.
Flamands 39.
Flandre 449-468.
Flandrina 7.
Flêtre 189, 365.
Fleury 364, 368.
Flocon 201.
Florence 170, 171, 495.
Fort Philippe 250.
Fortunatus beurs. 13.
Foubert (mission.) 376.
Fourtou (M. de) 519.
Franchois (curé) 434.
Franckeville (R. P. de) 140.
François d'Assise (Institution de St.) 345-379.
François d'Assise (tiers-ordre enseignant de St-) 505-510.
François d'Assise (tiers-ordre de St-) 506, 561.
Franzelin (cardinal) 169.

Frayssinous (Mgr) 75, 235.
Fréchon (abbé) 198.
Freppel (Mgr) 471, 496, 518.
Frœschwiller 478.
Froshdorf 499-501.

G

Gambetta 475.
Gantiez (prof.) 293, 325, 326.
Gaume 492-495.
Gay (Mgr) 238, 441, 442.
Gazette (de Flandre et d'Artois) 189, 200.
Géramb (R. P. de) 162.
Gezelle (D^r) 463.
Ghesquière (chevalier de) 184.
Ghyvelde 31, 51, 59, 462.
Girard (Lazariste) 254.
Giraud (cardinal) 40, 73, 102, 143-152, 199, 406.
Glay (prof.) 369, 548.
Gobrecht (prof.) 321.
Godewaersvelde 37, 195.
Goëthe 460.
Gohard (St.) 400.
Gourdin (curé) 327.
Gousset (cardinal) 135.
Grandidier (S.J.) 492, 493.
Gratry (R.P.) 322.
Grau (curé-doyen) 46-69, 254.
Gravelines (ville de) 452.
Gravelines (collège de) 247 et suiv.
Gréa (D.) 237, 240, 433.
Grégoire XVI 152, 156.
Grégoire (fête de St) 183.
Guéranger (D.) 542.
Guérin (Mgr) 148.
Guilmin (recteur) 289, 292.
Guizot 186, 213, 358.

H

Hannebicque (curé) 41.
Hannotte 333.

Hasley (Mgr) 530.
Hautcœur (Mgr) 490, 491.
Hazebrouck (ville d') 70, 71.
Hazebrouck (collège d') ch. IV.
Hébant (directeur) 249, 347, 369.
Henneron (prof.) 293.
Hillegeer (R.P.) 455.
Hofland (L') 72.
Hondschoote 73, 313, 452.
Hooft (chanoine) 93.
Hoop (Le) 71.
Hosdey (M.) 71.
Houcke 214.
Houvenaghel (curé) 37.
Hugo (V.) 133, 206, 209, 451, 497.
Huyghe (Adélaïde) 230.

I

Indicateur d'Hazebrouk 80, 140, 143, 145, 185, 199, 280, 537.
Irlande 206.
Irlande en Australie (d') 449, 462, 467.
Isidore (R.P.) 257, 265, 346, 506.
Isoard (Sous-préf) 543.
Isoré (S.J.) 376.
Italie 154 et suiv.

J

Jacotot 412.
Janssoone (miss.) 328, 341, 483.
Jean Bart 245, 281.
Jérusalem 13, 338.
Jésuites (R.P.) 62, 102, 120, 410, 445.
Joseph (Société de St-) 233, 234.
Joubert 215, 309, 412, 417.
Junault (aumônier) 161.

K

Kabinet 6, 313.
Kemmel (Mont) 96.

Kien (M.) 227, 269, 290.
Kolb-Bernard 279.
Kruisje-boek 6.

L

Lacordaire 193, 198, 234, 421, 507, 535.
Lacroix 330-334.
Lagatie 44, 45, 548, 572.
Lagrange (M. de) 72, 195, 277, 482, 499, 546.
Lallemand 469.
Lakistes 175.
Lamartine 114, 158, 188, 202, 204, 207, 275, 412, 464.
Lamoricière 274, 277.
La Salette 172.
Lavigerie (cardinal) 377.
Lebas 322, 323.
Lebeau (R.P.) 347, 368.
Leblanc (chan.) 61, 243.
Lecomte 61, 64, 242, 512.
Lecoy de la Marche 130.
Ledein 93, 244, 245, 476.
Ledru-Rollin 193, 201, 207.
Lees-Boek 314.
Lefebvre 293, 305, 318, 363, 364.
Lefever 140, 152, 163, 327.
Le Glay 74.
Legrand (archip.) 253, 268, 349, 513, 520.
Leleu 42, 48, 57, 143, 366.
Léon XIII 464, 499, 531.
Le Play 277, 432, 443, 444, 528.
Lernout 338, 567.
Leroy-Beaulieu 81, 89, 298, 299.
Léturgie (curé) 381.
Leurèle 31.
Levadoux (S.) 55, 56.
Lévesque (curé-doyen) 53, 56.
Lévêque 93.
Leynaert 293.
Lille (Revue de) 453, 460, 490.
Looten (abbé) 453, 460.
Lootgieter 246.

Lorette 163.
Louis-Philippe 161, 185, 191.
Lourdes (église N.-D. de) 484.
Lyon (monuments religieux de) 154.

M

Mac-Mahon 272, 478, 480, 518, 530, 540.
Maistre (J. de) 454.
Malines (congrès de) 284, 454.
Manning (cardinal) 449. 465.
Margerie (A. de) 489, 490.
Marcq (collège de) 86, 92, 242, 354.
Maristes 256, 509.
Markant (curé-doyen) 194, 196, 257, 498, 519, 533.
Marquigny (S.J.) 486.
Marseille 155, 186.
Martinet 235.
Masker der wereld 13, 455.
Masselis 24 et suiv., 51 et suiv., 140 et suiv., 247 et suiv., 505.
Massiet du Biest 499.
Masson-Beau 536.
Matthieu (cardinal) 268.
Maunoury 493.
Melun (M. de) 202.
Memling xv, 176.
Mémorial de Lille 279, 280.
Merchier (Rose) 218.
Mercklin Schütze 476.
Mermillod (cardinal) 168, 238.
Mérode (Mgr de) 167.
Merville 450.
Messager du Nord 201.
Metz 480, 481.
Mezzofante (cardinal) 162.
Michelet 452.
Milan (cathédrale de) 164.
Mimerel 202.
Mirabeau 219.
Modewyck 7.
Moeres (Les) 463.
Moniteur (Le) 453.

Monnier (Mgr) év. de Lydda 487, 518, 537, 544.
Monsabré 285.
Montalembert 61, 82, 200, 207, 255, 274, 284, 451, 535.
Mont-Cassin 160.
Montmorillon (petit séminaire de) 492, 493.
Mont-Noir 450.
Morbecque 36, 189, 203, 256, 450, 532.
Mordacq (imp. prim.) 313, 314.
Morillot 227.
Mourmant 358, 359.
Motte-au-Bois 450.
Mun (M. de) 484.

N

Naples 153, 154, 160.
Napoléon Ier 75.
Napoléon III 206, 255, 272.
Nardi (Mgr) 169, 284.
Négrier (général de) 202, 207.
Neut (M. A.) 454.
Nevers 154.
Nicolas (tête de S^t) 183.
Nieppe (forêt de) 72, 256, 450.
Nieuport 5.
Nîmes 155.
Noordland 451.
Nordpeene 7, 459.
Notre-Dame de France 273.
　» 　de Grâce 484.
　» 　des Larmes 398.
　» 　des Miracles 264, 484.
Notre-Dame du Mont-Carmel 367.
Notre-Dame de la Treille 515.

O

Observateur de Cassel 144, 185, 189, 191.
O'Connell 205.

Œuvre apostolique 229, 568.
Olivier (E.) 273, 475, 478.
Omer (ville de S^t-) 264, 452, 525.
Orléans 153.
Outters 546.
Ozanam 193, 320.

P

Padoue 163, 164.
Pape (M. de) 485, 498, 575.
Paray le-Monial 484.
Paris 152, 153, 273.
Parisis (Mgr) 198, 366, app.
Passage (collège du) 62.
Pataux 465.
Patinier (miss.) 376.
Peêne (La) 5.
Perrone (S. J.) 169.
Persigny (M. de) 227, 228, 276.
Pharazyn (S. J.) 364.
Picard (Ernest) 273.
Pie IX 164, 207, 273, 470, 507, 531.
Pie (cardinal) 413, 492, 542.
Pilatte (profess.) 328.
Pilette 196.
Pise 155.
Plancke (abbé) 327.
Plichon 72, 186, 249, 277 et suiv., 351, 475, 516, 545. app.
Polinchove 40.
Polonais 137.
Pompéi 158.
Pooch (prof.) 172.
Poperinghe 96, 452.
Poreye (curé) 407.
Possoz (S. J.) 43, 62, 79, 139, 154.
Pourtaultz (princ.) 290, 300, 318, 355.
Presse (la) 207.
Prévost (D^r) 191, 301.
Progrès du Nord (Le) 201.
Propagation de la foi 113, 233.
Propagateur (Le) 281, 301.
Provins 254.

Proudhon 273.
Pruvost (vic. gén.) 252, 253.

Q

Quaëdypre 1 et suiv. 50, 92, 129, 243, 336. 451.
Queux de St-Hilaire (M. de) 72, 74, 182, 184, 185.
Quentin (S^t-) 482.
Quotidienne (La) 189.

R

Ravignan (R. P. de) 153, 234.
Reboul (poète) 155.
Reboux (Ed.) 280.
Reboux (Alf.) 280.
Rédemptoristes 256, 266.
Regnier (cardinal) 102, 250, 304, 420, 459, 508, 542.
Reischensperger 457.
Renard (prof.) 321, 322.
Renescure 36, 451.
Rennes 273.
Resbecq (Cte de Fontaine de) 212, 313, 323.
Reumaux (S. J.) 403, 471.
Revel 184, 219.
Revue de l'enseignement 494.
Revue des Deux-Mondes 466.
Rexpoede 327.
Rigby 79, 175.
Robert (prof.) 305, 315, 316.
Robin 103.
Rochefort 475.
Roière (M. de la) 202, 204.
Rome (monuments de) 154, 163, 274, 284, 469, 492.
Rondt den heerdt 455.
Rosalie 345, 558.
Rosebeke 452.
Rosendael 245.
Rossi 207.

Roubaix 242.
Rouland 85, 252, 287.
Rousseau (abbé) 329, 574.
Rubillon (S. J.) 140, 141, 143.
Ruyssen (peintre) 450.
Ruyssen (curé) 550.

S

Sacré-Cœur (Dévotion et Congrégation du) 394, 510.
Sagary (curé-doyen) 246, 342, 348.
Saint-Mart (de) 219.
Salembier (D^r) 44, 504.
Salomé (curé-doyen) 560, 568, 571, 572, 574.
Salvandy (de) 67, 81.
Sanderus 5, 72.
Savonarole 495.
Scheercousse (prof.) 319.
Scott (Mgr) 366, 574.
Sébastien (R. P.) 469.
Sébastopol 272.
Sec-Bois 463.
Secrétariat charitable 544.
Sedan 480.
Ségur (Mgr de) 497.
Semaine Religieuse de Cambrai 469, 471, 549.
Séminaire (Petit) 503, 531 et suiv.
Sergeant (R. P.) XIII, 84, 142, 245, 328, 561, 574.
Serleys (curé) 30.
Serlooten 196, 204.
Simon (J.) 89, 356.
Simonisme (S^t-) 277.
Snyders (Léonie) 232.
Snyders (Édouard) 95, 233, 326.
Sockeel (prof.) 293.
Sœurs Noires 463.
Solesmes 242.
Sonderbund 191.
Spreek-Kunst 36.
Spencer (Herbert) 81.
Spillemaeker (Cécile) 218.
Springer (de) 458.

Stael (Mme de) 151.
Staelen (archip.) 533.
Staplande (de) 92, 202, 204.
Staples 36, 434.
Steenbecque 37, 46, 197, 243, 315, 407.
Steenvoorde 32, 51, 73, 204, 279, 450.
Steven (M^e) 7, 458.
Sudre (Sup.) 574.
Sulpiciens (Les) 445.
Swaen (de) 458.
Sylvestre-Cappel (S^t-) 320.
Sylvius 60.

T

Taine 176.
Talbot (Mgr) 507.
Tandt (frères) 458.
Tanganika 377.
Taverne de Tersud 70, 268, 516.
Testelin 201, 482.
Theeten (poète) 458.
Theiner (Mgr) 168.
Thérouanne 71.
Theuriet 401.
Thibaudier (Mgr) 467, 530.
Thiers 153, 200, 206, 482.
Thooris (princ.) 293, 297.
Thym (Alberding) 457.
Tollens 537.
Toulouse 329.
Tourbes 455.
Tourcoing (collège de) 54, 69, 127, 319.
Tournier 358, 360.
Trappistes 162, 450.
Tronchiennes 140.
Tussaud (Mme) 174.

U

Union (L') 189.
Union (S^{te}-) 84, 213, 276, 337.

Univers (L') 193, 275, 283, 420.
Univers catholique (L') 161.
Université catholique de Lille 487, 490, 574.
Ursulines (Les) 248, 405.

V

Valcke 455.
Valenciennes 242, 256, 482.
Vallée (vic. gén.) 352.
Vallée (prof.) 293, 305, 317, 318.
Vallon (préfet) 362.
Vals 540.
Vanbockstaele 30.
Vanbremeesch 315.
Vandamme (général) 74, 92.
Vandenkerchove 218.
Vanderstraeten 358, 359.
Vandewalle 102, 166, 301, 463, 469.
Vandyck 259.
Vanhaecke (R. P.) 254, 376.
Vanière 130.
Vanmaele (S. J.) 140.
Van Rechem 181, 221.
Vasseur 376.
Vatican (concile du) 468.
Venise 163, 164.
Verhaeghe (miss.) 52, 176, 462, 499, 548, 576.
Verroust 95, 98, 102, 182.
Vésuve 158.
Veuillot XI, 156, 208, 209, 275.
Victoria 175.
Vida 130.
Vieux-Berquin 274, 335, 458.
Villafranca 274.
Villefort (S. J.) 140.
Villemain 83.
Vincent de Paul (St) 210, 216, 222, 276, 400.
Vincent de Paul (Société de St-) 147, 224, 227, 320.
Virgile 160, 318, 376, 419, 556.

Vitet 451.
Vitrant 469, 470.
Vitse (archipr.) 252.
Vogüé (E. Melchior de) 22, 121, 496.
Vondel 7.
Voorschrift-boeck 7.
Vraie France (La) 499.

W

Wallon 202.
Wambergue 216.
Warein 72, 185, 186, 195, 217.
Watringues 451.
Watten 63, 451.
Weemaes (S. J.) 463, 464.
Weens (prof.) 140, 152, 327.
Wiart 481.
Wibaux 649.
Wicart (Mgr) 69.
Wicart (Aug.) 274, 282.
Winnezeele 407.
Witt (de) 358.
Woestyne 451.
Wormhoudt 1, 5, 14, 50, 92, 259, 338, 365, 398.
Wyckaert (curé-doyen) 464.
Wylder 1, 5, 14.

Y

Yolande (castel d') 450.
Ypres 7, 35, 40, 73, 96, 252, 405, 452.
Yser (l') 5, 450.

Z

Zielen-Troost 13.
Zouaves 168, 169, 469.

Univers (L') 193, 275, 283, 420.
Univers catholique (L') 161.
Université catholique de Lille 487, 490, 574.
Ursulines (Les) 248, 405.

V

Valcke 455.
Valenciennes 242, 256, 482.
Vallée (vic. gén.) 352.
Vallée (prof.) 293, 305, 317, 318.
Vallon (préfet) 362.
Vals 540.
Vanbockstaele 30.
Vanbremeesch 315.
Vandamme (général) 74, 92.
Vandenkerchove 218.
Vanderstraeten 358, 359.
Vandewalle 102, 166, 301, 463, 469.
Vandyck 259.
Vanhaecke (R. P.) 254, 376.
Vanière 130.
Vanmaele (S. J.) 140.
Van Rechem 181, 221.
Vasseur 376.
Vatican (concile du) 468.
Venise 163, 164.
Verhaeghe (miss.) 52, 176, 462, 499, 548, 576.
Verroust 95, 98, 102, 182.
Vésuve 158.
Veuillot XI, 156, 208, 209, 275.
Victoria 175.
Vida 130.
Vieux-Berquin 274, 335, 458.
Villafranca 274.
Villefort (S. J.) 140.
Villemain 83.
Vincent de Paul (St) 210, 216, 222, 276, 400.
Vincent de Paul (Société de St-) 147, 224, 227, 320.
Virgile 160, 318, 376, 419, 556.

Vitet 451.
Vitrant 469, 470.
Vitse (archipr.) 252.
Vogüé (E. Melchior de) 22, 121, 496.
Vondel 7.
Voorschrift-boeck 7.
Vraie France (La) 499.

W

Wallon 202.
Wambergue 216.
Warein 72, 185, 186, 195, 217.
Watringues 451.
Watten 63, 451.
Weemaes (S. J.) 463, 464.
Weens (prof.) 140, 152, 327.
Wiart 481.
Wibaux 649.
Wicart (Mgr) 69.
Wicart (Aug.) 274, 282.
Winnezeele 407.
Witt (de) 358.
Woestyne 451.
Wormhoudt 1, 5, 14, 50, 92, 259, 338, 365, 398.
Wyckaert (curé-doyen) 464.
Wylder 1, 5, 14.

Y

Yolande (castel d') 450.
Ypres 7, 35, 40, 73, 96, 252, 405, 452.
Yser (l') 5, 450.

Z

Zielen-Troost 13.
Zouaves 168, 169, 469.

www.ingramcontent.com/pod-product-compliance
Lightning Source LLC
LaVergne TN
LVHW021954060526
838201LV00048B/1572